tuelle Realität zurückgezogen. Doch jetzt stand er plötzlich wieder in der Küche und das Licht der Deckenlampe spiegelte sich auf seinem kahl rasierten Schädel. „Edgar!“, wiederholte er. „Riechst du das nicht?“

„Ich habe nicht gekocht“, erklärte Sterkrade ungerührt, ohne seinen Freund anzusehen, und kratzte sich ausgiebig die Stoppeln seines Dreitagebarts.

„Und warum stinkt es dann hier verbrannt? Jetzt leg endlich den gottverdammten *Kicker* weg!“

Sterkrade klappte die Zeitschrift zu und schnupperte demonstrativ. „Ich rieche nichts“, wollte er gerade sagen, als sein Blick an Clement vorbei in den Flur hinausging und an der Wohnungstür hängen blieb. Dort, in dem schmalen Spalt zwischen Boden und Tür, züngelte für einen kurzen Augenblick eine Rußfahne.

„Was …?“ Mit zwei Sätzen war Sterkrade in der Diele und riss die Wohnungstür auf. Eine Wand aus stinkendem, schwarzem Qualm schlug ihm entgegen, der sich sofort wie ein Staubfilm auf seine Lungen und seine Augen legte. Flackernder Feuerschein loderte vom Erdgeschoss herauf und ein unheilvolles Knistern und Knacken war zu hören. Hustend und schniefend schlug er die Tür wieder zu.

„Scheiße“, keuchte er. „Das kommt von unten. Die *Keksdose* brennt!“

Keksdose war der Name des Ladens, der das gesamte Erdgeschoss einnahm, ein Backwarengeschäft, das sich auf den Verkauf selbst gemachter Kekse, Plätzchen und kleiner Kuchen spezialisiert hatte und sich seit einigen Jahren vor Kundschaft kaum retten konnte. Ab mittags war der Laden eigentlich immer voll und die Betreiber kamen in ihrer kleinen, nach hinten liegenden Backstube der Nachfrage kaum hinterher.

„Aber es ist schon kurz nach zehn“, sagte Clement schwerfällig. „Die haben doch längst Feierabend!“

Sterkrade sah seinen Freund an, als hätte er nicht mehr alle Tassen im Schrank. „Es brennt! Ruf die Feuerwehr! Und dann müssen wir hier raus!“

„Aber …“

Jan Stressenreuter

Aus Angst

Kriminalroman

Querverlag

Erste Auflage März 2010

Umschlag und grafische Realisierung von Sergio Vitale
unter Verwendung eines Fotos von PapadoXX (fotolia.de).
Gesamtherstellung: Norhaven A.S.
ISBN 978-3-89656-174-9
Printed in Denmark.

Bitte fordern Sie unser Gesamtverzeichnis an:
Querverlag GmbH und Salzgeber & Co. Medien GmbH
Mehringdamm 33, 10961 Berlin
www.querverlag.de • www.salzgeber.de

Eins

Markus Clement hatte gerade mit dem Landemanöver se *Lufthansa*-Maschine beim Anflug auf den Flughafen Köln/I begonnen, als er irritiert die Nasenflügel blähte.

„Hier riecht's komisch!", brüllte der stämmige Mittdrei aus dem Wohnzimmer in Richtung Küche. „Hast du wa brennen lassen?"

„*Lufthansa flight 1272, sink to 5000 feet, over*", quäkte die me aus dem Tower in seinem Ohr.

Ungehalten drückte Clement die Pausentaste des Flug lators und schob den Kopfhörer herunter. „Hörst du schw

Ein Zimmer weiter blätterte sein gleichaltriger Freun dem er seit mehr als sieben Jahren Tisch und Bett teilte, rührt weiter in der neuesten Ausgabe des *Kicker*. „Idiot!", melte Edgar Sterkrade und starrte ein Bild von Lukas Po an. „Ich hab den Herd überhaupt nicht an. Wenn du was willst, geh zur Pommesbude."

Seit Stunden führten die beiden Männer eine immer aufflammende Diskussion, in der es einmal mehr um ih gensätzliche Auffassung von partnerschaftlicher Treue gin löser war die Tatsache, dass Markus Clement die letzte nicht im heimischen Bett verbracht hatte, sondern e Morgen mit gesenktem Kopf und schlechtem Gewisse Hause geschlichen war. Den Streit darüber hatten sie au mangel verschieben müssen, aber seit sie am späten Nach fast gleichzeitig von der Arbeit zurückgekehrt waren, he dicke Luft. Und das nicht zum ersten Mal.

„Du bist nicht besser als ein streunender Hund!", hatte de Clement vorgeworfen. „Überall musst du deine Mar setzen. Hat das irgendwas mit Territorialverhalten zu tu einen Moment hatte er mit dem verführerischen Gedan spielt, einen Teller an die Wand zu pfeffern, die Geste ab als zu theatralisch und daher kontraproduktiv verworfen

„Und du bist moralisch so unantastbar, dass es mich an hatte Clement entgegnet und sich wutschnaubend in s

„Jetzt sei nicht so blöde, Markus!" Ungeduldig riss Sterkrade seinem Freund das Telefon aus der Hand und tippte die 112 ein. Mit wenigen Worten meldete er den Ort des Brandes. „Auf dem Berlich in der Innenstadt. Ja, das Plätzchengeschäft hinter *Karstadt* ... Verdammt, natürlich Erdgeschoss! Und wir sitzen im ersten Stock fest! ... Weiß ich nicht ... woher soll ich wissen, ob da noch andere Personen drin sind? ... Ruhe bewahren? Na, Sie sind witzig!" Wütend beendete er den Notruf und riskierte einen Blick durch den Spion, aber der Rauch war so dicht, dass vom Treppenhaus nichts mehr zu sehen war. „Über die Treppe kommen wir nicht mehr nach draußen. Wir müssen hinten über den Balkon klettern!"

„Und dann? Spinnst du? Da geht es mindestens acht Meter nach unten!", erwiderte Clement entgeistert. „Wir sollten auf die Feuerwehr warten."

„Bis die hier sind, könnten wir schon verkohlt sein. Das ist kein Schwelbrand, das ist ein richtiges Feuer." Sterkrade lief auf den Balkon, der die Sicht auf einen schäbigen Hinterhof freigab, in dem sich Mülltonnen aneinanderreihten und ein paar Fahrräder unter einem einfachen Wellblechdach angekettet waren. Nasses Laub hatte sich in den Ecken angehäuft, auf dem dunklen Asphalt im Hof glänzten die Pfützen der vergangenen Regengüsse. Schon seit Tagen machte der November mit feuchtkaltem Wetter seinem Ruf alle Ehre. Ein Tief nach dem anderen zog über das Rheinland, nur selten ließen die sich auftürmenden Regenwolken in der Kölner Bucht den Blick auf einen Fetzen blauen Himmels zu. Trotz der Anspannung fröstelte Edgar Sterkrade in dem unangenehm beißenden Wind und zog die Ärmel seines Sweatshirts herunter. „Wir können auf das Dach der Backstube springen, das sind nur drei Meter, und von da aus in den Hof. Wenn wir Glück haben, hat der Brand den Seiteneingang noch nicht erreicht und wir kommen von da auf die Straße."

„Und wenn nicht? Dann sitzen wir in der Falle!"

Mittlerweile war der Geruch des Feuers im ersten Stock deutlich wahrnehmbar. Beißende Schwaden dunklen Qualms schoben sich durch die Türritze und drifteten vom Flur in den hinteren Teil der Wohnung. „Das tun wir jetzt auch! Jetzt komm schon!“ Ein Unterton von Hysterie begann sich in Edgar Sterkrades Stimme bemerkbar zu machen. Mit wenigen Handgriffen stellte er den Blumenkasten mit den abgeblühten Geranien zur Seite und begann, über das Balkongeländer zu klettern.

„Edgar, du willst das doch nicht wirklich …“ Clements Blick sprang unschlüssig zwischen seinem Freund und der Wohnungstür hin und her. Der Rauch hatte inzwischen die Diele ihrer Wohnung grau gefärbt, das bedrohliche Knacken aus dem Hausflur war lauter geworden. Plötzlich gab es einen ohrenbetäubenden Knall und die Wohnungstür flog auf, als ob sie von einem Sturm erfasst worden wäre. Gelbe Stichflammen peitschten in die Wohnung und in Sekundenschnelle brannte die ganze Diele. Das Feuer raste die Tapete empor, setzte die Decke in Brand. Die Hitze ließ den Spiegel an der Wand zersplittern.

„Scheiße!“, fluchte Clement und stürzte zu seinem Freund auf den Balkon. „Mach schneller! Beweg dich! Spring!“

Nacheinander machten die beiden Männer einen Satz auf das Flachdach der schräg unter ihrem Balkon liegenden Backstube und sahen vom Rand des Daches hinunter in den Hof.

„Doch höher, als ich dachte“, keuchte Sterkrade. Er verzog das Gesicht und tastete seine linke Hand ab, mit der er den Sprung unsanft abgefedert hatte. „Das sind bestimmt noch fünf Meter.“

Markus Clement schaute zurück und sah, wie die ersten Flammen aus der geöffneten Balkontür ihrer Wohnung züngelten. „Alles verbrennt“, stöhnte er ohnmächtig. „Alles, was wir haben, verbrennt!“ Seine Worte gingen in einem weiteren Knall unter, als genau unter ihnen das Fenster der Backstube zerbarst und Rauch und Flammen explosionsartig zu ihnen hinauf stoben. Clement zerrte seinen hustenden Freund aus dem schwarzen Nebel. „Edgar, wir müssen da runter!“, brüllte er. „Jetzt sofort!“

Sterkrade nickte angestrengt und versuchte mit dem Ärmel seines Sweatshirts den Ruß wegzuwischen, der sich in jeder Pore seines Gesichts festsetzte, in den Ohren, der Nase, den Augenwinkeln. Die beiden sahen sich kurz an und mit zwei Angstschreien sprangen sie hinunter auf den Asphalt des Hinterhofs. Beim Aufprall fühlte Markus Clement einen stechenden Schmerz in seinem Fußgelenk.

„Verdammt!“ Er richtete sich auf, konnte das linke Bein kaum belasten. „Ich hab mir den Fuß verknackst.“

„Kannst du laufen?“ Edgar Sterkrade zog seinen Freund am Arm nach oben.

„Humpeln“, erwiderte Clement mit schmerzverzerrtem Gesicht. So schnell sie konnten, liefen die beiden zum Seiteneingang, der den Hinterhof durch einen schmalen Flur mit der Straßenseite verband. Eine weitere Tür rechts daneben führte direkt vom Hof in die Backstube. Nur sie war außerhalb der Geschäftszeiten zugesperrt. Die andere ließen Clement und Sterkrade als die einzigen Mieter im Haus aus Bequemlichkeit immer unverschlossen, um schneller an ihre Fahrräder oder die Mülleimer im Hof zu gelangen. Eine Bequemlichkeit, durch die sie jetzt einige Sekunden Zeit gewannen.

Sterkrade deutete auf den eisernen Türgriff des Seiteneingangs. „Fass mal da an“, sagte er.

„Wieso?“

„Um zu sehen, ob er heiß ist.“

„Ach, ich soll mir die Finger versengen, weil du …?“

„Du schuldest mir noch was“, unterbrach ihn Sterkrade ungerührt.

Vorsichtig legte Markus Clement seine Hand um den eisernen Türgriff zum Seiteneingang und ließ dann die Luft zwischen seinen Zähnen entweichen. „Kalt“, sagte er erleichtert. Er öffnete die Tür und stützte sich auf der Schulter seines Partners ab. In dem engen, klaustrophobischen Flur roch es zwar auch nach Feuer, doch längst nicht so intensiv wie in ihrer Wohnung. Der Weg war frei. Hastig durchquerten die beiden Männer den schmalen Zugang und atmeten erleichtert auf, als sie sich auf dem Gehweg vor ihrem Haus wiederfanden.

„O Mann!“, entfuhr es Sterkrade, als er seinen Blick auf das brennende Haus richtete. Die Geschäftsräume der *Keksdose* boten ein Bild völliger Zerstörung. Die beiden großen Schaufensterscheiben, in denen sonst in einfachen Schalen Vanillekipferl, Himbeerplätzchen und Schwarz-Weiß-Gebäck ausgestellt wurden, waren zerborsten; überall auf dem Gehweg verstreut lagen Tausende und Abertausende Glassplitter. Die Eingangstür sah aus, als wäre sie aufgesprengt worden. Verkohlt und schief hing sie in ihren Scharnieren, während im Inneren des Geschäfts ein Feuermeer wütete. Flammen züngelten aus den leeren Fenstern, verwüsteten die Inneneinrichtung, schlugen an der Decke zusammen. Rußpartikel flogen wie schwarze Schneeflocken durch die Luft, legten sich als schmieriger Film auf die angrenzenden Gebäude und die Straße. Die Hitze, die wellenartig aus der *Keksdose* entwich, drohte den beiden Männern die Haut zu versengen und sie brachten sich durch ein paar Schritte in Sicherheit.

Um sie herum fanden sich immer mehr Schaulustige ein: Nachbarn, Gäste aus einem nahegelegenen Café und Passanten, die der flackernde Feuerschein und der Brandgeruch angelockt hatte. „Großer Gott!“, sagte ein alter Mann erschüttert und hielt sich ein Taschentuch vor die Nase. „Ist da noch jemand drin?“

Markus Clement schüttelte den Kopf. „Die machen immer um acht Feierabend, wie alle anderen Geschäfte auch.“

Edgar Sterkrade legte die Hand vor die Stirn, um sich gegen die immer stärker werdende Hitze zu schützen, und spähte in das rußige, brennende Inferno. „Sieh mal“, sagte er plötzlich entsetzt. „Da liegt was!“ Er deutete auf einen schwarzen Haufen verbrannter Lumpen im Eingangsbereich, nur wenige Schritte von der Tür entfernt. Der Umriss einer ausgestreckten, verkohlten Hand reckte sich ihnen aus dem unförmigen Bündel entgegen, als würde sie verzweifelt um Hilfe flehen.

Maria Plasberg, Kriminalhauptkommissarin des KK 11 bei der Kölner Kripo, zuständig für Tötungsdelikte und Leiterin der Mordkommission 3, war gerade damit beschäftigt, sich die Reste einer neu aufgetragenen Tönung aus den Haaren zu waschen, als sie das Telefon klingeln hörte. Den Oberkörper über den Badewannenrand gebeugt, hielt sie die Brause über ihren Kopf und kniff die Augen zusammen, während sich das Wasser in der Wanne schwarz färbte. Es war das erste Mal, dass sie von ihrer natürlichen Haarfarbe abwich, aber die 45-jährige alleinerziehende Mutter hatte ihren roten Haarschopf so satt, dass sie das Wagnis einer radikalen Veränderung eingegangen war.

Das Telefon klingelte noch immer. „Kann vielleicht mal jemand an den verdammten Apparat gehen?“, schrie sie Richtung Wohnzimmer, wo sich ihr siebzehnjähriger Sohn Niklas und seine Freundin Nina vor dem Fernseher lümmelten. Die beiden hatten den Nachmittag damit verbracht, sich in der Stadt Umstandskleidung anzuschauen, auch wenn von Ninas ungewollter Schwangerschaft – die bis vor einigen Wochen für erhebliche Unruhe und großen Ärger zwischen den betroffenen Familien gesorgt hatte – noch gar nichts zu sehen war.

„Aber es läuft gerade *CSI New York*!“, maulte Niklas und griff in die neben ihm liegende Chipstüte, ohne die Augen von der Flimmerkiste zu nehmen. „Ist gerade spannend!“

„Niklas!“

„Schon gut, schon gut.“ Niklas stand auf und nahm das Gespräch an. Einen Moment später stand er im Bad und hielt seiner Mutter das Telefon hin. „Für dich, war doch klar.“

Plasberg betrachtete sich kritisch im Spiegel, wobei sie sich auf die Zehenspitzen stellen musste, denn für ihre Körpergröße von gerade einmal 1,65 Meter hing der Spiegel über dem Waschbecken eigentlich zu hoch. „Und? Wie findest du's?“

Ihr Sohn konnte ein Grinsen nicht unterdrücken. „Ehrlich?“

„Jetzt sag schon!“

„Wenn du dir noch die Lippen rot schminkst, siehst du aus wie ein Vampir.“

„Mist“, murmelte Plasberg. „Ich hätte doch das Geld für den Friseur ausgeben sollen.“ Zumindest würde sie morgen noch ein bisschen Rouge auflegen müssen, damit der Kontrast zwischen den dunklen Haaren und der Blässe ihres Gesichts nicht so hervorstach.

Während sich Niklas wieder vor die Glotze trollte, umwickelte die Kommissarin ihre kurz geschnittenen, nassen Haare mit einem Handtuch und nahm den Hörer ans Ohr. „Ja, bitte?“

„Eikner hier.“

Plasberg seufzte innerlich. Wenn ihr Chef, 1. Kriminalhauptkommissar Heribert Eikner, um diese Zeit anrief, hatte das nie etwas Gutes zu bedeuten. „Ich bin im Überstundenfrei“, merkte sie vorsorglich an.

„Und ich habe Karten für die Philharmonie. Wir haben alle unser Päckchen zu tragen.“ Eikners schlechte Laune war durchs Telefon zu hören. Plasberg stellte sich vor, wie ihr Vorgesetzter seine hässliche schwarze Hornbrille die Nasenwurzel hochschob, wie immer, wenn er verärgert war.

„Also schön. Was gibt’s?“ Abwartend setzte sie sich auf den Rand des Toilettendeckels.

„Einen Brand in einem Ladenlokal in der Innenstadt, Auf dem Berlich 5. Das Geschäft ist völlig verwüstet. Die Kollegen der Polizeiinspektion, die den Feuerwehreinsatz begleitet haben, sind auf eine Leiche gestoßen.“

„Ist das Feuer schon gelöscht?“

„Darüber habe ich keine Informationen. Verständigen Sie Brinkhoff und sehen Sie sich mal am Tatort um. Schönen Abend noch.“

Noch bevor Plasberg überlegen konnte, ob sie eine leichte Ironie in der Stimme ihres Vorgesetzten hatte heraushören können, hatte Eikner das Gespräch schon beendet. Natürlich, Philharmoniekarten waren wichtiger als ein paar Einzelheiten zum Einsatz.

Sie rubbelte ihre Haare trocken und wählte anschließend die Handynummer ihres Kollegen Torsten Brinkhoff. Er war erst seit wenigen Monaten bei der Kölner Kripo, hatte sich aber bei seinem ersten Einsatz in der MK 3 so bewährt, dass sie ihm einen festen Platz in ihrem Team angeboten hatte.

„Ha-hallo?“ Brinkhoffs Stimme klang nervös und unsicher, als er antwortete. Aber nervös und unsicher klang Brinkhoff eigentlich immer, und an sein Stottern begann sich die Kommissarin langsam zu gewöhnen – genauso, wie sie sich mehr oder weniger daran gewöhnt hatte, dass er als einer der wenigen Beamten im Kölner Polizeidienst offen schwul lebte.

Im Hintergrund konnte die Kommissarin ein merkwürdiges Stöhnen hören. „Plasberg hier“, sagte sie. Das Stöhnen wurde für einen Moment so laut, dass sie Brinkhoffs Antwort nicht verstand. „Ist alles in Ordnung bei Ihnen? Wo sind Sie?“, fragte sie.

„K-Kino", brachte Brinkhoff heraus und Plasberg musste ein Grinsen unterdrücken, als sie sich den hochroten Kopf des 32-Jährigen ausmalte. „Ist was passiert?"

„Der Chef hat angerufen. Die Leitstelle hat eine Leiche bei einem Brand in der Innenstadt gemeldet."

Während sie die Adresse nannte, wurde das Stöhnen im Hintergrund leiser. Anscheinend hatte sich Brinkhoff an einen ruhigeren Ort zurückgezogen. „W-Warten Sie", sagte er überrascht. „Die Adresse kenne ich. Das ist die *Keksdose*, nicht weit von hier. Ich bin in der Kettengasse. D-Dann weiß ich auch, wo die Sirenen herkamen! Die ha-hab ich gehört."

„*Keksdose*? Was soll das sein?", fragte Plasberg irritiert.

„Wissen Sie das nicht? Das ist ein Plätzchengeschäft. Stadtbekannt. Die haben immer superleckeres Spritzgebäck. Ich geh da öfter mal shoppen."

„Shoppen? Für so was habe ich keine Zeit. Warten Sie am Tatort auf mich, ich bin in zwanzig Minuten da."

Die Kommissarin ging ins Schlafzimmer, schälte sich aus dem Bademantel, warf sich ein paar Sachen über und instruierte anschließend Niklas und Nina, ein Auge auf Ruth zu haben. Plasbergs achtjährige Tochter lag schon im Bett.

„Schon wieder Babysitten?", brummte Niklas, während seine Aufmerksamkeit einem spektakulären Autocrash auf dem Bildschirm galt.

„Dann könnt ihr schon mal üben", erwiderte seine Mutter mit einem spitzen Unterton in ihrer Stimme und einem Blick auf Ninas Bauch. Noch immer hegte sie einen leichten Groll gegen die beiden Teenager, die durch ihren naiven Umgang mit dem Thema Verhütung ihr Leben auf den Kopf gestellt hatten. „Und räumt die Küche auf, bevor ihr ins Bett geht. Immerhin habt ihr sie auch eingesaut beim Pizzabacken."

Niklas murmelte eine undeutliche Zustimmung und kurze Zeit später befand sich Maria Plasberg mit ihrem Wagen auf dem Weg von ihrem kleinen Reihenhaus im Kölner Vorort Porz Richtung Stadtzentrum. Auf der Severinsbrücke warf sie einen Blick auf das angestrahlte Panorama der linksrheinisch gelegenen Altstadt, die Silhouetten des Kölner Doms und des futuristisch-blauen Musical Domes, die den noch immer mit Regenwolken verhangenen Nachthimmel erleuchteten. Eine Postkartenidylle, die verbarg, wie unansehnlich die Stadt sich tagsüber zeigte: übersät von Baustellen, Umleitungen, schmutzig, ständig kurz vor dem Verkehrskollaps.

Die Innenstadt war nur noch schwach besucht. Ein paar Nachzügler, die nach dem Stadtbummel noch zu Abend gegessen hatten und sich jetzt auf den Heimweg machten; ein paar junge Leute, die sich auch von dem tristen Novemberwetter einen Clubbesuch oder Kinoabend nicht verderben lassen wollten. Am Tatort dagegen war die Hölle los. Auf dem Berlich, einer schmalen Einbahnstraße in der Nähe des zentral gelegenen Neumarkts, konnte Plasberg schon von weitem die Blaulichter der Polizei und Feuerwehr erkennen. Ein Großaufgebot an Einsatzfahrzeugen: drei Löschzüge, Notarztwagen und mehrere Polizeiwagen. Die Zufahrtswege und die Straße selbst waren von allen Seiten abgeriegelt, mehrere Beamte waren damit beschäftigt, den abendlichen Durchgangsverkehr umzuleiten, andere, die immer größer werdende Menge der Schaulustigen auf Distanz zu halten, Feuerwehrleute hasteten hin und her. Im Hintergrund baute sich ein Kamerateam des WDR auf, dessen Hauptsitz in unmittelbarer Nähe am Appellhofplatz lag.

Plasberg zog verwundert die Augenbrauen hoch; mit einem solchen Aufgebot hatte sie nicht gerechnet. Sie ließ ihren Wagen direkt vor den Sperren ausrollen, Regenwasser spritzte auf. Hinter ihr trafen immer mehr Einsatzfahrzeuge ein. Als sie aus dem Wagen kletterte, kam Torsten Brinkhoff schon auf sie zugesprintet. Für den Weg zu ihrem Auto brauchte der 1,90 Meter große Hüne nur wenige Schritte.

„Was ist denn hier los?“, fragte die Kommissarin und knöpfte ihren dunklen Wollmantel zu, um sich gegen den kalten Wind zu schützen, der nun wieder vereinzelt Regentropfen vor sich her trug.

Brinkhoff fuhr mit der Hand durch seine wie immer widerspenstig abstehenden Haare. „’n Abend, Frau Plasberg. Der Brand ist eben erst gelöscht worden. Außer der Feuerwehr war noch niemand drin, war zu gefährlich. A-Aber es sieht nicht gut aus. Zum einen ist von dem Haus im Erdgeschoss nicht mehr viel übrig außer dem Gerippe. Das Ding ist ein qualmender T-Trümmerhauf …" Erst jetzt bekam er die Kommissarin richtig zu sehen. „Was ist mit Ihren Haaren passiert?", unterbrach er sich überrascht.

„Ich habe sie gefärbt."

„Ja … nein, ich meine, Sie sehen aus wie ein …"

„Vampir. Ich weiß." Insgeheim verwünschte Plasberg schon jetzt ihre Kurzschlusshandlung. Warum bloß war sie nicht bei Rot geblieben?

Sie warf in der Dunkelheit einen Blick auf das einstöckige Nachkriegsgebäude, das Anfang der fünfziger Jahre notdürftig in eine Bombenlücke gequetscht worden war und rechts und links von doppelt so hohen Wohnhäusern mit kleineren Geschäften im Erdgeschoss eingerahmt wurde. Die leeren Fenster ließen nur einen Blick in ein schwarzes Loch zu. „Und zum anderen?"

„Was?"

„Zum einen ist von dem Haus nicht mehr viel übrig", wiederholte Plasberg Brinkhoffs Bemerkung. „Und zum anderen?"

„Zum anderen haben wir mehr als nur eine Leiche. Wir haben mehrere. Mindestens f-fünf."

„Fünf?" Sie runzelte die Stirn. Jetzt verstand sie Brinkhoffs Aufregung und warum so viele Einsatzkräfte vor Ort waren.

Ihr Mitarbeiter nickte. „Die Kollegen von der Feuerwehr sind ziemlich durch den Wind."

Maria Plasberg blickte hinüber zu den Männern, die in ihren Uniformen am Rand der Absperrung standen. Einer hatte die Hände vors Gesicht geschlagen, ein anderer hatte sich auf den regennassen Bürgersteig gesetzt und schüttelte unablässig den rußverschmutzten Kopf, als könnte er nicht glauben, was er gesehen hatte.

„Wieso waren um diese Uhrzeit so viele Menschen in dem Geschäft?", fragte die Kommissarin. „Und wieso hat die Feuerwehr keinen retten können?"

Brinkhoff zuckte mit den Schultern.

Maria Plasberg schwante, dass dies ein längerer Einsatz werden würde. „Wo ist die erste Leiche, wegen der wir angerufen wurden? Kann ich die wenigstens schon sehen?"

„Da drüben."

Ihr Kollege stapfte vor ihr über den nassen Asphalt und deutete zum Eingang des Geschäfts. Auf dem Boden direkt hinter der Tür des Ladenlokals lag das schwarze, halb verkohlte Bündel, das Edgar Sterkrade entdeckte hatte. Haut und Kleidung waren zu einem untrennbaren Film verschmolzen, einem dunklen Klumpen, aus dem nur noch das Gesicht und eine ausgestreckte Hand herausragten. Feuer und Hitze hatten den Körper wie in einem Ofen auf ungefähr einen Meter zusammengeschrumpft. Plasberg konnte am Ringfinger der rechten Hand einen Ehering erkennen. Die menschlichen Überreste rochen durchdringend nach versengten Haaren und verbranntem Fleisch.

Sie wandte sich schaudernd ab und erspähte den Notarzt, der vor dem Tatort im Heck seines Einsatzwagens hockte und eifrig Notizen machte. Ein kleiner, untersetzter Mann mit schulterlangen, braunen Haaren und einer rot gerahmten Brille. Plasberg schätzte ihn auf Ende dreißig.

„Ich nehme an, Sie können mir noch nicht viel sagen?", fragte sie.

„Sind Sie die leitende Ermittlungsbeamtin?"

Plasberg nickte und zeigte ihm ihre Dienstmarke.

„Dann machen Sie sich auf was gefasst. Mir ist ja schon einiges untergekommen, aber das hier …" Der Notarzt machte eine hilflose Handbewegung. „Die Männer von der Feuerwehr stehen unter Schock, ich habe psychologische Hilfe angefordert." Seine Stimme plätscherte aus und die Kommissarin hatte den Eindruck, dass er selbst einen Arzt nötig hatte.

„Fangen wir doch mit der ersten Leiche an", sagte sie vorsichtig.

„Zu der kann ich Ihnen noch gar nichts sagen, außer dass wir es wahrscheinlich mit einer Frau zu tun haben. Und selbst damit lehne ich mich weit aus dem Fenster."

„Was ist mit Todesursache und Todeszeitpunkt?"

„Da müssen Sie die Untersuchung der Rechtsmedizin abwarten. Ich bin Notarzt und kein Pathologe. Das da“, er schüttelte sich und deutete auf den Eingangsbereich des Ladens, „ist keine menschliche Leiche mehr, sondern nur noch ein verkohltes Stück Fleisch.“

„Sehr hilfreich“, murmelte Plasberg. „Haben wir schon eine Identität?“ Die Frage galt ihrem Kollegen.

Der Kommissar schüttelte den Kopf. „B-bisher haben wir gar nichts, außer zwei Zeugen, die im ersten Stock wohnen und dem Brand über den Hinterhof entkommen sind. Sie haben auch die Feuerwehr alarmiert. Ich hatte noch keine Zeit, mit ihnen zu sprechen. Die Kollegen kümmern sich um die beiden.“

„Ist der Inhaber des Ladens verständigt?“

„Es gibt zwei. Eine Anna Cordes und einen Tom Schneider. Wohnen beide in Deutz, haben dieselbe Adresse, gehen aber nicht ans Telefon. Ich habe der Zentrale gesagt, sie sollen jemanden vorbeischicken. Aber vielleicht sind sie ja auch unter den Opfern?“

Plasberg nickte abwesend. „Gut. Mit den Zeugen unterhalten wir uns später.“ Sie lief zu einem der Löschfahrzeuge und tippte dem Einsatzleiter auf die Schulter, der gerade über ein Funkgerät mit seiner Einsatzzentrale sprach.

„Kripo Köln, Plasberg“, stellte sie sich dem schnauzbärtigen Mann vor. „Können mein Kollege und ich jetzt den Tatort betreten?“

„Nein, natürlich nicht! Sie sehen doch, dass meine Männer mit Atemschutzmasken arbeiten. Sie warten mein Okay ab. Bevor wir nicht überzeugt sind, dass keine giftigen Dämpfe ausgetreten sind, geht da niemand rein.“

Plasberg wollte widersprechen, überlegte es sich dann doch anders. Bei einem Brand war die Verantwortungskette eindeutig. Ohne die Einwilligung der Feuerwehr würde die Polizei keinen Fuß in die Räume setzen. Plasberg ging unruhig auf und ab, vergrub ihre Hände in den Manteltaschen. Nach einem Zeitraum, der ihnen wie eine Ewigkeit vorkam, war das Gebäude gesichert.

„Endlich!“, brummte Plasberg. Durch die lange Warterei hatte sie kalte Füße bekommen.

Als Erstes betraten die Mitarbeiter des Erkennungsdienstes die *Keksdose*, dann folgten die Kommissare und der Notarzt. Der Einsatzleiter wies einen seiner Leute an, alle Beteiligten mit Schutzhelmen auszurüsten, und gab Plasberg eine Warnung mit auf den Weg. „Das komplette Gebäude ist einsturzgefährdet. Muss mit Sicherheit abgerissen werden. Da hat jemand ganze Arbeit geleistet.“

„Sie meinen, da hat jemand nachgeholfen?“

„Wenn ein Feuer in so kurzer Zeit einen so großen Schaden anrichtet, dann geht das nicht mit rechten Dingen zu.“

„Wie schnell waren Sie und Ihre Männer denn vor Ort?“

Der Einsatzleiter hielt inne. „Ist das eine Kritik?“, fragte er misstrauisch.

Plasberg rollte die Augen. „Eine Frage.“

„Warten Sie …“ Der Mann sah auf seine Uhr. „Der Notruf ging um 22:07 Uhr ein, acht Minuten später waren wir hier und haben mit den Löscharbeiten begonnen. Aber Sie sehen ja, wir haben nur das obere Stockwerk halbwegs retten können. Das Feuer muss unten angefangen haben, denn da sind die Schäden erheblich. Von den Leichen ganz zu schweigen“, fügte er hinzu.

„Können Sie mir schon etwas zur Brandursache sagen?“

Der Einsatzleiter schüttelte den Kopf. „Da spekuliere ich lieber nicht. Da muss ein Experte ran.“

„Ich werde einen in mein Team berufen. Der kann sich dann morgen früh hier umsehen.“ Plasberg setzte den Helm auf, der ihr in die Hand gedrückt wurde, und zog Handschuhe über.

„Wo sind die Leichen?“

„Ich habe den Notarzt informiert.“

„Na schön, dann wollen wir mal.“ Sie bedeutete Brinkhoff und dem Arzt, ihr zu folgen, doch bevor sie die verbrannten Geschäftsräume der *Keksdose* betreten konnten, wurden sie erneut aufgehalten. Ein Kollege des Erkennungsdienstes bestand darauf, dass sie auch noch einen Überzug für ihre Schuhe anlegten.

„Als ob es hier noch großartig Spuren zu sichern gäbe!“, sagte Plasberg unwirsch, fügte sich aber ins Unvermeidliche.

Im Gebäude stieg ihnen der beißende Geruch von Ruß und Qualm in die Nasen und sie begannen zu husten. Während der Arzt eine Atemschutzmaske überzog, kramte Plasberg aus ihrer überdimensionalen Handtasche zwei Taschentücher heraus, die sich die Polizeibeamten vor Mund und Nase hielten. Torsten Brinkhoff musste wider Willen grinsen. Seine Vorgesetzte war bekannt für ihre exzentrischen Aufmachungen und ihre grotesken Handtaschen; im Polizeipräsidium machte seit Jahren ein Gerücht die Runde, dass sie mehr als fünfzig Modelle besaß. Diesmal hatte sie etwas Quietschgrünes um die Schultern, das ihn entfernt an einen Grashügel erinnerte.

„O-Originelles Design", sagte er.

Plasberg würdigte ihn keiner Antwort und holte eine Taschenlampe hervor. Inzwischen war der Tatort zwar taghell von Scheinwerfern erleuchtet, aber viele Ecken der *Keksdose* lagen nach wie vor in Dunkelheit. Vorsichtig machte die Kommissarin ein paar Schritte in das Ladenlokal hinein, wobei sie über die erste Leiche hinwegsteigen musste. Das Geschäft besaß einen ungefähr 60 Quadratmeter großen Verkaufsraum, dessen hinteres Drittel von einer Theke und einer großen, ehemals silbernen, aber jetzt völlig rußverschmierten Espressomaschine eingenommen wurde. Vor dem Feuer hatten im vorderen Teil, direkt vor den Schaufenstern, zwei kleine Caféhaustische mit mehreren Stühlen gestanden. Jetzt lagen die Reste der Möbel zerstört, kreuz und quer und verbrannt auf dem Boden. Die Flammen und der Qualm hatten den ganzen Raum grauschwarz gefärbt, der ursprünglich weiße Verputz ließ sich nur noch in einigen Ecken ausmachen. Das Glas der Theke war zersplittert, ein schmiedeeiserner Garderobenständer lag in den Resten der Auslegware, Plätzchen- und Keksreste vermischten sich auf dem Boden mit Rußflocken und Asche, schwarze Schlieren überzogen die Decke. Einige wenige kleine Schalen waren dem Feuer entgangen; in ihnen befanden sich ebenfalls Überbleibsel von Backwaren, halb verbrannte Preisschilder lagen daneben. „But rkek 00g 1,99 €" konnte Plasberg mit Mühe auf einem entziffern. Die verkohlten Reste eines Geschirrhandtuchs lagen im Dreck, vermischt mit den Spuren des Brandes und den Pfützen des Löschwassers, die den Bodenbelag in eine Art rutschigen Schlick verwandelten.

„Ich sehe keine Leichen." Plasberg wischte sich ein paar Schweißperlen von der Stirn. Es war heiß hier drin. Heiß und stickig. Schon jetzt klebte ihr unter dem dicken Wollmantel die Kleidung am Leib.

„Hinten in den anderen Räumen", antwortete der Notarzt. Unter seinem Atemschutz drangen seine Worte nur gedämpft an die Ohren der Kommissare.

Rechts neben der Theke gingen zwei Eisentüren ab, die Maria Plasberg in dem Chaos bisher entgangen waren, auch weil ihre Umrisse in der flammenversengten Wand kaum auszumachen waren. Sie stieß die linke Tür auf und stand in einem kleinen Raum, der wohl als Büro gedient hatte. Zwei vermummte Kollegen vom Erkennungsdienst waren damit beschäftigt, Fotos zu schießen und suchten den Raum nach Fingerabdrücken und anderen Spuren ab.

Das Büro war aufgrund der angelehnten Eisentür vom Feuer weitgehend verschont geblieben; Wände und Decke waren nur rußversengt durch den Qualm, der durch die Ritzen gekrochen war. Ein Regal mit Aktenordnern neben der Tür hatte jedoch – vermutlich aufgrund der Hitzeentwicklung – trotzdem Feuer gefangen: Von der Hälfte der Ordner war nur noch Asche übrig, der Rest war durch Löschwasser unbrauchbar geworden. Überall flogen kleine, halbverbrannte Papierschnipsel herum, stoben im Durchzug auf wie ein Schwarm Fliegen, als Plasberg und Brinkhoff mit dem Notarzt den Raum betraten, und rieselten als grauer Schnee wieder auf die Erde. Wäre die Feuerwehr nur wenige Minuten später erschienen, hätten die Flammen als Nächstes diesem Zimmer den Garaus gemacht.

Die zweite Leiche kauerte auf einem Bürostuhl, den Oberkörper und Kopf auf einen Schreibtisch an der rechten Wand gelegt. Im Lichtkegel von Plasbergs Taschenlampe sah es so aus, als hätte der Schlaf sie bei der Buchhaltung übermannt. Der heiße Ruß hatte der Frau die Haare versengt, ebenso die Kleidung, sodass man nicht mehr erkennen konnte, was sie getragen hatte. Auch das Alter war nicht auszumachen. Die Handgelenke waren mit Handschellen auf dem Rücken gefesselt, und die weit geöffneten Augen blickten die Kommissare starr an. Noch immer konnte man ihnen die Angst ansehen, die die Frau vor ihrem Tod ausgestanden haben musste. Mitten auf der Stirn war eine klaffende Wunde zu sehen und die rechte Hälfte ihres Gesichts war mit einer geleeartigen, schwärzlichen Substanz verschmiert.

„Blut“, sagte die Kommissarin.

Der Notarzt nickte schweigend.

„Also kein Opfer der Flammen“, konstatierte Plasberg.

„Nein. Kopfschuss aus nächster Nähe. Zumindest diese beiden waren schon tot.“

Der Arzt deutete auf die dritte Leiche, die zusammengekrümmt in einer Ecke des Zimmers lag, die Beine an den Oberkörper gezogen. Ein groß gewachsener, glatt rasierter Mann, ähnlich schlank wie die weibliche Leiche, mit dunklen, kurz geschnittenen Haaren. Auch er hatte die Arme auf dem Rücken gefesselt und auch er schien durch einen Schuss in die Stirn aus nächster Nähe getötet worden zu sein.

Torsten Brinkhoff schluckte. „Wie eine Hi-Hinrichtung“, murmelte er.

„Hat jemand die Leichen angefasst?“, erkundigte sich die Kommissarin. „Einer von den Kollegen der Feuerwehr vielleicht, bei einem Bergungsversuch?“

Brinkhoff verneinte. „Ich habe extra nachgefragt.“

„Gut. Darf ich?“, wandte sich Plasberg an einen Mitarbeiter des Erkennungsdienstes, und dann, ohne eine Antwort abzuwarten, suchte sie die Taschen des männlichen Opfers ab. Dabei ging sie so vorsichtig wie möglich zu Werke, um die Position des Toten nicht zu verändern. Kurz darauf förderte sie eine Brieftasche aus der Innentasche seiner Jacke zu Tage. „Thomas Schneider, 35 Jahre alt, geboren in München, wohnhaft in Köln, Deutzer Freiheit“, las sie aus dem Personalausweis vor. „Na also, da haben wir doch einen der Inhaber des Geschäfts!“ Sie sah sich suchend im Raum um. „Schauen Sie mal, ob hier irgendwo eine Handtasche herumliegt.“

„Eine Handtasche?“ Brinkhoff starrte seine Chefin verständnislos an. Im ersten Moment dachte er, Plasberg wäre darauf aus, ihren Fundus an modischen Accessoires zu vervollständigen.

Die Kommissarin schien seine Gedanken zu lesen. „Nicht für mich!“, fuhr sie ihn an. „Aber Frauen bewahren alles Mögliche darin auf, unter anderem auch ihre Scheckkarten und Ausweise, Sie Trottel!“

Torsten Brinkhoff biss sich auf die Lippe. Noch immer stieß ihn der schroffe Umgangston seiner Vorgesetzten vor den Kopf, auch wenn Plasberg es meist nicht so meinte, wie es klang. Aber sie hatte sich in der männerdominierten Welt der Polizei nach oben kämpfen müssen und sich dabei eine harte Schale zugelegt.

Der Notarzt erblickte die gesuchte Handtasche schließlich. Sie war hinter den Schreibtisch gefallen. Plasberg ging auf die Knie und schlängelte sich zwischen dem weiblichen Opfer und unter der Schreibtischplatte durch, ohne auf den Protest der Spurensicherung zu achten. Mit den Fingerspitzen bekam sie schließlich die Bügel der Tasche zu packen und zog sie aus der Ecke hervor. Einen Handgriff später hatte sie auch den Personalausweis der toten Frau in der Hand. „Anna Cordes, 34 Jahre, gleiche Adresse wie Thomas Schneider“, sagte sie. „Die Mitinhaberin. Sieht aus, als wären die beiden liiert gewesen.“

„Oder sie haben nur im selben Haus gewohnt“, wandte Brinkhoff ein.

Maria Plasberg schnaubte ungläubig auf. „Werden wir ja sehen.“ Sie wühlte weiter in der Handtasche der Toten und kramte ein kleines, abgegriffenes Adressbuch heraus, überflog kurz den Inhalt. „Die Adresse und Telefonnummer der Angehörigen. Na, das ist doch schon mal was: die wohnen auch in Köln. Wo sind die zwei übrigen Leichen?“

Der Notarzt führte die beiden Beamten zurück in den Verkaufsraum und dann durch eine zweite Tür, durch die man in die nach hinten gelegene Backstube gelangte. Auch hier war die Spurensicherung schon in vollem Gang.

In der Backstube musste das Feuer einen weiteren Ausgangspunkt gehabt haben; eine andere Erklärung schien die Zerstörung nicht zuzulassen, die die Kommissare trotz der Eisentür, die auch die Backstube vom Verkaufsraum trennte, vorfanden. Nur noch anhand der großen Öfen an der rückwärtigen Wand und der breiten Arbeitsflächen konnte man die ursprüngliche Bestimmung des Raumes erkennen. Alles war verkohlt, das Fenster zum Hof durch die Flammen herausgesprengt und zersplittert. Der beißende Geruch des Rauchs war kaum zu ertragen. Die Kommissare konnten die Überreste einer Spüle und einer industriellen Geschirrspülmaschine ausmachen, zwei Geschirrwagen, die mit unzähligen, durch die Hitze verzogenen Backblechen bestückt waren, sowie einen schwarz verfärbten, ausgebrannten Kühlschrank, wie man ihn in Großküchen benutzte.

„Hier ist keiner mehr rausgekommen“, entfuhr es Torsten Brinkhoff. Dann entdeckte er die Leichen und musste sich auf einer der Arbeitsflächen abstützen. Sein Gesicht nahm die Farbe von Mehl an. „Großer Gott“, flüsterte er.

Zwei zusammengeschrumpfte Klumpen, schwarz verkohltes Fleisch, das einen süßlich-verbrannten Geruch absonderte, und ein paar graue Knochen: das war alles, was die Flammen und die Hitze übrig gelassen hatten. Plasberg und Brinkhoff konnten gerade noch jeweils einen Kopf und einige Gliedmaßen erkennen. Nicht einmal das Geschlecht der Opfer ließ sich durch einen Blick eindeutig feststellen.

Brinkhoff war plötzlich übel; er spürte, wie sich sein Magen umdrehte. Mit einem Satz hechtete er zur Fensteröffnung und kotzte sein Abendessen in hohem Bogen auf den Hinterhof hinaus, genau auf die Mülltonnen, die unter dem Fenster standen. Schwer atmend stützte er sich am Fensterrahmen ab und sog die frische Luft ein, die von draußen hereinkam.

„T-Tut mir l-leid“, stotterte er schließlich und wischte sich den Mund mit seinem Taschentuch ab. „Aber so was … darauf war ich nicht vorbereitet.“

Auch die Kommissarin hatte beim ersten Anblick der Leichen tief durchatmen müssen. Sie beugte sich über die menschlichen Überreste des Opfers, das in der Nähe der Öfen lag. „Ein Mann … vielleicht“, sagte sie schließlich und tippte mit dem Fuß auf einen von den Flammen halbwegs verschonten Turnschuh, der neben der Leiche lag. „Das ist mindestens Größe 44/45." Sie betrachtete eingehend den Torso des Opfers. „Vom Körperbau könnte es auch hinkommen. Und da", sie deutete auf ein verkohltes Stück Stoff, das hinter dem Toten lag und noch einige weiße Flecken aufwies. „Das könnte eine Bäckermütze gewesen sein, eine dieser großen, weißen Hauben. Sieht man doch heute in jeder Kochsendung." Dann wurde ihre Aufmerksamkeit auf ein Paar dunkel verfärbte Metallringe gelenkt, die am rückseitigen Teil der Leiche mit der Haut verschmolzen waren. Sie bückte sich und starrte auf die Körperhaltung des Mannes. „Und er war mit Sicherheit auch gefesselt. Wie die zwei anderen im Büroraum. Man kann es auch an der Beugung der Schultern erahnen, die gehen nach hinten weg und die Arme liegen auf dem Rücken."

„D-Das sollen die Arme sein?", fragte Brinkhoff schwach. „W-Wo sind denn die Hände?" Er stürzte ein weiteres Mal zum Fenster und würgte.

„Nicht gerade sehr belastbar, Ihr Kollege, was?", sagte der Notarzt. „Hat er noch nie mit Brandopfern zu tun gehabt?"

Plasberg richtete sich auf. „Er ist noch neu bei der Mordkommission. Ist dieses Opfer auch erschossen worden?"

Der Arzt drehte den Kopf der Leiche vorsichtig zur Seite, sodass sie das Gesicht besser sehen konnte, und lenkte die Aufmerksamkeit der Kommissarin auf das, was einmal die linke Kopfhälfte gewesen war. Die Nase, das linke Auge und die Seite des Schädels waren förmlich weggesprengt worden. An ihrer Stelle befand sich stattdessen ein großer schwarzer Krater. „Das kann nicht vom Feuer verursacht worden sein. Ich tippe auf eine Schusswunde. Bei den massiven Verletzungen wohl aus nächster Nähe."

Plasberg nickte. Dann drückte sie den Griff der Tür neben dem Fenster. „Nicht verschlossen", murmelte sie, trat hinaus in den Hof und inspizierte mit spitzen Fingern die mit Brinkhoffs Erbrochenem besudelten Mülltonnen. Anschließend kehrte sie in die Backstube zurück und ging weiter zu dem letzten Opfer, das im vorderen Bereich des Raumes lag, direkt an der Wand neben den Geschirrwagen mit den Backblechen. Diese Leiche war kleiner als die in der Nähe der Öfen und kam Plasberg zierlicher vor, auch wenn sie es aufgrund der Flammeneinwirkung nicht mit Sicherheit sagen konnte. Das Opfer schien an der Wand gekauert zu haben und war dann wohl zur Seite gekippt, denn auch seine Beine waren angewinkelt. Mehr allerdings konnte Plasberg nicht erkennen. Dann aber entdeckte sie an der Leiche wie schon zuvor bei den anderen Handschellen, mit denen anscheinend alle gefesselt worden waren. Behutsam tastete sie die metallenen Ringe ab und hielt dann mit den Fingerspitzen etwas gegen das Licht. Ein langes, schwarzes Haar.

„Ich wette auf eine Frau", sagte sie schließlich. „Aber da müssen wir wohl erst die Rechtsmedizin abwarten. Können Sie hier schon etwas zur Todesursache sagen?"

Der Notarzt schüttelte den Kopf.

„Aber gefesselt war sie auf jeden Fall", sagte die Kommissarin. „Alle waren gefesselt, nur die Leiche im Eingangsbereich nicht."

„W-Woher wissen Sie das?", fragte Brinkhoff, der wieder ein wenig Farbe im Gesicht hatte.

„Die Leiche im Eingang hatte die Hand nach vorne ausgestreckt. Sie kann nicht gefesselt gewesen sein." Plasberg vergrub ihre Hände in den Manteltaschen.

Es war weit nach Mitternacht, als halbwegs Sicherheit darüber herrschte, dass alle Opfer durch Schussverletzungen ums Leben gekommen waren. Erst danach beendeten die Kommissare die erste Besichtigung des Tatorts und fanden Zeit, die beiden Zeugen zu befragen. Sterkrade und Clement standen verloren etwas abseits der Absperrungen und hatten apathisch die Löscharbeiten und Spurensicherung der Polizei verfolgt. Irgendjemand war so fürsorglich gewesen, Kaffee in Pappbechern zu besorgen und eine Decke, die sie um ihre Schultern geworfen hatten. Sogar ein paar Zigaretten hatte man für den Raucher Sterkrade organisiert, dessen Nerven blank lagen. Markus Clements Fuß war gerade vom Notarzt bandagiert worden, als Maria Plasberg mit Torsten Brinkhoff im Schlepptau auf die beiden Männer zukam.

„Mmh“, seufzte die Kommissarin und stellte sich vor, „Kaffee hätte ich jetzt auch gerne.“

„Dann fragen Sie einen der Psychologen“, erwiderte Edgar Sterkrade. „Die haben sich wenigstens um uns gekümmert.“ Der Unmut über die lange Wartezeit und der Schock des Brandes waren ihm deutlich anzumerken. „Wann können wir zurück in unsere Wohnung?“

„Gar nicht“, sagte Plasberg. Sie war müde und der Anblick der fünf Leichen hatte sie mehr mitgenommen, als sie zugeben wollte. „Das Haus ist einsturzgefährdet. Sie werden wohl erst mal bei Freunden oder Verwandten unterkommen müssen. Das ist übrigens mein Kollege Oberkommissar Brinkhoff. Und Sie sind Edgar Sterkrade und …“

„Markus!“, stieß Torsten Brinkhoff hervor. „Markus Clement!“ Im nächsten Augenblick hätte er sich am liebsten auf die Zunge gebissen.

„Ach, Sie kennen sich?“, fragte die Kommissarin und auch Sterkrade fragte fast zeitgleich: „Ihr kennt euch?“

„Wir … eh … ja … wir kennen uns. Flüchtig“, murmelte Clement und schaute zu Boden.

Auch Brinkhoff wäre lieber nicht an seine Affäre mit Markus Clement erinnert worden, die erst wenige Wochen zurücklag. Er war gerade dabei gewesen, sich in den glatzköpfigen Mann zu verlieben, als der ihm gestanden hatte, schon seit Jahren mit einem anderen befreundet zu sein. Brinkhoff hatte ihn aus der Wohnung geworfen und versucht, nicht mehr an ihn zu denken.

„Moment!“ Edgar Sterkrades Blick sprang zwischen den beiden Männern hin und her und es dauerte nur einen Augenblick, bis er begriff. „Habt ihr etwa …? Ach, verdammt, das glaube ich einfach nicht!“ Wütend starrte er seinen Freund an, und für einen Moment sah es so aus, als wollte er handgreiflich werden.

Torsten Brinkhoff wäre am liebsten im Erdboden versunken. Eine Begegnung mit Clement, noch dazu in Gegenwart von Maria Plasberg, war das Letzte, was er sich gewünscht hatte.

„Wie geht es Bombadil?“, fragte Markus Clement schließlich, um die peinliche Pause auszufüllen, die entstanden war.

Während ihrer Affäre hatte Brinkhoff einen fetten Kater namens Bombadil in Pflege genommen. Sein ehemaliger Besitzer war einem Mord zum Opfer gefallen, den die MK 3 unter Plasbergs Führung untersucht hatte. Eigentlich war Brinkhoff von seiner Chefin die Pflege aufgedrängt worden. Zuerst sollte es nur eine Notlösung sein, aber dann hatte er es nicht übers Herz gebracht, den Kater ins Tierheim abzuschieben.

„Gut. Danke der Nachfrage“, erwiderte er kühl. „W-Was tust du hier?“

„Mein Freund und ich wohnen über der *Keksdose* im ersten Stock.“

„Das wusste ich gar nicht. Aber von dir wusste ich ja viele Dinge nicht“, sagte der Kommissar sarkastisch. Erneut wurde ihm bewusst, wie tief die Verletzung saß.

Clement wollte gerade zu einer Antwort ansetzen, als Plasberg sich einschaltete. „Vielleicht können wir das Private mal außen vor lassen und zum Thema kommen. Sie haben die Feuerwehr verständigt?“, wandte sie sich an die beiden Männer.

Edgar Sterkrade warf dem Kommissar einen Blick purer Abneigung zu. „Ja“, erwiderte er. „Und wir haben auch die Leiche entdeckt.“

„Kennen Sie die Betreiber des Geschäfts?“

„Anna und Tom? Ja, klar. Wenn auch nicht gut“, fügte er einschränkend hinzu. „Wie man sich halt so kennt, wenn man sich fast jeden Tag begegnet.“ Er zögerte einen Moment. „Wir haben gesehen, dass da fünf Leichen auf Bahren heraustransportiert worden sind. Sind die beiden etwa auch …?“

Die Kommissarin ließ die Frage unbeantwortet, aber ihr Schweigen sprach für sich.

Clement schnorrte seinen Freund um eine Zigarette an und hielt sie mit zitternden Fingern an ein Feuerzeug. „O Mann“, murmelte er. „Wissen … wissen Sie schon, wie es zu dem Brand gekommen ist?“

„Eigentlich würde ich Ihnen beiden ganz gerne ein paar Fragen stellen und nicht umgekehrt“, erwiderte Plasberg.

„Dann fragen Sie halt“, entgegnete Sterkrade pampig.

Plasberg sah ihn scharf an und begann mit den Routinefragen, wann die beiden das Feuer bemerkt und was sie am Nachmittag getan hatten, ob sie den ganzen Abend über Zuhause gewesen waren. Immer wieder erkundigte sie sich auch nach kleinsten Details, bis Edgar Sterkrade sie genervt unterbrach. „Sie tun ja gerade so, als ob wir das Feuer gelegt und die Leute erschossen haben!"

„Woher wollen Sie wissen, dass sie erschossen wurden?" Plasbergs Nachfrage kam blitzschnell.

Sterkrade nickte in Richtung der Feuerwehrleute. „Wenn man hier den ganzen Abend steht, kommt man nicht umhin, ein paar Gesprächsfetzen aufzufangen."

Plasberg seufzte. Soweit zur Geheimhaltung bei einem Großeinsatz. „Und? *Haben* Sie die Opfer umgebracht?" Ihre Frage hatte eigentlich nur noch rhetorischen Charakter.

„Nein! Natürlich nicht! Wir haben die Feuerwehr alarmiert, erinnern Sie sich?" Sterkrades Empörung schien echt zu sein – oder er war ein guter Schauspieler.

„Wir haben die Zeit Ihres Notrufs registriert. Ist Ihnen irgendetwas aufgefallen vor dem Brand? Etwas Ungewöhnliches? Geräusche aus dem Erdgeschoss? Stimmen? Schüsse? Etwas, das nicht in den normalen Alltag gepasst hat?"

Beide Männer dachten einen Moment nach und schüttelten dann den Kopf. „Nein", sagte Clement. Er zog an seiner Zigarette und blies den Rauch durch die Nase aus. „Eigentlich nicht. Aber wir bekommen auch wirklich nicht viel vom Geschäft mit, die Wände und Decken sind ziemlich gut schallisoliert. Das Einzige, was immer wieder in unsere Wohnung dringt, ist der Geruch von frischen Plätzchen, wenn Jakob oder Fatma das Fenster der Backstube geöffnet haben." Er lächelte fast entschuldigend. „Riecht immer gut. Nach Weihnachten."

„Jakob und Fatma?", fragte Brinkhoffs Vorgesetzte. „Wer ist das?"

„Die Angestellten von Anna und Tom. Jakob ist der Bäcker und Fatma steht meist hinter dem Tresen und verkauft zusammen mit Anna die Plätzchen. Manchmal hilft sie auch Jakob hinten in der Backstube."

„Sie kennen nicht zufällig die vollständigen Namen?"
Edgar Sterkrade verneinte.

„Hat diese Fatma lange, schwarze Haare?"

„Woher wissen Sie das?", erwiderte Clement und gleich darauf dämmerte ihm die Antwort. Mit schreckgeweiteten Augen sah er die Kommissarin an. „Sie ist auch tot?" Frierend zog er die Wolldecke enger um seine Schultern. „Scheiße, Scheiße, Scheiße."

Plasberg wechselte das Thema. „Mehr Angestellte gibt es nicht?"

„Doch", antwortete Clement stockend. „Da gibt es noch die Putzfrau, Frau Gnielka, eine Polin, schon ein bisschen älter, so Mitte fünfzig, würde ich schätzen. Aber die ist nur am frühen Morgen im Laden", beeilte er sich hinzuzufügen. „Ich hab sie häufig getroffen, wenn ich zur Arbeit gegangen bin. War sie auch da drin?"

Die Kommissarin ignorierte seine Frage. „Wieso war um kurz nach zehn Uhr abends überhaupt noch jemand im Laden?", erkundigte sie sich. „Ich nehme an, dass das Geschäft um spätestens 20:00 Uhr geschlossen hat?"

Sterkrade grinste süffisant. „Sie haben wohl noch nie in der freien Wirtschaft gearbeitet, was? Da lässt man nicht pünktlich zum Feierabend den Bleistift fallen und geht nach Hause wie bei den Beamten. Man muss aufräumen, Büroarbeiten erledigen, Vorbereitungen für den nächsten Tag treffen, die Kassenbestände prüfen …"

„Sie scheinen ja sehr gut informiert zu sein", unterbrach ihn Plasberg und ließ Sterkrades Provokation an sich abprallen. Wenn er glaubte, dass er sie mit ein paar dämlichen Anspielungen aus dem Gleichgewicht bringen konnte, war er falsch gewickelt. Sie konnte zwar nachvollziehen, weshalb er so kratzbürstig war, aber an seiner Situation konnte sie auch nichts ändern.

„Ich war früher selber mal selbstständig. Ist schief gega…"

„Die Kassenbestände!", fiel ihm Brinkhoff ins Wort und lief zurück zum Tatort, in den Verkaufsraum. Tatsächlich war er erleichtert, der Gegenwart Markus Clements zu entkommen. Kurz darauf kehrte er zurück und winkte seine Chefin zur Seite.

„Leergeräumt“, sagte er. „Die Kasse ist komplett leergeräumt. Das Schloss ist allerdings nicht beschädigt. Aufgebrochen worden ist die Kasse mit Sicherheit nicht.“

„Haben Sie im Büro nachgesehen? Vielleicht waren Cordes und Schneider schon mit dem Zählen der Einnahmen beschäftigt.“

„Da war auch nichts. Nicht mal ein paar Münzen.“

Plasberg unterdrückte ein Gähnen und rieb sich die Augen.

„Müde?“

„Ein bisschen. Ich hätte das Überstundenfrei gut gebrauchen können. Und wenn dann noch so ein Idiot daherkommt und sich über Beamte lustig macht … Na ja, egal.“ Nachdenklich spielte sie am Verschluss ihrer Handtasche. „Wie gut kennen Sie diesen Clement?“

„Sie m-meinen, ob er und sein Freund was mit den M-Morden zu tun haben?“

Plasberg bejahte.

„Er ist zwar ein A-Arschloch, aber n-nein“, erwiderte Brinkhoff. „Das p-passt nicht zu ihm.“

„Na schön … trotzdem müssen wir den Hintergrund der beiden überprüfen. Sie können sich nur gegenseitig ein Alibi geben. Das ist wertlos, wenn sie zusammen drinstecken.“ Sie warf einen Blick auf das ausgebrannte Geschäft, ließ noch einmal das Bild der Zerstörung auf sich wirken. „Könnte also ein Raubmord gewesen sein“, sagte sie nach einer Weile. „Aber irgendwie kommt mir die Sache nicht stimmig vor. Da ist zu viel Brutalität im Spiel. Der oder die Täter überfallen das Geschäft, fesseln alle Anwesenden, plündern die Tageseinnahmen, erschießen dann alle Mitarbeiter und legen hinterher Feuer, um ihre Tat zu vertuschen. Ein ziemlich hoher Preis für maximal ein paar tausend Euro, oder? Wenn es überhaupt so viel war. Wie viel Geld kann man mit einem Keksladen wohl verdienen? Ich kann mir gar nicht vorstellen, dass sich das lohnt!“

„Jetzt in der V-Vorweihnachtszeit? Haben Sie eine Ahnung! Der Laden war bestimmt eine Goldgrube. Wenn ich mich recht erinnere, war vor ein paar Wochen sogar ein Artikel darüber im *Kölner Stadt-Anzeiger*. Müsste ich eigentlich noch zu Hause haben.“

„Sie heben die Zeitungen von vor ein paar Wochen auf? Und ich dachte, Sie hätten einen Putzfimmel! Was machen Sie mit dem ganzen Altpapier, Kollege?“

Brinkhoffs Stottern wurde stärker. „S-Sammeln und L-Lesen“, antwortete er ausweichend.

Plasberg zog die Augenbrauen hoch, vermied aber jeden weiteren Kommentar. Die Ordnung in ihrem eigenen Haushalt ließ auch meist zu wünschen übrig. Mit Grauen dachte sie an den Berg von Bügelwäsche im Wohnzimmer, der seit Wochen immer höher wurde. Jetzt, da auch noch Niklas' Freundin mehr oder weniger bei ihnen wohnte, hätte die Kommissarin gut eine Haushaltshilfe oder zumindest eine Putzfrau gebrauchen können.

Sie ging zurück zu Edgar Sterkrade und Markus Clement. „Ich denke, wir sind erst mal fertig hier.“ Sie kramte in ihrer grasgrünen Handtasche und drückte einem der beiden Männer ihre Karte in die Hand. „Wenn Ihnen noch etwas zu dem heutigen Abend einfallen sollte, rufen Sie mich an.“

„Ja, aber …unsere Wohnung, unsere ganzen Sachen!“, sagte Sterkrade erbost. „Was sollen wir denn jetzt machen?“ Er sah aus, als wollte er die Kommissarin persönlich für das Unglück belangen.

„Der Einsatzleiter hat klipp und klar gesagt, dass das Gebäude einsturzgefährdet ist. Sie können da nicht wieder hinein“, erwiderte sie kurz angebunden. „Haben Sie keine Bekannten oder Freunde, bei denen Sie eine Zeit lang unterkommen können?“

„Doch, sicher … Wir haben schon jemanden angerufen … aber … ist denn von unseren Sachen gar nichts mehr zu retten?“

Plasberg winkte einen den Tatort sichernden Polizisten heran, um die Verantwortung für diesen unsympathischen Zeugen so schnell wie möglich loszuwerden. „Der Kollege hier wird sich um Sie kümmern und sich auch Ihre vorläufige Adresse notieren. Vielleicht kann man morgen bei Tag noch einiges aus Ihrer Wohnung herausholen.“ Sie verabschiedete sich und zog Brinkhoff in Richtung der Absperrungen. „Machen wir Schluss für heute. Mehr können wir im Moment nicht tun. Vielleicht haben wir bis morgen früh eine gesicherte Identifikation der Leichen und einen ersten Bericht des Erkennungsdienstes über Spuren am Tatort."

Sie schob sich an den Reportern des Lokalfernsehens vorbei, die mit ihren Mikrofonen und Kameras am Rande der Absperrung standen und händeringend nach einem offiziellen Ansprechpartner suchten.

„Aasgeier", murmelte sie und Brinkhoff sah sich rasch um, ob jemand die verächtliche Bemerkung gehört hatte. Plasbergs ruppiger Umgang mit der Presse war im Präsidium nur zu gut bekannt und hatte ihr schon mehr als einmal Schwierigkeiten eingebracht.

„Können Sie mich zu Hause absetzen?", fragte er, während er seine Chefin zu ihrem Fahrzeug begleitete.

„Wenn es sein muss." Sie drückte auf die Entriegelung ihres Wagens und öffnete die Fahrertür. „Steigen Sie ein."

Brinkhoff räumte eine leere Mineralwasserflasche, eine Packung Taschentücher und die Reste eines Sandwiches vom Beifahrersitz. Die Kommissarin kämpfte einen vergeblichen Kampf gegen die Unordnung im Fahrzeuginnenraum und er war inzwischen mit dem Chaos im Auto seiner Vorgesetzten vertraut.

Sie ließen die Blaulichter der Einsatzfahrzeuge und die Scheinwerfer, die den Tatort mittlerweile in ein gleißendes Licht tauchten, hinter sich und Plasberg lenkte ihren verrosteten Golf über die Deutzer Brücke zurück auf rechtsrheinisches Gebiet. Plötzlich waren beide Beamte sehr einsilbig. Die kurze Regenpause war endgültig vorbei und der Wind trieb die Regentropfen in heftigen Böen waagerecht vor sich her.

„Grauenvolles Wetter", murmelte Brinkhoff und sah aus dem Fenster auf den braunen Fluss. Wenn es so weiterregnete, würde es bald Hochwasser geben. Der Pegel des Rheins war in den letzten Wochen gefährlich angestiegen. „Ich kann November nicht ausstehen."

Wenig später hielt Plasberg am Gotenring vor dem Mehrfamilienhaus, in dem ihr Kollege wohnte. „Wir sehen uns morgen zur Frühbesprechung", sagte sie, während er ausstieg, und gähnte erneut. „Und … Brinkhoff?"

„W-Was?"

„Sehen Sie zu, dass Sie Beruf und Privatleben in Zukunft ein wenig besser trennen."

„Aber ich ..." Der Kommissar wollte entgegenhalten, dass er nichts für den merkwürdigen Zufall konnte, der zu einem Wiedersehen mit Markus Clement geführt hatte, aber er war zu erschöpft, um sich auf eine Diskussion einzulassen. Verärgert schlug er die Wagentür zu und verschwand mit wenigen Schritten im Hauseingang.

Als Maria Plasberg die Haustür aufschloss, fand sie Niklas und Nina schlafend auf der Couch vor. Ihr Sohn hatte einen Arm auf den Bauch seiner Freundin gelegt und seine langen Haare hingen ihm ins Gesicht. Seit Tagen versuchte die Kommissarin ihren Sohn davon zu überzeugen, dem Friseur einen Besuch abzustatten: vergeblich. Neben den beiden Jugendlichen hockte ihre Tochter Ruth in einem rot gestreiften Pyjama und vernichtete mechanisch eine Tüte Gummibärchen, während ihre Augen am Fernseher klebten. Auf einem der Privatkanäle flimmerte eine Episode der *Simpsons*.

Entschlossen nahm Plasberg ihrer Tochter die Fernbedienung aus der Hand und schaltete die Glotze aus. „Wieso bist du nicht im Bett und schläfst? Wieso seid ihr nicht alle längst im Bett?"

„Schlecht geträumt", verteidigte sich Ruth mit vollem Mund. „Und du warst nicht da!" Es sollte wie ein Vorwurf klingen, aber Maria Plasberg fiel auf die Finten ihrer Tochter nicht mehr herein.

„Ach, und da hast du dir gedacht, ich stopf mich lieber mit Süßigkeiten voll und schau mir eine Zeichentrickserie an, ja?"

Niklas' Freundin reckte sich und schlug die Augen auf. „Hallo, Frau Plasberg", murmelte sie. „Ich glaube, wir sind eingedöst. Tut mir leid. Wie spät ist es?"

„Schon nach zwei. Ab ins Bett, alle Mann!" Plasberg stupste ihren Sohn an, der daraufhin unwirsch aufbrummte und laut gähnte. „Kinder, das geht so nicht!", sagte sie entnervt. „Ihr könnt nicht jedes Mal die Nacht zum Tag machen, wenn ich zu einem Einsatz gerufen werde. Ihr müsst morgen in die Schule!"

Halbherziger Protest antwortete ihr, dann verzogen sich Niklas und Nina in das Zimmer von Plasbergs Sohn und auch Ruth kroch zurück in ihr Bett und ließ sich von ihrer Mutter zudecken.

„Mama, wie viele Leichen hattest du dieses Mal?", wollte sie wissen.

„Fünf."

„Cool!", sagte ihre Tochter andächtig. „Wenn ich das morgen in der Schule erzähle … Alle massakriert?"

Plasberg rollte die Augen. „Du siehst zu viele Horrorfilme." Wenn ihre Tochter glaubte, sie würde von ihr Details über den letzten Einsatz erfahren, noch dazu vor dem Einschlafen, dann war sie auf dem Holzweg. Sie setzte Ruth noch ihr Lieblingsstofftier – einen Hasen namens Möhre, dem die Nase fehlte – neben das Kopfkissen und wünschte ihr schöne Träume. Dann knipste sie das Licht aus und schloss die Tür des Zimmers.

In der Küche ließ sie sich müde auf einen Stuhl fallen und betrachtete das Chaos, das die Kinder hinterlassen hatten. Niklas und Nina hatten natürlich keine Veranlassung verspürt, ihrer Aufforderung Folge zu leisten. Die Küche sah noch genauso aus wie zuvor. Die Arbeitsflächen waren mit Mehlstaub bedeckt, am Mixer klebten Teigreste, ein paar Pizzakrusten lagen auf dem Küchentisch. Nicht einmal das schmutzige Geschirr hatten die beiden zusammengeräumt und in die Spülmaschine gestapelt. Mechanisch griff Plasberg zu Zewarolle und Schwamm und begann sauber zu machen. Dann deckte sie den Tisch für das Frühstück der Kinder ein. Sie selber würde sich mit einer Tasse Kaffee begnügen, bevor sie ins Präsidium fuhr.

Nicht zum ersten Mal wünschte Maria Plasberg, dass Ninas Eltern mehr Verantwortung für ihre Tochter übernähmen, aber Harald und Karola Sternbrück waren noch so damit beschäftigt, die „Schmach" dieser ungewollten Schwangerschaft und die Weigerung ihrer Tochter, das Kind abzutreiben, zu verarbeiten, dass sie fast froh darüber zu sein schienen, wie viel Zeit ihre Tochter bei Plasberg verbrachte. Die Kommissarin konnte es Nina auch kaum verübeln. Sie hatte die Sternbrücks nur wenige Male getroffen, dabei aber den Eindruck gewonnen, dass sie mehr um ihren eigenen Ruf als um das Wohl ihrer Tochter besorgt waren. Ein uneheliches Kind passte nicht zu der Tennisklubmitgliedschaft, dem Kunstförderverein und den Managerzirkeln, in deren Kreisen sie sich bewegten. Sie behandelten Nina seit ihrer Schwangerschaft wie ein ramponiertes Möbelstück, von dem sie noch nicht wussten, ob es weiterhin zu der erlesenen Einrichtung in ihrem Marienburger Bungalow passte. So kam es in letzter Zeit immer häufiger vor, dass Nina im Hause der Kommissarin übernachtete und Plasberg das Gefühl hatte, unfreiwillig zu einem weiteren Kind gekommen zu sein – ganz zu schweigen von der zusätzlichen Arbeit, die dadurch anfiel, und der Verantwortung, das junge Mädchen durch eine Schwangerschaft zu begleiten, die ihr viel zu früh „passiert" war. Vor ein paar Tagen hatte sie darüber nachgedacht, ob es nicht an der Zeit war, dem Mädchen das Du anzubieten, aber sie hatte sich noch nicht dazu durchringen können. Ein solcher Schritt würde die Verhältnisse festschreiben – und dazu war sie gefühlsmäßig noch nicht in der Lage.

Nach wie vor hatte Plasberg Bedenken, ob ihr Sohn und seine Freundin wirklich schon alt genug waren, die Verantwortung von Eltern auf sich zu nehmen. Aber die beiden hatten sich für das Kind entschieden und es stand ihr nicht zu, diese Entscheidung zu kritisieren. Manchmal fragte Plasberg sich, ob es nicht vielleicht eher die unangenehme Tatsache war, dass sie mit Mitte vierzig Großmutter werden würde, die ihr Unbehagen bereitete. Ob es nicht eine Frage ihrer Eitelkeit war. Oma Maria! Das hörte sich nach Arthrose, Krampfadern, Bluthochdruck und einer Frau über siebzig an. Sie fühlte sich schon alt, wenn sie nur daran dachte.

Als sie das Licht in der Küche löschte, war es kurz nach drei Uhr. Sie putzte sich noch rasch die Zähne und fiel dann gerädert ins Bett. Ihre letzten Gedanken drehten sich um die verführerische Fantasie einer Putzhilfe, die ihr resolut und mit einem Lächeln den Großteil der Hausarbeit abnahm. Mit einem resignierten Seufzer schlief die Kommissarin ein.

Zwei

Torsten Brinkhoff wurde am nächsten Morgen mit den Verkehrsnachrichten um halb sieben Uhr geweckt. Ein Blick nach draußen zeigte ihm, dass es noch immer regnete. Zwar hatte sich der Wind der vergangenen Nacht gelegt, doch die Kälte und Nässe waren geblieben. In langen Bindfäden rann das Wasser die Fensterscheiben herunter und tropfte in den leeren Blumenkasten, den der Kommissar vor einigen Wochen in einem Anfall von Häuslichkeit gekauft, am Fenster des Schlafzimmers befestigt und dann doch nicht bepflanzt hatte.

Brinkhoff schaltete den Radiowecker aus und quälte sich aus dem Bett. Angesichts des miserablen Wetters erschien ihm seine kuschelige Decke noch verführerischer als sonst. Verschlafen schlurfte er in die Küche und begrüßte seinen Kater, der ihm mit erhobenem Schwanz um die Füße strich und jede Bewegung des Kommissars mit Argusaugen verfolgte.

„Schon gut", gähnte Brinkhoff, kraulte den Nacken seines Mitbewohners und stellte die Kaffeemaschine an. Dann füllte er den leeren Napf Bombadils mit Katzenfutter, auf das sich der Kater stürzte, als hätte er seit Tagen Hunger gelitten. „Du bist eine richtige Fressmaschine", sagte der Kommissar. „Und du wirst immer fetter."

Normalerweise begann Torsten Brinkhoff den Tag mit einigen Yogaübungen, um seine Muskeln und Gelenke zu lockern, aber nach einem Blick auf die Armbanduhr sprang er nur schnell unter die Dusche, zog sich an und nippte hastig am Kaffee. Auf dem Weg zum Auto lief er rasch in die Bäckerei gegenüber, um sich wie jeden Tag ein paar belegte Brötchen zum Frühstück zu kaufen.

„Nä, dä Herr Kommissar!", begrüßte ihn Frau Schmal, eine der Verkäuferinnen, und stemmte die Arme in die Hüften, als hätte sie ein Hühnchen mit ihm zu rupfen. Ihre Figur spottete ihrem Namen Hohn, denn Hildegard Schmal war klein und dick. Dies, zusammen mit dem eisgrauen Schimmer ihrer Dauerwelle und ihrem forschen, nie innehaltenden kölschen Mundwerk, ließ Brinkhoff jedes Mal an eine Elster denken, wenn er den Laden betrat. „Wigger mol unnerwegs, um dem kriminellen Jesocks Beine ze machen?"

Die anderen Kunden im Geschäft drehten sich um und Brinkhoff murmelte errötend „Guten Morgen". Nachdem er vor einigen Monaten nach Deutz gezogen war, hatte Hildegard Schmal nur zwei Einkäufe Brinkhoffs in der Bäckerei benötigt, um ihm seinen Beruf aus der Nase zu ziehen, und sie machte keinen Hehl aus ihrer Bewunderung für einen Vertreter von Recht und Gesetz. Jetzt schob sie die Bestellungen der Kunden vor ihm wie selbstverständlich zur Seite und winkte den Kommissar nach vorne.

„Wat sollet denn sein, Liebelein? Wie immer? Eins mit Salami un eins mit Käse?"

Er nickte schwach. Schon mehrmals hatte er mit dem Gedanken gespielt, das Geschäft zu wechseln, um den Vertraulichkeiten von Frau Schmal zu entgehen, aber die nächste Bäckerei war hundert Meter entfernt und so siegte meist die Faulheit über die Scham. Außerdem schmeckten die Brötchen von Hildegard Schmal einfach besser.

„Du häs doch bestemmt och ens zedonn mit die Toten do vun hück Naach", plauderte die Verkäuferin, während sie Brinkhoffs Brötchen großzügig mit Leerdammer und Pfeffersalami belegte.

„Welchen Toten?"

Hildegard Schmal zeigte mit dem Kinn auf den aufgeschlagenen *Express*, der neben dem Verkaufstresen lag. Unter der halbseitigen, fetten Schlagzeile „Flammendes Inferno" war ein unscharfes Bild der verbrannten, noch nicht identifizierten Leiche im Eingang der *Keksdose* zu sehen. Brinkhoff schluckte. Wenn die Boulevardzeitungen den Brand als Aufmacher benutzten, dann war im Präsidium mit Sicherheit die Hölle los. Die Mordkommission und insbesondere Maria Plasberg würden erheblichen Druck von oben bekommen, den Fall so schnell wie möglich aufzuklären.

„Is dat nit ens furchbar? Die ärm Lück! Erst zerschosse un dann noch ens verbrannt ze werden! Do weiß ma ja nit, woran ma zuerst sterbe dron soll!“ Frau Schmal packte die Brötchen in eine Tüte und schob unauffällig ein Rosinenweckchen hinterher. „Dat macht dann drei Euro, ming Jung“, sagte sie und zwinkerte dem Kommissar zu. Brinkhoff zahlte und machte sich auf den Weg nach Köln-Kalk.

Praktischer – und preiswerter – wäre es gewesen, die kurze Strecke von Deutz zum Präsidium mit der KVB zurückzulegen, aber seit er Maria Plasberg unterstellt war, hatte der Kommissar festgestellt, dass seine unregelmäßigen Dienstzeiten und der Fahrplan der öffentlichen Verkehrsbetriebe unvereinbar waren. Außerdem waren die Dienstwagen bei der Polizei chronisch knapp. Nur in seiner Freizeit ließ er sein Auto so oft wie möglich stehen.

Er stellte den Wagen auf dem Parkplatz ab, rannte die wenigen Meter zum Eingang des Präsidiums durch den unverändert niedergehenden Regen und nickte dem Mann am Empfang zu. Als er aus dem Fahrstuhl in eines der oberen Stockwerke trat, in dem sich die Büros des KK 11 befanden, wäre er um ein Haar mit einer jungen Frau zusammengestoßen, die die Hinweisschilder zu den einzelnen Räumen studierte.

„Kann ich Ihnen helfen?“, sprach er sie an und fragte sich, was die groß gewachsene, schlanke Dunkelhaarige hier verloren hatte. Mit ihrem anthrazitfarbenen Hosenanzug passte sie eher auf das Frankfurter Börsenparkett oder als Moderatorin ins Fernsehen als ins Kölner Polizeipräsidium.

Die Frau strich ihre smart frisierten, schulterlangen Haare zurück und musterte ihn durch die Gläser einer randlosen Brille. „Das Büro von Kriminalhauptkommissar Heribert Eikner.“ Es klang wie ein Befehl und Brinkhoff kam sich ein wenig eingeschüchtert vor.

„D-Da unten“, stotterte er und deutete den rechten Gang entlang. „D-Das letzte B-Büro auf der linken Seite.“

Die junge Frau wandte sich grußlos ab und marschierte den Flur hinunter. Brinkhoff zuckte mit den Schultern und ging in die entgegengesetzte Richtung.

Im Besprechungsraum des KK 11 waren fast alle Mitglieder der Mordkommission 3 versammelt. Jochen Hallstetter, ein kleiner, übergewichtiger Beamter, der nur noch zwei Jahre von der Pensionierung entfernt war, saß am Fenster und löste ein Sudoku-Rätsel. Sein rotes Gesicht war übersät mit feinen, geplatzten Äderchen, die dem jahrelangen Kölschgenuss nach Feierabend und dem reichhaltigen Essen seiner Frau Heidi geschuldet waren. Matthias Kayser, ein hagerer, 52-jähriger Blondschopf mit einer Hakennase und Händen wie ein Schaufelbagger, drückte auf den Tasten seines Handys herum und murmelte ein paar Verwünschungen, bevor er es resigniert zur Seite legte.

„Mein altes Handy war besser", sagte er in den Raum. „Da war ich dran gewöhnt."

Keiner der Anwesenden ging auf seine Feststellung ein, auch nicht Karsten Vogt, der picklige und von Aknenarben gezeichnete Intimfeind Torsten Brinkhoffs, der zur Überraschung des Kommissars anscheinend auch an der Besprechung teilnehmen wollte. Erst vor wenigen Wochen hatte Vogt einen Versetzungsantrag gestellt, weil er mit Maria Plasberg aneinandergeraten war.

„M-Morgen", sagte Brinkhoff in die Runde und setzte sich auf seinen angestammten Platz rechts von der Tür. Dann wandte er sich an Vogt. „W-Was machen Sie denn hier?"

Vogt ignorierte seinen fast gleichaltrigen Kollegen und versteckte das Gesicht hinter der Montagsausgabe des *Kölner Stadt-Anzeigers*.

„Der Chef hat seine Bitte um Versetzung abgelehnt." In Kaysers Antwort schwang ein hämischer Unterton mit. „Er hat ihm eben erst Bescheid gegeben."

„Wo wollten Sie denn hin?", fragte Brinkhoff.

„Er wollte Ihren alten Job im KK 12 haben", mischte sich Hallstetter ein und grinste verschwörerisch.

„Sie wollten zur Sitte?" Brinkhoffs Überraschung war komplett. Bevor er von Maria Plasberg abgeworben worden war, hatte er im Kriminalkommissariat 12, zuständig für Sexualdelikte, unter dessen jovialem Chef Lutz Beerbaum gearbeitet. Jetzt war er dem KK 11, Tötungsdelikte, ständig zugeteilt. „Davon wusste ich gar nichts."

„Ach, halten Sie doch den Mund, Hallstetter", sagte Vogt unwirsch und faltete die Zeitung zusammen. Die Ablehnung seines Gesuchs schien ihn geschockt zu haben, denn sein Gesicht war noch bleicher als gewöhnlich und seine Mundwinkel zuckten.

Bevor sein Kollege etwas erwidern konnte, wurde die Tür aufgestoßen und Maria Plasberg betrat den Raum. Genau wie ihre Handtaschenkollektion war auch die Kleidung der Kommissarin im Dienst meist außergewöhnlich und im gesamten Präsidium sprichwörtlich. Ihre Mitarbeiter hatten sich an diesen Tick mittlerweile gewöhnt und registrierten nur noch besonders ausgefallene Kombinationen mit hochgezogenen Augenbrauen. Heute morgen schien Plasberg aus unerfindlichen Gründen eine Vorliebe für Karos verspürt zu haben, denn sie trug eine schwarz-dunkelrot und grün karierte Hose mit weitem Bein, dazu einen weißen Rollkragenpulli, einen passend zur Hose gemusterten Schal und eine ebensolche Handtasche. Brinkhoff fühlte sich in die späten sechziger Jahre zurückversetzt. Immerhin passte ihre neue Haarfarbe zu dem Outfit.

„Tag, zusammen", sagte die Kommissarin geschäftsmäßig und ließ ihre Tasche auf den Tisch fallen. Daneben landete ein großer, brauner Umschlag, den sie auf dem Weg zur Frühbesprechung vom Schreibtisch des Büros geklaubt hatte, das sie mit Torsten Brinkhoff teilte. Die unerwartete Anwesenheit von Karsten Vogt kommentierte sie mit keinem Wort – offensichtlich war sie von Heribert Eikner schon über die Ablehnung des Versetzungsgesuchs informiert worden. Stattdessen unterdrückte sie ein Gähnen und ging sofort zur Tagesordnung über. Hastig überflog sie die Papiere, die ihr vom Erkennungsdienst zugeleitet worden waren.

„Sie wissen alle, worum es geht?" Sie sah die Runde ihrer Mitarbeiter an.

„Die Leichen aus der *Keksdose?*", fragte Kayser zurück und nickte. „Stand heute morgen schon im *Express*. ‚Flammendes Inferno in der Innenstadt!' und ‚Polizei tappt im Dunkeln' oder so ähnlich. Der Aufmacher auf der Titelseite."

Plasberg schnaubte auf. „War ja klar, dass wir vorsorglich abgewatscht werden. Aber sei's drum. Wir haben einen ersten Bericht von der Spurensicherung. Noch nichts Endgültiges, aber immerhin ein paar erste Informatio…" Sie unterbrach jäh ihren Satz, als die Tür aufgerissen wurde und Kriminalhauptkommissar Eikner in die Besprechung hineinplatzte. Hinter dem froschgesichtigen, untersetzten Leiter des Kriminalkommissariats 11 schob sich zu Brinkhoffs Erstaunen die junge Frau in den Raum, die er am Fahrstuhl getroffen hatte.

„Morgen, Morgen", sagte Eikner zerstreut und rückte seine dicke Hornbrille zurecht. Die Überraschung auf den Gesichtern seiner Mitarbeiter schien er gar nicht zu bemerken. Er suchte für sich und seine Begleiterin zwei Stühle und nahm an dem abgenutzten Konferenztisch Platz. „Machen Sie ruhig weiter, Frau Kollegin." Er wedelte vage mit seiner Hand und vertiefte sich in einige Unterlagen, die er mitgebracht hatte.

Aber Maria Plasberg dachte gar nicht daran fortzufahren. „Dürfte ich wissen, wen Sie zur Frühbesprechung meiner MK mitgebracht haben?", fragte sie mit zuckriger Stimme. „Noch dazu, ohne mich vorab zu informieren?"

Eikners Mund wurde noch breiter, als er sowieso schon war, während er ein gezwungenes Lächeln aufsetzte. „Natürlich. Das ist Frau Dr. Shirin Reitz, von der Kripo Hamburg. Sie ist im Rahmen eines Austauschprojektes für einige Wochen nach Köln gekommen, um die Arbeit der hiesigen Kollegen kennenzulernen."

„Verstehe. Ich halte allerdings den jetzigen Zeitpunkt für ausgesprochen ungünstig, um …", begann Plasberg, wurde aber ein weiteres Mal von ihrem Vorgesetzten unterbrochen.

„Kollegin Plasberg, ich habe mich vielleicht nicht deutlich genug ausgedrückt." Eikner nestelte umständlich an seinem Hemdkragen. „Frau Dr. Reitz hat heute hier ihren ersten Arbeitstag und Sie, verehrte Kollegin, haben seit letzter Nacht einen neuen Fall. Eine perfekte Gelegenheit." Er räusperte sich und ließ die Bombe platzen. „Frau Dr. Reitz ist von Beruf Profiler – oder korrekter gesagt: Fallanalytikerin – und wird Ihnen und Ihren Kollegen beratend zur Seite stehen. Im Gegenzug wird der Kollege Hallstetter seine Kur und der Kollege Kayser seinen Urlaub antreten, den Sie beiden aufgrund der personellen Situation nicht genehmigen konnten. Damit ist jedem gedient."

„Wie bitte?" Die Kommissarin traute ihren Ohren nicht, während Hallstetter und Kayser erfreut die Mundwinkel verzogen. „Damit kürzen Sie mir das Personal der MK um eine ganze Stelle! Und Sie schieben mir eine Kollegin unter, die über keinerlei Ortskenntnisse verfügt!"

„Der Kollege Vogt bleibt Ihnen dafür erhalten. Das haben wir doch eben besprochen."

„Und was ist mit dem Brandexperten? Ich brauche einen Fachmann in meinem Team."

„Das habe ich telefonisch geregelt", wies Eikner sie zurecht. „Ein Kollege mit den entsprechenden Kenntnissen ist schon vor Ort und wird Ihnen seinen Bericht zuleiten."

„Aber das ist doch alles eine Milchmädchenrechnung!", regte Plasberg sich auf. „Wie soll ich denn mit den paar Leuten einen fünffachen Mord aufklären?"

Eikner starrte sie einen Augenblick ungehalten an. „Na schön, ich werde versuchen, von anderen Kommissariaten Personal abzuziehen. Aber versprechen kann ich nichts, wir haben überall Engpässe. Wenn überhaupt, dann frühestens nächste Woche", beschwichtigte er.

„Aber ..."

Der Leiter des KK 11 fiel ihr mit einem erneuten lauten Räuspern ins Wort. „Sie haben mich verstanden, Frau Plasberg. Die Kollegen Hallstetter und Kayser können morgen ihren Urlaub antreten." In der peinlichen Stille, die daraufhin im Raum herrschte, hätte man eine Stecknadel fallen hören können.

Plasberg verzog verärgert das Gesicht. Sie wusste nur zu gut, dass Eikners Zugeständnis nicht mehr als eine Floskel war.

Das Verhältnis zwischen der Kommissarin und dem Leiter des KK 11 galt seit Jahren als zerrüttet und sie waren schon mehrfach aneinandergeraten. Heribert Eikner hatte prinzipiell für Frauen im Polizeidienst nicht viel übrig und speziell für Maria Plasberg gar nichts. Er hielt sie für arrogant, ruppig und nicht teamfähig, missbilligte ihre oft unkonventionelle Vorgehensweise bei Morduntersuchungen, hatte sie schon mehrfach ermahnt, ihr miserables Verhältnis zur Presse zu verbessern, und sie immer wieder aufgefordert, sich an die Vorschriften zu halten, die sie gerne sehr lax handhabte. Vor einigen Wochen hatte er ihr sogar angedroht, ihr einen Fall zu entziehen.

Plasberg wiederum sah in Eikner ein frauenfeindliches, verknöchertes Fossil mit überholten Ansichten, das unfähig war, ein modernes Kriminalkommissariat zu leiten – und sie war häufig unvorsichtig genug, ihre Kritik laut zu äußern. Bisher allerdings hatte sich die Kommissarin auf der sicheren Seite gewähnt, weil sie die ihr anvertrauten Fälle meist erfolgreich abschließen konnte. Tatsächlich besaß die MK 3 unter ihrer Führung die höchste Aufklärungsrate im ganzen Rheinland. Dass Eikner eigenmächtig ihre Urlaubsplanungen rückgängig machte und sie noch dazu vor ihren Mitarbeitern vor vollendete Tatsachen stellte, kam jedoch einer öffentlichen Demütigung gleich. Dass er auch noch versuchte, sie mit ihren eigenen Mitteln zu schlagen, und ihr einen *weiblichen* Profiler vorsetzte, machte sie erst recht wütend. Trotzdem war sie so klug, diesmal ihrem Ärger nicht Luft zu machen. Stattdessen zählte sie rückwärts von zehn bis null und atmete tief durch.

„Wie schön", sagte sie dann und lächelte grimmig. „Wenn die Kollegen Kayser und Hallstetter ihren lang verdienten Urlaub nehmen, können wir Verstärkung jetzt sicher gebrauchen."

Hallstetter beugte sich zur Seite. „Shirin?", murmelte er Kayser zu. „Hat Eikner gerade Shirin gesagt? Was soll denn das für ein Name sein?"

„Das ist türkisch und bedeutet so viel wie ‚süß' oder ‚ein angenehmes Wesen'. Meine Eltern stammen aus der Türkei, sie sind Mitte der siebziger Jahre nach Deutschland eingewandert." Frau Dr. Reitz bedachte die beiden Kommissare mit einem Blick, der keine Nachfragen erlaubte.

Matthias Kayser traute sich trotzdem, wenn auch mit roten Ohren. „Und Reitz?"

„Ich bin mit einem Deutschen verheiratet."

„Könnten wir vielleicht zum Thema zurückkommen?" Der Hintergrund der Profilerin interessierte Plasberg im Moment nicht die Bohne.

„Aber gerne. Ich bin schon sehr gespannt auf die Zusammenarbeit." Shirin Reitz setzte ein gewinnendes Lächeln auf und strich sich eine Haarsträhne aus dem Gesicht.

Plasberg musterte die junge Frau kühl und brachte dann alle Anwesenden auf den neuesten Sachstand. „Wir haben fünf Leichen, mit teilweise noch ungeklärter Identität. Zwei sind die 35-jährige Anna Cordes und der 34-jährige Thomas Schneider: die beiden Toten im Büro. Die Geschäftsinhaber der *Keksdose*, so viel wissen wir inzwischen. Beide waren mit Handschellen gefesselt und sind durch Kopfschüsse aus nächster Nähe ums Leben gekommen, nicht durch den Brand. Die Identität der drei anderen ist noch nicht geklärt. Die zwei in der Backstube sind wahrscheinlich ein Mann und eine Frau, auch gefesselt, zumindest der Mann ist ebenfalls erschossen worden. Das letzte Opfer am Eingang des Geschäfts ist gleichfalls noch nicht identifiziert, war aber als einziges nicht gefesselt." Plasberg tippte auf die Unterlagen, die sie aus dem Umschlag gezogen hatte. „Aufgrund der Feuereinwirkung am Tatort hat der Erkennungsdienst bisher keinerlei verwertbare Fingerabdrücke sicherstellen können, allerdings sind Spuren gefunden worden, die auf Reste eines Brandbeschleunigers hindeuten. Im Verkaufsraum und der Backstube. Was sagt uns das?"

„Ein Feuer, um die Morde zu vertuschen", meldete sich Karsten Vogt zu Wort. „Ganz schön kaltblütig."

„Und rücksichtslos", ergänzte Brinkhoff. „Wenn man bedenkt, dass der mögliche Tod der Mieter im ersten Stock in Kauf genommen wurde."

„Im Büro hat es nicht gebrannt?", fragte Shirin Reitz.

Plasberg verneinte. „Backstube und Büro sind durch Eisentüren vom Verkaufsraum getrennt. Dadurch ist der größte Teil des Büros vom Feuer verschont geblieben. Dadurch, und weil dort kein Feuer gelegt wurde wie in der Backstube."

„Interessant", antwortete Reitz und machte sich eine Notiz. Plasberg sah die Profilerin irritiert an.

„Gibt es schon Hinweise auf die Tatzeit?", wollte Kayser wissen.

„Der Laden hat um 20:00 Uhr geschlossen, der Notruf der beiden Zeugen ist bei der Feuerwehr um 22:07 Uhr eingegangen. Irgendwann dazwischen."

„Und wann kann die Rechtsmedizin mehr über die anderen Opfer sagen?", fragte Hallstetter.

Plasberg zuckte die Schultern. „Das kann dauern, nehme ich an. Ein Teil der Leichen war völlig verkohlt. Hat es schon irgendwelche Anrufe gegeben aufgrund der Presseberichte? Vermisstenanzeigen?"

„Eine Dorothee Vandesand hat heute morgen um 6:30 Uhr bei den zuständigen Kollegen in Nippes angerufen", sagte Vogt und zog einen Zettel aus der Tasche. „Sie hat erklärt, ihr Bruder Jakob Hartgens wäre Bäcker in der *Keksdose*. Nachdem sie heute Morgen den Bericht über den Brand in der Zeitung gelesen hat, hat sie versucht, ihn anzurufen und nicht erreicht. Sie war ziemlich beunruhigt."

„Hat sie gesagt, wie alt ihr Bruder ist?"

„Sechsundzwanzig."

„In der Nähe der männlichen Leiche in der Backstube lag eine Bäckermütze", überlegte die Kommissarin. „Es könnte jedenfalls eine gewesen sein. Und die Zeugen Clement und Sterkrade haben von einem Angestellten namens Jakob gesprochen. Sieht aus, als hätten wir die Identität unserer dritten Leiche. Kayser und Hallstetter, Sie können diese Frau Vandesand übernehmen. Zumindest heute können Sie uns ja in dem Fall noch zuarbeiten", erklärte sie mit gerunzelter Stirn. „Stellen Sie fest, ob die Frau den Toten als ihren Bruder identifizieren kann."

„Wie ist denn der Zustand der Leiche?", fragte Kayser.

Die Kommissarin schob ein paar Fotos der verbrannten Opfer über den Tisch, die den Unterlagen des Erkennungsdienstes beigelegt waren. Alle Anwesenden außer Plasberg und Brinkhoff beugten sich über die Bilder und betrachteten sie schockiert.

Hallstetter schüttelte den Kopf. „Furchtbar", brummte er. „Was für eine Sauerei."

Kayser zögerte. „Und das sollen wir der Schwester zumuten?"

Plasberg betrachtete noch einmal eines der Fotos, die vermutlich die Überreste von Jakob Hartgens darstellten. „Sie wissen doch, wie zeitaufwendig DNA-Vergleiche sind", entschied sie schließlich. „Wir werden uns schon bei den zwei am stärksten entstellten Körpern ausschließlich darauf verlassen müssen. Wenn wir zumindest bei Hartgens eine Identifizierung durch Augenschein erreichen können, würde uns das weiterhelfen. Die Rücksicht auf die Anverwandten in allen Ehren."

„Aber …"

„Und finden Sie etwas über diesen Mann heraus. Dabei können Sie sich auch gleich beim zuständigen Rechtsmediziner erkundigen, ob es eventuell etwas Neues über die zwei noch unbekannten Opfer gibt. Außerdem hätte ich gerne ein paar Informationen über die mögliche Tatwaffe."

Die beiden Kollegen nickten, wenn auch seufzend. Die Aufgabe, Angehörige von Mordopfern zu einer Identifizierung in die Rechtsmedizin zu begleiten, war denkbar unbeliebt, weil das Auffangen der Angehörigen einem psychischen Kraftakt gleichkam, der an keinem Beamten spurlos vorüberging. Außerdem hatten beide insgeheim darauf gehofft, aufgrund ihres unerwartet genehmigten Urlaubs nicht mehr in den Fall involviert zu werden.

„Markus hat erwähnt, dass es noch zwei weitere Angestellte gab in der *Keksdose*", warf Brinkhoff ein. „Eine Verkäuferin namens Fatma und eine Putzfrau namens Frau Gnielka. Wäre doch durchaus möglich, dass sie die beiden letzten Opfer sind."

Bis auf die Kommissarin sahen ihn alle Kollegen überrascht an und er bemerkte seinen Fauxpas zu spät.

„Der Zeuge Markus Clement wohnt mit seinem Lebensgefährten im ersten Stock des abgebrannten Gebäudes und ist zufälligerweise ein Bekannter des Kollegen Brinkhoff", erklärte Maria Plasberg mit einem Seitenblick auf den Kommissar und betonte den Nachnamen des Zeugen. Karsten Vogt versteckte ein Grinsen hinter vorgehaltener Hand, während Torsten Brinkhoff verschämt in seinen Stuhl zurücksank. „Er hat aber auch gesagt, dass die Putzfrau nur früh morgens im Geschäft war. Also ist es ziemlich unwahrscheinlich, dass sie eines der Opfer ist."

Shirin Reitz meldete sich zu Wort. „Haben Sie irgendetwas über diese Fatma? Die Namen und Adressen der Angestellten müssten sich doch in den Personalunterlagen des Betriebes finden lassen.“ Ihr Ton war sachlich, wenn auch ungeduldig. Anscheinend ging ihr die Besprechung zu langsam voran.

„Alles verbrannt“, erwiderte Plasberg, „oder durch Löschwasser unleserlich gemacht.“

„Gab es keine Computer im Geschäft?“

Die Kommissarin hob eine Augenbraue. „Doch, im Büro. Der wird gerade von den Kollegen des Erkennungsdienstes überprüft.“

„Und es hat sich sonst niemand bei der Polizei gemeldet, der eine Person vermisst, auf die die Beschreibung zutrifft?“

„Hab ich das nicht eben schon gefragt?“, entgegnete Plasberg. Hallstetter nickte bestätigend.

„Außer Hartgens' Schwester, meine ich“, erklärte Reitz.

„Ansonsten war bisher Funkstille.“ Kayser gähnte verstohlen und reckte sich halbherzig. Die Luft in dem kleinen Besprechungsraum wurde langsam stickig.

„Gut“, schloss die Kommissarin die Runde. „Brinkhoff und ich werden uns den Tatort noch mal bei Tageslicht anschauen. Wir klappern auch gleich die Nachbarschaft ab, ob jemand etwas Verdächtiges bemerkt hat. Vogt, Sie checken den Hintergrund der Zeugen Clement und Sterkrade. Die scheinen zwar nicht wirklich etwas mit der Sache zu tun zu haben, aber ich will auf Nummer sicher gehen. Danach nehmen Sie sich die Familie von Anna Cordes vor.“ Plasberg schob ihm einen Zettel zu. „Die Adresse ist in Ostheim. Eine von diesen tristen Hochhaussiedlungen.“

„Grässliche Gegend.“ Karsten Vogt verzog das Gesicht. Man konnte ihm ansehen, dass er glaubte, Plasberg habe diese unangenehme Aufgabe absichtlich ihm übertragen.

Aber Plasberg ließ sich nicht irritieren. Ihr Blick blieb an Shirin Reitz hängen. „Vielleicht begleiten Sie den Kollegen Brinkhoff und mich? Dann bekommen Sie einen Eindruck vom Tatort. Oder Sie gehen mit Vogt mit.“

„Nein, danke“, erwiderte die junge Frau bestimmt. „Ich werde mir lieber die bisherigen Unterlagen zu dem Fall anschauen.“

Die Kommissarin sah Reitz überrascht an. „Bitte, wie Sie meinen. Wir treffen uns dann alle gegen 14 Uhr zu einer weiteren Besprechung hier im Präsidium. Ach so …" Sie drehte sich noch einmal zu Eikner. „Wer ist der zuständige StA?"

Juristisch gesehen war die federführende Behörde bei jeder Mordermittlung die Staatsanwaltschaft. Die Polizei und damit auch die ermittelnde Mordkommission waren nur ihre ausführenden Organe und verpflichtet, den zuständigen Staatsanwalt über die neuesten Erkenntnisse auf dem Laufenden zu halten. Nur er konnte letztendlich Haftbefehle gegen Verdächtige beantragen. Von daher war es gut, wenn es zwischen dem zuständigen Staatsanwalt und dem leitenden Ermittler, in diesem Fall Maria Plasberg, eine passable Arbeitsgrundlage gab. Persönliche Animositäten konnten die Untersuchungen erheblich belasten.

„Dr. Rosenzweig", erwiderte Eikner. „Sie werden ihm natürlich regelmäßig Bericht erstatten."

Plasbergs Gesicht erhellte sich um eine winzige Nuance. Mit Rosenzweig kam sie ganz gut zurecht. Zumindest von dieser Seite würde es wenig Probleme geben. „Natürlich", antwortete sie.

„Herrschaften, einen Augenblick noch bitte." Eikner räusperte sich gewichtig. „Bevor Sie alle wieder an die Arbeit gehen: Sie wissen, dass der Fall eng von den Medien begleitet wird. Die Öffentlichkeit hat ein starkes Interesse an der Aufklärung, insbesondere aufgrund der … eh … bisher so noch nicht da gewesenen Brutalität, mit der der oder die Täter vorgegangen sind. Ich möchte daran erinnern, wie wichtig es ist, sich untereinander abzustimmen." Sein Blick blieb an Plasberg hängen. „Keine Extratouren diesmal. Und schnelle Ergebnisse."

„War's das?", fragte die Kommissarin und, als der Leiter des KK 11 nickte, griff sie nach ihrer Handtasche und rauschte aus dem Besprechungszimmer, ohne die Profilerin oder Eikner eines weiteren Blickes zu würdigen. Brinkhoff beeilte sich, ihr zu folgen.

„N-Nette Kollegin, die Neue", sagte er so neutral wie möglich, als er neben Plasberg im Auto saß. „Ich wusste gar nicht, dass wir ein Austauschprogramm haben."

„Ich auch nicht.“ Plasberg drückte energisch auf die Hupe, um einen gemütlich vor ihr fahrenden VW dazu zu bewegen, die linke Spur zu verlassen. „Die Frau ist ein trojanisches Pferd.“

„Wie bitte?“

„Was glauben Sie wohl, warum Eikner sie mir vor die Nase gesetzt hat?“

„Na ja, er hat doch gesagt, dass sie wegen des Austausch...“

„Blödsinn!“ Plasberg machte ihrem Ärger lautstark Luft. „Eikner will mich stärker kontrollieren. Und die Reitz soll ihn wahrscheinlich haarklein über jeden meiner Schritte auf dem Laufenden halten. Deshalb hat er sie mir als Wachhund zur Seite gestellt. Dass ihm meine Vorgehensweise nicht passt, weiß doch jeder.“

„Aber wäre es dann nicht l-logisch, wenn Dr. Reitz Sie bei unseren Ermittlungen begleitet?“, wagte Brinkhoff einzuwenden. Er fand den Gedankengang seiner Vorgesetzten ein wenig paranoid.

„Wenn die Dame keine Lust hat, sich den Tatort anzusehen, beweist das nur, dass sie keine Ahnung von Polizeiarbeit hat.“ Plasberg hatte sich ihre Meinung über die Profilerin schon gebildet. Zu den von Eikner über ihren Kopf hinweg genehmigten Urlaubsanträgen sagte sie kein Wort, ebenso wenig zur kurzen Ansprache ihres Vorgesetzten, und Brinkhoff wagte nicht, sie darauf anzusprechen.

„Wer ist denn dieser Rosenzweig von der Staatsanwaltschaft?“, fragte er stattdessen. „Kennen Sie ihn?“

„Der ist ganz in Ordnung. Ich hatte zwar noch nicht häufig mit ihm zu tun, aber wenn, dann gab es keine Probleme. Mitte Fünfzig, passionierter Golfspieler und ein ziemlicher Workaholic. Aber er weiß zumindest die polizeiliche Ermittlungsarbeit zu schätzen. Für den sind wir nicht nur die Büttel der Justiz.“ Aus Plasbergs Mund klang dieses Urteil wie ein überschwängliches Lob.

„Sie m-mögen ihn!“, stellte Brinkhoff dann auch erstaunt fest.

„Wir haben ein paar Gemeinsamkeiten“, gab Plasberg unwirsch zu. „Er ist zum Beispiel auch alleinerziehend. Seine Frau hat ihn vor ein paar Jahren wegen eines anderen sitzen lassen und sein Sohn ist nur ein Jahr jünger als Niklas. Hin und wieder essen wir gemeinsam zu Mittag und bemitleiden uns gegenseitig wegen unserer missratenen Sprösslinge."

„Hat der Sohn etwa auch seine minderjährige F-Freundin geschwängert?"

Die Kommissarin sah Brinkhoff scharf an. Konnte es sein, dass ihr Kollege sich über sie lustig machte? Aber Brinkhoff verzog keine Miene. „Nein", antwortete sie schließlich. „Aber Kalle Rosenzweig ... also der Sohn ... gehört anscheinend der Null-Bock-Generation an. Ist schon von mehreren Schulen geflogen und macht keine Anstalten, auf eigenen Füßen zu stehen. Lebt lieber vom Geld seines Vaters."

„Na ja, so was macht Ihr Sohn ja nicht", erwiderte der Kommissar.

„Nein", stimmte Plasberg seufzend zu. „Er macht mich nur zur Großmutter. Mit Mitte Vierzig."

Inzwischen hatten sie die Innenstadt erreicht, wo kaum mehr ein Durchkommen war. Mehrere Straßenbahnen stauten sich auf der Cäcilienstraße, ein Ambulanzwagen hatte neben dem *Kaufhof*-Parkhaus angehalten und blockierte den rechten Fahrstreifen. Als die Kommissare vorbeifuhren, trugen zwei Sanitäter eine bleiche, ältere Frau auf einer Bahre aus einer der Bahnen. Plasberg kurvte um den Krankenwagen herum und musste dann hart auf die Bremse treten, weil sie um ein Haar einen Passanten übersehen hätte, der die Straßenseite wechseln wollte. Der junge Mann zeigte der Kommissarin wütend seinen Mittelfinger und Plasberg ließ eine Schimpftirade los. Brinkhoff hielt die Luft an. Kurz darauf fädelte die Kommissarin am Neumarkt auf die Rechtsabbiegerspur ein und bog in die Richmodstraße ab, deren Verlängerung Auf dem Berlich bildete.

„Ach, verdammt", sagte Brinkhoff plötzlich und schlug sich vor die Stirn. „Das hab ich völlig vergessen!" Er nestelte in der Innentasche seiner Jacke und zog ein Stück Zeitung hervor. „Ich hab gestern Abend noch den Artikel gefunden, über den ich gestern gesprochen habe. Den über die *Keksdose*. War in einer W-Wochenendausgabe des *Stadt-Anzeigers*, vor drei Wochen."

„Lesen Sie vor", sagte Plasberg, während sie mit quietschenden Reifen rückwärts in eine gerade frei werdende Parkbucht fuhr.

Brinkhoff räusperte sich nervös.

Kölner Erfolgsgeschichte

Noch vor vier Jahren war Anna Cordes (35), eine sympathische und energische junge Frau, arbeitslos und auf Hartz IV angewiesen. Nachdem ihr Arbeitgeber ihr wegen Stellenstreichungen gekündigt hatte, schien es in ihrem alten Beruf für die gelernte Fremdsprachenkorrespondentin keine Zukunft mehr zu geben. „Ich habe mindestens fünfzig Bewerbungen geschrieben", so Cordes. „Alle ohne Erfolg. Das Arbeitsamt wollte mich zu einer Verwaltungsfachkraft umschulen. Etwas, das ich mir überhaupt nicht vorstellen konnte. Ich liebe den Kontakt mit Menschen. Außerdem sind in diesem Bereich die Jobs auch sehr überschaubar." Um diesem tristen Schicksal zu entgehen, besann sich Anna Cordes auf ihre Fähigkeiten als Bäckerin. Schon als Kind, sagt sie, habe sie gerne Plätzchen gebacken und mit der Zeit immer mehr und immer ausgefallenere Rezepte ausprobiert. Cordes lacht, als sie daran zurückdenkt. „Nachbarn und Freunde standen Schlange bei uns. Jeder wollte ein paar meiner Plätzchen haben. In der Vorweihnachtszeit habe ich meine Mutter manchmal in den Wahnsinn getrieben, weil ich ständig die Küche blockierte. Meine Freundinnen gingen zum Einkaufen in die Stadt, ich probierte lieber ein paar neue Rezepte aus." In der Arbeitslosigkeit fasste Cordes dann den Entschluss, ihr Hobby zu ihrem Beruf zu machen. Sie holte eine entsprechende Lehre nach, anschließend gelang es ihr mithilfe ihres Lebensgefährten, die Bank und die Arbeitsagentur von ihrer Geschäftsidee zu überzeugen. „Zuerst konnten wir uns unter einem Plätzchengeschäft nichts Rechtes vorstellen", gesteht Wilfrid Schmidt, der zuständige Arbeitsvermittler. „Wir hatten Zweifel, ob Frau Cordes' Vorhaben nicht eine Nummer zu groß für sie war. Im Nachhinein sind wir froh, dass wir uns entschlossen haben, ein gewisses Risiko einzugehen." Anna Cordes erhielt im Rahmen einer Ich-AG eine Anschubfinanzierung, suchte sich ein zentral gelegenes Ladenlokal in der Innenstadt und nannte es die „Keksdose". Seither rennt ihr die Kundschaft die Tür ein. Insbesondere in der Vorweihnachtszeit kann sie sich vor der Nachfrage kaum retten.

Mittlerweile hat Anna Cordes zwei Angestellte und teilt sich die Leitung der „Keksdose" mit ihrem Lebensgefährten Thomas Schneider.

Schauen Sie mal rein, die Himbeerplätzchen zergehen auf der Zunge!

Plasberg stellte den Motor ab und löste den Sicherheitsgurt. „Keine schlechte Reklame für die Cordes", sagte sie. „Nach diesem Artikel wird sie noch mehr Zulauf bekommen haben." Die Kommissare stiegen aus dem Auto und kletterten über die Absperrung, die den Tatort vom Straßenverkehr trennte. „Allerdings könnte der Artikel auch den Täter auf die *Keksdose* aufmerksam gemacht haben."

„Wie? Jetzt doch Raubmord?" Das lange Sprechen hatte Brinkhoff durstig gemacht und er kramte ein Bonbon aus der Hosentasche. „Ich dachte, die Morde wären dafür zu brutal gewesen? Haben Sie jedenfalls gestern gesagt."

„Ich weiß, was ich gestern gesagt habe, Kollege. Und ich stehe auch dazu. Ich will nur nichts von vornherein ausschließen. Jedenfalls spricht der Artikel eher dafür als dagegen. Tatsache ist auch, dass die Kasse leer war. Zwei- oder dreitausend Euro Tageseinnahmen werden da schon zu holen gewesen sein."

„Ist das nicht ein bisschen zu wenig? Ich m-meine, für die paar Kröten fünf Menschen umzubringen?"

Plasberg zuckte mit den Schultern. „Es sind schon Leute für vierzig Euro um die Ecke gebracht worden. Kommt immer drauf an, wie nötig der Täter das Geld hatte."

Mittlerweile standen die beiden vor den Überresten des Hauses, in dem die *Keksdose* einen so viel versprechenden Anfang genommen hatte. Die Straße war noch immer komplett gesperrt. Bei Tageslicht sah man noch deutlicher, welche Zerstörung das Feuer angerichtet hatte. Das Erdgeschoss war verkohlt und rußgeschwärzt, die Decken teilweise vom Einsturz bedroht und auch vom angrenzenden Treppenhaus in den ersten Stock war nicht mehr allzu viel übrig. Zum Glück hatte die Feuerwehr verhindern können, dass der Brand auf die nebenstehenden Gebäude übergriff, dennoch waren Teile ihrer Fassaden ebenfalls schwarz.

„M-Meine Fresse!", murmelte Brinkhoff und wies sich gegenüber den Kollegen aus, die den Tatort sicherten.

„Kann man wohl sagen“, erhielt er von der jungen Beamtin zur Antwort, die seine Dienstmarke kontrollierte und bei dem Wetter sichtlich fror. „Schönen Tag noch.“

Erst in der oberen Etage war es der Feuerwehr gelungen, den Brand zu löschen. Die Wohnung von Markus Clement und Edgar Sterkrade war bis auf die Diele und das Wohnzimmer gerettet worden. Nur würde das den beiden nicht viel nützen, denn durch den zerstörten Treppenaufgang war auch die Statik des Hauses in Mitleidenschaft gezogen worden, sodass eine Sanierung eher unwahrscheinlich war. Für den Hauseigentümer würde es wohl billiger und letztendlich gewinnbringender sein, das Gebäude abreißen zu lassen und ein neues zu errichten. Eines, das sich von der Höhe her der Umgebung anpasste.

„Der Kollege Brandexperte scheint seinen Job schon erledigt zu haben“, sagte Plasberg. „Oder sehen Sie hier jemanden?“

Brinkhoff schüttelte den Kopf. „Wem gehört das Haus eigentlich?“, fragte er.

Die Antwort auf seine Frage stiefelte den Kommissaren in Gestalt eines grauhaarigen Mannes in einem dunkelbraunen Mantel mit hochgeschlagenem Kragen entgegen. In der einen Hand trug er eine abgewetzte Aktentasche, in der anderen hielt er ein Handy.

„He, Sie!“, rief Plasberg. „Der Tatort ist abgesperrt. Sie können da nicht einfach herumspazieren!“

„Tatort?“, fragte der Mann. „Also ist der Brand nicht versehentlich entstanden? Kein Unglück?“

„Wer sind Sie?“, entgegnete die Kommissarin. „Und was tun Sie hier?“

„Bernd Rolfes. Ich bin im Auftrag der Versicherung hier und begutachte den Schaden am Haus.“ Rolfes zückte eine Visitenkarte und drückte sie Plasberg in die Hand. „Und Sie sind von der Polizei, nehme ich an?“

Die Kommissarin zeigte ihm ihre Dienstmarke. „Sie sind schnell vor Ort, Herr Rolfes“, bemerkte sie mit einem ironischen Unterton. „Eine so prompte Reaktion bin ich gar nicht gewöhnt. Wenn ich mal was von meiner Hausratversicherung will, dann dauert es Monate, bis die Herrschaften sich bequemen, den Schaden zu ersetzen. Wenn überhaupt."

„Dann sind Sie wahrscheinlich nicht bei uns Kunde, sondern bei der Konkurrenz", parierte der Gutachter. „Aber Scherz beiseite. Können Sie mir schon irgendetwas zur Brandursache sagen? Hier geht es um eine nicht unerhebliche Versicherungssumme."

„Ach ja? Um wie viel denn?"

„Frau Kommissarin, bitte!" Rolfes zuckte bedauernd mit den Schultern. Dann erhellte sich seine Miene. „Lassen Sie uns einen Deal machen: Ich gebe Ihnen den Namen des Grundstückseigentümers. Sie können ihn dann ja selbst nach der Summe fragen. Im Gegenzug sagen Sie mir etwas zur Brandursache. Abgemacht?"

„Einverstanden", erklärte die Kommissarin mit einem feinen Lächeln.

Rolfes kramte in seinen Unterlagen. „Das Grundstück und das Haus gehört einem Fritz von Schonau aus Köln-Bilderstöckchen. Ein älterer Herr, wenn ich mir das Geburtsdatum anschaue. Jahrgang 1923."

„Es ist noch in privater Hand?"

Rolfes nickte. „Bei der zentralen Lage wundert mich das auch. Ist sowieso erstaunlich, dass dieser Nachkriegsbau sich so lange gehalten hat. Wenn ich Investor wäre, hätte ich Herrn von Schonau längst ein Angebot gemacht und hier ein Bürogebäude oder ein paar Eigentumswohnungen hochgezogen. Also, was ist? Ich habe Ihnen meine Informationen gegeben, Frau Kommissarin."

Plasberg lächelte ihr Gegenüber jetzt breit an. „Ja, das war ausgesprochen zuvorkommend. Allerdings kann ich Ihnen leider noch kein abschließendes Ergebnis unserer Untersuchungen mitteilen. Wir ermitteln noch. Bevor wir nicht alle Fakten zusammengetragen haben, kann sich die Polizei nicht dazu äußern."

Rolfes gut gelaunte Miene fiel in sich zusammen. „Ach, jetzt kommen Sie schon … nicht mal inoffiziell?"

Plasberg schüttelte den Kopf. „Sie müssen meinen Abschlussbericht abwarten, dann werden wir Ihre Versicherung informieren. Außerdem hätte ein Blick ins Grundbuch gereicht, um an den Namen des Eigentümers heranzukommen. Aber Sie könnten mir noch die Adresse dieses Herrn von Schonau geben."

„Den Teufel werde ich tun", sagte Rolfes verärgert. „Machen Sie Ihre Arbeit doch selber!" Er steckte die Unterlagen weg und ließ die Kommissare grußlos stehen.

Brinkhoff sah dem Mann nach, bis er außer Hörweite war. „Das war jetzt aber nicht sehr nett von Ihnen", bemerkte er. „Sie haben ihn über den Tisch gezogen."

„Was hat er erwartet? Dass ich ihn über einen laufenden Fall unterrichte? Außerdem kann ich diese Versicherungsfritzen nicht ausstehen", erwiderte Plasberg boshaft. „Die sind grundsätzlich nur daran interessiert, wie sie sich vor der Begleichung eines Schadensfalles drücken können."

„In d-diesem Fall ja wohl zurecht. Bei Brandstiftung wird der Täter belangt."

„Ach, lassen wir Rolfes noch ein bisschen zappeln. Es wird ihm nichts schaden. Und wir haben den Namen des Grundstückeigentümers." Plasberg starrte in die Richtung, in die Rolfes verschwunden war. „Interessante Bemerkung übrigens", murmelte sie.

„Was?"

„Dass dieser von Schonau nichts aus dem Marktwert seines Grundstücks gemacht hat. Mitten in der Innenstadt, direkt hinter *Karstadt* an einer der belebtesten Fußgängerzonen Kölns. Würden Sie sich die Gelegenheit entgehen lassen?"

„Rolfes hat doch gesagt, dass der Mann über achtzig ist. In dem Alter scheut man N-Neuerungen. Oder er hat doch keine Angebote bekommen."

„Ich verwette meinen Hintern darauf, dass er sich vor Grundstücksspekulanten nicht retten konnte." Plasberg zückte ihr Handy und beauftragte Karsten Vogt, die Adresse von Fritz von Schonau herauszufinden. „Fragen Sie den Mann, wann wir ihn besuchen dürfen. – Haben Sie was über Clement und Sterkrade in Erfahrung gebracht? … Hm, na ja, es war einen Versuch wert. Und was macht unsere geschätzte neue Kollegin? … Sichtet die Spuren aus der *Keksdose*?" Plasberg seufzte. „Soll sie machen. Dann geht sie mir wenigstens nicht auf die Nerven." Sie beendete das Gespräch und sagte zu Brinkhoff: „Sterkrade und Ihr Freund Clement scheinen eine saubere Weste zu haben."

„Er ist n-nicht m-mein Freund!"

„Jedenfalls gibt es keine finanziellen Probleme, keine offensichtlichen Streitigkeiten mit den Besitzern des Geschäfts, von denen irgendetwas aktenkundig wäre … nichts, was im ersten Moment auf ein Motiv schließen lassen würde." Gemeinsam mit ihrem Kollegen wandte sich die Kommissarin der abgebrannten Ruine des Hauses zu. Ihr Blick wanderte in die Ecken der Schaufensterfassade. „Mist", murmelte sie kurz darauf enttäuscht.

„Wonach suchen wir denn?", erkundigte sich Brinkhoff.

„Ich hab gestern Abend nicht darauf geachtet und hatte gehofft …" Plasberg verstummte und inspizierte die auf der anderen Straßenseite liegenden Gebäude. Ein Geschäft für Handtaschen … erstaunlich, dass ihr dieses Geschäft bisher entgangen war. Fast wäre sie der Versuchung erlegen, die Auslage im Schaufenster näher in Augenschein zu nehmen. Daneben ein Schmuckgeschäft, ein Parkhaus. Dabei hellte sich ihr Gesicht auf. „Kommen Sie. Gegenüber das Parkhaus und der Goldschmied. Da haben wir bestimmt Glück." Ohne auf Brinkhoff zu warten, überquerte sie die Straße und suchte auch dort die Fassadenfront des Hauses ab. „Volltreffer!", rief sie kurz darauf triumphierend.

„Ich verstehe kein Wort", sagte Brinkhoff, als er zu ihr stieß. „Wonach haben Sie gesucht?"

„Jetzt seien Sie nicht so begriffsstutzig, Mann!" Plasberg deutete auf eine kleine Kamera, die sich in einer Ecke des Gebäudes befand, schräg über der Einfahrt des Parkhauses. „Videoüberwachung", sagte sie. „Die *Keksdose* hatte zwar keine, aber mit ein bisschen Glück finden wir vielleicht hier, was wir suchen."

Brinkhoff schüttelte skeptisch den Kopf. „Das bringt doch nichts. Die Kamera ist auf die Zufahrt hier gerichtet. Nie im Leben ist auf den Bändern auch noch die *Keksdose* drauf."

„Haben Sie eine Ahnung, wie weit die Aufnahmewinkel von diesen Dingern sein können!"

Das Parkhaus war zwar aufgrund des Brandes und der Sperrung der Straße geschlossen, trotzdem trafen die Kommissare einen Mitarbeiter an, der Autobesitzer aus dem Parkhaus lotste, die wegen der Löscharbeiten am Abend keinen Zutritt zu ihren Fahrzeugen erhalten hatten und sie nun unter Aufsicht eines weiteren Polizeibeamten abholen durften.

Zehn Minuten später waren die Kommissare im Besitz der Adresse der Firma, die für die Sicherheit und Überwachung des Gebäudes zuständig war. *Cologne Security* hatte ihren Sitz auf der Zeughausstraße, nur einen Katzensprung entfernt. Plasberg und Brinkhoff liefen die wenigen Meter zu Fuß.

Ein groß gewachsener junger Mann mit südländischem Teint, schwarzen Haaren, einem sorgsam gepflegten Dreitagebart und einem tadellos sitzenden dunklen Anzug nahm sie am Aufzug im dritten Stock in Empfang. Torsten Brinkhoff musste sich zusammenreißen, um ihn nicht ständig anzustarren, und erhielt von Plasberg unauffällig einen Rippenstoß.

Das Geschäft für *Cologne Security* schien gut zu laufen, denn die Firma hatte die gesamte Etage belegt. Ein heller Teppich schluckte jeden Fußtritt. Im Büro hörte sich Francesco Bellini das Anliegen der Kommissare an, telefonierte kurz und schickte Plasberg und Brinkhoff anschließend mit einem zuvorkommenden Lächeln in einen der nach hinten gelegenen Räume, in denen die Videobänder der Überwachungskameras gelagert wurden.

Aus irgendeinem Grund hatte der Kommissar ein muffiges, staubiges Zimmer erwartet, ähnlich einer Bibliothek oder dem improvisierten Vorführraum eines Programmkinos, aber das Archiv strotzte nur so vor Hightech. Fast zwei Dutzend Monitore flackerten unruhig an einer Wand, zeigten in wechselnden Bildern Aufnahmen von Fluren und Hauseingängen der Objekte, die *Cologne Security* überwachte. Im Hintergrund war das leise Surren einiger Hochleistungsrechner zu hören. Mehrere Telefone standen griffbereit auf einem riesigen, lang gezogenen Schreibtisch, an dem zwei Wachmänner Dienst schoben und unablässig die Monitore beobachteten.

„Alles digitalisiert heutzutage“, erklärte einer der Wachleute, als er Torsten Brinkhoffs erstaunten Gesichtsausdruck sah. Der Mann hatte einen Ausweis an seinen uniformähnlichen Anzug geheftet, der ihn als Hellmut Perscheid auswies. „Welche Aufzeichnungen wollen Sie sehen?“

„Die Bänder von der Kamera, die die Zufahrt zum Parkhaus Auf dem Berlich gegenüber der *Keksdose* überwacht“, sagte Plasberg.

„Ja, kenne ich“, erwiderte Perscheid. „Leckere Plätzchen. Ich bringe meiner Frau ab und zu welche mit. Das Geschäft ist doch gestern abgebrannt, oder?“

„Genau.“

Perscheid kramte auf dem Schreibtisch herum, zog eine silberne Scheibe aus einem Stapel CDs, überprüfte die Beschriftung und legte sie in das Laufwerk eines Rechners.

„Ach ja“, sagte er dann plötzlich, „ich erinnere mich. Mit der Kamera hatten wir gestern ein paar Probleme.“

Plasberg schürzte die Lippen. „Probleme? Was heißt das?“

„Da war ein Kurzschluss in der Leitung. Die Kollegen von der Spätschicht haben den Elektronotdienst angerufen, der hat die Kamera noch in der Nacht repariert.“

„Heißt das, Sie haben vom gestrigen Abend keine Aufzeichnungen?“ Die Kommissarin konnte ihre Enttäuschung nicht verbergen.

„Kann ich Ihnen noch nicht sagen. Kommt drauf an, welchen Zeitrahmen Sie sehen wollen. Wozu brauchen Sie die Aufzeichnungen überhaupt?“

„Wir hatten gehofft, dass die K-Kamera etwas Ungewöhnliches aufgezeichnet hat, was mit dem Brand der *K-Keksdose* zu tun haben könnte“, erklärte Brinkhoff.

Perscheid stutzte, als er den Kommissar sprechen hörte. „Sie stottern ja!“, sagte er überrascht.

„Ich w-weiß“, erwiderte Brinkhoff verlegen.

„’tschuldigung“, murmelte Perscheid. „Ist mir so rausgerutscht. Mein Junge hat das gleiche Problem.“

„Wie alt ist er denn?“

„Zehn.“

„Schicken Sie ihn zu einem L-Logopäden“, riet Brinkhoff. „M-Mir hat das geholfen.“ Perscheid sah ihn zweifelnd an und wandte sich an Maria Plasberg. „Ich kann Ihnen auch nicht garantieren, dass die Kamera die gegenüberliegende Straßenseite überhaupt noch erfasst“, sagte er.

„Ich weiß, ich weiß“, antwortete sie ungeduldig. „Können wir nicht einfach mal unser Glück versuchen?“ Sie sah auf ihre Armbanduhr. „Der Brand ist um 22.07 Uhr gemeldet worden. Können Sie die Aufnahme auf 20 Uhr vorspulen? Da war Geschäftsschluss.“

Perscheid nickte und tippte auf der Tastatur herum. Kurz darauf war auf einem der Monitore die Zufahrt zum Parkhaus gegenüber der *Keksdose* zu erkennen. Plasberg und Brinkhoff starrten gespannt auf den oberen Bildrand. „Da“, rief die Kommissarin. „Ich hab's doch gesagt!“ Sie deutete auf den Monitor. „Da ist die Straße und da … das linke Schaufenster ist nicht mehr auf dem Bild. Das rechte aber schon. Und ein Teil des Ladeneingangs in der Mitte. Bingo!“

Der Wachmann gab den gewünschten Zeitindex ein, und am rechten unteren Bildrand tauchte die Zeitangabe 20:00:05 Uhr auf. Dann ließ er den Film langsam weiterlaufen.

„Wollen Sie einen Kaffee?“, fragte Perscheid.

„Gerne.“ Plasberg hängte ihre Handtasche über einen Stuhl und setzte sich. „Nur mit Milch.“ Brinkhoff blieb notgedrungen stehen, da keine weiteren Sitzgelegenheiten vorhanden waren, während der zweite Wachmann sich an einer Thermoskanne zu schaffen machte und die Polizeibeamten mit Kaffee versorgte.

Sieben Minuten geschah auf dem Band gar nichts, dann öffnete sich die Tür von innen und ein Pärchen mittleren Alters in dicke Wintermäntel gehüllt trat nach draußen, zusammen mit einer jungen, dunkelhaarigen Frau. Das Pärchen verabschiedete sich mit einer Tüte in der Hand und verschwand auf dem Bürgersteig nach rechts. Die junge Frau rieb sich die Augen, holte ein Schlüsselbund aus ihrer Hosentasche, kehrte zurück ins Ladeninnere und verschloss die Eingangstür von innen.

„Anna Cordes?“, mutmaßte Brinkhoff.

Plasberg schüttelte den Kopf und schlürfte ihren Kaffee. „Auf dem Foto des Personalausweises hatte sie kurze, dunkelblonde Haare. Die Frau hier hat lange und viel dunklere Haare. Ich tippe eher auf diese Fatma, die die letzten Kunden rauswirft. Jetzt sind also nur noch die Angestellten im Geschäft … Mist. Wieso ist der Film in Schwarz-Weiß?"

Perscheid zuckte mit den Schultern. „Ist eben so."

„Und warum ist die Aufnahme so undeutlich?"

„Die Kamera ist auf die Zufahrt zum Parkhaus zentriert. Und es war dunkel draußen. Sie können froh sein, dass wir den Laden überhaupt drauf haben."

Plasberg seufzte. „Na schön, spulen sie weiter vor. Ein bisschen schneller, aber nicht zu schnell."

Im Zeitraffer sahen sie den Feierabendverkehr vorbeifahren, Passanten vorbeihuschen. Eine Frau mit Kinderwagen, drei Jugendliche mit Flaschen in der Hand, dann eine fünfköpfige Gruppe von Erwachsenen, die kurz am Schaufenster verweilte, die Auslage betrachtete und weiterging. Das Licht hinter den Schaufenstern blieb angeschaltet, aber die Beleuchtung reichte nicht aus, um die Vorgänge im Geschäft zu erkennen. Gegen 20.30 Uhr wurde es ruhiger auf der Straße, immer weniger Autos schossen vorbei und auch die Anzahl der Fußgänger reduzierte sich, bis nur noch sporadisch Personen vorbeihasteten.

„Sie sind immer noch alle drin. Es passiert überhaupt nichts", sagte Torsten Brinkhoff enttäuscht und reckte sich. Durch das unentwegte Starren auf die schnell vorbeirauschenden Bilder hatte sich sein ganzer Körper verkrampft.

„Stop!", unterbrach die Kommissarin in diesem Moment. „Spulen Sie ein Stück zurück. Da! Sehen Sie?" Brinkhoff blickte wieder auf den Monitor und bemerkte eine kleine, gedrungene Frau in einem hellen Mantel, die sich der *Keksdose* von links näherte und die Ladentür aufschloss. Er schaute auf die Zeitangabe. 20:41:35 Uhr. Die Frau hielt auf einmal inne und dann sah es so aus, als stolperte sie nach innen. Ihre Bewegungen waren merkwürdig ruckartig, aber die Kommissare konnten sich keinen Reim darauf machen, obwohl sie die Szene mehrmals anschauten.

„Vielleicht klemmt die Tür. Vielleicht hat sie das Gleichgewicht verloren“, sagte Brinkhoff.

„Ja, aber wer ist diese Frau? Hat sie irgendetwas mit der Tat zu tun?“ Die Kommissarin starrte ratlos auf das Video.

Dann passierte ein paar Minuten wieder nichts. Um 20:58:11 Uhr wurde die Tür plötzlich von innen aufgerissen und zwei männliche Gestalten verließen hastig den Laden, rannten nach links aus dem Bild Richtung Innenstadt. Im Dunkeln ließen sich ihre Gesichter nicht erkennen.

„Tom Cordes und der Bäcker ... dieser Jakob Hartgens?“, überlegte Brinkhoff.

„Die würden nicht rennen“, widersprach Plasberg. Angespannt beugte sie sich näher an den Monitor. „Das sind bestimmt die Täter! Zwei Männer.“

„Und wie sollen die in den Laden gekommen sein? Der war doch bis eben abgeschlossen! Bis auf die kleine, dicke Frau haben wir auch niemanden hineingehen sehen.“

„Da gibt es doch einen Seiteneingang auf den Hof. Sterkrade und Clement sind durch ihn vor dem Feuer auf die Straße geflüchtet. Der Seiteneingang wird durch die Kamera nicht abgedeckt. Die Täter könnten ihn benutzt haben, um von hinten unbemerkt ins Geschäft einzudringen. Durch die Backstube. Die Hintertür zum Hof war gestern nicht abgeschlossen. Oder diese unbekannte Frau hat ihnen hineingeholfen.“

„Eine Komplizin? Aber woher hat sie den Schlüssel für die L-Ladentür? Und abgesehen davon ... Sie schließt das Geschäft auf, spaziert einfach an den Mitarbeitern vorbei, schließt dann hinten auf und lässt über den Hintereingang die Täter herein? Kann ich mir nicht vorstellen.“

Die nächsten dreißig Minuten ereignete sich wieder nichts, außer dass der Wind einige Blätter vorbeitrieb und der Regen des gestrigen Abends einsetzte. Die Kommissare konnten es an der reflektierenden Oberfläche des Asphalts erkennen. Um genau 21:31:04 hielt jedoch ein dunkler Wagen vor dem Schaufenster des Plätzchengeschäfts.

„Das wird ja noch mal interessant!“, sagte Brinkhoff. „Eine halbe Stunde vor Ausbruch des Feuers.“

„Schade, dass man das Modell nicht erkennen kann." Seine Chefin hatte die Stirn in Falten gelegt.

„Könnte ein Audi sein", erklärte Perscheid. „Oder ein BMW. Vielleicht aber auch ein Mercedes."

„Können Sie das Nummernschild lesen?" Plasberg war schon dabei, einen Kuli und Notizblock aus ihrer karierten Handtasche zu kramen.

Perscheid hielt das Video an und starrte auf den Monitor. „Vorne vielleicht ein A oder ein K ... Nein. Tut mir leid. Zu klein."

„Dann versuchen Sie, den Bildausschnitt zu vergrößern!"

Der Wachmann tippte auf ein paar Tasten, aber als er das Bild vergrößerte, wurde es noch unschärfer als zuvor, sodass die Ziffern und Buchstaben des Nummernschildes zu einem grauen Pixelschnee verschwammen. Plasberg ließ enttäuscht den Notizblock sinken. Perscheid spulte das Band weiter, aber nur wenige Sekunden später fiel das Bild plötzlich in sich zusammen und auf dem Monitor war nur noch ein grobkörniges Flimmern zu sehen.

„Das ist alles", sagte Perscheid und lehnte sich in seinem Stuhl zurück. „Da ist der Kurzschluss passiert. Ich hatte Sie gewarnt."

„Verdammt", fluchte die Kommissarin. „Gerade jetzt! Wann setzt die Aufnahme wieder ein?"

Perscheid spulte den Film weiter vor. Das Flimmern verschwand und das Bild stabilisierte sich, doch als sie auf den Zeitindex schauten, war es 00:51:08 Uhr und die Szenerie auf dem Monitor hatte sich radikal verändert. Von dem mysteriösen Auto war weit und breit keine Spur mehr zu sehen und auf der Straße standen die Löschzüge der Feuerwehr, deren Einsatzkräfte mit den Aufräumarbeiten beschäftigt waren. Eine stetig wachsende Anzahl von Menschen begaffte die Trümmer der *Keksdose* und einmal konnte Torsten Brinkhoff sich selbst und Maria Plasberg am oberen Bildrand vorbeilaufen sehen.

„Es hat mehr als drei Stunden gedauert, bis der Elektriker den Kurzschluss repariert hat?", fragte Plasberg fassungslos.

„Früher ist er doch gar nicht an die Kamera gekommen", erinnerte Brinkhoff sie. „Die Straße war doch wegen der Löscharbeiten komplett gesperrt."

In der Hoffnung, dass der Handwerker vielleicht doch am Tatort etwas bemerkt hatte, ließ sich Maria Plasberg die Handynummer des Elektrikers geben, aber einen kurzen Anruf später bestätigte der von seinem nächtlichen Einsatz übermüdete Mann Brinkhoffs Vermutung. Er war erst nach Mitternacht von der Feuerwehr zu der defekten Kamera vorgelassen worden.

Die Kommissare ließen sich eine Kopie der Aufnahme brennen, verabschiedeten sich von Hellmut Perscheid und seinem Kollegen und machten sich auf den Rückweg zu Plasbergs Wagen.

„So weit, so schlecht", sagte die Kommissarin frustriert, als sie auf die Straße traten.

„Wieso? Immerhin wissen wir jetzt, dass wir es mit zwei männlichen Tätern zu tun haben. Das ist doch schon mal was."

„Sie ziehen voreilige Schlüsse, Kollege. Wir wissen nur Folgendes mit Sicherheit: Um zwanzig vor neun betritt eine kleine, pummelige Frau unbestimmten Alters den Laden, um kurz vor neun rennen zwei Männer wieder heraus, um kurz nach halb zehn hält ein dunkler Wagen direkt vor dem Eingang und um kurz nach zehn wird das Feuer gemeldet."

„Aber Sie haben doch selbst gesagt, dass die beiden wahrscheinlich den Seiteneingang benutzt …"

„Ich habe spekuliert, Brinkhoff. Ich habe Möglichkeiten in Betracht gezogen, mehr nicht. Vielleicht waren sie ja auch die ganze Zeit im Laden. Wir können nicht mit Sicherheit sagen, dass nach zwanzig Uhr nur noch die Angestellten im Geschäft waren. Vielleicht hatten die beiden etwas mit den Morden und dem Feuer zu tun, vielleicht aber auch nicht. Was wir jetzt tun müssen, ist, diese drei Personen und den Besitzer des Wagens aufzuspüren."

„Und wie sollen wir das machen?"

Plasberg zuckte mit den Schultern. „Ich habe nicht die geringste Ahnung."

Drei

Karsten Vogt hatte sich verlaufen. Die Adresse von Anna Cordes' Eltern in Köln-Ostheim wies auf einen der tristen Hochhausbauten des rechtsrheinischen Bezirks in der Gernsheimer Straße, aber die Hausnummer schien unauffindbar. Und Vogt kannte sich nicht besonders gut in Köln aus, weil er in Bergheim wohnte, rund zwanzig Kilometer von der Rheinmetropole entfernt. Der Kommissar irrte jetzt schon fünfzehn Minuten ziellos zwischen heruntergekommenen Spielplätzen, verlassenen Grundstücksflächen und tristen Betonwänden umher. Noch dazu regnete es wieder. Auf der Straße spielten Kinder zwischen den Parkplätzen und an den Bushaltestellen drückten sich ein paar gelangweilte, rauchende Jugendliche herum, die Jungen in Baggyjeans, aufgeplusterten Winterjacken und Baseballkäppis, die Mädchen trotz der Kälte vorzugsweise in bauchfreien T-Shirts unter ihren offenen Anoraks. Vogt kannte diese Art Jugendliche nur zu gut: oft Migrantenkinder ohne Schulabschluss, arbeitslos, perspektivlos, einige von ihnen in Gangs organisiert, die ganze Stadtteile als ihr Territorium betrachteten und sich gegenseitig befehdeten. In den letzten Jahren hatten Gewaltbereitschaft, Drogenkonsum und Jugendkriminalität in diesen Bezirken der Hoffnungslosigkeit erschreckende Ausmaße angenommen und die Polizei bekämpfte die Auswüchse mit nur mäßigem Erfolg.

Vogt kratzte an einem seiner Pickel im Gesicht und tat sich leid. Als Heribert Eikner ihn am Morgen noch vor Dienstbeginn informiert hatte, dass sein Versetzungsgesuch abschlägig beschieden worden war, war sein Tag eigentlich schon gelaufen gewesen. Er fühlte sich verraten.

Was hätte er darum gegeben, nicht mehr mit Plasberg zusammenarbeiten zu müssen und bei Brinkhoffs altem Chef Lutz Beerbaum im KK 12 eine ruhige Kugel zu schieben! Doch der Traum war geplatzt wie eine Seifenblase. Eikner hatte etwas von Sparzwängen und der Streichung von Planstellen geredet und ihn aufgefordert, seine persönlichen Animositäten zu begraben. Dabei hatte er noch vor wenigen Wochen voll hinter ihm gestanden, als Vogt bei einem zurückliegenden Fall Plasbergs Autorität und Ermittlungsweise offiziell in Frage gestellt und sie angeschwärzt hatte. Eikner hatte nur nach einem Grund gesucht, die ungeliebte Kommissarin und ihre aufsässige Art endlich loszuwerden. Doch dann hatte Plasberg den Fall gegen alle Erwartungen gelöst und war wieder obenauf. Plötzlich war von ihrer Ablösung keine Rede mehr gewesen. Seitdem wurde Vogt das Gefühl nicht los, dass die Kommissarin ihn immer zu den miesesten Jobs einteilte und ihre Machtposition ausnutzte, um es ihm heimzuzahlen. Deshalb hatte sie auch bestimmt ihn und nicht Kayser oder Hallstetter nach Ostheim beordert. Vielleicht sollte er sich einfach krankmelden.

Endlich tauchte das Hochhaus mit der richtigen Hausnummer vor ihm auf. Die Nummer 16 lag am Ende der Gernsheimer Straße, die hier eine Sackgasse bildete und von Böschungen, Gestrüpp und Bäumen umgeben war. Und es war das hässlichste Haus von allen. Dreizehn Stockwerke schmutzigen Waschbetons und trister Balkone, auf denen sich unzählige Satellitenschüsseln dem Himmel entgegenreckten. Die Fassade des Hauses war im Erdgeschoss mit Graffiti verschmiert, die davon kündeten, dass dieser Block zum Territorium der *OGB*, der *Ostheim Ghetto Bandits*, gehörte. Vor dem Haus befand sich ein ganzes Arsenal riesiger Müllcontainer. In einer Ecke des Eingangs roch es nach Urin. Vogt schüttelte sich und starrte auf die Namen der roten Klingelschilder, die in fünf Dreizehnerreihen angebracht waren. Wie konnte man nur in einem Haus leben, dessen Wohnungen so eng nebeneinander aufgereiht waren wie Bienenwaben?

Nach einigem Suchen fand er das Schild, auf dem schlicht „Cordes" stand. Die Eltern der Besitzerin der *Keksdose* wohnten im siebten Stock.

„Was ist?" Eine weibliche Stimme, heiser und müde klingend, antwortete ihm, als er die Klingel betätigte.

Karsten Vogt gab sich als Kripobeamter zu erkennen und kurz darauf wurde die Haustür durch ein mechanisches Summen geöffnet. In einer Nische hinter den Briefkästen lag ein kaputter

Kinderwagen, daneben war ein kleiner Hund angeleint, dessen aufgebrachtes Kläffen durch das gesamte Treppenhaus schallte. Niemand kümmerte sich darum. Aus einer Wohnung nebenan drang das Plärren eines Kleinkindes.

Der Kommissar teilte sich den Platz im Aufzug mit einem zerdrückten Pizzakarton, stieg im siebten Stock aus und suchte im Halbdunkel des Flures nach dem Lichtschalter. Als er endlich einen gefunden hatte, blinkte die Neonröhre an der Decke nur kurz auf, um dann ihren Geist aufzugeben. Vogt tastete sich zu einem Lichtstrahl vor, der aus einer angelehnten Wohnungstür am Ende des Ganges kam und klopfte.

„Hallo?" Niemand antwortete ihm. Der Kommissar stieß die Tür auf und wurde vom lautstarken Geplapper einer vormittäglichen Talkshow im Fernsehen empfangen, das aus dem Wohnzimmer drang. „Hallo? Jemand zu Hause?"

Eine Frau mit dünnen, farblosen Haaren und einem verquollenen Gesicht streckte ihren Kopf aus der Küche. Dicke Ringe hingen unter ihren verweinten Augen, als ob sie die ganze Nacht nicht geschlafen hätte. „Machen Sie die Tür zu. Was wollen Sie?"

„Sind Sie Frau Cordes? Mein Name ist ..."

„Die Polizei, ich hab schon verstanden", unterbrach ihn die Frau. Ihre Stimme klang noch abgeschlagener als durch die Sprechanlage. „Kommen Sie in die Küche. Im Wohnzimmer stören Sie nur den Heinz. Und bevor der nicht sein zweites Bier gehabt hat, ist der schlecht gelaunt."

„Und Sie sind?"

„Gerda Cordes." Erst als der Kommissar sie weiter fragend ansah, fügte sie hinzu: „Annas Mutter."

Vogt betrat eine Küche, die schon seit Jahren nicht mehr renoviert worden und vom Zigarettenrauch unansehnlich vergilbt war. Wie ein bräunlicher Schatten hatte sich das Nikotin auf die Tapeten, die Decke und alle Oberflächen der Küche gelegt. Die Arbeitsplatten, der Küchentisch, die Schränke, der Herd – alles hatte den gleichen schmierigen Schimmer. Gerda Cordes saß in einem verwaschenen, geblümten Bademantel am Tisch, einen Kaffee und den *Express* vor sich, in der Hand eine Zigarette. Das teigartige Gesicht fand seine Entsprechung in ihrem unförmigen, schlaffen Körper. Unter dem Bademantel lugten blasse, blau geäderte Waden hervor, die dicken Füße waren in pinkfarbene Pantoffel gezwängt. Gerda Cordes war eine verbrauchte, früh gealterte Frau. Vogt hatte keine Ahnung, wie alt sie sein mochte; alle Schätzungen zwischen Ende vierzig und Anfang sechzig schienen plausibel.

„Also, was wollen Sie? Die Polizei hat mir schon Bescheid gesagt wegen Anna, wenn Sie deswegen kommen. Steht ja auch in der Zeitung." Sie tippte auf die Schlagzeile der Titelseite.

„Wir versuchen den Mörder Ihrer Tochter zu ermitteln", begann Vogt. „Tut mir leid, wenn ich Sie heute damit belästigen muss, aber je mehr Informationen wir über Ihre Tochter haben, desto eher kommen wir vielleicht dem Täter auf die Spur."

„Was über die Anna wollen Sie wissen? Von uns?" Gerda Cordes lachte kurz auf und wurde von einem trockenen Raucherhusten unterbrochen. „Da sind Sie bei uns an der falschen Adresse."

„Wieso? Hatten Sie keinen Kontakt mehr?"

Anna Cordes' Mutter starrte an Vogt vorbei an die Wand. „Wir haben von der Anna kaum noch was gehört und gesehen in den letzten Jahren. Geschämt hat sie sich für uns, das Mädchen. Wollte mit uns nichts mehr zu tun haben. Wissen Sie, wie das ist, wenn sich die eigenen Kinder für einen schämen?"

Der Kommissar schüttelte den Kopf. „Ich habe keine Kinder."

Gerda Cordes zog an ihrer Zigarette, blies den Rauch aus und hustete erneut. „Nicht mal zu Weihnachten hat sie angerufen und sich erkundigt, wie es uns geht. Wahrscheinlich wollte sie es gar nicht wissen."

„Warum nicht?"

Die Frau sah Vogt müde an. „Was weiß ich. Weil wir sie daran erinnern, wo sie herkommt. Außerdem hatte sie wohl Angst, dass wir sie um Geld anbetteln, jetzt, wo sie so erfolgreich ist als Geschäftsfrau." Sie betonte spöttisch das letzte Wort, aber Karsten Vogt hatte auch den Eindruck, dass in Gerda Cordes' Geringschätzung eine gehörige Portion Neid mitschwang. Neid und Kränkung.

Da er nicht aufgefordert worden war, Platz zu nehmen, lehnte sich der Kommissar mit dem Rücken an den Küchenschrank.

„Warum sollte Ihre Tochter Angst haben, dass Sie sie um Unterstützung bitten?"

Gerda Cordes schlurfte zur Kaffeemaschine und füllte ihre Tasse nach. „Mein Mann und ich, wir kriegen Stütze. Also … Hartz IV. Haben Sie mal versucht, davon zu leben? Das reicht hinten und vorne nicht. Vor allem, wenn man noch ein Kind durchbringen muss."

„Anna hat noch Geschwister?"

Anstatt zu antworten, brüllte Cordes lautstark: „Kevin!"

Im hinteren Bereich der Wohnung hörte Vogt eine Tür schlagen und ein etwa zwanzigjähriger junger Mann mit einem mürrischen Gesichtsausdruck schlurfte auf weißen Tennissocken in die Küche. Ähnlich wie die Jugendlichen, die der Kommissar draußen an der Bushaltestelle beobachtet hatte, trug der Junge Baggyjeans, über deren Bund eine wildgemusterte Boxershorts lugte, darüber ein Kapuzenshirt und eine Baseballkappe, die einen dunklen, gegelten Haarschopf bändigte.

„Was 'n jetzt schon wieder? Bring den Müll doch selber weg!", maulte er seine Mutter an. „Ich hab jetzt keinen Bock!" Dann bemerkte er den Kommissar. „Wer is 'n das?"

„Polizei", erwiderte Gerda Cordes. „Wegen deiner Schwester."

Kevin nahm sich gelangweilt eine Zigarette aus der Schachtel seiner Mutter und zündete sie an. „Anna? Ja, und? Die ist doch tot."

„Deswegen bin ich ja hier. Besonders traurig scheinen Sie über den Tod Ihrer Schwester ja nicht zu sein", sagte Vogt.

Kevin zuckte mit den Schultern und sah den Kommissar herausfordernd an. „Ist das verboten?"

„Nein, natürlich nicht." Vogt rieb sich den Nacken. „Ich dachte nur, dass mir hier vielleicht irgendjemand etwas mehr über Anna erzählen könnte."

„Ich bestimmt nicht. Ich hab die schon ewig nicht mehr gesehen. Hat sich ja nie blicken lassen. Hatte wohl keinen Bock auf den Scheiß hier." Damit drehte er sich um und verschwand wieder in seinem Zimmer.

„Tut mir leid", sagte Gerda Cordes. „Der Junge ist grad in einem schwierigen Alter."

„Scheint mir auch so“, murmelte Vogt.

„Früher war der ganz anders. War ein guter Schüler und sogar bei den Rettungsschwimmern.“ Für einen Moment schien so etwas wie Stolz in den stumpfen Augen von Kevins Mutter zu glänzen. „Aber irgendwann … und mit dem Hauptschulabschluss hat er keine Lehrstelle gekriegt. Seitdem hängt er nur noch auf der Straße rum oder spielt stundenlang diese Computerspiele.“

„Und sein Vater?“

„Der Heinz?“ Gerda Cortes machte eine fahrige Handbewegung. „Der ist auch arbeitslos. Mit 55 haben sie den entlassen auf 'm Bau. Seitdem sitzt er hier und säuft.“

„Und Ihre Tochter hat diese Situation nicht ausgehalten.“ Es war mehr eine Feststellung als eine Frage. Unter diesen Umständen hätte sich Vogt auch so weit wie möglich von der Familie distanziert. Die Trostlosigkeit, die in dieser Wohnung herrschte, war fast mit den Händen zu greifen.

Aber Gerda Cordes schüttelte den Kopf. „Die Anna ist schon vor mehr als fünfzehn Jahren ausgezogen, gleich nach der Ausbildung. Die hat sich nie gut mit ihrem Vater verstanden. Einen Säufer hat sie ihn genannt und einen Choleriker. Weil … mein Mann, der hat schon immer ganz gerne einen gehoben. Und manchmal … manchmal wird er dann ein bisschen laut … Die war auch schon immer zielstrebig, die Anna, wollte was aus sich machen.“ Sie drückte ihre aufgerauchte Zigarette aus und zündete sich sofort eine neue an. Mittlerweile konnte Vogt gut nachvollziehen, wieso die Küche so vergilbt und heruntergekommen aussah. „Und jetzt ist sie tot.“ Plötzlich glänzten die Augen von Annas Mutter feucht. „Mein kleines Mädchen. Wissen Sie schon, wer es getan hat?“

Vogt hatte das Gefühl, als hätte die Frau ihm gar nicht zugehört. Aus ihr würde er bestimmt keine brauchbaren Informationen herausholen können. Trotzdem versuchte er es ein letztes Mal. „Kannten Sie Annas Lebensgefährten, Thomas Schneider?“

„Tom? Nein, nicht wirklich. Ich hab ihn einmal kurz gesehen, im Laden.“

„Sie waren mal in der *Keksdose*?“

Gerda Cordes nickte. „Ja. Vor zwei Jahren, zur Eröffnung. Ich wollte doch mal sehen, wie das so ist … was das Kind so aus sich gemacht hat. Aber sie hat uns wieder weggeschickt. Das war so 'n piekfeiner Sektempfang und wir passten da wohl nicht rein. Sie hat ihrem Vater fünfzig Euro in die Hand gedrückt und uns aus der Tür geschoben." Die Stimme der Frau klang verbittert und sie starrte in ihre Kaffeetasse, schien die Anwesenheit des Polizisten für einen Moment vergessen zu haben.

Vogt räusperte sich dezent. „Ihr Mann … kann ich mit dem auch noch ein paar Worte wechseln?"

Gerda Cordes hustete ein weiteres Mal. Diesmal brodelte es in ihren teerverklebten Bronchien; ihr ganzer Körper wurde von dem Raucherhusten geschüttelt. Sie holte ein Taschentuch aus ihrem Bademantel und spuckte hinein. Vogt musste sich zusammenreißen, um sich seinen Ekel nicht anmerken zu lassen. „Von mir aus", bekam er schließlich rasselnd zur Antwort. „Versuchen Sie Ihr Glück."

Vogt drückte der Frau noch seine Karte und eine Karte mit Plasbergs Namen und Dienstnummer in die Hand, dann ließ er Annas Mutter in der Küche zurück und klopfte an der Tür des Wohnzimmers. Heinz Cordes saß auf dem Sofa, bekleidet mit einer fleckigen Jogginghose und einem billigen, verwaschenen Feinrippunterhemd. In der Hand hielt er eine halb leere Flasche Kölsch und neben ihm auf einem Beistelltisch stand ein überquellender Aschenbecher. Eine dicke Bierwampe wölbte sich unter dem Unterhemd, geplatzte Äderchen überzogen das aufgedunsene Gesicht, die Haare waren ungewaschen und fettig und eine Rasur hätte Cordes auch nötig gehabt. Kleine Schweinsäuglein musterten den Kommissar misstrauisch, als er den rauchgeschwängerten Raum betrat.

„Vogt, Kripo Köln", stellte sich der Kommissar vor.

Cordes nickte beiläufig und nahm einen Schluck aus der Flasche. Seine Augen wanderten zum Fernsehgerät zurück. „Und? Welches Schwein hat die Anna auf dem Gewissen?"

„Wir ermitteln noch. Deshalb würde ich Ihnen gerne …"

„Was wollen Sie dann hier? Haben Sie nichts Besseres zu tun?" Cordes wischte sich über den Mund und verzog das Gesicht.

„Beamte!“, sagte er abfällig. „Sitzen wie die Maden im Speck und verplempern unsere Steuergelder!“

„Herr Cordes, ich …“

Aber Vogt kam nicht zu Wort. Cordes war dabei, sich in Rage zu reden. „Über dreißig Jahre hab ich auf dem Bau geschuftet, hab mir den Arsch aufgerissen! Hoch- und Tiefbau, richtig beschissener Job. Die Bandscheibe hab ich kaputt … und dann haben sie mich zum Dank vor die Tür gesetzt, von heute auf morgen! Scheiß Bonzen.“ Er wühlte neben sich nach Zigaretten und fand eine zerknitterte Packung in den Ritzen des abgenutzten Sofas. Mit fahrigen Handbewegungen zündete er eine Kippe an.

Vogt reagierte nicht auf die Beschimpfungen. Er kannte solche Tiraden zur Genüge. „Ich muss Ihnen trotzdem einige Fragen stellen“, sagte er.

„Ich hab die Anna schon seit einer halben Ewigkeit nicht mehr gesehen. Ich kann euch nichts sagen.“ Cordes unterdrückte ein Aufstoßen und wandte seine Aufmerksamkeit endgültig wieder dem Fernseher zu.

Karsten Vogt seufzte. Hier waren keine Informationen zu holen. Frustriert machte er sich auf den Rückweg zum Präsidium.

Noch lange, nachdem der Polizist die Wohnungstür hinter sich zugezogen hatte, starrte Gerda Cordes an die leeren Küchenwände, bis sie das Gefühl hatte, die Wände würden sich bewegen und auf sie zukommen. Schließlich drückte sie ihre Zigarette im Aschenbecher aus und ging zum Zimmer ihres Sohnes. Sie wusste, dass es sinnlos war, mit Kevin das Gespräch zu suchen, er hatte schon vor Jahren jeglichen Respekt vor ihr verloren. Dabei hatten sie sich so gut verstanden, als er klein war. Trotzdem konnte sie nicht anders. Der Junge saß gebannt vor seinem Computer, aus dem das Geräusch von Explosionen ertönte. Mit der rechten Hand am Joystick feuerte er Maschinengewehrsalven auf seine virtuellen Gegner, seine Augen leuchteten fiebrig.

„Wo warst du eigentlich gestern Abend?“

Kevin zuckte zusammen, aber Gerda Cordes konnte nicht erkennen, ob er nur ihre Anwesenheit nicht bemerkt und sich erschrocken hatte oder ob seine Reaktion von ihrer Frage ausgelöst worden war. „Klopf gefälligst an!"

„Wo warst du?"

„Weg", bekam sie schließlich missgelaunt zur Antwort, ohne dass ihr Sohn sich die Mühe machte aufzuschauen.

„Ich weiß, dass du nicht da warst", sagte sie schärfer, als sie eigentlich gewollt hatte. „Ich will wissen, *wo* du warst!"

Endlich drehte Kevin sich um und musterte seine Mutter kalt. „Glaubst du, ich hab Annas Laden abgefackelt und ihr eine Kugel in den Schädel gejagt?"

Seiner Mutter lief ein Schauer über den Rücken. Der Junge war so gefühllos, so abgebrüht. „Es ist nur, weil … du warst schon mal in Schwierigkeiten", brachte sie schließlich heraus.

Kevin runzelte verärgert die Stirn. „Scheiße. Immer die alte Leier. Das ist doch ewig her."

„Drei Jahre." In seinen Augen mochte das eine halbe Ewigkeit her sein, in ihren nicht.

„Und wessen Schuld ist das wohl?"

Sie zuckte zusammen; er wurde nicht müde, sie seine Verachtung spüren zu lassen. Trotzdem versuchte sie es noch einmal. „Kevin, bitte, wenn du damit was zu tun …"

„Geht dich einen Scheißdreck an, wo ich war. Und jetzt lass mich in Ruhe! Hau ab!"

„Ich wollte doch nur …" Ohne dass sie es bemerkte, hatte ihre Stimme einen flehenden Tonfall angenommen.

„Du sollst verschwinden!" Kevin sprang auf und für einen Moment hatte Gerda Cordes Angst, dass er die Hand gegen sie erheben würde. Es wäre ein Leichtes für ihn, sie zu schlagen, um mehr als einen Kopf überragte er sie und sie hatte seinen Kräften nichts entgegenzusetzen. Doch stattdessen musterte er sie nur angeekelt. „Kannst du dir nicht endlich was anziehen? Du siehst aus wie 'ne billige Schlampe!", sagte er schließlich mit einem Blick auf ihren fleckigen, abgenutzten Bademantel. Etwas seltsam Anzügliches lag in seinen Augen und Gerda Cordes zog mit einer unwillkürlichen Handbewegung den Kragen um das offene Dekolleté enger. Kevin bemerkte ihre Reaktion und grinste abfällig. „Du hast eine perverse Fantasie", sagte er. „Schon immer gehabt."

Jetzt war es ihr Arm, der ausholte, aber ihr Sohn griff einfach nach ihren Handgelenken und drängte seine Mutter aus dem Zimmer. Dann warf er ihr einen letzten verächtlichen Blick zu und ließ seine Tür vor ihrer Nase zuknallen. Gerda Cordes musste sich an der Wand abstützen und es dauerte eine Weile, bis sie sich wieder gefangen hatte. An ihren Handgelenken zeichneten sich rote Flecken ab.

Auf der anderen Seite der Wand lehnte Kevin schwer atmend an der Tür. Er fühlte sich schmutzig und konnte nicht genau einordnen, ob es mit dem Erscheinungsbild seiner Mutter zu tun hatte oder mit ihren Andeutungen. Geistesabwesend wischte er sich die Hände an seiner Jeans ab.

Die Luft in seinem Zimmer fühlte sich plötzlich stickig an. Raus, er musste raus. Raus aus dieser Wohnung, an die Luft. Hektisch machte sich der Junge fertig. Die schwarzen Kingpin Sneakers mit dem krassen *Etnies*-Logo an den Seiten, der Anorak mit der fetten Kapuze und dann noch schnell der iPod mit Musik von Bushido im Ohr.

Seine innere Unruhe trieb ihn dazu, den Fahrstuhl links liegen zu lassen und das Treppenhaus zu benutzen. Jeweils zwei Stufen nahm er auf einmal, manchmal auch drei, die sieben Stockwerke waren in weniger als drei Minuten geschafft. Vor der Haustür zog er die Kapuze über sein Baseballcap, atmete erleichtert auf und zündete sich eine Kippe an. Die Packung war fast leer, er brauchte dringend neue Zigaretten. Kevin fuhr mit seiner Hand in die Hosentasche und kramte das Kleingeld heraus. Drei Euro … ah ja, da waren noch zwei 50-Cent-Stücke. Schwein gehabt. Aber ansonsten war er blank. Kevin stieß einen unterdrückten Fluch aus. Der Alte hatte noch einen Fuffi in seiner Brieftasche, da war er sich sicher, aber den konnte er nicht nehmen, weil das auffallen würde. Und wenn sein Alter nicht genug Kohle für seinen Suff hatte, wurde er handgreiflich. Das letzte Mal hatte er versucht, Kevin ein blaues Auge zu verpassen. Nur dass der Alte ihm kräftemäßig jetzt nicht mehr das Wasser reichen konnte. Früher … früher war das anders gewesen. Kevin verzog das Gesicht, als er an die vielen Schläge dachte, die er in seiner Kindheit kassiert hatte. Heinz Cordes hatte ausgeteilt, solange er sich erinnern konnte, und seine Opfer waren immer Kevin und seine Mutter gewesen.

Vielleicht konnte er Siggi anpumpen? Sein bester Kumpel hatte immer Kohle, der Wichser schwamm ja nur so in Geld. Und er hatte Mittel und Wege, es ihm aus der Tasche zu leiern.

Als Kevin um die Ecke bog, sah er plötzlich Ahmed auf sich zukommen. Der gebürtige Marokkaner und Anführer der *Ostheim Ghetto Bandits* war in Begleitung seiner Schwester. Kevin schluckte. Leilas Haare waren von einem Kopftuch verhüllt, ansonsten entsprach ihr Kleidungsstil eher westlicher Mode. Jeans, offener Anorak, darunter ein Sweatshirt. Er nickte den beiden kurz zu, mehr traute er sich nicht. Noch nicht. Dabei war es so schwer, die Augen von Leila abzuwenden; Siggi zog ihn schon damit auf, dass jeder Idiot merken konnte, wie sehr er in Leila verknallt war. Kevins Herz schlug plötzlich wie wild. Es gab keinen Tag, an dem er nicht an sie dachte, keinen Tag, an dem er Leila nicht aus sicherer Distanz beobachtete. Sehnsüchtig dachte er an das lange, dunkle Haar unter Leilas Kopftuch und wie gern er sein Gesicht darin vergraben, den Duft nach Zitronen einatmen würde, der immer von Ahmeds Schwester ausging. Am liebsten würde er sich darin verkriechen, sich einspinnen wie in einen Kokon und sich und alles um ihn herum vergessen, die ganze Scheiße hier. Wenn er nur Leila mal alleine treffen würde, dann … aber Leila war nie allein. Entweder war jemand aus ihrer Familie in der Nähe oder sie war mit Freundinnen zusammen.

Leila erwiderte seinen Gruß und lächelte ihn sogar an und Kevin spürte, wie sein Gesicht brannte. Ahmed dagegen warf ihm einen Blick zu, den Kevin nur zu gut deuten konnte. Verachtung war darin zu lesen, Verachtung und Wut. Kevin sah den Geschwistern verwirrt nach, die in Richtung der Hochhäuser liefen. Ahmed schien heftig auf Leila einzureden, dann drehte sich der 22-Jährige plötzlich auf dem Absatz herum und kehrte zu Kevin zurück, während Leila im Hauseingang verschwand.

„Pass auf, Pisser, wenn du meine Schwester noch einmal anguckst, dann bring ich dich um!" Ahmeds Gesicht war auf einmal ganz dicht vor Kevins, der Junge konnte jede einzelne der schwarzen Bartstoppeln erkennen. Noch deutlicher aber sah er den Hass und die Abscheu in den Augen des anderen.

„Ey, ich hab doch gar nicht …“, verteidigte sich Kevin, aber Ahmed zog ohne Vorwarnung sein Knie nach oben und Kevin sackte überrumpelt auf den Boden, die Hände schützend vor seine schmerzenden Genitalien haltend.

Ahmed sah drohend von oben auf ihn herab. „Noch einmal, und ich mach dich alle! An meine Schwester kommt kein Deutscher ran. Ist mir egal, ob du der beste Kumpel vom Siggi bist. Ist das klar?“ Ahmed versetzte Kevins Magen einen gezielten Tritt.

„Ich hab … ich hab keine Ahnung, was du meinst“, stöhnte Kevin.

Ahmed spuckte aus, der Speichel landete nur wenige Millimeter von Kevins Gesicht entfernt. „Pass auf, Wichser!“, sagte er. „Hast du mich verstanden?“

Kevin schloss die Augen und nickte. Als er sie wieder öffnete, war Ahmed schon fast im Hauseingang verschwunden, in den auch Leila gegangen war. Kevin rappelte sich mühsam auf. „Ich lass euch alle hochgehen!“, schrie er hinter Ahmed her. „Ich schwör, du Arsch!“ Der Marokkaner reagierte nicht.

Für einen Moment war Kevin unsicher, was er als Nächstes tun sollte. Zuerst mal Siggi aufstöbern, der hing mit Sicherheit wie immer vor der Spielhalle rum. Kevin wischte sich die Tränen aus den Augenwinkeln und klopfte seine Hose sauber so gut es ging. Dann kreuzte er mit noch immer zitternden Beinen einen schmalen Zufahrtsweg und lief in die Frankfurter Straße, wo am Rande der Hochhaussiedlungen neben einer Kneipe die Spielhalle auftauchte. Schon von weitem konnte er die rötlichen Haare seines drei Jahre jüngeren Kumpels ausmachen, der auf einem überdachten Mauervorsprung neben der Spielothek hockte und rauchte. Kevin zog die Nase hoch, spuckte den Rotz auf die Straße und atmete tief durch. Sich nur nichts anmerken lassen, das war wichtig. Die Demütigung wegstecken. Ahmed war eine Nummer zu groß für ihn, er hatte die geballte Macht der *Bandits* hinter sich. Siggi dagegen … den hatte er in der Tasche.

Die beiden Freunde begrüßten sich, indem sie ihre rechten Fäuste gegeneinander schlugen. „Alles fit, Alter?", fragte Kevin so lässig wie möglich.

„Ey, wo warst du so lange? Ich häng hier schon 'ne halbe Stunde ab!" Siggis wässrige Augen starrten Kevin wütend an.

„Die Bullen waren da, ging nicht früher."

„Die Bullen?" Siggis drahtiger Körper spannte sich an. Mehr denn je erinnerte der nur 1,70 Meter große Junge Kevin an ein Wiesel. Die kleine Stupsnase, das fliehende Kinn, die hektischen Blicke, die scharfen Schneidezähne, die sich über die geöffneten Lippen schoben.

„Bleib cool, Spasti. War nur so 'n pickliger Pisser von der Kripo …"

„Was? O Mann, Alter, wir stecken bis zum Hals in der Scheiße!" Die nackte Panik stand plötzlich in Siggis Augen.

Kevin sah seinen Kumpel von der Seite an. Er hatte immer gedacht, dass Siggi mit allen Wassern gewaschen war, immerhin zog er mit Ahmed die krassesten Deals ab. Aber langsam kamen ihm Zweifel. Siggi mochte verschlagen, hinterlistig und geschäftstüchtig sein, und er war gut, wenn es darum ging, Informationen zu besorgen. Informationen und Dinge, die viel gefährlicher waren. Deshalb hatte sich Kevin auch mit ihm zusammengetan. Aber skrupellos war er wohl doch nicht. Vielleicht war er sogar ein größerer Feigling, als er gedacht hatte.

„Kein Grund auszuticken", sagte er schließlich. „Der Bulle wollte nur wissen, wann meine Alten Anna zuletzt gesehen hatten."

Siggi atmete hörbar auf. „Scheiße, ich dachte schon … hast du übrigens schon die Zeitung gesehen?" Er hielt Kevin eine zerlesene Ausgabe des *Express* hin. „Erste Seite, fette Schlagzeile."

Kevin riss ihm das Blatt aus der Hand und überflog den Inhalt des Artikels. Der Tod seiner Schwester überschattete seine anderen Probleme für den Moment. „Krass. Abgefahren." Er deutete auf das grobkörnige Bild von dem Opfer im Eingangsbereich der *Keksdose*.

Siggi brachte nur ein schiefes Grinsen zustande und Kevin sah ihn zweifelnd an. „Was ist los mit dir? Hast du ein Problem?"

Drohend ging er einen Schritt auf Siggi zu, der abwehrend die Hände hob.

„Reg dich ab, Alter“, erwiderte er. „Alles ist cool.“

„Nee, ist es nicht!“, widersprach Kevin. „Seh ich dir doch an. Du hast Schiss, du Arsch! Ey, wenn du dein Maul aufreißt, mach ich dich alle, ich schwör! Ich steck den Bullen, was ich weiß!“

Siggi lachte nervös. „Für wie bescheuert hältst du mich?“, erwiderte er. „Komm wieder runter!“ Er schwieg einen Augenblick. „Und jetzt?“, fragte er dann. „Was liegt an?“

Kevin zuckte mit den Schultern. „Bock auf ’ne Runde flippern? Bei dem Pisswetter kann man sowieso nicht draußen abhängen. Aber du zahlst. Ich hab keine Kohle.“

Siggi nickte und sprang mit einem Satz von der Mauer.

In der Spielhalle herrschte fahles Neonlicht und es roch nach Putzmitteln und Bier. Hinten am abgewetzten Billardtisch standen zwei Männer und betrachteten konzentriert die Kugeln, die quer über den Tisch verstreut lagen. An einem der Geldspielautomaten hielt sich ein schmieriger Typ mit glasigen Augen fest und stierte wie hypnotisiert auf die ratternden Anzeigefelder. In unregelmäßigen Abständen warf er Münzen nach, aber der Jackpot blieb ihm verwehrt. Die Maschine bedankte sich mit glucksenden Computergeräuschen.

Kevin und Siggi steuerten auf einen der Flipper zu, die sie mit blinkenden Lichtern zum Spielen einluden. Siggi warf ein 2-Euro-Stück ein und programmierte den Automaten auf zwei Spieler.

„Ich fang an“, sagte Kevin und schob Siggi unsanft zur Seite.

„Ey, ich hab bezahlt, Alter!“

„Na und?“ Kevin betätigte den Abzug und schoss die erste Kugel ins Spielfeld. Seine Augen tanzten zwischen dem Punktedisplay und der taumelnden Kugel hin und her, seine Zeigefinger hieben auf die Seitenknöpfe und katapultierten die Kugel immer wieder zurück, bis der Punktestand bei 1.324.000 Millionen stehen blieb. Dann rutschte die Kugel unerreichbar für die Seitenflipper durch die Mitte ins Aus, und Kevin schlug verärgert mit der flachen Hand auf das gläserne Gehäuse des Flippers. „Scheißkiste!“, brüllte er, was ihm einen prüfenden

Blick des Spielhallenmitarbeiters einbrachte, der hinter der Theke in einen Fernseher glotzte. Unwillig machte Kevin Platz für Siggi.

Sein Kumpel hatte mehr Glück. Schon nach wenigen Minuten hatte er Kevins Punktestand hinter sich gelassen und ein Freispiel herausgeholt. „Ey, geil! Ich bin der King!" Er boxte Kevin auf den Oberarm.

„Fass mich nicht an, du Arsch!", schnauzte ihn sein Freund an. Es konnte doch wohl nicht wahrsein, dass er gegen jemanden wie Siggi beim Flippern schlapp machte!

Ein Luftzug ließ die beiden Jugendlichen zur Tür sehen; der Regen trieb noch mehr Besucher in die Spielothek. Ahmed. Ahmed und hinter ihm zwei seiner besten Kumpel, Gökhan und Mustafa, die fast immer in seiner Nähe waren, wie eine Leibwache. Sie nickten Siggi zu, Kevin jedoch würdigten sie keines Blickes. Er fühlte sich wie eine Laus. Zu unbedeutend, um auf ihrem Radar eine Spur zu hinterlassen. Aber zumindest Gökhan, dessen Vater bei der Müllabfuhr arbeitete, ließ sich doch noch zu einem Kopfnicken herab, er kam sogar auf sie zu. Kevin hatte plötzlich einen Kloß im Hals.

„Na, ihr Wichser, wer ist am Gewinnen, ey?" Es klang fast freundschaftlich und das machte Kevin noch unsicherer.

„Ich", erwiderte Siggi einsilbig.

„Du verlierst gegen den kleinen Pisser?" Gökhan grinste Kevin verächtlich an. „Voll krass."

„Vorsicht", sagte Siggi und Gökhan hob die Hände in einer Geste der Entschuldigung.

„Tu ich nicht", begehrte Kevin auf und stieß Siggi ein weiteres Mal vom Flipper weg. Wie jedes Mal war Kevin neidisch auf die merkwürdige Art von Respekt, die sich Siggi mit der Zeit erarbeitet hatte. Es war zwar kein Respekt unter Gleichrangigen, weil er Deutscher war, aber immerhin ... alle *Bandits* ließen Siggi in Ruhe.

Jetzt stand plötzlich auch Mustafa am Flipper und Kevin begann zu schwitzen. „Der Spasti verliert gegen Siggi?", fragte Mustafa nach. Er lehnte sich lässig gegen den Flipper und zündete sich eine Zigarette an, obwohl Rauchen in der Spielhalle verboten war. Der Typ, der Aufsicht hatte, sah aber darüber hinweg. Jeder hier wusste, dass Mustafa immer ein Messer dabei hatte und auch nicht zögerte, es einzusetzen. Bei der letzten Schlägerei gegen die Vingster hatten ein paar der Gegner Stiche in den Oberarm oder das Bein abbekommen. Die Bullen hatten aber niemandem etwas nachweisen können. Natürlich nicht. Die Bullen waren Waschlappen.

Kevin zog wütend am Abzug und die Kugel flog erneut ins Spielfeld, prallte gegen ein paar Hindernisse, verschwand in einem Loch und wurde aus einem anderen herausgeschossen, so schnell, dass Kevin kaum reagieren konnte. „Verdammte Scheiße", fluchte er und hieb mit der Faust so heftig gegen die Seitenflipper, dass der ganze Automat wackelte und sofort TILT anzeigte. Mustafa und Gökhan grölten hämisch und auch Siggi lachte mit, wenn auch ein wenig leiser. Kevin wünschte sich nichts sehnlicher, als im Erdboden zu versinken. Am liebsten wäre er auf die beiden Türken losgegangen, aber gegen die hatte er keine Chance. „Halt dein blödes Maul!", schrie er daher Siggi an und stieß seine Fäuste gegen dessen Brust. Der Stoß war heftiger, als er gewollt hatte. Siggi verlor das Gleichgewicht und fiel mit einem überraschten Gesichtsausdruck zu Boden. Die anderen grölten noch lauter. Wären sie allein gewesen, hätte Siggi nicht gewagt, ihm das übel zu nehmen, aber in Gegenwart von Mustafa und Gökhan und vor allem Ahmed, der die Szene aus der Distanz beobachtete, konnte er diese Demütigung nicht auf sich sitzen lassen. Er hätte sein Gesicht verloren. Behände sprang er von Boden auf und rammte Kevin seinen Kopf in den Magen. Sekunden später wälzten sich die beiden Freunde auf der Erde und traktierten sich gegenseitig mit ihren Fäusten, während Gökhan und Mustafa ihnen zuschauten und sie höhnisch lachend anfeuerten.

„Ey, kommt, lasst die Schwulis!" Ahmeds Stimme triefte vor Spott, als sie Kevins Ohr erreichte. Im Eifer des Gefechts hatte er nicht bemerkt, dass Leilas Bruder sich zu seinen Kumpeln gesellt hatte. „Wir ziehen ab!"

Mustafa und Gökhan verschwanden; Ahmed warf ihm noch einen undurchdringlichen Blick zu. Sekunden später schlug die

Tür der Spielhalle hinter ihnen zu und Kevin starrte dem Anführer der *Bandits* hasserfüllt hinterher.

„Ey, du Arsch, was sollte denn das?" Siggi rappelte sich vom Boden auf und betastete vorsichtig seine Lippe. „Hast du sie noch alle?"

„Lass mich in Ruhe!", brüllte Kevin ihn an. Dann rannte er aus der Spielhalle hinaus in den Regen.

Jochen Hallstetter und Matthias Kayser hatten die Schwester von Jakob Hartgens aufgesucht. Dorothee Vandesand wohnte in Weidenpesch, einem der nördlichen Stadtteile Kölns, in einer Reihenhaushälfte mit ockerfarbenen Ziegelsteinen genau gegenüber einer großen Laubenkolonie. Von der Straße aus konnten die Kommissare einige ältere Leute beobachten, die trotz oder gerade wegen des schlechten Wetters in ihren Schrebergärten arbeiteten, Gemüsebeete umgruben, die letzten Äpfel von den Bäumen holten und die Parzellen winterfest machten.

„Wäre mir zu anstrengend. Da komme ich ja schon beim Zusehen ins Schwitzen", schnaufte Hallstetter, während er klingelte. „Nach Feierabend und am Wochenende will ich meine Ruhe haben. Ein Kölsch und die Sportschau: das ist Entspannung!"

„Das sieht man deiner Wampe an", grinste Kayser und deutete auf den Bauch seines Kollegen, der sich über die Hose wölbte. „Ein bisschen sportliche Betätigung täte dir ganz gut."

„Pah", erwiderte Hallstetter unwirsch, „ich geh zweimal am Tag mit dem Hund raus. Das muss reichen."

„In deiner Kur wird das bestimmt nicht als Sport angesehen. Die werden dich auf Diät setzen."

Hallstetter runzelte die Stirn. „Wieso hat Eikner unsere Urlaubsanträge eigentlich nachträglich genehmigt? Die Plasberg hatte sie doch abgelehnt."

Kayser zuckte mit den Schultern. Er wollte gerade antworten, als die Haustür geöffnet wurde.

Dorothee Vandesand war eine gertenschlanke, überdurchschnittlich große Frau mit einem länglichen, recht hübschen Gesicht, das von lockigen, dunklen Haaren eingerahmt wurde, und dessen Lachen bestimmt ansteckend war. Als die 31-jährige Frau die Kommissare empfing, war ihr Gesicht jedoch bleich und ernst. Auf dem Arm trug sie ein Kleinkind, das mit zahnlosem Mund gähnte und die kleinen Hände zu Fäusten ballte.

„Frau Vandesand?" Matthias Kaysers dröhnender Bass schreckte das Kind aus seinem Halbschlaf und es strampelte unruhig mit den Beinen.

Jakob Hartgens' Schwester nickte und bat die Beamten zögernd herein. „Muss ich das wirklich tun? Jakobs Leiche identifizieren?"

Kayser und Hallstetter hatten sich telefonisch angemeldet und Vandesand möglichst schonend darauf vorbereitet, was ihr bevorstand.

„Es tut uns leid, aber es geht nicht anders. Sonst würden wir es Ihnen gerne ersparen." Der Kommissar setzte eine bedauernde Miene auf, während Jochen Hallstetter das Baby angrinste. „Niedlich", sagte er. „Junge oder Mädchen?"

„Ein Junge." Vandesand lächelte flüchtig. „Carlos hat gerade seine Milch bekommen. Ich muss den Kleinen nur schnell schlafen legen. Meine Nachbarin ist so nett und passt in der Zeit auf ihn auf." Sie stellte die Polizisten einer dunkelhaarigen Frau mit Bubikopf vor, die im Wohnzimmer saß, und verschwand mit dem Baby im Kinderzimmer.

„Meine Enkel sind ja schon etwas größer", sagte Hallstetter, um die plötzlich eingetretene Stille zu überbrücken. „Fünf und sieben Jahre. Zwei richtige Rabauken." Die Frau starrte ihn an und sagte nichts. Hallstetter räusperte sich verlegen und verstummte.

Matthias Kayser ließ seinen Blick durch die Wohnung schweifen. Die moderne Küche war nur durch einen Tresen und zwei Stufen vom Wohnzimmer getrennt, einem großen, hellen Raum, hauptsächlich eingerichtet mit *Ikea*-Möbeln. Kayser erkannte das Bücherregal „Billy" und auch das Sofa hatte er schon im Katalog des schwedischen Möbelhauses gesehen. Alles war sauber und aufgeräumt und schien frisch renoviert zu sein.

„Hübsch haben Sie es hier", sagte er zu Vandesand, die gerade aus dem Kinderzimmer zurückkam.

„Ja, wir hatten Glück mit der Wohnung." Die junge Frau strich sich eine Locke aus dem Gesicht und sah geistesabwesend aus dem Fenster hinaus auf den kleinen Vorgarten. „Wir sind erst vor zwei Monaten hier eingezogen … wir brauchten mehr Platz wegen dem Kleinen. Jakob … mein Bruder hat noch beim Umzug geholfen", fügte sie leise hinzu.

„Wir?"

„Ich und mein Mann. Pieter. Er ist Holländer."

„Ah, daher der etwas ungewöhnliche Nachname."

Dorothee Vandesand atmete tief durch und sah die Kommissare an. „Ich bin soweit", sagte sie mit belegter Stimme.

Jochen Hallstetter nickte und zusammen begleiteten die Kommissare die Frau zum Dienstwagen.

„Wo fahren wir … ich meine, wo liegt Jakob?" Dorothee Vandesand war anzumerken, wie schwer ihr die bevorstehende Aufgabe fiel.

„In der forensischen Pathologie des rechtsmedizinischen Instituts. Wenn es tatsächlich Ihr Bruder ist. Es besteht ja auch immer noch die Möglichkeit, dass er es nicht ist."

Vandesand schüttelte den Kopf. „Dann hätte ich doch etwas von ihm gehört. Er wüsste doch, dass ich mir Sorgen mache." Ihre Augen schimmerten feucht. „Nein, es ist bestimmt Jakob."

Der Rest der Fahrt verlief unter angespanntem Schweigen. Matthias Kayser lenkte den Wagen von der Neusser Straße über den Gürtel und dann auf die Aachener Straße, wo das rechtsmedizinische Institut der Uniklinik Köln abseits des restlichen universitären Betriebs hinter dem Melatenfriedhof angesiedelt war. Zwischenzeitlich wurde der düstere Novemberhimmel heller und kurz darauf hörte der seit Tagen fast ununterbrochen niedergehende Regen endlich auf. Der Kommissar stellte die Scheibenwischer aus und parkte vor dem Institut, einem schmucklosen, grauen Betonbau aus den siebziger Jahren.

Zusammen fuhren sie mit dem Aufzug in die Pathologie, einem weiß gekachelten Raum im Keller des Gebäudes ohne Tageslicht. Erhellt wurde er durch grell leuchtende Neonröhren an der Decke. Dr. Uhrman, ein bärtiger Arzt in grüner OP-

Kleidung, nahm sie in Empfang. Er begrüßte die drei kurz und fragte dann: „Bereit?"

Vandesand nickte schwach.

Während Jochen Hallstetter am Eingang zurückblieb, führte der Pathologe die beiden anderen Besucher zu einer Wand, an der ein knappes Dutzend mannshohe weiße Kühlboxen aneinandergereiht waren, jede mit einem großen, schwarzen Griff versehen. Uhrman öffnete eine Tür und zog eine metallene Bahre heraus, auf der die Umrisse eines menschlichen Körpers von einem Tuch verhüllt wurden. Kalte Luft schlug ihnen entgegen. Der Arzt warf Dorothee Vandesand einen letzten fragenden Blick zu, dann schlug er das Tuch zurück.

Die Augen der jungen Frau weiteten sich entsetzt, als sie die entstellten, schwarz verkohlten Überreste der Leiche sah. Ihren Lippen entwich ein Geräusch, das irgendwo zwischen einem Stöhnen und einem Aufschluchzen angesiedelt war. Unwillkürlich suchte ihre Hand den Arm des Polizisten.

„Ich … ich weiß nicht, ob das Jakob ist", brachte sie schließlich heraus und sah Kayser Hilfe suchend an. „Ich … o mein Gott … das Gesicht … wo ist denn das Gesicht? Seine Haare?" Sie wandte sich ab und Uhrman schlug das Tuch wieder über den Toten.

„Die unteren Extremitäten sind etwas besser erhalten", sagte er. „Ich habe Reste einer Tätowierung auf der linken Wade gefunden."

„Ein Tattoo? Was für eins?", fragte Vandesand mit zittriger Stimme.

Der Pathologe zog das Tuch im Bereich der Beine noch einmal zur Seite und hob das linke Bein der Leiche an. Dann gab er den Blick frei. Die Haut des Toten war tatsächlich nur oberhalb der Knie vollkommen verbrannt und schwarz, an der Wade konnte Matthias Kayser mit Mühe die Umrisse einer etwa faustgroßen, bläulichen Tätowierung erkennen.

„Der Skorpion", flüsterte Vandesand noch immer unter Schock. „Jakob ist im November geboren. In ein paar Tagen hätte er Geburtstag gehabt. Es ist sein Tierkreiszeichen."

„Dann ist es also Ihr Bruder?"

Dorothee Vandesand nickte und schluchzte erneut, hielt die Faust vor den Mund. „Ich kenne das Tattoo. Er hat es erst vor Kurzem machen lassen. Er war ganz stolz darauf." Unwillkürlich taumelte sie ein paar Schritte zurück. Kayser eilte ihr zu Hilfe und stützte sie. „Wie ist er gestorben?", fragte Vandesand stockend, als sie sich wieder ein wenig gefangen hatte. „Ich meine … wie ist das, wenn man verbrennt? Hat er lange leiden müssen … Schmerzen gehabt?" Sie ließ ihren Tränen jetzt freien Lauf.

Matthias Kayser schüttelte den Kopf. „Die meisten Brandopfer sterben nicht an den Flammen, sondern an Rauchvergiftung. Insofern … aber soweit wir das bisher sagen können, ist das Feuer erst nach dem Tod der Menschen ausgebrochen. Ihr Bruder wurde erschossen."

„Erschossen? Von wem? Ich habe gedacht, es sei ein Unfall gewesen!"

„Nein", erwiderte Kayser erstaunt. „Ich dachte, das wüssten Sie aus der Zeitung! Die meisten wurden gefesselt und erschossen."

„Was? Aber warum?" Jakob Hartgens' Schwester starrte den Polizisten entgeistert an.

„Das wissen wir noch nicht", musste Kayser einräumen. „Wir stehen leider erst am Anfang unserer Ermittlungen. Momentan gehen wir davon aus, dass das Feuer gelegt wurde, um den Mord an den Opfern in dem Geschäft zu vertuschen. Vielleicht war es ein Raubmord." Er räusperte sich verlegen. Angesichts der psychischen Belastung, der er die junge Frau gerade ausgesetzt hatte, stellte er seine nächste Frage nur ungern. „Es gibt noch zwei weitere Leichen, deren Identität nicht geklärt ist", sagte er schließlich. „Wir haben Grund zu der Annahme, dass noch mehr Mitarbeiter der *Keksdose* bei dem Verbrechen ums Leben gekommen sind. Kannten Sie die Kollegen Ihres Bruders?"

„Fatma kannte ich", sagte Vandesand zögernd.

„Fatma? Und weiter?"

„Fatma Öcal. Sie ist die Freundin meines Bruders."

„Seine Freundin? Das wussten wir noch nicht. Könnten … wären Sie in der Lage, Frau Öcal für uns zu ident…?"

„Nein", unterbrach Vandesand den Kommissar schnell. „Das schaffe ich nicht. Bitte. Kann das nicht ihre Familie machen?"

„Es hat sich bisher noch niemand bei der Polizei gemeldet, der die Frau vermisst."

„Ja, aber ..." Vandesand schloss einen Moment die Augen. Ihre Brust hob und senkte sich wie nach einem tiefen Atemzug. „Sie hatte auch ein Tattoo ... an der Wade, aber an der rechten", sagte sie dann stockend. „Spiegelverkehrt, verstehen Sie?"

„Äh ... nein." Der Kommissar kratzte sich am Kopf.

„Jakob und Fatma haben sich die Tattoos zusammen stechen lassen. Als Geschenk, als sie ein Jahr zusammen waren. Er einen Skorpion, sie eine Waage. Hilft Ihnen das weiter?"

Kayser und die junge Frau sahen den Pathologen an. Dr. Uhrman nickte kurz.

„O Gott. Ich muss hier raus", murmelte Vandesand. Ihr Gesicht hatte mittlerweile die Farbe der Wände angenommen.

„Kommen Sie, wir fahren Sie nach Hause", sagte Kayser.

Die Schwester von Jakob Hartgens schüttelte den Kopf. „Nein. Können wir ... ich muss mich erst beruhigen. Können wir irgendwo einen Kaffee trinken?"

„Natürlich." Matthias Kayser winkte dem Arzt zu, dass sie fertig waren, und brachte Vandesand in die Obhut von Jochen Hallstetter. Dann ging er noch einmal zu dem Pathologen zurück. „Können Sie mit dem Hinweis auf die zweite Tätowierung etwas anfangen?"

Uhrmann nickte. „Es ist auf jeden Fall die Leiche einer jungen Frau. Wir haben tatsächlich Überreste einer Tätowierung an der rechten Wade gefunden, allerdings sind die Befunde nicht eindeutig, weil die Leiche noch stärker verkohlt war als die des Mannes. Eins kann ich Ihnen aber schon mit Sicherheit sagen", erklärte er, während er die Bahre mit den Überresten von Dorothee Vandesands Bruder wieder in die Kühlbox zurückschob.

„Und das wäre?"

„Sie war schwanger. Schätzungsweise zwölfte Woche."

„Tatsächlich? O Mann", seufzte der Kommissar. „bin ich froh, dass ich ab morgen Urlaub habe. Die Todesursache steht inzwischen fest?"

„Die Toten sind definitiv durch Schussverletzungen gestorben", bestätigte Uhrmann. „Dafür spricht, dass die Wunden stark geblutet haben. Außerdem haben wir keine Rückstände von Rußpartikeln oder Ähnliches in den Lungen gefunden. Tod durch Rauchvergiftung oder Verbrennen ist auszuschließen. Sie waren alle schon tot, als das Feuer ausgebrochen ist."

Kayser wandte sich zum Gehen, als ihm Plasbergs Auftrag einfiel. „Ach so, noch etwas: Haben Sie schon was für uns, was die Tatwaffe angeht? Die Chefin drängelt ein bisschen."

Der Pathologe zögerte und wischte mit den Händen über seine OP-Kleidung. „Solche Kopfwunden habe ich bisher noch nicht häufig gesehen. Ich tippe im Moment auf eine Mossberg 500. Aber da will ich mich noch nicht festlegen. Beim Zustand der Leichen ist es schwierig, etwas Genaues zu sagen."

„Eine Pumpgun?", sagte Kayser erstaunt. „Die sind seit dem Amoklauf von Erfurt verboten!"

Dr. Uhrman hob die Schultern. „Mord ist auch verboten."

Matthias Kayser verabschiedete sich nachdenklich von dem Pathologen und folgte Vandesand und Hallstetter nach draußen.

Normalerweise waren die Beamten angehalten, mit Dienstinterna vertraulich umzugehen, aber Kayser und Hallstetter hatten Vandesands Alibi – ein Spieleabend mit Freunden – im Vorfeld überprüft. Es war hieb- und stichfest. Da sie neugierig waren auf Vandesands Reaktion, entschlossen sie sich, Jakob Hartgens' Schwester über die Schwangerschaft seiner Freundin zu informieren.

„Ein Kind? Das wusste ich nicht." Dorothee Vandesand wirkte plötzlich gebeugt und wie um Jahre gealtert. Feine Fältchen zeichneten sich um ihre Mundwinkel und Augen ab. Müde rührte sie in ihrem Kaffee. „Davon hat Jakob nichts gesagt. Sind Sie sicher?"

„Der Arzt hat es gerade bestätigt", erwiderte Kayser.

„Wusste Ihr Bruder es vielleicht selber noch nicht?" Jochen Hallstetter saß vor einem Mineralwasser, das er bisher nicht angerührt hatte. Lieber wäre ihm ein Kölsch gewesen, aber angesichts der Tageszeit und der Tatsache, dass er sich im Dienst befand, hatte er darauf verzichtet. Neidisch blickte er auf das leere Glas Ramazotti, das die Polizisten der jungen Frau aufgenötigt hatten, um ihren Kreislauf zu stabilisieren. Matthias Kayser hatte sich einen Cappuccino bestellt.

Das Café *Krümel*, in das sie eingekehrt waren, lag an der Zülpicher Straße und war eines von vielen Bistros, die hier in der Nachbarschaft der Universität hauptsächlich Studenten als Gäste bedienten. Es existierte schon seit Jahrzehnten. Am Nebentisch waren vier junge Leute damit beschäftigt, lachend über das pädagogische Unvermögen ihres Dozenten herzuziehen. Im Hintergrund lief eine Madonna-CD.

„Sie meinen, Fatma hat ihm nichts von ihrer Schwangerschaft erzählt?" Vandesand schüttelte den Kopf. Langsam kehrte in ihr Gesicht wieder etwas Farbe zurück. „Das kann ich mir nicht vorstellen. Ich meine, warum sollte sie es ihm verheimlichen?"

Hallstetter und Kayser hatten in ihrem bisherigen Berufsleben zu viel erlebt, als dass ihnen auf diese Frage nicht mindestens ein halbes Dutzend Antworten eingefallen wären. Trotzdem hielten sie ihren Mund und baten Vandesand stattdessen, ihnen etwas über Jakob Hartgens und Fatma Öcal zu erzählen.

Vandesand spielte abwesend mit einer Locke ihrer Haare. „Fatma ist neunzehn. Viel zu jung für meinen Bruder, wenn Sie mich fragen, aber … sie und mein Bruder haben sich jedenfalls vor etwas über einem Jahr kennengelernt, auf der Arbeit. Jakob hat sich Hals über Kopf in sie verliebt. Er konnte über nichts anderes mehr reden als über Fatma. Bei ihr hat es, glaube ich, etwas länger gedauert, aber er hat sich nicht abwimmeln lassen. Was weiß Gott nicht einfach war, wegen Fatmas Familie. Ich habe ihm geraten, besser die Finger von ihr zu lassen."

„Wieso? Was ist mit ihrer Familie?", fragte Kayser dazwischen.

Vandesand seufzte und legte die Arme umeinander, als wollte sie sich an sich selber wärmen. „Sie dürfen das jetzt nicht missverstehen", sagte sie. „Ich bin nicht ausländerfeindlich oder so was. Mein Mann ist doch auch Ausländer. Ich bin eigentlich eher multi-kulti eingestellt, aber in diesem Fall … Jedenfalls, Fatma hat noch zu Hause gewohnt, bei ihrer Familie und die stammt aus der Türkei. Sie wollten nicht, dass Fatma mit Jakob zusammen ist … mit einem Deutschen."

„Verstehe. Der kulturelle Unterschied", ermunterte Kayser Jakob Hartgens' Schwester.

Vandesand lachte freudlos auf. „Wenn es nur das gewesen wäre! Der Vater hat Fatma verboten, sich mit Jakob zu treffen, aber sie hat es trotzdem getan. Sie wollte sich nicht diesen albernen Vorstellungen unterwerfen, dass eine Türkin nur einen Türken heiraten dürfe und so. Und dann kam auch noch die Sache mit der unterschiedlichen Religion dazu: Eine Muslima darf sich nicht mit einem Ungläubigen einlassen. Ich glaube, die haben ihr zu Hause die Hölle heiß gemacht. Die hätten es wahrscheinlich am liebsten gesehen, wenn Fatma ein Kopftuch getragen hätte und sie irgendwohin verheiratet worden wäre. Furchtbar!"

„Warum ist die Freundin Ihres Bruders nicht einfach von zu Hause ausgezogen?", warf Jochen Hallstetter ein.

„Das hätte doch auch nichts geändert! Die hätten auch dann keine Ruhe gegeben. Der Vater wollte sogar, dass Fatma ihren Job in der *Keksdose* an den Nagel hängt, nur damit sie Jakob nicht mehr sehen kann! Und als sie das nicht gemacht hat, ist sie zeitweise von ihren Brüdern zur Arbeit gebracht und auch wieder abgeholt worden. Jakob war kreuzunglücklich."

„Wissen Sie, wo die Familie wohnt?"

„Mülheim. Wo sonst? Keupstraße."

Köln-Mülheim war eines der rechtsrheinischen Stadtgebiete Kölns, wie Ostheim einer der so genannten Problembezirke, im Norden angrenzend an Deutz, direkt an der Mülheimer Rheinbrücke gelegen. Hier hatte sich im Laufe der Jahrzehnte eine große ausländische Gemeinde, insbesondere türkischstämmige Zuwanderer, angesiedelt. Mittelpunkt des Stadtteils war der Wiener Platz, ein Knotenpunkt der KVB, und in unmittelbarer Nähe davon die Keupstraße, das Zentrum der türkischen Gemeinde. Teestuben wechselten sich ab mit unzähligen Schmuckläden; Frisiersalons, Kebabbuden und Telefonläden waren ebenfalls fest in türkischer Hand. Die Arbeitslosenquote von Mülheim war eine der höchsten in Köln, genauso wie die Kriminalitätsrate.

„In den letzten Wochen ist die Situation noch weiter eskaliert“, fuhr Vandesand fort. „Jakob kam vor ein paar Wochen zu mir und hat es mir erzählt. Murat und Tarkan hatten angefangen, ihm zu drohen.“

„Wer sind Murat und Tarkan?“, fragte Jochen Hallstetter verwirrt.

„Fatmas Brüder. Wohnen anscheinend auch noch zu Hause. Sie haben Jakob Prügel angedroht, wenn er Fatma nicht in Ruhe ließe. Einmal haben sie ihm sogar gedroht, dass sie ihn umbringen würden.“

„Eine Morddrohung?“ Die Beamten wurden plötzlich sehr hellhörig. „Ist Ihr Bruder damit zur Polizei gegangen?“, fragte Hallstetter. „Hat er Anzeige erstattet?“

Dorothee Vandesand schüttelte den Kopf. „Er hatte nichts in der Hand. Es waren doch nur Drohungen am Telefon. Dann hätte Aussage gegen Aussage gestanden. Außerdem hat Fatma ihn auch bekniet, nichts zu unternehmen. Es waren ja immerhin ihre Brüder.“

„Trotzdem“, erwiderte Matthias Kayser und blies in den Schaum seines kalt gewordenen Cappuccinos. „Er hätte das der Polizei mitteilen sollen. So etwas sollte man nicht auf die leichte Schulter nehmen.“

Vandesand sah ihn an. „Glauben Sie etwa, dass … dass die beiden ihre Drohung wahr gemacht haben? Ich meine, das ergibt doch keinen Sinn!“, sagte sie stockend. „Dann hätten sie ihre Schwester und die anderen ja auch umgebracht! So kaltblütig ist doch niemand.“ Erneut standen ihr Tränen in den Augen.

Kayser winkte die Bedienung heran und zahlte. „Kommen, Sie, Frau Vandesand, wir fahren Sie jetzt zurück zu Ihrem Sohn. Sie haben uns sehr weitergeholfen.“

Beide Kommissare dachten daran, dass Fatma Öcal ein Kind von Jakob Hartgens erwartet hatte. Wenn die Familie der jungen Türkin davon erfahren hatte, dann läge ein Mordanschlag durchaus im Bereich des Möglichen.

Als sie Vandesand zu Hause ablieferten, fiel Hallstetter noch etwas ein. „Haben Sie vielleicht ein Foto Ihres Bruders für uns? Eines neueren Datums?"

Hartgens' Schwester gab ihnen ein Bild, auf dem ihr Bruder ihren kleinen Sohn auf dem Arm hielt. Er grinste fast so stolz, als wäre er der Vater. „Aber ich hätte es gerne zurück", sagte sie.

„Natürlich", beeilte sich der Kommissar zu versichern, „sobald wir mit den Ermittlungen fertig sind." Er drückte Vandesand noch eine Karte mit seiner und Plasbergs Dienstnummer in die Hand, dann ging er zurück zum Wagen.

Vier

Die Besprechung um 14 Uhr wurde in Plasbergs Büro verlegt, da im Besprechungsraum eine Fortbildung stattfand.

„‚Polizeiarbeit und Suizidalität bei Menschen mit einer Borderline-Störung'. Wenn ich so was schon höre!", meckerte die Kommissarin, als sie vor der geschlossenen Tür stand. „Ein abstruseres Thema haben die sich wohl nicht ausdenken können! Haben Sie den Quatsch angeleiert, Kellerchen?" Gesine Keller, die Sekretärin des KK 11, hatte vergessen, die Kommissarin zu informieren, und musste dafür Plasbergs Missmut ertragen – was sie mit zitternden Mundwinkeln und einer Flucht hinter den Computer ihres winzigen Büros tat, das nachträglich in eine Ecke der Etage gezimmert worden war. Plasbergs Launen waren sprichwörtlich und Frau Keller war von Natur aus schnell einzuschüchtern. Manche Tage im Präsidium – insbesondere dann, wenn Eikner und Plasberg aneinandergerieten – konnte sie nur mit frisch gebrühtem Johanniskrauttee überstehen.

Karsten Vogt und Shirin Reitz kamen fast zeitgleich in Plasbergs Dienstzimmer, während Matthias Kayser und Jochen Hallstetter fünf Minuten Verspätung hatten und sich dafür sofort einen Anpfiff der Kommissarin abholten. Weil keine Stühle in dem kärglich eingerichteten Raum mehr frei waren, mussten sie der Besprechung stehend beiwohnen. Der übergewichtige Kayser schielte sehnsuchtsvoll zu dem Stuhl, den Vogt besetzte, aber der ignorierte seine unausgesprochene Bitte und verschränkte demonstrativ die Hände vor der Brust.

Sowohl Plasberg und Brinkhoff als auch Vogt brachten die Kollegen auf den neuesten Stand, Vogts Ausbeute an Informationen war dabei die kärglichste.

„Niemand aus der Familie scheint den Tod von Anna Cordes sonderlich zu bedauern", schloss er seinen Bericht. „Die sitzen alle so tief im Dreck, dass sie völlig abgestumpft sind."

„Nicht mal der Bruder, dieser Kevin, ist traurig?" Brinkhoff knisterte mit seiner Brötchentüte und packte das Salamibrötchen aus. „W-Was ist?", fragte er, als er Plasbergs missbilligenden Blick sah. „Wir hatten keine M-Mittagspause! Ich hab seit heute morgen nichts mehr gegessen."

Vogt überhörte Brinkhoffs Einwurf. „Die Tochter war die Einzige, die den Absprung aus diesem Milieu geschafft hat. Sie hat den Kontakt zu ihrer Familie fast völlig eingestellt. Ganz ehrlich, ich hätte es an ihrer Stelle auch getan. So eine Verwandtschaft möchte ich auch nicht haben."

„Ähm …" Brinkhoff meldete sich unsicher. „Ich hab da noch ein P-Problem. Es geht um diesen Zeitungsbericht über die *Keksdose*."

„Und?", fragte Plasberg.

„Was der Kollege Vogt von der Familie Cordes berichtet hat, scheint mir mit dem Bild, das der Artikel vermittelt, irgendwie nicht zusammenzupassen."

„Was meinen Sie?"

„Na ja, dieses P-Plätzchenb-backen in der Vergangenheit, die Nachbarn und Freunde, die angeblich Schlange gestanden haben … das vermittelt doch eher den Eindruck einer glücklichen Kindheit. Ich meine, widerspricht das nicht irgendwie der trostlosen Familiensituation, die Vogt vorgefunden hat?"

„Ach, Journalisten! Wahrscheinlich stimmt nur die Hälfte der Dinge, die in dem Artikel stehen. Den Rest hat der Verfasser sich wahrscheinlich aus den Fingern gesogen, um die Story ein bisschen aufzupeppen."

„Trotzdem ...", beharrte Brinkhoff.

„Wollen Sie behaupten, ich hätte schlampig recherchiert?", begann sich Vogt aufzuregen.

„Ich will gar nichts b-behaupten. Ich wollte nur darauf auf-m-merksam machen, dass ..."

„Also gut", ging Plasberg seufzend dazwischen. „Ich werde mich bei dem Redakteur erkundigen. Wer ist der Verfasser?"

Brinkhoff beugte sich über den Zeitungsausschnitt. „Da steht nur ein Namenskürzel am Schluss: ‚AS'."

„‚AS'?" Die Kommissarin stutzte. „Und der Artikel ist im Lokalteil gedruckt worden?"

Brinkhoff nickte.

„Dann kann es nur Arnold Stumping gewesen sein." Plasbergs Miene hellte sich ein wenig auf. Den stellvertretenden Leiter des Lokalressorts beim *Kölner Stadt-Anzeiger* kannte sie von der Zusammenarbeit aus einem früheren Fall. Er war einer der wenigen Presseleute, die sie nicht in Bausch und Bogen verurteilte. „Gut. Vogt, haben Sie sich mit dem Grundstückseigentümer in Verbindung gesetzt? Diesen Fritz Scheinau?"

„Von Schonau", berichtigte Vogt sie.

Hallstetter grinste. „Wahrscheinlich verarmter Landadel", gab er feixend zum Besten.

Vogt warf ihm einen genervten Blick zu. „Sie können ihn heute Abend besuchen. Die Adresse habe ich hier."

„Na schön", sagte Plasberg und schob den Zettel, den ihr Vogt herüberreichte, in ihre Handtasche. „Ich sehe schon, das wird mal wieder ein längerer Arbeitstag. Haben Sie beide bei der Schwester von Jakob Hartgens irgendwas Brauchbares herausbekommen?" Sie sah die Kollegen Kayser und Hallstetter an.

Jochen Hallstetter wippte gewichtig auf den Füßen. „Allerdings. Eine ganze Menge sogar."

Einen Moment herrschte erwartungsvolle Stille, die die beiden Kommissare in vollen Zügen genossen. Schließlich sagte Maria Plasberg ungeduldig: „Ja, und? Wir warten! Oder wollen Sie uns Ihre Erkenntnisse erst nach Ihrem Urlaub mitteilen?"

Ihre Finger trommelten unüberhörbar auf dem Schreibtisch und Brinkhoff musste ein Grinsen hinter seiner Hand verstecken.

Die beiden Beamten berichteten, dass sie die Identität von zwei der drei unbekannten Leichen mit einiger Wahrscheinlichkeit aufgeklärt hatten, was sie von Dorothee Vandesand über die Familie Öcal erfahren hatten und was Dr. Uhrman zur Tatwaffe sagen konnte. Währenddessen wurde es draußen langsam dunkel. Vogt schaltete die Bürobeleuchtung ein. Als sie Fatma Öcals Schwangerschaft erwähnen, kam Unruhe auf.

„Die Schwester wusste tatsächlich nichts davon, dass Jakob Hartgens Vater werden würde?“, fragte Brinkhoff.

Matthias Kayser schüttelte den Kopf. „Sie ist aus allen Wolken gefallen“, brummte sein Bass durch den Raum.

„Eine türkische Frau, die von einem deutschen Mann ein Kind erwartet, während die Familie strikt gegen die Verbindung ist ...“, dachte Karsten Vogt laut.

„Ziehen Sie keine voreiligen Schlüsse, Kollege“, warnte Plasberg den Kommissar.

„Aber Sie müssen doch zugeben, dass hier ein Mordmotiv vorliegen könnte!“, begehrte Vogt auf und sah Plasberg ungläubig an.

„Könnte“, betonte die Kommissarin. „Weiter nichts.“ Dann bat sie Kayser und Hallstetter, fortzufahren.

„Gute Arbeit, Kollegen“, sagte Maria Plasberg, als sie ihren Bericht beendet hatten. „Also eine Pumpgun als Tatwaffe! Interessant.“ Sie starrte an die Decke. „Wenn ich mich nicht irre, hat das BKA bisher keine Sondergenehmigungen erteilt, was den Besitz einer solchen Waffe in Deutschland betrifft. Was wiederum bedeutet, dass sie sich der Täter illegal beschafft haben muss. Und das wiederum heißt, dass wir vor unendlich vielen Möglichkeiten stehen.“ Sie fuhr sich abgespannt über die Augen. „Haben Sie die genaue Adresse der Eltern von dieser Fatma Öcal?“

Kayser schob ihr einen Zettel mit den Angaben über den Tisch. „Wir haben uns über die Brüder des Mädchens schlau gemacht. Beide sind älter und aktenkundig. Der jüngste Sohn, Tarkan, ist zwanzig, hat 2006 eine Haftstrafe von acht Monaten wegen Sachbeschädigung, Nötigung und Körperverletzung bekommen. Murat, der Ältere, ist vierundzwanzig und wird verdächtigt, mit Drogen und Anabolika zu handeln. Bisher konnten wir ihm aber nichts nachweisen."

„Feine Früchtchen", brummte Plasberg. „Da wissen wir ja, wo wir als Nächstes ansetzen müssen. Auch in Bezug auf die Waffe."

„Wie bitte?" Shirin Reitz, die sich bisher noch nicht zu Wort gemeldet hatte, hob unvermittelt den Kopf. „Was haben Sie gerade gesagt?"

Die Kommissarin sah die Profilerin überrascht an. „Dass wir als uns als Nächstes um die Brüder von …"

„Das habe ich schon verstanden", unterbrach Reitz. „Aber ‚Feine Früchtchen'? Das klang doch sehr …. Haben Sie etwas gegen türkischstämmige Migranten? Es erscheint mir ein wenig vorschnell, Tarkan und Murat Öcal mit illegalem Waffenbesitz und damit mit den Morden in Verbindung zu bringen, nur weil einer der Brüder eine Vorstrafe hat." Sie blickte herausfordernd in die Runde.

„Also, das ist doch …" Plasberg war so kalt erwischt worden, dass sie für den Moment sprachlos war. Noch nie hatte ihr jemand Fremdenfeindlichkeit unterstellt. Sie atmete tief durch. „Für den von Ihnen erwähnten Ausdruck entschuldige ich mich gerne. Es lag mir fern, irgendeine Minderheit zu diskriminieren", erwiderte sie dann verärgert. „Aber ansonsten habe ich nichts zurückzunehmen. Niemand hat auch nur mit einem Wort erwähnt, dass die beiden aufgrund ihrer Vorstrafen zum Kreis der Verdächtigen zählen. Zurzeit ermitteln wir in alle Richtungen. Das können Sie auch daran erkennen, dass wir die Zeugen Clement und Sterkrade überprüft haben und Dorothee Vandesand und die Familie von Anna Cordes unter die Lupe genommen haben. Der Kollege Vogt hat lediglich darauf hingewiesen, dass bei Tarkan und Murat Öcal ein Mordmotiv vorliegen könnte, und ich habe angeregt, den Verbleib der mutmaßlichen Tatwaffe bei der Befragung der beiden Personen nicht außer Acht zu lassen. Sind damit Ihre Vorbehalte ausgeräumt?"

Reitz nickte, wenngleich sie nicht besonders überzeugt wirkte.

„Schön“, sagte die Kommissarin und raschelte irritiert mit einigen Papieren. „Zurück zum Thema. Gibt es irgendetwas über die Eltern von Fatma Öcal?“

Kayser räusperte sich. Wie alle anderen Kollegen hatte er den Wortwechsel zwischen Plasberg und Reitz mit gesenktem Kopf verfolgt. „Gar nichts über die Mutter – und über den Vater haben wir nur die Angabe, dass er Abdullah heißt und mit zwanzig Jahren nach Deutschland gekommen ist. Geburtsdatum unbestimmt.“

„Was heißt das?“

„Dass es da, wo er herkommt, keine genauen Unterlagen über seine Geburt gibt.“

„Und woher stammt er?“

„Osten der Türkei.“ Kayser zuckte mit den Schultern. „Mehr gaben die Unterlagen nicht her. Er ist bisher nicht auffällig geworden. Die Angaben zum Vater sind aus der Akte Tarkan Öcal.“

„Aber wieso hat die F-Familie sich nicht nach dem Brand bei uns gemeldet?“, fragte Brinkhoff. „Gerade wenn die Brüder ihre Schwester ständig kontrolliert haben, müssen sie sie doch vermisst haben, als sie gestern Abend nach Feierabend nicht nach Hause gekommen ist.“

„Die werden schon ihre Gründe gehabt haben“, erwiderte Vogt ungehalten.

Einen Moment herrschte Stille, dann meldete sich erneut Shirin Reitz zu Wort. Jeder rechnete mit einer weiteren Auseinandersetzung, aber ihre Frage galt einem ganz anderen Punkt. „Wäre es möglich, noch einmal das Videoband zu sehen? Nur die entscheidenden Stellen?“

Plasberg hob die Augenbrauen. „Wozu? Reine Zeitverschwendung. Alle relevanten Fakten habe ich doch erwähnt.“

„Ich habe da eine Theorie, aber dazu müsste ich erst einmal das Überwachungsvideo sehen.“

„Eine Theorie? Da bin ich aber gespannt!“

Shirin Reitz überhörte den ironischen Tonfall und hielt dem Blick der Kommissarin gleichmütig stand, bis Plasberg endlich die CD-ROM in das Laufwerk ihres Computers schob und die Aufnahme vorspulte, bis zu der Szene, in der die kleine, dicke

Frau die Ladentür der *Keksdose* aufschloss. Alle Beamten beugten sich über den Monitor.

„Interessant", murmelte Reitz, als sie sah, wie die Frau mit einer ruckartigen Bewegung in den Laden stolperte. „Ja, das passt."

„Was passt wozu?", fragte Plasberg.

„Moment noch", erwiderte die Profilerin. „Jetzt bitte die Stelle mit den zwei flüchtenden Männern." Die Kommissarin tippte auf ein paar Tasten und das Bild baute sich an der Stelle wieder auf, an der die Männer aus dem Geschäft rannten.

„Da!", sagte Reitz. „Sehen Sie sich die Arme der Männer an. Sie sind angewinkelt, als wollten sie etwas unter ihren Jacken verbergen. Und ihre Flucht ist nicht panisch, sondern zielgerichtet. Es gibt kein kurzes Zögern in den Bewegungsabläufen, als sie aus dem Geschäft sprinten, aber sie sind ein wenig behindert durch das, was sie unter den Jacken verstecken. Es sind junge Männer, auch das kann man aus ihren Bewegungen ableiten, die Abläufe sind zu geschmeidig für ältere Menschen. Und da: Stop! … Können Sie das Bild vergrößern? … Sehen Sie genau hin: Da schaut etwas aus dem Kragen des rechten Mannes heraus. Sieht aus wie das Ende eines Rohres. … Ich kenne mich nicht aus mit Waffen: Hat eine Pumpgun einen länglichen Lauf?"

Karsten Vogt nickte und Shirin Reitz lehnte sich zufrieden zurück. „Dann sind es eindeutig die Täter. Wir suchen nach zwei jungen Männern, schätzungsweise Mitte zwanzig."

„Und das schließen sie aus den Bewegungsabläufen?", erkundigte sich Plasberg.

„Wer soll es denn sonst sein? Zwei Kunden auf der Flucht vor schlechtem Gebäck?", fragte Vogt und lachte.

Niemand stimmte in sein Gelächter ein und Plasberg warf ihm einen warnenden Blick zu. „Ich habe das Alter hinterfragt, Kollege Vogt, und nicht die Annahme, dass das unsere beiden Täter sind."

„Da ihre Flucht so zielgerichtet ist, gehe ich außerdem davon aus, dass sie genau wussten, wohin sie rennen", redete Reitz weiter. „Wahrscheinlich hatten sie ein Fluchtauto in der Nähe geparkt. Schließlich können sie in der Öffentlichkeit kaum mit einer Pumpgun in der Hand durch die Stadt laufen, ohne bemerkt zu werden."

„Und die Frau?"

„Das ist Maria Gnielka, die Putzfrau." Ein leises Lächeln umspielte die Lippen der Profilerin.

„Wie bitte?"

„Maria Gnielka, die ..."

„Ich bin nicht taub!", unterbrach Plasberg. „Ich wollte erfahren, wie Sie auf die Idee kommen. Wir wissen von den Zeugenaussagen, dass die Putzfrau immer morgens vor Ort war, nicht am Abend."

„Ich habe mit ihrem Mann gesprochen, Tomas Gnielka."

„Wie bitte? Wann?"

„Während Sie alle unterwegs waren, hat mir Ihre Sekretärin, Frau ..."

„Keller."

„Ja, richtig. Frau Keller mir die Zeugenaussagen zur Verfügung gestellt. Ich habe sie mir angesehen und im Telefonbuch nach dem Namen gesucht. Es gibt nur drei oder vier Einträge unter dem Namen Gnielka. Der dritte Versuch war ein Volltreffer. Tomas Gnielka arbeitet für einen Schweinemastbetrieb in der Eifel als Lkw-Fahrer. Als ich anrief, kam er gerade von einer Tour aus Holland zurück. Er hat seine Frau noch gar nicht vermisst, er dachte, sie wäre beim Einkaufen. Von dem Feuer in der *Keksdose* wusste er auch noch nichts."

„Haben Sie seine Angaben überprüft?"

„Ich habe anschließend beim Arbeitgeber nachgehakt. Er hat mir bestätigt, dass der Mann eine Tour hatte. Das Fahrtenbuch bestätigt die Aussage ebenfalls."

„Und Tomas Gnielka hat die Frau auf dem Video als seine Ehefrau identifiziert?", fragte die Kommissarin.

„Nein, das natürlich noch nicht. Aber er hat ausgesagt, dass seine Frau tatsächlich in dem Geschäft als Putzkraft gearbeitet hat ..."

„Soweit waren wir bisher auch schon", brummte Hallstetter dazwischen.

„... und dass sie gestern Abend dort putzen gehen wollte. Nicht heute Morgen!" Die Profilerin sah voller Genugtuung in die überraschten Gesichter der Kommissare. „Er hat gestern Abend noch mit seiner Frau telefoniert. Sie hat ihm gesagt, dass sie einen Arzttermin am Morgen hat und deshalb schon am Abend vorher im Geschäft sauber machen wollte. Außerdem passt die Beschreibung, die er mir am Telefon von seiner Frau gegeben hat, auf die Person auf dem Video: klein, rundlich und schon etwas älter, Anfang fünfzig."

„Ist das mit dem Arztbesuch auch bestätigt?", fragte Plasberg. In ihrem Blick lag etwas Lauerndes, das der Profilerin entging, weil sie die Kommissarin kaum kannte.

Shirin Reitz nickte. „War ein bisschen schwieriger, weil Tomas Gnielka nicht genau wusste, bei welchem Arzt seine Frau einen Termin hatte. Er hat mir die Telefonnummern von dreien gegeben: Orthopäde, Frauenarzt und Internist. Es war der Internist. Maria Gnielka hatte einen Termin um acht Uhr und ist nicht erschienen."

„Na, dann hätten wir doch zumindest die Identitäten aller Opfer geklärt", sagte Vogt und sah auf seine Armbanduhr. „Können wir nicht Feierabend machen? Es ist gleich fünf." Niemand nahm Notiz von ihm.

„Ich denke, wir sind noch ein ganzes Stück weiter", erklärte Shirin Reitz und schlug ihre Beine übereinander. „Ich denke, wir können davon ausgehen, dass es sich um einen professionell geplanten Raubüberfall zweier junger Männer handelt, die unglücklicherweise von Maria Gnielka während oder kurz nach ihrer Tat gestört wurden. Das würde erklären, warum die Putzfrau auf dem Video mehr oder weniger in das Geschäft hineinstolpert. Ich könnte mir vorstellen, dass die Täter bemerkt haben, dass sich jemand an der Eingangstür zu schaffen gemacht hat. Sie haben die Tür aufgerissen und die Frau während des Überraschungsmoments dann hereingezogen. Zum anderen würde es erklären, warum die Putzfrau als einziges Opfer nicht gefesselt war: Es war gar nicht eingeplant, dass sie im Laden auftaucht. Und drittens habe ich noch ein weiteres Indiz für meine These. Augenblick." Die Profilerin verschwand kurz und kam mit einem kleinen, durchsichtigen Plastikbeutel in Plasbergs Büro zurück. „Ich habe mir nach dem Gespräch mit Tomas Gnielka einen Überblick über die am Tatort geborgenen Gegenstände verschafft. Dies hier habe ich mir bei der Spurensicherung ausgeborgt."

Sie hielt den Beutel in die Höhe, in dem ein Stück Stoff und etwas Glitzerndes zu sehen waren.

„Was ist das?", fragte Brinkhoff.

„Ein Stofftaschentuch. Und darin verborgen war dieser Ring. Besetzt mit einem kleinen Brillanten."

„Ja, und?" Brinkhoff verstand nicht, worauf die Profilerin hinaus wollte.

„Er lag in der Nähe von Anna Cordes' Schreibtisch. Ich bin ziemlich sicher, dass Anna Cordes ihn darin versteckt hat, um ihn nicht den Räubern in die Hände fallen zu lassen."

„Aber sie war doch gefesselt!"

Reitz schüttelte den Kopf. „Wenn die Täter tatsächlich über den Hintereingang der Backstube in das Geschäft eingedrungen sind, mussten sie zuerst die dort liegenden zwei Opfer in ihre Gewalt bringen. Das lässt Anna Cordes genug Zeit, um hellhörig zu werden, dass irgendetwas nicht stimmt, und den Ring verschwinden zu lassen. Oder die Täter haben erst den Mann im Büro gefesselt, was ihr ebenfalls genug Zeit ließ, den Ring in dem Taschentuch zu verstecken. Sie kann allerdings nicht *viel* Zeit gehabt haben, das zu tun, dafür ist das Versteck zu simpel. Sie hat sich wahrscheinlich für das Taschentuch entschieden, weil es gerade in Reichweite lag."

„Und das alles wollen Sie herausgefunden haben, ohne sich einmal den Tatort angesehen zu haben?", fragte Plasberg. Sie hatte ein zuckersüßes Lächeln auf den Lippen, ein Lächeln, von dem alle anderen wussten, das es nichts Gutes zu bedeuten hatte. Alle außer Shirin Reitz.

„Dafür muss ich mir den Tatort nicht ansehen", entgegnete sie. „Wenn jemand von außen an den Fall herangeht, ohne sich zu involvieren, bewahrt er sich einen objektiveren Blickwinkel. Im Übrigen bestätigt das Videoband meine These."

„Ein Videoband, das uns nur deshalb zur Verfügung steht, weil Brinkhoff und ich uns die Mühe gemacht haben, noch einmal den Tatort aufzusuchen!“, antwortete Plasberg. „Wenn Sie nicht daran interessiert sind, sich zu ‚involvieren‘ – und ich kann nur hoffen, Sie meinen nicht damit, dass Sie sich nicht die Hände schmutzig machen möchten –, dann sind Sie hier an der falschen Adresse. Und was Ihre Eigenmächtigkeit in Bezug auf diesen Tomas Gnielka betrifft: Ich habe keine Ahnung, wie die Kollegen in Hamburg das handhaben, aber wir unterrichten Angehörige von Mordopfern gewöhnlich nicht am Telefon über den Tod eines Familienmitgliedes.“ Ihre Stimme war plötzlich scharf und schneidend. „Wir schicken einen Beamten, der die Angehörigen persönlich unterrichtet.“

„Ich … ich dachte nur, dass es so schneller …“, verteidigte sich die Profilerin.

„Das Denken überlassen Sie bitte in Zukunft mir und meinen Kollegen“, wies Plasberg die junge Frau zurecht. „Sie sind hier doch aufgrund eines Austauschprogramms, oder? Also, beobachten Sie bitte unsere Arbeitsmethoden und halten Sie sich in Zukunft mit Eigenmächtigkeiten zurück!“

Einen Augenblick lang herrschte schockierte Stille in dem kleinen Büro, dann sagte Reitz mit eisigem Gesicht: „Verstanden.“

Nachdem Maria Plasberg die Hackordnung zu ihrer Zufriedenheit wiederhergestellt hatte, schloss sie die Besprechung. „Vogt, Sie fahren eben noch bei diesem Herrn Gnielka vorbei und bringen das in Ordnung. Dann können Sie von mir aus Feierabend machen. Ich werde den StA anrufen und ihn auf den neuesten Stand der Ermittlungen bringen … beziehungsweise erklären, dass wir noch nicht sehr weit gekommen sind“, schob sie mürrisch hinterher. „Danach werden Brinkhoff und ich dem Grundstücksbesitzer, diesem Herrn von Schonau, noch einen Besuch abstatten. Und Ihnen beiden“, sie sah Kayser und Hallstatter an, „wünsche ich einen angenehmen Urlaub. Ich sehe Sie in drei Wochen wieder an Ihrem Arbeitsplatz.“ Damit packte Plasberg ihre Handtasche unter den Arm und rauschte zum zweiten Mal an diesem Tag wie eine Diva aus ihrem Büro, mit Brinkhoff im Schlepptau.

„War das nicht ein b-bisschen d-dick aufgetragen?“, fragte er, während sie im Flur auf den Aufzug warteten. „Sie hat es doch nur gut gemeint. Und es ist ja auch was dran an dem, was sie sagt."

„Das mag ja sein", erwiderte Plasberg und zupfte eine Staubfluse von ihrem Mantel. Ihr Tonfall war weitaus weniger herrisch als eben noch im Büro. „Aber in meiner Mordkommission wird nach meinen Regeln gearbeitet. Daran wird diese Frau Doktor Reitz sich gewöhnen müssen. Und das ist keine Frage gekränkter Eitelkeit, sondern eine hierarchische Notwendigkeit", schickte sie schnell hinterher, als sie sah, dass Torsten Brinkhoff zu einer Antwort ansetzte. „Ich trage als Leiterin der MK die Verantwortung für den Fall. Also muss ich auch die Fäden in der Hand behalten. Wenn jeder auf eigene Faust ermittelt, können Informationen ganz schnell verloren gehen. Und wenn die Reitz jetzt zu Eikner läuft und sich beschwert, dann kriegt sie auch einiges von ihm zu hören, denn in diesem Punkt sind der Chef und ich ausnahmsweise einer Meinung."

„Aber es hat Ihnen schon Spaß gemacht, die arme Frau zur Schnecke zu machen, oder?"

Plasberg sah den Kommissar mit großen Augen an. „Ich weiß nicht, wovon Sie sprechen, Herr Kollege." Dann wählte sie die Nummer von Dr. Rosenzweig, dem Staatsanwalt.

Fritz von Schonau wohnte südlich des Blücherparks in Köln-Bilderstöckchen, einem Stadtteil, der seinen malerischen Namen einem alten Heiligenhäuschen aus dem 16. Jahrhundert verdankte. Allerdings war der Name auch das einzig Malerische, denn Bilderstöckchen wurde im Norden von einem Industriegebiet begrenzt und im Süden von einer hässlichen Trasse der Kölner Verkehrsbetriebe, die hier aus der Erde schoss und für wenige Stationen zu einer Hochbahn wurde. Plasberg hatte den Stadtteil noch nie sonderlich gemocht. Zu laut und zu verbaut, wechselten sich sanierungsbedürftige Reihenhaussiedlungen mit brachliegenden Gewerbeflächen ab. Immerhin: die Seitenstraße, in der Fritz von Schonau sein Domizil hatte, war verkehrsberuhigt und mit einigen, wenn auch mickrigen Bäumen bepflanzt und das grau verputzte Haus, in dem er wohnte, lag etwas zurückgesetzt in einem kleinen Garten. Wilder

Wein rankte sich an dem zweistöckigen Gebäude empor. Bis vor einigen Wochen musste das Haus verwunschen-romantisch ausgesehen haben, jetzt lagen die rot gefärbten Blätter auf der Erde und bildeten zusammen mit dem schon lange nicht mehr gemähten Rasen eine glitschige Schicht, auf der Brinkhoff und Plasberg in der Dunkelheit vorsichtig entlangliefen, um nicht auszurutschen.

„Ich ruiniere mir meine Schuhe", schimpfte Plasberg. „Wieso können die Leute in ihren Vorgärten nicht mehr Ordnung halten?"

Brinkhoff warf einen Blick auf die flachen, schwarzen Schuhe, die seine Vorgesetzte trug, und behielt seine Ansicht, dass es um die langweiligen Treter auch nicht besonders schade war, wohlweislich für sich.

Die Klingelanlage des Gebäudes zeigte nur einen einzigen Namen an; Fritz von Schonau schien das ganze Haus allein zu bewohnen. Noch bevor die Kommissarin die Klingel betätigen konnte, ging im Eingangsbereich plötzlich das Licht an. Die Tür wurde geöffnet und ein spindeldürres, gebeugtes Männchen, kaum größer als die Kommissarin, mit Altersflecken auf den Händen und einer riesigen Brille im faltigen, schlecht rasierten Gesicht trat den Beamten entgegen.

„Hab Sie schon kommen sehen", krächzte der alte Mann mit heiserer Stimme. Er trug eine ausgeleierte Strickweste, die um seinen Oberkörper schlotterte, und hatte einen Schal um seinen Hals gewickelt. Ein Tropfen Feuchtigkeit hing an seiner Nasenspitze. „Sie sind von der Polizei?"

„Ja, Plasberg ist mein Name und das hier ist mein Kollege Oberkommissar Brinkhoff."

„Können Sie sich ausweisen?"

Torsten Brinkhoff hielt dem Mann seine Dienstmarke entgegen.

Ungeduldig winkte von Schonau die beiden herein. „Schon gut, ich wollte nur sichergehen, dass Sie nicht auch zu diesen Zeugen Jehovas gehören. Die kreuzen seit zwei Wochen alle paar Tage hier auf. Wollten mir den *Wachturm* aufschwatzen und das Ende der Welt prophezeien oder irgend so einen Mist.

Sehe ich aus, als würde ich das Ende der Welt noch erleben?" Er kramte ein nicht besonders sauberes Taschentuch aus seiner Hosentasche und schnäuzte sich lautstark die Nase. „Jetzt stehen Sie nicht wie angewurzelt da, Herrschaften!", brummte er. „Ich hole mir noch den Tod bei diesem Wetter."

Dann schlurfte er voran ins Haus, ohne darauf zu achten, ob die Kommissare ihm folgten.

Das hell erleuchtete Wohnzimmer, in das Plasberg und Brinkhoff geführt wurden, roch, als wäre es seit Tagen nicht mehr gelüftet worden, und war vollgestopft mit Antiquitäten und mehreren Lagen Teppich sowie schweren, dunkelbraunen Sitzmöbeln. Brinkhoff stieß mit der Hüfte an einen wackeligen Jugendstilsekretär und rettete in letzter Sekunde einen darauf ausgestellten chinesischen Porzellanteller vor dem Herunterfallen.

„Vorsicht", sagte von Schonau, ohne sich umzudrehen. „Das ist Qing-Dynastie, spätes 17. Jahrhundert." Brinkhoff brach nachträglich der Schweiß aus.

An den Wänden hingen düstere, mit den Jahren nachgedunkelte Ölgemälde mit Landschaftsmotiven und die hohen Fenster wurden von goldfarbenen, schweren Brokatgardinen eingerahmt. Der Kommissar hatte das Gefühl zu ersticken.

Fritz von Schonau ließ sich ächzend in einen braunen Lehnstuhl fallen und griff nach einer Tasse Tee, die auf einem zierlichen Beistelltisch und einem gestickten Platzdeckchen in Reichweite stand. „Ich würde Ihnen ja auch einen Tee anbieten, aber es ist Hustentee. Meine Haushälterin glaubt, dass sie meine Erkältung damit bekämpfen könnte. Ich glaube eher, dass sie mich vergiften will. Schmeckt widerlich."

Torsten Brinkhoff sah sich unwillkürlich um.

„Nein, nein, die Gute ist schon vor einer halben Stunde gegangen." Von Schonau nahm einen Schluck und verzog das Gesicht. „Also, was kann ich für Sie tun?"

Trotz seines gebrechlichen Aussehens schien der alte Mann einen wachen Verstand zu besitzen, denn hinter den dicken Brillengläsern funkelten seine Augen Maria Plasberg neugierig an.

Plasberg setzte sich auf die gepolsterte Lehne eines Sessels. „Wir werden Sie auch nicht lange belästigen, Herr von Schonau …"

„O, tun Sie das ruhig, mein Kind", schmunzelte der Alte und blieb mit seinem Blick an der karierten Hose der Kommissarin hängen. „Ich bekomme nicht mehr viel Besuch. Da ist eine Abwechslung in einer so entzückenden Verpackung sehr willkommen."

Plasberg grinste. Wie es aussah, war der Mann ein Charmeur der alten Schule. „Wir sind hier wegen des Brandes auf Ihrem Grundstück Auf dem Berlich."

Der Alte nickte. „Scheußliche Sache. Fünf Tote. Ich habe schon davon gehört." Die Tatsache, dass sein Eigentum abgebrannt war, schien ihn nicht sonderlich zu berühren. „Was wollen Sie wissen?"

„Nun …", zögerte Plasberg, „zum einen, wie hoch der Versicherungswert des Hauses war."

Von Schonau sah die Kommissarin verdutzt an und brach dann in gackerndes Gelächter aus, das in bellenden Husten überging. Sein Gesicht lief so rot an, dass sie befürchtete, der Mann würde gleich keine Luft mehr bekommen. „Also daher weht der Wind", japste der Alte. „Sie glauben, ich hätte das Feuer selbst gelegt, um die Versicherungsprämie einzustreichen!" Er schien sich königlich zu amüsieren und kicherte erneut. „Da muss ich Sie leider enttäuschen, meine Liebe."

Plasberg lächelte höflich zurück. „Aber meine Frage haben Sie nicht beantwortet, Herr von Schonau."

„Touché!" Der Alte stand schnaufend auf und ging hinüber zu einem monströsen Schreibtisch aus dunklem Kirschholz, dessen Oberfläche verstaubt und über und über beladen war mit Dutzenden von Büchern, diversen Schreibunterlagen und einer altmodischen Schreibmaschine. Eine Weile rumorte er in einer der Schubladen herum, dann rief er Brinkhoff zu Hilfe. „Assistieren Sie mir mal, junger Mann. Das verdammte Ding klemmt wieder."

Der Kommissar ging ihm beim Öffnen einer der schweren Laden zur Hand, und von Schonau zog einen Aktenordner hervor, den er gleich darauf Maria Plasberg in den Schoß warf – mit einem Schwung, den keiner der Polizeibeamten ihm zugetraut hätte. „Hier, bitte. Alles, was mit dem Grundstück zu tun hat, steht in diesem Ordner. Sie dürfen ihn sich gerne ansehen. Um ehrlich zu sein, ich habe keine Ahnung, wie hoch der Versicherungswert im Schadensfall ist. Ich habe mich das letzte Mal mit den Unterlagen beschäftigt, als diese Frau … “ Er unterbrach sich, starrte für einen Moment ins Leere und murmelte dann mehr zu sich selbst: „Ich habe den Namen vergessen. Tut mir leid, mein Gedächtnis lässt mich immer häufiger im Stich.“

„W-Welche Frau meinen Sie?“, fragte Brinkhoff.

Von Schonau stutzte und sah den Kommissar überrascht an. „Sie stottern, junger Mann! Ist Ihnen das schon mal aufgefallen?“

Brinkhoff runzelte die Stirn. Er war es ziemlich leid, darauf angesprochen zu werden. „Ja, allerdings.“

„Korken!“, sagte von Schonau. „Sie müssen mit einem Korken im Mund Sprechübungen machen.“

„Nichts für ungut“, erwiderte der Kommissar, „aber ich g-glaube, damit kann man nur eine deutlichere A-Aussprache trainieren. Bei Sprechfehlern hilft das weniger.“

Der Alte nickte geistesabwesend. „Sie haben recht. Joan Sutherland hat mir diesen Tipp mal auf einem Empfang verraten.“

Plasberg bemerkte Brinkhoffs ratloses Gesicht. „Eine Operndiva“, flüsterte sie ihm zu.

Dann sagte von Schonau plötzlich: „Cordes! So hieß die junge Frau, die die Bäckerei aufgemacht hat. Wussten Sie das?“

Brinkhoff nickte gequält. Langsam bekam er den Eindruck, dass der Alte nicht mehr alle Tassen im Schrank hatte. „Sie ist eines der Opfer.“

Maria Plasberg blätterte unterdessen in den Unterlagen über das Grundstück Auf dem Berlich.

„Hier sind uralte Baupläne eines anderen Hauses drin“, sagte sie.

Von Schonau hatte inzwischen wieder auf seinem Sessel Platz genommen. „Mein Vater hat es 1922 gebaut“, sagte er und schlürfte seinen Hustentee. „Ist im Krieg von den Engländern kaputtgebombt worden. Er hat dann diesen Notbehelf hochgezogen, ich glaube 1947, und dabei ist es dann geblieben. Ich hatte kein wirkliches Interesse, etwas daran zu ändern. Viel zu viel Bürokratie. Außerdem war ich auch gar nicht in Deutschland. Aber das Grundstück ist im Wert immer weiter-gestiegen."

„Wo waren Sie denn?", fragte Plasberg.

„In Frankreich, meine Liebe. Da habe ich gelebt und gearbeitet. An der deutschen Botschaft in Paris. *Vive la France! Vive la République!*" Er toastete der Kommissarin zu und nahm einen weiteren Schluck Hustentee.

„Ihr ganzes Leben lang?"

Von Schonau nickte. „Bis zu meiner Pensionierung vor zwanzig Jahren. Das waren noch Zeiten!" Seine Augen bekamen einen glänzenden Ausdruck hinter den Brillengläsern. Er stand erneut auf, ging zu dem Bücherregal, das die ganze hintere Wand des Raumes bedeckte und mit Büchern nur so vollgestopft war. Kurz darauf kehrte er mit zwei gerahmten Fotografien zurück, die er Brinkhoff in die Hand drückte. „Hier", sagte er stolz. „Die Franzosen sind zwar Königsmörder, aber im Herzen sind sie alle noch Monarchisten. Kaum hatten sie herausbekommen, dass ich einem Adelsgeschlecht entstamme, waren sie ganz wild darauf, sich mit mir fotografieren zu lassen." Auf dem einen Bild erkannte der Kommissar eine jüngere Ausgabe von von Schonau zusammen mit François Mitterrand, dem ehemaligen französischen Staatspräsidenten, vor dem Élysée-Palast. Den anderen Mann, der einem noch jüngeren von Schonau die Hand schüttelte, kannte er nicht.

„Und wer ist das?", fragte er etwas unbedarft. Für Politik hatte er sich noch nie besonders interessiert. Schon gar nicht für französische.

Von Schonau sah ihn schockiert an. „Mitterrands Vorgänger natürlich! Valéry Giscard d'Estaing. Präsident der fünften Republik von 1974 bis 1981. Auch ein Adliger übrigens."

„Tut mir leid. Da war ich noch zu jung."

„Man ist nie zu jung, um etwas über Geschichte zu lernen, junger Mann", belehrte ihn der Alte. „Das ist ja das Kreuz mit der Jugend von heute. Die Kinder sitzen den ganzen Tag vor diesen fürchterlichen Computern und spiel…"

„Ich hab's gefunden!", würgte Plasberg den drohenden Redeschwall ab. Sie sah erstaunt auf das Papier. „Im Schadensfall erhalten Sie gerade mal 100.000 DM, also etwa 50.000 Euro. Bei einem Grundstück in der Lage ist das völlig unterversichert."

Von Schonau schien das gleichgültig zu sein. „In meinem Alter spielt Geld keine so große Rolle mehr. Ich habe meine Pension und die ist durchaus angemessen für meinen Lebensstil. Ich wüsste gar nicht, was ich mit so viel Geld anfangen sollte."

Plasberg gab nicht so schnell auf. „Sie mögen ja nicht besonders an dem Grundstück interessiert gewesen sein, aber eventuell waren es andere. Haben Sie in den letzten Monaten vielleicht Kaufangebote erhalten? Die Lage des Grundstücks wäre ideal, um hohe Renditen durch Büros oder Geschäfte zu erzielen."

Von Schonau wackelte mit dem Kopf. „Für so etwas ist mein Neffe zuständig. Er kümmert sich um die Grundstücke unserer Familie."

„Die Grundstücke Ihrer Familie? Das heißt, Sie besitzen mehrere?"

„Nicht mehr so viele wie früher. Ich meine, vor der preußischen Verwaltungsreform von 1807."

„Wie bitte?" Plasberg starrte den alten Mann verständnislos an.

Er lächelte amüsiert. „Ich sehe schon, ich muss weiter ausholen, um Ihnen das verständlich zu machen." Schon räusperte er sich gewichtig, aber die Kommissarin hob die Hand.

„Ich bin sicher, dass Ihre Familiengeschichte sehr interessant ist, aber ersparen Sie uns die Details. Es reicht mir zu wissen, dass Sie sich keine finanziellen Sorgen machen müssen."

„Schade. Aber wie Sie wollen. Ja, meine Familie besitzt vor allem im Rheinland und in Brandenburg noch einige Grundstücke, das heißt, ich und mein Bruder tun es. Verwaltet werden die Liegenschaften von meinem Neffen Hartmut von Schonau. Er ist Anwalt und sitzt für die CDU im Landtag."

„In welchem?"

„Bitte?" Von Schonau blinzelte irritiert.

„In welchem Landtag sitzt er?“

„Nordrhein-Westfalen. Und glauben Sie nicht, dass man keine finanziellen Probleme haben kann, wenn man Grundstückseigentümer ist. Sonst säße ich in einem kleinen Lustschloss und hätte mehrere Bedienstete. Die Instandhaltung der Immobilien ist meist ein Verlustgeschäft.“

„Also haben Sie Geldprobleme“, stellte Plasberg fest. „Warum haben Sie dann nicht etwas Kapital aus Ihren Grundstücken geschlagen? Zum Beispiel durch den Verkauf dieses doch eigentlich sehr wertvollen Grundstücks Auf dem Berlich?“

Von Schonau hustete erneut und winkte ab. „Worauf wollen Sie eigentlich hinaus, Verehrteste? Mein Neffe liegt mir damit auch schon seit Jahren in den Ohren. Erst heute Mittag hat er wieder angerufen und mich darauf angesprochen.“

„Ach, hat er das?“, murmelte Plasberg scheinbar desinteressiert.

Von Schonau ging nicht auf ihre Bemerkung ein. „Die jungen Leute von heute denken immer nur an Geld, Geld, Geld“, fuhr er stattdessen fort, „aber wie gesagt, ich habe mein Auskommen durch meine Pension. Und mehr als das hier“, er deutete mit einer vagen Armbewegung auf seine Umgebung, „brauche ich nicht. In meinem Alter werden die Ansprüche geringer. Wenn mein Bruder und ich einmal nicht mehr sind, kann mein Neffe mit dem Besitz machen, was er will.“

„Sie selber haben keine Kinder?“

Von Schonau schüttelte den Kopf. „Ich war Zeit meines Lebens eingefleischter Junggeselle. Nach meinem Tod fällt alles an meinen Bruder beziehungsweise an meinen Neffen Hartmut.“

„Verstehe.“ Die Kommissarin erhob sich und gab Brinkhoff ein Zeichen, ebenfalls aufzustehen. Anscheinend hatte sie genug gehört. Die Polizeibeamten verabschiedeten sich von dem alten Herrn, der es ehrlich zu bedauern schien, dass der Besuch vorbei war. Er bestand darauf, die beiden zur Tür zu begleiten.

„Halten Sie mich auf dem Laufenden“, sagte er zum Abschied und legte Plasbergs Hand in seine Hände. „Von einem so charmanten Besuch zehre ich tagelang!“ Wenn die Kommissarin ihre

Finger nicht rechtzeitig weggezogen hätte, wäre von Schonau imstande gewesen, ihr einen Handkuss zu geben.

Als Brinkhoff sich umdrehte, sah er, wie von Schonau ihnen nachwinkte. „Dann hatte Hallstetter ja doch recht: alter preußischer Landadel. Hab ich mir immer irgendwie anders vorgestellt. Feudaler zumindest", sagte er, als er neben Plasberg im Auto Platz nahm. „Irgendwie rührend, der Mann, finden Sie nicht auch?"

Aber Plasberg war mit ihren Gedanken schon ein Stück weiter. „Wir sollten uns mal mit diesem Neffen unterhalten.", sagte sie, während sie den Motor anspringen ließ. „Soll ich Sie wieder nach Hause bringen?"

Brinkhoff sah auf die Uhr. „N-Nein, Sie können mich am Rudolfplatz absetzen. Ich gehe vielleicht noch ein Bier trinken. Wieso waren Sie eigentlich so interessiert an diesem Neffen? Und w-warum wollen Sie sich mit ihm unterhalten?"

„Ich weiß nicht genau. Ist mehr so ein Gefühl", erwiderte die Kommissarin und parkte rückwärts aus.

„Ein Gefühl? Was für ein Gefühl?"

„Mein Gott, Brinkhoff, das weiß ich selber noch nicht genau! Aber der alte von Schonau war doch offensichtlich die falsche Adresse, um etwas Genaueres über die finanziellen Familienverhältnisse herauszubekommen."

Brinkhoff hob die Hände. „Bitte! Machen Sie doch, was Sie wollen. Sie tragen schließlich die Verantwortung in diesem Fall. Haben Sie ja selbst gesagt."

Plasberg lenkte den Wagen Richtung Innenstadt. „Finden Sie es nicht auch bemerkenswert, dass der Neffe schon am Tag nach dem Feuer bei seinem Onkel anruft, um ihn dazu zu bewegen, das Grundstück zu verkaufen?", fragte sie etwas versöhnlicher.

„Sie meinen, er ist derjenige mit den Geldproblemen und hat etwas mit den Morden zu tun? Ein Landtagsabgeordneter? Bei *den* Diäten?"

„Ich habe jetzt erst mal nur an den Brand gedacht. Es ist doch sehr viel einfacher, einen alten Mann zum Verkauf eines Grundstücks zu bewegen, wenn man ihm dadurch eine Menge Ärger ersparen kann."

Brinkhoff zog die Stirn in Falten. „Ich weiß nicht. Ist das nicht ein bisschen weit hergeholt? Der alte Herr sah nicht so aus, als wäre er überfordert mit den Ereignissen in der *Keksdose*."

„Stimmt", gab Plasberg widerwillig zu. „Aber vielleicht war das ja auch eine gewisse Enttäuschung für den Neffen."

Die Wohnung war dunkel und still, als Maria Plasberg am Abend nach Hause kam. Zu dunkel und zu still. Normalerweise kam Ruth angelaufen, sobald sie den Schlüssel in der Tür hörte, und aus Niklas' Zimmer drang meist viel zu laute Musik – aber heute war von ihren Kindern nichts zu sehen und zu hören. Die Kommissarin machte Licht im Flur, warf ihre Handtasche achtlos in die Ecke und hängte ihre Jacke auf die Garderobe. Dann streifte sie die Schuhe ab und lief ins Wohnzimmer.

„Jemand daheim? Ruth? Niklas?"

Sie erhielt keine Antwort. Beunruhigt lief sie durch das Haus. Im Wohnzimmer starrte sie der Berg mit der Bügelwäsche neben dem Fernseher vorwurfsvoll an. Seit gestern schien er noch mal um einige Zentimeter gewachsen zu sein. Dann hatten die Kinder wenigstens die trockene Wäsche vom Wäschereck genommen. Aber ansonsten sah es noch unordentlicher aus als sonst. Auf dem Tisch vor dem Fernseher und auf dem Sofa lagen Chipskrümel, die leere Packung daneben auf dem Boden, zusammen mit den Sofakissen. Neben dem Fernseher stand ein Kerzenständer. Jemand hatte mit einem Messer das getrocknete Wachs aus dem Loch herausgepult, das Messer lag noch beim Leuchter, während die Wachsreste achtlos auf dem Tisch und dem Teppich verteilt worden waren. Niklas hatte wieder geraucht, ein paar seiner selbst gedrehten Zigarettenkippen befanden sich im Aschenbecher auf der Fensterbank. Plasberg hatte ihm schon hundertmal verboten, im Haus zu rauchen. Sie schob die Tür zur Terrasse auf, um frische Luft hereinzulassen. Die Fenster waren schmutzig von Staub und Regenschlieren und überall waren Fingerabdrücke auf dem Glas zu sehen. Der Ficus vor dem Fenster war völlig ausgetrocknet und verlor seine Blätter. Plasberg seufzte mutlos. Woher um alles in der Welt sollte sie die Zeit nehmen, den Haushalt auf Vordermann zu bringen?

Die Kommissarin ging in die Küche, wo sie das gleiche Bild von Unordnung erwartete. Sie öffnete den Kühlschrank und im gleichen Moment fiel ihr ein, dass sie vergessen hatte einzukaufen. Ein paar Eier, ein Glas Gurken und drei Joghurts war alles, was die Regale hergaben.

„Verdammt", murmelte sie und fuhr sich abgespannt durch die Haare. „Das auch noch." Sie sah auf die Uhr. Kurz nach neun. Zu spät, um noch schnell einzukaufen. Das Gespräch mit Fritz von Schonau hatte wesentlich länger gedauert, als sie geplant hatte. Und wo, zum Kuckuck, waren die Kinder? Es gab so vieles, was ihnen zugestoßen sein konnte. Erst vor zwei Monaten war ein Kind in der Nachbarschaft von einem Auto angefahren und mit einer Schädelfraktur ins Krankenhaus gebracht worden.

Als Plasberg den Kühlschrank zuklappen ließ, fand sie einen Notizzettel, der mit einem Magneten an der Tür festgemacht worden war. *Sind bei Papa und Evelyn zum Essen. Niklas*. Ein Gefühl der Erleichterung überkam sie, gepaart mit einem schlechten Gewissen. Natürlich, heute war ja Dienstag! Sie hatte es einfach vergessen. Dienstags waren die Kinder bei ihrem Ex-Mann Eric, seiner neuen Frau und deren Kind Tanja, Ruths und Niklas' einjähriger Halbschwester, die nur ein paar Straßen weiter wohnten. Maria Plasberg hasste es, wie sehr die Kinder die Besuche bei ihrem Vater genossen, von ihm verhätschelt und verwöhnt wurden. Vor allen Dingen stieß ihr übel auf, dass Eric jede Gelegenheit nutzte, sie als schlechte Mutter hinzustellen. Immer, wenn die Kinder bei ihm auftauchten, war das Haus blitzblank aufgeräumt und geputzt und ein warmes Essen stand auf dem Tisch. Kein Wunder, wenn man in Betracht zog, dass Eric Erziehungsurlaub genommen hatte und das Geldverdienen seiner Frau überließ. Auch Ruth und Niklas war diese Tatsache bewusst, dennoch ließ es sich nicht vermeiden, dass sie das geordnete Familienleben ihres Vaters und den chaotischen Haushalt ihrer Mutter miteinander verglichen und dass Maria Plasberg dabei schlecht wegkam.

Mechanisch begann sie die Küche zu säubern, räumte das Geschirr in die Spülmaschine, wischte den Tisch ab, saugte den Küchenboden. Spätestens morgen Abend würde es wieder so unordentlich aussehen, und je länger Plasberg putzte, desto verzweifelter und wütender wurde sie. Auf Eric, der ihre Situation als berufstätige und alleinerziehende Mutter ausnutzte, um sich in einem strahlenden Licht als Vater zu präsentieren; auf Niklas und Ruth, die ständig ermahnt werden mussten, im Haushalt mitzuhelfen; auf sich selbst, weil ihr die Doppelbelastung immer wieder über den Kopf wuchs. Wie zum Henker schafften es andere Mütter, so ein Leben zu meistern? Ganz zu schweigen davon, dass sie überhaupt kein Privatleben mehr hatte.

Während Maria Plasberg heißes Wasser in einen Eimer laufen ließ, um den Boden feucht zu wischen, überlegte sie, wann sie das letzte Mal im Kino gewesen war oder auch nur spazieren. Vier Monate? Fünf? Sie konnte sich nicht erinnern. Mit wem hätte sie solche Dinge auch tun sollen? Sie hatte keine Freunde, keine beste Freundin, nur ein paar Nachbarn, die sie vom Hallo-Sagen kannte. Ihr Beruf und die Kinder nahmen sie so in Anspruch, dass für anderes gar keine Zeit blieb.

Verbissen attackierte sie einen besonders hartnäckigen Fleck unter dem Küchentisch und ging auf die Knie, um mit den Fingernägeln den Dreck wegzukratzen. Eine Weintraube. War es zu viel verlangt, dass die Kinder sich bückten, wenn ihnen etwas herunterfiel? Hin und wieder mal die Kehrschaufel benutzten? Oder mal den Müll wegbrachten? Die Kommissarin knallte das nasse Putztuch wie einen Fehdehandschuh auf den Boden und wischte mit heftigen, frustrierten Bewegungen über das Laminat. Dabei stieß sie mit dem Stiel des Schrubbers an eine halb volle Colaflasche, die eines der Kinder ohne Verschluss auf der Fensterbank abgestellt hatte. Die Flasche wackelte und fiel zu Boden, der klebrige Inhalt ergoss sich auf den frisch geputzten Boden.

„Gottverdammt!", schimpfte Plasberg und stampfte mit dem Fuß auf. In diesem Moment ging die Haustür auf und Niklas, Nina und Ruth standen in der Tür. „Wer hat die Scheiß-Cola nicht zugemacht und auf dem Fensterbrett vergessen?"

Die Kinder sahen sie einen Moment stumm an und dann sagte Ruth kleinlaut: „Ich. Tut mir leid."

„Ich hab es euch schon tausend Mal gesagt, ihr sollt nicht immer alles stehen lassen! Andauernd muss ich hinter euch herräumen!“, brüllte Plasberg. „Ich bin nicht eure Putzfrau!“

Ruth drehte sich auf dem Absatz herum, rannte heulend die Treppe nach oben in ihr Zimmer und knallte die Tür hinter sich zu. Sofort bereute die Kommisarin ihren Wutausbruch.

„Mensch, *mum*“, sagte Niklas. „Hast du wieder eine Laune!“ Seine Freundin Nina hielt wohlweislich den Mund.

„Ach, ist doch wahr!“, regte sich Plasberg auf, aber es klang schon längst nicht mehr so überzeugt. „Meine Predigten gehen bei euch zum einen Ohr rein und zum anderen raus!“ Sie beugte sich hinunter und machte sich daran, die ausgelaufene Cola aufzuwischen.

„Wieso fängst du eigentlich jetzt noch an zu putzen? Es ist gleich zehn!“

„Weil ich eben erst nach Hause gekommen bin“, erklärte Plasberg verärgert. „Es hat mal wieder länger gedauert als erwartet. Und wie oft habe ich dir gesagt, dass du im Haus nicht rauchen sollst! Ich hab deine Kippen im Aschenbecher im Wohnzimmer gefunden.“

„Jetzt fang doch nicht schon wieder damit an!“, maulte Niklas. „Wenn du schlechte Laune hast, lässt du sie immer an uns aus!“

„Weil ihr nicht tut, was ich euch sage! Zum Zusammenleben gehören Spielregeln und ihr haltet euch nicht daran!“

„Du bist nur sauer, weil du überfordert bist!“, gab Niklas zurück.

Nina legte ihm beschwichtigend eine Hand auf die Schulter. „Lass gut sein, Niklas. Deine Mutter hatte einen anstrengenden Tag.“

„Allerdings!“, entgegnete Plasberg. „Und dann komme ich nach Hause und darf euren Dreck wegmachen, nur weil ihr zu faul seid, auch nur einen Finger krumm zu machen!“

„Ich hab heute die Wäsche zusammengelegt!“, empörte sich Niklas.

Plasberg stemmte die Arme in die Seiten. „Und was ist mit dem Geschirr in der Spüle? Dem Dreck auf dem Küchentisch? Den Chipskrümeln auf dem Sofa?“

„Dann schaff dir doch 'ne Putzfrau an! Glaubst du, ich schmeiß den ganzen Haushalt, nur weil du arbeiten gehst?"

„Freundchen!", erwiderte Plasberg und hob drohend den Zeigefinger. „Komm mir nicht so!"

„Ach, lass mich doch in Ruhe!", schnaubte Niklas und ließ seine Mutter stehen. Nina warf Maria Plasberg einen hilflosen Blick zu und folgte ihm.

Die Kommissarin blieb allein in der Küche zurück. Geistesabwesend wrang sie den Putzlappen aus und wischte die ausgelaufene braune Brühe auf. Eine Putzhilfe … wieder verlor sie sich in sehnsüchtigen Tagträumen. Wenigstens zwei Mal die Woche, vormittags, wenn die Kinder in der Schule waren und sie im Dienst. Sie würde nach Hause kommen und die Küche und das Wohnzimmer würden blitzen und blinken, das Badezimmer würde strahlen vor Glanz. Die Wäsche wäre wie von Geisterhand gebügelt und sie würde einfach mal die Füße hochlegen können … was für ein unbeschreibliches Glück! Aber Putzkräfte waren teuer. Der Unterhalt, den sie von ihrem geschiedenen Mann für die Erziehung der Kinder erhielt, und ihr eigenes Gehalt würden dafür kaum ausreichen. Es sei denn … kurz entschlossen ließ Plasberg den Putzfeudel fallen, ging nach oben und klopfte an Niklas' Tür.

„Was willst du?", fragte ihr Sohn kurz angebunden, als er öffnete.

Plasberg ignorierte ihn und wandte sich an seine Freundin, die vor dem Computer saß und sich einen Clip auf *YouTube* ansah. „Sag mal, Nina, deine Eltern haben doch eine Putzfrau, oder?"

„Ja, wieso?"

„Und wie ich deinen Vater kenne, arbeitet sie bestimmt schwarz, stimmt's?"

Nina senkte eingeschüchtert den Kopf. „Ich … ich weiß nicht genau", murmelte sie und wurde rot.

„Dachte ich's mir doch. Kannst du mir ihre Adresse oder Telefonnummer besorgen?"

„Willst du deinen Frust jetzt an der Putzfrau von Ninas Eltern auslassen?", fragte Niklas entgeistert.

„Nein", erwiderte die Kommissarin. „Ich will, dass sie auch für uns arbeitet."

Fünf

Kevin Cordes hatte schlecht geschlafen. Immer wieder war er aus einem Albtraum aufgeschreckt, in dem er in der Ferne eine Frauengestalt gesehen hatte. Sie war kaum auszumachen gewesen, Nebel verhüllte ihre Umrisse fast vollständig. Er hatte auf einem kalten Boden gesessen, nackt, verängstigt, und wie gebannt in den Dunst gestarrt. Die Frau war näher gekommen und er hatte sich gefürchtet, weil ihm schlagartig klar wurde, dass der Nebel gar kein Nebel war, sondern Rauch. Die Frauengestalt stand in Flammen, Feuerzungen leckten an ihrem Körper und setzten ihre Haare in Brand. Merkwürdigerweise schrie die Frau überhaupt nicht, sondern lächelte. Ein bizarres, fast obszönes Grinsen, das ihre Gesichtszüge entstellte, während ihre Haut lichterloh brannte. Anna. Plötzlich hielt er eine Decke in den Händen. Wenn er es nur schaffte, sie ihr über den Kopf zu werfen, ihren Körper damit einzuhüllen, dann würde es ihm gelingen, die Flammen zu ersticken. Er rannte auf Anna zu, die Wolldecke schon ausgebreitet vor sich. Doch als er ihr gegenüberstand, erkannte er, dass die brennende Frau jemand anderes war, deren Gesicht er nicht einordnen konnte. Sie war ihm vertraut, aber ihm war entfallen, wie sie hieß oder in welcher Beziehung sie zu ihm stand. Er kniff seine Augen zu schmalen Schlitzen zusammen, um die brennende Frau besser sehen zu können. Gleich … gleich würde er es wissen, die Erkenntnis drängte sich immer näher an sein Bewusstsein. Und dann war er plötzlich da, der Name, und Kevin fuhr mit einem unterdrückten Schrei und klatschnassen Haaren im Bett hoch.

Gegen sechs Uhr früh hatte es ihn endgültig nicht mehr auf dem Laken gehalten. Mit fahrigen Händen hatte er sich sein Handy geschnappt und eine der Nummern auf dem Kurzwahlspeicher gewählt.

Siggis Stimme hörte sich verschlafen an, als er antwortete. „Du Spasti, weißt du eigentlich, wie spät es ist?“

„Ich konnte nicht mehr pennen.“

„Mir doch egal." Nach dem Streit in der Spielhalle war Siggi noch immer nicht besonders gut auf seinen Kumpel zu sprechen.

Kevin kratzte sich am Arm. „Diese Bullen …", sagte er mit unterdrückter Stimme. Seine Alten durften nichts mitbekommen, sonst würden sie sofort Fragen stellen. „Ich will wissen, was die machen."

„Wozu?", gähnte Siggi.

„Quatsch nicht so dämlich! Ich will eben."

„Dann frag sie doch."

„Sehr witzig!" Kevin angelte eine Zigarette aus der Packung neben seinem Bett, schnippte das Feuerzeug an und inhalierte gierig den ersten Zug. „Ich hab eher gedacht, dass du das übernimmst, Alter."

„Wieso ich?"

„Weil dich keiner von den Bullen kennt, die den Mord untersuchen."

„Und woher weißt du, wer da alles seine Nase drinhängen hat?"

Aus der Bettritze kramte Kevin die Visitenkarten, die Vogt seiner Mutter in die Hand gedrückt und die sie auf dem Küchentisch hatte liegen lassen. „Einer von denen heißt Vogt. Das Pickelface, das gestern hier war. Aber die Bullen haben 'ne Mordkommission gebildet, die wird geleitet von 'ner Frau. Maria Plasberg."

„'ne Tusse?", fragte Siggi ungläubig.

„Wir sollten wissen, was die Bullen machen."

„Wir? Ey, ist doch deine blöde Schwester gewesen."

„Sei vorsichtig, was du sagst, Pisser." Es war immer gut, Siggi ein wenig Angst zu machen. Wenn er in die Enge getrieben wurde, war er einsichtiger.

Siggi stöhnte. „Also schön. Hast du 'n Vorschlag?"

„Krieg ein bisschen was raus über die Tussi. Diese Plasberg", sagte Kevin. „Schnüffel ihr hinterher."

„Boah, ey, wieso ich? Kannst du das nicht machen? Das ist doch voll viel Arbeit!" Siggi bekam hörbar schlechte Laune.

„Weil ich dir das sage! Außerdem: Wenn die mich sehen, riechen die sofort Lunte."

Am anderen Ende der Leitung herrschte einen Moment Funkstille. „Okay, wenn's sein muss. Ich lass mir was einfallen. Aber ich brauch ein oder zwei Tage. Ich hab auch noch was Besseres zu tun."

Für einen Moment fragte sich Kevin, was das sein könnte, nach allem, was passiert war.

„Haben Sie die Telefonnummer?"

Es war kurz nach acht Uhr und Maria Plasberg stand mit ungeduldigem Gesichtsausdruck vor dem Schreibtisch von Gesine Keller. In der Hand balancierte sie einen Kaffee, den sie gerade aus dem Automaten auf dem Gang gezogen hatte.

Die schmächtige Sekretärin nickte. Vor ein paar Minuten war sie zur Arbeit erschienen und von der Kommissarin in ihrem winzigen Büro, in das gerade mal ein Schreibtisch, ein Stuhl, ein Aktenregal und ein kränkelndes Usambaraveilchen passten, sofort mit Aufträgen bombardiert worden. Plasberg hatte ihr noch nicht einmal die Zeit gelassen, ihren Mantel auszuziehen.

„Gut. Dann machen Sie mir einen Termin bei dem Herrn Abgeordneten von Schonau. Aber nicht erst in einer Woche. Heute oder morgen!"

Gesine Keller wickelte sich aus einem dunkelgrauen Schal und hängte ihn über ihren Stuhl. „Ich versuche es."

„Wo ist der Kollege Brinkhoff?"

„Er ... er hat gerade angerufen. Er hat verschlafen und kommt ein paar Minuten später."

Die Kommissarin trommelte unwirsch mit den Fingern auf den Tisch der Sekretärin und verschwand dann kurz entschlossen in Richtung Vogts Büro zwei Türen weiter.

„Moment ... Frau Plasberg!" Gesine Keller erhob zaghaft ihre Stimme. „Die Stundenabrechnung für Oktober? Sie wollten sie mir schon vor ein paar Tagen geben."

Plasberg wimmelte sie mit einer unbestimmten Handbewegung ab. „Ja, ja. Sobald ich Zeit habe."

„Aber ..." Die Sekretärin schüttelte den Kopf, denn Plasberg war schon wieder weg.

„Morgen“, sagte die Kommissarin in den Raum hinein, als sie dort auch Shirin Reitz entdeckte, die den leeren Schreibtisch gegenüber von Karsten Vogt benutzte. Der Kommissar trank ebenfalls Kaffee, die Profilerin beugte sich über einen Tee. „Waren Sie gestern Abend bei Gnielka?“

„Natürlich, Chefin.“ Vogt gähnte verstohlen. Er war ein Morgenmuffel und konnte es nicht ausstehen, wenn Plasberg ihn so früh in ihrem Befehlston ansprach. „Er hat noch mal bestätigt, was Frau Dr. Reitz bereits gesagt hat. Seine Frau hat ihren Putzdienst vorverlegt auf den Tatabend wegen eines Arztbesuches am nächsten Morgen. Es ist also durchaus möglich, dass sie die Tote im Eingangsbereich der *Keksdose* ist. Er hat mir die Telefonnummer ihres Zahnarztes gegeben, damit Dr. Uhrmann die vorhandenen Röntgenaufnahmen mit dem Gebiss der Leiche vergleichen kann. Ist das soweit in Ordnung?“

Plasberg ignorierte die Frage. Sie war sich sehr wohl bewusst, dass Vogt in der Lage war, selbstständig zu arbeiten. Wenn er glaubte, sich einschleimen zu müssen, dann war er bei ihr an der falschen Adresse. „Gibt es schon etwas Neues bezüglich des Wagens vor dem Tatort?“ Sie lehnte sich an die offene Bürotür.

„Bei der vagen Fahrzeugbeschreibung?“ Vogt erlaubte sich ein kurzes Lachen. „Ich habe bei den Kollegen herumtelefoniert, die zum fraglichen Zeitpunkt in der Innenstadt im Dienst waren, aber keinem ist ein dunkler Wagen aufgefallen. Ohne lesbares Kennzeichen oder wenigstens das Fahrzeugmodell können wir das vergessen.“

„Ich hatte es fast befürchtet.“

„Und wenn der Wagen gar nichts mit dem Feuer zu tun hat? Die Straße Auf dem Berlich wird bestimmt häufig von Leuten zum Parken benutzt, die in der Innenstadt einkaufen wollen.“

„So spät noch?“

„Manche Geschäfte schließen erst um 22 Uhr und es gibt eine ganze Menge Restaurants und Kneipen in der Gegend, wenn ich mich nicht irre.“

„Vielleicht haben Sie recht.“ Plasberg nippte nachdenklich an ihrem Kaffee. „Es passt auch irgendwie nicht zusammen. Wenn wir davon ausgehen, dass die Tat geplant war, dann macht es keinen Sinn, dass die Täter erst flüchten und dann später noch mal wiederkommen, um ihre Morde durch einen Brand zu vertuschen. Dann hätten sie schon vorher alles Nötige dabeigehabt. Vielleicht hängt der Brand ja auch gar nicht unmittelbar mit den Morden zusammen? Vielleicht ist er nur zufällig ausgebrochen?"

Vogt sah seine Vorgesetzte skeptisch an. „Ich dachte, es seien erste Hinweise auf einen Brandbeschleuniger vorhanden?"

„Wir haben aber noch keine endgültige Expertise. Wäre es nicht möglich, dass ... ach, vergessen Sie's." Für einen Moment wäre Plasberg fast der Versuchung erlegen, sich die Dinge so zurechtzubasteln, wie sie ihr in den Kram passten. Aber es hatte keinen Sinn, auf Spekulationen zu setzen. Bei Ermittlungen zu einem Tötungsdelikt zählten nur Fakten. Im Grunde ähnelten solche Untersuchungen der Arbeit eines Restaurators: Man musste die Informationen wie die Scherben einer zerbrochenen Vase zusammensetzen, Stück für Stück. Die einzelnen Teile mussten genau aneinanderpassen, nur dann kam man dem ursprünglichen Ganzen näher. Aber im Unterschied zu einem Restaurator besaßen Ermittlungsbeamte keinen Kitt, der einer geflickten Vase zusätzlichen Halt verlieh. Ihre Untersuchungen mussten hieb- und stichfest sein, ansonsten standen sie über kurz oder lang erneut vor einem Scherbenhaufen.

In diesem Moment kam Gesine Keller um die Ecke und drückte Plasberg einen braunen Umschlag in die Hand. „Ist gerade reingekommen."

Die Kommissarin riss den Umschlag auf und überflog das Schreiben. „Wenn man vom Teufel spricht", sagte sie und wedelte mit dem Brief. „Benzin."

„Was?" Vogt sah sie verständnislos an.

„Das Gutachten von dem Brandexperten, der sich gestern Morgen das Gebäude angesehen hat. Der Brand ist durch Benzin ausgelöst worden, an mehreren Stellen gleichzeitig und zwar ... Moment ... ja, wie wir vermutet hatten: im Verkaufsraum und in der Backstube."

Shirin Reitz machte zum ersten Mal den Mund auf. Sie trug heute ein kobaltblaues Kostüm und die dazu passenden Schuhe. Beiden Kleidungsstücken sah man an, dass sie nicht billig gewesen waren, und sie standen in starkem Kontrast zu dem Outfit, das Maria Plasberg für den heutigen Tag ausgewählt hatte: Die Kommissarin trug eine leuchtend gelbe Hose und eine dunkle Bernsteinkettenimitation über einem orangefarbenen Rollkragenpullunder. Sie sah aus wie eine überdimensionierte Butterblume.

„Dann spricht ja doch einiges für meine Theorie“, sagte die Profilerin und lehnte sich in ihrem Stuhl zurück.

„Ihre Theorie?“

„Dass die Täter später doch noch mal wiedergekommen sind. Etwas anderes ergibt gar keinen Sinn. Was wäre denn, wenn die Morde nicht geplant waren, der Raubüberfall aber schon?“, fragte sie. „Darf ich mal spekulieren?“

Plasberg lehnte sich abwartend an den Türrahmen.

„Es gibt einige Hinweise darauf, dass die Tat eigentlich nur als Raubüberfall geplant war“, begann Reitz und strich ihre Haare zurück. „Der versteckte Ring in der Serviette, das fehlende Bargeld in der Kasse. Ich würde auch das Fesseln von vier der Opfer dazu zählen. Die Täter haben die Handschellen mitgebracht, das heißt, sie haben die Tat vorbereitet. Sie müssen jeder eine Waffe besessen haben und mindestens ein Opfer muss von ihnen gezwungen worden sein, ein anderes zu fesseln.“

„Wieso denn das?“, fragte Vogt erstaunt.

„Die Orte, an denen die Toten gefunden wurden, lassen gar keinen anderen Schluss zu.“

„Verstehe ich nicht.“

„Wir gehen doch davon aus, dass die Täter zu zweit waren und über den Hintereingang in das Geschäft eingedrungen sind, oder?“

„Bis zum Beweis des Gegenteils, ja“, antwortete Plasberg.

„Jakob Hartgens und Fatma Öcal befanden sich zu diesem Zeitpunkt augenscheinlich in der Backstube, Anna Cordes und Tom Schneider im Büro. Das bedeutet, wir brauchen zwei Täter mit zwei Waffen, um beide Gruppen getrennt voneinander in Schach zu halten.“

„Klingt logisch“, sagte Vogt.

„Einer der Täter muss eines der Opfer gezwungen haben, wenigstens ein anderes Opfer zu fesseln, weil er ansonsten seine Waffe hätte zur Seite legen müssen und damit die Gewalt über seine Gruppe verloren hätte. Erst nachdem ein Opfer gefesselt war, konnten die anderen von den Tätern selbst gefesselt werden."

„Moment ... also erst fesselt beispielsweise Hartgens seine Freundin, dann wird er selbst von einem der Täter gefesselt, der Täter läuft dann hinüber ins Büro, wo Cordes und Schneider mit der Waffe von dem anderen Täter bedroht werden, und fesselt diese dann?"

„Genau."

„Es könnte aber auch sein, dass ein Opfer alle anderen gefesselt hat", entgegnete der Kommissar. „Maria Gnielka. Die war doch als Einzige nicht gefesselt. Sie musste erst alle anderen bewegungsunfähig machen und ist dann direkt erschossen worden."

Shirin Reitz schüttelte den Kopf. „Sie verstehen nicht. Die Putzfrau ist die einzige Variable in diesem Szenario. Ihre Anwesenheit ist von den Tätern nicht eingeplant gewesen, weil sie gar nicht vor Ort hätte sein dürfen. Sie kommt mit Sicherheit erst später dazu. Ihr plötzliches Erscheinen auf der Bildfläche löst meiner Meinung nach eine Kurzschlussreaktion der Täter aus und verwandelt sie von Räuber in Mörder. Maria Gnielka stolpert auf dem Videoband in das Geschäft, wie wir gesehen haben. Ist es nicht möglich, wie ich gestern Abend schon gesagt habe, dass die Täter von ihr überrascht wurden, nachdem sie glaubten, alle Anwesenden in ihrer Gewalt zu haben?"

„Und warum haben die Täter dann die Putzfrau nicht auch einfach gefesselt? Warum ist sie direkt erschossen worden?"

„Panik", erwiderte Reitz. „Ganz einfach. Panik."

„Und die Panik reicht dann soweit, dass die Täter auch ihre anderen Opfer umgebracht haben?", fragte Plasberg, die sich den Vortrag von Reitz bisher mit widerwilligem Interesse angehört hatte.

„Ja ... nein", zögerte Reitz. „Ich denke, dass sie getötet wurden, weil sie Augenzeugen des Mordes an der Putzfrau waren."

„Und als sie dann alle aus Panik erschossen hatten, sind die Täter getürmt …“

„Wie man auf dem Band sehen konnte“, unterbrach Reitz.

„… haben eine halbe Stunde später ihre Panik aber plötzlich wieder unter Kontrolle, holen von irgendwo Benzin, kehren um und sind imstande, kaltblütig und in aller Seelenruhe ihre Tat zu vertuschen, in dem sie das Geschäft in Brand setzen?“, schloss Plasberg fragend.

„So sehe ich das“, antwortete Shirin Reitz und sah die Leiterin der MK 3 herausfordernd an.

„Und der Beweis?“

„Ich bin Fallanalytikerin, kein Staatsanwalt.“

„Und ich bin Kriminalbeamtin. Ich brauche ebenfalls handfeste Beweise, Frau Dr. Reitz“, erwiderte Plasberg schnippisch. „Ich brauche einen beweisbaren Zusammenhang zwischen dem Auto und den beiden jungen Männern auf dem Band, ich brauche die Benzinkanister, ich brauche die Tatwaffe und vor allem brauche ich die Täter. Möglichst mit einem Motiv und einem Geständnis.“

„Aber das Motiv habe ich Ihnen doch gerade gegeben!“, sagte die Profilerin gereizt.

„Aber alles andere nicht“, entgegnete Plasberg, trank ihren letzten Schluck Kaffee aus und warf den Becher zielsicher in den Abfalleimer neben Karsten Vogts Schreibtisch. „Wie wäre es, wenn Sie Ihrer Berufsbezeichnung Ehre machen, und mir aufgrund der vorliegenden Erkenntnisse ein Profil der Täter erstellen?“

Vogt sah seine Chefin mit großen Augen an. So ruppig und unhöflich war sie selbst mit ihm selten umgesprungen.

Auch Shirin Reitz riss allmählich die Hutschnur. „Ich verbitte mir diesen Ton, Frau Plasberg! Ich versuche nur, etwas zur Lösung des Falles beizutragen.“

„Geschenkt“, erwiderte die Kommissarin, aber es klang schon ein wenig versöhnlicher. Anscheinend war ihr klar geworden, dass sie zu weit gegangen war. „Also?“ Sie sah Reitz erwartungsvoll an.

„Ein Profil der Täter?“ Die Frau sah aus dem Bürofenster in den heraufdämmernden schmuddeligen Novembermorgen.

„Die Täter sind wahrscheinlich jung. Zwischen zwanzig und dreißig, würde ich sagen. Die Brutalität der Tat lässt auf eine ziemliche Gefühlskälte schließen, auf herabgesetzte Hemmschwellen. Wahrscheinlich sind sie schon seit frühester Jugend mit Gewalt konfrontiert worden. Ihr moralisches Wertesystem ist verformt. Und auch die Panik, von der ich eben gesprochen habe, legt den Verdacht nahe, dass es keine professionellen Täter waren. Die Wahl der Tatwaffe deutet ebenfalls auf junge Täter hin. Pumpguns werden eher von ihnen verwendet als Pistolen oder Gewehre. Die Schusswunden der Opfer bereiten mir allerdings noch ein paar Probleme."

„Inwiefern?"

„Wenn wir die Ermordung von Maria Gnielka mal außen vorlassen, sind alle Opfer auf die gleiche Weise umgebracht worden. Mit einem Schuss direkt in die Stirn oder Schläfe."

„Ja, und?" Plasberg begriff nicht, worauf Reitz hinauswollte.

„Das passt nicht zu meiner These einer Panikreaktion." Die Profilerin sah Plasberg an. „Das sieht wie eine Hinrichtung aus. Es erinnert mich an Bilder von Opfern eines Erschießungskommandos."

„Das hat der Kollege Brinkhoff auch schon gesagt. Also sind es doch professionelle Killer gewesen?"

Reitz wiegte unentschlossen den Kopf hin und her. „Nein", sagte sie dann. „Ich glaube nicht. Eher waren es Täter, die wie professionelle Killer aussehen wollten."

„Das hilft mir im Moment nicht wirklich weiter", sagte Plasberg. „Aber danke für Ihre Überlegungen." Der Nachsatz klang ein wenig gekünstelt, als hätte sie ihn sich vorher zurechtgelegt. Dann drehte sie sich um und marschierte zurück in ihr Büro.

Die Profilerin sah ihr nach. „Was hat sie bloß gegen mich?", fragte sie. „Ich versuche doch nur, meinen Job zu machen!"

„Regen Sie sich nicht auf", winkte Vogt ab. „Die Plasberg ist von Natur aus 'ne Zicke. Das ist nicht persönlich gemeint."

„Ich könnte so nicht arbeiten!"

„Wem sagen Sie das? Noch einen Kaffee?"

Reitz fuhr sich mit den Händen durchs Gesicht. „Tee, bitte", sagte sie seufzend.

Kurz nachdem die Kommissarin wieder hinter ihrem eigenen Schreibtisch Platz genommen hatte, stürmte Torsten Brinkhoff ins Büro. Er sah müde und etwas mitgenommen aus. Mit einem hastig gemurmelten „Guten Morgen" schälte er sich aus seiner Jacke und warf die obligatorische Brötchentüte neben seinen PC. Erst dann bemerkte er Plasbergs Outfit. „O Mann! Ist bei Ihnen der Sommer ausgebrochen?" Das Gelb tat seinen Augen weh.

Plasberg ignorierte seine Anspielung. Stattdessen sah sie auf ihre Uhr und sagte: „Siebenunddreißig Minuten."

„Ich ha-habe verschlafen! Und ich habe angerufen. Hat Frau Keller Ihnen nicht Bescheid ...?"

„Doch, hat sie", fiel Plasberg ihrem Kollegen ins Wort. „Aber Sie wissen ganz genau, dass ich Unpünktlichkeit nicht ausstehen kann."

„Ich habe dreißig Ü-Überstunden!"

„Wenn es danach ginge, bräuchte ich sechs Monate hier nicht mehr aufzukreuzen", erklärte seine Vorgesetzte. Sie wollte weiterreden, wurde aber durch das Schrillen des Diensttelefons unterbrochen. „Ja, was gibt's? ... Ach! Ja, natürlich, stellen Sie ihn durch."

Brinkhoff nutzte die Gelegenheit, um schnell aus dem Büro zu verschwinden, Gesine Keller einen kurzen Gruß zuzuwerfen und sich einen schwarzen Tee am Automaten zu ziehen. „Ha-Haben Sie vielleicht ein Aspirin für m-mich?", fragte er die Sekretärin auf dem Rückweg. „Ich habe Kopfschmerzen."

Keller lächelte verschwörerisch und griff in eine Schublade ihres Schreibtischs. „Ist es gestern ein bisschen spät geworden?"

„Kann man so sagen." Die Sekretärin reichte ihm eine Tablette, die der Kommissar mit einem Schluck heißen Tee hinunterwürgte. „Ich habe nur vier Stunden geschlafen ... Aber nicht, was Sie denken."

Keller schnupperte plötzlich und rümpfte die Nase. „Sie riechen! Was ist das? Das stinkt ja widerlich!"

„Das ist der Geruch eines rolligen Katers", seufzte Brinkhoff.

„Sie meinen ...? Igitt!" Keller hielt sich die Nase zu.

„Als ich gestern Abend nach Hause kam, fing es an. Bombadil schreit wie am Spieß und versprüht überall seine Duftmarken. N-Nichts ist vor ihm sicher. Die Yuccapalme, meine Pullover, das Bücherregal, mein Bettzeug, einfach alles. Ich musste ihn im Badezimmer einsperren. Da hat er dann die ganze Nacht randaliert. Ich habe kaum ein Auge zugemacht!" Der Kommissar sah verzweifelt aus. „Ich weiß nicht, was ich machen soll. Wie lange dauert so was?"

„Mich dürfen Sie nicht fragen, ich kenne mich nicht aus mit Katzen. Mein Mann züchtet Geranien. Aber Frau Plasberg wird sich freuen, wenn sie das riecht!"

„Ich weiß", erwiderte Brinkhoff unglücklich.

„Warum haben Sie Ihren Kater nicht längst kastrieren lassen?"

„Weil ich ihn erst sechs Wochen habe und nicht wusste, dass er noch funktionstüchtig ist."

„Aber das sieht man doch! Entweder sind die ... Sie wissen schon ... noch dran oder nicht!"

„Ich habe nicht darauf geachtet bisher, um ehrlich zu sein. I-Ich dachte, das muss so sein!"

„Am besten bringen Sie ihn so schnell wie möglich zum Tierarzt."

Brinkhoff nickte. „Ich hab schon angerufen. Der Termin ist heute Nachmittag um drei."

„Na ja, bei dem Gestank wird die Chefin Sie sicher früher gehen lassen." Keller wedelte mit der Hand. „Und jetzt verschwinden Sie, Sie verpesten die ganze Luft!"

Der Kommissar trollte sich mit seinem Tee zurück in sein eigenes Büro, wo Plasberg gerade den Hörer wieder auflegte.

„Raten Sie mal, wer das war!", sagte sie.

„Keine Ahnung. Sie haben im Lotto gewonnen?"

„Quatsch, das war ... was riecht hier so merkwürdig?" Auch Plasberg begann zu schnuppern. „Sind Sie das etwa?"

Brinkhoff klärte seine Vorgesetzte stotternd über den Zustand seines Katers auf, wobei Plasbergs Gesicht immer länger wurde. „Ich hasse Haustiere", sagte sie schließlich. „Nur tote Haustiere sind gute Haustiere!" Dann wühlte sie in ihrer Handtasche – einem quadratischen, ockerfarbenen Lackmodell, das

Brinkhoff noch nicht kannte – und zog einen kleinen Flakon heraus. „Stellen Sie sich hin“, kommandierte sie.

„W-Wieso, was wollen Sie ...?“

„Nun machen Sie schon, Mann!“, sagte Plasberg und kam drohend mit gezücktem Flakon auf ihn zu. Brinkhoff tat, wie ihm gesagt wurde. Dann drückte die Kommissarin auf den Zerstäuber des Fläschchens und sprühte ihren Kollegen von oben bis unten bis unten mit Parfüm ein.

„Pfui Teufel!“, brüllte Brinkhoff und hustete. „Hören Sie auf! Was soll das denn werden?“

„Jetzt stellen Sie sich nicht so an! Das ist Chanel No.5! Ein Klassiker!“

„Das riecht w-widerlich!“, empörte sich Brinkhoff. „So süß!“

Plasberg verstaute das Parfüm wieder in ihrer Tasche. „Immer noch besser als vorher.“

Brinkhoff stürzte zum Fenster, ließ frische Luft herein und klopfte seinen Pullover ab. „Was wollten Sie mir eben erzählen, bevor Sie mich eingenebelt haben?“, fragte er.

„Das Telefonat? Das war der Chef einer Geldtransportfirma. Er hat von dem Brand und den Toten in der *Keksdose* aus der Zeitung erfahren. Die These vom Raubüberfall können wir knicken.“

„Wieso?“

„Weil die Tageseinnahmen des Geschäfts jeden Abend von der Firma nach Ladenschluss abgeholt wurden. So auch vorgestern. Rund 2500 Euro. Er konnte mir sogar die Uhrzeit sagen: Viertel nach acht. Der Mann hat ausgesagt, dass sich sein Fahrer nur ungefähr fünf Minuten aufgehalten hat. Und zu diesem Zeitpunkt war noch nichts Ungewöhnliches passiert. Anna Cordes hat mit dem Fahrer ein paar belanglose Worte gewechselt, ihm das Geld übergeben, er hat es quittiert und dann ist er gegangen.“

Brinkhoff kratzte sich verwirrt am Kopf. „Aber auf dem Videob-band hat um diese Uhrzeit niemand das Geschäft betreten.“

„Kein Wunder. Der Fahrer hat wie immer den Seiteneingang und die Hintertür durch die Backstube benutzt. Sie wird wohl erst nach Geschäftsschluss verschlossen, wenn die letzten Mitarbeiter gehen. Und sie wurden ja nicht von der Kamera erfasst. Der Transportwagen der Firma stand zwanzig Meter vom Geschäft entfernt, daher konnten wir den auch nicht sehen."

„Das grenzt den Zeitp-punkt des Tathergangs zumindest um weitere fünfzehn Minuten ein. Das Ganze muss also zwischen viertel nach acht und zwanzig vor neun passiert sein."

Plasberg schürzte die Lippen. „Wenn man die These unserer Profilerin für richtig hält, dass die Täter die Putzfrau in den Laden gezerrt haben", korrigierte sie.

„Ach, kommen Sie, das ist doch gar nicht so abwegig!"

„Aber es ist durch nichts bewiesen."

„Sie können die Reitz nur nicht leiden." Brinkhoff zog seinen Stuhl heran.

„Stimmt, aber das heißt noch lange nicht, dass ich nur deswegen ihre Ideen verwerfe. Aber die Sache mit der Putzfrau ist mir zu spekulativ. Jedenfalls noch." Plasberg nahm ihre Handtasche vom Schreibtisch und stand auf. „Na los, Kollege, Sie brauchen es sich erst gar nicht gemütlich zu machen."

„Wieso? Gehen wir weg?"

„Ich habe nur auf Sie gewartet. Wir werden jetzt der Familie von Fatma Öcal einen längst überfälligen Besuch abstatten."

„Ähm … wäre es nicht besser, wenn Sie Frau Dr. Reitz mmitnehmen? Ich meine … vielleicht hat sie einen besseren Zugang zu den Angehörigen als Sie und ich."

Plasberg zögerte. Einerseits war Brinkhoffs Einwand nicht dumm, andererseits hatte sie keine Lust, mit Shirin Reitz allein die Befragung der Familie durchzuführen. „Wir fahren zu dritt", entschied sie.

„Aber …"

Brinkhoffs Einwand blieb unausgesprochen in der Luft hängen. Die Kommissarin war schon zur Tür hinaus.

Sechs

Da die Profilerin lieber ihr eigenes Auto benutzte, hatte Torsten Brinkhoff erneut das alleinige und zweifelhafte Privileg, in Plasbergs Wagen mitzufahren. Obwohl es noch keine zwölf Stunden her war, dass er in dem Auto gesessen hatte, schien sich schon wieder mehr Müll darin angesammelt zu haben. Der Kommissar räumte eine halb leere Wasserflasche und ein paar *TicTac*-Dragees beiseite, bevor er auf dem Beifahrersitz Platz nahm.

Plasberg fuhr den kürzesten Weg nach Köln-Mülheim, vorbei an der Messe über den Pfälzischen und Bergischen Ring, doch am Wiener Platz war Schluss. Wie immer war der zentrale Verkehrsknotenpunkt des rechtsrheinischen Stadtteils überlastet. Sie kamen neben dem Bezirksrathaus zum Stehen, einem fantasielosen, rechteckigen Klotz aus weißem Beton. Die Kommissarin nahm den Gang heraus und trat auf die Bremse, damit der Wagen nicht ins Rollen geriet. Reitz befand sich direkt hinter ihnen.

„Typisch“, sagte Plasberg verdrießlich. „War ja klar. Köln ohne Verkehrsstau ist ja schon gar nicht mehr vorstellbar. Können Sie mal das Butterbrotpapier da zur Seite nehmen?“ Sie deutete auf ein Stück Folie, das zu Brinkhoffs linker Hand auf der Konsole lag und an dem noch ein Rest Teewurst klebte. Dabei kramte sie ihr Handy aus der Handtasche.

Brinkhoff gehorchte und gleich darauf fiel ihm die Kinnlade herunter, denn unter dem Butterbrotpapier kam eine funkelnagelneue Freisprechanlage zum Vorschein. „*Wow!*“, sagte er. „Schick! Seit wann haben Sie die denn? Ist mir gestern g-gar nicht aufgefallen.“

Plasberg schob ihr Handy in die Halterung und tippte eine Nummer ein. „Seit ein paar Tagen. Hab ich mir selbst zum Geburtstag geschenkt. War im Angebot.“

„Ich w-wusste nicht, d-dass Sie Geb-burtstag hatten“, stotterte Brinkhoff beschämt. „H-Herzlichen Glückwunsch n-nachträglich.“

„Schon gut, kriegen Sie sich wieder ein.“

„W-Wie alt sind Sie denn geworden?"

„Älter", antwortete Plasberg knapp.

Dann ging am anderen Ende der Leitung endlich jemand ans Telefon. „Lokalredaktion, Stumping hier."

„Tag, Herr Stumping! Plasberg, Kripo Köln!", schrie die Kommissarin in Richtung der Freisprechanlage. Brinkhoff fuhr erschrocken zusammen.

„Frau Kommissarin, was kann ich für Sie tun?" Stumpings Stimme kam etwas verzerrt, aber verständlich im Auto an.

„Es geht um einen Artikel im *Stadt-Anzeiger*, den Sie vor ein paar Wochen geschrieben haben!", brüllte Plasberg.

„Sie müssen da nicht reinschreien", fiel ihr Brinkhoff ins Wort. „Der M-Mann hört Sie auch so!"

Seine Chefin reduzierte ihre Lautstärke auf ein erträgliches Maß. „Der Artikel über die *Keksdose*", sagte sie.

„Ach, Sie leiten die Ermittlungen in diesem Fall?"Als Lokalredakteur war Stumping über den Brand und die Opfer informiert. Natürlich hatte auch der *Kölner Stadt-Anzeiger* darüber berichtet, wenn auch nicht so reißerisch wie der *Express*. „Haben Sie schon einen Hinweis auf den Täter?"

„Herr Stumping, bitte! Ich stelle die Fragen."

„War nur ein Versuch, Frau Plasberg. Die Pressestelle Ihrer Behörde ist damit mal wieder sehr knauserig."

„Laufende Ermittlungen. Sie kennen das Spiel doch."

Stumping schnaubte unwillig auf, dann lenkte er ein. Ein guter Draht zu Plasberg war nützlich. Wenn nicht jetzt, dann vielleicht später. Zumal er der einzige Journalist war, mit dem sie auf gutem Fuß stand. „Also, was wollen Sie wissen?"

„Die Inhaberin des Geschäfts ist unter den Toten. Wir haben die Angehörigen von Anna Cordes befragt und den Eindruck bekommen, dass es sich um eine ziemlich kaputte Familie handelt. Das klang in Ihrem Artikel aber doch ganz anders."

„Verstehe. Augenblick, bitte." Die Kommissare hörten das Klicken einer Tastatur, wahrscheinlich rief Stumping noch einmal den Artikel auf, um sein Gedächtnis aufzufrischen.

„Sie haben da was von Freunden und Nachbarn geschrieben, die Schlange gestanden hätten, um ein paar der begehrten Plätzchen von der Cordes zu ergattern", erläuterte Plasberg. „Das klingt sehr nach heiler Kindheit. Meine Kinder würden jedenfalls nie auf die Idee kommen, sich freiwillig für so was in die Küche zu stellen … Ich allerdings auch nicht", fügte sie hinzu.

Stumping lachte. Dann sagte er: „So, ich hab den Artikel vorliegen. Jetzt erinnere ich mich auch wieder. War eine nette junge Frau, die Cordes. Sehr geschäftstüchtig. Aber ich habe nur mit ihr persönlich gesprochen, die Familie habe ich nicht kennengelernt. Ich habe Frau Cordes im Geschäft besucht."

„Dann sind die Aussagen über die Kindheit also Anna Cordes' eigene Worte?"

„Sie meinen, sie hat mich angelogen?"

„Die Familie lebt von Hartz IV. Der Vater ist ein Säufer und die Mutter völlig apathisch. Alle scheinen am Tod von Anna Cordes ziemlich desinteressiert zu sein. Können Sie sich vorstellen, dass man in so einem Umfeld Plätzchen backen lernt?"

„Von Alkoholproblemen in der Familie weiß ich nichts. Aber wenn Anna Cordes das verschwiegen hat, dann wird das einen guten Grund gehabt haben, nehme ich an. Wer geht mit solchen Problemen schon gerne an die Öffentlichkeit? Und es wäre wahrscheinlich auch nicht besonders verkaufsfördernd. Ich an ihrer Stelle hätte mir für einen Zeitungsartikel wohl auch eine hübschere Version der eigenen Kindheit zurechtgelegt."

„Hatten Sie denn das Gefühl, dass Cordes Ihnen nicht die Wahrheit sagt?"

Stumping zögerte einen Moment. „Nein, aber wir haben in dem Gespräch auch kaum über die Familie gesprochen. Das war eher in einem Nebensatz, wenn ich mich recht erinnere. Es ging eigentlich mehr um den Aufbau des Geschäfts."

„Verstehe. Haben Sie eigentlich auch den Lebensgefährten kennengelernt? Thomas Schneider?"

„Flüchtig. Frau Cordes hat ihn mir vorgestellt. Man wusste sofort, dass sie die Hosen anhat."

„Wie meinen Sie das? Geschäftlich oder privat?"

„Beides. Er war ein bisschen wie ein Hund, der dankbar zu seinem Frauchen aufblickt. Hat aufs Wort gehorcht. Ein richtiges Weichei, wenn Sie wissen, was ich meine." Stumpings letzte Bemerkung klang ein wenig abfällig.

„Ach, Herr Stumping, ich wusste gar nicht, dass Sie eher der Machotyp sind!", grinste Plasberg.

Der Redakteur lachte wieder. „Nein, keine Sorge, Frau Kommissarin, ich bin völlig domestiziert. Das hat meine Frau schon vor Jahren besorgt. Aber ich besitze eine Dauerkarte für den FC, da kann ich mich dann in der Fankurve nach Herzenslust austoben."

„Ist das Fußball oder Eishockey?", fragte Plasberg. Brinkhoff verbarg sein Gesicht in den Händen und schüttelte stumm den Kopf. „Was denn?", zischte sie ihrem Kollegen zu. „Habe ich was Falsches gesagt?"

„Der FC ist natürlich Fußball", klärte Stumping sie auf. „das weiß doch jeder! Der Eishockeyklub, abgekürzt KEC, heißt Kölner Haie. Zu denen gehe ich natürlich auch manchmal. Haben Sie Lust, mich mal zu begleiten?"

„Bloß nicht!" Die Kommissarin konnte Mannschaftssportarten, in welcher Form auch immer, nicht das Geringste abgewinnen.

„Schade", sagte der Redakteur. „Kann ich sonst noch was für Sie tun?"

„Nein, das reicht erst mal." Plasberg beendete das Gespräch. „FC, KEC!", brummte sie. „Wen interessiert das schon!"

„Stumping", sagte Brinkhoff. „Und mich."

„Sie interessieren sich für Fußball und Eishockey? Sie sind doch schwul!"

Brinkhoff rollte die Augen. „Ich dachte, das hätten wir hinter uns gelassen. Ja, ich interessiere mich für F-Fußball, ich pinkele im Stehen und ich kann sogar auf zwei Fingern pfeifen! Soll ich es Ihnen beweisen?" Er steckte Daumen und Zeigefinger zwischen seine Lippen und sah Plasberg erwartungsvoll an.

„Nein, danke", erwiderte die Kommissarin trocken. „Ich glaube Ihnen auch so. Und erinnern Sie mich dran, dass ich nie bei Ihnen aufs Klo gehe, wenn ich Sie mal besuche."

„Besuchen? Tun Sie ja sowieso nicht."

„Trotzdem, nur für den Fall. Pinkeln im Stehen, also wirklich! Ah, na endlich, es geht weiter!“ Sie legte den ersten Gang ein und trat auf das Gaspedal.

Während sie in der Keupstraße einen Parkplatz suchten, versuchten die beiden, die von Stumping beigesteuerten Informationen in einen Zusammenhang zu bringen. „Kann doch sein, dass die Familie in Anna Cordes' Kindheit durchaus noch intakt war“, meinte Brinkhoff. „Vielleicht haben die Probleme erst später angefangen.“

„Möglich“, erwiderte die Kommissarin. „Letztendlich glaube ich auch nicht, dass es so wichtig ist.“ Sie entdeckte endlich einen freien Parkplatz, blinkte und fuhr rückwärts in die Lücke.

„Wieso?“ Brinkhoff schnallte sich los und stieg aus. „Warum sollte die Familie aus dem Kreis der Verdächtigen ausscheiden?“

„Nennen Sie mir erst mal ein Motiv, warum sie dort hineingehört“, entgegnete Plasberg, als sie den Wagen abschloss. „Ich kann jedenfalls im Moment keines erkennen.“

„Neid auf den Erfolg?“

„Ach, und deshalb bringt der Vater seine Tochter plus vier weitere Menschen um? Kommen Sie wieder auf den Boden, Kollege! Außerdem schien mir die ganze Familie nach Vogts Bericht doch ziemlich lethargisch zu sein.“

„Muss ja nicht unbedingt der Vater sein“, murmelte Brinkhoff, ließ das Thema aber wieder fallen. Wahrscheinlich hatte die Kommissarin recht.

Inzwischen hatte Shirin Reitz ein Stück entfernt ebenfalls einen Parkplatz gefunden und sich den beiden Beamten angeschlossen. Zusammen blieben sie vor einem unauffälligen Mietshaus aus den siebziger Jahren stehen. „Hier muss es sein“, sagte Plasberg. „Öztürk … Demirkaya … Akin … nicht ein deutscher Name auf den Klingelschildern“, stellte sie fest, ohne die hochschnellenden Augenbrauen der Profilerin zu bemerken. „Da ist es! Öcal.“ Sie drückte auf die Schelle und wartete. Aus der Sprechanlage ertönte nach kurzer Zeit eine männliche Stimme in türkischer Sprache. „Kriminalpolizei. Wir möchten zu Familie Öcal“, erwiderte Plasberg. Anscheinend wurde daraufhin jemand anders an den Sprechapparat geholt, denn nach einer kurzen Pause ertönte eine andere männliche Stimme. „Wer ist da?"

„Kriminalpolizei Köln. Würden Sie uns bitte hereinlassen?" Plasbergs Ton wurde eine Spur dienstlicher.

„Moment."

Während sie warteten, fragte Reitz: „Wollen Sie wirklich, dass wir zu dritt dort hinaufgehen?"

Auch Plasberg waren inzwischen Bedenken gekommen. Wenn sie sich gleich drei Polizisten gegenüber sahen, würden zumindest die Brüder von Fatma Öcal direkt in die Defensive gehen. „Aber zwei Frauen? Ich weiß nicht …"

Shirin Reitz sah Plasberg fast spöttisch an. „Ich kann mir kaum vorstellen, dass Sie Zweifel an Ihrer Autorität aufkommen lassen, Frau Kommissarin! Und um mich brauchen Sie sich mit Sicherheit auch keine Sorgen zu machen."

„Also schön." Plasberg wandte sich zu Brinkhoff. „Können Sie solange hier warten?"

Der Kommissar nickte gequält. Nur wegen der Sprunghaftigkeit seiner Vorgesetzten durfte er sich jetzt in der Kälte die Beine in den Bauch stehen.

Endlich wurde die Haustür geöffnet und Plasberg und Reitz stiegen das verwohnte, in einem verblichenen Beigeton gestrichene Treppenhaus empor. Im ersten Stock tobten ihnen zwei kleine Jungen entgegen, die laut schreiend und lachend an ihnen vorbeiliefen. Im zweiten Stock wurden die Kommissare von einem Mann von vielleicht sechzig Jahren erwartet. Die Wohnungstür hatte er hinter sich bis auf einen Spalt zugezogen, sodass den Kommissaren ein Blick in die Wohnung verwehrt blieb. Der Mann hatte graue Haare, buschige Augenbrauen und einen dichten, grauen Schnäuzer; er trug eine verwaschene braune Stoffhose und eine dunkelgrüne Strickweste.

„Was wollen Sie hier?", fragte er mit einem misstrauischen Gesichtsausdruck. „Wir haben keine Polizei gerufen!" Seiner Stimme war die türkische Herkunft anzuhören, heiser und stockend bediente sie sich des Deutschen.

Maria Plasberg zückte ihren Dienstausweis und hielt ihn dem Mann unter die Nase. „Plasberg ist mein Name. Ich arbeite für die Kriminalpolizei Köln, das hier ist meine Kollegin Frau Dr. Reitz. Sind Sie Herr Abdullah Öcal?"

Der Mann nickte zögernd. „Was wollen Sie hier?", wiederholte er.

Plasberg seufzte. „Wir untersuchen den Mord an fünf Personen am vorgestrigen Abend in einem Geschäft namens *Keksdose*", sagte sie bestimmt. „Wir haben Grund zu der Vermutung, dass Ihre Tochter Fatma unter den Opfern ist. Möchten Sie darüber mit uns im Treppenhaus reden?"

Als der Mann den Namen seiner Tochter hörte, wich das Misstrauen in seinem Gesicht einer tiefen Traurigkeit. „Sie kommen wegen Fatma?", fragte er mit brüchiger Stimme. „Dann Entschuldigung." Er öffnete die Tür und ließ die Beamten eintreten.

Plasberg hatte in ihrer Polizeikarriere schon einige Wohnungen von *Alemanci*, wie die Deutschtürken in ihrem Herkunftsland geringschätzig genannt wurden, aufgesucht. Immer wieder war ihr dabei ein Gefühl von Improvisation, etwas Vorläufigem begegnet – als hätte sich eine gewisse Verlorenheit der Zuwanderer auf die Möblierung übertragen. Die Wohnung der Öcals bildete keine Ausnahme.

Eine Blümchentapete zierte die Wände des Wohnzimmers, verblichene Rüschengardinen verdeckten das Fenster. Zimmerpflanzen gab es keine. Auf dem Boden lag ein abgetretener roter Perserteppich; ein grünes Sofa, das in den siebziger Jahren vielleicht einmal modern gewesen war, stand an der schmucklosen Wand. Daneben ein paar einfache Holzstühle. Auf einer braunen Kommode befanden sich gläserne Teetassen, den Mittelpunkt des Zimmers bildete ein großer gekachelter Couchtisch. Das einzig Moderne in dem Raum war der Fernseher, ein riesiger Flachbildschirm, versehen mit einem Decoder. Ein türkischer Sender war eingestellt und berieselte das Zimmer mit einer Telenovela.

Im Wohnzimmer saßen zwei fast gleichaltrige junge Männer, augenscheinlich die Söhne von Abdullah Öcal. Beide machten sich keine Mühe aufzustehen, als Plasberg und Reitz hereinkamen. Der jüngere der beiden stellte sich mürrisch mit dem

Namen Tarkan vor und musterte die Beamtinnen mit unverhohlener Abneigung aus dunklen Augen, die von langen Wimpern eingerahmt wurden. Seine tiefschwarzen, lockigen Haare hatte er mit Hilfe von viel Gel zum Abstehen gezwungen und an den Seiten ganz kurz schneiden lassen. Dazu trug er einen millimeterschmalen Backen- und Kinnbart, wie er bei vielen Jugendlichen modern war und der die Konturen des Gesichts kantiger erscheinen ließ. Über der Oberlippe und auf den Wangen war er dagegen rasiert. Tarkans muskulöser, durchtrainierter Körper steckte in einem roten T-Shirt, das den Brustkorb betonte, und einer weißen Jogginghose mit drei seitlichen, roten Streifen. Über dem T-Shirt baumelte eine Kette mit dem türkischen Halbmond und auch an seinem Handgelenk war eine grobgliedrige, silberne Kette zu sehen. Die Ohrläppchen waren mit zwei silbernen Brillanten durchstochen.

Der ältere der Brüder, Murat, war einen Kopf größer und noch muskulöser. Sein Bizeps schien fast sein weißes T-Shirt zu sprengen, unter dem Stoff zeichnete sich ein perfekt definierter Waschbrettbauch ab. Trotzdem konnte er seinem etwa zwanzigjährigen Bruder in punkto Aussehen nicht das Wasser reichen, denn sein glatt rasiertes Gesicht war durch starke Aknenarben entstellt und Plasberg vermutete sofort, dass er regelmäßig Anabolika schluckte. Außerdem sah man seiner Haut an, dass er öfter Gast in einem Sonnenstudio sein musste: er besaß einen für diese Jahreszeit unnatürlich dunklen Teint. Auch Murat hatte rabenschwarze, gegelte Haare mit einer modischen, sorgfältig geschnittenen Frisur, vorne kurz, hinten lang, über die er ein schneeweißes Baseballcap verkehrt herum getürmt hatte.

Auch er zeigte nicht sonderlich viel Respekt vor den Beamtinnen. Anstelle einer Begrüßung pfiff er leise durch die Zähne, als er Shirin Reitz erblickte, und sagte mit einem selbstsicheren Grinsen: „Schickes Outfit, Mädchen! Krieg ich deine Handynummer?" Eine Bemerkung, die sein Vater mit einer scharfen, auf türkisch gesprochenen Antwort quittierte und die den jungen Mann zu Boden blicken ließ. Plasberg und Reitz ignorierten die Provokation und Murat Öcal begnügte sich schließlich damit, die zwei Frauen wachsam aus seinen dunklen, schmalen Augen zu beobachten. Beide Söhne rauchten, wobei sie die brennenden Zigaretten mit einer gewissen Machoattitüde mit Daumen und Zeigefinger zur Handfläche drehten. Tarkan fingerte außerdem an seinem Handy herum, überprüfte alle paar Sekunden nervös das Display.

„Setzen, bitte!", sagte Herr Öcal und deutete auf zwei Stühle. Dann rief er etwas auf Türkisch in den hinteren Bereich der Wohnung und kurz danach kam eine ältere Frau ins Wohnzimmer, die ein Tablett mit einer dampfenden Teekanne darauf balancierte.

„Meine Frau", erklärte der alte Öcal knapp und stellte den Ton des Fernsehgeräts ab.

Plasberg und Reitz nickten mechanisch. Die Mutter von Tarkan und Murat war eine sehr kleine, mollige Person, die selbst von Maria Plasberg überragt wurde. Sie trug ein mit schwarzen Stickereien versehenes seidenes Kopftuch und einen grauen, kaftanartigen Umhang. Als einziges Mitglied der Familie hatte Frau Öcal verquollene, verweinte Augen und brachte nur ein zitterndes, angedeutetes Lächeln zustande, während sie den Tee servierte und direkten Blickkontakt vermied. Danach schickte sie sich an, wieder in die Küche zurückzukehren.

„Es wäre mir lieb, wenn Ihre Frau auch anwesend ist bei unserem Gespräch", sagte die Kommissarin.

„Meine Mutter spricht kein Deutsch." Murats Stimme klang guttural und aggressiv. „Nur türkisch." Wie viele Jugendliche, die in einem ähnlichen Milieu aufgewachsen waren, verwandelte er beim Sprechen das ch in ein sch, und Plasberg musste sich zusammenreißen, um nicht ihre Objektivität zu verlieren.

„Trotzdem möchte ich Frau Öcal bei unserer Unterhaltung dabeihaben", sagte sie ruhig, aber bestimmt und rührte Zucker in ihren heißen Tee. „Sie können ja dann übersetzen."

Murat sagte etwas auf türkisch und seine Mutter nickte kurz, setzte sich auf die Kante eines der Holzstühle, als wäre sie nur eine geduldete Besucherin, die jederzeit mit einem Hinauswurf rechnen musste. Aus ihrem Umhang holte sie ein Taschentuch und tupfte sich die Augen ab.

„Sie haben eine Tochter namens Fatma?“, fragte Maria Plasberg Abdullah Öcal. Die Frage war rein rhetorisch, nur um den Sachverhalt zu bestätigen.

„Ja, Fatma ist meine Tochter. Was ist mit ihr?“ Der Mann fuhr sich mit einer Hand über den Schnäuzer.

Die Kommissarin beschrieb den Brand in der *Keksdose* und wiederholte ihre Vermutung, dass Fatma Öcal eine der Toten war. „Ein Zeuge hat Ihre Tochter bereits identifiziert. Sie ist allerdings nicht durch den Brand ums Leben gekommen, sondern wurde erschossen.“

Tarkan übersetzte, was Plasberg gesagt hatte, und noch während er sprach, entwich seiner Mutter ein lang gezogener Schrei, der den beiden anderen Frauen durch Mark und Bein ging. Während Frau Öcal in Tränen ausbrach, blieben die drei Männer der Familie dagegen merkwürdig still, wenn auch angespannt. Tarkan und Murat wechselten einen kurzen Blick, der von Reitz und Plasberg nicht unbemerkt blieb. Der Vater sagte ein paar harsche, unverständliche Worte und seine Frau verstummte. Ihr Wehklagen ging in ein leises Jammern über, ihr Oberkörper bewegte sich rhythmisch hin und her, während sie ihr Gesicht hinter dem Taschentuch verbarg. Niemand schien bereit zu sein, sie zu trösten.

„Wer hat geschossen?“, fragte der Vater schließlich mühsam. Seine Hände lagen ineinander gefaltet in seinem Schoß, aber Shirin Reitz konnte anhand der weißen Fingerknochen sehen, wie verkrampft der Mann war.

„Das wissen wir noch nicht. Wir stehen erst am Anfang der Ermittlungen“, erklärte Plasberg. „Der Tee ist übrigens sehr gut“, fügte sie zur Mutter von Fatma Öcal gewandt hinzu, eine etwas hilflose Geste der Anteilnahme, die die türkische Frau nicht verstand und eher verschreckte, als die Kommissarin das Wort an sie richtete. Plasberg deutete auf den Tee und lächelte.

„Warum sind Sie dann hier?“ Abdullah Öcals Frage klang nicht verärgert, sondern eher, als würde er nicht begreifen, was Maria Plasberg nun von ihm wollte.

Seine Söhne jedoch schienen die Anwesenheit der Polizei als Affront zu betrachten. „Ja, genau, ey, wieso kreuzen Sie dann hier auf?“ Tarkan schnippte die Asche von seiner Zigarette und sah die Kommissarin herausfordernd an.

Sie ignorierte den Tonfall der Frage, aber die Profilerin konnte ihren Unmut an den hochgezogenen Augenbrauen erkennen und an dem gezwungenen Lächeln, das ihre Lippen umspielte. „Die Befragung der Angehörigen gehört zu den Routinemaßnahmen bei der Untersuchung eines Mordfalls“, antwortete sie.

„Ey, glauben Sie vielleicht, wir haben unsere eigene Schwester umgebracht?“, hakte Murat nach und beugte sich nach vorne, als wollte er jeden Moment vom Stuhl aufspringen.

Plasberg sah ihn mit großen Augen an. „Hat das irgendwer behauptet?“

„Nein, aber ...“ Murat sackte zurück.

Die Kommissarin drehte sich zu dem Vater der beiden jungen Männer. „Wann haben Sie Ihre Tochter zuletzt gesehen?“

„Vorgestern“, bekam sie zu Antwort. „Montag.“

„Und als Fatma nach der Arbeit nicht nach Hause gekommen ist, haben Sie sie da nicht vermisst?“

Abdullah Öcal sah Plasberg fragend an.

„Sie will wissen, warum wir nicht zur Polizei gegangen sind“, erklärte Tarkan und lachte höhnisch.

Der Alte zögerte. „Meine Söhne hatten früher Ärger mit Polizei“, antwortete er schließlich. „Schlechte Erfahrungen.“

„Dass Ihre Söhne mit dem Gesetz in Konflikt gekommen sind, wissen wir“, erwiderte Plasberg. „Aber das ist doch kein Grund, das Verschwinden Ihrer Tochter nicht zu melden.“

„Murat hat mir gesagt, dass Fatma tot ist.“ Der angesprochene Sohn sagte schnell etwas auf Türkisch zu seinem Vater, der daraufhin hinzufügte: „Er hat es in der Zeitung gelesen.“

„Ach! In der Zeitung standen aber nicht die Namen der Opfer“, mischte sich Shirin Reitz erstmals ein.

„Ey, als die Fatma nicht nach Hause gekommen ist, war doch klar, dass die tot war, ey!“, begehrte Tarkan auf. „Die ging nicht woanders hin ohne unsere Erlaubnis.“

Plasberg und Reitz wechselten einen Blick. Verdeckt unter der prolligen Ausdrucksweise steckte hier erheblich mehr unter der Oberfläche. Nur bei der Mutter war echte Trauer über den

Tod der Tochter zu spüren. Die Kommissarin beschloss, ihre Befragung ein wenig auszuweiten.

„Wie lange arbeitete Fatma schon in der *Keksdose*?"

„Sie hat nach der Schule da angefangen. Zwei Jahre vielleicht." Murat schob sein Baseballcap zurecht. „Warum?"

„Meine Tochter wollte heiraten", ergänzte der alte Öcal plötzlich. Es hörte sich an, als wollte er damit klarstellen, dass Fatmas Arbeit in Cordes' Laden nur als kurzzeitiges Intermezzo vorgesehen war, bevor sie ihrer eigentlichen Bestimmung zugeführt wurde. „Guter Mann, in Türkei, ein Freund von *kuzen*."

„*Kuzen?*", fragte Plasberg, aber sowohl Tarkan als auch Murat begannen sofort, auf den Alten in ihrer Heimatsprache einzureden, laut und gestikulierend, bis die Kommissarin sie unterbrach.

„Wie wäre es, wenn wir bei Deutsch bleiben? Sonst entsteht leicht der Eindruck, dass Sie uns etwas vorenthalten. Also, Ihre Tochter wollte einen Freund der Familie in der Türkei heiraten?"

Abdullah Öcal nickte, ohne sich weiter um die wütenden Blicke seiner Söhne zu kümmern. „Wir haben schon einen Termin gemacht für die Hochzeit, Freund und ich. Nächstes Jahr im März."

„Ach, und was hat Fatma dazu gesagt?", fragte Plasberg nach.

„Das geht Sie nichts an, Mann", erklärte Murat.

„Die war einverstanden. Verstehen Sie, einverstanden!", sagte Tarkan zornig.

Sein Vater hob eine Hand und beide Söhne verstummten. „Im Islam … die Frau muss tun, was der Mann sagt", versuchte er die Situation zu erklären. „Deutschland ist nicht gut für Fatma. Türkei ist besser. Mahmut ist ein guter Mann. Hat ein Geschäft in Diyarbakir …"

Die Kommissarin musste sich beherrschen, um nicht grimmig aufzulachen. Diyarbakir. Soviel sie wusste, lag das in Südostanatolien. Inzwischen hatte sie eine gute Vorstellung davon, wie die „Heiratspläne" von Fatma Öcal zustande gekommen waren.

„… ich sage: ‚Heirate Mahmut', Fatma heiratet Mahmut", fuhr der Vater fort. „Ich bin das Oberhaupt von der Familie." Er nickte noch einmal bestätigend, um seinen Ausführungen mehr Nachdruck zu verleihen.

„Aber das ist doch Unsinn!“, sagte Reitz plötzlich. Sie hatte rote Flecken im Gesicht, ein Zeichen ihrer Verärgerung. „Versuchen Sie uns doch nicht weiszumachen, dass der Islam die Unterordnung der Frau vorschreibt!“

„Wollen Sie uns etwa unsere Religion erklären?“, fuhr Murat sie aufgebracht an.

„Es ist auch meine“, erwiderte Reitz. „Meine Eltern stammen aus der Gegend von Izmir.“

Alle Augen der Männer richteten sich plötzlich auf die Profilerin. „Du bist Türkin?“, fragte Murat fassungslos. Seine Augen funkelten. „Und du arbeitest für die deutschen Bullen?“ Innerhalb eines Wimpernschlags schien Reitz für die Söhne zu einem roten Tuch zu werden, denn auch Tarkan sah aus, als hätte ihm jemand eine Ohrfeige verpasst.

„Du hast einen deutschen Nachnamen!“, sagte er anklagend.

„Entschuldigung?“, mischte sich Plasberg ein. „Könnten wir vielleicht ...“ Niemand achtete auf sie.

„Du hast einen Deutschen geheiratet?“, fragte Murat nun auch verächtlich nach.

Plasberg klatschte in die Hände, um sich Gehör zu verschaffen. „Die Religion und die Frage, mit wem meine Kollegin verheiratet ist, spielen hier wirklich keine Rolle! Und Frau Dr. Reitz wird von Ihnen weiterhin gesiezt!“ Noch nie war ihr eine Befragung so aus der Hand geglitten. Sie warf der Profilerin einen verärgerten Blick zu und wandte sich an Abdullah Öcal. „Ich möchte noch einmal auf die geplante Heirat Ihrer Tochter zu sprechen kommen. Uns liegen nämlich stichhaltige Informationen vor, dass Fatma mit Jakob Hartgens befreundet war. Auch ein Angestellter der *Keksdose*. Genauer gesagt, der Bäcker.“

„Na und?“, sagte Tarkan spöttisch. „Warum darf meine Schwester keine deutschen Freunde haben, ey?“ Er fläzte sich auf seinem Stuhl und streckte die Beine lang.

„Ich habe nichts dagegen“, entgegnete die Kommissarin. „Aber dann wissen Sie bestimmt auch, dass Fatma ein Kind von ihm erwartet hat?“

„Wer sagt das?“ Tarkan war aufgesprungen und funkelte die Kommissarin wütend an. Er schien bereit, sich auf Maria Plasberg zu stürzen.

„Ganz ruhig!“, sagte die Profilerin scharf und stand auf. „Setzen Sie sich wieder hin.“

„Von dir lass ich mir gar nichts sagen!“ Er fluchte auf Türkisch und die Kommissarin sah, wie die Profilerin rot anlief. „Die Frau beleidigt meine Schwester!“

„Von Beleidigung kann gar keine Rede sein“, erwiderte Plasberg ruhig und bedeutete Reitz, wieder Platz zu nehmen. „Ich stelle nur Tatsachen fest.“

„Das ist gelogen, ey! Das habt ihr euch ausgedacht!“, sagte Tarkan wütend. „Scheiß-Bullen, ey! Ihr zieht die Ehre von meiner Schwester nicht in den Dreck, verstanden?“

„Herr Öcal, wenn Sie sich nicht beruhigen, werden wir Sie mit aufs Präsidium nehmen und die Unterhaltung dort fortsetzen, ist das klar? Bei der Obduktion der Leiche wurde eindeutig eine Schwangerschaft festgestellt.“

„Die Hure …“, zischte Tarkan, und für einen kurzen Moment war sein Gesicht hassverzerrt.

„Meine Tochter …?“ Der alte Öcal war während des Wutausbruchs seines Sohnes bleich geworden. Niemand hatte ihn beachtet, doch jetzt starrten ihn plötzlich alle an. „Fatma macht so etwas nicht!“ Seine Worte klangen fast beschwörend, als könnte nicht wahr sein, was nicht wahr sein durfte. Seine Frau, die anhand der Gestik und der aufgebrachten Stimmen erraten hatte, dass etwas nicht stimmte, legte ihm die Hand auf den Arm. Abdullah Öcal warf ihr ein paar Worte auf Türkisch zu, worauf sich ihre Augen entsetzt weiteten und ihre Hand wie von selbst vor ihren Mund flog. Zumindest die Eltern hatten wohl tatsächlich keine Ahnung vom Zustand ihrer Tochter gehabt. Bei den Brüdern waren sich die Beamtinnen nicht so sicher.

„Sie haben eben gesagt, dass Sie nichts dagegen hatten, dass Ihre Schwester deutsche Freunde hatte“, nahm Plasberg den Gesprächsfaden wieder auf und wandte sich an Tarkan, der sich zwar wieder gesetzt hatte, aber unruhig auf seinem Platz hin und her rutschte.

„Na und?“

„Und wieso haben Sie und Ihr Bruder Jakob Hartgens Prügel angedroht und einmal sogar, ihn umzubringen, wenn er Fatma nicht in Ruhe ließe?“

„So ein Scheiß! Das haben wir nicht gemacht! Das ist wieder eine Lüge!“, regte sich jetzt Murat auf.

„Wir haben Zeugenaussagen, die das bestätigen.“

„Können Sie gar nicht haben, ey“, feixte Tarkan. „Wir haben …“

Was immer er auch hatte sagen wollen, ging unter in einem wütenden Schwall türkischer Worte, die ihm sein Bruder an den Kopf warf.

„Also stimmt es?“, hakte Plasberg nach.

Die Brüder tauschten einen Blick aus, dann sagte Murat schließlich: „Mann, das war doch nichts Ernstes. Wir haben dem Arschloch nur gesagt, dass er seine dreckigen Pfoten lassen soll von der Fatma, sonst kriegt er es mit uns zu tun.“ Er sah zu Boden und es war ihm anzusehen, dass er log.

Plasberg ließ es für den Moment dabei. „Warum wollten Sie denn nicht, dass Ihre Schwester mit Jakob Hartgens befreundet war?“

Tarkan ging erneut mit wild gestikulierenden Händen dazwischen. Ganz offensichtlich hatte er seine Gefühle noch weniger im Griff als sein Bruder. „Weil mein Vater sie verheiraten wollte, ist doch klar, ey! Türkische Mädchen und deutsche Jungs – das ist scheiße, verstehen Sie? Dann kriegt sie schlechten Ruf!“

„Verstehe“, sagte die Kommissarin. „Eine Frage der Ehre also. Und deshalb haben Sie Ihre Schwester auch bespitzelt, oder? Um herauszufinden, ob sie sich weiter mit Jakob Hartgens trifft.“

„Der Deutsche war sowieso viel zu alt für die Fatma“, versuchte Murat auszuweichen. „Zwei Jahr älter wie ich, ey.“

Plasberg ließ sich nicht hinters Licht führen. „Und der Mann, den die Familie für sie ausgesucht hatte? Wie alt ist der?“

„Vierzig.“ Murat brachte kaum die Zähne auseinander und die Kommissarin sah ihn spöttisch an.

„Fatma wollte nicht hören“, murmelte Tarkan plötzlich, mehr zu sich selbst sprechend als mit der Kommissarin. „Sie war eine Schlampe.“

So schnell, dass weder Plasberg noch Reitz rechtzeitig reagieren konnten, sprang Abdullah Öcal in diesem Moment auf und schlug seinem jüngsten Sohn ins Gesicht. *„Öyle bir şey söyleyemezsin!“* Wutschnaubend brüllte er auf Türkisch auf ihn ein, und Plasberg und Reitz hatten Mühe, das Familienoberhaupt zu besänftigen. „Er darf nichts Schlechtes über Fatma sagen!“, schimpfte er. „Kein Respekt!“

„Fatma wollte ein Bastard von dem Deutschen bekommen!“, heulte Tarkan auf und hielt sich seine Wange. „*Die* war ohne Respekt! Fatma war eine Nutte! *O yaptığının karşılığini almıştır!* Sie hat nur bekommen, was sie verdient hat!“

„Und was genau hat sie verdient?“, fragte Plasberg dazwischen. „Den Tod?“

Tarkan sah die Kommissarin an wie ein wildes Tier, das unversehens in die Ecke getrieben worden war. Innerhalb weniger Augenblicke beruhigte er sich wieder und verschränkte die Arme vor der Brust. „Ich sag gar nichts mehr, ey!“, nuschelte er wütend.

„Aber ich frage noch immer“, entgegnete die Kommissarin. „Haben Sie gewusst, dass Ihre Schwester schwanger war? Wo waren Sie und Ihr Bruder Montagabend zwischen acht und kurz nach zehn?“

Tarkan schüttelte den Kopf und blieb stumm. Und auch Murat war nicht länger gewillt, das Gespräch fortzusetzen. „Wir haben nichts mit dem Tod von der Fatma zu tun, ich schwör!“, sagte er nur.

„Sie waren nicht zufällig in der Nähe der *Keksdose* am Montagabend? Sie haben nicht zufällig den Hintereingang benutzt und einen Raubüberfall vorgetäuscht, um Ihre Schwester und Jakob Hartgens zu töten, weil Ihnen deren Beziehung nicht gepasst hat?“ Plasberg bekam keine Antwort, stattdessen schlug ihr feindseliges Schweigen entgegen.

„Besitzen Sie beide ein Auto?“ Reitz versuchte, auf diesem Umweg ein wenig mehr Klarheit zu bekommen.

„Mit der da reden wir nicht mehr“, sagte Murat und deutete mit dem Kinn auf die Profilerin.

„Schön, dann werde ich fragen“, sagte Plasberg. „Haben Sie Autos?“

„Ja klar, Mercedes", kam endlich die Antwort. „Und Tarkan fährt Audi. Warum wollen Sie das wissen?"

„Einen schwarzen Audi?"

„Nein, dunkel-metallic, wieso?"

„Und der Mercedes, welche Farbe hat der?"

„Der ist weiß. Was geht Sie das an?"

Reitz und Plasberg schoss der gleiche Gedanke durch den Kopf. Bisher hatten sie dunkel immer mit schwarz gleichgesetzt. Aber eine dunkle Metallic-Lackierung war auf einem schwarz-weißen Video von einer schwarzen Lackierung kaum zu unterscheiden. „Können wir den Wagen sehen?", fragte Plasberg.

„Nein", erwiderte Tarkan mürrisch. „Der ist bei meinem Bruder in der Werkstatt, okay? Kolbenfresser."

„Sie arbeiten in einer Kfz-Werkstatt?"

Murat nickte. „Ja. Warum?"

Plasberg ignorierte die Frage. „Und Sie, Tarkan?"

„Immer noch Herr Öcal für Sie, ey!", bekam sie zur Antwort.

Plasberg wollte ihm eine passende Erwiderung an den Kopf werfen, aber sie riss sich zusammen. „Und wo arbeiten Sie, Herr Öcal?"

„Gar nicht. Arbeitslos", entgegnete Tarkan einsilbig.

Abdullah Öcal versuchte seinem Sohn zu Hilfe zu kommen. „Ist schwer für Tarkan, Arbeit zu finden", sagte er bedauernd. „Hat die Schule nicht fertig gemacht."

„Verstehe", erwiderte die Kommissarin. Langsam aber sicher war ihr negativer Eindruck von Öcals Söhnen, insbesondere von Tarkan, komplett. Schulabbrecher, arbeitslos, Vorstrafen wegen Sachbeschädigung, Nötigung, Körperverletzung: Der Junge ließ wirklich kein Klischee aus.

„Meine Söhne sind gut. Beide gut!", insistierte der Vater etwas hilflos. „Aber ist schwer in Deutschland für junge Türken. Viele Vorurteile. Die Leute sagen immer, die Kinder wollen nicht arbeiten, aber das ist nicht wahr." Er hob bedrückt die Hände zum Himmel, als wollte er Allah um Beistand bitten.

Plasberg sah den älteren Mann an. „Herr Öcal, Ihre Söhne sind nicht sehr kooperativ", sagte sie eindringlich, um ihm den Ernst der Lage klarzumachen. „Ihre Tochter Fatma und ihr Freund sowie drei weitere Menschen sind einem schweren Verbrechen zum Opfer gefallen. Tarkan und Murat haben nach Zeugenaussagen Jakob Hartgens' Leben bedroht und sie haben kein Alibi für die Tatzeit. Sie waren anscheinend auch nicht einverstanden mit dem Lebensstil ihrer Schwester, um es milde auszudrücken. Das sind schwerwiegende Indizien." Sie erhob sich zum Zeichen des Aufbruchs. Auch die Profilerin stand auf. „Reden Sie Ihren Söhnen noch mal ins Gewissen, damit nicht alles noch schlimmer wird." Sie gab Abdullah Öcal die Hand und nickte seiner Frau zu. Dann wandte sie sich an Tarkan und Murat: „Ich schlage vor, dass wir uns morgen noch einmal unterhalten. Morgen früh, neun Uhr, in meinem Büro." Sie kramte aus ihrer Handtasche eine Visitenkarte hervor und drückte sie Tarkan in die Hand. „Ich hoffe für Sie beide, dass Sie bis dahin wissen, wo Sie sich zur Tatzeit aufgehalten haben."

Das Familienoberhaupt begleitete die Kommissare zur Tür. „Gute Söhne!", wiederholte er fast beschwörend. „Sie müssen uns glauben, bitte!" Er berührte Plasbergs Arm, als wollte er sie zurückhalten, und Shirin Reitz konnte sehen, wie sich nun doch Tränen in den Augen des Vaters sammelten. Auch die Kommissarin bemerkte die Verzweiflung des Mannes. Sanft nahm sie seine Hand von ihrem Arm. „Reden Sie mit Ihren Söhnen, Herr Öcal. Wenn die beiden sich nichts zuschulden haben kommen lassen, werden wir sie auch nicht belangen. Und noch einmal mein Beileid zum Tod Ihrer Tochter."

Abdullah Öcal nickte. „Wo ist Fatma jetzt?", fragte er mit brüchiger Stimme. „Weil … Beerdigung wird in Türkei gemacht. Ich will meine Tochter noch einmal sehen."

„Ihre Tochter befindet sich noch in der Pathologie zur rechtsmedizinischen Untersuchung", erklärte Plasberg bedauernd. „Sobald die Leiche freigegeben wird, werden Sie unterrichtet."

Sobald die Beamtinnen gegangen waren, sprang Tarkan auf. Die Tür zu dem Zimmer, das er sich mit seinem Bruder teilte, schepperte mit einem lauten Knall hinter ihm ins Schloss.

„*Bu çocuk niye böyle bir tohaf?* Was ist los mit dem Jungen? Geh und frag ihn", wies Abdullah Öcal seinen ältesten Sohn barsch an. Erschöpft ließ er sich auf einen Stuhl fallen und verbarg das Gesicht in den Händen. Seine Frau strich ihm über die grauen Haare. Er hob den Blick und die beiden sahen sich stumm an.

Murat fand seinen Bruder am Fenster ihres gemeinsamen Zimmers, mit den Augen die Straße absuchend. „Mit welchem Auto sind die Scheiß-Bullen gekommen?", stieß Tarkan hervor, ohne sich umzudrehen. Seine Hände waren zu Fäusten geballt. „Weißt du das?"

Murat stellte sich neben ihn. „Der Golf da. Der Rosthaufen." Er deutete auf Plasbergs Wagen in der Parkbucht, aus dem die Kommissarin gerade ihre Handschuhe holte, die sie im Auto vergessen hatte. „Die gehen noch mal weg. Da ist auch noch ein Typ dabei." Sein Finger zeigte auf Brinkhoff, der frierend neben Plasberg und Reitz stand. „Hab ich noch nie hier gesehen. Bestimmt noch 'n Bulle."

„Die gehen noch mal weg? Scheiße, die sollen endlich abhauen!"

„Ey, komm, reg dich ab!" Murat legte Tarkan eine Hand auf die Schulter, aber sein Bruder wollte sich nicht beruhigen.

„Verfickte Schnüffler!", zischte er und schüttelte die Hand ab. „Die glauben uns kein Wort. Ich geh da nicht hin morgen! Die lochen uns doch direkt ein."

„Können die gar nicht. Die haben nichts gegen uns in der Hand."

„Trotzdem ..." Tarkan klang nicht überzeugt.

„Hast du etwa Schiss?" Murat zog sein Baseballcap vom Kopf und ließ sich auf sein Bett fallen. „Oder können die dir doch was anhängen?" Er beobachtete seinen Bruder unter halb geschlossenen Lidern. „Wo warst du Montagabend, Alter?"

Tarkan gab seinen Fensterplatz auf und tigerte ruhelos durch den Raum. „Geht dich nichts an, ey!", sagte er mit unterdrückter Wut. „Und wo warst du?"

Murat grinste. „Geht dich nichts an. Geschäft."

„Geschäft? Was für Geschäft?"

„Ich war mit Resa unterwegs. Mehr musst du nicht wissen. *Daha fazlasını bilmen gerekmez*." Er zündete sich eine Zigarette an und blies den Rauch durch die Nase. „Komm, kleiner Bruder, mach dich nicht verrückt. Was soll schon passieren?“

„Was passieren soll? Ey, bist du noch ganz dicht?“ Tarkan sah seinen Bruder ungläubig an. „Wenn die Bullen rauskriegen, was Montagnachmittag war, dann sind wir dran. So oder so. Ich kenn das. Die drehen einem das Wort im Mund um. Das sind doch alles Arschlöcher. Türkenpack sind wir für die. Kanaken. Alles Kriminelle. Du hast noch nie im Knast gesessen, ich schon. Hab ich echt kein Bock mehr drauf.“

Murat stützte sich auf die Ellbogen. So verstört hatte er seinen Bruder noch nie gesehen. „Dann sag denen eben die Wahrheit!“

„Die Wahrheit?“ Tarkan schluckte. Mit jedem Satz bröckelte die Abgebrühtheit, die er vor Plasberg und Reitz noch zur Schau gestellt hatte, ein bisschen mehr. „Geht nicht, ey! Das geht echt nicht.“

„Wieso nicht, Mann? Was kann denn schon gewesen sein Montagabend? Ein Bruch? Hast du gedealt? Schlägerei? Oder warst du bei ’ner Nutte? Sag schon, Alter!“

„Scheiße, Mann! Fick dich! Lass mich in Ruhe!“, brüllte ihn Tarkan plötzlich an. „Geht dich nichts an!“

Murats Augen weiteten sich. „Du … du warst da?“, fragte er leise und sah hastig zur Tür, als befürchtete er, dass jeden Moment ihr Vater hereinkommen könnte. Mit einem Ruck setzte er sich auf und verteilte achtlos Asche auf der makellos weißen Bettdecke. „Bist du irre, du Arsch? Willst du für den Rest deines beschissenen Lebens in den Knast wandern? Das war die Fatma doch gar nicht wert!“

Tarkan sackte plötzlich in sich zusammen und rutschte mit dem Rücken an der Wand herunter, bis er auf dem Boden hockte und sein Gesicht zwischen seinen Beinen verbarg. „Ich muss hier weg, Mann! Ich muss hier weg!“, stammelte er.

„Die sind doch alle erschossen worden“, sagte Murat langsam. „Wo hast du die Knarre her? Und wo hast du die hingetan?“ Angespannt zerknautschte er sein Baseballcap. „Sind da deine Fingerabdrücke drauf? Warst du so dämlich und hast keine Handschuhe angezogen?“

Tarkan sah seinen älteren Bruder nur stumm an. Es gab nichts, was er sagen konnte, ohne ihm und sich einzugestehen, dass er durch seine Tat keinen Deut besser war als ihre Schwester. Schlimmer noch. Fatma hatte nur ihre Ehre beschmutzt. Er dagegen hatte eine Todsünde begangen.

Murat atmete tief durch. „Okay. Alles klar. Ich muss nachdenken … Scheiße, das gibt's nicht!", sagte er nervös. „Okay. Wir kriegen das hin, ich schwör." Hektisch rieb er die Hände an seiner Jogginghose, während sein Bruder sich immer kleiner machte. „Los, komm, du Scheiß-Idiot, sitz nicht so blöd da rum. Pack 'ne Tasche mit Klamotten. Ich rede mit dem Alten."

„Bist du bescheuert?" Tarkans Stimme war fast hysterisch. „Was willst du dem erzählen?"

„Egal, irgendwas. Er muss helfen. Ohne den geht's nicht."

„Was denn? Was geht nicht?" Tarkan hob seinen Kopf.

Murat zerrte seinen Bruder vom Boden hoch und schubste ihn Richtung Kleiderschrank. „Ey, Alter, du musst verschwinden, ist doch klar, Mann! Aber ich verschaff uns erst noch einen Vorsprung. Bleib hier!" Er griff in den Hohlraum unter dem Schrank, wo sie beide hinter ausrangierten CDs Dinge aufbewahrten, die ihre Eltern nichts angingen: Murats Anabolika, ein bisschen Stoff, Pornohefte und ein Klappmesser. Murat zog das Messer heraus, vergrub es in seiner Hosentasche. Dann sprang er mit einem Satz aus dem Zimmer und polterte die Treppe hinaus ins Freie. Nur wenige Minuten später war er wieder da. „Alles klar!", sagte er. „Und? Was ist? Hast du gepackt?"

Tarkan schüttelte wie betäubt den Kopf.

„Dann mach, du Wichser! Beeil dich!"

„Wo willst du mich denn hinbringen?"

„*Bunu daha görüsün, kardeşim*!", sagte Murat ungeduldig. „Wirst du schon sehen." Dann verschwand er erneut, diesmal, um Abdullah Öcal in seinen Plan einzuweihen.

In der Zwischenzeit hatten sich Maria Plasberg und Shirin Reitz zusammen mit Brinkhoff auf den Weg zum Wiener Platz gemacht, in dessen Nähe die Kommissarin auf der Hinfahrt eine Bäckerei erspäht hatte. Die Unterhaltung mit der Familie Öcal hatte sie deprimiert und sie hatte das Bedürfnis nach einem starken, bitteren Kaffee. Der süße Tee hatte einen klebrigen Nachgeschmack an ihrem Gaumen hinterlassen. Außerdem wollte sich Brinkhoff aufwärmen. Den Weg zur Bäckerei nutzten die zwei Beamtinnen, um für den Kommissar die Unterhaltung mit den Öcals zusammenzufassen.

Als sie fertig waren, ließ Torsten Brinkhoff langsam die Luft zwischen seinen Zähnen entweichen. „O Mann. Da haben wir ja fingerdicke Motive."

„Ja", erwiderte Plasberg. „Aber noch keine Beweise. Zwei fehlende Alibis helfen uns noch nicht viel weiter. Und ich bin sicher, dass uns die beiden morgen wasserdichte Alibis auftischen werden. Wahrscheinlich zwei Freundinnen, die Stein und Bein schwören, mit ihnen den Abend verbracht zu haben." Sie starrte in den trüben Himmel. Es war nebelig geworden, kalte und feuchte Luftschwaden tauchten die Umgebung in ein milchiges, fades Licht. Der Vormittag schien nicht heller werden zu wollen.

In der Bäckerei bestellte Plasberg zwei Kaffee und einen Tee und stellte sich mit ihren Kollegen an einen der beiden Stehtische, die trotz der schlechten Witterung vor dem Laden im Freien standen. Der zweite Tisch war von einem kleinen, ausgesprochen mageren Jugendlichen besetzt. Einen kurzen Moment musterte er Maria Plasberg mit ausdrucksloser Miene, dann widmete er sich wieder seinem Handy, tippte eine SMS.

„Sie haben schon wieder Hunger?", fragte Plasberg. Brinkhoff hatte zusätzlich ein Schokoladencroissant erstanden.

„Was denn?", entgegnete der Kommissar empört. „Das Frühstück ist schon ewig her!" Während er das Croissant mit wenigen Bissen verzehrte, verstreute er Krümel auf dem Tisch, danach lutschte er seine schokoladenverschmierten Finger ab.

Plasberg nippte währenddessen an ihrem Kaffee und verzog das Gesicht. „Widerlich", sagte sie. „Der ist nicht frisch."

„Wenigstens ist er heiß", erwiderte Brinkhoff und schlug den Kragen seiner Jacke hoch. Der Nebel und die Feuchtigkeit schienen durch alle Kleiderschichten zu dringen und sich wie eine kalte Hand auf seinen Körper zu legen. Er unterdrückte ein Aufstoßen und beobachtete, wie der Dampf aus den Kaffeebechern nach oben stieg. „Was machen wir jetzt mit den beiden?", fragte er abrupt.

„Was?" Plasberg, die ganz in Gedanken versunken gewesen war, schreckte hoch.

„Ich habe gefragt, was wir mit den beiden Halbstarken machen."

„Tarkan und Murat?" Plasberg zuckte mit den Schultern. „Abwarten, was sonst?"

Brinkhoff war mit dieser Antwort nicht zufrieden. „Ehrenmord?", fragte er vorsichtig. „Glauben Sie, es war ein Ehrenmord?"

„Noch ein bisschen früh, um solche Spekulationen anzustellen, finden Sie nicht? Allerdings … die Brüder waren gegen den Lebensstil ihrer Schwester, soviel ist sicher. Wie Tarkan über seine Schwester geredet hat? ‚Die Hure, die Schlampe.' Die Frage ist nur, wie weit die beiden bereit waren zu gehen, um Fatma davon abzubringen", überlegte Plasberg.

Shirin Reitz, die sich bisher schweigend die Hände an ihrem Becher mit Tee gewärmt hatte, sagte plötzlich: „Gott, ich hasse diese Verbohrtheit! Dieses scheinheilige Pochen auf Tradition, Ehre und Religion! Wir leben doch nicht mehr im Mittelalter!"

Brinkhoff sah seine Kollegin überrascht an. „Na ja, der Islam irgendwie schon. Wollen Sie meine T-These dazu hören?"

„Was denn für eine These?"

„Im Prinzip ist der Islam tatsächlich gerade erst im Mittelalter angekommen – wenn man eine christliche Zeitrechnung zugrunde legt", erklärte der Kommissar.

„Was? Ich verstehe kein Wort."

„Überlegen Sie mal: Der Prophet M-Mohammed hat Anfang des siebten Jahrhunderts gelebt, oder?"

Reitz nickte.

„Wenn man davon ausgeht, dass der Islam eine ähnliche E-Entwicklung durchläuft wie das Christentum, dann ist er zurzeit im Mittelalter angekommen. Und das Christentum war im Mittelalter auch nicht gerade weltoffen und liberal. Inquisition, Hexenverbrennung, Verfolgung von K-Ketzern, Glaubenskriege, Kreuzzüge gegen die Ungläubigen ..." Brinkhoff nahm seine Finger zu Hilfe, um die Verfehlungen des Christentums und der katholischen Kirche aufzuzählen.

„Ach, und das heißt, wir müssen der Geschichte ihren Lauf lassen, bis sich der Islam weiterentwickelt? Und Frauen wie Fatma haben eben Pech gehabt?", erwiderte die Profilerin. Auch Plasberg sah den Kommissar stirnrunzelnd an.

„Nein, aber ...."

„So ein Quatsch!", sagte Reitz. Zum ersten Mal schien sie richtig wütend zu sein, auch wenn sich ihre Wut gegen Brinkhoff und damit eigentlich gegen den Falschen richtete. „Das sind doch alles nur Ausreden! Genauso wie das Geplapper von irgendwelchen Soziologen, die einem erklären, dass man das verstehen müsse, weil gerade wir Deutschtürken zwischen zwei kulturellen Stühlen sitzen und zu unserer Identitätsfindung auf besonders orthodoxe Traditionen unseres Heimatlandes zurückgreifen. Oder dass insbesondere junge Männer mit Migrationshintergrund keine Zukunftsperspektive in dieser Gesellschaft haben und deshalb auf ihre dominante Rolle in der Familie pochen. Ich habe dafür kein Verständnis, weil ich aus eigener Erfahrung weiß, dass es auch anders geht! Wir leben hier in Deutschland und zwar auf dem Boden des Grundgesetzes. Und das sieht die Gleichberechtigung von Mann und Frau vor. Punkt."

„Ich wollte damit ja auch nur sagen ...", wandte Brinkhoff kleinlaut ein, aber Reitz hatte sich in Rage geredet und ließ ihren Kollegen gar nicht zu Wort kommen.

„Es ist mir auch schnuppe, was Sie sagen wollten", fuhr sie ihn an. „Aber das Thema ist ein rotes Tuch für mich. Ich mag zwar die Verhältnisse in der Türkei oder vielleicht auch nur in Anatolien nicht ändern können, aber wenn meine Landsleute hier leben, dann haben sie sich an die bestehenden Gesetze zu halten."

„Ich habe doch gar nichts gesagt!", protestierte Brinkhoff so laut, dass einige Kunden der Bäckerei sich neugierig zu ihnen umdrehten. „Ich habe überhaupt nicht vorgehabt, diesen Tarkan und Murat zu verteidigen!", zischte er Reitz in leiserem Tonfall zu. „Vielleicht sollten wir die theoretische Ebene auch wieder verlassen. Das führt sowieso zu nichts."

„Von mir aus gerne", sagte die Profilerin und atmete einmal tief durch.

Plasberg grinste. „Diese Tirade hätte auch von mir sein können. Aber mir wäre es wahrscheinlich als Fremdenfeindlichkeit ausgelegt worden."

„Mit Recht!", entgegnete Reitz heftig. „Sie können die Situation der Migranten auch schlecht beurteilen. Ich schon, ich kenne beide Seiten der Medaille."

Die Kommissarin hob abwehrend die Hände. „Ich wollte damit nur sagen, dass ich eine solche Reaktion von Ihnen am wenigsten erwartet hätte."

„Selbst das ist doch schon wieder ein Vorurteil! Was haben Sie denn erwartet? Dass ich die Frauenfeindlichkeit von Murat und Tarkan verteidige? Nicht alle türkischstämmigen Migranten sind so wie die beiden. Tatsächlich sind es eher die wenigsten. Und das wissen Sie auch ganz genau!"

Plasberg biss sich auf die Lippe. Eine Grundsatzdiskussion über Fremdenfeindlichkeit und Vorurteile half ihr jetzt nicht weiter. Sie wechselte das Thema. „Es wäre ganz hilfreich, wenn wir ein paar Freunde der Schwester auftreiben könnten, die in der Lage sind, uns etwas zu dem Verhältnis der Geschwister untereinander erzählen. Sie wissen schon: Gab es Drohungen in der Vergangenheit, ist Fatma geschlagen worden … so was in der Art. Vielleicht gab es ja auch im Vorfeld Kontakte von Fatma zum Jugendamt, einem Frauenhaus oder irgendwelchen Hilfsorganisationen, die sich mit Frauenrechten beschäftigen."

„Sowas wie *Terre des Femmes*?"

Plasberg sah Brinkhoff überrascht an. „Ja, genau. Die kennen Sie?"

Der Kommissar nickte. „Als ich noch unter Beerbaum bei der Sitte im KK 12 gearbeitet habe, hatten wir verschiedentlich mit denen zu tun. Da ging es dann aber eher um Zwangsprostitution und Ähnliches."

„Haben die in Köln eine Anlaufstelle?"

„Ich kenne da jemanden. Eine Frau, die sich seit Jahren mit diesen Problemen auseinandersetzt. Soll ich mal anrufen?“ Plasberg nickte und Brinkhoff zückte sein Handy, um in seiner Adressliste die Telefonnummer herauszusuchen. „Nein“, sagte er dann enttäuscht. „Da muss ich erst in den alten Akten stöbern. Ich hab die Nummer nicht mehr gespeichert. Wir könnten Vogt bitten, mal mit Beerbaum zu sprechen.“ Er sah Plasberg fragend an.

„Gute Idee. Er wollte doch sowieso so gerne mit dem KK 12 zusammenarbeiten.“ Plasberg konnte den Sarkasmus in ihrer Stimme nicht unterdrücken. „Rufen Sie ihn an.“

Die Kommissarin beobachtete abwesend die Kundschaft in der Bäckerei. Der schmale Jugendliche am Nebentisch war immer noch mit seinem Handy beschäftigt, neben ihm verzehrten zwei Handwerker Mettbrötchen und sprachen ihren nächsten Auftrag durch. Shirin Reitz suchte inzwischen die Kundentoilette auf. Sobald sie ihnen den Rücken zugekehrt hatte, sagte Plasberg:

„Finden Sie die Reitz auch so anstrengend wie ich? Ich hab ständig das Gefühl, mit rohen Eiern zu balancieren, wenn ich mit ihr spreche!“

Brinkhoff schüttelte den Kopf, während er darauf wartete, dass Vogt das Gespräch annahm. „Eigentlich nicht. Aber Sie glauben doch nicht immer noch, dass sie ein trojanisches Pferd ist, oder?“

„Nein“, seufzte Plasberg. „Eher eine Art PC-Polizei.“

„PC?“

„*Political correctness*.“ Die Kommissarin machte ein säuerliches Gesicht. Dann verfolgte sie schweigend, wie Brinkhoff ihren Auftrag an Vogt weiterleitete und den Kollegen auch gleich über die Unterhaltung mit den Öcals unterrichtete. „Sagen Sie mal, haben Sie eine Ahnung, was man heutzutage einer Putzfrau zahlt?“

„Wie bitte?“ Brinkhoff sah die Kommissarin verdattert an und verstaute sein Handy in der Hosentasche.

„Putzfrau“, wiederholte Plasberg ihr Stichwort.

„Wie kommen Sie denn jetzt darauf?“ Brinkhoff hatte immer noch keine Ahnung, worauf Plasbergs Frage hinauslief.

„Weil ich eine einstellen will. Mir wächst der Haushalt über den Kopf. Ich habe einfach keine Zeit mehr dazu. Und schon gar nicht mit diesem neuen Fall. Also?“

Brinkhoff überlegte. „Äh … zehn Euro vielleicht“, sagte er unschlüssig. „Netto natürlich. Und dann noch die Sozialabgaben obendrauf.“

„Hm“, machte Plasberg. „Und wenn ich mir die Sozialabgaben schenke?“

„Sie wollen eine P-Putzkraft schwarz b-beschäftigen? Sind Sie i-irre?“ Brinkhoff drehte sich um. Die Profilerin war noch nicht zu sehen. „D-Das kann Sie Ihren Beamtenstatus kosten, w-wenn das rauskommt!“

„Brinkhoff, jedes Mal, wenn Sie sich aufregen, wird Ihr Stottern unerträglich. Also lassen Sie es doch einfach! Das Aufregen, meine ich.“

„A-Aber …“

Plasberg seufzte. „Ich hätte das Thema nicht anschneiden sollen“, sagte sie missmutig. „Jetzt muss ich den ganzen Tag mit Ihrer moralischen Entrüstung leben.“

„Aber Sie als P-P-Polizistin haben eine Vorbildfunktion!“, ereiferte sich ihr Kollege. „Erst stimmen Sie lauthals Reitz’ Vortrag über deutsche G-Gesetze zu und dann das! Was Sie da vorhaben, ist Steuerhinterziehung! Wenn wir als Staatsbeamte uns schon nicht an Recht und Gesetz halten, wie sollen wir es dann unserer Klientel klarmachen?“

Die Kommissarin stöhnte auf. „Mein Gott, Brinkhoff! Jetzt seien Sie nicht katholischer als der Papst! Es wäre doch nur ein Vierhundert-Euro-Job!“ Trotzdem beschlich sie ein leichtes Unwohlsein. Die Proteste ihres Mitarbeiters machten ihr ein schlechtes Gewissen.

„Wenn Vogt oder Eikner das rausbekommen, sind Sie geliefert.“

„Wie sollten die das denn herausfinden? Wenn Sie Ihre Klappe halten, merkt es keiner.“

Brinkhoff schüttelte heftig den Kopf. „So was kommt früher oder später immer raus. Also, wenn ich mir keine Putzfrau leisten könnte auf dieser Basis, dann würde ich lieber darauf verzichten!"

„Ja, Sie haben ja auch keinen Vier-Personen-Haushalt, den Sie auf Vordermann bringen müssen. Das Einzige, was Sie hin und wieder säubern müssen, ist ein Katzenklo!"

„Wieso vier Personen?", fragte der Kommissar überrascht.

„Nina wohnt doch jetzt mehr oder weniger bei uns."

„Oh. Sind die Eltern noch immer nicht über den Schock der Schwangerschaft hinweg?"

„Ach, die!" Plasberg machte eine wegwerfende Handbewegung.

„Na, dann sagen Sie doch den Eltern, dass die die Putzfrau bezahlen sollen!"

Plasbergs Augen leuchteten auf. „Ja! Natürlich!" Sie ließ ihre Faust auf den Tisch sausen, sodass die Kaffeebecher hüpften und um ein Haar umgekippt wären. Die Handwerker sahen überrascht zu ihrem Tisch herüber. „Darauf hätte ich auch selbst kommen können. Eigentlich habe ich vorgehabt, die Putzfrau von Ninas Eltern zu fragen, ob sie für mich arbeitet, aber so rum ist es natürlich noch viel besser! Dann kann es mir auch egal sein, wie sie bezahlt wird!"

„Ach, Ninas Eltern beschäftigen ihre Putzhilfe auch schwarz?"

Plasberg grinste. „Ich habe nicht die geringste Ahnung, Brinkhoff. Und ich will es auch gar nicht wissen."

„Das stimmt doch gar nicht! Sie wissen das ganz ge…"

In diesem Moment klingelte das Handy der Kommissarin und Plasberg suchte ihre Handtasche ab. „Verdammt, wo ist denn das Ding?", fluchte sie, während das Klingeln immer lauter wurde. Schließlich schüttete sie den Inhalt der Tasche einfach auf den Tisch. Zwischen Hustenbonbons, Tempotüchern, Notizblöcken, einer Fahrradklingel und dem Parfüm, mit dem Brinkhoff schon Bekanntschaft gemacht hatte, kam endlich das Handy zum Vorschein. Plasberg schaute auf das Display und meldete sich. „Frau Keller, was gibt's? … Ah, gut. Wann denn …?" Sie sah auf ihre Uhr. „Nein, das schaffen wir. Und wo ist das?" Sie bedeutete Brinkhoff, ihr einen Stift zu reichen, und kritzelte eine Adresse auf einen Zettel. „Alles klar. Wir sind unterwegs.

Allerdings muss Vogt uns dann ein bisschen Arbeit abnehmen. Richten Sie ihm aus, er soll sich zusammen mit der Kollegin Reitz die Wohnung von Anna Cordes und Tom Schneider ansehen. Das schaffen Brinkhoff und ich dann nicht. Ich schicke ihm die Reitz zurück ins Präsidium, er soll auf sie warten." Sie beendete das Gespräch, räumte ihre Tasche wieder ein und sah Brinkhoff an. „Trinken Sie Ihren Kaffee aus, Kollege, wir haben um dreizehn Uhr einen Termin bei Hartmut von Schonau. Wir machen einen Ausflug ins Grüne."

„Der wohnt außerhalb?"

„Der wohnt sogar sehr außerhalb. In Winterborn. Er vertritt einen von zwei oberbergischen Wahlkreisen."

„Ach, du Scheiße. Dann wird es wohl heute wieder nichts mit einer Mittagspause." Brinkhoff stürzte zur Theke und suchte sich noch zwei belegte Brötchen aus, während Plasberg die Profilerin, die sich inzwischen wieder zu ihnen gesellt hatte, über die neuen Pläne unterrichtete.

Doch als sie in die Keupstraße zurückkamen, stieß die Kommissarin einen Fluch aus. „Verdammt! Jetzt sehen Sie sich das an!" Maria Plasberg deutete auf ihren Wagen, dessen Vorderräder platt waren.

Brinkhoff beugte sich hinunter und untersuchte die Reifen genauer. Dann pfiff er durch die Zähne. „Aufgeschlitzt", sagte er. „Da kann uns jemand nicht leiden."

Reitz lief zu ihrem etwas weiter entfernt stehenden Wagen. „An meinem ist nichts", sagte sie, als sie zurückkam.

Brinkhoff sah am Mietshaus hoch, in dem die Familie Öcal wohnte.

„Meinen Sie?", fragte Plasberg, die seinem Blick gefolgt war. „Aber woher wussten die, dass das mein Auto ist? Und warum nur mein Auto?"

„Vielleicht haben sie uns zufällig beim Aussteigen beobachtet. Der Wagen von Frau Dr. Reitz ist zu weit entfernt, um von oben gesehen zu werden."

„Aber das ist doch kindisch. Die glauben doch nicht etwa, dass ich dadurch meine Ermittlungen einstelle!"

„Nein, aber es passt zu den beiden Halbstarken. Ein kleiner Racheakt oder vielleicht eine Drohung. Erst Ihr Auto, dann Sie? Wollen Sie noch mal hochgehen zu Öcals?"

Plasberg schüttelte den Kopf. „Nein, wozu? Beweisen können wir es sowieso nicht. Außerdem müssen wir los."

„Ja, aber ohne Ihr Auto ..."

„Und wenn Sie meins nehmen?", bot die Profilerin an.

Plasberg lehnte ab. „Nein, Sie helfen Vogt, wie besprochen. Ich habe keine Ahnung, wie lange der Termin im Oberbergischen dauert. Wir nehmen den Wagen von Brinkhoff. Wo haben Sie geparkt?"

„Zu Hause in Deutz. G-Gotenring. Aber ich hab k-kein Benzin mehr im Tank."

„Brinkhoff, stellen Sie sich nicht so an!", sagte Plasberg ungeduldig. „Dann werden Sie wohl tanken müssen!" Erneut griff sie zu ihrem Handy und rief ein Taxi, um von Mülheim nach Deutz zu gelangen.

„Und was machen wir mit Ihrem Wagen?", fragte Brinkhoff.

„Den lasse ich abschleppen und in die Werkstatt bringen", antwortete die Kommissarin missgelaunt. „Wird mir wohl gar nichts anderes übrig bleiben. Aber die Kosten für die Reparatur werde ich dem Dienst in Rechnung stellen. Ich höre schon das Jammern von der Keller, wenn ich die Rechnung einreiche!"

Sieben

Karsten Vogt nahm Plasbergs Auftrag seufzend zur Kenntnis. Das war es wohl gewesen mit einem gemütlichen Bürotag. Er lief nach unten zum Parkplatz, wo kurz darauf Shirin Reitz eintraf.

„Ist es weit?", fragte sie.

„Nicht besonders. Zwei oder drei Haltestellen."

„Dann würde ich gerne laufen, wenn Sie nichts dagegen haben. Ein kurzer Spaziergang an der frischen Luft wäre nicht schlecht. Ich muss den Kopf freikriegen."

„Ärger?"

„Murat und Tarkan Öcal", erklärte Reitz knapp. „Sie sind genauso, wie Frau Plasberg sie anfangs eingeschätzt hat: feine Früchtchen."

Karsten Vogt nickte und bestellte telefonisch einen Schlüsseldienst zur Wohnung der beiden Mordopfer auf die Deutzer Freiheit. Dann informierte er den Eigentümer des Hauses, eine Genossenschaft, über die bevorstehende Wohnungsbegehung. Die Telefonnummer hatte Hallstetter noch am Vortag herausgesucht. Erfreulicherweise verzichtete die Genossenschaft darauf, bei der Wohnungsbegehung einen Mitarbeiter vor Ort zu haben, was den Beamten ihre Aufgabe erleichtern würde.

Als sie ins Freie traten, blieb Reitz stehen, schloss die Augen und atmete tief ein. „In Hamburg kann ich riechen, wenn es Regen gibt", sagte sie, als sie die Augen wieder öffnete. „Hier dagegen ..." Sie zuckte mit den Schultern und starrte in den nebeligen, grauen Himmel.

„Ich war noch nie in Hamburg", sagte Vogt, während er sich in Bewegung setzte, die Hände in seinen Hosentaschen vergraben. Er ging schnell und Reitz musste sich seinem Tempo anpassen.

„Sie sollten mal hinfahren. Es lohnt sich wirklich. Hamburg ist eine angenehme Stadt. Das Meer ist ganz nah und die Menschen sind auch anders."

Vogt lachte. „Anders? Sie meinen höflicher?"

Reitz ließ sich Zeit mit ihrer Antwort. „Zurückhaltender. Die Norddeutschen sind distanzierter im Umgang miteinander. Es fällt zwar schwerer, Freundschaften zu schließen, aber ja: Zu Fremden sind sie auch ein wenig respektvoller."

„Sie dürfen von Plasberg nicht auf alle Rheinländer schließen. Dem Rheinländer sagt man nach, besonders jovial und gutmütig zu sein. Und er kann wirklich gut feiern."

Die Profilerin vergrub die Hände in den Jackentaschen. „Ich kann mir Ihre Vorgesetzte tatsächlich nicht ausgelassen und fröhlich vorstellen. Sie wirkt eher ein bisschen verbittert auf mich."

„Verbittert?" So hatte Vogt Maria Plasberg noch nie gesehen. „Ich glaube eher, dass sie sich ein dickes Fell zugelegt hat im Laufe der Jahre. Ich kenne sie eigentlich gar nicht anders. Zugegebenermaßen hat man es als Frau bei der Polizei nicht leicht. Das müssten Sie doch auch wissen." Der Kommissar fragte sich im Stillen, wie er dazu kam, Plasberg zu verteidigen. Er hatte schließlich genug unter ihr zu leiden.

„Wie sieht es denn in ihrem Privatleben aus?"

„In meinem oder in Plasbergs?"

„Frau Plasbergs." Reitz lächelte. „Sie sind doch bestimmt glücklich verheiratet!"

„Ja, bin ich", erwiderte Vogt stirnrunzelnd. Worauf wollte Reitz hinaus? Er gab der Profilerin die spärlichen Informationen, die er über Plasbergs Familienverhältnisse besaß. „Die Kommissarin redet nicht gern über private Dinge. Brinkhoff könnte Ihnen vielleicht etwas mehr erzählen, der kann ganz gut mit ihr. Liegt wahrscheinlich daran, dass er auch eher ein Außenseiter ist."

„Sie mögen ihn nicht besonders", stellte Reitz fest.

Vogt runzelte die Stirn. „Er geht mir manchmal auf die Nerven mit seiner Stotterei", stimmte er dann vorsichtig zu. Die Reitz würde ihn nicht dazu bringen, jetzt auch noch ein paar Vorurteile gegen Schwule vom Stapel zu lassen. „Aber er kann ja nichts dafür. Ist halt manchmal etwas anstrengend, ihm zuzuhören."

„Ah, verstehe", erwiderte die Profilerin und schlug den Mantelkragen gegen die Kälte hoch. „Ich dachte schon, es hat etwas mit Eifersucht zu tun."

„Mit Eifersucht? Wie kommen Sie denn darauf?", protestierte der Kommissar schnell. Vielleicht etwas zu schnell.

„Nur so ein Gedanke", beschwichtigte Reitz ihn. „Frau Keller hat mir erzählt, dass der Kollege Brinkhoff noch nicht lange im Team der MK arbeitet. Und da dachte ich …"

„Dann haben Sie falsch gedacht", unterbrach Vogt verärgert.

Mittlerweile waren sie in Deutz angekommen. Eine Weile gingen die beiden schweigend nebeneinander her. Sie passierten den U-Bahn-Aufgang Deutz-Kalker-Bad und ließen die Fachhochschule linker Hand liegen. Der Autoverkehr raste an ihnen vorbei und eine Schulklasse mit zwanzig Grundschülern kam ihnen entgegen. Die Sechs- oder Siebenjährigen liefen in mehr oder weniger geordneten Zweierreihen Händchen haltend hinter zwei Lehrerinnen her und schnatterten aufgeregt.

„Die gehen bestimmt zum Schwimmunterricht", sagte Reitz und sah den Kindern nach. Für einen Moment huschte so etwas wie Melancholie über ihr Gesicht.

„Wie kommen Sie denn darauf?"

Die Profilerin warf Vogt einen überraschten Blick zu. „Weil wir an der Haltestelle eines Schwimmbades vorbeigegangen sind."

„Ach so … nein, das Hallenbad steht schon seit Jahren leer. Ich glaube, es soll zu einem Hotel umgebaut werden."

Ein paar Minuten herrschte wieder Stille. „Haben Sie Kinder?", fragte Shirin Reitz dann.

„Nein", antwortete Vogt knapp. Er war noch immer ein wenig ungehalten.

„Ich schon." Diesmal war es Vogt, der einen erstaunten Gesichtsausdruck aufsetzte. Die Profilerin fügte hinzu: „Eine Tochter. Zwei Jahre."

„Na, dann müssten Sie sich doch wirklich gut in Plasberg hineinversetzen können", sagte Vogt, aber Reitz schien ihn entweder nicht gehört zu haben oder zog es vor, nicht darauf einzugehen.

„Sie lebt die meiste Zeit bei meinen Eltern." Shirin Reitz schlug die Augen nieder und wirkte für einen Moment verletzlich, als hätte sie Vogt für einen kurzen Augenblick versehentlich Einblick in ihr Innerstes gewährt.

„Ich verstehe nicht", erwiderte Karsten Vogt verwirrt. „Wieso lebt Ihre Tochter bei Ihren Eltern?"

Reitz räusperte sich. „Jennys Vater hat sich kurz nach der Geburt aus dem Staub gemacht. Und ich wollte meine Karriere nicht aufgeben. Ist halt schwierig bei der Polizei als alleinerziehende Mutter und mit den unregelmäßigen Arbeitszeiten. Drei Tage die Woche habe ich das Kind und vier Tage die Woche meine Eltern. Ich verstehe gar nicht, wie Frau Plasberg das schafft …"

„Die Ehe ist in die Brüche gegangen, als die Kinder etwas größer waren, glaube ich."

Reitz blieb stehen. „Sie halten mich für einen schlechten Menschen", konstatierte sie. „Weil ich meinen Beruf nicht aufgeben wollte."

„Ich … aber niemals!", widersprach Vogt. „Das würde ich nie … ich meine, es ist doch Ihre Entscheidung!"

„Völlig richtig", erklärte die Profilerin harsch und setzte sich wieder in Bewegung. Ein wenig versöhnlicher fügte sie hinzu: „Und meine Eltern sind sehr liebevoll und haben eine Menge Zeit …"

„Hören Sie auf", fiel ihr Vogt ins Wort. „Sie müssen sich mir gegenüber nicht rechtfertigen."

Shirin Reitz verstummte und Vogt konnte ihr ansehen, dass sie es schon bereute, ihm von ihrem Privatleben erzählt zu haben. Ihm selbst war das Wissen darum auch auf eine befremdliche Weise unangenehm. Er hatte keine Ahnung, wieso die Profilerin ausgerechnet ihn ins Vertrauen gezogen hatte. Um in den nächsten Wochen einen Verbündeten zu haben?

Der Kommissar war froh, als sie kurz darauf auf der Deutzer Freiheit, der Haupteinkaufsstraße von Deutz, ankamen und sich wieder ihren eigentlichen Aufgaben widmen konnten. Obwohl es schon später Vormittag war, war es auf der kleinen Einkaufsmeile abseits der Innenstadt relativ ruhig. Geschäfte und Bürgersteige waren nur mäßig belebt. Hier erledigten nur Anwohner ihre täglichen Einkäufe; wer bummeln gehen wollte, fuhr über die nahe gelegene Deutzer Brücke und sah sich die Schaufenster im Stadtzentrum an. Vogt zählte die Häuser ab und blieb vor der Nummer 59 stehen, einem Altbau mit dunkelbrauner Fassade von 1887; das Jahr der Erbauung war in goldenen Lettern am Erker des obersten Stockwerks verewigt.

Ein paar Stufen führten hinab in das Souterrain, wo sich neben einer Kneipe der Hauseingang befand. Dort wartete schon ein Mitarbeiter des Schlüsseldienstes. Vogt wies sich aus und zusammen begleiteten die Beamten den Handwerker in den dritten Stock. Nach nur wenigen Handgriffen war die Wohnungstür von Anna Cordes und Tom Schneider geöffnet.

Die Wohnung erstreckte sich über die gesamte Etage und war viel größer, als das schmale Treppenhaus hatte vermuten lassen. Außer der Küche waren alle Zimmer mit einem alten, aber sorgsam gepflegten Dielenboden versehen, der unter ihren Füßen knarrte: Schlafbereich, ein geräumiger Wohnraum, Badezimmer und ein Büro. Von der Küche ging eine große Terrasse nach hinten ab, die offensichtlich erst nachträglich angebaut worden war. Vogt konnte drei Buchsbäume in Pflanzenkübeln durch die Scheibe sehen und zwei zusammengeklappte Gartenstühle.

„Wonach suchen wir eigentlich genau?", fragte Reitz, während sie über den terracottagefliesten Boden der Küche spazierte und einen kurzen Blick in den Küchenschrank warf, in dem weißes Geschirr und Gläser gestapelt waren. Auf dem großen, dunklen Esstisch aus Holz lagen ein paar aufgeblätterte Lifestyle-Zeitschriften, in der Spüle stand ein schmutziger Kaffeebecher. Ansonsten war die Küche blitzsauber und aufgeräumt. Gewürzregale, ein teurer Kaffeeautomat, eine Leiste mit Küchenmessern, Pfannenwendern, Rührbesen und allerlei anderem Zubehör. Ein Regal mit Koch- und Backbüchern. Nirgends gab es eine Brotkrume, kein verschüttetes Kaffeepulver, sogar der Mülleimer war leer.

„Ich weiß nicht. Nach allem und nichts, nehme ich an. Sieht Ihre Küche so aus, wenn Sie aus dem Haus gehen? So … hergerichtet? Ich habe das Gefühl, als ob ich einen Artikel von *Schöner Wohnen* durchblättere."

Shirin Reitz lachte auf. „Ich nehme an, dass es etwas mit einer *déformation professionnelle* zu tun hat."

„Bitte?"

„Na ja, als Geschäftsfrau und Konditorin oder Bäckerin oder was immer Anna Cordes nun war, wird sie peinlich genau darauf geachtet haben, in ihrer Küche Ordnung zu halten. Das gehört zum Beruf. Köche halten ihre Arbeitsbereiche auch immer tipptopp sauber. So was kann sich ins Privatleben übertragen." Die Profilerin klappte die Spülmaschine auf. „Aber ganz so schlimm scheint es dann auch wieder nicht gewesen zu sein", sagte sie, als sie das schmutzige Geschirr dort entdeckte.

„Oder Cordes und Schneider hatten eine Putzkraft." Vogt prüfte mit seinem Finger die Staubschicht auf dem Küchenschrank. „Nicht eine Fluse. Das Fenster ist auch frisch geputzt. Sogar die Blume da ist gegossen worden. Die Erde ist noch feucht." Er deutete auf die Fensterbank, wo sich eine Topfpflanze dem trüben Herbstlicht entgegenreckte.

„Das ist keine Blume. Das ist Basilikum."

Vogt ignorierte den leisen Spott in Reitz' Stimme und ging ins Schlafzimmer, die Profilerin folgte ihm. „Oh, là, là!", sagte er, als er die Tür öffnete, und schnalzte mit der Zunge.

„Was ist?"

Vogt zeigte auf das ungemachte Bett, an dessen Kopfende ein Paar Handschellen am Gestell festgemacht waren. „Wenn die beiden eine Putzfrau haben, dann hat sie hier bestimmt keinen Zutritt."

„Fragt sich nur, für wen die waren", sagte Reitz trocken.

„Das haben wir gleich." Der Kommissar kramte ein paar Einmalhandschuhe aus seiner Jackentasche, griff suchend unter das Kopfkissen der rechten Betthälfte, über der die Handschellen hingen, und zog ein T-Shirt darunter hervor. „Größe L. Die Handschellen waren wohl für ihn."

Reitz streifte ebenfalls Handschuhe über. Dann öffnete sie den Kleiderschrank und zog nach einigen Augenblicken aus einer Schublade eine schwarze, lederne Korsage, die die Brüste und den Intimbereich freiließ. In der anderen Hand hielt sie eine Reitpeitsche und ein Paar schwarze Stilettos. „Und sie war die Domina. Die beiden scheinen ihren Spaß gehabt zu haben."

Vogt grinste. „Das ist etwas, was ich in meiner Laufbahn als Polizist gelernt habe: Verstecke nie deine kleinen, schmutzigen Geheimnisse in deiner Wohnung – wer weiß, wer nach deinem Tod deine Sachen durchwühlt!"

„Wenn Sie tot sind, kann es Ihnen doch egal sein!"

„Schon, aber allein der Gedanke, dass jemand Fremdes oder noch schlimmer, jemand aus der Verwandtschaft, Sachen über mich erfährt, die ihn nicht das Geringste angehen …" Vogt schüttelte sich.

„Ich hätte nicht gedacht, dass Sie großartig etwas zu verbergen haben", erklärte Reitz.

„Sie halten mich für langweilig?", fragte der Kommissar.

Die Profilerin sah ihn irritiert an. „Ich habe mir noch keine Meinung über Sie gebildet. Im Übrigen haben Sie das Thema angeschnitten!"

Sie überprüften die Schubladen mit der übrigen Wäsche, aber weiteres Sexspielzeug fiel den Polizisten nicht in die Hände. Auch das Wohnzimmer war ordentlich und fast penibel sauber und enthielt wie die Küche nichts, was den Beamten half, sich die Persönlichkeiten von Anna Cordes und Tom Schneider auszumalen. Ein großer Plasmafernseher, eine Hi-Fi-Anlage mit ein paar klassischen CDs, eine beigefarbene Couch, ein schwerer Beistelltisch aus Marmor, ein paar Grünpflanzen. Die Beamten warfen einen kurzen Blick in das fensterlose Badezimmer, das ebenfalls aufgeräumt und geputzt war und keine Besonderheiten erkennen ließ; zum Schluss wandten sie sich dem Arbeitszimmer zu.

Der Raum war recht klein und wurde von einem schwarzen Schreibtisch dominiert, auf dem ein Laptop stand. Auf dem Schreibtisch verteilt waren Quittungen, Notizzettel, ein Duden, mehrere Dutzend Schmierzettel mit Backrezepten für Plätzchen und ein paar betriebswirtschaftliche Bücher. Ein Foto, das die beiden Toten lachend vor dem Hintergrund eines Blumenladens zeigte, stand in einem Rahmen an der Seite.

„Wir nehmen den Laptop mit", sagte Vogt. „Vielleicht findet sich darauf etwas Interessantes. Und das Foto nehmen wir auch." Er zog es aus dem Rahmen und steckte es in seine Jacke. Einer der Notizzettel fiel ihm ins Auge, ein gelber Post-it, auf dem eine Kölner Telefonnummer notiert war. Er lag etwas abseits der anderen Unterlagen, als sollte er gesondert aufbewahrt werden. Die Zahlen waren unterstrichen und mit Ausrufezeichen versehen. Der Kommissar griff zum Telefon und gab die Nummer ein.

„*Kölner Stadt-Anzeiger*, Lokalredaktion, Stumping hier", meldete sich sein Gesprächspartner.

Vogt legte verdutzt den Hörer auf.

„Wieso haben Cordes und Schneider die Nummer von Arnold Stumping auf dem Schreibtisch?“, wunderte er sich.

„Der Artikel über die *Keksdose?*“, erinnerte ihn die Profilerin.

„Ach ja … stimmt“, sagte der Kommissar. Geistesabwesend strich er den Zettel glatt. Das Post-it war ganz zerknittert – als wäre es zusammengeknüllt und in den Papierkorb geworfen worden, nur um später wieder herausgesucht zu werden.

Shirin Reitz' Ausruf lenkte ihn ab. Sie hielt einen Brief in der Hand, den sie neben dem Laptop gefunden und überflogen hatte. „Ich hab noch was“, sagte sie und reichte den Brief an den Kommissar weiter. „Anna Cordes war dabei, ein Backbuch zu schreiben. Das ist ein Vertrag mit einem Buchverlag. Nicht schlecht.“

„Aber sie hat ihn noch nicht unterschrieben“, sagte der Kommissar und deutete auf die Linie am Ende des Vertrages, auf der nur eine Unterschrift und der Stempel des Verlages zu sehen waren, nicht aber die Unterschrift von Anna Cordes.

„Wenn ein Verlag sich für ihre Rezepte interessiert, dann muss ihr Geschäft wirklich gut gelaufen sein.“

„Ja, aber warum hat sie den Vertrag nicht unterzeichnet?“

„Schauen Sie mal auf das Datum der Verlagsunterschrift. Die ist erst fünf Tage alt. Ich nehme an, Anna Cordes ist einfach noch nicht dazu gekommen.“

Der Kommissar musste zugeben, dass ihm dieses Detail entgangen war. Er sah sich ein letztes Mal im Arbeitszimmer um, ließ den Blick über den glänzenden Dielenboden gleiten. Mit dem Fuß schob er einen Läufer zurecht, der in der Zimmermitte vor dem Schreibtisch lag; dabei blieb er an einer Unebenheit auf dem Boden hängen. Vogt bückte sich, schlug den Läufer zurück und tastete die Dielen ab.

„Was machen Sie da?“, fragte die Profilerin.

„Ich weiß noch nicht“, murmelte er. Seine Finger untersuchten die einzelnen Dielenbretter, dann plötzlich bekam er eines der Bretter zu fassen. Es war lose und ließ sich ohne Mühe anheben. Unter dem Brett befand sich ein schmaler Hohlraum, ein Loch mit einer Länge von vielleicht einem Meter und einer Tiefe von fünfzig Zentimetern. Vogt griff hinein und zog eine braune Aktentasche heraus. Überrascht sah er Shirin Reitz an. „Ein Geheimversteck“, sagte er unnötigerweise. Er ließ das Schloss an der Mappe aufschnappen und starrte dann auf den Inhalt: Mehrere Bündel gelblicher und fliederfarbener Geldscheine, alle fein säuberlich gestapelt. „Das sind lauter 200 und 500 Euro-Scheine. Das müssen Tausende sein!“ Er schüttete den Inhalt der Tasche auf den Boden und beide begannen zu zählen.

„Genau 10.000 Euro“, sagte die Profilerin, als sie fertig waren. „Warum bewahrt man so viel Geld unter einem losen Dielenbrett in einer Aktentasche auf?“

„Weil es Schwarzgeld ist? Weil man kein Vertrauen in eine Bank hat? Weil man etwas Illegales damit vorhat? Keine Ahnung. Wir wissen ja noch nicht mal, ob es Anna Cordes, Tom Schneider oder beiden gehörte. Vielleicht wusste ja auch nur einer der beiden darüber Bescheid?“

In diesem Moment klingelte es an der Tür. Vogt und Reitz sahen sich an. „Und jetzt?“, fragte die Profilerin.

Vogt hob die Schultern. „Aufmachen. Was sonst?“

Während Shirin Reitz im Arbeitszimmer in Hörweite blieb, ging er zur Wohnungstür, öffnete und stand unversehens zwei großen und breitschultrigen, offenbar südländischen Männern jüngeren Alters gegenüber, die ihn mit unbewegten Mienen anblickten. Sie waren unauffällig, aber gepflegt gekleidet; beide trugen teure Armbanduhren. Offensichtlich waren die beiden genauso überrascht, Vogt zu sehen, wie er sie.

„Wir wollen zu Tom Schneider“, sagte der links stehende Mann. Er trug ein dunkles Sakko und ein dazu passendes rosafarbenes Hemd. Seine Stimme klang höflich, aber sehr bestimmt und er ließ Karsten Vogt keine Sekunde aus den Augen. Ein dunkler Bartschatten umrahmte sein Gesicht. Als er sein Jackett zurechtrückte, hätte der Kommissar schwören können, für einen Moment das Schulterhalfter einer Pistole aufblitzen zu sehen.

„Und wer sind Sie?“, fragte Vogt.

„Das könnten wir Sie auch fragen.“

Vogt zückte seine Dienstmarke und langte nach seiner Waffe. „Kripo Köln, Mordkommission! Lassen Sie schön die Hände …" Weiter kam er nicht, denn im selben Augenblick drehten sich die Männer um und polterten die Treppe herunter. Der Kommissar sprang hinterher, aber als er aus der Haustür kam, konnte er nur noch einen schwarzen Wagen erkennen, der mit Vollgas davonraste. Frustriert und außer Atem kehrte er in die Wohnung zurück.

„Das war merkwürdig", keuchte er, als er zurückkam, und hielt sich die Seite. „Fanden Sie nicht auch?"

Reitz jedoch hatte Geistesgegenwart bewiesen und das Geschehen auf der Straße vom Fenster aus beobachtet. „Ein schwarzer BMW, und das Kennzeichen habe ich auch – der Wagen ist in Köln zugelassen. Die wollten auch nicht lange bleiben, sie hatten in der zweiten Reihe geparkt."

„Ein schwarzer BMW? Könnte es derselbe Wagen wie vor der *Keksdose* gewesen sein?"

„Schwer zu sagen. Hatten Sie hier in letzter Zeit eigentlich verstärkt Probleme mit der Mafia?"

„Nicht mehr als sonst, glaube ich", antwortete der Kommissar überrascht. „Baugewerbe und Steuerhinterziehung vor allem. Schutzgelderpressung eher weniger. Wieso?"

„Na ja, vielleicht will die Mafia sich ja auch im Backgewerbe breitmachen."

„Sie meinen …?"

„Würde mich nicht wundern", erwiderte die Profilerin.

Vogt zog sein Handy aus der Tasche und rief im Präsidium an, um die Nummer des Wagens durchzugeben.

Den Schwamm in der Hand, mit dem sie gerade das schmutzige Geschirr hatte säubern wollen, hielt Gerda Cordes inne und starrte auf die Küchenuhr. Erst zehn nach elf? Ihre Hände sanken apathisch in das Spülwasser. Ihrer Erschöpfung nach zu urteilen war es bereits später Nachmittag oder Abend. Seit Annas Tod zogen sich die Tage in quälende Länge. Die Stunden, bis sie sich abends ins Bett legen konnte, um mithilfe einer Tablette in einen betäubten Schlaf zu sinken, erschienen ihr unerträglich, zäh wie Haferschleim. Die Zeit um sie herum schien stillzustehen und Gerda Cordes hätte fast alles dafür gegeben, sie bis zur Nacht vorspulen zu können.

Annas Tod hatte sie jeglicher Kraft beraubt, sie war schon ausgelaugt, wenn sie aufwachte, und der Gedanke an den bevorstehenden Tag, genauso grau und unendlich lang wie der vorhergehende, ließ sie erschaudern, wenn sie die Augen öffnete. Dabei hatte sie ihre Tochter nie besonders geliebt. Schon als Kind war Anna auf Distanz zu ihr gegangen, als ob sie spürte, dass die Gefühle ihrer Mutter nicht echt waren, nicht wirklich. Es war gut, dass sie nie erfahren hatte, wie sehr ihre Mutter später Kevin geliebt hatte.

Eine Fliege surrte am Fenster, warf sich mit aller Gewalt immer wieder gegen das durchsichtige, unverständliche Hindernis, das sie von der Freiheit trennte. Gerda Cordes sah dem Insekt abwesend zu, für einen Moment hob sich ihre Hand Richtung Fenstergriff, dann ließ sie sie wieder fallen. Sie tauchte mechanisch ein schmutziges Glas in das Spülwasser, entfernte die eingetrockneten Orangensaftreste am Boden, den Abdruck ihrer Lippen am oberen Rand und stellte das Glas kopfüber zum Abtropfen auf den Ablauf.

Immerhin, sie versuchte zumindest den Anschein von Normalität aufrechtzuerhalten. Sie tat wenigstens so, als trotzte sie dem Alltag. Ihr Mann hatte jeden Anschein aufgegeben. Er hatte fast vollständig aufgehört, mit ihr zu sprechen, nahm die Anwesenheit seiner Frau kaum noch wahr. Das Wohnzimmer und der Fernseher waren zu seinem Refugium geworden, nicht einmal nachts fand er ins Schlafzimmer zurück. Sie nahm an, dass er auf der Couch nächtigte oder einfach in seinem Sessel schlief, umgeben von kaltem Rauch und leeren Bierflaschen; sie brachte nicht den Mut auf zu fragen. Nur zum Frühstück kam er in die Küche, unrasiert, nach Schweiß riechend und mit Mundgeruch, schmierte sich wortlos eine Käsestulle, goss sich Kaffee ein und nahm das Geschirr mit zurück ins Wohnzimmer. „Kauf Bier und Zigaretten!", waren die einzigen Worte, die er gestern mit ihr gewechselt hatte. Danach war die Wohnzimmertür ins Schloss gefallen und Heinz Cordes hatte keinen Zweifel daran aufkommen lassen, dass er es vorzog, in Ruhe gelassen zu werden. Auch seinem Sohn war der Zutritt verboten. Den Rest des Tages aß er nichts, wahrscheinlich war er schon am Nachmittag zu betrunken, um etwas anderes als Bier und Zigaretten zu sich zu nehmen; die Vorräte, die Kevin maulend heranschaffte, leerten sich mit furchterregender Schnelligkeit. Gegen Mittag verließ er das Wohnzimmer, schlurfte in Pantoffeln zur Wohnungstür heraus und kam erst Stunden später zurück. Seiner Fahne nach zu urteilen, hatte er sich dann in seiner Stammkneipe um die Ecke vollllaufen lassen.

Kevin. Gerda Cordes wischte sich müde über die Stirn. Letzte Nacht hatte sie den Jungen im Schlaf schreien hören. Aber als sie ihn am Morgen darauf angesprochen hatte, versucht hatte, ihn an sich zu ziehen, da war er angeekelt zurückgewichen, hatte sie angefaucht und sie hatte den blanken Hass in seinen Augen gesehen. „Fass mich nicht an, du Fotze!" Auf eine perverse Art und Weise hatte sie diesen Gefühlsausbruch herbeigesehnt und voller Freude willkommen geheißen, hatte den Zorn ihres Sohnes in ihr Herz gepackt wie ein Insekt, das von einem Tropfen Harz umschlossen wird. Alles war besser als das gespielte Desinteresse, mit dem er ihr ansonsten begegnete.

O ja, sie hatte bezahlt für ihre Sünden, bezahlt mit dem Desinteresse und der Abscheu ihres Sohnes, als er alt genug war zu begreifen, was geschehen war. Ihr Mann strafte sie nur mit Verachtung, hatte sie seitdem nie wieder angerührt, sie zu seiner Putzfrau und Köchin degradiert, seiner persönlichen Leibeigenen. Damit konnte sie leben, damit hatte sie gelernt zu leben, aber der Hass von Kevin … und nun war Anna tot. Anna, an die sie seit Jahren kaum einen Gedanken verschwendet hatte, obwohl auch sie ihr eigen Fleisch und Blut war. Das ungeliebte Kind, ein Mädchen, das ihr immer fremd geblieben war, weil sie es nie gewollt hatte. Weil sein Dasein sie an die Seite dieses Mannes gefesselt und sie ihre Träume hatte begraben lassen. Ein Leben, einfach ausgelöscht wie die Flamme einer Kerze. Weggewischt wie eine Brotkrume. Und es war ihr egal.

Gerda Cordes ließ sich auf den Küchenstuhl fallen und schluchzte trocken auf, aber es kamen keine Tränen mehr. Die

Tränen, die ihr zur Verfügung gestanden hatten, waren schon vor Jahren aufgebraucht worden, als Kevin sich von ihr abgewandt hatte. Für ihre Tochter waren keine mehr übrig. Mit zitternden Händen trocknete sie ihre Finger, füllte die Kaffeetasse nach und rauchte eine Zigarette mehr, hastig, gierig, um den unstillbaren Hunger nach Liebe zu überlagern, der sie verzehrte. Sie hustete, trank Kaffee und rauchte.

Sie hatte keine Ahnung, warum sie noch hier war, warum sie nicht einfach aufgab. Der Griff zu den Schlaftabletten war einfach, sie lagen im Nachtschränkchen neben dem Bett. Eine Tablette zum Einschlafen, ein oder zwei Riegel, um nie wieder aufzuwachen. Niemand würde sie vermissen, niemand würde um sie trauern – da war sie ganz sicher. Und doch tat sie es nicht, konnte sich nicht überwinden. Ob sie Angst hatte und einfach zu feige war? Vielleicht war auch ihre Leidensfähigkeit noch nicht erschöpft. Gab es eine Grenze, die man erst überschreiten musste, bevor man diesen letzten, endgültigen Schritt wagte? Wie viel Furcht und Selbsthass musste man ertragen, wie viel Verachtung in den Augen der anderen sehen, bevor man beschloss, sein Leben zu beenden? Wahrscheinlich war sie noch nicht bereit, alles hinter sich zu lassen, weil sie tief im Innersten davon überzeugt war, dass sie all diese Gefühle verdiente, dass sie ihre Strafe noch nicht abgeleistet hatte. Für das, was sie getan hatte, gab keine Vergebung.

Und doch war etwas anders in den letzten Tagen. Seit Annas Tod fühlte Gerda Cordes, wie ihr Kevin entglitt. Seine Wut wurde mehr und mehr von Gleichgültigkeit verdrängt. Als hätte der Tod seiner Schwester ihm einen Ausweg gezeigt, wie er sich von seiner Mutter lösen konnte. Und diese Vorstellung konnte sie kaum ertragen. Gedankenverloren stand sie auf, zog den Stöpsel aus der Spüle, ohne sich um das restliche schmutzige Geschirr zu kümmern. Das Wasser gurgelte den Abfluss hinunter. Es war nicht das erste Mal in den letzten Tagen, dass sie eine Arbeit anfing und dann vergaß, sie zu beenden.

Sie wanderte ins Schlafzimmer, holte aus dem Bastkorb in der Ecke die Wäsche heraus. Nicht genug, um eine Maschine zu füllen. Vielleicht, wenn sie in Kevins Zimmer ging? Auch wenn er ihr verboten hatte, es zu betreten? Der Junge hatte bestimmt genug Schmutzwäsche gesammelt, um drei Maschinen damit zu füllen. Natürlich, das war nur ein Vorwand; Kevin warf ihr seine schmutzige Kleidung immer vor die Füße, wenn er frische Sachen brauchte. Ängstlich sah sie zur Wohnungstür, als befürchtete sie, dass ihr Sohn jeden Moment hereinkommen könnte. Aber Kevin kam nie vor dem Abend nach Hause. Sie hatte keine Ahnung, wo er sich tagsüber herumtrieb. Schon lange nicht mehr.

Die Tür war verschlossen. Gerda Cordes holte den Bund mit den Zweitschlüsseln vom Haken an der Wand im Flur und schloss das Zimmer auf. Sie hatte Chaos erwartet: ein zerwühltes Bett, stinkende Socken und Unterwäsche auf dem Boden, ein Wirrwarr aus CD-Hüllen, vollen Aschenbechern und DVDs auf seinem Schreibtisch. Aber alles war sauber und aufgeräumt, sogar das Fenster war gekippt. Nirgendwo eine Staubfluse, der Papierkorb neben dem Computer war geleert, selbst das Bett war gemacht, das Laken akkurat glatt gestrichen. Als ob ihr Sohn einen Kontrapunkt setzen wollte zur Verwahrlosung des übrigen Haushalts. Eine demonstrative Distanzierung.

Nur unter dem Bett lugte etwas hervor. Kevin musste es beim Aufräumen übersehen haben. Gerda Cordes bückte sich mühsam und zog hervor, was sich dort verbarg, nahm es in die Hände. Es dauerte einen Augenblick, bis sie begriff.

Weder Maria Plasberg noch Torsten Brinkhoff waren bisher im Oberbergischen gewesen und beide waren erstaunt über die Idylle, die sich nur wenige Autominuten östlich von Köln vor ihnen ausbreitete. Zuerst ließen sie die Ausläufer der Vorstädte hinter sich, die Industrieparks und Einkaufszentren, die auf der grünen Wiese geplant worden waren, und schließlich fanden sie sich auf einer Strecke wieder, die von Hügeln, dunklen Wäldern und Landwirtschaft geprägt war. Die Dörfer, an denen sie vorbeifuhren, drängten sich in die schmalen Täler. Rauch quoll aus den Schornsteinen und Kaminen und verflüchtigte sich am wolkenverhangenen Himmel. Immerhin ließ auf der Strecke der Nebel nach. Je tiefer sie in die Region vorstießen, desto ländlicher wurde es.

„Mein Gott, ist hier viel Natur!“, entfuhr es Plasberg, als sie an einem abseits gelegenen Bauernhof vorbeifuhren. „Ganz so … leer hatte ich es mir nicht vorgestellt.“ Sie zerknüllte die Verpackung eines Schokoriegels, den sie aus den Tiefen ihrer Handtasche hervorgeholt und verzehrt hatte, und steckte ihn achtlos in die Ablage an der Beifahrertür.

„Leer?“, fragte ihr Kollege nach und strafte seine Vorgesetzte mit einem missbilligenden Blick. Im Gegensatz zu ihrem Auto war sein Fahrzeug, ein weißer Toyota Corolla, mustergültig aufgeräumt und sauber. Erst in der Woche zuvor war Brinkhoff durch die Waschanlage gefahren und hatte anschließend den Innenraum des Wagens mit dem Staubsauger gereinigt.

„Menschenleer. Fast wie in der Eifel. Da war meine erste Dienststelle nach der Ausbildung. Prüm. Ein gottverlassenes Kaff.“ Plasberg pulte mit dem Zeigefinger zwischen ihren Zähnen und Brinkhoff sah diskret nach vorne. Die meisten Felder, an denen sie vorbeifuhren, lagen für den Winter brach, die Ernte war eingefahren. Kilometerweit konnte er die Flecken brauner, umgepflügter Erde ausmachen, nur hin und wieder unterbrochen von einem Wäldchen, einigen Bäumen oder Grünstreifen, die eine Landgrenze markierten. Dazwischen tauchte in unregelmäßigen Abständen ein einsames Gehöft auf oder eine kleine Ansammlung von Häusern, die sich wie Diebe in die karge Landschaft duckten.

„Im Sommer ist es hier bestimmt wunderschön“, sagte Brinkhoff. Er deutete mit dem Kinn nach links. „Schauen Sie mal: eine Schafherde!“

„Ich weiß, wie Schafe aussehen“, brummte Plasberg, aber sie folgte dennoch seinem Blick.

Brinkhoffs Navigationsgerät meldete sich. Der Kommissar setzte den Blinker und fuhr weisungsgemäß an der nächsten Ausfahrt von der Autobahn ab. Kurz darauf passierten sie Wiehl, eine Gemeinde von knapp 30.000 Einwohnern, die von einem Fluss durchzogen wurde.

„Den Namen hab ich schon mal gehört“, sagte die Kommissarin. „Aber ich weiß nicht …“

„Die Handballnationalmannschaft hatte hier 2007 bei der Endrunde ihr Quartier. Als sie Weltmeister geworden ist. Die ganze Ecke hier ist handballverrückt."

„Interessieren Sie sich jetzt auch noch für Handball?" Plasbergs Ironie war nicht zu überhören. Brinkhoff entschied, gar nicht darauf zu reagieren, und warf den CD-Player an. Gleich darauf ertönte jazzangehauchte Musik und eine raue, junge Männerstimme.

„Wer ist das denn?", fragte Plasberg mit gerunzelter Stirn.

„Jamie Cullum. Ich war mal auf einem Konzert von ihm im Tanzbrunnen. Klasse Typ."

„Ein bisschen zu schräg für mich. Davon krieg ich Kopfschmerzen."

Brinkhoff machte seufzend die Musik aus.

Hinter Wiehl wurde die Gegend noch einsamer. Die Stille der Landschaft, nur unterbrochen vom eintönigen Geräusch des Automotors, färbte auf die beiden Kommissare ab und sowohl Plasberg als auch Brinkhoff hingen ihren Gedanken nach. Es begann zu regnen, ein feiner Nieselregen, der seine Tropfen auf die Windschutzscheibe fegte. Brinkhoff schaltete das Licht und die Scheibenwischer ein.

An einer Kreuzung tauchte schließlich ein Schild mit dem Hinweis auf, dass Winterborn nur noch wenige Kilometer entfernt war. Kurz darauf kamen sie in ein Dorf, dessen Kern aus einer Ansammlung alter Fachwerkhäuser im Tal bestand, während oberhalb an den Hügelhängen versprengt die Neubauten der letzten Jahrzehnte standen. Es waren nur eine Handvoll.

„Ich schätze, wir sind gleich da", sagte der Kommissar.

„Höchstens sechshundert Einwohner", meldete sich Plasberg zu Wort. „Wenn überhaupt. Immerhin, es gibt asphaltierte Straßen. Ist auch nicht selbstverständlich in der Provinz."

Brinkhoff bog auf die Hauptstraße ab, die quer durch Winterborn führte. Schon nach wenigen Minuten jedoch hatten sie den Ort hinter sich gelassen und Brinkhoff wollte gerade irritiert den Wagen anhalten, als das Navigationsgerät ihm das Erreichen des Ziels verkündete. Der Kommissar stoppte vor einem abseits gelegenen und frisch restaurierten, zweistöckigen Fachwerkhaus, dessen Fundament aus Bruchstein bestand. Die grünen Fensterläden und die ebenfalls grün gestrichene Tür bildeten einen fröhlichen Kontrast zu den schwarzen, längs, quer und diagonal verlaufenden Holzbalken und den weiß getünchten Wänden. In den Balkonkästen blühte winterharte Erika in weiß und rosa, abwechselnd mit ein paar immergrünen Stauden. Ein riesiger, alter Kastanienbaum erhob sich vor dem Haus und reckte seine kahlen Äste in den Himmel.

Brinkhoff fröstelte, als er den Wagen abschloss. „Kalt hier."

„Wir sind im Oberbergischen", erwiderte Plasberg und löste ein paar Blätter von ihren Schuhsohlen. „Was haben Sie erwartet? Im Winter fällt hier sogar Schnee."

„W-Wirklich?" Die Augen des Kommissars leuchteten plötzlich. Er sah die Hügel hinauf und versuchte sich vorzustellen, wie sie aussahen, wenn Schnee die Anhöhen mit ihrem dichten Baumbestand mit einem weißen Mantel bedeckte. Als Zehnjähriger war er einmal mit seinen Eltern im Schwarzwald im Winterurlaub gewesen, war stundenlang durch die verzauberte Landschaft getollt, hatte sich nicht sattsehen können an den wie mit Puderzucker verzierten Tannen und den Eiszapfen, die wie spitze Dolche von den Dächern der Häuser heruntergehangen hatten.

„Brinkhoff, kommen Sie?"

Die Stimme der Kommissarin riss ihn aus seinen Gedanken. Sie stand schon an der Tür des Fachwerkhauses und drückte auf die Klingel.

Der Mann, der ihnen öffnete, war ein makellos gekleideter, schlanker Endvierziger mit schütterem, grauem Haar. Er war einen Kopf kleiner als Brinkhoff und sein glatt rasiertes Gesicht war braun gebrannt, als wäre er gerade aus einem Karibikurlaub zurückgekehrt. Unter seinen eng beieinander stehenden, braunen Augen lagen eine spitze, kleine Nase und schmale Lippen. Die Mundwinkel waren heruntergezogen, was seinem Gesicht einen unzufriedenen Ausdruck verlieh. In seiner Hand hielt der Mann einen Stapel Unterlagen; anscheinend hatten ihn die Kommissare gerade bei der Arbeit gestört.

„Plasberg, Kripo Köln“, stellte sich die Kommissarin vor. „Und das ist mein Kollege Oberkommissar Brinkhoff. Herr von Schonau?“

Hartmut von Schonau setzte ein Lächeln aus blendend weißen Zähnen auf, deren Gleichmäßigkeit nur einer zahnkosmetischen Behandlung geschuldet sein konnte, und begrüßte seine Besucher. „Frau Kommissarin, Herr Kommissar … kommen Sie doch herein. Hatten Sie eine gute Fahrt?“ Ohne eine Antwort abzuwarten, trat er zur Seite, gab den Weg frei und führte die Beamten in sein Arbeitszimmer.

So alt das Haus von außen schien, so neu und modern war es von innen. Von Schonau hatte es wohl komplett entkernen lassen, denn anstelle verwinkelter kleiner Zimmer und dunkler Nischen, die die Kommissare erwartet hatten, erstreckte sich das Arbeitszimmer weiträumig über die gesamte linke Hälfte des Erdgeschosses. Die Decke war herausgenommen worden, sodass man bis unter das spitz zulaufende Dach sehen konnte, den Blick nach oben nur beschränkt durch quer strebende Holzbalken. Der rustikale Eindruck des Raumes wurde verstärkt durch einen gemauerten Kamin an der Wand, in dem ein Feuer prasselte, den hellen Parkettboden, und gleichzeitig aufgehoben durch die modernen Einrichtungsgegenstände: ein gläserner Schreibtisch mit Laptop, Drucker, Fax, Kopiergerät und Telefon, eine weiß bezogene Sitzecke mit Sofa und freischwingenden Sesseln sowie einem gläsernen Couchtisch. Halogenlampen in futuristischem Design spendeten ein kaltes, helles Licht und an der gegenüberliegenden Wand stand ein fünf Meter langes filigranes Bücherregal aus Metall.

Hartmut von Schonau lotste die Kommissare zur Sitzgruppe. „Kaffee?“, fragte er und griff zu einer Thermoskanne.

„Bitte“, erwiderte Plasberg und setzte sich. „Nur Milch, keinen Zucker.“ Seit sie Polizeibeamtin war, gehörte Kaffee zu ihren Grundnahrungsmitteln. Sie trank jeden Tag literweise davon, meist ohne es richtig wahrzunehmen. Brinkhoff bat um ein Glas Wasser. „Ein schönes Zuhause haben Sie, Herr von Schonau. Und ich dachte immer, solche alten Fachwerkhäuser stehen unter Denkmalschutz.“

„Das tut es auch. Wieso fragen Sie?"

„Na ja, wegen der Umbauten im Innenbereich. Ich nahm an, man muss bei so was Rücksicht auf die vorhandene Bausubstanz nehmen." Plasberg sah den Neffen Fritz von Schonaus lächelnd an.

„In diesem Fall nicht", parierte der Landespolitiker. Er hatte sofort verstanden, dass er herausgefordert wurde. „Das hier ist die Olligsmühle. Hier wurden früher Raps und Rüben zu Öl gepresst. Das Haus war halb verfallen, als ich es gekauft habe. Die Decken und Böden waren völlig morsch und verfault. Nicht mehr zu retten. Wirklich bedauerlich. Tatsächlich war der Bürgermeister mir dankbar, dass ich mich der alten Mühle angenommen habe."

„Verstehe", erwiderte Plasberg und nahm einen Schluck Kaffee. Der erste Punkt ging an von Schonau. „Sie sind Politiker?", fragte sie plötzlich.

„Ich habe das Direktmandat hier im Wahlkreis gewonnen, wie Sie vielleicht wissen." Über von Schonaus Gesicht stahl sich ein selbstzufriedenes Lächeln. „Natürlich für die CDU. Die Sozis kriegen hier in der Gegend keinen Fuß auf die Erde. Warum fragen Sie?"

„Was ist Ihr Fachgebiet?"

„Mein Fach…? Ach so. Ich sitze im Landtagsausschuss für Bauen und Verkehr. Warum?"

„Reine Routinefragen, nur damit wir die Fakten beisammen haben." Plasberg tat desinteressiert.

„Was genau kann ich denn nun für Sie tun?" Nach dem Vorgeplänkel hatte es der Neffe Fritz von Schonaus eilig, zum Thema zu kommen. „Ich war etwas überrascht, als mich Ihre Sekretärin um einen so dringenden Termin bat."

„Wir untersuchen den Mord an fünf Menschen. Daher die Eile", erwiderte Plasberg trocken.

„Ah ja, natürlich, ich habe davon gelesen. Schreckliche Sache. Aber was habe ich damit zu tun?"

„N-Nichts natürlich", erklärte Brinkhoff. „Aber Ihr Onkel hat uns gesagt, dass Sie für die Verwaltung der Grundstücke Ihrer Familie zuständig sind und das Grundstück und das Haus, das bei dem Mordanschlag in Flammen aufgegangen ist, gehören nunmal dazu."

„Ja, richtig", sagte die Kommissarin. „Ist das nicht ein wenig ungewöhnlich?"

„Was?", fragte von Schonau.

„Dass Sie mit der Verwaltung der Familienimmobilien beauftragt sind. Wird so etwas nicht normalerweise von Rechtsanwaltskanzleien oder Verwaltungsgesellschaften gemanagt?"

„Ich bin Rechtsanwalt und Partner in einer größeren Kanzlei in Gummersbach."

„Zusätzlich zu Ihrem Mandat als Landtagsabgeordneter?" Plasberg tat erstaunt.

„Meine Tätigkeit als Anwalt ruht natürlich in der Zeit, in der ich mein Mandat ausübe. Aber diese kleineren Verwaltungsangelegenheiten … es ist eine Familiensache, die ich meinem Onkel schlecht abschlagen konnte. In der Familie muss man zusammenhalten. Aber ich begreife immer noch nicht, was das alles mit dem Feuer und diesen schrecklichen Mordanschlägen zu tun hat."

„Sie haben Ihren Onkel am Tag nach dem Feuer angerufen und ihn gedrängt, das Grundstück und die Immobilie zu verkaufen", sagte Plasberg. „Sie haben ihn wiederholt gedrängt zu verkaufen. Warum?"

„Also, gedrängt ist ein Wort, das in diesem Zusammenhang einen falschen Eindruck vermittelt", sagte von Schonau mit einem Stirnrunzeln. „Ich habe meinem Onkel den Verkauf empfohlen."

„Natürlich", antwortete die Kommissarin. „Aber warum? Ihr Onkel hat uns gesagt, dass er an Geld kein gesteigertes Interesse hat, da er mit seinem Auskommen zufrieden ist."

„Ich weiß wirklich nicht, was Sie das angeht …" Von Schonau klapperte gereizt mit seinem Kaffeegeschirr. „Mein Onkel ist ein wenig verschroben, wie Sie sicherlich auch bemerken konnten, wenn Sie ihn besucht haben. Er ist nicht mehr ganz auf der Höhe der Zeit und hat mir schon vor Längerem die Verwaltung der Familienimmobilien übertragen. Dasselbe tue ich übrigens auch für meinen Vater. Da ist es doch ganz natürlich, dass ich versuche, die größtmögliche Rendite aus den sich in unserem Besitz befindlichen Grundstücken und Immobilien zu gewinnen, vor allen Dingen angesichts der momentan wirtschaftlich so schlechten Zeiten, ganz zu schweigen von den guten Preisen, die man in Köln mit Immobilienbesitz erzielen kann." Die Fähigkeit eines Politikers, aus dem Stand verschachtelte Sätze zu konstruieren, schien ihm schon in Fleisch und Blut übergegangen zu sein.

„Und das Haus und Grundstück Auf dem Berlich warf nicht genügend Rendite ab?"

„Ich bitte Sie!" Von Schonau lachte ungläubig über die Naivität der Kommissarin. „Ein einstöckiger Nachkriegsbau in einer solchen Lage?"

„Gab es denn Interessenten?"

„Natürlich gab es Interessenten. Und es gibt sie immer noch. Das Nachbargrundstück gehört einem Finanzkonsortium, das am Kauf interessiert ist. Da gibt es Pläne, die Grundstücke zu sammenzulegen und dort ein Büro- und Geschäftshaus in großem Stil zu errichten. Direkt angrenzend an die Fußgängerzone, mit einer guten vorhandenen Infrastruktur, zentral gelegen in der Innenstadt – eine sichere Investition. Wer könnte es den Leuten verübeln? So funktioniert Marktwirtschaft nun mal."

„Und Sie hätten gerne an dieses Konsortium verkauft?"

„Natürlich."

„Darf ich fragen, welche Höhe das Angebot der Firma hat?"

Hartmut von Schonau lehnte sich zurück und seine Mundwinkel umspielte für einen Moment ein verärgerter Zug, aber auch dieses Mal hatte er sich sofort wieder unter Kontrolle. „Sie dürfen fragen, aber über Geld rede ich nicht gern. Zumal das Geschäft erstens noch nicht zustande gekommen ist und zweitens, weil mich die Interessenten um Diskretion gebeten haben."

„Warum?" Plasberg stellte sich stur.

„Herrgott, Frau Kommissarin, weil das so üblich ist! Was glauben Sie, was passiert, wenn die großen Kaufhäuser und Einzelhandelsgeschäfte dort erfahren, dass in unmittelbarer Nachbarschaft ein Konkurrenzunternehmen gebaut werden soll?"

„Sie würden versuchen, die Baugenehmigung und vielleicht sogar den Verkauf wenigstens zu verzögern, wenn nicht sogar zu verhindern?“

„Sie sagen es.“

„Wäre die K-Konkurrenz denn dazu in der Lage? Ich meine, inw-wieweit kann denn auf solche Prozesse Einfluss genommen werden?“, schaltete sich Brinkhoff wieder in das Gespräch ein.

„Haben Sie schon mal von Lobbyarbeit gehört, Herr Kommissar? Und von kölschem Klüngel?“

„Aber die Stadt wäre doch wahrscheinlich sehr interessiert daran, das Stadtzentrum durch ein weiteres K-Kaufhaus oder so noch attraktiver zu gestalten. Höhere Gewerbesteuern und …“

„Moment, Moment. Ich glaube, wir entfernen uns zu sehr vom eigentlichen Punkt“, unterbrach Plasberg ihren Kollegen. „Was mich vor allem interessiert, ist, wieso Sie Ihren Onkel schon am Tag nach dem verheerenden Feuer erneut gedrängt haben, das Grundstück zu verkaufen.“

„Nun, ich dachte, dass er vielleicht jetzt bereit wäre, die Gelegenheit zu nutz… Augenblick mal, Frau Plasberg, ich möchte mich doch sehr deutlich gegen diese Unterstellung verwahren!“ Von Schonaus Miene wurde urplötzlich abweisend. „Ich habe nicht das Geringste mit dem Ausbruch des Feuers zu tun, wenn Ihre Anspielung darauf hinausläuft.“

„Habe ich etwas Derartiges gesagt?“, fragte sie unschuldig nach. „Aber da Sie das Thema schon anschneiden …“

„Glauben Sie allen Ernstes, ich lege ein Feuer, nehme den Tod von fünf Menschen billigend in Kauf, nur um Profit aus einem mehr oder weniger brachliegenden Grundstück zu schlagen?“ Hartmut von Schonaus Stimme war laut geworden. „Das ist absurd! Ich bin Politiker, Frau Kommissarin. So etwas Dummes kann ich mir gar nicht leisten!“

„Dumm oder nicht, auch Politiker sind nicht gegen die Versuchung gefeit.“

„Also, das ist doch … auf so einem Niveau werde ich mich sicher nicht weiter mit Ihnen unterhalten. Sie gehen entschieden zu weit. Und sollten Sie auch nur ein Sterbenswörtchen Ihrer aus der Luft gegriffenen Spekulationen publik werden lassen, dann …"

„Dann was?", fragte die Kommissarin zuckersüß lächelnd.

„Dann werde ich dafür sorgen, dass Sie demnächst wieder zum Streifendienst versetzt werden." Von Schonau stand ruckartig auf und schien das Gespräch für beendet zu halten.

Aber Plasberg ließ sich nicht so einfach hinauskomplimentieren. „Ein paar Fragen hätte ich doch noch, Herr von Schonau, wenn Sie gestatten."

„Aber nur, wenn sie sich im Rahmen der normalen Umgangsformen bewegen", erklärte der Abgeordnete steif. „Zu Ihren Andeutungen werde ich mich nicht mehr äußern."

Plasberg nahm die Einschränkung widerspruchslos zur Kenntnis. Sie hatte an der Rüstung gerüttelt, die die Beherrschtheit des Mannes zusammenhielt, und eine Reaktion erhalten. Mehr wollte sie im Moment nicht. „Was mich noch interessieren würde, ist die Tatsache, dass Ihr Onkel mit Frau Cordes den Mietvertrag vereinbart hat. Das scheint mir dem zu widersprechen, dass Sie doch für die Verwaltung der Immobilien Ihrer Familie verantwortlich sind. Ich meine, hätten Sie dann nicht mit Frau Cordes den Mietvertrag …?"

„Wer ist Frau Cordes?", fragte von Schonau verwirrt.

„Die Inhaberin des Plätzchengeschäfts, das den Flammen zum Opfer gefallen ist."

„Ach so. Nein, sehen Sie, ich war damals sehr beschäftigt und …"

„Damals?"

„Als der Mietvertrag zustande kam, waren gerade Landtagswahlen und ich war mitten im Wahlkampf."

„Ja, und?"

„Nun, wie gesagt, ich war sehr beschäftigt und daher hat mein Onkel den Abschluss des Mietvertrages selbst in die Hand genommen. Sehr zu meinem Bedauern."

„Aber der Mietvertrag befindet sich jetzt in Ihren Unterlagen?"

„Ja, sicher."

„Darf ich ihn sehen?"

„Wozu?"

„Herr von Schonau, darf ich den Mietvertrag einsehen oder nicht?" Jetzt war es an Plasberg, ungehalten zu reagieren.

„Na schön." Der Landtagsabgeordnete ging zu dem metallenen Bücherregal und zog einen Aktenordner heraus. Es dauerte eine Weile, aber dann hielt er der Kommissarin einen mehrseitigen Vertrag unter die Nase. „Ich hoffe, das befriedigt Ihre Neugierde."

Die Kommissarin überflog den Vertragstext und schaute auf. „Der Vertrag hat eine Laufzeit von zehn Jahren", sagte sie.

„Tatsächlich? Das war mir gar nicht in Erinnerung." Ob von Schonaus Überraschung gespielt oder echt war, ließ sich nicht erkennen.

Plasberg sah den Mann grübelnd an und schwieg. „Schön", sagte sie schließlich. „Ich denke, wir haben alles gehört, was wir im Moment benötigen. Vielen Dank für Ihre Hilfsbereitschaft, Herr von Schonau. Wären Sie so nett, uns eine Kopie des Vertrages mitzugeben? Nur für die Unterlagen. Reine Routine." Sie sah den Mann gewinnend an, als hätte es die Spannungen zwischen ihnen nie gegeben. Wenn Brinkhoff es nicht besser gewusst hätte, hätte er vermutet, dass die Kommissarin tatsächlich alle unbeantworteten Fragen erledigt glaubte.

Von Schonau jedenfalls schien genau das zu denken. Augenblicklich wurde sein Umgangston so hilfsbereit und zuvorkommend wie zu Beginn des Gesprächs. „Natürlich, Frau Kommissarin. Mit dem größten Vergnügen." Er kopierte die Vertragsblätter und drückte sie Plasberg in die Hand. Dann begleitete er die Kommissare zur Tür.

Plasberg war schon fast wieder am Wagen, als sie sich umdrehte und zurückmarschierte. „Da wäre noch eine Frage, Herr von Schonau."

„Bitte." Von Schonaus Hände waren schon am Türgriff gewesen, jetzt steckte er sie in die Hosentaschen.

„Was für einen Wagen fahren Sie?"

„Einen Mercedes, S-Klasse."

„Schwarz?"

„Das ist zwar schon die zweite Frage aber: Ja, er ist schwarz, wieso?"

„Und wo waren Sie vorgestern Abend zwischen 20:00 und 22:00 Uhr?“

Das hilfsbereite Lächeln des Mannes fiel in sich zusammen und er machte eine Miene, als hätte er in ein Stück faules Obst gebissen. Es fiel ihm sichtlich schwer, seine Selbstbeherrschung beizubehalten. „Ich nehme an, das ist die Zeit, in der das Feuer in dem Haus ausgebrochen ist?“

Plasberg nickte. „Es ist die Zeit, in der die Menschen in der *Keksdose* ermordet wurden.“

„Guten Tag, Frau Kommissarin. Ich habe bereits mehr geholfen, als Sie verdienen. Weitere Nachforschungen Ihrerseits dürften sich damit erledigt haben. Ich hoffe, ich habe mich klar ausgedrückt.“ Von Schonaus Abschiedsworte klangen eisig. Er nickte Brinkhoff kurz zu und schloss die Tür seines Hauses, ohne Plasbergs Frage zu beantworten. Plasberg ging nachdenklich zum Wagen zurück.

„Da-das müssen Sie mir aber jetzt erst mal erklären“, sagte Brinkhoff, während er den Motor startete und das Auto wendete.

„Was?“ Die Kommissarin kämpfte mit dem Sicherheitsgurt, der sich verheddert hatte.

„Warum Sie die Befragung so plötzlich beendet haben.“

Endlich hatte Plasberg den Gurt entwirrt und klickte ihn in den Schließmechanismus. „Weil mehr aus ihm nicht herauszuholen war. Der Mann ist Politiker. Er steht unter Immunität, solange sie nicht vom Landtag aufgehoben wird. Und das weiß er sehr genau. Er muss meine Fragen nicht beantworten.“

„Glauben Sie denn wirklich, dass er was mit den Morden zu tun hat?“

„Kollege, ich glaube gar nichts“, erwiderte die Kommissarin nüchtern. „Ich versuche Spuren nachzugehen.“

„Aber was denn für eine Spur? Ich sehe den Zusammenhang nicht. Nur weil er am Tag nach dem Feuer mit seinem Onkel telefoniert hat?“

„Weil er zugegeben hat, großes Interesse am Verkauf der Immobilie zu haben, weil er ein Angebot vorliegen hat, dessen Höhe er uns nicht nennen wollte, weil er mit Sicherheit gelogen hat, als er vorgab, nichts über die zehnjährige Laufzeit des Mietvertrages mit Anna Cordes zu wissen. Weil er einen schwarzen Wagen fährt. Und weil er uns sein Alibi für die Tatzeit nicht nennen wollte."

„Aber wir suchen zwei junge Täter, nicht einen Einzeltäter mittleren Alters."

„Natürlich würde er sich nicht selbst die Hände schmutzig machen. Von Schonau wäre es ein Leichtes gewesen, für diese Morde jemanden anzuheuern. Zufrieden?"

Brinkhoff fuhr an den Rand der Landstraße, um einem entgegenkommenden Traktor auszuweichen. Tatsächlich war er ganz und gar nicht zufrieden. „Dann hätte er uns doch problemlos sagen können, wo er zur Tatzeit war."

„Eben! Da stimmt irgendetwas nicht."

Der Kommissar hob verwirrt die Augenbrauen. Er verstand einfach nicht, in welche Richtung Plasbergs Gedanken gingen. Manchmal kam es ihm so vor, als schwirrten Ideen und Eingebungen in ihrem Kopf herum wie ziellose Geschosse. Aber wenn man sich ihre Aufklärungsquote ansah, trafen diese Geschosse doch fast immer ihren Bestimmungsort. Wie machte sie das bloß?

Plasberg schien seine Irritation zu spüren. „Es geht um Hintergrundinformationen, Brinkhoff", sagte sie schließlich. „Ist das ein so neues Konzept für Sie? Ich weiß genauso wenig wie Sie, ob und wenn ja, was Hartmut von Schonau mit diesem Fall zu tun hat. Oberflächlich betrachtet scheint er tatsächlich nicht als Täter infrage zu kommen. Aber nur durch das Sammeln von Ungereimtheiten, wie bei dieser auf den ersten Blick überflüssigen Befragung, erhalten wir Informationen, die später in anderen Zusammenhängen vielleicht wichtige Hinweise ergeben." Sie überlegte, wie sie Brinkhoff ihren Gedankengang verständlich machen konnte. „An der Polizeihochschule hat einer meiner Dozenten mal zu mir gesagt, dass kriminalistische Ermittlungsarbeit in unserem Bereich sehr viel mit der eines Paläontologen zu tun hat, der einen Fundort mit Fossilien von Dinosauriern entdeckt hat. Der Paläontologe und wir … beide wühlen wochen- oder monatelang scheinbar planlos im Dreck. Nur dass wir nicht nach Knochen, sondern nach Informationen graben. Beides ist oft anstrengend und fast immer eine Geduldsprobe. Aber alles, was wir zutage fördern, ist interessant. Meistens ist unter dem Dreck nur die Fußkralle eines Tyrannosaurus Rex verborgen, die wir schon x-mal katalogisiert haben: eine weitere, scheinbar überflüssige Information. Aber trotzdem erweitert dieses Detail unser Wissen. Der Paläontologe untermauert damit seine Erkenntnisse, wie der T-Rex seine Beute mittels der Kralle gepackt hat, und uns hilft die Information, eine weitere Ungereimtheit bei den Ermittlungen aufzuklären. Doch manchmal gelingt uns der Durchbruch und wir stoßen auf einen Klumpen Dreck, der sich bei näherer Betrachtung als ein Dinosaurierknochen entpuppt, der es uns ermöglicht, eine neue Art zu katalogisieren: die entscheidende Information, die zur Aufklärung eines Mordfalles führt." Plasberg war sichtlich zufrieden mit ihrem Vergleich und grinste über das ganze Gesicht.

Brinkhoff jedoch war noch konfuser als vorher. „Und die bisherigen Erkenntnisse zu Hartmut von Schonau … das sind dann eher ein paar Krallen als ein Knochen?", fragte er vorsichtig.

„Mein Gott, Kollege", erwiderte Plasberg entnervt, „woher soll ich das wissen? Wir haben den Dreck doch noch nicht abgewaschen!"

Der Kommissar versuchte es noch einmal. „Na schön. Entfernen wir also ein wenig Schmutz von unserem Fundstück: Woher wollen Sie wissen, dass von Schonau bezüglich des Mietvertrages gelogen hat?"

„Brinkhoff, ich bitte Sie! Gebrauchen Sie Ihren gesunden Menschenverstand! Er bekommt ein Angebot für ein Grundstück, das er verkaufen will, und weiß nicht, dass der Mietvertrag der Immobilie erst in zehn Jahren ausläuft?"

„Was spielt das denn für eine Rolle? Er hätte der Cordes eine Abfindung anbieten können!"

„Die diese niemals angenommen hätte. Das Geschäft lief bombig und sie hat sich einen Jugendtraum damit erfüllt."

„Gut, aber selbst wenn … er kann Grundstück und Haus trotzdem verkaufen! Dann hätte sich eben der Interessent mit der *Keksdose* herumschlagen müssen."

„Ich könnte mir vorstellen, dass damit das Angebot des Interessenten hinfällig gewesen wäre. Zumindest, wenn er den Plan hatte, auf dem Gelände einen neuen Gebäudekomplex zu errichten. Das bedeutet nämlich, dass der Nachkriegsbau abgerissen werden müsste. Und dazu müsste die *Keksdose* verschwinden – und die Mieter im ersten Stock. Warum sollte sich ein potenzieller Käufer diesen Ärger aufbürden wollen, wenn er das von Schonau überlassen kann? Und dem dürfte es bei einem Mietvertrag über zehn Jahre schwergefallen sein, Anna Cordes und ihren Laden loszuwerden."

„Ich glaube, das stimmt nicht", entgegnete Brinkhoff. „Ich meine mich zu erinnern, dass es da vor ein paar M-Monaten ein für Vermieter günstiges Gerichtsurteil gegeben hat. Ist Ihr Handy Internet-tauglich?"

Die Kommissarin sah ihren Kollegen verwirrt an. „Nein, wieso?"

Er fischte sein eigenes Handy aus der Hosentasche und drückte es Maria Plasberg in die Hand. „Googeln Sie mal Bundessozialgericht, Rechtsprechung, Abriss. Ich bin sicher, dass Sie dann ein paar Treffer erhalten."

Plasberg starrte Brinkhoffs Handy an, als wäre es ein Buch mit sieben Siegeln. „Und wie geht das?", fragte sie.

„Das ist ein iPhone", schmunzelte der Kommissar, während er die Landstraße im Auge behielt, die kurvenreich den Hügeln und Tälern der Landschaft folgte. „Das Ding hat einen Touch-Screen. Gehen Sie auf den Button fürs Internet. Der Rest erklärt sich von selbst."

„Ach, das ist ein iPhone?" Die Kommissarin kratzte sich am Kopf. „Niklas liegt mir schon die ganze Zeit damit in den Ohren. Für sich, versteht sich. Ich habe ihm gesagt, das Einzige, wofür ich in nächster Zeit für ihn Geld ausgebe, sind Babysachen."

Plasberg folgte Brinkhoffs Anweisungen und hatte nach kurzer Zeit tatsächlich Erfolg mit ihrer Recherche. „Sie haben recht", murmelte sie. „Urteil des Bundessozialgerichts vom 28.1.2009. ‚Eine Kündigung des Vermieters aus wirtschaftlichen Gründen ist rechtens, wenn er durch die Fortsetzung des Mietverhältnisses erhebliche wirtschaftliche Nachteile bei der Nutzung des Grundstücks erleidet.' … blablabla … Großer Gott, ist das ein Beamtendeutsch …" Plasberg überflog den Text. „Er darf dann auch ein altes Haus abreißen lassen, den Mietern kündigen und ein neues bauen … Mist … Ah, Moment: In dem vorliegenden Fall ging es aber darum, dass das alte Haus, das abgerissen werden sollte, schwer sanierungsbedürftig war und die Kosten, die dadurch verursacht worden wären, höher gewesen wären als ein kompletter Neubau." Sie sah triumphierend auf. „Und das war bei von Schonaus Gebäude eindeutig nicht der Fall."

„Sind Sie sicher? Ein einstöckiger Nachkriegsbau Ende der vierziger Jahre? Der war doch sowieso nur als Provisorium geplant."

Die Kommissarin gab das Handy zurück. „Schon möglich. Aber ich denke gerade darüber nach, ob das nicht völlig irrelevant ist. Kann ja sein, dass von Schonau das Recht hatte, den Bau und das Geschäft abzureißen. Aber dann hätte er eine Räumungsklage einreichen müssen, gegen die dann Anna Cordes sicherlich gerichtlich vorgegangen wäre. Und der Weg durch die Instanzen kann lang sein. Vielleicht wäre der Interessent für den Kauf und die Neubebauung des Grundstücks in der Zwischenzeit abgesprungen."

Brinkhoff schwieg. Von dieser Warte aus hatte er den Sachverhalt noch nicht betrachtet. „Dann wäre es hilfreich zu wissen, w-wer der Interessent ist und an w-welche Bedingungen sein Angebot geknüpft war", sagte er schließlich.

„Und um wie viel Geld es sich dreht. Sie könnten auch mal bei Ihrem Bekannten nachfragen, ob von Schonau mit einer Räumungsklage gedroht hat."

„Sie meinen M-Markus Clement?"

Plasberg nickte. „Er und sein Freund haben da schließlich auch zur Miete gewohnt."

„M-Muss das sein? Ich war ei-eigentlich froh, ihn nicht mehr zu sehen."

Aber Plasberg hörte gar nicht zu. „Außerdem wüsste ich auch zu gerne, ob von Schonau Geldprobleme hat", sagte sie und starrte aus dem Beifahrerfenster. „Könnte doch sein, dass er sich an der Börse verspekuliert hat und ein bisschen klamm ist. Dann wäre ihm sehr daran gelegen, die *Keksdose* loszuwerden. Auf jede Art und Weise." Sie kaute geistesabwesend an ihren Fingernägeln und nahm einen anderen Gedanken auf. „Was ich auch sehr interessant fand, war die Tatsache, dass Herr von Schonau Mitglied im Landtagsausschuss für Bauen und Verkehr ist. Damit hat er doch ziemlich viel Einfluss bei der Vergabe von Infrastrukturprojekten und Ähnlichem, oder? Dinge, die mit viel Geld verbunden sind."

„Ich kann mir nicht v-vorstellen, dass da ein Zusammenhang besteht", erklärte der Kommissar.

„Ach, und warum nicht?"

„Die B-Baugenehmigungen für städtebauliche Projekte fallen meist unter die kommunale Verwaltung. Was sollte das Land mit der Errichtung eines neuen Büro- und Einkaufszentrums in der Kölner Innenstadt zu tun haben?"

„Direkt wahrscheinlich nichts. Aber der Mann könnte doch seinen Einfluss geltend machen, wenn es um die Beschleunigung von Baugenehmigungen geht. Nach dem Motto: Ihr genehmigt den Bau eines neuen Einkaufszentrums auf einem Grundstück, das ich dann gewinnbringend verkaufen kann, im Gegenzug verwende ich mich im Landtagsausschuss für höhere Gelder bei den Zuschüssen für ein Museum oder so."

„Korruption? Wie wollen Sie das denn beweisen?"

„Indem ich nachforsche und den richtigen Leuten die richtigen Fragen stelle. Es ist ja auch gar nicht gesagt, dass von Schonau so etwas getan hat, aber zumindest sollten wir die Möglichkeit in Betracht ziehen."

„Sie wissen, dass wir uns bei solchen Nachforschungen auf sehr dünnes Eis begeben?" Eigentlich war Brinkhoffs Frage rhetorisch, denn inzwischen glaubte er seine Vorgesetzte gut genug zu kennen, um zu wissen, dass sie sich dadurch kaum abbringen lassen würde, Hartmut von Schonau ein wenig genauer unter die Lupe zu nehmen.

„Weil der Mann Politiker ist?" Plasberg zuckte denn auch gleichgültig mit den Schultern. „Wenn er weiß, dass wir ihn durchleuchten, wird er nervös und das ist es doch, was wir wollen, stimmt's? Nervöse Menschen machen Fehler und in diesem Zusammenhang arbeiten ihre Fehler uns in die Hände."

„Dann lassen Sie sich wenigstens von Eikner und dem StA Rückendeckung geben und lassen Sie uns diskret vorgehen."

Plasberg seufzte. „Na schön, wenn es Sie beruhigt." Sie wollte gerade zu ihrem eigenen Handy greifen, um Staatsanwalt Rosenzweig und ihren Vorgesetzten anzurufen, als das Mobilgerät klingelte. Am anderen Ende der Leitung meldete sich Karsten Vogt.

Der Kommissar informierte Plasberg und Brinkhoff über sein Telefongespräch mit Angelika Schuster, der Mitarbeiterin von *Terre des Femmes*, deren Nummer er nach kurzer Rücksprache mit Lutz Beerbaum, dem Leiter des KK 12, Sexualdelikte, erhalten hatte.

Fatma Öcal hatte tatsächlich vor vier Monaten Kontakt zu der Frauenrechtsgruppe aufgenommen, nachdem einer ihrer Brüder sie zum wiederholten Mal geschlagen hatte. Sie war mit einem blauen Auge und einem Hämatom im Rippenbereich zu Angelika Schuster gekommen. Die Mitarbeiterin hatte sie als wütende und gleichzeitig sehr verängstigte Frau in Erinnerung, der nur mit Mühe zu entlocken war, wem sie ihre Verletzungen verdankte. Schuster hatte einen Großteil des Gesprächs darauf verwandt, Fatma Öcal die Schuldgefühle auszureden, die sie empfand – eine Reaktion, die nicht ungewöhnlich war. Fatma musste erst davon überzeugt werden, dass sich ihr Bruder keineswegs moralisch im Recht befand, wenn er sie mit Schlägen dafür bestrafte, dass sie sich mit einem deutschen Mann traf. Allerdings hatte sie sich geweigert, die Verletzungen dokumentieren oder von einem Arzt behandeln zu lassen, und sie war auch nicht dazu zu bewegen gewesen, ihren Bruder wegen Körperverletzung anzuzeigen.

„Welcher der Brüder hat sie denn geschlagen?", wollte Plasberg wissen, deren Gesicht sich während des Gesprächs mit Vogt immer mehr verfinstert hatte.

„Das wusste die Schuster nicht. Fatma Öcal hat keinen Namen genannt", erwiderte Vogt.

Von einer drohenden Zwangsverheiratung war nach Angaben der Mitarbeiterin von *Terre des Femmes* zu diesem Zeitpunkt noch keine Rede gewesen und nach diesem Gespräch hatte es keinen weiteren Kontakt gegeben. Angelika Schuster hatte der jungen Frau zwar ihre Karte und Telefonnummer in die Hand gedrückt und sie eindringlich gebeten, sich mit ihr in Verbindung zu setzen, wenn ihre häusliche Situation sich verschlechterte, aber Fatma Öcal hatte sich nie wieder gemeldet.

„Wir sollten Tarkan und Murat Öcal wohl doch noch einen Besuch abstatten", sagte die Kommissarin. „Von wegen, sie hatten nichts gegen die Freunde ihrer Schwester einzuwenden!"

„Kann das nicht warten bis morgen früh?", mischte sich Brinkhoff ein. „Die beiden kommen doch sowieso ins Büro."

„Nein", entschied Plasberg. „Das dauert mir jetzt doch zu lange. Ich habe eine bessere Idee. Wir schicken einen Wagen hin und lassen sie direkt aufs Präsidium bringen. Das wird den Druck auf die beiden erhöhen. Ich lasse mir das von Rosenzweig dann nachträglich absegnen." Da war er wieder, Plasbergs unbekümmerter Umgang mit dienstlichen Vorschriften. Aber nach Vogts Bericht über die Misshandlungen sah die Kommissarin keinen Grund, Tarkan und Murat Öcal noch länger mit Samthandschuhen anzufassen. Sie sollten ruhig merken, dass mit ihr nicht gut Kirschen essen war.

Plasberg blickte auf ihre Armbanduhr und gähnte. Es war erst kurz nach fünfzehn Uhr, und sie war jetzt schon hundemüde. „Was war mit der Wohnungsbegehung bei Cordes und Schneider?", fragte sie Vogt.

Der Kommissar berichtete von der Dominaausrüstung und den Handschellen, den Backbuchambitionen von Anna Cordes sowie dem merkwürdigen Besuch, den sie an Cordes' Haustür empfangen hatten. „Wir haben inzwischen den Fahrzeughalter des schwarzen BMWs ermittelt, in den die beiden Gorillas gestiegen sind."

„Ein schwarzer BMW?", stöhnte Plasberg. „Das ist schon der dritte dunkle Wagen an diesem Tag! Tarkan Öcal und Hartmut von Schonau besitzen ebenfalls welche."

„Ich habe da noch etwas. Halten Sie sich fest: Der Wagen ist auf den Namen Ricardo Orsetti zugelassen."

„Eh … ja, und? Wer ist das?", fragte Plasberg verwirrt.

„Orsetti ist der Vetter von Francesco Bellini."

„Bellini … Bellini …" Der Name kam ihr bekannt vor. „Warten Sie … der Chef von *Cologne Security*?"

„Genau der."

„Was für ein außerordentlicher Zufall! Was hat der denn mit Tom Schneider zu schaffen?", fragte die Kommissarin überrascht.

„Das weiß ich auch noch nicht, aber ich habe ein bisschen recherchiert." Vogts Stimme klang plötzlich blechern und weit weg. Plasberg hatte Mühe, ihn zu verstehen. „Sein Vetter mischt kräftig im Baugewerbe in Köln und Umgebung mit. Bisher konnte man ihm zwar noch nichts nachweisen, aber die Kollegen von der Organisierten Kriminalität haben ihn im Visier wegen Beschäftigung von illegalen Arbeitern und Steuerhinterziehung. Er besitzt außerdem eine ganze Reihe von Spielhallen in der Stadt und es besteht der Verdacht, dass er an der Organisation von illegalem Glücksspiel beteiligt ist."

„Also ein dicker Fisch", sagte Plasberg. „Mafia?"

„Der Kollege hat sich am Telefon fast ausgeschüttet vor Lachen, als ich ihn das gefragt habe. Er meinte, in solchen Zusammenhängen taucht die Mafia immer irgendwo auf."

Plasberg überlegte. „Schneider und das Baugewerbe. Schneider und Glücksspiel. Könnte es da eine Verbindung geben? Hatte er vielleicht Spielschulden?"

„Möglich wäre es. Wir haben nämlich eine Aktenmappe mit 10.000 Euro in bar gefunden. Unter einem losen Brett im Dielenboden des Arbeitszimmers."

„Wirklich? 10.000 Euro?"

„In 200- und 500-Euro-Scheinen. Sorgsam gebündelt. Ich habe Frau Dr. Reitz gebeten, der Sache nachzugehen. Außerdem haben wir Schneiders Laptop sichergestellt. Ist mit der Aktenmappe und dem Geld schon bei der Spurensicherung. Angeblich haben die einen neuen Mitarbeiter, der ein wahres Wunderkind sein soll, was Computer betrifft."

„Aber wieso schickt dieser Ricardo Orsetti zwei seiner Gorillas zu Tom Schneider?“, fragte die Kommissarin.

„Um das Geld einzutreiben“, warf Brinkhoff ein. „Das ist doch offensichtlich, oder?“

„Aber Schneider ist tot!“, widersprach sie. „Und Francesco Bellini wusste durch unseren Besuch bei *Cologne Security*, dass die Polizei den Brand in der *Keksdose* untersucht. Dann war es bestimmt auch nicht schwer für ihn herauszufinden, wer bei dem Mordanschlag ums Leben gekommen ist. Also auch, dass eines der Opfer Tom Schneider ist. Wieso gibt er diese Information dann nicht an seinen Vetter weiter?“

„Vielleicht war das auch gar nicht mehr nötig“, spekulierte Brinkhoff. „Wenn dieser Ricardo Orsetti etwas mit den Morden zu tun hat, dann wusste er ja bereits Bescheid.“

„Ja, genau“, stimmte Vogt zu, der die Überlegungen seines Kollegen ebenfalls gehört hatte. „Vielleicht wollten die beiden Leibwächter gar nicht zu Schneider persönlich. Sie könnten das doch auch nur gesagt haben, weil sie überrascht waren, dass ich ihnen die Tür aufgemacht habe. Vielleicht wollten sie nur in die Wohnung. Vielleicht wollten sie das Geld suchen.“

Plasberg kaute unzufrieden auf ihrer Lippe. „Das passt alles nicht zusammen. Das ergibt keinen Sinn. Warum sollte Orsetti einen Mord an Schneider planen, wenn der ihm Geld schuldet? Dann sieht er es erst recht nicht wieder! Kaum anzunehmen, dass er oder seine Männer von dem Versteck im Dielenboden wussten. Oder doch?“ Sie presste ihre Finger an die Schläfen, hinter denen sich mittlerweile ein leichter Kopfschmerz bemerkbar machte. „Wir brauchen mehr Informationen über Tom Schneider. Sonst kommen wir in dieser Richtung nicht weiter. Vogt, klemmen Sie sich mit der Reitz zusammen dahinter. Persönlicher Hintergrund, Familie, Freunde, Nachbarn, Bekannte, Geschäftspartner … das Übliche. Wir wissen so gut wie nichts über den Mann. Über alle anderen Opfer haben wir zumindest ein paar Informationen. Hat Schneider keine Eltern mehr?“

„Nein.“ Vogts Stimme klang plötzlich sehr verzerrt und war nur noch bruchstückweise zu verstehen. „… Tot … die Mutter Krebs, der Vat… vor acht Jahr …“ Dann war die Leitung weg und Plasbergs Handy zeigte an, dass die Verbindung zusammengebrochen war.

„Mist“, brummte die Kommissarin und schob ihr Handy in die Handtasche auf ihrem Schoß. „Ein Funkloch.“

Mittlerweile waren Brinkhoff und sie wieder auf der Autobahn Richtung Köln unterwegs. „Und jetzt?“, fragte der Kommissar.

„Zurück ins Präsidium“, sagte Plasberg müde und gähnte erneut. „Ich muss nachdenken und die ganzen Informationen ein bisschen ordnen.“ Ihre Finger drückten erneut auf ihre Schläfen, der Kopfschmerz wurde stärker.

„Und was ist mit den Öcal-Brüdern?“

„Ach ja, richtig.“ Die Kommissarin seufzte und holte ihr Handy wieder aus der Tasche, um einen Streifenwagen anzufordern, der Tarkan und Murat ins Präsidium bringen sollte. Das Funkloch hatten sie inzwischen hinter sich gelassen.

Doch als die Kommissare zwanzig Minuten später in Kalk auf dem Parkplatz des Polizeipräsidiums vorfuhren, erhielt Plasberg die Nachricht, dass Tarkan und Murat Öcal verschwunden waren. Die Beamten, die die beiden abholen sollten, hatten sie nicht mehr angetroffen.

„Getürmt? Was soll das heißen?“ Plasberg stürmte ins Büro und warf ihre Handtasche auf den Schreibtisch, während sie das Handy ans Ohr hielt. Der Polizist am anderen Ende der Leitung bekam ihren ganzen Ärger zu spüren.

„Das soll heißen, dass sich die beiden nicht in der Wohnung befinden, in der sie gemeldet sind, Frau Kollegin“, erwiderte er spitz. Plasbergs Ruf als ruppige Beamtin mit schlechten Umgangsformen war auch schon bis zu ihm gedrungen, aber er hatte keine Lust, sich von ihr anmeckern zu lassen. Er war seit dem frühen Morgen im Dienst und hatte sich auf das Ende seiner Schicht gefreut, als er und seine Kollegin über die Polizeileitstelle die Einsatzorder in die Keupstraße erhielten.

Plasberg ließ sich auf ihren Stuhl fallen, während Brinkhoff hinter ihr sachte die Bürotür schloss. „Sind Sie noch vor Ort?“

„Ja, sind wir.“

„Ich nehme an, die Eltern sind wenigstens zu Hause?“

„Nur die Mutter. Der Vater ist nicht da.“

„Verdammt, die spricht ja nur türkisch. Aus der kriegen wir nichts heraus“, fluchte Plasberg.

„Ehm … meine Kollegin spricht türkisch“, antwortete der Polizist. „Jedenfalls einigermaßen. Sie macht seit zehn Jahren Sprachurlaube in der Türkei.“

„Ach so? Dann sagen Sie ihr, sie soll die Mutter fragen, wo ihr Mann und ihre Söhne sind.“

Plasberg hörte im Hintergrund erst die Stimme des männlichen Kollegen und dann zwei Frauenstimmen, die sich auf Türkisch miteinander unterhielten. Dann war der Polizist wieder am Apparat. „Der Mann ist im Gebetshaus. Und sie sagt, sie wisse nicht, wo ihre Söhne sind.“

„Das glaube ich nicht. Fragen Sie sie noch mal. Und sagen Sie ihr, dass sie für ihre Söhne nur noch alles schlimmer macht, wenn sie uns nicht die Wahrheit sagt.“

„Aber …“

„Sagen Sie ihr das!“

Wieder gab es einen Moment Stimmengewirr im Hintergrund. Plasberg hörte Frau Öcal plötzlich laut aufschluchzen und dann folgte ein Redeschwall auf Türkisch. Dann endlich meldete sich der Beamte der Polizeiinspektion wieder. „Sie sind zum Flughafen. Sie wollen zurück in die Türkei. Sie haben ein paar Sachen gepackt und vor einer knappen Stunde das Haus verlassen. Es gibt um 17.30 Uhr einen Flug nach Antalya, von dort wollen sie dann weiter in ihr Heimatdorf. Sie sagt, ihre Söhne seien unschuldig, das schwört sie bei Allah und die Kommissarin soll sich von ihrem Herzen leiten lassen und nicht von ihren Vorurteilen.“

Plasberg schnaubte auf, weniger fassungslos über die Fluchtabsichten von Tarkan und Murat Öcal als über die Naivität der Mutter. „17.30 Uhr? Welcher Flughafen?“

„Das weiß sie nicht, und ich glaube, diesmal sagt sie die Wahrheit.“

Plasberg beendete das Gespräch und sagte: „Brinkhoff, schauen sie im Internet nach, von welchem Flughafen um halb sechs ein Flug nach Antalya geht. Düsseldorf, Frankfurt oder Köln/Bonn. Schnell."

Der Kommissar setzte sich vor seinen Computer und tippte auf der Tastatur. „Köln/Bonn", sagte er nach ein paar Minuten, die Plasberg wie eine Ewigkeit vorkamen. „*Germanwings*."

Plasberg griff zu ihrem Diensttelefon und verständigte die Polizeiwache auf dem Flughafen Konrad Adenauer, gab Namen und Personenbeschreibung weiter. Dann legte sie auf und sagte zu Brinkhoff: „Sie versuchen abzuhauen."

„Hab ich mitbekommen", erwiderte der Kommissar. „Und jetzt?"

„Abwarten, ob die Kollegen sie erwischen. Aber wir brauchen einen Haftbefehl." Sie wählte die Nummer des Staatsanwalts und hatte Glück. Rosenzweig hatte seine Gerichtstermine hinter sich und befand sich in seinem Büro. Die Kommissarin erläuterte mit wenigen Sätzen die Situation und schloss mit den Worten: „Wir können die beiden nur vorläufig festnehmen. Können Sie beim Richter einen Haftbefehl beantragen?"

Am anderen Ende der Leitung zögerte der Staatsanwalt. „Sie sind sicher, dass die beiden mit der Sache was zu tun haben, Frau Plasberg?"

„Sie haben eines der Opfer telefonisch mit dem Tode bedroht, bei einem weiteren Opfer kommt der Verdacht auf schwere Körperverletzung zum Tragen." Dass beide Vorwürfe bisher nur auf Hörensagen basierten, ließ die Kommissarin unter den Tisch fallen. „Außerdem fährt einer der beiden einen Wagen, dessen Beschreibung auf das Auto passen könnte, das die Täter als Fluchtauto benutzt haben könnten."

„In dem Satz sind mir eindeutig zu viele Konjunktive, Frau Kommissarin!"

„Dr. Rosenzweig, bitte! Wenn die beiden erst mal außer Landes sind, wird es schwer sein, ihnen auch nur ein Verkehrsdelikt nachzuweisen."

„Also schön ... ich kümmere mich um die Haftbefehle und Sie sorgen dafür, dass uns die zwei nicht durch die Lappen gehen. Aber enttäuschen Sie mich nicht, Frau Kommissarin", warnte der Staatsanwalt.

„Da wäre noch etwas …“ Plasberg traute sich kaum, es auszusprechen. Aber wenn sie Rosenzweig schon am Apparat hatte, war es besser, alle Karten auf den Tisch zu legen.

Der Staatsanwalt seufzte. „Wenn man Ihnen schon mal einen kleinen Finger reicht!“

„Ich brauche Ihre Rückendeckung in Bezug auf einen weiteren Verdächtigen.“ Die Kommissarin berichtete von der Unterhaltung, die Brinkhoff und sie mit Hartmut von Schonau gehabt hatten. Noch während sie redete, spürte sie die wachsende Reserviertheit des Staatsanwalts.

„Sie wollen sich ernsthaft mit einem Landespolitiker anlegen?“, fragte er endlich. „Der Mann kann Ihnen gehörige Schwierigkeiten bereiten. Und mir auch.“

„Ich will ihm nur ein wenig auf den Zahn fühlen. Er hat sich geweigert, mir sein Alibi für die Mordnacht zu nennen.“

„Das ist sein gutes Recht. Sie können ihm nicht das Geringste vorwerfen.“

„Eben drum! Der Mann ist gewieft. Also, habe ich Ihr Einverständnis?“

Rosenzweig fühlte sich ganz offensichtlich nicht wohl dabei. „Inoffiziell. Nur inoffiziell“, sagte er. „Bohren Sie weiter, aber seien Sie diskret. Und ich will über jeden Schritt informiert werden. Ist das bei Ihnen klar angekommen?“

„Natürlich.“ Plasberg wechselte das Thema, um gut Wetter zu machen. „Wie geht's Ihrem Sohn?“

„Kalle?“ Das Seufzen von Rosenzweig ging in ein mutloses Stöhnen über. „Ende letzter Woche bin ich vom Schulleiter informiert worden, dass er drei Tage hintereinander die Schule geschwänzt hat. Und ein paar Joints habe ich in seinem Zimmer gefunden. Versteckt in einer Sportsocke! Als ich ihn darauf angesprochen habe, hat er nur ein Achselzucken für mich übrig gehabt. Am liebsten würde ich ihn übers Knie legen, aber machen Sie das mal mit einem Sechzehnjährigen!“

Plasberg murmelte ein paar mitfühlende Worte. Dann beendete sie auch dieses Gespräch und ließ sich in ihren Stuhl zurückfallen. „Die Haftbefehle gegen Murat und Tarkan Öcal sind in Arbeit“, sagte sie zu Brinkhoff. „Wenn wir der beiden habhaft werden, können wir sie vorläufig festnehmen. Morgen werden sie dann dem Haftrichter vorgeführt."

„Und was ist mit dem jungen von Schonau?"

„Muss alles inoffiziell bleiben, aber wir können weitermachen." Sie rieb sich erschöpft mit den Händen durchs Gesicht. „Was für ein Tag. Ich bin völlig gerädert."

„Sie sollten mal was essen", sagte der Kommissar. „Ich hab noch eins von den Brötchen von heute Vormittag. Wollen Sie?"

Plasberg schüttelte den Kopf. „Ich bin nicht hungrig. Eher unterzuckert. Sie haben nicht zufällig Traubenzucker dabei?"

„Nein", erwiderte der Kommissar. „Aber was anderes." Er zog eine Schublade seines Schreibtischs auf und warf Plasberg eine Tafel Schokolade zu.

„Zartbitter?", maulte seine Vorgesetzte. „Haben Sie keine Vollmilch?"

Brinkhoff hob bedauernd die Schultern.

Nach einer Viertelstunde klingelte das Telefon. Plasberg stürzte sich auf den Hörer und atmete gleich darauf erleichtert auf. „Gut, danke. Gute Arbeit, Kollege … nein, überstellen Sie die beiden direkt … ja, Ihnen auch. Nochmals danke."

„Zugriff?", fragte Brinkhoff.

„An der Sicherheitsschleuse. Sie wollten sich der Festnahme widersetzen. Vier Beamte waren nötig, um sie abzuführen." Jetzt, wo die Anspannung von ihr abfiel, merkte Plasberg, wie ihr Kreislauf nach unten sackte. Sie stützte ihr Gesicht in ihren Händen auf dem Schreibtisch ab.

„Sie sehen schlecht aus", bemerkte Brinkhoff. „Sie sollten nach Hause gehen. Machen Sie für heute F-Feierabend. Ich halte solange hier die Stellung. Arbeit habe ich genug." Er deutete auf die Unterlagen auf seinem Schreibtisch, die noch bearbeitet werden mussten.

Zuerst wollte Plasberg widersprechen, aber dann gab sie sich einen Ruck und stand auf. „Also gut. Die Öcals können auch bis morgen warten. Danke." Müde schob sie sich in ihren Mantel und zog ihre Handtasche über die Schulter. „Bis morgen dann."

Brinkhoff biss in sein Brötchen. „Schlafen Sie sich aus", rief er ihr mit vollem Mund nach, als sie das Büro verließ.

Er hatte den Bissen noch nicht hinuntergeschluckt, als Gesine Keller an die Bürotür klopfte. „Ist es in Ordnung, wenn ich auch Feierabend mache für heute?", fragte sie vorsichtig. „Ich habe so viele Überstunden …"

Der Kommissar nickte. „G-Gehen Sie nur."

Erleichtert wickelte die Sekretärin ihren Schal um. „Wie war's übrigens beim Tierarzt?"

Brinkhoff sah Gesine Keller wie vom Donner gerührt an. „Scheiße", fluchte er, „total v-vergessen!" Hektisch sprang er auf und suchte seine Sachen zusammen. „Frau Keller, seien Sie ein E-Engel und rufen Sie beim Tierarzt an, dass ich den Termin verpennt habe und jetzt noch vorbeikomme", rief er, während er aus dem Büro hastete. „Ich hol nur eben Bombadil von zu Hause."

„Aber ich kenne den Tierarzt doch gar nicht!"

Brinkhoff brüllte ihr einen Namen zu und dann verschluckte ihn der Aufzug. Gesine Keller seufzte und schlug den Namen des Veterinärs in den Gelben Seiten nach. Manchmal hatte sie den Eindruck, dass sie die Einzige war, die ihre fünf Sinne in diesem Kommissariat noch beisammen hatte. Dann wählte sie die Nummer und kündigte den verspäteten Besuch von Brinkhoff und seinem Kater an. Erst danach machte sie sich ebenfalls auf den Heimweg.

Mit jeder Minute wurden die Kopfschmerzen schlimmer. Maria Plasberg drückte mit den Zeigefingern auf ihre Schläfen, aber das Einzige, was diese krude Akupressur bewirkte, war, dass der Schmerz sich in ihrem ganzen Kopf verteilte. Die Kommissarin wusste, was das bedeutete: Sie würde für den Rest des Tages zu keinem klaren Gedanken fähig sein.

Sie litt seit Jahren unter Spannungskopfschmerzen, stressbedingt, wie ihr Hausarzt diagnostiziert hatte. Als ob sie das nicht selbst gewusst hätte. Er hatte ihr geraten, Stresssituationen zu vermeiden, bei Anfällen rechtzeitig auf Schmerztabletten zurückzugreifen – und sich viel Bewegung und immer wieder Ruhephasen zu gönnen. Vorbeugend hatte er der Kommissarin einen ausgeglichenen Lebensstil, ausgewogene Ernährung und

Sport, am besten Ausdauertraining, verordnet. Plasberg hätte dem Mann am liebsten einen Tritt vors Schienbein versetzt. Wie sollte sie in ihrem Beruf und als alleinerziehende Mutter zu einem ausgeglichenen Lebensstil finden, was immer man darunter auch verstehen wollte? Die Belastungen waren derart vielfältig und unvorhersehbar. Sollte sie etwa bei der Untersuchung eines Mordfalls Vogt oder Eikner erklären, dass sie nach acht Stunden Dienst eine Ruhephase brauchte und für weitere Ermittlungen nicht zur Verfügung stand? Die hätten sich ins Fäustchen gelacht. Und Sport? Dafür hatte sie einfach keine Zeit. Wo sollte sie eine Stunde für Pilates, rhythmische Sportgymnastik oder auch nur einfaches Joggen hernehmen, wenn der Tag für sie sowieso schon mindestens sechs Stunden zu kurz war?

Immerhin hatte sie im Laufe der Jahre herausgefunden, dass es einige Dinge gab, die die Schmerzen milderten – zugegebenermaßen waren es Krücken, die merkwürdig anmuteten und unkonventionell waren, aber das scherte die Kommissarin nicht. Hauptsache, sie ermöglichten es ihr, die Attacken zu überstehen und währenddessen irgendwie zu funktionieren, auch wenn sie sich wie ein Zombie fühlte. Das erste Hilfsmittel war Kälte. Es schien den Schmerz, wenn nicht zu reduzieren, so doch auf irgendeine Art zu zähmen, zumindest nahm er dann nicht mehr zu. Ihre zweite Krücke war Kaffee. Unmengen von starkem, bitterem Kaffee, möglichst fünf oder sechs Tassen, dessen Reizstoffe ihr Blut in reines Koffein verwandelte und ihrem Puls eine Frequenz von mindestens 100 Schlägen pro Minute abverlangte. Das Koffein schien wie ein Gegengift auf die Schmerzen in ihrem Kopf zu wirken und sie zu mildern. Als ihre wirkungsvollste Krücke hatte sich aber etwas herausgestellt, um das Plasberg in gesundem Zustand einen weiten Bogen machte: Gartenarbeit. Und zwar nicht das eher prosaische Zupfen an Rosenblüten oder das Pikieren von Setzlingen, sondern Dinge wie Rasenmähen, das Umgraben von Beeten – etwas, das ihr den Schweiß auf die Stirn trieb und ihre Muskeln beanspruchte. Danach brauchte sie sich meist nur noch zwei Stunden völlig erschöpft ins Bett zu legen. Wenn sie dann aufwachte, fühlte sie sich meist besser und das Raubtier Kopfschmerz war gebändigt.

Daher führte ihr erster Gang, nachdem sie die Haustür aufatmend hinter sich ins Schloss hatte fallen lassen, in die Küche, wo sie eine Kanne starken Kaffees aufsetzte. Ihre Standarddosis bei Schmerzattacken betrug vierzehn Löffel auf acht Tassen. Völlig ungenießbar, wenn sie nicht unter Kopfschmerzen litt, aber jetzt gerade stark genug. Während die Kaffeemaschine ihr Gegengift vorbereitete, warf die Kommissarin eine Schmerztablette ein und zog aus dem Gefrierschrank drei Eisbeutel hervor, die sie für solche Notfälle immer parat hielt. Sie wickelte sie in einen Seidenschal, legte sie sich auf den Kopf und band die losen Enden des Schals unter ihrem Kinn fest, um dem behelfsmäßigen Turban Halt zu geben. Als der Kälteschock ihre Kopfhaut traf, seufzte sie erleichtert auf.

Die ersten zwei Tassen Kaffee kippte sie so schnell wie möglich mit geschlossenen Augen hinunter, mit der dritten Tasse ging sie auf die Terrasse hinter dem Haus, um sich eine Stelle im Garten auszusuchen, an der sie sich müde arbeiten konnte. Der Himmel war schon fast dunkel, obwohl es noch keine fünf Uhr war. Es war richtig kalt geworden, der Wind war aufgefrischt und hatte die Nebelsuppe weggeschoben, die den ganzen Tag über dem Rheinland gelegen hatte. Stattdessen trieb jetzt eisige Luft aus dem Osten heran und die Kommissarin fröstelte in ihrem dünnen Pullunder. Sie hatte sich gerade entschieden, die gesamte Längsseite des Gartens in einer Breite von etwa einem Meter umzugraben und ein Beet vorzubereiten, in dem sie dann Zwiebeln wie Tulpen und Narzissen und im Frühjahr ein paar Johannisbeersträucher oder Clematis setzen konnte, als sie Schritte im Haus hinter sich hörte. Kurz darauf wurde die Terrassentür aufgeschoben und Niklas trat zu ihr.

Ihr Sohn musterte Plasbergs bandagierten Kopf und die dampfende Kaffeetasse, die sie auf dem Balkontisch abgestellt hatte. „Ist es wieder soweit?“ Er kannte die Anzeichen einer Kopfschmerzattacke bei seiner Mutter nur zu gut.

Plasberg nickte schwach.

„So schlimm?“

„Schlimmer.“

„Aber wieso denn so plötzlich?“

Die Kommissarin nahm einen tiefen Schluck aus ihrer Tasse. „Fing heute Mittag mit ganz normalen Kopfschmerzen an. Und seit einer Stunde …"

Niklas zog die Augenbrauen hoch. „Du solltest zum Arzt gehen."

„Ich komme klar. Wo ist die Schaufel?"

„Die Schaufel? Was willst du denn damit?"

„Den Garten umgraben."

„Jetzt? Mitten im Winter? Spinnst du? Es sind nur fünf Grad!"

Seine Mutter brachte ihn mit einer Handbewegung zum Schweigen. „Ist mir egal. Ich brauch das jetzt."

Niklas seufzte, ein Seufzer, der Mitleid zum Ausdruck brachte, aber auch gleichzeitig das Unverständnis eines Jugendlichen, dem die Verhaltensweisen seiner Mutter extrem peinlich waren. Er lief zu dem Holzverschlag, den er vor fünf Jahren zusammen mit seinem Vater am anderen Ende des Gartens gebaut hatte, und holte eine große Schaufel heraus, die er seiner Mutter in die Hand drückte. „Lass aber noch ein bisschen was vom Rasen übrig", sagte er und verzog sich ins Haus, nachdem er das Terrassenlicht angeknipst hatte.

Maria Plasberg suchte sich eine Ecke aus, wo der Rasen an die Fliesen der Terrasse grenzte, und begann zu graben. Sie trat den Spaten in die nasse, dunkle Erde, durchstieß die Grasnarbe, wuchtete ächzend das Erdreich nach oben und ließ es umgekehrt wieder fallen. Dann setzte sie erneut an und wuchtete eine zweite Schaufel Erde nach oben. Schon nach wenigen Minuten begann ihr der Schweiß über das Gesicht zu laufen und sie spürte die Kälte nicht mehr. Ihr Atem ging stoßweise und bildete Nebelschwaden in der Luft. Immer wieder trat sie die Schaufel mit ihrem ganzen Gewicht ins Erdreich, zog einen Spaten voll heraus und ließ ihn umgedreht wieder zurückfallen, bis der gesamte Bewegungsablauf etwas Mechanisches hatte: einstechen, hinuntertreten, die Erde herauswuchten und umgekehrt wieder fallen lassen. Verbissen arbeitete sie weiter, ohne darauf zu achten, dass die Eisbeutel auf ihrem Kopf schmolzen, den Schal und ihre Haare durchnässten und sich die kalten Tropfen mit dem Schweiß vermischten, der ihr über den Rücken und die Brust rann und ihre Kleidung am Körper kleben ließ. Nur einmal unterbrach sie ihre Arbeit, um sich in der Küche ihre Kaffeetasse aufzufüllen. Nach einer Stunde hatte sie einen Bereich von sechs Metern Länge und einem Meter Breite von einem grünen Rasen in ein dunkelbraunes Beet Erde verwandelt, deren satter, feuchter Duft ihr in die Nase stieg. Erst dann hielt sie inne, ließ erschöpft die Schaufel fallen und schleppte sich ins Haus zurück.

Die Kinder hatten die Unordnung im Wohnzimmer auf ein erträgliches Maß reduziert; Niklas hatte sich anscheinend sogar den Staubsauger geschnappt und war damit einmal über den Teppich gegangen. Trotzdem sah es nicht viel besser aus als am Tag vorher, aber Plasberg fühlte sich nicht mehr in der Lage, die übrigen Hausarbeiten zu erledigen. Sie ging in die Küche, nahm die aufgetauten Eisbeutel vom Kopf und rubbelte ihre Haare mit einem Geschirrhandtuch trocken.

Ihr Sohn saß am Küchentisch und aß eine Schüssel Müsli, während sein Kopf über ein *Spiderman*-Comic gebeugt war. „Besser?", fragte er, ohne aufzusehen.

Plasberg brummte etwas Unverständliches und rieb sich ausgelaugt durch das Gesicht. Immerhin fühlte sie sich wieder stark genug, Niklas zurechtzuweisen. „Du solltest besser deine Hausaufgaben machen. Wäre schön, wenn du deine Englisch-Vokabeln mit der gleichen Inbrunst pauken würdest, wie du diese Comics verschlingst."

„Der Comic ist auf Englisch", erwiderte Niklas. „Hab ich mir extra in der Bahnhofsbuchhandlung besorgt."

Plasberg schaute ihm über die Schulter. In einer der Zeichnungen wurde ein fratzenhafter Bösewicht gerade von dem Superhelden mit einem Spinnennetz gefesselt und brüllte unflätige Beschimpfungen. „Was ‚Aargh' und ‚Kill' bedeuten, wusstest du schon mit sieben Jahren", bemerkte sie trocken.

Endlich hob Niklas den Kopf. „Du hast dir deine Klamotten versaut", entgegnete er.

Die Kommissarin sah an sich herunter. Ihre gelbe Hose und ihr orangefarbener Pullunder waren mit Dreckspritzern übersät und ihre flachen Schuhe würde sie wohl wegwerfen können.

„Verdammt", sagte sie, aber trotz des Kaffees war sie zu müde, um sich über ihre Nachlässigkeit aufzuregen. „Ich muss mich hinlegen. Wo ist deine Schwester?"

„Alles schon geregelt", antwortete Niklas. „Nina holt sie mit dem Fahrrad vom Ballettunterricht ab."

„Danke. Hatte ich völlig vergessen", sagte Plasberg. Ruth hatte jeden Mittwochnachmittag Ballettunterricht und wurde, wenn möglich, von ihrer Mutter hingefahren und auch wieder abgeholt.

„Schon okay. Wir wissen ja, dass du zu nichts zu gebrauchen bist, wenn du Kopfschmerzen hast. Wir sind ein eingespieltes Team."

Plasberg fühlte einen Stich in ihrem Herzen. „Es tut mir leid", sagte sie leise.

Niklas zuckte mit den Schultern und wandte sich wieder seinem Comic zu. Seine Haare fielen ihm in die Stirn und seine Lippen formten tonlos die Worte mit, die er las. Plasberg beobachtete ihn einen Augenblick lang. Wie immer in diesen Momenten konnte sie kaum glauben, dass dieser Halbwüchsige, der noch keinen richtigen Bartwuchs besaß, Comics las und für sein Leben gern Skateboard fuhr, schon ein Kind gezeugt hatte und in wenigen Monaten Vater werden würde. Aber diese Diskrepanz schien ihm selbst nicht aufzufallen. Er benahm sich, als wäre es das Selbstverständlichste der Welt. Wann war er so schnell erwachsen geworden? Oder war er sich der Verantwortung, die er damit übernehmen müsste, gar nicht bewusst? Die letzte Frage konnte die Kommissarin ohne Probleme beantworten. Sie selbst hatte dafür gesorgt, dass Niklas sich sehr früh seiner Verantwortung für andere Menschen klar geworden war. Denn indem sie ihn mehr oder weniger aus Mangel an Alternativen gezwungen hatte, nach ihrer Scheidung von Eric die Rolle des Mannes im Haus zu übernehmen und auf seine kleine Schwester aufzupassen, während sie tagsüber ihrem Beruf nachging, hatte sie ihm auch einen Teil seiner Jugend gestohlen. Und mit dem Ergebnis musste sie jetzt fertig werden.

„Ist noch was?", riss ihr Sohn sie aus ihren Gedanken.

Plasberg schüttelte den Kopf, wandte ihren Blick ab und ging ins Schlafzimmer, wo sie sich auszog und unter die Bettdecke kroch. Nach wenigen Minuten war sie erschöpft eingeschlafen.

Torsten Brinkhoff starrte auf sein Telefon, als wäre es der Gegner in einem Boxring. Sollte er oder sollte er nicht? Für einen Moment schwebten seine Finger über den Tasten, dann ließ er sie zweifelnd wieder sinken. Seit er gegen neunzehn Uhr nach Hause gekommen war, in der einen Hand eine Flasche Kölsch und eine Pizza Tonno vom Pizza Service und in der anderen Hand den Katzenkorb mit einem schon wieder halbwegs munteren, wenn auch kastrierten Kater, hatte er den verdammten Apparat keine Minute aus den Augen gelassen. Die Hälfte der Pizza hatte er in den Müll geworfen, so sehr schlug ihm die Aussicht auf das Telefongespräch auf den Magen. Und die eine Flasche Bier war zu wenig gewesen, um sich Mut anzutrinken.

Zu gerne hätte er den unangenehmen Auftrag, Markus Clement anzurufen, an Karsten Vogt abgetreten, aber Maria Plasberg hatte es ausdrücklich ihm aufgetragen. Je länger er um das Telefon herumschlich, desto erschrockener war er, wie sehr ihm die Aussicht, seinen ehemaligen Liebhaber erneut zu sprechen, Angst einjagte. Natürlich, ihre Affäre hatte nur ganze drei Tage gedauert, Brinkhoff jedoch hatte diese Zeit gereicht, sich zu verlieben. Und an seinen Gefühlen hatte auch die Tatsache nichts geändert, dass die Affäre mit Markus Clement nun schon mehrere Wochen zurücklag. Er hatte versucht, sich den Mann aus dem Kopf zu schlagen, indem er sich auf jeden Quickie stürzte, der sich ergab: Übers Internet hatte er Verabredungen getroffen, hatte sich an den Wochenenden auf die Jagd durch die schwule Szene Kölns begeben, war sogar im *Station 2b*, einem schwulen Club auf der Pipinstraße, auf eine Underwear-Party gegangen. All diese Aktivitäten hatten sicherlich seinem Ego geschmeichelt, denn über mangelnden Zuspruch konnte er sich nicht beschweren. Es gab viele Männer, die auf große, breitschultrige Hünen wie ihn standen. Doch es hatte nur kurzfristige Ablenkung gebracht. Markus vorgestern so unerwartet wiederzusehen, hatte ihm einen Schock versetzt, und er war froh gewesen, dass Maria Plasberg neben ihm gestanden hatte. Aber jetzt …

Brinkhoff ließ sich seufzend auf sein Sofa fallen und sah eine Weile mit schlechtem Gewissen seinem Kater zu, der noch etwas torkelig über den Teppich stakste und sich immer wieder fallen ließ, um über die frische Wunde zwischen seinen Hinterbeinen zu lecken. Schließlich hob ihn der Kommissar vorsichtig vom Teppich hoch und kraulte ihm den Nacken. Der Kater maunzte leise und verstört und wollte wieder abgesetzt werden. Sofort verzog er sich unters Sofa, wo der Kommissar ihn nicht erreichen konnte.

Brinkhoff ging auf die Knie und sah Bombadil durch den Spalt zwischen Boden und Couch an. „Tut mir leid, Dicker", sagte er. „Aber das musste sein. Der Arzt hat gesagt, dass es dir morgen schon viel besser geht." Der Kater starrte mit großen gelben Augen vorwurfsvoll zurück.

Der Kommissar atmete einmal tief durch und wählte endlich die Handynummer, die er noch immer auswendig wusste. Vielleicht hatte er Glück, vielleicht hatte Markus die Mailbox angeschaltet, vielleicht war er gar nicht zu erreichen. Vielleicht konnte er ihm einfach auf das Band sprechen, morgen im Präsidium anzurufen, und vielleicht würden dann Plasberg, Vogt oder Shirin Reitz den Anruf entgegennehmen. Nur nicht er. Aber Markus Clement nahm schon nach dem zweiten Klingeln ab.

„T-Torsten hier, T-Torsten B-Brinkhoff", meldete sich der Kommissar und verfluchte zum hunderttausendsten Mal seinen Sprechfehler, der ihn in Stresssituationen immer wieder auflaufen ließ.

Ein kurzes Schweigen antwortete ihm, dann sagte Clement: „Moment, bitte."

Der Kommissar hörte ein Rascheln, das Rücken eines Stuhls und Türenklappen am anderen Ende der Leitung und dann war Clements Stimme wieder da. „Tut mir leid, wir sind gerade beim Essen."

„D-Du und dein F-Freund?" Brinkhoff konnte es nicht lassen. Es war wie ein Zwang, sich selber wehzutun.

„Ich und mein Mann und die beiden Freunde, bei denen wir zurzeit wohnen." Bissig fügte Clement hinzu: „Unsere Wohnung ist abgebrannt, falls du dich erinnerst."

„Ja, ich ... tut mir leid." Brinkhoff wusste auf einmal nicht mehr, was er sagen sollte. Er hatte das Gefühl, den Mund voller Sägespäne zu haben. Und wieso entschuldigte er sich für etwas, für das er gar nichts konnte? Wenn jemand um Verzeihung bitten musste, dann doch wohl Markus!

„Was willst du, Torsten? Wenn du anrufst, um mir Stress ..."

„Es ist d-dienstlich. D-Dienstlich. Es gibt noch einige offene Fragen."

„Oh. Verstehe." Clement schwieg und wartete. „Torsten, bist du noch da?"

Brinkhoff schluckte; er brachte kein Wort heraus. Das Letzte, worüber er sich jetzt mit Markus Clement unterhalten wollte, waren dienstliche Belange.

„Du bist noch immer sauer auf mich", konstatierte Clement und deutete das Schweigen des Kommissars richtig. „Stimmt's?"

„Ja", brachte Brinkhoff endlich heraus, „aber es geht jetzt hier nur um den Brand in der *Keksdose*."

„Können wir uns irgendwo treffen? Es ist nur ...", Clement zögerte und senkte die Stimme. „Du bist im Moment ein rotes Tuch für Klaus. Wenn er mitkriegt, dass ich mit dir telefoniere, macht er mir wieder eine Szene."

„Ach, und wenn du dich mit mir triffst, dann n-nicht?"

„Er muss ja nicht wissen, dass ich mich ausgerechnet mit dir treffe", gab Clement zu.

Brinkhoff runzelte die Stirn. Ein erneutes Treffen mit Markus hatte er eigentlich nicht im Sinn gehabt. „Na, schön", hörte er sich trotzdem sagen und er hasste sich dafür, dass seine Stimme hoffnungsvoll klang. „Wie wär's im *Hombres*, in einer halben Stunde?"

„Okay. Geht klar."

Clement beendete das Gespräch und Brinkhoff starrte entsetzt das Telefon an. Wie dämlich war das nun wieder von ihm?

Dennoch saß er fünfundzwanzig Minuten später auf einem Barhocker am Tresen vom *Hombres*, einer schwulen Kneipe in der Nähe der Altstadt, die sich in letzter Zeit großer Beliebtheit erfreute. Das Lokal wurde vor allem von Männern besucht, die entspannt ein Bier trinken wollten: Hier konnte man Neuigkeiten austauschen, nach dem Kinobesuch einen Absacker trinken oder auch schon mal eine Shoppingtour mit der besten Freundin beenden. Auch Torsten Brinkhoff kam gerne hierher, die relaxte Atmosphäre gefiel ihm. Wenn man seine Ruhe haben wollte, wurde man nicht angesprochen, ansonsten war es einfach, Kontakt zu schließen. Jüngeres Publikum verlief sich eher selten hierhin, es bevorzugte in der Woche die einschlägigen Bars am Rudolfplatz, wo jeden Abend Party war.

Nachdem Brinkhoff sich ein Kölsch bestellt hatte, nickte er zwei bekannten Gesichtern zu und wechselte ein paar Worte mit dem Wirt hinter dem Tresen.

„Alles gut, Großer?" Er grinste den Kommissar an, rechnete einen Deckel zusammen und kassierte bei einem Gast, der gerade seinen Mantel anzog.

„Alles wie immer", erwiderte Brinkhoff. „B-Bisschen viel Arbeit. Und bei dir?"

Der Besitzer des *Hombres* leerte einen Aschenbecher. „Kann mich nicht beklagen."

Brinkhoffs Blick fiel auf den Adventskranz, der in einer Ecke auf dem Tresen stand. Vier dicke, rote Kerzen, eingerahmt von einer Unmenge an goldenen Schleifen, erinnerten ihn daran, dass Weihnachten nur noch gut vier Wochen entfernt war. Am liebsten hätte er die Feiertage dieses Jahr aus dem Kalender gestrichen. Im Geiste sah er sich allein vor der Glotze hocken und seinen Liebeskummer pflegen – kein besonders angenehmer Gedanke.

Die Tür wurde aufgerissen und der Kommissar drehte sich um. Markus Clement hatte seine üblichen Klamotten an: Bomberjacke, hochgekrempelte Jeans, Bundeswehrstiefel. Auf seinem kahlrasierten Schädel spiegelte sich das Licht der Kneipenbeleuchtung. Sein ehemaliger Liebhaber sah mitgenommen aus; Brinkhoff entdeckte feine Linien an seinen Augenrändern. Der Kommissar hob kurz die Hand. Clement steuerte auf ihn zu und ließ sich auf einem Barhocker neben ihm nieder.

„Kölsch?“, fragte der Wirt.

Clement nickte. Sein Blick ging an Brinkhoff vorbei, als traute er sich nicht, ihm in die Augen zu sehen. „Wie geht’s?“, fragte er schließlich. Währenddessen wühlte er in seiner Jackentasche, zog eine Zigarettenpackung heraus und zündete sich eine Zigarette an, deren Rauch er tief einatmete.

„Seit wann rauchst du eigentlich?“, fragte der Kommissar.

„Seit vorgestern“, erwiderte Clement und hustete. „Beruhigt meine Nerven nach diesem Schock. Mann, den Anblick dieser Leiche in der Eingangstür werde ich mein ganzes Leben nicht vergessen! Ich weiß gar nicht, wie du das aushältst – jeden Tag mit so was konfrontiert zu werden.“

„So schlimm ist es auch n-nicht. Wir haben nicht jeden Tag einen Mord aufzuklären, und schon gar nicht einen fünffachen.“ Dann fügte er hinzu: „Womit ich nicht umgehen kann, ist, wenn ich hintergangen und nach Strich und Faden verarscht werde.“

„Ich dachte, das hätten wir geklärt. Ich dachte, das wäre eine dienstliche Unterhaltung!“ Clement sah ihn verärgert an. „Willst du mir jetzt ’ne Szene machen, oder was?“

„Warum hast du m-mir nicht vorher gesagt, dass du in festen Händen bist?“ Brinkhoff konnte nicht anders.

Clement stöhnte genervt auf. „Seit wann muss ich jemanden über meinen Beziehungsstatus aufklären, wenn ich nur mal mit ihm in die Kiste springen will?“

„Also, das ist doch … !“ Der Kommissar traute seinen Ohren nicht. Wie hatte er Markus Clement nur so falsch einschätzen können? „Es ist ja nicht so, dass wir uns vorher nicht kannten! Aber dass du einen Kerl hast, hast du immer schön unter den T-Teppich gekehrt, wenn wir uns mal auf ein Bier getroffen haben. Davon war nie die Rede. Wahrscheinlich, weil du dir denken konntest, dass ich sonst nie mit dir ins Bett gestiegen wäre.“

Clement kippte hastig sein Kölsch hinunter. „Was für ein Scheiß“, knurrte er. „So was muss ich mir nicht anhören!“ Er winkte dem Wirt und legte eine Zwei-Euromünze auf den Tresen. „Zahlen!“ Dann drehte er sich auf dem Absatz herum und verließ wütend das *Hombres*.

Brinkhoff lief ihm hinterher und holte ihn beim Überqueren der KVB-Haltestelle am Heumarkt ein. „T-Tut mir leid", entschuldigte er sich. „A-Aber das musste mal raus."

„Torsten, was willst du von mir?", schnauzte Clement ihn an, so laut, dass sich einige Passanten neugierig nach ihnen umdrehten. „War das mit dem dienstlichen Gespräch nur ein Vorwand, um mir unter vier Augen Vorhaltungen zu machen?"

„N-Nein. Ich habe tatsächlich ein paar Fragen. Und … und ich wollte dich sehen." Brinkhoff hielt den Atem an. Um ein Haar hätte er sich vollends zum Deppen gemacht.

„Also schön", seufzte Clement. „Komm, wir laufen ein Stück."

Zusammen überquerten sie den Heumarkt und gingen zur Rheinpromenade. Jetzt, am Abend, war der Weg fast menschenleer, nur ein paar einsame Jogger, eingepackt in Mützen und wärmende Funktionskleidung, kreuzten ihren Weg. Auf den Parkbänken drückten sich vereinzelt Pärchen herum, meist Jugendliche, deren romantischen Gefühlen das kalte Wetter nichts anhaben konnte.

„Also, was willst du wissen?" Clement steuerte auf das rostige Geländer zu, das die Promenade vom Fluss trennte, und blickte auf die andere Rheinseite.

„Es geht um euren Mietvertrag", sagte Brinkhoff und stellte sich neben ihn.

„Den Mietvertrag? Was ist damit?"

„Seid ihr von eurem Vermieter in den letzten Wochen oder Monaten darauf angesprochen worden, dass er vorhatte, den Vertrag zu kündigen, oder hat er euch sogar mit einer Räumungsklage gedroht?"

„Was? Wie kommst du denn darauf? Der alte Sack?" Es klang, als wäre Clement der Ansicht, dass Fritz von Schonau schon viel zu senil sei, um so etwas noch auf die Reihe zu bekommen.

„Ach, dann habt ihr auch mit Fritz von Schonau den Vertrag abgeschlossen?", fragte der Kommissar. „Wann war das?"

Clement überlegte. „Im Frühjahr 2005, März oder April, genau weiß ich das nicht mehr. Wieso?"

„Das Grundstück und das Haus werden eigentlich von dem Neffen verwaltet. Hartmut von Schonau, der zu dieser Zeit mit

Wahlkampf beschäftigt war. Er hat Interesse daran bekundet, das Grundstück zu verkaufen. Großes Interesse."

„Du meinst, das Haus wird nicht wieder aufgebaut?" Clement starrte Brinkhoff entsetzt an.

„Hast du das wirklich geglaubt? Du hast doch gesehen, dass es eine Ruine ist! Das hat Plasberg doch schon am Montag zu euch gesagt."

„Sie hat nur gesagt, dass es einsturzgefährdet ist. Ich dachte ..."

„Markus, überleg doch mal! Das Haus war ein Nachkriegsbau, ein Notbehelf, um eine Bombenlücke zu schließen. Es lohnt sich nicht, es wieder aufzubauen. Es ist ein Wunder, dass es überhaupt so lange stehen geblieben ist. Jeder Eigentümer würde es abreißen und ein neues, lukrativeres Gebäude da hinsetzen."

„Ja, aber, was sollen Klaus und ich denn jetzt mach...?" Clement brach mitten im Satz ab. „Moment mal, du denkst, dieser Neffe hatte da seine Finger mit im Spiel? Der hat das Haus angezündet, um freie Bahn für einen Neubau zu haben?"

„Wir wissen noch nicht, ob das Feuer mit den Morden zusammenhängt. Im Moment sieht es so aus, als wäre es gelegt worden, um die Morde zu vertuschen."

„Der Typ hat auch Anna und die anderen auf dem Gewissen? Und so jemand ist Politiker?" Clement war völlig aus dem Häuschen und Brinkhoff wurde mit einem Schlag klar, dass er seinem Ex-Liebhaber Ermittlungsinterna preisgab, die dieser überhaupt nicht wissen durfte.

„Scheiße", murmelte er und begann, sich plötzlich furchtbar unwohl in seiner Haut zu fühlen. „Wir wissen noch gar nichts", versuchte er seinen Fehler auszubügeln. „Im M-Moment verfolgen wir einfach jede m-mögliche Spur. Das heißt nicht, dass Hartmut von Schonau tatsächlich etwas damit zu tun hatte. Ist sogar eher unwahrscheinlich." Er schwieg einen Augenblick. „Dann seid ihr also fast gleichzeitig mit der Eröffnung der *Keksdose* in das Haus eingezogen?"

Clement nickte. „Ja, stimmt. Als Klaus und ich einzogen, stand das Geschäft unten leer. Unser Vormieter hat gesagt, es hätte fast ein halbes Jahr leergestanden."

Dann hatte es Hartmut von Schonau wahrscheinlich umso mehr geärgert, dass sein Onkel neue Mietverträge vereinbart hatte, überlegte Brinkhoff. Für einen kurzen Zeitraum war das Haus komplett ungenutzt gewesen, und Grundstück und Immobilie hätten sich ohne Probleme und ohne lästige Räumungsklagen oder Kündigungen veräußern lassen. Dann war ihm der Wahlkampf dazwischen gekommen, ein paar Wochen oder Monate, in denen er sich nicht um die Verwaltung des Familienbesitzes kümmern konnte, und schwupps! – als der Wahlkampf vorbei war, hatte ihn sein Onkel vor vollendete Tatsachen gestellt. Hartmut von Schonau dürfte sich mächtig geärgert haben. Vor allen Dingen, weil er formal gar nichts machen konnte, da er nur der Verwalter, nicht aber der Besitzer des Grundstücks und des Hauses war. Interessant.

Brinkhoff lenkte das Gespräch auf ein anderes Thema. „Erzähl mir was über Anna Cordes und Tom Schneider. Und über ihre Angestellten."

Clement zog den Verschluss seiner Bomberjacke bis zum Hals und vergrub die Hände in den Hosentaschen. Auf der schlecht beleuchteten Promenade war sein Gesicht kaum zu erkennen. „Fatma war nett", sagte er. „Wenn die Produktionsausfälle hatten, haben Klaus und ich hin und wieder die Kekse bekommen."

„Produktionsausfälle?"

„Plätzchen, die verunglückt waren", erläuterte Markus. „Ein wenig zu lang im Ofen oder zerbröselt beim Rausnehmen. So was. Manchmal haben sie es als Plätzchenbruch verkauft, manchmal hat uns Fatma das Zeug umsonst nach oben gebracht. Wenn Anna gerade nicht hingesehen hat. Waren ja trotzdem noch lecker, die Kekse ... Fatma hat's wohl nicht leicht gehabt mit ihrer Familie. Zumindest mit den Brüdern. Du kennst die Sorte: junge Machotürken, Sportstudio, Goldkettchen, Brillis im Ohr, große Klappe."

„Ja", nickte Brinkhoff. „Wir hatten schon das Vergnügen." Mehr sagte er nicht dazu, schon gar nicht, dass die Polizei Tarkan und Murat Öcal inzwischen festgesetzt hatte. „Hast du die Leute von der *Keksdose* näher gekannt?"

„Nicht wirklich.“ Clement trat von einem Bein aufs andere, um die Kälte auf Distanz zu halten. „Ab und zu mal ein Schwätzchen im Hausflur oder im Laden. Anna und Tom waren eher zurückhaltend, zu denen kann ich dir wirklich gar nichts sagen und die Putzfrau kannte ich eigentlich nur vom Grüßen.“

„Aber Fatma Öcal und Jakob Hartgens?“

Clement grinste plötzlich. „Ja, die schon eher. Jakob war eine echte Sahneschnitte.“

„Er war schwul ... oder bi?“, fragte Brinkhoff überrascht.

„Quatsch! Aber einer, bei dem man bedauert, dass er hetero ist. Passte total in mein Beuteraster: groß, breite Schultern, muskulös, geile Fresse. So wie du“, fügte er unabsichtlich hinzu.

Brinkhoff durchflutete plötzlich ein wohliges, warmes Gefühl und er musste sich zusammenreißen, um diesem Gefühl nicht näher auf den Grund zu gehen. „Hast du Hartgens angebaggert?“

„Ha!“ Clement lachte auf. „Schön wär's. Das konnte man voll vergessen. Der hatte nur Augen für Fatma.“ Er drehte sich in den Windschatten, hielt eine Hand schützend vor sein Feuerzeug und zündete sich eine Zigarette an. „Ich kann immer noch nicht glauben, dass die jetzt alle tot sind. Komischer Gedanke.“

„Wie war denn das Verhältnis von Jakob zu Fatmas Familie?“

„Beschissen. Kannst du dir doch denken.“

„Wieso?“

„Die haben das nicht gerne gesehen, ist doch klar. Was ich so mitbekommen habe, waren die total strenge Moslems. Einmal habe ich einen Auftritt von den beiden Brüdern miterlebt. Das war echt filmreif. Die haben Fatma abgeholt vom Geschäft, als ich gerade nach Hause kam. Muss also kurz nach Ladenschluss gewesen sein. Jakob wollte sich auf dem Bürgersteig von Fatma verabschieden und hat ihr einen Kuss gegeben und der eine der beiden Brüder ist völlig ausgetickt. Hat Jakob angeschrien, dass er seine Schwester in Ruhe lassen soll, und wenn er ihn noch mal in der Nähe von Fatma erwischt, würde er ihm alle Knochen brechen und ihn krankenhausreif schlagen. Und das, obwohl Jakob viel größer und kräftiger war. Der andere Bruder hat in der Zeit Fatma angemacht: dass sie aussähe wie eine Nutte – dabei trug sie kaum Schminke und war echt eher dezent zurechtgemacht. Aber sie hatte an dem Abend halt ein T-Shirt mit tief geschnittenem Dekolleté an und enge Jeans. Anna hat mal zu mir gesagt, man müsste als Verkäuferin hinter dem Tresen auch ein Stück von sich selbst mitverkaufen, so nach dem Motto: *sex sells*. Und Fatma hatte in dem Bereich ordentlich was zu bieten, wenn du weißt, was ich meine." Clement hob seine Hände und deutete die Oberweite von Fatma Öcal an. „Jedenfalls gab es dann einen heftigen Wortwechsel zwischen dem Bruder und Fatma, denn Fatma war auch nicht gerade auf den Mund gefallen. Sie hat ihn angeschrien, dass er ihr gar nichts zu befehlen hätte und er ja wohl selber wie ein Zuhälter rumlaufen würde. Er hat sie ein billiges Flittchen genannt, das es wohl mit jedem Deutschen treibt. Dann hat sie ihm eine geknallt und er hat sie an den Haaren ins Auto gezerrt. Der andere Bruder ist eingestiegen und sie sind mit quietschenden Reifen weggefahren. Jakob stand da wie ein begossener Pudel." Clement schüttelte sich, als könnte er mit dieser Bewegung auch die Erinnerung an diesen Abend abschütteln. „Echt beknackt."

All das passte ins Bild, was die Polizei bisher über Tarkan und Murat Öcal in Erfahrung hatte bringen können. Zwei junge Deutschtürken, die sich mit dem Lebensstil ihrer Schwester nicht abfinden konnten und bereit waren, sie mit Gewalt davon abzuhalten.

„Warum hast du uns nicht schon vorher davon erzählt?", fragte der Kommissar.

„Ist mir gerade erst wieder eingefallen. Ehrlich."

„Und wann war das?"

Clement fuhr sich über seine Glatze. „O Mann, du kannst Fragen stellen … warte … ich bin vom Joggen gekommen und ich jogge nur im Sommer. Im Winter ist mir das zu kalt, da geh ich lieber ins Studio und trainiere", erklärte er. „August würde ich sagen. Kann aber auch September gewesen sein. Ist das wichtig?"

Brinkhoff antwortete nicht. Zeitlich kam Markus' Geschichte ungefähr mit dem Besuch Fatma Öcals bei Angelika Schuster bei *Terre des Femmes* hin. Vielleicht war die Szene vor der *Keksdose* ja sogar das auslösende Moment für Fatma Öcal gewesen,

Hilfe zu suchen. Das blaue Auge und das Hämatom könnten ihr im elterlichen Zuhause zugefügt worden sein, später, am selben Abend. Auch Abdullah Öcal neigte dazu, seine Autorität mit Schlägen unter Beweis zu stellen, das hatten Plasberg und Reitz am Vormittag selbst erlebt. Wenn Tarkan und Murat ihrem Vater erzählt hatten, dass Fatma mit Jakob Hartgens rumgeknutscht hatte, dann war es durchaus vorstellbar, dass der alte Öcal sie dafür bestraft hatte. Oder die Brüder hatten im Auto zugeschlagen – es spielte eigentlich keine Rolle, wer von den dreien der Schläger gewesen war.

„Haben die beiden Brüder Fatma häufiger abgeholt?", fragte er.

„Ich denke schon, weil ich ihren Wagen öfter vor dem Haus habe parken sehen. Meist gegen acht Uhr, also zum Geschäftsschluss. Und Klaus hat mir erzählt, dass er ein paar Mal beobachtet hat, wie sie sie gebracht haben, morgens zum Dienstbeginn."

„Was für ein Wagen?"

„Ein Audi? Irgendwas Dunkles. Da hat immer der gut aussehende Bruder am Steuer gesessen. Manchmal war's aber auch ein Mercedes. Da war dann der andere am Steuer, der mit den Pickeln."

„Sie haben sie also kontrolliert", sagte Brinkhoff mehr zu sich selbst.

Clement sah seinen Ex-Liebhaber scharf an. „Glaubst du, dass jetzt die beiden irgendwas mit den Morden zu tun hatten?"

„Glaubst du es?"

Clement zog nachdenklich an seiner Zigarette und stieß den Qualm durch die Nase aus. „Zutrauen würde ich es den beiden."

Ja, dachte Brinkhoff und blies auf seine kalten Hände. Ich auch. Die Frage war nur, ob sie es wirklich getan hatten. Tarkan und Murat Öcal machten auf ihn eher den Eindruck von typischen Affekttätern – Männer, die aus einer Situation heraus unüberlegt und unkontrolliert handelten. Auch ihre bisherige Vita sprach dafür. Aber alles an den Morden und dem Brand in der *Keksdose* sah nach einer geplanten Aktion aus. Das passte nicht ins Bild. Wenn nun dem Verbrechen aber tatsächlich ein

Ehrenmord zugrunde lag – ein Familiengericht, das den Tod der Tochter beschlossen hatte und die beiden Brüder den Auftrag erhalten hatten, das Urteil auszuführen … Auslöser des Ganzen hätte Fatmas Schwangerschaft sein können –, Plasberg und er bräuchten auf jeden Fall noch mehr Informationen über den Verwandtenkreis der Öcals: Onkel, Cousins, Neffen, die vielleicht ebenfalls über Fatmas Lebensstil verärgert gewesen waren, die Ehre der Familie beschädigt sahen, Aber Fatmas Vater schien von der Schwangerschaft seiner Tochter wirklich nichts gewusst zu haben, Plasberg hatte gesagt, sein Gesicht hätte ehrlich überrascht ausgesehen am Vormittag. Vielleicht hatten die Brüder Fatma auf eigene Faust zum Tode verurteilt … zumindest war es vorstellbar.

Brinkhoff richtete sich auf. All diese Fragen würden sich vielleicht morgen früh klären, wenn Plasberg sich die beiden Männer auf dem Präsidium vornahm. Jetzt war er jedenfalls todmüde. „Okay", sagte er. „Das war's erst mal, Markus. Danke. Wenn dir noch was einfällt, weißt du, wie du mich erreichen kannst."

„Ja, aber …" Clement sah ihn erstaunt an. Mit so einem abrupten Abbruch der Unterhaltung hatte er wohl nicht gerechnet.

Der Kommissar tat so, als hätte er nicht gehört, nickte Clement zu und ließ den verdatterten Mann einfach am Geländer stehen. Es fühlte sich gut an. Als Brinkhoff die Treppen zur Deutzer Brücke hinaufstieg, um die paar Minuten bis nach Hause zu Fuß zurückzulegen, merkte er, wie sich seine Laune stetig besserte. In der Mitte der Brücke machte er kurz halt und sah hinunter auf die Stelle, an der er mit seinem ehemaligen Liebhaber gesprochen hatte. Clement stand noch da und sah ihm nach, noch immer eine glimmende Zigarettenkippe in der Hand. Brinkhoff grinste zufrieden. Er sollte viel öfter dienstlich werden.

Acht

Der nächste Tag versprach der ungemütlichste der Woche zu werden. Im Wetterbericht war ein Temperatursturz auf unter null Grad vorhergesagt worden, dazu Schneeregen und weiterhin unangenehmer, auffrischender Ostwind, der die Kälte aus der sibirischen Steppe vor sich hertrieb und ins Rheinland verfrachtete.

Torsten Brinkhoff starrte missmutig aus dem Schlafzimmerfenster. Eigentlich hatte er sich vorgenommen, am Abend dem gerade eröffneten Weihnachtsmarkt am Alter Markt einen Besuch abzustatten und den ersten Glühwein zu trinken, aber wenn das Wetter sich nicht besserte, würde er wohl darauf verzichten. Gegen die Kälte hatte er nichts einzuwenden, wohl aber gegen die Nässe und den Wind. Verschlafen steuerte er in die Küche Richtung Kaffeemaschine. Seine Laune besserte sich schlagartig, als er Bombadil vor seinem Fressnapf entdeckte, wo der Kater ungeduldig auf das Frühstück wartete. Wenn er schon wieder Hunger hatte, schien er sich von dem Eingriff wohl einigermaßen erholt zu haben. Brinkhoff fiel ein Stein vom Herzen.

Eine Stunde später traf er im Präsidium ein. Gesine Keller hielt ihm die Tür auf und half ihm geschäftig aus der Jacke. Anscheinend gab es Neuigkeiten, die nicht warten konnten. „Hauptkommissarin Plasberg hat gerade angerufen. Sie ist krank."

„Krank? Was hat sie denn?" Brinkhoff hatte noch nie erlebt, dass Maria Plasberg ausgefallen war.

„Kopfschmerzen. Sie hörte sich wirklich nicht gut an", erwiderte die Sekretärin. „Aber morgen ist sie wieder da, hat sie gesagt." Sie strich Brinkhoffs Jacke glatt und fügte hinzu: „Meine Schwester leidet ja unter Migräne. Furchtbar. Sie sieht aus wie ein Gespenst, wenn es sie erwischt. Wussten Sie, dass viel mehr Menschen darunter leiden, als man denkt? Ist beinahe schon eine Volkskrankheit!" Frau Keller schien richtig geschwätzig zu sein, als ob die Aussicht auf einen Tag ohne Plasberg ihr regelrecht Freude bereitete.

„Gut", sagte Brinkhoff irritiert. „Ich rufe gleich mal bei ihr an. Sonst was N-Neues?"

„Tarkan und Murat Öcal haben Anwälte, einen Herrn … Moment, diese Namen …", Keller zog einen Zettel auf ihrem Schreibtisch zurate. „Tamer Fadir für Tarkan Öcal und ein Herr Celik für Murat Öcal. Sie wollen bei der Befragung ihrer Mandanten zugegen sein, sich aber erst mit ihnen unterhalten. Ob Sie die Befragung auf heute Nachmittag um fünfzehn Uhr legen könnten?"

„Ach so … m-muss ich jetzt die Befragung durchführen?" Brinkhoff fuhr sich durch die strubbeligen Haare. „Na schön … rufen Sie bitte zurück und sagen Sie Bescheid, dass das in Ordnung ist."

„Außerdem hat Staatsanwalt Rosenzweig angerufen. Der Termin beim Richter zur Prüfung des Haftbefehls ist um 16:00 Uhr."

„So spät?" Üblicherweise fanden solche Termine am Morgen statt.

„Der Richter hat Grippe und vorher einen Arzttermin."

„Verstehe. War's das?"

Gesine Keller nickte. „Kaffee?"

„Was?" Brinkhoff war schon fast in seinem Büro.

„Ob Sie einen Kaffee möchten, Herr Kommissar. Der Automat im Gang ist defekt. Ich habe unsere alte Kaffeemaschine wieder aus dem Schrank geholt und selbst welchen gekocht. Schmeckt sowieso besser als das Automatenzeug."

„Gerne. Mit Milch …"

„ … und Zucker. Ich weiß." Gesine Keller lächelte. „Frau Plasberg trinkt nur mit Milch, Vogt schwarz und Frau Dr. Reitz trinkt gar keinen Kaffee, sondern nur Tee."

Brinkhoff hatte den Eindruck, er wäre indirekt aufgefordert worden, die Sekretärin zu loben, aber durfte man eine Sekretärin dafür loben, dass sie wusste, wie ihre Vorgesetzten ihren Kaffee tranken? Irgendwie kam ihm das sexistisch vor. Also fragte er stattdessen: „Sind Vogt und Frau Dr. Reitz da?"

Gesine Keller deutete auf das offenstehende Büro zwei Türen weiter. „Schon seit halb acht. Die haben Besuch."

„Besuch? Wen denn?“

„Eine Frau namens Bärbel Kaufmann. Ist heute Morgen hier aufgetaucht und wollte mit jemandem sprechen, der die Morde in der *Keksdose* untersucht.“

„Ach. Hat sie gesagt, wieso?“

„Nein. Herr Vogt hatte die Frau direkt bei seiner Ankunft in sein Büro geholt. Sah ein bisschen verschüchtert aus.“

„Wer? Vogt?“

„Die Frau.“

Brinkhoff nickte. „Gut, ich geh dann mal an die Arbeit“, sagte er lahm.

Im Büro setzte er sich hinter seinen Schreibtisch und gab Plasbergs Nummer ins Telefon ein.

Seine Chefin meldete sich nach dem dritten Klingeln. „Ja?“ Ihre Stimme klang müde und angestrengt.

„Brinkhoff hier. Sie sind krank? Gestern waren Sie doch noch ganz okay!“

„Fing ganz plötzlich an. War zwischendurch dann mal wieder besser, aber heute Morgen, als ich aufwachte … am liebsten würde ich mit dem Schädel gegen die Wand rennen. Ich kann heute nicht arbeiten, beim besten Willen nicht. Sie kriegen das schon hin.“

Der Kommissar überlegte. „Dann werde ich Vogt zur Befragung der Öcal-Brüder hinzuziehen.“

„Nehmen Sie die Reitz“, empfahl ihm Plasberg. „Ihre Anwesenheit hat die beiden schon gestern aus der Fassung gebracht. Außerdem kann sich Vogt in der Zeit schon mal um … um … Herrgott, ich kann überhaupt nicht klar denken … um ein paar Hintergrundinformationen zu Hartmut von Schonau kümmern. Er soll noch mal nach Winterborn fahren und sich da ein bisschen umhören.“

„In Ordnung.“

„Rufen Sie außerdem Eikner an und lassen Sie die Frühbesprechung ausfallen. Dem Chef sind diese Sitzungen sowieso egal und Sie können sich auch mit Vogt und Reitz im Büro abstimmen.“ Selbst wenn sie krank war, schien es der Kommissarin schwerzufallen, die Verantwortung abzugeben.

Kontrollfreak!, dachte Brinkhoff und erinnerte seine Chefin daran, dass er sehr wohl in der Lage war, mal ohne ihre Anweisungen einen Tag durchzustehen.

„Sie haben recht“, seufzte Plasberg. „Ist sonst noch was?“

„Das war’s schon … nein: Die Öcals haben schon Anwälte.“

„So schnell?“

„Sie kommen heute N-Nachmittag zur Befragung der beiden dazu. Aber ich k-komme schon klar“, beruhigte Brinkhoff die Kommissarin nochmals und beendete das Gespräch. Kurz darauf brachte ihm Gesine Keller Kaffee, und als sie die Tür hinter sich ins Schloss fallen ließ, hatte Brinkhoff einen Moment lang das absurde Gefühl, sein eigener Vorgesetzter zu sein. Um ein Haar hätte er ausprobiert, wie es war, die Füße auf den Schreibtisch zu legen.

Zwei Bürotüren weiter saßen sich Karsten Vogt und Shirin Reitz an ihren Schreibtischen gegenüber. Auf einem dritten Stuhl hatte ihr Besuch Platz genommen. Bärbel Kaufmann war Mitte fünfzig, hatte Übergewicht, rote Wangen und eine Dauerwelle, die so robust aussah, als ob selbst ein Tornado ihr nichts anhaben könnte. Ihre Beine waren geschwollen und Karsten Vogt starrte immer wieder fasziniert auf ihre Füße, die in viel zu kleinen Schuhen steckten. Er hätte zu gerne gewusst, wie die Frau sie dort hineingezwängt hatte. Auf ihrem Schoß hatte Bärbel Kaufmann eine schwarze Handtasche abgestellt, deren Verschluss sie ununterbrochen nervös auf- und zuklappte. Nach eigenem Bekunden hatte sie noch nie mit der Kripo zu tun gehabt.

„Was genau führt Sie denn zu uns?“, fragte der Kommissar und versuchte, seinen Blick von den Füßen auf ihr Gesicht zu lenken. Shirin Reitz’ Mundwinkel umspielte ein amüsiertes Lächeln.

„Dat Ilse. Königs Ilse. Also eijentlich die Morde in dem Jeschäft da“, erwiderte Bärbel Kaufmann in dem typisch kölschen Singsang, der ähnlich wie ihre Mitteilsamkeit hervorragend zu ihrem Naturell zu passen schien. „Aber dat Ilse hät jesagt, ich müsste dat melden. Mer treffen uns immer mittwochs im *Karstadt*, weil da der Kuchen so lecker is. Sensationelle Auswahl

… waren Sie schon mal da? Nein? Hörens, Liebelein, dä Kirschstreusel is wirklich hervorragend und die Marzipantorte … ich weiß jar nit, wie die dat hinkriejen, dat dat da immer alles so saftig ist, ich mein, is doch eijentlich eine Jroßküche, da kann man doch so was eijentlich jar nit erwarten … Außerdem haben die da Bonuskärtchen … Moment ämal …" Bärbel Kaufmann öffnete ihre Handtasche und zog kurz darauf ein scheckkartengroßes Bonusmäppchen heraus, das sie dem Kommissar unter die Nase hielt. „Lurens, noch zwei Stempel und dann krieg ich von dem *Karstadt* ein Kaffeegedeck ömesöns! … Nur damit Sie wissen, dat ich nit lüge, Herr Kommissar", fügte sie hinzu, als sie Vogts verwirrte Miene sah. „Ich mein, im *Tatort* muss man doch auch immer beweisen, wo man war und wat man jedonn hät, wenn man Zeuje is. Und mit dene Kärtchen do kann ich beweisen, dat ich mit dem Ilse im *Karstadt* …"

„Zeuge?", unterbrach Shirin Reitz den scheinbar unendlichen Redefluss. „Zeuge wovon?" Zu spät fiel dem Kommissar ein, dass die Profilerin mit ihrem hanseatischen, eher zurückhaltenden Wesen dem rheinischen Bedürfnis nach ausschweifenden Erzählungen wahrscheinlich ziemlich verständnislos gegenüberstand.

„Ich wollt gleich darauf zu sprechen kommen, Liebelein", erwiderte Bärbel Kaufmann dann auch pikiert und Vogt gab Reitz mit einem Blick zu verstehen, die Dame ihm zu überlassen. Das kölsche Urgestein vor ihnen brauchte eine Bühne, und Vogt war bereit, ihr diese zu bieten, wenn sie tatsächlich etwas Nützliches zu sagen hatte. „Ich han dat nur erwähnt, weil doch der *Karstadt* direkt jejenüber liegt … also jejenüber dem abjebrannten Huus, und sonst wären dat Ilse und ich doch jar nit auf dat Thema jekommen. Davor waren wir nämlich noch in de Breite Strooß einkaufen un sind direkt an den Ruinen do vorbeijelaufen … furschbar sieht dat do us … allet schwarz und verbrannt … wirklich furschbar … wenn ich mir vürstell, dat ich da auch mittendrin jewesen wär in dem Feuer, wenn et nur ein paar Stunden vorher ausjebrochen wär …" Bärbel Kaufmann gelang das Kunststück, Atem zu holen, einen Schluck Kaffee zu nehmen, den ihr Vogt zu Beginn der Unterhaltung angeboten hatte, und gleichzeitig erschüttert auszusehen.

„Sie waren am Montag in der *Keksdose?*", fragte Vogt und machte sich eine Notiz.

„Dat sage ich doch die janze Zeit", entgegnete Kaufmann aufgebracht. „Wenn Se mich ausreden lassen würden, junger Mann, wären wir schon viel weiter!"

Der Kommissar seufzte innerlich.

„Also … wie jesagt, ich sagens zu dem Ilse, mein Gott, stell dir vor, Liebelein, da war ich Montag noch drin, weil ich für den Darius noch eine Tüte Himbeerplätzchen und Vanillekipferl besorjen wollt … der Darius is minge Enkelsohn, wissen Se … Montagnachmittag war ich in der *Keksdose*, so jejen halb vier vielleicht. Nein, eher jejen viertel vor vier." Bärbel Kaufmann nahm einen weiteren Schluck Kaffee, um ihre trockene Kehle zu befeuchten, und Vogt nutzte die Gelegenheit zu einem Versuch, das Gespräch zu beschleunigen.

„Sie waren also in dem Plätzchengeschäft und da ist *was* passiert?"

„Da war dat junge Ding hinger der Theek un hät bedient. Schlank, langet schwarzet Hoor, eine Ausländerin, aber sehr freundlich – ich will nix jesagt han! Jedenfalls, ich wollt dem jrad minge Bestellung aufjeben, als zwei junge Männer hereinjestürmt sind, auch Ausländer, vielleicht Italiener und Marokkaner oder Türken, jedenfalls wat aus dem Süden." Kaufmann machte eine abfällige Handbewegung und Vogt befürchtete schon, dass die Profilerin gleich an die Decke ging, aber Reitz war professionell genug, sich nichts anmerken zu lassen. „Richtige Rüpel waren dat und dann hät et Streit jejeben zwischen den dreien."

„Und worum ging es in dem Streit?"

„Ja, also, dat kann ich Ihnen doch nit sagen!", entrüstete sich Kaufmann. „Woher soll ich dat wissen? Die han doch alle drei nit deutsch jesprochen! Da müssten Sie schon dat jung Mädschen fragen …"

„Na ja, die ist ja nun tot."

„Ja … nein, ich mein doch nit die Anjestellte hinger der Theek, sondern dat jung Mädschen, dat außer mir noch in dem Laden war. Dat mit der Bedienung am Verzälle wor!"

„Es war außer Ihnen noch eine Zeugin im Geschäft?“, fragte Vogt erstaunt.

„Dat sage ich doch jrad!“

„Und wieso glauben Sie, dass uns dieses Mädchen weiterhelfen könnte?“

Kaufmann sah den Kommissar an, als hätte er den Verstand verloren. „Weil die zwei Mädschen sich auf ausländisch ungerhalten han, darum natürlich!“

Er beugte sich nach vorne. „Also, nur damit ich Sie richtig verstanden habe, Frau Kaufmann: Außer Ihnen und Fatma Öcal befand sich noch eine weitere Person in dem Geschäft, als die beiden Männer hereinplatzten. Ein junges Mädchen – eine Kundin oder Freundin –, das sich mit der Bedienung hinter der Theke auf Türkisch unterhalten hat.“

„Ja, ob dat nu jrad türkisch war, wejß ich nit. Dat han Sie jesagt.“

Vogt zwang sich, Ruhe zu bewahren. „Können Sie das Mädchen oder die beiden Männer beschreiben?“

Kaufmann überlegte. „Ach leeven Jott, wie halt die junge Lück hük all aussehen: dunkle Hoor, mit viel Jeschmier drin, so Trainingsbutze und Swättschörts hatten die an und Joldkettchen üm der Hals. Warten Sie … ejner hätt so ein kleines Bärtchen jehabt, eins von diesen janz schmalen, die jetz su modern sing und die Wangen und dat Kinn einrahmen.“ Sie versuchte, sich an noch mehr Details zu erinnern, gab aber schließlich auf. „Dat Mädschen wor vielleicht so Anfang zwanzig, viel Schminke im Jeseesch, langet Hoor, auch ziemlich dunkel un et hät so kleine jeflochtene Haarsträhncher da mit drin jehatt.“

„Würden Sie sie wiedererkennen?“

Bärbel Kaufmann schüttelte den Kopf. „Ich han nit so dadrauf jeachtet, üm ehrlich ze sin, Herr Kommissar.“

„Und die beiden Männer?“

„Ja, sicher dat. Die Rabauken, die würd ich wiedererkennen!“

„Hatten Sie den Eindruck, dass Fatma Öcal und die Männer sich kannten, oder waren es vielleicht unzufriedene Kunden?“ Vogt schrieb jetzt eifrig mit.

„Unzufriedene Kunden? Nä, dat jlöv ich nit. Nein also, unzufriedene Kundschaft benimmt sich doch nit ens so ausfallend, jedenfalls han ich sujet noch nit erlebt. Vielleicht is dat ja in der Türkei anders, ävver he bej uns in Deutschland … Der ejne wollte dat jung Mädschen hinger der Theek hervortrekke … ich han et richtig mit dä Angst bekommen, ich dachte schon, dat er dat ärm Ding jleich schlagen will … ja, und dann sin vun hinge ejne Frau und ejn Mann jekommen und haben die beiden Ausländer von dem Mädschen wegjerissen und han sie aus dem Jeschäft jedrängt. Mit der Polizei mussten sie drohen, bevor die beiden avjehauen sin. Sujet han ich noch nie erlebt!", wiederholte sie und starrte in ihren leeren Kaffeebecher. „Han Sie vielleicht noch ein Tässchen? Der tut jut, der Kaffee." Die Profilerin schüttete ihr nach. „Na ja, und dat Ilse hät für mich jesagt, ich müsste dat der Polizei verzälle, als ich ihr dat verzällt hab, weil in der Zeitung stond, dat die Lük jar nit bei dem Feuer ums Leben jekommen sind, sondern erschossen worden sin, und dat wär doch vielleicht ens wichtig für die Polizei."

Erneut musste Vogt eingreifen, um Bärbel Kaufmanns Redeschwall in die richtigen Bahnen zu lenken. „Und was ist dann passiert?"

„Und dann?" Die Kölnerin rührte eifrig Zucker in ihren Kaffee. Sie schien das Gespräch und die Aufmerksamkeit, die ihr gewidmet wurde, in vollen Zügen zu genießen. Vogt fragte sich, welcher Mann es mit dieser Frau wohl aushielt und was er tat, um den Rededrang zu ertragen. Wahrscheinlich ließ er sie einfach plappern und hörte gar nicht zu – ein Luxus, den er sich als Ermittlungsbeamter leider nicht leisten konnte.

„Ich meine, haben Sie gesehen, wie die beiden Männer abgehauen sind? Zu Fuß? Mit dem Fahrrad? Mit einem Auto?", konkretisierte er seine Frage.

„Auto", sagte Bärbel Kaufmann, wie aus der Pistole geschossen. „Die hatten direkt vor dem Jeschäft jeparkt. So ein dunklet Auto, vielleicht waret auch schwarz, dat weiß ich nit mehr so jenau."

„Erinnern Sie sich an die Marke oder das Kennzeichen?"

Kaufmann schüttelte den Kopf. „Ich? Automarken kann ich mir nie merken, Liebelein. Für sujet is minge Mann zuständig. Ich han ja auch jar keinen Führersch…"

„Was ist denn danach im Geschäft passiert?", schnitt ihr der Kommissar das Wort ab.

„Im Jeschäft? Ja also …" Die Frau klappte gedankenverloren den Verschluss der Handtasche mehrmals auf und zu und Vogt hätte ihr das Ding am liebsten aus der Hand gerissen. „Dat junge Mädschen, also die Bedienung, is no hinge jelaufen, ich jlöv, dat hat ein bisschen jeheult und musste sich erst mal wieder beruhijen. Die andere Frau, ich nehm an, dat dat die Besitzerin der *Keksdose* wor, hät sich bei mir für die Unannehmlichkeiten entschuldigt und mich dann bedient. Sie war auch ein bisschen mitjenommen. Is jo auch ens verständlich, sujet passiert einem ja nit jeden Tag. Sie hät mir eine Tüte Haselnussplätzchen umsonst in die Hand jedrückt. So als Entschuldijung. Das fand ich sehr nett von der. Wirklich, sehr nett." Bärbel Kaufmann räusperte sich und schien am Ende ihrer Erzählung angelangt zu sein.

„Und der Mann?", fragte Vogt.

„Welcher Mann?"

„Der mitgeholfen hat, die beiden Ausländer aus dem Geschäft zu befördern."

„Ich weiß nit …", erwiderte Kaufmann zögernd. „Ich kann mich nicht erinnern. Vielleicht is dä auch no hinge jejange?" Sie sah den Kommissar an, als könnte er ihr diese Frage beantworten."

Vogt seufzte. „Und die zweite Frau, die Bekannte des jungen Mädchens, das sie bedient hat?"

„Die war plötzlich weg, evver, Momentchen …" Kaufmann kramte in ihrer Handtasche und zog ein Handy heraus. „Dat hä hät dat jung Ding liejenjelossen. Ich wollt noch hinger ihr her, evver dat war schon weg. Anstatt dat dann bei denen in der Backstub avzujeven, han ich et us Versehen einjesteck."

Vogt nahm das Mobiltelefon in Empfang und schaltete es ein, aber der Zugriff war durch einen Pincode gesichert. Es würde Tage dauern, bis sie die Besitzerin ermittelt hatten. Es sei denn

… Er machte sich eine Notiz und wandte sich an Shirin Reitz. „Wo sind eigentlich die Fotos der Opfer?"

„Von Fatma Öcal haben wir noch keins." Reitz suchte aus den Unterlagen erst die Fotografie von Jakob Hartgens heraus, die Hallstetter von Dorothee Vandesand erhalten hatte, aber Bärbel Kaufmann schüttelte den Kopf.

„Den han ich noch nie jesehn", sagte sie.

„Oh", erwiderte Reitz überrascht. „Ich hatte angenommen, dass er ihr zu Hilfe geeilt ist." Sie legte ihr das Bild von Tom Schneider und Anna Cordes vor, das die Kommissare am Vortag aus deren Wohnung mitgenommen hatten.

„Ja", sagte Kaufmann. „Dat sin die beiden, die der Bedienung jeholfen han. Dä Mann und die Frau, die aus dem hinteren Teil des Jeschäfts nach vorne sin, als der Streit anjefangen hät."

„Und an die unbekannte Zeugin können Sie sich wirklich gar nicht genauer erinnern?"

Kaufmann bedauerte.

Vogt stand auf und bedankte sich bei Bärbel Kaufmann für ihren Besuch. Er notierte ihre Adresse und Telefonnummer und schob sie so schnell wie möglich zur Tür hinaus. Sehr viel länger hätte er die Dame nicht ertragen.

Auch die Profilerin atmete sichtlich erleichtert auf, als sie wieder allein im Büro waren. „Anstrengende Person", stellte sie fest.

„Der Rheinländer, wie er leibt und lebt", erwiderte Vogt grinsend. „Meine Schwiegermutter ist genauso. Deshalb besuche ich sie auch so selten wie möglich." Er stellte sich vor das Fenster und starrte auf das Schneetreiben, das mittlerweile eingesetzt hatte. Der Wind peitschte die Flocken in Böen vor sich her; auf der Kalker Hauptstraße hatten die Autos die Scheinwerfer eingeschaltet und fuhren nur noch Schritttempo. „Widerliches Wetter", sagte er.

„Wenn es stimmt, was die Zeugin sagt …", begann Reitz.

„… dann waren Tarkan und Murat Öcal ein paar Stunden vor dem Mordanschlag in der *Keksdose* und haben ihrer Schwester die Hölle heiß gemacht", beendete Vogt den Satz. „Ja, ich weiß. Nur schade, dass sie das in ihrer Muttersprache getan haben. Daher nützt uns die Aussage nicht viel."

„Ach, kommen Sie, Herr Vogt, es passt doch genau zu dem, was wir gestern bei der Familie Öcal gehört haben!"

„Solange wir den Inhalt des Streits nicht kennen, ist diese Information nicht relevant für die Strafverfolgung."

„Nein, aber sie ist relevant für die Ermittlungen", beharrte Reitz. „Sie liefert ein weiteres Tatmotiv."

„Wir müssen die Besitzerin des Handys auftreiben. Was würden Sie machen, wenn Sie Ihr Handy verlieren?"

Shirin Reitz zuckte die Achseln. „Nicht viel. Ich würde vorsichtshalber die Nummer bei meiner Telefongesellschaft sperren lassen, damit keiner auf meine Kosten telefonieren kann."

„Sie würden es nicht als verloren oder gestohlen melden?"

„Nicht, wenn nichts Wichtiges auf dem Handy ist."

„Warum nicht?"

„Es lohnt den Aufwand nicht. Wenn es bei Verlust ausgeschaltet war, kann sowieso niemand was damit anfangen. Und wie hoch schätzen Sie die Chancen ein, dass ein gestohlenes oder verlorenes Handy wieder auftaucht?"

Vogt setzte sich vor seinen PC. „Na, dann wollen wir hoffen, dass die junge Frau etwas Wichtiges auf ihrem Handy gespeichert hatte."

Die Profilerin sah ihren Kollegen nachdenklich an. „Wenn sie eine Freundin von Fatma Öcal ist, dann müsste sie doch längst wissen, was passiert ist, und hätte sich schon bei uns gemeldet, oder?"

„Und wenn sie gar keinen Zusammenhang zwischen dem Vorfall am Nachmittag und dem Mordanschlag herstellt?"

Es dauerte eine Weile, aber schließlich wurde Vogt in der Sachfahndungsdatei fündig und griff zum Telefon.

„Vielleicht haben wir unsere Zeugin", sagte er triumphierend, nachdem er das Gespräch beendet hatte. „Bei den Kollegen in Mülheim ist die Verlustmeldung eines Handys aufgenommen worden, und zwar am Montagabend und von einer jungen Frau deutsch-türkischer Herkunft. Die Kollegin konnte sich an den Vorgang erinnern, weil die Frau nicht in der Lage war, sich auch nur vage zu erinnern, wo und unter welchen Umständen ihr das Handy abhanden gekommen sein könnte, aber sie war völlig aufgelöst, weil sie ihren gesamten Terminkalender übers Handy verwaltet. Die Kollegin hat darauf getippt, dass es ihr aus der Jackentasche gestohlen wurde. Daher hat sie ihr auch nicht viel Hoffnung gemacht. Die Zeugin hatte allerdings noch Gebrauchsanweisung und Kaufbeleg. Typ und Fabrikat stimmen überein." Vogt sah auf die Uhr. „Können Sie nachschauen, ob Brinkhoff und Plasberg inzwischen da sind, und die beiden über die Aussage der Kaufmann informieren? Danach kümmern wir uns um Fatma Öcals Freundin."

Maria Plasberg blinzelte mit verkniffenen Augen in den Schlafzimmerspiegel. Der blaugestreifte Pyjama, ein Geburtstagsgeschenk ihrer Kinder, war völlig zerknittert und hing an ihr wie ein Kartoffelsack. Ihr Gesicht war mindestens genauso zerknautscht wie der Schlafanzug, unter ihren Augen hingen dicke, hässliche Ringe, die sie um Jahre älter aussehen ließen, und ihre schwarzen Haare standen in alle Himmelrichtungen ab. Kurzum, sie sah furchtbar aus, beendete sie ihre Betrachtung schlecht gelaunt.

Als sie am Morgen erneut mit Kopfschmerzen aufgewacht war, hatte sie wieder einmal Niklas das Frühstückmachen überantwortet, trotz schlechten Gewissens, und sich zu ihrem Hausarzt begeben. Aber der Arzt hatte sie nur kopfschüttelnd angesehen, ihren Blutdruck gemessen und sie ermahnt, dringend einen Gang zurückzuschalten und weniger hektisch zu leben. Ihre Schmerzattacken beruhten auf Verspannungen und zu viel Stress. Die gleiche alte Leier. Dass diese Mediziner immer so weltfremd waren! Als ob sie nicht auch lieber auf einer sonnigen Südseeinsel in einer Hängematte liegen und tropische Cocktails schlürfen würde, statt eine Mordkommission zu leiten! Immerhin, er hatte ihr eine Spritze in den Nacken gegeben – sie wollte gar nicht wissen, womit er ihren Schmerzen zu Leibe rückte – und Wunder über Wunder, die Beschwerden hatten sich zu Hause nach einer Stunde weiteren Erschöpfungsschlafs tatsächlich halbwegs zurückgezogen. Vielleicht hatte sie jetzt das Schlimmste überstanden.

Die Kommissarin schlurfte barfuß in die Küche, holte sich ein Glas Orangensaft und schlenderte ziellos durch das Haus. Die

Tür von Ruths Zimmer stand offen, als würde die Unordnung darin einen Weg nach draußen suchen, um sich weiter ausbreiten zu können. Ihre Tochter hatte das Bett nicht gemacht, Decke und Kissen lagen zerwühlt auf der Matratze, bevölkert von einer ganzen Armee aus Kuscheltieren. Die Ballettschuhe ihrer Tochter fand Plasberg unter dem Bett. Jedenfalls einen, der Aufenthaltsort des zweiten Schuhs blieb ihr verborgen. Hörbuch-CDs von den drei ??? lagen verstreut auf dem Boden. Und sie entdeckte hinter dem Bettpfosten den Lippenstift, den sie schon seit Wochen vermisste. Das kleine Luder! Natürlich war es der teuerste, den sie besaß: karmesinrot mit Gloss-Effekt. Die Kommissarin hatte ihn sich bei ihrem letzten Einkaufsbummel aufschwatzen lassen, obwohl ihr karmesinrot überhaupt nicht stand. Aber es war ein Frustkauf gewesen und er hatte ihr zumindest für ein paar Stunden Befriedigung verschafft und das Gefühl, neben ihrem Beruf und ihrer Rolle als Mutter auch noch als Frau zu existieren. Getragen hatte sie den Lippenstift nur einmal – zusammen mit dem schwarzen Outfit von *Donna Karan*, gut, es war secondhand gekauft gewesen, aber immer noch sündhaft teuer – und Brinkhoff hatte angemerkt, dass ihr Mund damit aussehe wie eine offene Wunde. Vielleicht sollte sie ihn zu den schwarzen Haaren ausprobieren. Dann würde der Vampir-Look noch eine Spur realistischer wirken.

Das Bad war ebenfalls unaufgeräumt, was noch eine euphemistische Umschreibung war. Höchste Zeit, dass hier mal wieder sauber gemacht wurde. Die Kommissarin bückte sich, um aus dem Badezimmerschränkchen Schwamm und Generalreiniger zu holen, und stolperte gleich darauf stöhnend zum Klo, wo sie sich auf dem Deckel zusammenkauerte. So schnell wie sie gegangen waren, meldeten sich die Kopfschmerzen zurück. Plasberg zog die Knie an, legte wimmernd ihren Kopf auf die Oberschenkel und schloss die Augen.

Nach ein paar Minuten hatte sie den Schmerz wieder halbwegs unter Kontrolle, nur das Ziehen im Hinterkopf verschwand nicht. Sie schleppte sich zurück ins Schlafzimmer und ließ sich auf ihr Bett fallen. Waren diese verdammten Kopfschmerzen denn diesmal durch gar nichts in den Griff zu kriegen? Sie hatte so viel zu tun, sie konnte es sich nicht leisten, tagelang schachmatt im Bett herumzuliegen.

Plötzlich erinnerte sie sich an das Gespräch mit Brinkhoff vom Tag zuvor und setzte sich auf. Welche Handtasche hatte sie gestern benutzt? Richtig, die gelbe! Fieberhaft durchwühlte die Kommissarin den Inhalt ihrer Tasche, bis sie auf den zerknitterten Zettel mit der Nummer stieß, die Nina ihr gegeben hatte. Sie tippte die Nummer ins Telefon und wartete nervös, dass jemand am anderen Ende der Leitung das Gespräch annahm.

„Ja, Maria Plasberg hier", sagte sie schließlich zögernd. „Ich brauche Ihre Hilfe. Können Sie mich verstehen? … Gott sei Dank, aufgrund des Namens dachte ich schon … ja, es hört sich nicht nur so an, es *ist* dringend … wäre es unverschämt, wenn Sie heute noch …? Egal, ich zahle jeden Preis, ich schaffe es einfach nicht mehr alleine … Gut, dann bis in einer Stunde. Danke, danke vielmals!" Erleichtert ließ sie den Telefonhörer sinken und merkte, wie der simple Akt eines Telefonats eine fast tonnenschwere Last von ihrer Schultern genommen hatte. Sie hatte eine Putzfrau engagiert.

Tatsächlich dauerte es nur knapp fünfzig Minuten, bis es an der Tür des Reihenhauses in Porz klingelte. Plasberg hatte eine ältliche Matrone mit Kopftuch in einem dunklen, unförmigen Mantel erwartet, aber sie musste ihre Vorurteile über türkische Putzfrauen revidieren. Erstens war Hatice Yilmaz kaum älter als sie – die Kommissarin schätzte sie auf Mitte oder Ende vierzig – und die brünette, sportliche Frau trug ihre schulterlangen Haare offen, wenn auch zu einem Pferdeschwanz gebändigt. Ihre Kleidung bestand aus einem blauen Anorak, bequemen Jeans, einem schlabbrigen Sweatshirt und an ihren Füßen trug sie Sportschuhe – ganz ähnlich den Sachen, die Plasberg inzwischen angezogen hatte. Yilmaz' braune Augen blinzelten spöttisch, als sie den überraschten Blick der Kommissarin bemerkte.

„Frau Plasberg? Wir haben vorhin miteinander telefoniert. Ich habe meine Sachen direkt mitgebracht." Sie deutete auf einen Smart, der vor Plasbergs Haus stand und auf dessen Fahrertür das Logo *Yilmaz Reinigungsservice* und die Telefonnummer prangte, die die Kommissarin vorhin angerufen hatte.

„Sie haben Ihre eigene Firma?“, fragte Plasberg erstaunt.

„Ja. Was dachten … oh, ich verstehe!“ Hatice Yilmaz grinste verschmitzt, aber es war auch eine gewisse Reizbarkeit in ihrem Lächeln zu erkennen. „Wäre es Ihnen lieber, wenn ich ein Kopftuch umbinde?“

„Um Gottes willen, nein! Tut mir leid, ich wollte nicht …“

„Schon gut. Sie sind nicht die Erste, die so reagiert, und Sie werden auch nicht die Letzte sein. Darf ich hereinkommen?“

„Ja … ja, natürlich“, erwiderte die Kommissarin ein wenig überrumpelt.

Yilmaz ging an ihr vorbei ins Haus und marschierte durchs Wohnzimmer direkt in die Küche. „Nett haben Sie es hier“, sagte sie, während ihr geübter Blick über die schmutzige Spüle, die verdreckte Arbeitsfläche und den Boden glitt. „Aber ich sehe schon, wo das Problem liegt. Sie sind berufstätig?“

„Alleinerziehend und berufstätig. Ich arbeite bei der Polizei. Und ich habe einfach keine Zeit, mich um den Haushalt zu kümmern. Es wächst mir alles über den Kopf.“

„Wundert mich, dass Sie bis jetzt klargekommen sind.“ Hatice Yilmaz deutete auf den Tisch, auf dem noch die Reste des Frühstücks standen, das Niklas zubereitet hatte. „Sie und drei Kinder? Das ist kein Zuckerschlecken.“ Endlich jemand, der sie verstand. Plasberg mochte die Frau sofort.

„Ehm … ja …nein.“ Die Kommissarin räusperte sich. „Ich habe eine achtjährige Tochter und einen siebzehnjährigen Sohn. Und dann ist da noch Nina, seine Freundin. Sie wohnt mehr oder weniger bei uns. Über sie habe ich auch Ihre Telefonnummer bekommen. Nina Sternbrück, die Eltern wohnen in Marienburg.“

„Sternbrück? Ja, natürlich. Ach, dann sind Sie … ich verstehe!“

„Was verstehen Sie?“

„Sie sind die Mutter von Niklas. Der Junge, der die Tochter der Sternbrücks geschwäng… in andere Umstände gebracht hat“, verbesserte sich Yilmaz.

„So kann man es auch nennen. Ja, stimmt. Die bin ich. Ich hoffe, das stört Sie nicht?“

Die Putzfrau lachte. „Frau Plasberg, das Privatleben meiner Kunden ist mir völlig egal. Geschäft ist Geschäft. Womit wir beim Thema wären: Ich nehme fünfzehn Euro die Stunde plus Mehrwertsteuer. Ist Ihnen das recht?“

Plasberg schluckte. Schon als sie das Auto von Hatice Yilmaz gesehen hatte, waren ihre vagen Hoffnungen auf eine schwarz arbeitende Reinigungshilfe wie eine Fata Morgana zerstoben. Wenn sie sich recht erinnerte, hatte Nina auch nie behauptet, dass ihr Vater die Putzfrau illegal beschäftigte. Plasberg war einfach davon ausgegangen. Harald Sternbrück war der Typ, zu dem das passte. Wenn sie die entstehenden Kosten senken wollte, hatte sie keine andere Wahl, als mit Sternbrücks über eine Beteiligung am Honorar für Hatice Yilmaz zu verhandeln. „Ja“, sagte sie schließlich. „Es bleibt mir wohl gar nichts anderes übrig.“

„Wie viele Räume hat das Haus?“

Plasberg sah sich um, als müsste sie sich selbst erst orientieren. „Hier unten das Wohnzimmer, die Küche und das Gäste-WC und oben sind mein Schlafzimmer, das Bad und die Zimmer der Kinder. Und dann noch die Terrasse und der Vorgarten.“

„Da zumindest werde ich Ihnen nicht weiterhelfen können“, sagte Yilmaz. „Gartenarbeit leiste ich nicht. Ganz ehrlich … ich täte Ihnen damit auch keinen Gefallen. Zu Hause überlebt noch nicht mal ein Gummibaum meine Pflege.“ Sie schlenderte ins Wohnzimmer. „Darf ich mir die anderen Räume ansehen?“

Yilmaz wartete gar nicht erst auf Plasbergs Einverständnis, sondern ging sofort die Treppe hoch, warf in jedes der Zimmer einen kurzen Blick und kam dann wieder herunter. „Ich würde vorschlagen, ich komme in den nächsten vierzehn Tagen zweimal die Woche für drei Stunden“, sagte sie geschäftsmäßig. „Dann haben wir das im Nu wieder im Griff. Danach reicht dann vielleicht einmal die Woche vier Stunden. Heute ist Donnerstag … sagen wir immer Donnerstags und Montags jeweils zwischen neun und zwölf? Dann sind Sie und die Kinder aus dem Haus, nehme ich an, und ich habe hier freie

Bahn und störe niemanden. Wenn es Ihnen recht ist, fange ich gleich an?"

„Ja ... ja, gerne! Ich hatte gar nicht zu hoffen gewagt, dass ..."

„Sie haben Glück, ein Kunde ist abgesprungen. Ein älteres Ehepaar, das ins Altenheim ziehen muss. Die Kinder haben keine Lust oder keine Möglichkeit, sich um sie zu kümmern. Schrecklich." Hatice Yilmaz spurtete durch den Schneeregen und die Kälte zu ihrem Smart und kam kurz darauf bewaffnet mit Eimern, Tüchern, einem halben Dutzend Reinigungsmitteln und zwei Schrubbern zurück. „Ich nehme mir als Erstes die Küche vor, in Ordnung?"

Plasberg war fast ein wenig eingeschüchtert von der Energie und der offensichtlichen Effizienz, die Yilmaz an den Tag legte. „Haben Sie keine Familie zu versorgen?", fragte sie.

Yilmaz sortierte das schmutzige Geschirr in die Spülmaschine ein, räumte Aufschnitt, Käse, Milch und Butter in den Kühlschrank und begann die Flecken auf dem Tisch zu bearbeiten. „Mein Mann hat sein eigenes Geschäft, einen Obst- und Gemüsegroßhandel, meine zwei ältesten Söhne arbeiten mit im Geschäft und meine Tochter studiert Jura in Berlin", sagte sie, wischte die Krümel von der Tischplatte und warf sie in den Mülleimer. „Nur der Jüngste macht Probleme. Hängt mit den falschen Freunden herum, wenn Sie verstehen, was ich meine. Aber zu Hause würde mir nur die Decke auf den Kopf fallen. Früher bin ich nebenbei putzen gegangen, ein paar Stunden in der Woche. Als die Kinder groß waren, habe ich mir gedacht, dass ich daraus doch auch ein Geschäft machen könnte."

„Und Ihre Familie ... Ihr Mann, die haben nichts dagegen?"

Yilmaz unterbrach ihre Arbeit. „Nicht alle Türken leben im Mittelalter, Frau Plasberg. Ich bin zwar Muslima, aber ich bin auch emanzipiert. Und meine Familie unterstützt mich. Es ist alles eine Frage der Erziehung und des eigenen Willens."

„Und die Religion?" Plasberg hatte diese Frage auch schon Shirin Reitz stellen wollen, aber befürchtet, dass die Profilerin hinter dieser Frage sofort wieder einen Diskriminierungsversuch wittern würde. Yilmaz schien ihr zugänglicher zu sein.

„Sie meinen, der Koran?"

Plasberg nickte.

„Ich habe jedenfalls noch keine Stelle im Koran entdeckt, die mir verbietet zu arbeiten. Es ist eine reine Interpretationssache. Wie alles, was den Glauben angeht."

Die Kommissarin wollte gerade einwenden, dass das eigentlich nicht ihre Frage beantwortete, als das Telefon klingelte.

„Brinkhoff hier", meldete sich ihr Kollege. „Geht's Ihnen ein bisschen besser? Ich hätte da was für Sie."

„Eine neue Schmerztablette?" Jetzt, wo Hatice Yilmaz ihr größtes Problem in den Griff zu bekommen schien, hatte die Kommissarin plötzlich wieder Energie für einen Scherz.

„Eine neue Z-Zeugin, eventuell sogar zwei." Torsten Brinkhoff setzte die Kommissarin mit wenigen Worten vom Besuch Bärbel Kaufmanns in Kenntnis, über den ihn Shirin Reitz informiert hatte. „Vogt ist es gelungen, Name und Adresse der jungen Frau ausfindig zu machen, die ihr Handy in der *Keksdose* verloren hat. Frau Dr. Reitz und er wollen gleich dahin fahren."

Plasberg setzte sich an den Küchentisch und schenkte sich Orangensaft nach. Langsam, aber sicher kehrten ihre Lebensgeister zurück. Die Tatsache, dass sie sich vor wenigen Stunden erst krank gemeldet hatte, hatte sie schon fast vergessen. „Wie heißt sie?", fragte sie.

„Bahar Gül."

Plasberg begann sofort, sich Notizen zu machen. „Können Sie das buchstabieren?" Jeder Zeuge, den sie auftreiben konnten, war wertvoll, auch wenn seine Aussagen noch so mager sein mochten. Wenn Tarkan und Murat Öcal mit Alibis für die Tatzeit aufwarteten – und daran zweifelte Plasberg keinen Moment –, dann war es wichtig, den Inhalt des Streits zu kennen, den die beiden Stunden vor den Morden in der *Keksdose* mit ihrer Schwester vom Zaun gebrochen hatten. Nur so konnte ein eventueller Tatverdacht aufrechterhalten werden und der Haftprüfungstermin beim Richter am späten Nachmittag glatt über die Bühne gehen. „Okay, habe ich", sagte sie dann.

Der Blick von Hatice Yilmaz, die gerade dabei war, die Platzdeckchen auf den Küchentisch zurückzuräumen, fiel unabsichtlich auf Plasbergs Gekritzel. Sie stutzte, als sie Namen und Adresse las. „Was wollen Sie von Bahar?", fragte sie überrascht. Eine ihrer Haarsträhnen hatte sich aus dem Pferdeschwanz gelöst und fiel ihr ins Gesicht. „Tut mir leid, ich wollte nicht …" Sie deutete auf die Notizen der Kommissarin.

„Schon gut", erwiderte Plasberg. „Mein Fehler … Brinkhoff, Moment, bitte." Sie legte eine Hand über den Telefonhörer und fragte Yilmaz: „Kennen Sie die Frau etwa?" Bei knapp 100.000 türkischstämmigen Einwohnern in Köln war die Chance, dass ausgerechnet ihre neue Putzfrau eine Person kannte, die als Zeugin in einem Mordfall gesucht wurde, doch eher verschwindend gering. Auf der anderen Seite – seitdem die Kommissarin im letzten Urlaub am Strand einer Ägäisinsel über eine Schulfreundin gestolpert war, die sie das letzte Mal vor fünfundzwanzig Jahren gesehen hatte, stand sie solchen Zufällen nicht mehr ganz so skeptisch gegenüber. Glück gehörte eben auch manchmal zur Polizeiarbeit.

Yilmaz nickte. „Bahar ist die Tochter einer befreundeten Familie. Im Sommer grillen wir hin und wieder zusammen. Der Vater arbeitet bei Ford und die Mutter …"

„Hat diese Bahar eine Freundin namens Fatma?", wurde sie von Plasberg unterbrochen.

„Keine Ahnung. So gut kenne ich sie auch wieder nicht. Ich weiß nicht mal genau, wie alt sie ist. Vielleicht zweiundzwanzig?"

Die Kommissarin wollte ganz sicher gehen, dass sie über dieselbe Person sprachen. „Aber sie wohnt in der Genovevastraße? Hat dunkle Haare?" Brinkhoff hatte ihr auch die vage Personenbeschreibung durchgegeben, an die sich Bärbel Kaufmann erinnern konnte.

„Ja, ganz sicher. Aber was wollen Sie von ihr? Hat sie was ausgefressen?"

„Nein, keine Sorge. Aber sie kann uns vielleicht bei unseren Ermittlungen weiterhelfen."

„Ermittlungen?" Yilmaz sah Plasberg misstrauisch an.

Die Kommissarin zögerte nur kurz. „Der Mordfall, der in den letzten Tagen so viele Schlagzeilen produziert hat? Vielleicht hat sie etwas mitbekommen, was die Hintergründe der Tat erhellen könnte. Können wir sie zu Hause erreichen?"

„Jetzt? Sie wird arbeiten. Soweit ich weiß, macht sie eine Ausbildung als Frisörin."

„Mist", erwiderte Plasberg und warf sofort die Pläne ihrer Mitarbeiter über den Haufen. „Brinkhoff, sind Sie noch in der Leitung? … ja, pfeifen Sie Vogt und Reitz zurück … erkläre ich Ihnen später. Geben Sie mir die Nummer der Familie … ja, okay, ist notiert … nein, die beiden sollen im Präsidium bleiben und nichts unternehmen. Ich kläre das und melde mich anschließend." Sie beendete das Gespräch mit einem verwirrten Brinkhoff und wollte gerade die Nummer von Bahar Güls Familie eintippen, als Hatice Yilmaz sie unterbrach.

„Es geht mich ja nichts an, aber wenn Sie jetzt mit Bahars Vater sprechen …"

Plasberg hielt inne. „Bekommt sie dann Ärger? Aber sie hat nichts verbrochen!"

Yilmaz lächelte. „Viele Türken sind nicht besonders gut auf die deutsche Polizei zu sprechen. Da gibt es viel Misstrauen."

„Ist mir schon aufgefallen", erwiderte Plasberg „Was schlagen Sie vor?" Wenn sie der jungen Frau schon im Vorfeld Ärger bereitete, schwanden ihre Chancen, sie zu einer unvoreingenommenen Zeugenaussage zu bewegen.

„Lassen Sie mich mit Bahars Vater reden. Das macht die Sache einfacher. Was brauchen Sie?"

„Adresse und Telefonnummer des Geschäfts, wo ich Bahar Gül erreichen kann."

Yilmaz war so gut wie ihr Versprechen, denn kurz darauf hielt die Kommissarin die notwendigen Daten in den Händen und nach einem weiteren Anruf und einem Moment des Wartens, in dem Gül vor dem Hintergrund lauter Musik und dem unverwechselbaren Gebläse von Fönen ans Telefon gerufen wurde, hatte sie die junge Frau selbst am Apparat. Plasberg ging ins Wohnzimmer. „Kripo Köln, Kriminalhauptkommissarin Maria Plasberg. Spreche ich mit Bahar Gül?"

Ein kurzes Zögern am anderen Ende der Leitung, dann kam ein gedehntes: „Ja, wieso? Haben Sie mein Handy wiedergefunden?" Bahar Güls Stimme klang vorsichtig, fast abweisend.

„Ja, das auch. Aber ich würde Ihnen gerne ein paar Fragen stellen. Können wir uns treffen?"

„Worum geht's denn? Ich kenn Sie doch gar nicht."

„Es geht um die Morde in der *Keksdose*, Sie haben bestimmt davon in der Zeitung gelesen."

Gül gab zwar zu, dass sie von dem Feuer und den Toten wusste, erklärte aber sofort, dass sie damit nichts zu habe.

„Das habe ich auch gar nicht gesagt." Plasberg spürte sogar am Telefon den Unwillen der Zeugin, sich auf ein Gespräch mit ihr einzulassen. Sie fragte sich nur, woher dieser Unwillen kam. „Aber Sie waren am Nachmittag vor dem Brand in dem Geschäft und haben Fatma Öcal besucht."

Wieder herrschte Schweigen in der Leitung, als lotete Gül ihre Optionen aus. Sie entschied sich für eine Feststellung, die die implizite Frage Plasbergs umging, aber die Kommissarin überraschte. „Fatma ist tot", erklärte sie tonlos.

„Woher wissen Sie das? Wir haben die Namen der Opfer noch nicht an die Öffentlichkeit gegeben."

Ein weiteres Mal antwortete ihr nur Stille. Im Hintergrund hörte Plasberg ein paar Stimmen, das Rattern einer Kasse. „Ich kann jetzt nicht reden", sagte Gül schließlich. „Ich bin auf der Arbeit, verstehen Sie? Wir haben Kundschaft und der Chef sieht es nicht gerne, wenn wir in der Arbeitszeit telefonieren." In ihrer Stimme schwang ein aggressiver Unterton mit.

„Dann treffen Sie sich mit mir in Ihrer Mittagspause. Sie haben doch eine Mittagspause?"

„Mann, ey, muss das jetzt sein? Ich kann Ihnen sowieso nichts sagen. Ich weiß nichts", begehrte die junge Frau auf. „Ich bin mit zwei Freundinnen verabredet."

„Frau Gül, ich kann Sie auch nach Dienstschluss zu Hause besuchen, wenn Ihnen das lieber ist", stellte Plasberg ihr ein Ultimatum.

„Boah, ey, na schön. Ich arbeite in einem Frisörladen auf der Hohe Pforte, wir können uns im *Subway* auf dem Heumarkt treffen. Dreizehn Uhr. Okay?"

„*Subway*? Was ist das?"

Bahar Gül klang belustigt. „Die Sandwichkette. Können Sie gar nicht verfehlen." Damit beendete sie das Gespräch.

Die Kommissarin sah auf ihre Armbanduhr. Es war jetzt viertel nach zwölf. Sie musste sich beeilen, wenn sie den Termin schaffen wollte. Sie schlüpfte in ein paar Schuhe, griff nach ihrer Handtasche und überließ Hatice Yilmaz das Haus. „Sie hat mir der liebe Gott geschickt! Gehen Sie bloß nicht weg!", rief sie ihr zu, während sie die Haustür hinter sich zuzog und ein Taxi rief. Auf dem Bürgersteig gegenüber bückte sich ein schmächtiger Jugendlicher und band sich in aller Seelenruhe seine Schnürsenkel zu. Manchen Menschen schien das schlechte Wetter überhaupt nichts auszumachen. Plasberg sah den Jungen einen Moment stutzig an, dann schüttelte sie den Kopf und stieg in das vorfahrende Taxi. Erst auf der Deutzer Brücke fiel ihr auf, dass ihre Kopfschmerzen verschwunden waren.

Torsten Brinkhoff stand am Fenster seines Büros und starrte auf den grauen Novemberhimmel, obwohl es dort nicht viel zu sehen gab. Der Ostwind hatte zugenommen, peitschte in immer kürzeren Abständen Regen- und Schneewolken über die Stadt und pfiff um das allein stehende Präsidium. Unten auf der Kalker Hauptstraße war der Verkehr ruhiger geworden; die Straßenbeleuchtung war angesprungen und die wenigen Passanten, die draußen waren, rannten wie Hasen von einer geschützten Überdachung zur anderen. Auf dem Bürgersteig direkt unter seinem Büro kämpfte eine Frau mit einem aufgespannten Schirm, der sich im Sturm wölbte und dann verbog, die Speichen nach außen geklappt.

Der Kommissar hatte Karsten Vogt und die Profilerin über Plasbergs Abwesenheit und ihre neuen Anordnungen informiert und sich mit ihnen über das weitere Vorgehen abgestimmt. Shirin Reitz würde ihm nachher bei der Vernehmung der Öcal-Brüder assistieren, während Vogt sich nach einigem Meckern ins Oberbergische aufgemacht hatte. Um inoffiziellen Ermittlungen nachzugehen. Hartmut von Schonau hatte nur allzu deutlich gemacht, was er zu unternehmen gedachte, wenn Plasberg und Brinkhoff ihn weiter unter die Lupe nahmen. Zwar hatte er sicher das gesamte Ermittlungsteam gemeint, aber die beiden Kommissare hatten entschieden, seine Warnungen nur auf sich zu beziehen. Vogt hatte zwar eingewendet, dass er von der Kommissarin auch beauftragt worden sei, sich um den Hintergrund von Tom Schneider und seine Verbindungen zu Ricardo Orsetti zu kümmern, aber alles auf einmal ging nicht, und in Plasbergs Abwesenheit musste jemand Prioritäten setzen.

Der Kommissar knipste die Lampen im Büro an und setzte sich wieder an seinen Schreibtisch. Vor ihm lag ein Bericht des Erkennungsdienstes über den Computer aus Anna Cordes' Laden. Tatsächlich hatten sich hier neue Erkenntnisse ergeben. Während der E-Mail-Verkehr mit Kunden und Geschäftspartnern sich im Rahmen der zu erwartenden Anfragen, Bestellungen und Rechnungen bewegte, gab es bei der Buchhaltung des Geschäfts eine Auffälligkeit. Schneider oder Cordes hatten insgesamt 30.000 Euro abgezogen und auf das Privatkonto transferiert, das Tom Schneider gehörte. In jeweils drei Tranchen von 10.000. Die letzte kurz vor dem Mordanschlag. Mit dem letzten Transfer stand die *Keksdose* in den roten Zahlen. Wofür brauchte der Mann so viel Geld? Hatte er es mit dem Einverständnis seiner Lebensgefährtin getan oder heimlich? Das Einzige, was den Beamten in dieser Richtung weiterhelfen konnte, war der Laptop von Tom Schneider, und da gab es noch nichts Neues.

Auch ein weiterer Zwischenbericht der Rechtsmedizin lag vor, der allerdings nur das bestätigte, was die Ermittler zur Todesursache der Mordopfer schon wussten: Alle fünf waren durch Schüsse aus nächster Nähe ums Leben gekommen, Kopfschüsse zumeist mit einem Einschlagswinkel, der vermuten ließ, dass der oder die Täter über ihnen gestanden hatte, als abgedrückt wurde. Nur Maria Gnielka, die Leiche im Eingang der *Keksdose*, hatte mehrere Schüsse aus etwas größerer Distanz abbekommen, einer davon hatte ihr Herz getroffen und sie getötet. Die Fesselung von vier der fünf Leichen war durch den Nachweis von Abschürfungen im Bereich der Handgelenke bestätigt worden, zumindest an den Körpern von Tom Schneider und Anna Cordes. Die Leichen von Fatma Öcal und Jakob Hartgens waren zu verbrannt, um Spuren aufzuweisen.

Und genau das, dachte Torsten Brinkhoff verärgert, war der Punkt, der ihnen in diesem Fall die Ermittlungen so erschwerte. Das Feuer. Wer immer es auch gelegt hatte, hatte ganze Arbeit geleistet. Weder an den Leichen noch sonst irgendwo in dem ganzen gottverdammten Geschäft waren brauchbare Indizien aufzutreiben, geschweige denn verwertbare DNA-Spuren, die man einem Täter zuordnen konnte. Nicht einmal im halbwegs unversehrten Büro des Ladens – wenn man mal von dem Ring in dem Taschentuch absah, auf den Shirin Reitz ihre Theorie eines aus dem Ruder gelaufenen Raubüberfalls stützte. Alles war den Flammen zum Opfer gefallen oder durch sie unbrauchbar gemacht worden. Keine Fußabdrücke, keine Fingerabdrücke, einfach nichts.

Der einzige Ansatzpunkt, den die Mordkommission hatte, war das Videoüberwachungsband der Kamera, die ausgerechnet zur Tatzeit ausgefallen war und das Brinkhoff nun schon mindestens zehnmal angesehen hatte. Wenn es eine Möglichkeit gab, den Tätern auf die Spur zu kommen, dann nicht durch das Wie, sondern nur durch das Warum. Und da war die Polizei, das musste Brinkhoff sich seufzend eingestehen, am dritten Tag ihrer Ermittlungen noch nicht besonders weit gekommen.

Der Kommissar stellte sich vor die weiße Pinnwand, die im Büro hing. Sie war mittlerweile beschrieben mit einem Wirrwarr aus Notizen, die Plasberg und er sich im Laufe der letzten Tage gemacht hatten; mit Magneten waren mittendrin Fotos der Opfer vor und nach der Tat angeheftet; die *Express*-Schlagzeile von Dienstagmorgen und der mehr als mickrige dazugehörige Artikel hatten ebenso ihren Platz gefunden wie der Zeitungsausschnitt des *Stadt-Anzeigers* über die *Keksdose*, den Brinkhoff beigesteuert hatte; Zeit, dass jemand in diesem Chaos Ordnung schuf. Auf der rechten Seite war noch Platz und der Kommissar schrieb die Namen der Toten mit einem grünen Filzstift untereinander.

Maria Gnielka – über sie wussten die Kommissare am wenigsten, aber bei ihr schien die Sachlage auch am wenigsten kompliziert zu sein. So wie es aussah, war die Polin nur zum falschen Zeitpunkt am falschen Ort gewesen und dem Attentat mehr oder weniger zufällig zum Opfer gefallen.

Brinkhoff machte ein paar entsprechende Stichworte an die Tafel und ging dann zum nächsten Opfer über.

Tom Schneider – hier fingen die Probleme schon an. Der Mann hatte keine Familie, sodass es kaum Möglichkeiten gab, etwas über seinen Hintergrund zu erfahren. Brinkhoff hatte noch immer keine Vorstellung, was für ein Mensch Anna Cordes' Lebensgefährte gewesen war – abgesehen von der Tatsache, dass er in seinem Sexualleben die etwas härtere Variante schätzte. Und das schien in diesem Zusammenhang eher belanglos zu sein. Ein Mann, der von Arnold Stumping als nicht besonders willensstark beschrieben worden war. Wie hatte der Redakteur sich ausgedrückt? Ein Weichei. Dann das überraschende Auftauchen der Bodyguards von Francesco Bellinis Vetter, was die Vermutung nahelegte, dass Tom Schneider Dreck am Stecken hatte. Das gefundene Bargeld, das Abheben der 30.000 Euro. Vielleicht hatte der Mann ja versucht, sich seine Männlichkeit auf andere Art zu beweisen. Glücksspiel, Unterschlagung, etwas in der Art. Aber ohne einen Besuch bei Ricardo Orsetti würden die Ermittlungen hier nicht weiterkommen und der Mann war bisher nicht aufzutreiben. Sein Telefon war auf den Anrufbeantworter geschaltet und an seiner Adresse hatte ihn die Polizei nicht angetroffen. Die Nachforschungen von Vogt und Reitz bezüglich Tom Schneiders Umfeld befanden sich noch im Anfangsstadium.

Anna Cordes – zu ihrer Person hatten die Kommissare schon erheblich mehr Informationen zusammengetragen. Ein zerrüttetes Elternhaus, die frühe und fast vollständige Abnabelung von der Familie, eine aus der Arbeitslosigkeit gestartete und überaus erfolgreiche Selbstständigkeit. Anna Cordes schien eine zielstrebige und selbstbewusste Frau gewesen zu sein, die auch bereit war, gewisse Risiken einzugehen und alles auf eine Karte zu setzen. Eine führungsstarke und dominante Persönlichkeit. Hatte sie mit ihrer Durchsetzungskraft jemanden vor den Kopf gestoßen, jemanden verletzt, der sich rächen wollte?

Jakob Hartgens – seine Schwester hatte ihn als freundlichen, hilfsbereiten Menschen beschrieben. Und er war völlig vernarrt in seine Freundin gewesen, hatte sich auch von den Drohungen ihrer Brüder nicht abschrecken lassen.

Brinkhoff kaute nachdenklich auf seinen Fingernägeln herum. Mehr und mehr hatte er das Gefühl, dass Dreh- und Angelpunkt des Verbrechens die Beziehung zwischen Fatma Öcal und Jakob Hartgens war. Das Konfliktpotenzial dieser Verbindung war offensichtlich. Er machte einen Absatz und schrieb weiter.

Fatma Öcal – eine Deutschtürkin, die aufgrund ihrer familiären Situation zwischen zwei Stühlen saß, gefangen im Zwiespalt von konservativer, muslimischer Erziehung und liberaler, westlicher Lebensweise. Allein dieser Konflikt musste sie schon schwer belastet haben. Brinkhoff stellte sich vor, dass sich die junge Frau wie ein Tau gefühlt haben musste, an dem von beiden Seiten in entgegengesetzte Richtungen gezerrt wurde: an der einen Seite von Jakob Hartgens, an der anderen Seite von Tarkan und Murat Öcal, wahrscheinlich auch noch von ihrem Vater. Wie sehr musste sie dann erst die Schwangerschaft belastet haben? So stark, dass sie sie verheimlicht hatte? Und war diese Schwangerschaft tatsächlich für ihre Brüder ein ausschlaggebendes Moment gewesen, ein Verbrechen zu planen, das nicht nur ihre Schwester, sondern gleich noch vier andere Menschen das Leben gekostet hatte? Brinkhoff fiel es schwer, den Öcal-Brüdern eine so kaltblütige Tat zuzutrauen, auch wenn ihr Verhalten und ihre Vorgeschichte gegen sie sprachen.

Mittlerweile hatte der Kommissar die ganze Pinnwand vollgekritzelt. Maria Plasberg schwor auf diese Art des Brainstormings, aber er fühlte sich genauso verwirrt wie zuvor. Enttäuscht ließ er den Filzstift sinken. Im gleichen Augenblick klopfte es an der Tür und Murat Öcal wurde von zwei Polizeibeamten hereingebracht. Brinkhoff sah überrascht auf seine Uhr. Er hatte gar nicht gemerkt, wie viel Zeit vergangen war. Eilig klappte er die Tafel zu und bat Shirin Reitz in sein Büro.

Neun

Karsten Vogt saß vor seinem zweiten Bier. Eigentlich hatte er gar keinen Alkohol trinken wollen, schließlich musste er noch fahren, den weiten Weg zurück von diesem oberbergischen Kaff nach Bergheim. Und er würde direkt nach Hause fahren und nicht noch einmal im Büro vorbeischauen. Was immer er heute hier am Tresen dieser Gastwirtschaft herausbekommen würde – und es sah nicht so aus, als ob das viel sein könnte –, es hatte bis morgen Zeit. Vorher dachte er gar nicht daran, die Informationen an Brinkhoff oder Plasberg weiterzugeben. Auch er hatte ein Recht auf seinen Feierabend. Seine Frau meckerte sowieso andauernd, dass er zu viele Überstunden machte.

Vogt ärgerte sich, dass er zu diesem Einsatz abkommandiert worden war. Wenn es nach ihm gegangen wäre, hätten das eigentlich Plasberg und Brinkhoff gestern erledigen müssen, nachdem sie in Winterborn den Termin bei Hartmut von Schonau wahrgenommen hatten. Es wäre *ihre* Aufgabe gewesen, sich umzuhören, was die Ortsansässigen über ihren Politiker zu sagen hatten – nicht seine. Ineffiziente Nutzung von Ressourcen nannte man das wohl.

Allein die Fahrerei war bei dem beschissenen Wetter eine Zumutung gewesen. Sturm und heftige Regengüsse hatten die Fahrt über die Landstraße teilweise auf Schritttempo verlangsamt. Dazu war die Straße hinter der Autobahn kaum beleuchtet und Vogt hatte nur so weit sehen können, wie die Scheinwerfer seines Wagens reichten. Mehr als zwei Stunden hatte er gebraucht, und dann feststellen müssen, dass das Kaff nicht mal eine Kneipe besaß. Der Mittelpunkt des gesellschaftlichen Lebens schien sich hier auf eine Imbissbude zu konzentrieren. Erst in der nächsten Ortschaft, Grötzenberg – ein Fliegenschiss auf der Landkarte, kaum größer als Winterborn –, hatte er sein Auto endlich vor einer Wirtschaft abstellen können. Zu diesem Zeitpunkt war er dann so geladen gewesen, dass er seinen Frust nur mit einem ersten und dann mit einem zweiten Bier herunterschlucken konnte.

„Noch eins?“ Der Wirt schaute Vogt, der missmutig auf den Grund seines Glases starrte, fragend an. Der Besitzer der Kneipe war ein rotgesichtiger Endfünfziger mit einem grauen Vollbart, der seinem Gesicht einen jovialen Zug verlieh. Er trug ein kariertes Hemd, das über dem Bauch spannte, und über die Schulter hatte er ein Geschirrtuch geworfen, mit dem er bei Bedarf die Theke wischte.

„Muss noch fahren“, sagte der Kommissar. „Lieber ein Wasser. Nicht viel los hier heute, was?“ Er nickte in den fast leeren, spärlich beleuchteten Schankraum. Bis auf ihn und einen älteren Mann, der drei Barhocker entfernt schweigend einen Korn nach dem anderen leerte, waren nur noch zwei weitere Gäste in der Wirtschaft: Ein Pärchen saß an einem Tisch in der Ecke vor zwei Gläsern Wein und unterhielt sich mit gedämpften Stimmen.

„Bei dem Wetter?“, brummte der Wirt, während der Wind an den Scheiben wackelte. „Da bleiben alle lieber daheim und hocken vor der Glotze.“ Er zapfte ein Mineralwasser und stellte es Vogt hin. „Wohl bekomm's.“

Der Kommissar prostete ihm zu. „Das Fachwerkhaus da, am Ortsausgang von Winterborn“, erkundigte er sich beiläufig, „ist das neu? Also neu renoviert? Ich bin da gerade vorbeigefahren.“

Der Wirt warf ihm einen misstrauischen Blick zu. „Wieso interessiert Sie das?“

„Nur so. Hab mir in der Nähe ein Grundstück angesehen. Will vielleicht hier bauen.“

Das Gesicht des Wirtes entspannte sich. Er stemmte seine Arme auf die Theke. „Sie meinen die Olligsmühle. Gehört dem von Schonau. Politiker. Der hat das nötige Kleingeld.“ Das Wort Politiker klang aus dem Munde des Wirts wie eine ansteckende Krankheit. Anscheinend hatte Vogt einen passenden Gesprächspartner gefunden.

„Politiker?“ Vogt hieb in dieselbe Kerbe. „Fette Diäten und wahrscheinlich noch einen netten Aufsichtsratsposten nebenbei. Wissen wir doch alle. Bestimmt auch noch ein Sozi.“

Der Wirt schnaubte belustigt auf. Aus der Brusttasche seines Hemdes kramte er eine Zigarettenpackung und zündete sich eine Zigarette an. „Sie sind wohl nicht aus dieser Gegend, was? Die SPD kriegt hier keinen Fuß auf die Erde. Nein, der von Schonau ist ein Schwarzer. Landtagsabgeordneter."

„CDU?", erwiderte Vogt. „Na ja, die halten wenigstens die traditionellen Werte hoch. Familie und so."

Der Mann, der mit ihm die Theke teilte und das Gespräch zwischen Vogt und dem Wirt mitgehört hatte, fing plötzlich an zu lachen. Er stieg von seinem Barhocker herunter und kam ein paar Schritte näher. „Das war ein guter Witz! Ehrlich, jetzt. Rudi, mach dem Mann mal 'nen Kurzen." Er stellte sich neben Vogt und lehnte sich mit seinen Ellbogen auf den Tresen. „Der von Schonau und Familienwerte? Von wegen. Der ist unten durch hier. Die nächste Wahl überlebt der nicht."

„Wieso?" Vogt bemühte sich, einen möglichst unbeteiligten, aber dennoch interessierten Eindruck zu erwecken.

Sein Trinkkumpan, der einen verschmutzten grünen Overall trug und etwa im Alter des Wirtes war, grinste anzüglich. „Hat ein Verhältnis mit seiner Sekretärin, munkelt man." Er schaute auf seine grobschlächtigen Hände, unter deren Fingernägel sich jede Menge Dreck gesammelt hatte. „Kommt nur noch ganz selten hierher zu seiner Frau und den Kindern. Angeblich hat er eine zweite Wohnung in Düsseldorf."

„Mach mal halblang, Herbert", sagte der Wirt beschwichtigend und stellte Vogt den Schnaps hin. „Sind doch nur Gerüchte."

„Gerüchte?", begehrte der Angesprochene auf und strich über sein unrasiertes Gesicht. „Von wegen. Volkscheits Friedrich sein Jung hat mir letzte Woche gesteckt, dass sie was Kleines erwartet."

„Wer?", fragte Vogt. „Seine Frau?"

„Seine Sekretärin."

Vogt blies entrüstet die Backen auf. „Seine Sekretärin kriegt ein Kind von ihm?"

„Gerüchte. Alles nur Gerüchte!", wiederholte der Wirt. „Und du bist nur sauer auf den von Schonau, weil die Frau mit der Arbeit, die der Sascha gemacht hat, nicht zufrieden war!", sagte er zu Herbert.

„Moment! Ich komm nicht mehr mit! Wer ist denn jetzt Sascha?", fragte Vogt.

„Volkscheits Friedrich sein Jung. Der ist bei Herbert hier in der Lehre als Gärtner", erklärte der Wirt. „Und die Frau von dem von Schonau hat dem Herbert den Auftrag entzogen, ihren Garten zu pflegen, weil der Sascha seinen Job nicht ordentlich gemacht hat."

„Quatsch! Das ist gelogen", regte sich der Mann neben Vogt auf. „Die wollte nur andauernd was anderes. Erst war's ein japanischer Ziergarten, in der nächsten Woche waren es englische Rosen und dann wieder ein verdammter Goldfischteich. So 'ne überkandidelte Zimtzicke. Ich würd es mit der auch nicht aushalten!" Er schüttelte den Kopf. „Nee, lass mal, der Sascha ist in Ordnung. Der ist ein cleverer Bursche."

„Und woher weiß der Junge, dass der von Schonau mit seiner Sekretärin ein Kind kriegt?", fragte Vogt und kippte das Schnapsglas herunter. Erst als der Alkohol seine Kehle hinunterrann, fiel ihm ein, dass er doch eigentlich nichts mehr trinken durfte.

Der Wirt zuckte mit den Schultern. Er ließ Vogt und den Gärtner allein und ging nach vorne, um sich um die zwei anderen Gäste zu kümmern.

„Der Sascha", sagte Herbert und senkte seine Stimme bedeutungsvoll, „hat ein Telefongespräch zwischen dem von Schonau und seiner Frau mitbekommen. Letzte Woche. Und da hat sie ihm eine Szene gemacht. War sogar von Scheidung die Rede." Mittlerweile war er dem Kommissar so nahe, dass Vogt die Schnapsfahne riechen und die plombierten Zähne des Mannes sehen konnte. Einer der Backenzähne fehlte, an seiner Stelle gähnte ein schwarzes Loch.

Der Kommissar hob die Augenbrauen und setzte sich aufrecht hin, um ein wenig Abstand zu gewinnen. „Na, dann war das ja wohl nichts mit dem Ausruhen auf den Politikerdiäten. Dann wird er wohl wirklich nicht wiedergewählt."

„Bei so einem Skandal? Bestimmt nicht. Wenn das hier die Runde macht …"

Und das würde es bestimmt, davon war Vogt überzeugt. In einer ländlichen Ecke wie dieser konnte einem Politiker ein solcher Skandal das Genick brechen. Vielleicht war das ja der Grund, weshalb Hartmut von Schonau Plasberg die Antwort auf ihre Frage nach seinem Alibi schuldig geblieben war. Vielleicht waren die Spekulationen über politische und finanzielle Kungeleien reine Hirngespinste. Sähe Brinkhoff und der Plasberg ähnlich. Die griffen doch immer nach jedem Strohhalm und bauten ein Konstrukt aus Möglichkeiten und Wenns und Danns aus, das bei der ersten anständigen Überprüfung in sich zusammenfiel. Dabei war es vermutlich viel einfacher: Von Schonau hatte Angst, dass sein Privatleben durch die Ermittlungen an die Öffentlichkeit gezerrt würde. Vogt verzog das Gesicht. Jemand würde diese angebliche Affäre von Hartmut von Schonau näher durchleuchten müssen. Er hoffte nur, dass er nicht dieser jemand war. An so was Brisantem konnte man sich als kleiner Beamter schnell die Finger verbrennen.

Der Kommissar legte zehn Euro auf die Theke, verabschiedete sich und rannte durch den endlich nachlassenden Regen zu seinem Auto. Hoffentlich kam er in keine Alkoholkontrolle.

„Wieso habt ihr uns einkassiert, Mann? Und dann die ganze Nacht in der Zelle! Nicht mal 'n anständigen Kaffee hab ich gekriegt!" Murat Öcal starrte den Kommissar wütend an. Der unfreiwillige Aufenthalt im Gewahrsam des Polizeipräsidiums schien ihn nicht kooperativer gemacht zu haben, im Gegenteil. Sein Tonfall hatte nichts an Aggressivität verloren. Allerdings sah der Mann ein wenig übernächtigt aus, gut geschlafen hatte er wohl nicht. Er war unrasiert und seine schwarzen Haare, sonst mit viel Gel in Form gehalten, hingen ihm schlaff in die Stirn.

„I-Ich bin sicher, dass Frühstück und Mittagessen adäquat waren", erwiderte Brinkhoff ungerührt. „Und warum wir Sie festgehalten haben? Diese Frage können Sie sich bestimmt selbst beantworten." Der Kommissar hatte entschieden, erst den älteren der Öcal-Brüder zu befragen. Plasberg hatte ihn als den zugänglicheren der beiden beschrieben. Mittlerweile aber hatte er Zweifel, ob der Eindruck richtig gewesen war. Denn nachdem Brinkhoff sich vorgestellt hatte, hatte Murat Öcal die ersten zehn Minuten des Gesprächs damit verbracht, dem Kommissar eine Beleidigung nach der anderen an den Kopf zu werfen, insbesondere nachdem ihn sein Anwalt Tamer Fadir – ein bulliger, misstrauischer Mann mit einem aufgesetzten Lächeln – wiederholt darauf hingewiesen hatte, dass er nicht verpflichtet war, zu irgendetwas Stellung zu nehmen. Der Kommissar hatte ein Aufnahmegerät auf seinem Schreibtisch aufgebaut, während die Profilerin auf einem Stuhl hinter dem jungen Türken Platz genommen hatte. Der Anwalt hatte sich neben seinen Mandanten gesetzt.

„So, wenn Sie sich dann abgeregt haben, können wir vielleicht auch zum Thema kommen“, sagte Brinkhoff nun und schlug die Beine übereinander, eine Bewegung, die Gelassenheit und Ruhe signalisieren sollte sowie die Tatsache, dass er alle Zeit der Welt hatte.

„Ich reg mich auf, solange ich will, verstehst du, Bulle?“

„Wir können Sie auch gerne wieder in Ihre Zelle bringen lassen, bis Sie Ihr M-Mütchen gekühlt haben“, parierte der Kommissar.

Fadir schaltete sich ein. „Ich möchte doch darum bitten, meinen Mandanten nicht einzuschüchtern“, sagte er und nestelte an seiner Krawatte.

Brinkhoffs Drohung schien Murat Öcal aber auch ohne anwaltliche Hilfe in keinster Weise aus dem Gleichgewicht zu bringen. „Muss die da dabei sein?“, fragte er stattdessen und deutete mit einer Kopfbewegung nach hinten.

„Frau Dr. Reitz wird der Befragung beiwohnen. Haben Sie ein Problem damit?“

„Sie hat ’n Deutschen geheiratet. Klar hab ich ein Problem damit.“

„Ich bin sogar geschieden und auch noch alleinerziehende Mutter“, meldete sich Reitz zu Wort. „Sie gewöhnen sich besser an Frauen wie mich, Herr Öcal!“

Der Deutschtürke lief rot an und stieß eine unterdrückte Verwünschung aus.

Brinkhoff räusperte sich und klopfte energisch mit einem Kuli auf den Tisch. „Hier spielt die Musik, Herr Öcal. Haben Sie Angaben zur Sache zu machen?“

Öcal schwieg und schüttelte den Kopf.

„Laut und deutlich bitte!"

„Schon gut, Mann. Was wollt ihr Bullen von uns? Wir haben nichts getan."

Brinkhoff versuchte, sich von dem herausfordernden Machogehabe nicht aus der Ruhe bringen zu lassen. „Fürs Erste würde ich gerne w-wissen, wieso Sie gestern Nachmittag unbedingt in die Türkei fliegen wollten."

„Meinem Mandanten steht es frei zu fliegen, wohin er will. Die Polizei hat bisher noch keine konkreten Beschuldigungen vorgelegt", erklärte Fadir.

Brinkhoff verkniff sich eine verärgerte Antwort. „Könnte uns das Herr Öcal vielleicht auch selbst sagen?"

Murat Öcal verschränkte die Arme vor der Brust. „War schon länger geplant. Verwandte besuchen."

„Kommen Sie, Herr Öcal, wir wissen alle, dass das nicht der Wahrheit entspricht. Der Flug war nicht im Voraus gebucht. Sie sind ohne Ticket zum Flughafen gefahren und wollten am Schalter eins kaufen."

„Na und? Ist das verboten?" Öcal schien seine Taktik geändert zu haben. Nach den Pöbeleien war er anscheinend jetzt darauf aus, ein Spielchen zu spielen. Brinkhoff hatte keine Ahnung, ob er das absichtlich tat oder ob er einfach nur zu dämlich war, seine Situation korrekt einzuschätzen.

„Nein", antwortete er, „aber es entspricht nicht den Tatsachen. Außerdem hatte Kriminalhauptkommissarin Plasberg Sie und Ihren Bruder für heute Morgen um neun Uhr zu einem Gespräch ins Präsidium gebeten. Für mich sieht das eher so aus, als hätten Sie versucht, sich dieser Unterredung durch eine Flucht zu entziehen. Oder wollen Sie mir weismachen, dass Sie den Termin vergessen haben?"

„Ey, Mann, ich will nur in Ruhe gelassen werden von euch Bullen. Und mein kleiner Bruder auch. Ihr habt uns doch nur auf dem Radar, weil wir Ausländer sind! Wenn irgend'n Scheiß passiert, sind immer die Ausländer schuld." Murat sah mürrisch auf seine Füße, die in weißen Socken und schwarzen Sportschuhen steckten. Seine ganze Körpersprache signalisierte Ablehnung. Brinkhoff hatte das Gefühl, den Mann aufrütteln zu müssen.

„Sie waren am Montag nur ein paar Stunden vor dem Brand zusammen mit Ihrem Bruder in der *Keksdose*. Dafür haben wir mittlerweile Zeugen. Sie beide hatten einen heftigen Streit mit Ihrer Schwester. So heftig, dass die Geschäftsinhaberin mit der Polizei drohen musste, bis Sie den Laden verlassen haben."

„So 'n Scheiß!", begehrte Murat auf. „Was sind 'n das für Zeugen? Denen polier ich die Fresse!"

„Im Moment polieren Sie niemandem die Fresse, weil Sie sich in Polizeigewahrsam befinden", sagte Brinkhoff unbeeindruckt. „Ich denke, dass Sie sich über den Ernst Ihrer Lage nicht im Klaren sind, Herr Öcal. Sie und Ihr Bruder waren gegen die Verbindung, die Ihre Schwester Fatma mit Jakob Hartgens eingegangen ist. Sie ha-haben ihn mehrfach bedroht und Ihre Schwester kontrolliert, diese ebenfalls bedroht und mehrfach verprügelt. Auch dafür gibt es Zeugen. Sie haben kein Alibi für die Tatzeit vorgelegt und Sie haben versucht, sich weiteren Ermittlungen durch Flucht ins Ausland zu entziehen. Das sieht in meinen Augen ganz schlecht aus: Bedrohung, schwere Körperverletzung, Behinderung von polizeilichen Ermittlungen, Widerstand gegen die Staatsgewalt bei der Festnahme. Allein das reicht schon aus, um Sie beide hinter Schloss und Riegel zu bringen. Und da wäre dann natürlich noch die Sache mit der Ermordung der fünf Menschen, die sich Montagabend in der *Keksdose* befunden haben." Der Kommissar sah sein Gegenüber an. „Ich würde sagen, da werden ein paar Jährchen zusammenkommen."

„Moment!", fuhr Fadir auf. „Sie bringen meinen Mandaten mit dem Mordanschlag Auf dem Berlich in Zusammenhang? Davon war bisher nicht die Rede!" Aufgeregt wandte er sich an Murat Öcal. „Ich empfehle Ihnen dringend, nichts mehr zu den Vorwürfen zu sagen, bis wir die Beschuldigungen von der Staatsanwaltschaft schriftlich und detailliert vorliegen haben!"

„Ach, Quatsch, Mann!" Murat Öcal schnaubte auf, aber die Überlegenheit, die er gerade noch demonstriert hatte, war verschwunden. „Wir haben mit den Morden nichts zu tun, Mann, ich schwör."

„Und wo waren Sie dann am Montagabend zwischen 19:00 und 22:00 Uhr?"

„Geht dich 'n Scheißdreck an, Bulle!"

Brinkhoff seufzte und wünschte, dass Maria Plasberg hier wäre. Er schien den Mann nicht knacken zu können. Schon gar nicht mit dem Anwalt an seiner Seite. „Und der Streit mit Ihrer Schwester in der *Keksdose*? Worum ging es da? Wieder um Fatmas Beziehung zu Jakob Hartgens?"

„Fragen Sie doch Ihre Zeugen!"

Immerhin, dachte Brinkhoff. Er hat angefangen, mich zu siezen. „Sie haben sich auf Türkisch mit Ihrer Schwester gestritten", erwiderte er.

„Ja, dann …" Murat Öcal grinste verstohlen und starrte mit gesenktem Kopf weiter auf seine Sportschuhe.

„Herr Öcal?"

Endlich hob der junge Türke den Kopf. „Ich sag gar nichts mehr, ey. Sie können uns nicht ewig festhalten", erklärte er großspurig. „Wir haben nichts gemacht, ey."

„Fünf Menschen sind bei diesem Verbrechen ums Leben gekommen!", schaltete sich plötzlich Shirin Reitz aus dem Hintergrund ein. Bisher war sie der Befragung durch Brinkhoff still gefolgt, aber jetzt hielt sie ihr Ärger nicht mehr auf ihrem Stuhl. „Wenn Sie glauben, Sie können die Untersuchung durch Schweigen verzögern oder auch nur verhindern, dann haben Sie sich getäuscht!", blaffte sie Öcal an. „Ich frage mich, wie es Ihnen wohl gefällt, wenn Sie für die nächsten Tage, Wochen oder sogar Monate in U-Haft bleiben? Im Moment sind Sie und Ihr Bruder diejenigen, die für uns das offensichtlichste Motiv haben, und wenn Sie kein Interesse daran haben, sich zu entlasten, dann wird das auch so bleiben. Und der Richter wird das genauso sehen: Da können Sie Gift drauf nehmen!"

Aber auch mit dieser Drohung biss sie bei dem Mann auf Granit. Öcals Anwalt wollte zu einer scharfen Replik ansetzen, wurde aber von Murat Öcal selbst unterbrochen. „Ey, Frau, ich red nicht mit dir. Du bist Abschaum!"

Dem Kommissar riss jetzt doch der Geduldsfaden. „Okay, das reicht!", sagte er verärgert und sprang ebenfalls auf. „Versuchen wir es mit dem Bruder." Er ging zur Tür und veranlasste, dass Tarkan Öcal hereingebracht wurde, der unter Aufsicht mit seinem Anwalt in einem Nebenraum gewartet hatte. Murat Öcal wurde unterdessen wieder abgeführt.

Tarkan war zwar nicht so frech und provozierend wie sein älterer Bruder, aber auch er weigerte sich beharrlich, Angaben zur Sache zu machen, sehr zur Zufriedenheit seines Anwalts Mahmut Celik, einem Endvierziger mit starkem Bartwuchs und einer Halbglatze. Die meisten Fragen des Kommissars beantwortete Tarkan mit Schweigen und einem starren Blick aus den schmutzigen Fensterscheiben, an die weiter der Regen prasselte. Brinkhoff hatte das Gefühl, mit seinen Fragen gegen eine Wand zu rennen. Die Sturheit der beiden Brüder erstaunte ihn. Wenn sie wirklich so unschuldig waren, wie sie steif und fest behaupteten, dann begriff er nicht, wieso sie nicht bereit waren zu erklären, wo sie sich zur Tatzeit befunden und was sie gemacht hatten. Jeder, der unschuldig war, wäre doch bemüht gewesen, alle möglichen Fakten, die zu seiner Entlastung beitrugen, aufzuzählen! Wieso nicht die Öcal-Brüder? War das irgendein kulturelles Ding, das er nicht verstand, Verstocktheit, Hass auf die Polizei, nur bloße Dummheit oder eine Mischung aus allem? Er konnte sich einfach keinen Reim darauf machen.

„Sie wollen also weiterhin keine Angaben machen?", fragte er nach fünfzehn Minuten zum wiederholten Mal und rieb sich müde durch das Gesicht.

Tarkan schwieg.

„Schön", sagte Brinkhoff seufzend. „Dann fangen wir einfach noch mal von vorne an. Warum haben Sie versucht, Deutschland zu verlassen?"

Keine Antwort.

„Wo waren Sie Montagabend zwischen 19:00 und 22:00 Uhr?"

Der Türke schüttelte stumm den Kopf.

„Und der Streit mit Ihrer Schwester am Montagnachmittag? Worum ging es da?"

Wieder erntete er nur ein Kopfschütteln.

„Verdammt!“ Brinkhoff sah Hilfe suchend zu Shirin Reitz. In diesem Moment wurde die Tür aufgerissen und Maria Plasberg, mit Jeans, T-Shirt und ihrem Mantel erschreckend normal gekleidet, stürmte ins Büro.

„W-Was machen Sie denn hier?“, fragte der Kommissar. „Sind Sie jetzt nicht mehr k-krank oder was?“

Plasberg wedelte triumphierend mit einem Stück Papier in der Hand. „Ich habe Neuigkeiten!“ Zu Tarkan Öcal gewandt erklärte sie mit einem zuckersüßen Lächeln: „Sagt Ihnen der Name Bahar Gül vielleicht etwas?“

Der jüngere der Öcal-Brüder wurde plötzlich leichenblass, eine Reaktion, die Brinkhoff während der ganzen Zeit seiner Befragung nicht hatte hervorrufen können.

Mahmut Celik protestierte: „Das ist ganz und gar unerhört! Sie können doch nicht einfach hier hereinplatzen und …“

„Wer ist denn das?“, fragte Plasberg mit leiser Stimme dazwischen.

„Der Anwalt von Tarkan Öcal“, seufzte Brinkhoff. „Sie haben Bahar Gül getroffen?“

„Lange Geschichte, erzähle ich später. Aber sie hat gesagt, dass die Brüder gedroht haben, ihre Schwester umzubringen. Jetzt können wir die beiden endgültig festnageln!“

„Wie sind Sie denn so schnell an die Zeugin heran…?“

Weiter kam der Kommissar nicht, denn Plasbergs Worte hatten einen unerwarteten Effekt. Urplötzlich sprang Tarkan auf, warf sich gegen Plasberg, die überrascht zu Boden ging, und versuchte, aus dem Büro zu rennen. Er schaffte es immerhin bis in den Flur, bevor er von Brinkhoff, der hinter ihm hergehechtet war, auf den Boden gezwungen und überwältigt werden konnte. Der Kommissar drehte dem jungen Mann die Arme auf den Rücken und hielt sie fest wie in einem Schraubstock. Tarkan wehrte sich mit aller Macht und fluchte ununterbrochen, aber den Kräften des durchtrainierten und viel größeren Torsten Brinkhoff hatte er letztendlich nichts entgegenzusetzen. Kurz darauf klickten Handschellen um die Handgelenke des Deutschtürken.

„Führen Sie ihn ab", keuchte Brinkhoff, als er sich vom Boden aufrappelte. „Für heute reicht es!"

„Dreckschweine!", brüllte Tarkan noch immer außer sich vor Wut, während die Polizisten, die ihn zum Verhör gebracht hatten, es zum Aufzug schafften. „Ich mach euch alle, wenn ich hier raus bin!"

Der Anwalt hatte dem Angriff Tarkan Öcals entsetzt zugesehen. Was immer seinem Mandanten vorgeworfen wurde, ein Auftritt, wie ihn gerade der jüngere der Öcal-Brüder hingelegt hatte, konnte ihm nur nachteilig ausgelegt werden. Als Brinkhoff zurück ins Büro kam, wischte er sich den Schweiß von der Stirn und half Maria Plasberg aufzustehen. „Sind Sie verletzt?", fragte er besorgt.

Die Kommissarin rieb sich fluchend das Steißbein und sammelte den Inhalt ihrer Handtasche zusammen, der sich bei ihrem Sturz im ganzen Büro verteilt hatte. „Diese kleine Mistkröte", murmelte sie.

„Ich muss mich wohl für meinen Mandanten entschuldigen", sagte Celik betreten. „Ich hatte nicht besonders viel Zeit, mich mit ihm und der Materie vertraut zu machen. Ich werde noch mal mit ihm reden."

„Vielleicht können Sie und Ihr Kollege den beiden Öcals ja den Ernst der Lage verdeutlichen?", fragte Plasberg anzüglich und begleitete ihn hinaus. „Damit wäre allen Beteiligten geholfen."

Etwa zwei Stunden zuvor hatte Maria Plasberg sich von einem Taxi in die Stadt fahren lassen. Der Golf stand noch in der Werkstatt; die Kommissarin hatte auf dem Weg zum Heumarkt angerufen und erfahren, dass die Reifenwechsel erst am nächsten Tag erledigt werden konnten. Sie ließ den Fahrer am Taxistand halten, zahlte die unverschämte Summe von zehn Euro fünfzig, ließ sich eine Quittung ausstellen, die sie Gesine Keller vorzulegen gedachte, und gab dem verärgerten Fahrer kein Trinkgeld. Dann suchte sie die Fassaden der gegenüberliegenden Gebäude am Westrand des mittelalterlichen Platzes ab. Da war das Blumengeschäft in dem einzigen Haus, das den Krieg überstanden hatte, links davon ein paar Restaurants mit internationaler und deutscher Küche, das Café mit den ihrer Meinung nach viel zu teuren Kuchen, der Dönerladen, auf den ihr Kollege Brinkhoff schwor, ein Weingeschäft und dann – endlich! – die grün und gelb gehaltene Außenwerbung der Fast-Food-Kette *Subway*. Die Kommissarin konnte sich nicht erinnern, den Imbiss vorher hier gesehen zu haben, aber andererseits war es auch schon ewig her, dass sie nur zum Vergnügen in der Stadt gewesen war. Für einen Luxus wie Essengehen – und sei es nur in einem Fast-Food-Restaurant – hatte sie einfach keine Zeit. Plasberg sah auf ihre Armbanduhr, stellte fest, dass sie sich trotz aller Bemühungen zehn Minuten verspätet hatte, und sprintete durch den heftig niedergehenden Regen, wobei sie ihre Handtasche schützend über den Kopf hielt.

Der Imbiss war nur halb gefüllt. Ausschließlich junge Leute. Die meisten, allem Anschein nach kaum oder gerade erst volljährig, lungerten an den Tischen herum, tippten auf ihren Handys, unterhielten sich und bissen hin und wieder in ihre Sandwiches oder saugten an den Strohhalmen in ihren Pappbechern. Einer der Vierertische vor dem Schaufenster war nur von einer jungen Frau besetzt, mit blondierten Haaren, zu viel Make-up und einem leicht südländischen Aussehen. Plasberg trat zögernd an ihren Tisch.

„Bahar Gül?"

Sie sah auf und nickte. „Sind Sie die Frau von der Polizei?"

Die Kommissarin wühlte ihre Dienstmarke aus der feuchten Handtasche und hielt sie der jungen Frau vor die Nase. „Maria Plasberg, Kripo Köln. Ich war erst unsicher wegen der Haare."

„Wieso? Was ist mit meinen Haaren?" Gül fing eine der Strähnen ein und betrachtete sie verstört.

„Sie wurden mir als dunkelhaarig beschrieben."

„Ach so", sagte Gül erleichtert. „Ich dachte schon, es sähe scheiße aus. Ist neu, die Farbe. Seit gestern. Ich brauchte 'ne Veränderung."

Die Kommissarin nickte. „Kenne ich."

„Haben Sie mein Handy? Wo haben Sie es denn gefunden?"

„Das befindet sich noch im Polizeipräsidium."

„Ja, aber wieso …?“

„Darf ich mich setzen?“, fragte Plasberg.

„Wird mir ja wohl nichts anderes übrig bleiben, oder?“ Auf dem Tisch vor Gül lag ein angebissenes Sandwich in einer unansehnlichen, soßenverschmierten Papierverpackung auf einem Tablett.

„Sieht gut aus“, sagte Plasberg zweifelnd. „Vielleicht sollte ich mir auch eins bestellen. Hunger hätte ich schon. Gibt's hier eine Bedienung?“

Die junge Frau sah die Kommissarin an, als käme sie vom Mars. „Da vorn ist die Theke. Zum Bestellen.“

Plasberg legte ihren Mantel ab, trat zögernd an den Tresen und überflog die Menüvorschläge an der Wand. Sie hatte keine Ahnung, wie die Bestellung hier funktionierte. Vielleicht wie bei *McDonald's* oder *Burgerking*? Niklas und Ruth hätten ihr das bestimmt erklären können. „Ich hätte gern ein Sandwich“, probierte sie.

Die Bedienung, ein Junge mit gepiercter Lippe und Nase und mindestens drei verschiedenen Haarfarben, sagte gelangweilt: „Nee, ist klar. Welches Brot?“

„Bitte?“

Der Junge deutete mit dem Kinn auf die Auslage. „Italian White, Wheat, Honey Oat oder Parmesan/Oregano?”, leierte er herunter.

„Ehm …” Plasberg begutachtete misstrauisch die Auswahl. „Honey Oat … denke ich. Was genau ist das eigentlich?“

„Weizenvollkorn mit Honig und so 'n paar Körner oben drauf … Haferflocken … Glaub ich wenigstens“, erhielt sie die unbestimmte Antwort. „Six inch oder foot long?“

„Was?“

„Ein ganzes oder ein halbes?“ Die Bedienung wurde langsam ungeduldig.

Plasberg allerdings auch. „Seh ich so aus, als ob ich einen ganzen Meter Sandwich verdrücken könnte?“, gab sie verärgert zurück.

„Also six inch … wollen Sie es getoastet?”

„Ja, bitte.“

„Was für 'n Fleisch? Chicken Fajita, Chicken Teriyaki, Ham oder Italian B.M.T.?"

„Italian was?" Plasberg hatte keine Ahnung gehabt, dass es so schwierig sein konnte, ein Sandwich zu bestellen.

„Das ist mit Kochschinken und Salami."

„Nein, dann lieber das Chicken-Dings."

„Fajita oder Teriyaki?"

Hinter der Kommissarin hatte sich inzwischen eine kleine Schlange gebildet, jugendliche Kunden, die ebenfalls darauf warteten, bedient zu werden und Plasbergs hilfloses Agieren amüsiert zur Kenntnis nahmen. Sie kam sich ziemlich dämlich vor. „Großer Gott! Egal. Fajita, von mir aus. Was immer das auch sein mag."

„Das ist …"

Plasberg hob die Hand. „Nein, sagen Sie es mir nicht. Tun Sie's nur endlich drauf. Sind wir dann fertig?"

Die Bedienung schüttelte bedauernd den Kopf. „Sie müssen mir noch sagen, welchen Käse Sie möchten. Wir haben Schmelzkäse oder Frischkäse. Oder lieber Bacon?"

„Bacon", antwortete Plasberg entnervt.

„Welchen Salat? Von allem was?" Die Kommissarin hätte schwören können, dass die gepiercten Lippen des Jungen zuckten.

„Ja, von allem."

Die Bedienung klatschte ein paar grüne Salatblätter, ein paar dünn geschnittene Tomatenscheiben, Gurkenscheiben, eingelegte Gurken und zwei oder drei Paprikastreifen auf das Bacon. Dann sah der Junge sie erwartungsvoll an.

„Fehlt immer noch was?", fragte Plasberg.

„Die Sauce. Sweet Onion, Caesar, Mexican Southwest, Honey Mustard oder Light Mayonnaise?"

„Das ist ein Scherz, oder?"

„Nee, wieso?" Der Junge verstand offensichtlich nicht, was sie meinte, und wartete ungeduldig auf ihre Entscheidung.

„Honig-Senf dann."

„Salz und Pfeffer?"

Aber der Kommissarin riss jetzt endgültig die Hutschnur. „Geben Sie mir jetzt endlich das gottverdammte Sandwich und eine Cola dazu! In der Zeit habe ich mir viermal ein Butterbrot geschmiert!", zischte sie die Bedienung an und riss dem Jungen ihr Sandwich förmlich aus der Hand. Sie zahlte, nahm das Tablett und ließ sich erschöpft Bahar Gül gegenüber auf den Stuhl fallen. „Großer Gott, war das anstrengend", stöhnte sie. „Kein Wunder, dass die Kinder in den PISA-Studien so schlecht abschneiden. Die haben gar keine Zeit mehr, was Anständiges zu lernen, weil sie den ganzen Tag darüber nachdenken müssen, wie sie ihr Brot von einem unterbelichteten Punk belegen lassen sollen." Sie nahm ihr Sandwich in die Hand, biss hinein und bemerkte im selben Moment, wie die Hälfte ihres Belags am anderen Ende des Sandwiches herausquoll und auf den Tisch tropfte. „Scheiße", fluchte sie mit vollem Mund. Ihre Finger waren mit Honig-Senf-Soße verschmiert und eine der eingelegten Gurkenscheiben hatte sich mit einem Klecks Tomate auf ihre Hose verabschiedet.

„Sie müssen das Sandwich beim Essen zur Hälfte in der Verpackung lassen, dann rutscht auch nichts raus." Bahar Gül grinste und reichte Plasberg eine Serviette. „Aber war 'ne coole Show, die sie da gerade abgezogen haben an der Theke."

„Danke", erwiderte sie und sammelte die Essensreste von ihrer Hose. „Ich tue immer mein Bestes." Wenn ihr Auftritt vor der Theke geholfen hatte, bei Bahar Gül das Eis zu brechen, sollte ihr das recht sein. Sie leckte die Soße von ihren Fingern und wischte sich die Hände ab. „Aber eigentlich wollte ich mit Ihnen über was ganz anderes reden. Über Fatma Öcal."

Erst jetzt hatte sie Zeit, die junge Frau genauer in Augenschein zu nehmen. Bahar Gül war kleiner, als sie erwartet hatte, vielleicht 1,65 Meter, und ein wenig pummelig. Ihre Lippen waren zu einem Schmollmund geschürzt, sie hatte eng beieinander liegende, dunkle Augen und ein flaches Kinn. Die junge Frau trug eine Jeans mit Stickereien und einen hellblauen Angorapullunder, unter dessen Ausschnitt eine weiße Bluse hervorragte und der ihre überschüssigen Pfunde gut kaschierte.

„Was wollen Sie denn von mir wissen?" Bahar Gül klang vorsichtig. „Sie war nur eine Freundin. Nicht mal meine beste."

„Zuerst würde ich gerne erfahren, woher Sie wissen, dass Fatma tot ist."

Gül zuckte mit den Schultern. „Weiß nicht mehr. Ich hab's halt gehört."

„Das glaube ich Ihnen nicht. Man vergisst nicht so schnell, wer einem erzählt hat, dass eine Freundin ums Leben gekommen ist."

„Boah, Mann, ich weiß es aber echt nicht mehr", begehrte das Mädchen auf. „Wahrscheinlich Ali oder … keine Ahnung!"

„Wer ist Ali?"

„Ein Kumpel von Tarkan und Murat, den ich auch kenne."

„Ach, Sie sind auch mit den Brüdern von Fatma Öcal befreundet?"

Gül lachte kurz auf. „Bloß nicht. Das sind Arschlöcher, die andauernd den Macker raushängen lassen müssen. Richtige *Loser*."

Wie wahr, dachte Plasberg. „Also hat dieser Ali von Tarkan und Murat erfahren, dass Fatma tot ist?"

„Nehm ich an. Fragen Sie ihn doch selbst!"

„Wenn Sie mir seinen vollständigen Namen und seine Adresse geben, werde ich das auch tun."

Bahar Gül verzog das Gesicht. „Hören Sie, Frau …"

„Plasberg."

„Ja. Frau Plasberg, ich will da nicht in irgendwas reingezogen werden, verstehen Sie? Das ist mir echt zu stressig."

„Haben Sie Angst?"

„Angst? Wovor?" Gül sah die Kommissarin erstaunt an, aber Plasberg konnte erkennen, dass das Erstaunen gespielt war.

„Zum Beispiel vor Murat und Tarkan Öcal."

„Warum sollte ich vor denen Schiss haben? Das sind doch nur Maulhelden. Angeber."

„Fatma hatte vielleicht auch Angst vor ihren Brüdern", erklärte Plasberg. „Und zumindest Tarkan Öcal ist schon mal wegen Bedrohung und Körperverletzung verurteilt worden."

„Echt? Wusste ich nicht. Voll krass." Bahar Gül kramte in einer Tasche, die neben ihr auf dem Sitz lag, zog ein Schminkset heraus und begann, ihren Lippenstift nachzuziehen. Das sollte wohl bedeuten, dass sie sich nicht sonderlich für das kriminelle Vorleben der Öcal-Brüder interessierte.

„Na schön", sagte die Kommissarin. „Kommen wir zum Punkt. Sie waren Montagnachmittag in der *Keksdose* und haben den Streit der drei Geschwister mitbekommen."

„Woher wissen Sie eigentlich, dass ich da war?", wich das Mädchen aus und für den Moment ging Plasberg auf ihr Manöver ein.

„Es gab noch eine andere Zeugin des Streits, eine ältere Frau, eine Kundin, die zur gleichen Zeit im Laden war. Sie hat uns auch Ihr Handy vorbeigebracht. Sie haben es dort liegen lassen."

Bahar Gül unterbrach ihre Lippenpflege und legte die Stirn in Falten. „Stimmt", sagte sie schließlich. „Jetzt, wo Sie's sagen … da war so 'ne kölsche Tussi. Voll ätzende Frisur. Betondauerwelle. Die hat mein Handy gefunden? Aber wenn die auch da war, dann versteh ich nicht, was Sie noch von mir wollen. Dann wissen Sie doch, was abgegangen ist."

Plasberg schob ihr Tablett mit dem Sandwich zur Seite. „Wir wissen, dass Fatma und ihre Brüder Streit hatten und dass die Geschäftsinhaber deswegen die Polizei holen wollten. Was wir nicht wissen, ist, worum es in dem Streit ging. Denn der wurde auf Türkisch geführt – und die Kundin spricht kein Türkisch. Aber Sie."

„Ich soll Ihnen sagen, was die alle zueinander gesagt haben?"

Plasberg nickte.

„Boah, Scheiße, das weiß ich doch jetzt nicht mehr", stöhnte Bahar Gül und klappte ihr Schminkset zu.

Plasberg glaubte ihr kein Wort. „Es ist wichtig."

„Aber was hat denn der Streit mit dem Mord am Abend zu … Moment mal … heißt das, dass Sie den Tarkan und den Murat verdächtigen? Dass die ihre eigene Schwester umgebracht …?" Gül hielt sich erschrocken die Hand vor den Mund und starrte die Kommissarin mit großen Augen an.

„Fünf Menschen sind an diesem Abend getötet worden", sagte Plasberg eindringlich und beugte sich über die Tischplatte. „Deshalb muss ich möglichst genau wissen, was an dem Nachmittag in der *Keksdose* vorgefallen ist. Wenn Sie der Polizei Informationen vorenthalten, die die Aufklärung des Falles voranbringen könnten, dann machen Sie sich strafbar!“

Erst jetzt schien Gül den Ernst der Lage zu begreifen. Sie wurde blass, selbst unter dem zu starken Make-up konnte die Kommissarin erkennen, wie ihr Gesicht fahler wurde. „Aber … ich … ich kann mir das gar nicht vorstellen, dass Murat und Tarkan … dass die wirklich …“

„Dass die wirklich was?“

„Dass die das wirklich gemacht haben …“ Bahar Güls defensives Verhalten fiel in sich zusammen. Die harte Schale, die sie zur Schau gestellt hatte, war plötzlich verschwunden. Auf einmal war sie nur noch eine junge Frau, die den Tod einer Freundin noch lange nicht verarbeitet hatte.

„Erzählen Sie doch einfach der Reihe nach und möglichst genau, woran Sie sich erinnern können“, ermunterte sie Plasberg.

„Also schön …“ Gül holte tief Luft und blinkte. „Ich war auf einen Sprung vorbeigekommen, weil, ich hatte früher Feierabend an dem Montag als Fatma …“

„Sie kannten Fatma Öcal schon länger?“ Die Kommissarin zog einen Notizblock und einen Kuli aus ihrer Handtasche.

„Wir sind zusammen zur Schule gegangen. Ich bin zwar zwei Jahre älter als sie, aber … na ja … ich bin einmal hängen geblieben. Sie hat dann in der *Keksdose* angefangen zu jobben und ich hab die Lehre als Friseurin …“

„Verstehe. Warum haben Sie Fatma besucht?“

„Nur so. Zum Quatschen. Haben wir öfter gemacht. Uns SMS geschrieben, angerufen, uns gegenseitig auf der Arbeit besucht. Die Geschäfte lagen ja nicht so weit auseinander.“

„Also waren sie doch ganz gut befreundet“, stellte die Kommissarin fest.

„Ja … nein … also nicht mehr so sehr in den letzten Monaten … seit sie mit dem Jakob zusammen war, hat sie ja kaum noch Zeit gehabt … und sie durfte seitdem ja auch kaum noch aus dem Haus.“

„Seit wann war Fatma mit Jakob befreundet?“

Bahar Gül rieb sich die Nase und dachte nach. „Ein Jahr ungefähr.“

Das passte mit der Aussage von Dorothee Vandesand, Jakob Hartgens' Schwester, zusammen. „Und Sie wussten, dass die Familie Öcal nicht sehr angetan war von dieser Beziehung?"

Gül lachte humorlos auf. „Das wusste doch jeder. Wenn man sich als türkisches Mädchen mit 'nem deutschen Jungen einlässt, ist man schnell 'ne Nutte in deren Augen!"

„In wessen Augen?"

„Von vielen türkischen Familien. Sie haben echt keine Ahnung, was? Die Eltern können einem das Leben zur Hölle machen. Da kommen dann schnell so Scheiß-Sprüche wie: du entehrst die Familie, mit denen darfst du dich nicht einlassen, du sollst einen türkischen Mann heiraten und so … und die Jungs, also manche türkische Jungs, sind da noch schlimmer. Wir Mädchen haben echt die Arschkarte gezogen."

„Und Fatmas Familie war genauso?"

Gül seufzte und nickte. „Die haben der Fatma totalen Stress gemacht, als die das mit Jakob gecheckt hatten. Die durfte nicht mehr raus, die haben die ständig kontrolliert und aufgepasst. Am liebsten wär's denen gewesen, wenn die Fatma da gekündigt hätte."

„Warum hat es Fatma nicht getan?"

Bahar Gül grinste. „Weil die auch 'nen ziemlichen Dickschädel hatte. Die hat sich nichts gefallen lassen. Schon gar nicht von ihren Brüdern."

„Und da sind ihre Brüder schon mal gewalttätig geworden?"

„Woher wissen Sie das?", fragte das junge Mädchen erschrocken.

„Kann ich Ihnen nicht sagen. Wir haben es im Zuge unserer Ermittlungen erfahren. Nur so viel: Leider hat Fatma die häusliche Gewalt nicht angezeigt. Aber wir kommen vom Thema ab: Der Montagnachmittag in der *Keksdose* … Wann waren Sie dort?"

Das türkische Mädchen schlürfte an ihrer Cola. „Halb vier … viertel vor vier oder so."

„Und Sie haben sich unterhalten."

„Ja, einfach nur gequatscht, zwischendurch, wenn keine Kundschaft da war. Ich wollte auch gar nicht lange bleiben, nur mal Hallo sagen …"

„Und wann sind Fatma Öcals Brüder aufgetaucht?"

„Kurz, nachdem diese Dauerwellen-Tussi in den Laden gekommen ist."

„Und was ist dann geschehen?"

„Mann, das ging alles so schnell …" Bahar Gül verzog unwillig die Mundwinkel und überlegte. „Tarkan war schon drauf, als er reingekommen ist. Wobei, das ist der eigentlich immer … aggressiv, meine ich. Der rastet bei der kleinsten Gelegenheit aus. Voll scheiße, der Typ. Murat ist nicht ganz so schlimm. Na ja, jedenfalls hat Tarkan Fatma gefragt, wann sie Feierabend hat, und sie hat gesagt, dass er nicht so dämliche Fragen stellen soll, er wüsste doch, dass sie immer um acht Schluss hat, und dann hat er gesagt, er hätte jetzt die Schnauze voll, sie solle jetzt sofort mitkommen, die Familie sei dagegen, dass sie weiter da arbeite, und Fatma hat gesagt, die beiden sollen sich gefälligst verpissen, sie hätte Kundschaft im Laden und dann hat Tarkan rot gesehen und rumgeschrien, dass sie gefälligst das zu tun hat, was er und Murat ihr sagen, und Fatma hat angefangen ihn auszulachen und gesagt, dass sie sich von ihren Brüdern nicht vorschreiben lassen würde, wie sie ihr Leben zu leben habe … und dann gab's irgendwie plötzlich ein Handgemenge und Tarkan und Murat haben versucht, Fatma hinter der Ladentheke hervorzuzerren … und dann hat Fatma angefangen zu schreien, sie sollen sie in Ruhe lassen, und ich bin ihr zu Hilfe gekommen und hab von Murat eine geknallt gekriegt und Tarkan hat Fatma in den Magen geboxt und dann …" Bahar Gül hörte plötzlich auf zu reden und sah die Kommissarin an, als würde ihr erst jetzt klar werden, was sie erlebt hatte und was das zu bedeuten hatte. „O Scheiße", sagte sie und hielt sich entsetzt die Hand vor den Mund.

„Was ist?", fragte Plasberg. „Was ist anschließend passiert?"

„… und dann hat Fatma sich den Bauch gehalten und ihren Bruder angebrüllt, ob er noch alle Tassen im Schrank habe … ‚Mein Baby, du Arsch!' hat sie geschrien … und …"

Plasberg hob die Augenbrauen. „Tarkan und Murat wussten bis zu dem Zeitpunkt noch nicht, dass Fatma schwanger war?"

„Jetzt, wo Sie es sagen: Nein, ich glaube nicht, niemand wusste das … ich auch nicht", antwortete das Mädchen langsam. „Ich war völlig geplättet."

Die Kommissarin atmete tief durch. Wenn Tarkan und Murat Öcal erst am Nachmittag des Tatabends erfahren hatten, dass Fatma ein Kind von Jakob Hartgens erwartete, dann war ein Mord im Affekt eine nicht von der Hand zu weisende Möglichkeit. „Wie haben die Brüder auf diese Nachricht reagiert?“, fragte sie.

Bahar Gül schüttelte den Kopf und murmelte etwas auf Türkisch. Plasberg sah sie fragend an. „‚Ich bring dich um‘“, flüsterte das Mädchen. „‚Ich bring dich um, du Schlampe!‘ hat er geschrien. ‚Dich und den Deutschen!‘ – Aber das hat er doch nicht ernst gemeint … oder?“ Sie blickte der Kommissarin fast flehend in die Augen, als ob sie Plasberg darum bitte, ihre Befürchtungen zu zerstreuen.

Die Kommissarin hatte darauf keine Antwort. Sanft drängte sie Gül, den weiteren Verlauf des Streits zu schildern.

„Da war nicht mehr viel“, erwiderte das Mädchen sichtlich mitgenommen. „In dem Moment kamen von hinten die Besitzer, die waren wahrscheinlich durch den Krach alarmiert worden. Die haben sich dann zwischen Tarkan, Murat und Fatma geschoben und den Jungs mit den Bullen gedroht und sie aus dem Laden gedrängt. Fatma ist gleich nach hinten verschwunden und ich hab dann auch schnell die Biege gemacht. Ich musste das erst mal verdauen. Da hab ich dann wahrscheinlich das Handy vergessen, in der ganzen Aufregung.“

„Jakob Hartgens war während der ganzen Zeit nicht im Raum?“

„Nein. Ich denke, der war hinten in der Backstube. Wahrscheinlich hat der gar nichts mitbekommen von dem Streit.“

„Haben Sie gesehen, wohin Tarkan und Murat Öcal gelaufen sind, nachdem sie die *Keksdose* verlassen hatten?“

Gül schüttelte den Kopf. „Nein, ich hab nicht drauf geachtet. Ich glaub, die waren schon weg, als ich aus der Tür raus bin. Aber das kann doch nicht sein“, fügte sie ungläubig hinzu. „Dass er das ernst gemeint hat. So was sagt man vielleicht mal, wenn man Wut im Bauch hat, und die beiden waren bestimmt nie zimperlich … aber so was …“ Hilflos starrte sie auf die Reste ihrer Mahlzeit. „Ich hab keinen Hunger mehr. Um ehrlich zu sein, ich könnte gerade kotzen.“

Plasberg stand auf und zog ihren Mantel an. „Glauben Sie mir, Bahar: Mir ist auch der Appetit vergangen“, seufzte sie. „Trotzdem vielen Dank. Sie haben mir sehr geholfen.“

Das Mädchen hielt sie Kommissarin noch einen Moment zurück. „Im wievielten Monat war Fatma denn? Wissen Sie das?“

„Im vierten.“

„Das Kind … was wäre es geworden?“

„Keine Ahnung“, sagte Plasberg überrascht. Sie wusste es tatsächlich nicht, obwohl sie es hätte wissen müssen. Oder hatte der Obduktionsbefund das Geschlecht des Fötus nicht enthalten?

„Und die Beerdigung“, fragte Gül weiter. „Wissen Sie schon, wann …?“

Plasberg schulterte ihre Handtasche. „Fatma wird in der Türkei beerdigt, soviel ich weiß. Aber die Leiche ist noch nicht freigegeben.“ Sie legte Gül eine Hand auf die Schulter. „Ich muss jetzt los. Nochmals danke, dass Sie Zeit für mich hatten. Ihr Handy können Sie wiederhaben, wenn die Ermittlungen abgeschlossen sind.“

Bahar Gül nickte abwesend und sah aus dem Schaufenster.

Brinkhoff rieb sich die Augen und massierte sich anschließend die Arme. „Und jetzt?“, fragte er, nachdem die Kommissarin ihn und Shirin Reitz über ihr Gespräch mit Bahar Gül informiert hatte. Er war müde und der Arbeitstag war noch nicht vorbei. Am liebsten hätte er für heute Schluss gemacht. Gegessen hatte er auch noch nichts und sein Magen knurrte.

„Für mich sieht das alles sehr nach Tarkan und Murat Öcal aus“, sagte Plasberg. „Sie hatten ein eindeutiges Motiv und sie weigern sich zu sagen, wo sie zur Tatzeit waren. Sie haben den Mord sogar vorher angekündigt. Wir müssen die beiden Herren nur noch eine Weile schmoren lassen. Die werden schon noch reden. Die Reaktion auf die Tatsache, dass wir Bahar Gül ausfindig gemacht haben, spricht doch Bände.“ Die Kommissarin schien wieder ganz die Alte zu sein; von ihren Kopfschmerzen war jedenfalls nichts mehr zu bemerken. Sie schien auch ziemlich zufrieden mit dem Ergebnis, das die Unterredung mit dem türkischen Mädchen gebracht hatte.

Die Profilerin allerdings nahm ihr den Wind aus den Segeln. „Es passt nicht“, sagte sie und lief unruhig in Plasbergs Büro hin und her. Auch ihr war die Anstrengung des Arbeitstages anzusehen, sie wirkte abgespannt und das Kostüm, das sie trug, zeigte überall Knitterfalten.

„Was passt nicht?“, fragte Plasberg unwillig. Sie hatte keine Lust, sich von der Fallanalytikerin wieder alles madig reden zu lassen.

„Wenn wir unterstellen, dass Murat und Tarkan Öcal für die Tat verantwortlich sind, dann war es Mord im Affekt“, erwiderte Shirin Reitz. „Und das passt nicht zum Hergang der Tat. Die Handschellen, die Waffe, der Brandbeschleuniger … das sind Dinge, die man nicht innerhalb weniger Stunden besorgt. Die Tat war vorher geplant und keine spontane Reaktion auf einen Streit zwischen Geschwistern. Die ist vorbereitet worden.“

Plasberg schnaubte verärgert auf. „Handschellen kann ich innerhalb weniger Minuten in jedem Armyshop in Köln besorgen. Benzin an jeder Tankstelle. Das Einzige, was nicht spontan zu bekommen ist, ist die Schusswaffe. Und ich bin mir sicher, dass das für die beiden auch kein Problem dargestellt hat, wenn ich mir ihre kriminelle Vorgeschichte ansehe“, argumentierte sie.

„Aber die beiden hatten nur ein Motiv, Fatma Öcal und Jakob Hartgens umzubringen! Was ist mit den anderen Opfern?“

Brinkhoff seufzte innerlich. Auf eine weitere Konfrontation zwischen Plasberg und Dr. Reitz hatte er wirklich keine Lust. Er war froh, als Shirin Reitz sich in ihr Büro zurückzog.

„Ich kann die Frau nicht ausstehen“, knurrte die Kommissarin. „Ich weiß nicht, wieso, aber sie geht mir wahnsinnig auf die Nerven!“

„J-jedenfalls trägt Ihre Zickigkeit nicht gerade zum Betriebsklima bei“, wagte Brinkhoff einzuwenden. „Vogt hat auch schon so was in der Richtung gesagt.“

„Wo ist der Mann überhaupt?“, fragte Plasberg, ohne auf seine Kritik einzugehen.

„Sie haben doch gesagt, er soll noch mal nach W-Winterborn fahren, um sich ein bisschen im Dorf umzuhören, was die Leute so über Hartmut von Schonau zu sagen haben.“

„Stimmt. Hatte ich total vergessen."

Sie griff zum Telefon und verabredete sich mit Staatsanwalt Rosenzweig zum anstehenden Haftprüfungstermin der Öcal-Brüder beim Richter, während Brinkhoff sich seiner Schreibtischarbeit zuwandte. Gegen siebzehn Uhr kehrte Plasberg mit einem erleichterten Lächeln zurück. Der Haftbefehl gegen Tarkan und Murat Öcal blieb in Kraft. Die Kommissarin nahm ihre Handtasche und zog ihren Mantel an.

„Kommen Sie, Schluss für heute. Wir machen morgen weiter."

Gemeinsam mit Brinkhoff verließ sie das Büro und schickte auch Shirin Reitz für den Rest des Tages nach Hause. Zusammen betraten sie den Aufzug und fuhren nach unten.

„Na immerhin", sagte die Kommissarin, als sie ins Freie kamen. „Das Unwetter ist endlich vorbei."

Tatsächlich war der Sturm vorübergezogen und hatte einem klaren Himmel Platz gemacht, an dem schon die Nacht aufgezogen war.

„Und? Was machen Sie heute Abend?", fragte Brinkhoff.

„Mich darüber freuen, dass ich zum ersten Mal seit Monaten nach Hause kommen kann, ohne was im Haushalt tun zu müssen. Sie haben keine Ahnung, was das für ein Gefühl ist. Nicht mal die Tatsache, dass ich die U-Bahn nehmen muss, kann mir jetzt die Laune verhageln."

„Ihr Auto ist noch in der Werkstatt?"

Plasberg knöpfte ihren Mantel zu und wandte sich zum Gehen. „Ich kann es morgen wieder abholen."

Tatsächlich traute Maria Plasberg ihren Augen kaum, als sie eine Dreiviertelstunde später das Reihenhäuschen in Porz betrat. Die Wohnung war wie verwandelt. Die Küche blitzte und blinkte fast wie neu, selbst die Armaturen der Spüle glänzten. Nirgendwo war auch nur ein Krümel zu sehen oder eine Staubfluse, und das Laminat spiegelte sich im Schein der Küchenlampe. Die Küchenschränke waren von innen und außen gereinigt worden, sogar die Besteckkästen strahlten. Das Gäste-WC war geputzt und roch unglaublich frisch und im Wohnzimmer war Staub gewischt und aufgeräumt worden, selbst der Berg mit Bügelwäsche war um die Hälfte geschrumpft. Die Kommissarin konnte ihr Glück kaum fassen.

„Unglaublich", murmelte sie und stellte die Tüten mit den Lebensmitteln, die sie eben noch schnell im Supermarkt eingekauft hatte, achtlos zur Seite. „Das ist fast unheimlich." Mit dem Hausschlüssel in der Hand lief sie durch die Wohnung. „Die Frau ist nicht in Gold aufzuwiegen."

Im ersten Stock schlug eine Tür und dann kam Ruth die Treppe hinuntergepoltert. „Die Putzfrau von Ninas Eltern war hier!", rief sie ihrer Mutter schon von Weitem aufgeregt zu. „Sie war hier, als ich aus der Schule gekommen bin!"

„Ich weiß, Schätzchen. Ich habe sie angerufen."

„Sie hat mich gezwungen, mein Zimmer aufzuräumen!" Ruth sah ihre Mutter empört an.

„Ach, hat sie das? Wie hat sie das denn geschafft?"

„Sie hat gesagt, ich wäre alt genug, um mehr Verantwortung zu übernehmen. Und ich soll mich nicht wie ein Baby benehmen." Ruth schien nicht sicher zu sein, ob sie stolz oder verärgert sein sollte, und Plasberg fragte sich, warum sie nicht selber auf diese Idee gekommen war. An Ruths Ego zu appellieren, wäre ihr nicht im Traum eingefallen. Ihre Hochachtung vor Hatice Yilmaz stieg immer mehr.

„Sind Niklas und Nina auch da?"

Ruth grinste. „Die sind oben. Sie mussten auch aufräumen. Du hättest Niklas mal sehen müssen. Hatice hat ihn gezwungen, seine stinkigen Sneaker auf die Terrasse zu stellen und mit Fußspray auszusprühen!"

Plasberg warf einen Blick nach draußen und entdeckte fünf Paar Sportschuhe ihres Sohnes, die fein säuberlich in Reih und Glied zum Lüften aufgereiht neben der Terrassentür standen. Niklas musste sie im ganzen Haus zusammengesucht haben, denn zuletzt war die Kommissarin überall über sie gestolpert, selbst im Heizungskeller hatte sie ein Paar gefunden.

„Es geschehen noch Zeichen und Wunder", sagte sie.

„Hatice hat ihm gesagt, er soll sich schämen", erklärte Ruth schadenfroh. „Wenn er alt genug wäre, Kinder zu machen, dann sei er auch alt genug, aufzuräumen und was gegen seine stinkigen Schuhe zu tun … und Nina hat gesagt, dass Hatice recht hat, sie fände die Schuhe auch eklig. Niklas war supersauer."

Plasberg nahm Ruth an die Hand und inspizierte mit ihrer Tochter ihr Kinderzimmer. Das Bett war gemacht, die Stofftiere hatten einen neuen Platz am Fußende gefunden, Ruths Malsachen waren weggeräumt und die Hörbücher lagen sortiert in dem Köfferchen, in dem Ruth sie ursprünglich aufbewahrt hatte. Auf den Regalen war Staub gewischt und der Teppich war gestaubsaugt worden. Plasberg war beeindruckt. „Toll", lobte sie ihre Tochter. „Ich bin stolz auf dich, Schätzchen."

Nebenan schien auch ihr Sohn ihre Ankunft bemerkt zu haben, denn plötzlich öffnete sich die Tür zu seinem Zimmer. „Kannst du nicht Bescheid sagen, wenn du fremde Leute allein hier in der Wohnung zurücklässt?", fuhr er seine Mutter an. „Wir haben uns voll erschrocken! Ich dachte erst, es wären Einbrecher im Haus!"

Plasberg seufzte. Niklas war zurecht wütend. Sie hätte ihn kurz anrufen oder eine SMS schicken können, aber in der Hektik ihres Aufbruchs zu dem Termin mit Bahar Gül hatte sie vergessen, ihre Kinder über die Anwesenheit von Hatice Yilmaz zu informieren. „Tut mir leid", sagte sie. „Ich war in Eile. Aber ganz unbekannt war sie ja nun auch wieder nicht. Nina kennt Frau Yilmaz doch."

Niklas brummte etwas Unverständliches, was Plasberg als Annahme ihrer Entschuldigung deutete, und verzog sich wieder in sein Zimmer. „Wie sieht's aus mit Abendbrot? Ist Nina auch da?", rief sie ihm hinterher.

„Ja, mach mal …", hörte sie durch die Tür. Anscheinend hatte die Aufräumaktion des Nachmittags die Hilfsbereitschaft ihres Sohnes erschöpft und Plasberg ging hinunter in die Küche. Kurz darauf kam immerhin Nina nach unten und bot ihr Hilfe an. Das Mädchen sah erschöpft aus.

„Alles in Ordnung mit dir?", fragte Plasberg, während sie einen Beutel Feldsalat zerpflückte und wusch.

„Ja, geht schon. Ich bin nur so schrecklich müde", erwiderte Nina und gähnte herzhaft. „Ich könnte andauernd schlafen. Im Kunst GK heute bin ich zwei Mal eingedöst. Total peinlich."

Plasberg lächelte. „Das ist das Baby. Es ist zwar kaum größer als dein Daumen im Moment, aber seine Anwesenheit macht sich schon bemerkbar. Daran gewöhnst du dich.“ Niklas' Freundin war ihr noch immer ein wenig fremd. Nina war so anders als sie selbst, ruhig, zurückhaltend – genau wie Niklas. Und vielleicht hatte ihr Sohn sich das Mädchen gerade deshalb ausgesucht: weil sie das genaue Gegenteil seiner Mutter war. Aber wo waren die Spontaneität und Unbefangenheit dieser jungen Leute? Andererseits … vielleicht sollte sie es nicht beschreien. Als die beiden zuletzt spontan gewesen waren, hatten sie sofort ein Kind gemacht.

Nina unterbrach ihren Gedankengang. „Frau Yilmaz hat übrigens gesagt, Sie können ihr das Geld monatlich überweisen“, erklärte sie. „Sie hat einen Zettel mit ihrer Kontonummer neben das Telefon gelegt. Eine Rechnung gibt sie Ihnen jeweils am Monatsende.“

„Ach so … ja. Ich wollte doch …“

Die unangenehme Aufgabe, Ninas Vater wegen des Lohns der Putzfrau anzurufen, hatte Plasberg völlig verdrängt. Harald Sternbrück war in ihren Augen ein arroganter, abgehobener Banker, der Immobilienfonds, Wertpapieren und Börsenbewegungen mehr Bedeutung beimaß als dem Wohl seines einzigen Kindes. Karola Sternbrück, Ninas Mutter, schätzte sie ähnlich emotional behindert ein. Maria Plasberg erinnerte sich nur zu gut an ihr erstes Aufeinandertreffen: Harald Sternbrück hatte mit einem Rechtsanwalt und den Kosten einer Abtreibung gedroht und sie und Niklas aus dem Haus geworfen. Es hatte der Kommissarin starke Nerven abverlangt und sie ein erhebliches Zügeln ihres Temperaments gekostet, die Eltern davon zu überzeugen, dass Nina und Niklas das Kind behalten wollten. Und auch dem nun notwendigen Telefongespräch sah sie mit sehr gemischten Gefühlen entgegen.

„Ehm … Maria Plasberg hier“, meldete sie sich irritiert, als das Gespräch von einer Frau mit spanischem Akzent angenommen wurde. „Herrn oder Frau Sternbrück bitte.“ Zu Nina gewandt zischte sie: „Haben deine Eltern jetzt auch noch eine Haushälterin?“

„Eine Köchin. Die kommt aber nur, wenn meine Eltern Gäste haben." Nina schlug die Augen nieder. Dass die Mutter ihres Freundes ihre Eltern um Geld anpumpen wollte, war auch ihr mehr als unangenehm.

Endlich hatte die Kommissarin Harald Sternbrück am Telefon. „Frau Plasberg, meine Frau und ich erwarten Geschäftspartner zum Essen. Sie rufen in einem ungünstigen Moment an."

Plasberg stellte sich das ungeduldige Gesicht des Mannes vor und schluckte ihren aufkommenden Ärger herunter. „Dann mache ich es kurz. Es geht um Hatice Yilmaz."

„Unsere Putzfrau? Was ist mit ihr?"

Die Kommissarin nahm das Telefon mit auf die Terrasse und schob die Tür zu, um Nina weitere Peinlichkeiten zu ersparen. „Ich möchte, dass sie auch für mich arbeitet", antwortete sie.

„Ich … sollten Sie dann nicht besser mit meiner Frau sprechen? Die kann Ihnen sicher die Telefonnummer von …"

„Sie missverstehen mich", unterbrach Plasberg und betrachtete geistesabwesend das Rasenstück, das sie am gestrigen Tag umgegraben hatte. Regen und Sturm hatten die Erde in einen feuchten, schlammigen Morast verwandelt. Pfützen hatten sich am Rand zu den Terrassenplatten gebildet, in denen sich das Mondlicht spiegelte. „Eigentlich sind wir schon einen Schritt weiter. Frau Yilmaz arbeitet im Grunde schon für mich. Es geht um ihre Bezahlung."

„Ich verstehe immer noch nicht. Was habe ich denn damit zu tun?"

Die Kommissarin räusperte sich und gab sich einen Ruck. „Ich möchte, dass Sie die Kosten übernehmen."

Ein überraschtes Schweigen antwortete ihr. „Und wie käme ich dazu?" Sternbrücks Stimme klang eisig. Jede andere als Plasberg hätte wahrscheinlich mittlerweile von ihrem Vorhaben abgelassen. In Sternbrücks Frage schwangen Worte wie „Unverschämtheit", „Anmaßung" und „Unverfrorenheit" mit.

„Ihre Tochter lebt mehr oder weniger in meinem Haushalt und sie isst auch regelmäßig hier. Das heißt, ich füttere sie hier regelrecht durch", erinnerte ihn Plasberg. „Nicht, dass ich das nicht gerne täte. Aber ich bin berufstätig und alleinerziehend und habe jetzt drei schulpflichtige Kinder am Hals. Abgesehen von der Zeit, die ich nicht habe, um das Haus sauber zu halten, übersteigt die Bezahlung einer Putzfrau meine finanziellen Möglichkeiten. Und da kommen Sie ins Spiel."

„Nina kann jederzeit zu uns kommen. Sie ist meine Tochter."

Die Kommissarin hätte beinahe laut aufgelacht, riss sich jedoch zusammen. Der Versuchung, sarkastisch zu klingen, konnte sie allerdings nicht widerstehen. „Sie würde aber auch gerne mit dem Vater ihres Kindes leben und soweit ich mich entsinne, ist das in Ihrem Haus nicht möglich." Am anderen Ende der Leitung hörte sie eine Türschelle und gleich darauf Sternbrücks nervöse Stimme.

„Unsere Gäste kommen ... Also schön, Frau Plasberg. Ich finde Ihre Bitte zwar ein wenig befremdlich, aber ich werde für die Unkosten von Frau Yilmaz in einem angemessenen Rahmen aufkommen. Wenn Sie mich jetzt entschuldigen würden ..."

„Wollen Sie vielleicht noch kurz mit Ihrer Tochter sprechen?"

„Sagen Sie ihr, dass ich sie morgen anrufe." Damit beendete der Banker das Gespräch.

Plasberg hielt erstaunt den Hörer in der Hand und trat zurück ins Wohnzimmer. „Schönen Gruß von deinem Vater", log sie Nina an. „Er lässt fragen, wie's dir geht, und meldet sich morgen bei dir."

„Geben Sie sich keine Mühe, Frau Plasberg", erwiderte Nina mit einem müden Lächeln. „Ich weiß, wie peinlich mein Zustand meinen Eltern ist."

Die Kommissarin konnte nicht anders. Sie nahm Nina in den Arm. „Das wird sich geben", tröstete sie das Mädchen. „Glaub mir, spätestens, wenn die beiden ihr Enkelkind zum ersten Mal sehen, ist alles vergessen."

„Zahlt mein Vater denn wenigstens?"

Plasberg sagte erneut nicht die ganze Wahrheit. „Ja, überhaupt kein Problem. Er war sofort einverstanden."

Eine halbe Stunde später saß die Patchwork-Familie zum ersten Mal in dieser Woche gemeinsam in der Küche zum Abendbrot. Maria Plasberg hatte Früchtetee gekocht und zu dem Feldsalat gab es Käse- und Wurstbrote. Es kam nicht oft vor, dass sie Gelegenheit fand, sich mit ihrer Familie beim Essen auszutauschen, schon gar nicht, wenn sie einen neuen Fall bearbeitete.

„Und?", fragte sie in die Runde. „Was haltet ihr von Hatice Yilmaz?"

„Sie nervt", antwortete Niklas mit vollem Mund. „Aber sie hat das Haus im Griff. Jedenfalls besser als du."

„Danke. Immer wieder schön, wenn man von seinen eigenen Kindern unterstützt wird."

Niklas schnitt eine Grimasse und wischte seine fettigen Finger an seiner Hose ab. „Du hast doch gefragt."

Plasberg reichte ihm eine Serviette. „Also behalten wir sie?"

„Nur, wenn sie nicht jeden Tag kommt. Das steh ich nicht durch!"

Plasberg schüttelte den Kopf und berichtete, dass sie fürs Erste mit Hatice Yilmaz zwei Mal wöchentlich Putzeinsätze vereinbart hatte. „Und wie war's heute in der Schule? Dass Nina im Kunstunterricht eingeschlafen ist, weiß ich schon."

Niklas und Ruth rollten genervt die Augen. Wenn ihre Mutter auch in mancherlei Hinsicht unkonventionell war, so waren andere Dinge, wie die leidige Frage nach der Schule, doch durchaus vorhersehbar. „War okay", erwiderte Niklas knapp. „Wie immer."

„Gar nicht!", widersprach Ruth. „Wir sind heute verfolgt worden! War richtig gruselig!" Sie erschauderte wohlig.

„Quatsch!", sagte Niklas. „Sind wir nicht!" Plasberg sah ihren Sohn fragend an. „Da war so 'n Typ auf dem Nachhauseweg", erklärte er. „Ruth bildet sich ein, er hätte uns verfolgt."

„Hat er das?", fragte die Kommissarin nach. „Wie sah er aus?" Sie hatte plötzlich ein ungutes Gefühl.

„*Mum*, da war nichts!", beruhigte Niklas sie. „Der Typ war vielleicht in meinem Alter, so 'n schmaler Rothaariger."

„Ein Rothaariger?" Plötzlich fiel ihr der Junge ein, den sie am Mittag dabei beobachtete hatte, wie er sich vor dem Haus im Regen die Schnürsenkel zugebunden hatte. Aber hatte er rote Haare gehabt? „Und wieso hat er euch verfolgt?"

„Hat er doch gar nicht. Ruth spinnt."

„Tu ich nicht, Blödmann!", protestierte seine kleine Schwester lautstark. „Er ist uns die ganze Zeit auf der anderen Straßenseite nachgelaufen. Von der Schule bis hier vors Haus."

„Ja, genau", grinste Niklas. „Und dann ist er weitergegangen, Dummchen. Der wird hier in der Ecke wohnen!"

„Ich hab den aber vorher noch nie hier gesehen!", schmollte Ruth. „Und er hat die ganze Zeit zu uns rübergeguckt."

„Dann wird er gerade erst hierhergezogen sein. Du hast echt eine blühende Fantasie!", lachte Niklas seine Schwester aus. „Zu viele Krimis mit den drei ???."

„Nina, ist dir der Junge aufgefallen?", fragte die Kommissarin, aber Nina schüttelte den Kopf.

„Ich hab nicht drauf geachtet."

„Mann, ihr seid so doof!", beschwerte sich Ruth und schob sich ein Stück Camembert in den Mund. „Ich hab mir das nicht ausgedacht."

Plasberg dachte angestrengt nach. Sie hatte das unbestimmte Gefühl, dass ihr der Junge selbst schon andernorts über den Weg gelaufen war, aber sie konnte sich beim besten Willen nicht daran erinnern, wo. Schließlich gab sie es auf. „Na ja", sagte sie zögernd. „Passt ein bisschen auf. Und wenn euch der Junge noch mal auffällt, sagt mir sofort Bescheid."

„Huh!", machte Niklas und grinste breit. „Vielleicht will er ja Ruth entführen und verlangt ein Lösegeld von einer Million Euro! Und wenn wir der Forderung nicht nachkommen, schneidet er ihr jeden Tag einen Finger ab und schickt ihn uns mit der Post zu! Kriegen wir dann Ruths Zimmer, *mum*? Wir machen es zum Kinderzimmer für das Baby."

Ruth quietschte entsetzt auf und Plasberg sagte: „Halt den Mund, Niklas! Das ist nicht witzig." Sie nahm einen Schluck Tee und fragte ihren Sohn: „Hattest du nicht heute eine Mathearbeit?"

Niklas verzog das Gesicht und stöhnte.

Torsten Brinkhoff stellte seinen Wagen in einer Parkbucht ab und atmete erleichtert auf. Gar nicht so einfach, einen freien Parkplatz zu finden um diese Uhrzeit, trotz Anwohnerausweis.

Aber er hatte Glück gehabt. Genau vor ihm war ein Auto weggefahren. Der Kommissar stellte den Motor ab, sprang aus dem Wagen und verriegelte mit einem Knopfdruck die Türen. Endlich daheim! Er hatte die Gunst des frühen Feierabends genutzt und war direkt vom Büro ins Sportstudio gegangen, die Tasche mit seinen Sportsachen lag immer griffbereit im Kofferraum. Das Pumpen, Dehnen und Strecken seiner Muskeln an den Geräten hatte ihm den Schweiß auf die Stirn getrieben und die Gedanken an die Ermittlungen verscheucht.

An der Tür wurde Brinkhoff schon von Bombadil erwartet, maunzend und mit erhobenem Schwanz steuerte der Kater auf den Kommissar zu und warf sich vor ihm auf den Teppich, in der Hoffnung, ein paar Streicheleinheiten zu erhalten. Dann lief er in die Küche und setzte sich vor seinen leeren und blitzblank geleckten Fressnapf.

„Mensch, Dicker", sagte Brinkhoff und hängte seine Jacke über einen Stuhl, „ich hab dir heute Morgen eine ganze Dose mit Wildragout gegeben. Du sollst doch Diät halten. Stattdessen wirst du immer fetter!" Wieder einmal wunderte er sich, dass er in Gegenwart seines Katers nie stottern musste. Wenn er mit Bombadil allein war, schienen alle Hemmungen von ihm abzufallen. Dem Kater war es egal, was sein Herrchen dachte oder sagte, er akzeptierte ihn so, wie er war. Hauptsache, sein Katzenklo wurde regelmäßig gesäubert und er bekam genug zu fressen.

Tatsächlich schien Bombadil seinen Figurproblemen keinerlei Bedeutung beizumessen. Er strich dem Kommissar so lange um die Füße, bis dieser sich erweichen ließ und eine weitere Dose Katzenfutter öffnete. „Aber nur eine halbe", sagte Brinkhoff. „Mehr gibt's heute nicht, du Vielfraß." Innerlich war er erleichtert, wie problemlos der Kater seine Operation weggesteckt zu haben schien.

Er selber hatte sich ein weiteres Mal eine Pizza besorgt. Immer wieder nahm er sich vor, gesünder zu essen und auch mal selbst zu kochen, aber am Ende eines anstrengenden Arbeitstages konnte er sich nicht dazu aufraffen und so landete er doch meist beim Pizzaservice oder einem anderen *Take-Away*-Laden,

Hauptsache, es ging schnell und machte satt. Außerdem war er ein miserabler Koch. Das höchste der Gefühle waren annehmbare Spaghetti Bolognese, mehr brachte er nicht zustande.

Während der Kommissar aß, schnappte er sich seinen Laptop, fuhr das Betriebssystem hoch und loggte sich bei *Gayromeo* ein – einer Kontaktbörse, die bei schwulen Männern einen ähnlichen Stellenwert hatte wie etwa *StudiVZ* oder *MySpace* bei Studenten und Schülern, und häufig ironisch „das schwule Einwohnermeldeamt" genannt wurde. Beinahe jeder, der etwas auf sich hielt, war Mitglied. Über ein schnell eingerichtetes Profil konnte man problemlos Kontakte knüpfen, mit Bekannten chatten, neue Freunde kennenlernen oder ein Sexdate vereinbaren. Alles, was man dazu brauchte, waren ein paar ansprechende Fotos, ein aussagekräftiger Text im Profil, ein Username und ein wenig Mut. Tatsächlich hatten es *Gayromeo* und andere Online-Portale innerhalb weniger Jahre geschafft, den schwulen Bars und Kneipen Konkurrenz zu machen. Früher war man gezwungen gewesen, einschlägige Szenetreffs zu besuchen, um jemanden kennenzulernen, heute war der Traumprinz nur noch einen Mausklick weit entfernt – zumindest theoretisch. Denn in der Realität machte sich, zumindest bei Brinkhoff, doch meist Ernüchterung breit. Wenn er sich in seltenen Fällen zu einem Date durchrang, so war es ihm schon passiert, dass der Partner viel älter oder dicker war, als es auf den eingestellten Fotos den Anschein gehabt hatte, oder dass der Funke nicht übersprang, wenn man sich leibhaftig gegenüberstand.

Sofort fiel ihm ein, was für ein Desaster sein letztes Date gewesen war. *Blueeyes34* hatte auf dem Foto ausgesehen wie der Mann, von dem Brinkhoff schon immer geträumt hatte: Blonde Haare, blaue Augen, ein gut gebauter Körper und ein nettes Lächeln. Brinkhoff hatte eine Schwäche für solche Männer. Auch im Chat war der Kerl nicht unsympathisch gewesen, auch wenn der Kommissar über die häufigen Rechtschreibfehler seines Chatpartners den Kopf geschüttelt hatte. Er hatte *Blueeyes34* zu sich nach Hause eingeladen, aber anstatt eines blonden, durchtrainierten Sportlers war ein mindestens 40-jähriger, verlebter Kettenraucher die Stufen zu seiner Wohnung emporgekeucht, der nur noch entfernt Ähnlichkeit mit dem Foto besaß, das er ins Netz gestellt hatte. Der Kommissar hatte ihm verärgert die Tür vor der Nase zugeschlagen. Er hatte nichts gegen ältere Männer, im Gegenteil, die wussten zumindest meist, was sie wollten, aber Unehrlichkeit, darauf konnte er nicht.

Angesichts der Jahreszeit und des unbeständigen Wetters schien die *community* vollständig vor den Rechnern versammelt zu sein, fast siebzigtausend Mitglieder waren online. Der Kommissar checkte seine Messages, aber niemand hatte ihm geschrieben. Auch von seinen abgespeicherten Freunden waren nur wenige online, was dem Kommissar ganz recht war, denn er hatte keine Lust auf Small Talk.

Unentschlossen surfte er durch die Profile. Es war wirklich schon lange her, dass er Sex gehabt hatte. Geradezu ungesund lange für einen Mann in seinem Alter. Sogar Plasberg war aufgefallen, wie ausgehungert er Francesco Bellini bei ihrem Besuch bei *Cologne Security* angegafft hatte. Vielleicht sollte er mal wieder sein Glück versuchen?

Bombadil hatte seinen Fressnapf leergemacht und strich erneut um Brinkhoffs Beine, die Salamischeiben auf der Pizza des Kommissars fest im Blick.

„Du spinnst wohl", murmelte Brinkhoff. „Auf gar keinen Fall." Dann friemelte er doch ein Stück Salami von der Pizza und hielt sie dem Kater hin. Mit einem Happs war die Wurst verschwunden. Der Kommissar hätte schwören können, einen triumphierenden Blick im Gesicht von Bombadil zu sehen.

Aus reiner Neugier klickte Brinkhoff auf die Sparte *Escorts*, in der Sex gegen Bezahlung angeboten wurde. Dort hatte er sich noch nie umgesehen. Er wäre zwar nie auf den Gedanken gekommen, für Sex Geld zu bezahlen – das konnte er sich aufheben, bis er berentet war –, aber interessant war es schon. Völlig ahnungslos war er allerdings nicht, was diese Szene betraf. Unter Lutz Beerbaum, seinem alten Chef im KK 12, der Sitte, hatte er hin und wieder auch mit schwulen Strichern zu tun gehabt. Die Jungs, die mit dem Gesetz in Konflikt gerieten, entstammten allerdings eher dem Bahnhofsmilieu oder der Stricherszene der Altstadtkneipen. Sie boten sich für fünfzig oder manchmal auch nur zwanzig Euro für eine schnelle Nummer an, je nachdem wie verzweifelt sie Geld brauchten, und fielen auf, wenn sie wegen Taschendiebstählen oder einer Schlägerei angezeigt wurden. Die kaum volljährigen Jungs lebten manchmal auf der Straße oder in Ausländerwohnheimen, finanzierten mit dem Geld ihre Drogen und Alkohol und waren mit allen Wassern gewaschen. Viele von ihnen waren noch nicht einmal schwul.

Die Escorts, die auf *Gayromeo* inserierten, schienen ein ganz anderer Schlag Mensch zu sein, das erkannte Brinkhoff schon nach den ersten Profilen, die er durchstöberte. Zum einen machten viele einen seriöseren Eindruck als die jugendlichen Stricher, die er kennengelernt hatte, zum anderen schien die überwiegende Mehrheit tatsächlich schwul zu sein und nahm erheblich mehr Geld. Brinkhoff fand kaum ein Angebot unter 100 Euro die Stunde. Erstaunt pfiff er durch die Zähne. 100 Euro! Und einige waren sogar älter als er! Wenn jemand also nur eine Nummer am Tag machte, dann kam er auf ein Monatseinkommen von 3000 Euro, steuerfrei natürlich … für einen Moment dachte der Kommissar darüber nach, warum er so bescheuert war, bei der Polizei zu arbeiten. Auf gut Glück klickte er ein weiteres Profil an. *FickHengst31* bot seine Dienste für 120 Euro die Stunde an und versprach „ein geiles Erlebnis der besonderen Art von zart bis hart. Nur seriöse Angebote.“ Darunter war eine Handynummer angegeben und die Vorlieben, die der Kerl praktizierte. Anscheinend war er Fetischist von Sportklamotten. Er war bereit, Kunden zu Hause zu empfangen und auch ins Hotel zu kommen. Darunter gab es einen 41-jährigen dominanten SM-Master, dann einen 22-jährigen „süßen“ Thaiboy und dann … Brinkhoff stutzte. Das nächste Gesicht kam ihm bekannt vor. Das konnte nicht sein, oder? Überrascht legte der Kommissar den Pizzakarton zur Seite und klickte das Profil von *MachoArab27* an. Der Mann gab sein Alter mit 28 Jahren an … gut, das konnte gelogen sein, er hatte sich einfach etwas älter gemacht. Im Internet war fast nichts unmöglich und alles erlaubt. Aber Größe und Gewicht waren mit 1,69 Meter und 62 Kilo ungefähr stimmig. *MachoArab* war nicht besuchbar, sondern kam lieber zu seinen Kunden nach Hause oder ins Hotel. Es war auch nicht möglich, ihn für eine ganze Nacht zu buchen, was bei fast allen anderen Escorts kein Problem zu sein schien. Und Torsten Brinkhoff wusste auch, warum. Er klickte ein paar weitere Fotos von *MachoArab27* an, bis er ganz sicher war: Die dunklen, gegelten Haare und den herausfordernden Gesichtsausdruck hatte er schon einmal gesehen. Kein Zweifel – er betrachtete Tarkan Öcal.

Fassungslos lehnte der Kommissar sich zurück und starrte auf den Bildschirm. Wie war das möglich? Öcal war mit Sicherheit nicht schwul, das hätte er spätestens bei dem Verhör im Präsidium gemerkt. Der war durch und durch hetero. Also inserierte er hier nur, um schnelles Geld zu verdienen. Dass in seinem Usernamen die Bezeichnung *Arab* vorkam, ließ darauf schließen, dass er an einem letzten Rest Anonymität interessiert war. Türke oder Araber, seine Kundschaft konnte diese Nationalitäten meist sowieso nicht unterscheiden, für sie war wichtig, dass er Südländer war. Der Inbegriff von Maskulinität, und Tarkan bediente diese Wunschvorstellung. Über Kundenmangel konnte er sich bestimmt nicht beschweren mit seinem Aussehen und bei seinem Alter. Wahrscheinlich wusste niemand in seinem Umfeld, wie er Geld verdiente, schon gar nicht seine Familie. Was für ein scheinheiliger Mistkerl! Die eigene Schwester terrorisieren, weil sie einen westlichen Lebensstil bevorzugte, aber sich selbst einen Dreck um traditionelle Werte scheren! Die Schwester als Hure beschimpfen und dann als Escort arbeiten! Brinkhoff lachte ungläubig auf. Kein Wunder, dass der Kerl so einsilbig gewesen war. Er hatte Angst, dass ihm jemand auf die Schliche kam. Wenn sein Vater davon erfuhr, würde er wahrscheinlich nicht zögern, ihn zu verstoßen. Homosexuelle Handlungen waren nach dem muslimischen Glauben eine Todsünde. Wirklich unfassbar! Plasberg würde aus allen Wolken fallen, wenn er ihr morgen von seiner Entdeckung berichtete.

Brinkhoff druckte die Bilder von Tarkan Öcals Profil aus, fuhr den Laptop herunter und tastete geistesabwesend nach seiner Pizza. Erst dann stellte er fest, dass Bombadil inzwischen sämtliche Salamischeiben vom Teig geklaut hatte.

Zehn

Am nächsten Morgen erwartete Torsten Brinkhoff eine unerfreuliche Überraschung. Während Plasberg, Vogt und er sich im Büro der Sekretärin drängten, um den ersten Kaffee zu trinken, stieß Heribert Eikner zu ihnen, eine Ausgabe des *Express* unter seinem Arm.

„Wer war das?", fragte er sichtlich verärgert.

„Wer war was?" Maria Plasberg hatte sich heute für ein schreiend rotes Kostüm entschieden, mit eng taillierter Jacke und schwarzen, aufgesetzten Taschen. Eine schwarze Lacktasche und passend zum Kostüm blutrot lackierte Fingernägel vervollständigten ihr Outfit.

„Ach, Sie wissen noch gar nichts?" Eikner faltete die Zeitung auseinander und las einen Artikel der ersten Seite vor, unter der Schlagzeile: ‚CDU-Politiker unter Mordverdacht'. „‚Bei den Ermittlungen zu dem fünffachen Mord und dem Großbrand Auf dem Berlich von vergangenem Montag ist der CDU-Landtagsabgeordnete Hartmut von Schonau ins Visier der Polizei geraten. Nach gut unterrichteten Quellen wird er von den ermittelnden Beamten verdächtigt, bei dem Feuer seine Finger im Spiel gehabt zu haben. So soll er unter anderem daran interessiert gewesen sein, das Grundstück gewinnbringend zu verkaufen, hatte aber Ärger mit den Pächtern des auf dem Grundstück befindlichen Geschäftes *Die Keksdose*. Hat er das Haus angezündet, um freie Bahn für Immobiliengeschäfte zu haben? Lesen Sie weiter auf Seite 7.'"

Eikner beendete seinen Vortrag und schaute in die Runde betroffener Gesichter. „Kann mir irgendjemand sagen, wie diese Dienstinterna an die Öffentlichkeit gelangt sind?"

Schon während Eikner den Artikel vorgelesen hatte, war Torsten Brinkhoff blass geworden. „Ich g-glaube, d-das ist m-meine Schuld", stammelte er.

„Inwiefern?"

„V-Vorgestern Abend habe ich mich noch mal mit dem Zeugen Markus Clement getroffen. Ich sollte ihn doch fragen, ob er und sein Partner vielleicht schon von Hartmut von Schonau eine Räumungsklage a-angedroht bekommen haben. Ich denke, dass ich da ein b-bisschen zu viel erzählt habe."

Gesine Keller schüttelte den Kopf, während Vogt leise auflachte und Brinkhoff zuraunte: „War nett, mit Ihnen zusammenzuarbeiten."

Plasberg bedachte Vogt mit einem warnenden Blick. „Dann war es also Clement, der für den Bericht in diesem Schmierblatt verantwortlich ist?"

„I-Ich war es bestimmt nicht! E-Er war total aufgebracht, dass jemand wie von Schonau, gegen den wir wegen Mordes ermitteln, vorhaben könnte, das Haus nicht wieder aufzubauen. E-Er hat das alles in den falschen Hals bekommen, e-er hat wohl gedacht … ich weiß auch nicht, was er gedacht hat." Brinkhoff sah mitgenommen aus; niemals hätte er damit gerechnet, dass Markus Clement ihn so hintergehen würde.

„Sind Sie wahnsinnig, Brinkhoff?", schnappte Eikner. „Sie erzählen einem Zeugen, dass wir gegen eine bestimmte Person ermitteln? Und der Mann hatte nichts Besseres zu tun, als sein Wissen der Zeitung zu verkaufen? Wissen Sie eigentlich, was Sie da angerichtet haben? Das kann von Schonau seine Wiederwahl kosten!" Mühsam bewahrte er seine Fassung. „Wenn wir im Moment nicht jeden Mann brauchen würden, dann …"

Die Kommissarin versuchte, der Situation die Schärfe zu nehmen. „Es ist nicht das erste Mal, dass solche Dinge passieren. Damit müssen wir leben. Und so schlimm ist es ja nun auch wieder nicht."

„Nicht schlimm?" Jetzt regte Eikner sich erst recht auf und fuchtelte mit der Zeitung in der Luft. „Was glauben Sie eigentlich, was hier deswegen los ist! Von Schonau setzt Himmel und Hölle in Bewegung, der will, dass Köpfe rollen! Ich musste mich am Telefon schon mit seinem Anwalt herumstreiten."

Plasberg war sicher, dass Eikner nur deshalb verärgert war, weil ihm von anderer Seite Druck gemacht wurde, und sie hatte wahrlich Besseres zu tun, als den Chef des KK 11 zu bemitleiden. Solche Dinge gehörten zu seinem Job. „Der Kollege Brinkhoff ist Ihnen sicher dankbar, dass Sie ihn in Schutz nehmen", erklärte sie gelassen. „War's das jetzt? Wir wollen mit der Frühbesprechung anfangen."

Eikner öffnete den Mund, aber die Kommissarin hatte ihn geschickt ausmanövriert. „Sehen Sie zu, dass so etwas nicht noch mal passiert", brummte er schließlich und verschwand in Richtung seines Büros.

Während Vogt mit einem schadenfrohen Gesichtsausdruck ins Besprechungszimmer ging, hielt Plasberg Brinkhoff auf dem Flur noch einen Moment zurück.

„Sie werden sich in Zukunft von diesem Clement fernhalten. Dienstlich und privat, verstanden? Es endet immer in einem kompletten Desaster, wenn diese beiden Ebenen vermischt werden. Nur weil Sie mal mit dem Mann in der Kiste waren, ist er noch keine Vertrauensperson, der man mal eben aus seinem beruflichen Alltag erzählt. Er ist, wenn auch nur peripher, in einen Mordfall verwickelt. Und ob Sie ihm nachtrauern oder nicht, spielt dabei keine Rolle. Wahren Sie Ihre Distanz zu Menschen, mit denen Sie beruflich zu tun haben, dann passieren Ihnen solche Fehler auch nicht mehr. Ist das klar?"

Brinkhoff nickte betreten. „Glasklar."

Als kurz darauf auch Shirin Reitz eintraf, konnten sie endlich mit der Arbeit beginnen. „Also", sagte Plasberg und breitete ihre Unterlagen vor sich aus. „Was liegt an?"

„Da sich gerade alles um Hartmut von Schonau dreht …" Vogt setzte ein süffisantes Lächeln auf und ließ den Rest des Satzes in der Luft hängen. „Ich bin doch gestern ins Oberbergische geschickt worden, um mich ein wenig umzuhören."

„Und?"

„Ich musste bis nach Grötzenberg fahren, das ist die nächste Ortschaft hinter Winterborn. Dort gibt es eine Kneipe. Und in dieser Kneipe habe ich ein paar Nachbarn von Hartmut von Schonau getroffen, unter anderem auch den Gärtner, der für die Pflege seines Gartens zuständig ist. Fürchterlicher Typ, unglaublich geschwätzig und hört sich gerne selbst reden."

„Was man von Ihnen ja nun gar nicht sagen kann", unterbrach ihn Plasberg. „Kommen Sie zum Punkt."

Vogt ließ sich nicht aus der Ruhe bringen und erzählte in aller Ausführlichkeit, was er in Erfahrung gebracht hatte.

„Eine Affäre?" Brinkhoff war baff.

„Ich habe die Aussage des Gärtners gegengecheckt: Von Schonau hat tatsächlich einen Zweitwohnsitz in Düsseldorf."

„Das würde eventuell erklären, warum er kein Interesse daran hat, über sein Alibi Auskunft zu geben", sagte die Profilerin.

„In der Tat", erwiderte Plasberg und nippte an ihrem Kaffee. „Wenn er in der fraglichen Zeit mit seiner Sekretärin zusammen war, dann könnte das peinliche Konsequenzen für ihn und seine Karriere haben, falls es publik wird."

„Könnte?", warf Vogt ein. „In seinem Wahlkreis ist es jetzt schon Stammtischgespräch. Niemand glaubt, dass der Mann die nächste Wahl überleben wird. Aber das wird er ja Dank der Indiskretion des Kollegen Brinkhoff ja nun so oder so nicht."

Plasberg überging den verbalen Nachtritt. Brinkhoff würde sich solche Spitzen in den nächsten Tagen gefallen lassen müssen. „Haben Sie den Namen der Sekretärin?"

„Mirjam Hasselbach. Ich habe bei der Verwaltung des Landtags angerufen. Sie ist seit drei Jahren für von Schonau tätig. Geschieden, keine Kinder. Noch nicht, jedenfalls."

Plasberg machte sich eine Notiz. „Gut", seufzte sie. „Ich werde die Dame gleich anrufen. Aber Sie sind sich alle darüber im Klaren, was das heißt, wenn sie von Schonau ein Alibi verschafft, oder? Dann fällt er als Tatverdächtiger aus."

„Aber wir haben ihn doch niemals wirklich ernsthaft in Verdacht gehabt", wandte die Profilerin ein. „Wir gehen doch immer noch von zwei Tätern aus – oder habe ich etwas verpasst?"

„Da er ein Motiv hat, kommt er zumindest theoretisch in Betracht", widersprach Plasberg.

„Aber ..." Reitz biss sich auf die Zunge. Sie konnte beim besten Willen kein Motiv für den Politiker erkennen. Die angebliche Grundstücksspekulation, sein Wunsch, die Immobilie möglichst gewinnbringend abzustoßen, erschienen ihr bei Weitem nicht ausreichend. Sie fragte sich langsam, wie die Kommissarin diesen Fall jemals aufklären wollte, wenn sie solchen Irrlichtern hinterherrannte.

„Ja, bitte?“ Plasberg sah die Profilerin irritiert an, aber Shirin Reitz schüttelte nur den Kopf.

Statt ihrer meldete sich Torsten Brinkhoff vorsichtig zu Wort. „Ich hätte da noch was … es könnte sein, dass auch Murat und Tarkan Öcal ein Alibi haben. A-Also zumindest Tarkan.“

„Wieso das denn?“, fragte Plasberg.

Brinkhoff schluckte. „Er arbeitet als schwuler E-Escort … als Callboy.“ Der Kommissar konnte nichts dagegen tun, sein Gesicht brannte wie Feuer.

Vogt prustete lauthals los. „Ach nein, nicht schon wieder, Brinkhoff“, japste er. „Ist er etwa auch einer Ihrer privaten Kontakte?“

„Arschloch“, murmelte der Kommissar.

Plasberg klopfte mit ihrem Kuli auf den Schreibtisch. „Meine Herren, bitte! Also, Brinkhoff, was haben Sie?“

„Es gibt einen schwulen Chat im Internet. *Gayromeo*. Man richtet ein Profil ein und chattet mit Freunden, Bekannten oder verabredet ein Treffen, um sich kennenzulernen.“

„So was wie *MySpace* in schwul?“, fragte Reitz neugierig.

„G-Genau. So ähnlich. Jedenfalls sehr beliebt als Kontaktbörse. Na ja … und es gibt da auch Männer, die sich für Geld anbieten.“

„Und Tarkan Öcal hat dort als Escort ein Profil?“, fragte Shirin Reitz erstaunt. „Sind Sie sicher?“

„Ich bin gestern Abend zufällig darüber gestolpert.“

„Tarkan Öcal ist schwul?“, sagte auch Plasberg zweifelnd. „Das kann ich mir irgendwie nicht vorstellen. Das passt nicht zu ihm.“

„N-Nein, nicht schwul, aber er …

„Haben Sie irgendwelche Beweise für Ihre Vermutung?“

Brinkhoff legte die Seiten auf den Tisch, die er ausgedruckt hatte.

„Die sind schwarz-weiß“, stellte Plasberg fest.

„Ich habe keinen Farbdrucker, tut mir leid!“

Die Kommissarin nahm die Bilder in näheren Augenschein. „Er könnte es sein“, sagte sie vorsichtig. „Aber die Qualität Ihres

Druckers ist miserabel. Da müssen Sie mir schon das Original zeigen, bevor ich Ihnen glaube."

„Ich k-kann Ihnen das Online-Profil zeigen, aber ..." Brinkhoff verspürte wenig Lust, sich unter den Augen seiner Kollegen bei *Gayromeo* einzuloggen. Morgen würde das halbe Präsidium davon wissen.

„Aber was?"

Der Kommissar seufzte schicksalsergeben. „N-Nichts." Die Beamten siedelten in Plasbergs Büro über, wo sie sich erwartungsvoll um den Kommissar und seinen PC scharten. „Ehm ... kann ich ein b-bisschen Privatsphäre bekommen? Ich muss mich hier mit m-meinem Profiln-namen und P-Passwort einloggen."

Plasberg rollte die Augen, aber sie und auch die anderen Beamten drehten gehorsam den Kopf zur Seite.

„Wie im Kindergarten", murmelte Vogt.

Der Kommissar gab seine Daten und anschließend den Usernamen *MachoArab27* ein und nach einem weiteren Klick erschien Tarkan Öcals Profil auf dem Bildschirm. „Bin soweit", sagte er dann und alle starrten gebannt auf den Monitor und die Fotos des jungen Deutschtürken, die Brinkhoff aufgerufen hatte.

„Unglaublich", sagte Plasberg schließlich. „Kein Zweifel, das ist er."

Auch Vogt und Reitz stimmten zu. „Und woran erkennt man, dass er als Escort arbeitet?", fragte die Profilerin.

Brinkhoff scrollte nach unten. „Lesen Sie den Profiltext. Er nimmt 100 Euro die Stunde."

„Aber warum nennt er sich *Arab*?", fragte Plasberg. „Er ist doch Türke."

„Haben Sie sich noch nie in einen Chat eingeloggt?" Brinkhoff war erstaunt über ihre Naivität.

Seine Chefin schüttelte den Kopf. „Das ist mehr was für meinen Sohn."

„V-Vielleicht glaubt er, in der Realität dadurch nicht mit dem Profil in Verbindung gebracht zu werden. Sie wissen schon, jemand kennt ihn persönlich, und klickt zufällig auf sein P-Profil. Wenn Tarkan dann darauf angesprochen wird, kann er immer noch sagen, dass wäre er nicht, eben weil der Profilname eine andere Nationalität angibt."

„Aber das ist doch Augenwischerei!", wandte Shirin Reitz ein.

„Mir brauchen Sie das nicht zu sagen!"

„Ich würde Öcal gerne mit den neuen Fakten konfrontieren. Lassen Sie die Seite stehen." Die Kommissarin griff zum Telefon und kontaktierte den Anwalt von Tarkan Öcal. Zu ihrer Überraschung war Mahmut Celik bereit, sofort zu kommen. Seine Kanzlei befände sich nur wenige Straßen vom Polizeipräsidium entfernt. Plasberg hatte allerdings das Gefühl, dass der Anwalt glaubte, mit seiner Kooperationsbereitschaft wieder etwas von dem Boden gutmachen zu können, den sein Mandant durch sein gestriges Auftreten verloren hatte. Anschließend gab sie Anweisung, Öcal zu einer erneuten Befragung vorzuführen. „Und wieso meinen Sie, dass er aufgrund dieses Profils ein Alibi vorlegen kann?", fragte sie schließlich.

„Liegt das nicht auf der Hand?", sagte die Profilerin. „Es ist doch möglich, dass er zum Tatzeitpunkt mit einem Kunden zusammen war."

„Aber warum hat er uns das bisher nicht erzählt?"

„Weil er dann in den Augen seiner Familie und Freunde seine Ehre verlieren würde", erwiderte Reitz. „Ganz einfach."

„Schon wieder dieser beknackte Ehrbegriff", meckerte Plasberg. „Ich verstehe es einfach nicht! Was ist unehrenhaft daran, wenn die Schwester einen Deutschen liebt? Nicht mal das da", sie zeigte auf die Seite von Tarkan Öcals Profil, „finde ich besonders unehrenhaft. Es zeigt nur, dass der Mann sich und seine Schwester mit zweierlei Maß misst."

„Ist das nicht dasselbe, wie keine Ehre zu besitzen?", fragte Reitz.

Aber Plasberg hatte in ihrer langjährigen Berufserfahrung feststellen müssen, dass solche Fragen der Polizeiarbeit eher hinderlich waren. Die moralische Verwerflichkeit einer Handlung zu bewerten überließ man besser den Gerichten.

Zu ihrer Erleichterung wurde sie in diesem Moment aus ihren Gedanken gerissen. Es klopfte an der Bürotür. Draußen standen zwei Polizeibeamte und Tarkan Öcal.

„Dann wollen wir mal“, sagte die Kommissarin und schickte Vogt und die Profilerin aus dem Büro.

Tarkan Öcal hatte die zweite Nacht in Polizeihaft sichtbar zugesetzt. Der arrogante, großspurige Kerl mit den Machoattitüden war verschwunden und hatte einem Mann Platz gemacht, der jeden Augenkontakt vermied. Sein Gesicht hatte einen grauen Schimmer und seine Haare klebten ungewaschen am Kopf. Aber alles an ihm signalisierte, dass er sich vorgenommen hatte, weiterhin unkooperativ zu sein. Er lümmelte sich auf einen Stuhl und starrte auf den Boden. Mahmut Celik kam etwas abgehetzt und fünf Minuten zu spät hinzu.

„Kaffee?“, fragte Plasberg anstelle einer Begrüßung.

Öcal tat, als hätte er die Kommissarin nicht gehört.

„Oder lieber eine Zigarette?“ Die Kommissarin holte ihre Notfallpackung *Marlboro* aus der Handtasche. Sie selbst hatte das Rauchen schon vor Jahren aufgegeben, aber in ihrem Job kam sie immer wieder in Situationen, wo sich das Anbieten einer Zigarette als hilfreich erwies.

„Beides“, knurrte Öcal plötzlich.

Plasberg drückte ihm die Packung in die Finger und gab Brinkhoff ein Zeichen, Tarkan Kaffee zu besorgen. Öcal fummelte umständlich eine Zigarette heraus und zündete sie gierig an dem Feuerzeug an, das die Kommissarin ihm unter die Nase hielt. „Krieg ich die Handschellen abgenommen?“, fragte er, nachdem er den ersten Zug inhaliert hatte.

Plasberg stellte ihm einen Aschenbecher in Reichweite. „Nein. Ich habe keine Lust auf eine Wiederholung der Szene von gestern.“

Öcals Blick wanderte kurz über das rote Kostüm der Kommissarin und senkte sich dann erneut auf den Boden.

Plasberg schaltete das Aufnahmegerät ein. „Wissen Sie, Herr Öcal“, begann sie, „ich habe den Eindruck, dass Sie ziemlich scheinheilig sind. Wollen Sie wissen, warum?“ Öcal reagierte nicht, aber die Kommissarin störte sich nicht an dem zur Schau gestellten Desinteresse. Sie war sicher, dass sie den Widerstand des Mannes heute schnell knacken konnte. „Ich erzähle es Ihnen trotzdem: Nach außen machen Sie einen auf strenggläubigen Moslem, auf traditionelle Werte und fordern von jedem Andersdenkenden Respekt. Im Falle Ihrer Schwester haben Sie den fehlenden Respekt sogar mit Gewalt durchsetzen wollen." Öcal schwieg noch immer, aber seine wachsende Unruhe war an seiner geballten Faust abzulesen. „Sie und Ihr Bruder haben Fatma eingeschüchtert, kontrolliert und geschlagen, haben sie daran hindern wollen, ihr Leben so zu leben, wie sie es für richtig hielt, nur weil es Ihrer Auffassung von Moral zuwiderlief. Toleranz ist für Sie ein Fremdwort. Ich habe keine Ahnung, was der Islam über Menschen sagt, die ihr eigenes Leben und das Andersdenkender mit zweierlei Maß messen, aber ich kann mir nicht vorstellen, dass es gutgeheißen wird."

„Hören Sie auf, meine Religion zu beleidigen", zischte Tarkan Öcal.

Auch der Anwalt mischte sich ein. „Bitte, Frau Kommissarin! Wo soll das hinführen?"

„Aber ich beleidige Ihre Religion überhaupt nicht", erwiderte die Kommissarin, ohne sich aus der Ruhe bringen zu lassen. „Ich sage nur, dass Sie ein Heuchler sind. Wissen Sie, was der Koran über Homosexualität sagt?"

Öcal ganzer Körper spannte sich plötzlich an, auch wenn er versuchte, sich nichts anmerken zu lassen. „Es ist eine Sünde", presste er mühsam hervor.

Plasberg machte ein erstauntes Gesicht. „So, eine Sünde also? Wie kommt es dann, dass Sie diese Sünde praktizieren, als gläubiger Moslem? Und sich gleichzeitig angemaßt haben, Ihrer Schwester Vorschriften zu machen, was sie zu tun und zu lassen hat?"

„Wollen Sie mich beleidigen, Frau?", stieß Öcal hervor.

„Aber nein", sagte Plasberg, noch immer die Liebenswürdigkeit in Person. „Weder Ihre Religion noch Sie." Dann wurde ihr Tonfall urplötzlich härter. „Hören Sie endlich auf, sich als Opfer zu sehen, Herr Öcal. Denn das sind Sie bestimmt nicht. Ich möchte Ihnen etwas zeigen." Sie drehte den Monitor des PCs so, dass der junge Türke ihn anschauen konnte. „Und? Kommt Ihnen das bekannt vor?"

Öcal stierte die Seite mit seinem Escort-Profil an, als könnte er nicht glauben, was er da sehe. „Wie … woher haben Sie das?", brachte er schließlich heraus.

Die Kommissarin blieb ihm die Antwort darauf schuldig. „Hundert Euro die Stunde", las sie vor und scrollte die Seite nach unten. Sie sind nur aktiv … klären Sie mich auf: heißt das, Sie sind derjenige, der oben liegt? Wahrscheinlich wäre alles andere in Ihren Augen unmännlich, stimmt's? … und Sie besuchen Ihre Kunden zu Hause oder im Hotel. Bei Ihnen zu Hause gehen Sie Ihren Geschäften nicht nach?", fragte sie und beantwortete ihre Frage sofort selbst. „Nein, natürlich nicht, wie dumm von mir. Ihr Vater hätte sicherlich etwas dagegen, wenn er wüsste, dass sein Sohn als schwuler Stricher arbeitet."

Der Anwalt war über die Wendung, die das Gespräch genommen hatte, genauso überrascht wie Öcal selbst. Fassungslos starrte er auf den PC. „Und … aber … und was hat das alles mit den Beschuldigungen zu tun?"

Öcal war weiß wie eine Wand geworden, während Plasberg sein Escort-Profil auseinandernahm. Als sie seinen Vater ins Spiel brachte, hielt es ihn nicht mehr auf seinem Stuhl. „Hören Sie auf!", brüllte er. „Ich bin keiner von diesen Perversen! Ich schlag dich tot, Frau!" Seine Stimme überschlug sich und in seinen Augen blitzte der blanke Hass auf. Die Kommissarin war froh, dass Brinkhoff mit im Büro war und Öcal mit sanfter Gewalt wieder auf seinen Stuhl drückte.

„Ganz ruhig, mein Lieber!", sagte er. „Schön ruhig bleiben."

„Fass mich nicht an, Bulle!", brüllte Tarkan. „Nimm deine dreckigen Pfoten weg!" Er schüttelte seine Schultern, auf denen eben noch Brinkhoffs Hände gelegen hatten. Damit jedoch schien sein Widerstand gebrochen zu sein, denn er sackte plötzlich in sich zusammen und verbarg das Gesicht in seinen Händen. „Woher haben Sie … woher wissen Sie davon?", fragte er, nachdem er sich wieder halbwegs im Griff hatte.

„Ist das wichtig?", fragte Plasberg. „Ich habe eben meine Informanten. Also geben Sie zu, dass es Ihr Profil ist?"

„Ist das verboten, ey?", begehrte Tarkan Öcal auf. „Ja, klar, ist meins. Ey, ich hab keinen Job und von der Stütze kann man nicht leben. War 'n einfacher Weg, an Kohle zu kommen. So 'ne Schwuchtel durchzuficken … da stehen die doch alle drauf." Er machte eine abfällige Miene.

Hinter dem Türken schloss Brinkhoff die Augen. Am liebsten hätte er Öcal die Fresse poliert.

„Und Sie sehen da keinen Widerspruch, wenn Sie Ihrer Schwester vorschreiben wollten, dass sie keinen deutschen Freund haben darf, während Sie selber Ihre eigenen Moralvorstellungen mit Füßen treten?"

Öcal schwieg.

„Na schön", sagte Plasberg. „Geht mich ja auch nichts an. Das müssen Sie mit Ihrem Gewissen selbst ausmachen." Sie wechselte das Thema. „Warum haben Sie uns von Ihrer Nebenbeschäftigung bisher nichts gesagt?"

„Ist meine Privatsache, ey", murmelte Öcal.

„Wenn ich versuche, einen Mord aufzuklären, ist nichts mehr Privatsache", korrigierte ihn die Kommissarin. „Sie waren zur Tatzeit mit einem Ihrer Kunden zusammen, stimmt's?"

Öcal wurde tatsächlich rot. „War ich nicht! Sie können mich mal!"

Plasberg beugte sich über den Schreibtisch, bis ihr Gesicht ganz nah vor dem Tarkan Öcals war. „Allerdings", sagte sie drohend. „Ich kann Sie … wegen Mordes vor Gericht bringen. Wir haben Zeugen, die aussagen werden, dass Sie Jakob Hartgens und Ihre Schwester mit dem Tode bedroht haben, und Sie fahren ein Auto, das das Fluchtfahrzeug gewesen sein könnte. Wir werden es nach Rückständen von Benzin im Kofferraum und auf den Sitzen überprüfen lassen, nach Rußspuren und allem Möglichen anderen. Als Sie am Montagnachmittag bei dem Streit mit Fatma in der *Keksdose* erfahren haben, dass Ihre Schwester schwanger ist, sind bei Ihnen und Ihrem Bruder alle Sicherungen durchgebrannt und Sie haben sie, den Vater ihres Kindes und drei weitere unschuldige Menschen brutal und vorsätzlich erschossen und anschließend ein Feuer gelegt, um die Tat zu vertuschen. Es ist nur noch eine Frage der Zeit, bis wir es Ihnen auch beweisen können. Alle Indizien sprechen gegen Sie!"

„So ein Scheiß!“, brüllte Tarkan in die Ecke getrieben. „Ihr Wichser wollt uns das nur anhängen, weil es euch in den Kram passt! Klar, die Kanaken bringen ihre Schwester um, weil sie ’ne Schlampe war, damit ist der Fall dann erledigt! Aber wir waren das nicht! Ich war überhaupt nicht in der Nähe am Montagabend!“ Er keuchte schwer und wiederholte etwas ruhiger: „Nicht in der Nähe.“

„Und wo waren Sie?“ Die Kommissarin hatte sich wieder zurückgelehnt.

„Woanders.“

„Wo?“

Tarkans Gesichtsmuskeln arbeiteten. „Hören Sie, wenn mein Bruder oder mein Vater davon Wind kriegen … ich mach das nur wegen der Kohle.“

„Das hätten Sie sich früher überlegen müssen“, erwiderte Plasberg. „Also, wo waren Sie?“

Endlich gab sich der Mann geschlagen. „Bei ’nem Kunden.“

„Aha. Also doch! Name und Adresse?“

Widerwillig machte Öcal die Angaben. „Das war so ’n Typ in Junkersdorf, am anderen Ende der Stadt. Hat mich erst über *Gayromeo* angetickert und dann übers Handy angerufen. Er hat für zwei Stunden gezahlt. Ich war da von halb zehn bis halb zwölf abends.“

„Hat der Mann auch eine Telefonnummer?“

„Die ist auf meinem Handy gespeichert. Fragen Sie doch Ihre Kollegen, die Bullen haben es mir abgenommen“, bekam sie patzig zur Antwort.

„Dann beten Sie zu Allah, dass Ihr ‚Kunde‘ Ihr Alibi bestätigt“, antwortete die Kommissarin. „Sonst sind Sie nämlich dran.“

Brinkhoff war schon zur Tür raus, bevor Plasberg ausgeredet hatte, um die Angaben von Vogts Büro aus zu überprüfen.

Dass sie den Widerstand des jungen Mannes gebrochen hatte, hinterließ anstelle eines Triumphgefühls einen faden Geschmack im Mund der Kommissarin. Denn letztendlich hatte Brinkhoff recht gehabt mit seiner Vermutung. Wenn sich das Alibi von Tarkan Öcal bestätigte, war er aus dem Schneider und sie hatte einen Verdächtigen weniger. „Wollten Sie etwa deshalb in die Türkei flüchten?", fragte sie fassungslos. „Wegen so einer Lappalie?" Sie deutete auf den PC.

Tarkan antwortete nicht, aber seine Gesichtsmuskeln arbeiteten weiter, während er heftig an einer neuen Zigarette zog.

„Was ist mit Ihrem Bruder?", fragte sie.

„Was soll mit dem sein?"

„Wo war er zur Tatzeit? Hat er auch einen Kunden bedient?"

„Murat? Sind Sie noch ganz dicht?" Tarkans Augen wurden schmal. „Der bringt mich um, wenn er rauskriegt, dass ich ... Scheiße, Mann, Sie dürfen ihm nichts davon sagen! Und meinem Alten auch nicht. Ich ... Mein Bruder glaubt, ich hätte was mit den Morden zu tun. Deshalb wollte er mich in die Türkei schaffen."

„Und Sie haben ihn lieber in dem Glauben gelassen, anstatt ihm die Wahrheit zu sagen? Ein Mörder zu sein ist moralisch weniger verwerflich als ein Homosexueller?"

„Ich bin kein Schwuli!", knurrte Öcal.

„Von mir aus", sagte Plasberg. Dann kam ihr eine Idee. „Sie sagen mir, wo sich Ihr Bruder zur Tatzeit aufgehalten hat, und ich werde meinen Mund halten über Ihre sexuellen Aktivitäten. Ist das ein Vorschlag, mit dem Sie leben können?"

„Moment!", warf der Anwalt ein, der während Tarkans Geständnis die ganze Zeit geschwiegen hatte. „So geht das aber nicht, Frau Kom..."

Er wurde von Tarkan Öcal mit einer Handbewegung zum Schweigen aufgefordert. „Ich kann meinen Bruder nicht verpfeifen", sagte er. Der Zwiespalt, in dem er sich auf einmal durch Plasbergs Angebot befand, war ihm ins Gesicht geschrieben. „Das geht nicht, ey."

„Wie Sie wollen. Dann ist unser Gespräch hiermit beendet und ich werde als Nächstes noch einmal Ihren Bruder befragen. Natürlich werde ich ihm dann auch mitteilen müssen, dass Sie ein Alibi vorweisen können. Und wenn er mich fragt, was das für ein Alibi ist ..." Plasberg griff zum Telefon.

„Stop! Warten Sie!" Der junge Türke starrte wieder auf den Boden. „Murat hat 'nen Bruch gemacht, soviel ich weiß. Am Montagabend."

„Einen Einbruch? Wo und mit wem?“

„Nix Krasses. Nur ein paar Autoradios und CD-Player aus ein paar Karren in Ehrenfeld, die er direkt verscherbelt hat. Erst wollte er mir nix sagen, aber hat er dann doch. Auf dem Weg zum Flughafen. Er hat ’nen Hehler, der ihm dafür ein paar Hunderter gibt.“

„So, so, nix Krasses“, seufzte die Kommissarin und machte sich einige Notizen. „War er allein oder hatte er Zeugen?“

„Er macht das immer mit ’nem Kumpel. Resa. Wohnt um die Ecke bei uns. Ist aus dem Irak, der Typ. Also, die Eltern, die sind von da. Politische Flüchtlinge.“

Die Kommissarin notierte sich auch hier Name und Adresse. Sie würde Vogt darauf ansetzen, das Alibi von Murat zu überprüfen. Die Chancen, dass dieser Resa die Einbrüche zugab, waren eher gering – wer war schon so blöd, sich selber zu belasten? –, aber Vogt könnte auch bei den Kollegen der Organisierten Kriminalität nachfragen, ob bei ihnen Ermittlungen gegen Unbekannt wegen Autoeinbrüchen in Ehrenfeld zum fraglichen Zeitpunkt liefen. Dann kam wenigstens noch etwas Gutes bei der Sache heraus. Sie selbst und ihre Ermittlungen standen jedoch wieder bei Null, wenn sich Tarkan Öcals Aussagen bestätigten.

„Ich fasse es einfach nicht!“ Plasberg war wütend und ließ ihren Ärger an Tarkan Öcal aus. „Wissen Sie eigentlich, wie viel Zeit uns Ihr dämliches Schweigen gekostet hat? Zwei kostbare Tage! Und dann machen Sie sich auch noch verdächtig, indem Sie versuchen, außer Landes zu flüchten! Bescheuerter kann man sich ja wohl kaum verhalten!“

„Ey, wir haben doch von Anfang an gesagt, dass wir mit Fatmas Tod und dem Feuer nichts zu tun haben! Kann ich doch nichts dafür, wenn Sie uns nicht glauben!“ Langsam bekam Tarkan wieder Oberwasser, was die Kommissarin noch viel mehr fuchste. Sie hätte sonst was darum gegeben, dem Früchtchen eine Lektion zu erteilen, aber sie hatte nichts gegen ihn in der Hand. Dass sie ihn und seinen Bruder verdächtigt hatte, Fatma umgebracht zu haben, war ihr eigener Fehler gewesen, auch wenn die beiden alles daran gesetzt hatten, diese Vermutung zu erhärten. Murat Öcal würden sie eventuell wegen der Autoeinbrüche drankriegen, aber Tarkan? Der würde völlig ungeschoren davonkommen, obwohl er seiner Schwester das Leben zur Hölle gemacht hatte. Doch strafrechtlich war das nicht relevant.

Plasberg ließ den jungen Türken wieder abführen und verabschiedete den sichtlich mitgenommen Anwalt. Je schneller beide aus ihrem Büro verschwanden, desto besser. Geistesabwesend starrte sie auf Tarkans Escort-Profil. Sie konnte es einfach nicht fassen. Die beiden waren höchstwahrscheinlich unschuldig. Dabei hätte sie schwören können, dass sie etwas mit den Morden zu tun hatten. Ehrenmord: Es hätte so gut ins Bild gepasst. Insgeheim musste sie Tarkan Öcal sogar recht geben, wenn sie ihre eigenen Motive hinterfragte. Es hätte ihre Vorurteile bestätigt, wenn sie ihn und seinen Bruder des Mordes an ihrer Schwester hätte überführen können. Dabei hatte ihr doch erst gestern Hatice Yilmaz vor Augen geführt, dass ihre vorgefassten Ansichten sie zu falschen Schlüssen verleiteten.

In diesem Moment kehrte Torsten Brinkhoff zurück. „Tarkan hat die W-Wahrheit gesagt, wie es aussieht", sagte er. „Ich werde noch mal bei dem Zeugen vorbeifahren und ihn persönlich befragen, aber am Telefon hat er die A-Aussage Tarkans schon mal bestätigt. Heinz-Rudolf Amann, 57 Jahre, wohnhaft in Junkersdorf, von Beruf Versicherungsangestellter. Er hat bestätigt, dass Tarkan am Montagabend bei ihm war. Der Mann war ziemlich aufgeregt und es war ihm total p-peinlich. Ich musste ihm zweimal versichern, dass wir seine Aussage diskret behandeln, weil er Angst um seinen Job hat."

„Und Murat Öcal hat auch ein Alibi", sagte Plasberg frustriert. „Er ist in ein paar Autos eingebrochen und hat die Hi-Fi-Geräte geklaut. Er war in Ehrenfeld zum Tatzeitpunkt, behauptet Tarkan. Mit einem Zeugen, also einem Kumpel, der mit ihm zusammen die Brüche gemacht hat."

„Wirklich? Das ist schlecht", sagte Brinkhoff und ließ sich auf seinen Stuhl fallen. „Dann sind wir wieder zurück auf Los."

„Und das alles nur, weil uns die beiden zum Narren gehalten haben. Am liebsten würde ich beide einbuchten und verschimmeln lassen."

„Vielleicht können wir sie noch wegen eines anderen Straftatbestandes drankriegen“, schlug Brinkhoff vor.

„Das hilft uns auch nicht weiter!“, fuhr Plasberg auf. Der Kommissar hob abwehrend die Hände.

Aber die schlechten Nachrichten des Vormittags rissen nicht ab. Auch Vogts Recherche über Hartmut von Schonaus Verhältnis mit Mirjam Hasselbach erwies sich als stichhaltig. Nach Rücksprache mit von Schonau gab die Freundin des Politikers widerwillig zu, den ganzen Montagabend und die Nacht mit ihm in Düsseldorf verbracht zu haben. Die Kommissarin hatte eigentlich damit gerechnet, dass Hasselbach die Affäre leugnen würde, aber Brinkhoffs Fauxpas schien die Ermittlungen zumindest in dieser Hinsicht voranzubringen: Nach den Schlagzeilen in der Zeitung hatte es von Schonau wohl doch eilig, sich von einem Mordverdacht reinzuwaschen. Bis 22.30 Uhr hatten Hasselbach und er in einem Nobelrestaurant der Landeshauptstadt zu Abend gegessen, was das Personal bestätigen konnte, und waren von dort aus direkt in die Wohnung von Hasselbach gefahren. Dort hatte der Landespolitiker noch einige Telefonate geführt, die sich ebenfalls nachweisen ließen. Hartmut von Schonaus Alibi war pikant, aber wasserdicht. Damit stand die Kommissarin vor den Scherben ihrer bisherigen Ermittlungen und sie hatte nicht das Geringste vorzuweisen. Eikner würde alles andere als erfreut sein und für den Moment war Plasberg nicht sicher, wo sie erneut ansetzen sollte, um zu graben.

„Verdammt“, murmelte sie. „Alles noch mal von vorne!“

Sie stand auf, reckte sich und schlenderte hinüber zur Pinnwand, wo sie Brinkhoffs Gekritzel vom Vortag überflog. Wem zum Teufel nützte der Mord an den Inhabern und Angestellten der *Keksdose*? Wenn man von einigen wenigen Psychopathen absah, die aus reiner Lust töteten, wurde ein Mord nach Plasbergs langjähriger Berufserfahrung aus immer denselben Motiven begangen: Rache, Eifersucht, Habgier. Niedere Gefühle als Triebfedern eines kranken, verletzten Geistes. Mord war die letzte Zuflucht eines Täters, der seine aus den Fugen geratene Welt nicht mehr anders geradezurücken vermochte. Ein Notnagel, ein letztes Aufbäumen, wenn alle anderen Mittel versagt hatten.

Aber wer hatte in diesem Fall seinen Rachedurst, seine verletzte Eitelkeit gestillt oder seine Gier nach Geld befriedigt?

Plasberg starrte auf die Pinnwand, dann gab sie sich einen Ruck und ging ins Büro von Vogt und Shirin Reitz. „Lassen Sie uns noch mal über das Täterprofil reden", sagte sie. „Ich bin an einem toten Punkt. Mit wem haben wir es Ihrer Meinung nach zu tun?"

„Fragen Sie mich?", erwiderte die Profilerin. „Dann haben die Öcals Alibis? Genauso wie von Schonau? Kein Ehrenmord? Kein Mord aus Profitstreben?" Sie konnte nicht anders, sie musste ihrer Genugtuung wenigstens andeutungsweise Ausdruck verleihen.

„Sie sind doch Fallanalytikerin, oder?", gab Plasberg barsch zurück. Es fiel ihr nicht leicht, einzugestehen, dass sie in einer Sackgasse gelandet war und Hilfe brauchte. Schon gar nicht, wenn man ihr unter die Nase rieb, dass sie bisher aufs falsche Pferd gesetzt hatte.

„Also schön", lenkte Reitz ein und wiederholte ihre Einschätzung. „Ich glaube nach wie vor an zwei junge Männer, die die Tat geplant haben, aber nicht die Morde."

„Ist das wieder die These eines aus dem Ruder gelaufenen Raubüberfalls? Sie lassen wohl nicht locker, was?"

„Ich bin fest davon überzeugt."

„Obwohl die Tötungen wie Hinrichtungen aussehen? Als ob Profis am Werk gewesen wären?"

Reitz schüttelte den Kopf. „Das bedeutet nur, dass die Mörder herabgesetzte Hemmschwellen hatten. Ich bin ziemlich sicher, dass die Putzfrau als Erste erschossen wurde. Für die Mörder eine Art Initialzündung: Sie werden beim Überfall von ihr überrascht und wehren sich – das Ganze kann eine Art Reflex gewesen sein. Ein wildes, erschrockenes Drauflosballern. Darum ist sie auch als Einzige von mehreren Schüssen getroffen worden. Nach dem ersten Mord waren die weiteren Tötungen dann eine zwangsläufige Notwendigkeit, um keine Zeugen am Leben zu lassen. Und sie waren für die Täter auch leichter, weil sie den ersten Mord schon begangen hatten. Der Ablauf der Tat hat nach dem ersten Mord eine ganz eigene Dynamik entwickelt, die aus Sicht der Täter unvermeidlich war, verstehen Sie? Nachdem Maria Gnielka getötet worden war, mussten die anderen einfach auch sterben. Es gab keinen anderen Ausweg. Es waren in gewissem Sinne Kollateralschäden."

„Das hört sich an, als ob die Opfer mehr oder weniger aus Versehen umgebracht wurden."

„Nicht aus Versehen", berichtigte Reitz. „Aber es war nicht beabsichtigt, überhaupt jemanden zu töten."

Plasberg war noch immer nicht überzeugt. „Und das Feuer? Warum das Feuer? Die Täter können doch nicht im Ernst geglaubt haben, dass dadurch ihre Taten unentdeckt bleiben würden. Im Gegenteil: Durch das Feuer ist die Polizei doch sehr viel früher auf die Tat aufmerksam geworden. Hätten sie einfach die Leichen liegen lassen und sich aus dem Staub gemacht, wären wir erst am nächsten Morgen oder Vormittag alarmiert worden."

„Ja", erwiderte Reitz nachdenklich, „das Feuer ist ein Problem. Für mich ist das fast so etwas wie eine Kurzschlusshandlung."

„Eine Kurzschlusshandlung? Die Täter sind weggefahren, haben Benzin besorgt, sind zum Tatort zurückgekehrt und mussten das Feuer legen. Beides ist riskant für sie gewesen. Die Gefahr, dabei entdeckt zu werden, war groß. Das kann man doch wohl kaum als eine Kurzschlusshandlung bezeichnen." Beide Frauen schienen nicht einmal zu merken, dass sie am Vortag bei ihrer letzten Auseinandersetzung genau das Gegenteil von dem vertreten hatten, was sie jetzt behaupteten.

„Warum nicht?", sagte Reitz. „Versuchen Sie, sich in die Situation der Täter zu versetzen: Sie haben eigentlich einen vergleichsweise harmlosen Raubüberfall vor, den sie bis ins Detail geplant hatten. Da sie vermutlich über den Hintereingang eingedrungen sind, besaßen sie Ortskenntnisse, das heißt, sie hatten das Geschäft vorher ausspioniert. Sie haben Handschellen besorgt, eine oder zwei Pumpguns. Sie hatten ein Fluchtauto. Sie inszenieren den Überfall und ab dem Punkt, wo sie im Ladenlokal sind, geht alles schief: Sie werden auf frischer Tat von Maria Gnielka ertappt, erschießen sie und richten danach auch die Zeugen hin. Erst als sie nach dem Blutbad wieder zu sich kommen, begreifen sie, was sie angerichtet haben und wollen ihre Tat vertuschen. Was würden Sie tun, wenn Sie fünf Leichen auf einmal verschwinden lassen müssten und nicht viel Zeit haben, um sie zu entsorgen, womöglich noch panisch sind, weil ihnen alles über den Kopf gewachsen ist? Da erscheint ein Brand leicht als die beste Möglichkeit. Er ist schnell und einfach zu realisieren, verwischt die Spuren und mit ein bisschen Glück verunstaltet er die Leichen so sehr, dass die Polizei Probleme hat, die eigentliche Todesursache zu erkennen – vorausgesetzt, man hat keine große Ahnung von der Arbeitsweise der Polizei."

„So, wie Sie es darstellen, hört es sich fast wie ein dummer Streich von ein paar halbwüchsigen Teenagern an!", wandte Plasberg ein. „Aber es ist ein Kapitalverbrechen. Und was die These vom Raubüberfall betrifft: Wenn die Täter die *Keksdose* vorher ausspioniert haben, wie Sie annehmen, dann wäre ihnen doch sicher aufgefallen, dass die Tageseinnahmen jeden Abend von einem Geldtransportunternehmen abgeholt werden. So blöd kann man doch gar nicht sein, dass man das übersieht!"

„Sie haben mich nach meiner Meinung gefragt", erklärte die Profilerin irritiert.

„Ja", sagte Plasberg. „Das habe ich." Damit ließ sie die erstaunte Profilerin im Büro zurück. Karsten Vogt, der dem Gespräch zwischen Reitz und Plasberg schweigend zugehört hatte, schüttelte hilflos den Kopf.

Die Kommissarin spielte nachdenklich an den Knöpfen ihres Kostüms, während sie in ihr eigenes Büro zurücklief. Auch wenn sie sich noch immer nicht mit der Theorie der Profilerin anfreunden konnte, das Stichwort von den halbwüchsigen Teenagern hatte sie wenigstens auf eine Idee gebracht.

„Kommen Sie, Brinkhoff", sagte sie. „Wenn der Schlüssel zu den Morden nicht bei Fatma Öcal und Jakob Hartgens zu finden ist, müssen wir uns die anderen Opfer noch mal vornehmen. Wir statten der Familie Cordes einen zweiten Besuch ab. Ich möchte die Tristesse, von der Vogt so bildhaft berichtet hat, auch mal kennenlernen." Plasberg nahm ihre Handtasche vom Schreibtisch und sah ihren Kollegen auffordernd an.

„Ich nehme an, wir fahren wieder mit meinem Wagen?“, fragte der Kommissar. Es war eine rhetorische Frage, aber Maria Plasberg beantwortete sie trotzdem.

„Sie haben es erfasst.“

Elf

Die Mietskasernen in Köln-Ostheim sahen auch an diesem klaren Herbsttag und bei Amselgezwitscher wenig einladend aus. Im Gegenteil, im Licht der fahlen Novembersonne stach die Trostlosigkeit der Hochhausbunker, vor denen Brinkhoff seinen Wagen parkte, besonders ins Auge. Maria Plasberg stiefelte einmal um das Haus mit der Nummer 16 herum, reckte ihren Hals und schaute an den übereinandergestapelten Balkonen entlang.

„Mein Gott, ist das furchtbar hier!“, sagte sie. „Möchten Sie in so einem Silo wohnen?“

„Nein.“ Brinkhoff folgte ihrem Blick, registrierte die unzähligen Satellitenschüsseln und seufzte. „Haben Sie bemerkt, dass hier kaum B-Blumenkästen angebracht sind? Hier gibt sich keiner mehr Mühe, den Schein zu wahren. Wer hier w-wohnt, hat jeden Sinn für Ästhetik lange hinter sich gelassen. Aber jeder Haushalt kann mindestens dreißig, vierzig Sender empfangen. Fernsehen als Fluchtburg vor der Realität. Und das im Land von Goethe und Schiller.“

Die Kommissarin schnaubte auf und suchte die Klingelanlage nach dem Namensschild der Familie Cordes ab. „Werden Sie jetzt prosaisch, Kollege? Erzählen Sie mir nicht, dass Sie jemals die deutschen Klassiker in die Hand genommen haben.“

Sie drückte auf die Klingel und wartete, dass jemand reagierte. Erst nach dem zweiten Klingeln wurden sie hereingelassen, aber schon an der Wohnungstür erwartet.

In der siebten Etage schien die Zeit seit Vogts Besuch stillgestanden zu sein. Gerda Cordes trug denselben verwaschenen

Bademantel wie vor wenigen Tagen, die Haare klebten ihr noch immer matt und strähnig wie nasses Stroh am Kopf, ihr Gesicht war aufgedunsen und fahl.

„Was wollen Sie?“ Die Sprache von Annas Mutter klang verwaschen und sie hielt sich mit einer Hand am Türrahmen fest.

„Mit Ihnen über Ihre Tochter sprechen“, erwiderte Plasberg, zückte ihre Dienstmarke und stellte sich und ihren Kollegen vor.

„Wir ... wir haben ... wir haben doch schon alles gesagt bei dem anderen, der hier war.“ Gerda Cordes fuchtelte mit einer brennenden Zigarette herum. Anscheinend hatte sie Schwierigkeiten, sich zu konzentrieren.

„Geht es Ihnen gut, Frau Cordes?“, fragte die Kommissarin. „Dürfen wir hereinkommen?“

Die Frau wankte zur Seite und sagte: „Bin müde.“

„Na, dann wird es Zeit für einen starken Kaffee.“ Plasberg schob sich an der Frau vorbei und marschierte in die Küche, wo sie als Erstes das Fenster aufriss, um den Gestank des kalten Zigarettenrauchs zu vertreiben. Niemand hatte sich in den letzten Tagen die Mühe gemacht, hier aufzuräumen oder sauber zu machen. Schmutziges Geschirr stapelte sich in der Spüle, verkrustete Essensreste hingen in der Pfanne auf dem Herd, der Tisch war übersät mit klebrigen Kaffeeringen, der Aschenbecher quoll über.

„Was für ein Saustall“, murmelte Plasberg fast unhörbar, lauter fragte sie: „Darf ich?“ und machte sich, ohne eine Antwort abzuwarten, an der Kaffeemaschine zu schaffen. Anschließend fahndete sie in den Schränken nach sauberen Tassen. „Wo ist Ihr Mann?“

Gerda Cordes kam unsanft auf einem der Küchenstühle zu sitzen und fuhr sich erschöpft durch die Haare. „Der Heinz? Kneipe wahrscheinlich.“

„Um diese Uhrzeit? Es ist noch nicht mal elf!“

Cordes reagierte nicht.

„Und Ihr Sohn?“

„Weiß nicht. Vielleicht in seinem Zimmer.“

Plasberg bedeutete Brinkhoff mit einer kurzen Kopfbewegung, den Rest der Wohnung nach dem Jungen zu durchsuchen, aber Kevin Cordes war nicht aufzufinden.

„Sagt mir sowieso nie was", nuschelte seine Mutter und kämpfte gegen ihre immer wieder zufallenden Augen an.

Ganz offensichtlich war in der Familie nach Vogts Besuch eine Krise ausgebrochen. Annas Tod schien das dünne Seil, auf dem die einzelnen Familienmitglieder bisher durch den Alltag balanciert waren, zerrissen zu haben. Wenn Plasberg die Zeichen richtig deutete, hatte Gerda Cordes den Absturz durch medikamentenbedingten Schlaf abgefedert, während Heinz Cordes die Probleme im Alkohol ertränkte. Und Annas Bruder schien es vorzuziehen, sich rar zu machen. Aber warum? Plasberg und Brinkhoff tauschten einen verstörten Blick. Wieso hatte die Familie jeglichen Halt verloren, wenn der Kontakt zu der Tochter sowieso kaum noch vorhanden war? Wieso schien der gewaltsame Tod von Anna Cordes die Familie so zu erschüttern?

Als der Kaffee fertig war, stellte Plasberg der Frau einen dampfenden Becher auf den Platz und zwang sie zu trinken. Mit jedem Schluck wurde Gerda Cordes ein wenig wacher. Ihre zitternden Händen griffen nach einer neuen Zigarette, obwohl sie die letzte erst kurz zuvor ausgedrückt hatte.

„Ich bin in keiner guten Verfassung", murmelte sie und pustete den Rauch an die Decke. „Was wollen Sie denn noch wissen? Wir haben doch schon alles gesagt."

„Sie brauchen Hilfe, Frau Cordes", sagte Plasberg. „Merken Sie das nicht? Kann Ihnen Kevin nicht zur Hand ...?"

Annas Mutter stieß ein humorloses Lachen aus, das in einen trockenen Hustenanfall überging. Asche rieselte auf den Bademantel. „Der?", keuchte sie, als sie sich beruhigt hatte. „Für den bin ich nur die alte Fotze."

Die Kommissarin hob die Augenbrauen. „So lassen Sie mit sich reden?"

Cordes zog so heftig an ihrer Zigarette, dass ihre Wangen nach innen fielen. Für einen Moment hatte ihr Kopf die Umrisse eines Totenschädels, der mit fahler Haut bespannt war. „Der macht doch sowieso, was er will", sagte sie. „Hasst seine Eltern. Kann ich sogar verstehen." Sie seufzte mit rasselnden Bronchien und fügte leise hinzu: „Ich hasse auch, was aus mir geworden ist. Nur die Anna, die hatte es geschafft. Hier rauszukommen, meine ich. Ist schon komisch … schon als Kind war sie anders. Immer so eigensinnig, immer auf Abstand bedacht. Wir sind nie richtig warm geworden. Den Kevin dagegen, den hab ich …" Gerda Cordes starrte in ihre halb leere Kaffeetasse und Plasberg schüttete der Frau ungefragt nach. Vielleicht brauchte sie einfach nur mal jemanden, der ihr zuhörte. Die Kommissarin nahm ebenfalls einen Kaffee, setzte sich zu ihr an den Küchentisch.

„Ich hatte mal Träume, wissen Sie?" sagte Cordes plötzlich. „Damals, bevor ich den Heinz kennengelernt hab und schwanger wurde. Eine Nähstube wollte ich aufmachen. So mit Kursen am Abend oder an den Wochenenden für Hausfrauen. Ich hab Schneiderin gelernt vor … ach, das ist lange her. Ich war richtig gut." Sie lächelte verloren. „Ballkleider waren meine Spezialität, so mit Rüschen und tiefem Dekolleté … aus mir hätte was werden können. Aber dann mit dem Kind und dem Haushalt … und es war ja auch nie Geld da, mit dem mageren Gehalt, was der Heinz auf dem Bau bekommen hat als Ungelernter. Gott, all die vergeudeten Jahre!" Ihre Lippen zitterten, aber sie fing sich schnell wieder. „Ich meine, zuerst war auch nicht alles schlecht, die Anna war so süß als kleines Mädchen." Sie schwieg gedankenversunken und die Kommissarin suchte nach einem Zauberwort, das sie weiterreden lassen würde.

„Dann hatte Anna die Kreativität wohl von Ihnen geerbt", sagte sie.

Cordes sah Maria Plasberg an wie eine Ertrinkende, der gerade ein rettendes Seil zugeworfen worden war. „Meinen Sie? Daran habe ich noch nie gedacht. Ja, vielleicht. Sie hatte schon immer ein Händchen fürs Backen. Früher haben die Nachbarn Schlange gestanden für ihre Plätzchen. Da war sie vielleicht dreizehn, vierzehn. Das stand sogar mal in der Zeitung vor ein paar Wochen."

„Dann stimmt das?", fragte die Kommissarin erstaunt. „Sie kennen den Artikel?"

Cordes nickte und deutete auf eines der Küchenregale. „Ich hab ihn sogar aufbewahrt. Im Kochbuch."

„Wir dachten, Anna hätte es erfunden, ihre Vergangenheit ein wenig ausgeschmückt."

Annas Mutter schüttelte den Kopf. „Damals haben wir noch nicht hier gewohnt, in diesem … diesem Loch." Sie verzog das Gesicht und hustete erneut. „Wir sind hier erst hingezogen, als wir das Haus verkaufen mussten wegen den Schulden."

„Was für Schulden?"

„Von der Trinkerei von meinem Mann. Der hatte jahrelang schon heimlich getrunken, aber ich hab es nicht bemerkt. Wir hatten gebaut … natürlich das meiste schwarz, in der Freizeit. In Dünnwald, am Stadtrand. Der Heinz konnte das ja. Hat mit ein paar Freunden die Mauern selbst hochgezogen, den Estrich gegossen, Fliesen gelegt. Und als wir gerade eingezogen waren, hat er das erste Mal seinen Job verloren wegen dem Suff. Wir konnten die Hypotheken nicht mehr zahlen, mussten das Haus an die Bank abgeben und sind hierher. Dann bin ich noch mal schwanger geworden, obwohl ich das gar nicht wollte. Hab die Pille geschluckt und es ist trotzdem passiert. Kann man sich so viel Pech vorstellen? Wir konnten uns doch ein zweites Kind gar nicht leisten." Cordes betrachtete ihre brüchigen, ungepflegten Fingernägel. „Das Geld hat nie gereicht. Die Anna war noch in der Ausbildung und mein Mann … Ein paar Mal hat er sich noch aufgerappelt, der Heinz, aber er ist immer wieder rückfällig geworden. Hatte einen neuen Job, hat wieder angefangen zu trinken, ist gefeuert worden. Nächster Job, wieder erwischt worden, wieder die Kündigung. Immer dasselbe. Die Abstände wurden immer kürzer. Beim letzten Mal ist er von einem Gerüst gefallen und die Bandscheibe ist seitdem hinüber. Jetzt kriegt er nirgendwo mehr eine Stelle. Zu alt, zu kaputt, zu versoffen. Seitdem sitzt er hier."

„Kein Wunder, dass Anna so schnell wie möglich das Weite gesucht hat", bemerkte Plasberg.

Gerda Cordes starrte mit leeren Augen an die nikotinverfärbte Küchenwand. „Ich hab sie beneidet", flüsterte sie plötzlich. „Ich wäre auch so gerne gegangen. Aber da war doch noch der Kevin …"

„Warum gehen Sie nicht jetzt?", fragte Plasberg. Für einen Augenblick erinnerte sie sich daran, wie sie noch mal von vorne angefangen und ihren Ex-Mann aus dem Haus geworfen hatte. Sie hatte selbst kaum den Mut dazu aufgebracht. Vielleicht war Gerda Cordes für einen solchen Schritt nicht stark genug. Vielleicht war sie mürbe, kraftlos geworden durch die langen Jahre enttäuschter Hoffnungen und des Sich-Aufreibens.

Cordes sah die Kommissarin verständnislos an. „Jetzt? Wo soll ich denn hin?" Sie schüttelte den Kopf. „Nein, ich bin zu alt. Ich hatte nur gehofft, dass der Kevin …" Sie stockte. „Für den Kevin hab ich auch mal Träume gehabt. Ich dachte, wenn Anna es gepackt hat, dann kriegt er das auch hin, wo er doch ein Mann ist. Ich meine, die können sich doch besser durchsetzen, die Männer, oder?" Sie blickte zu Brinkhoff hinüber, der sich diskret im Hintergrund aufhielt, als bräuchte sie eine Bestätigung.

„Hat Kevin denn Träume?", fragte die Kommissarin.

Cordes zuckte mit den Schultern. „Was weiß ich, was in dem Jungen vorgeht. Ich seh ihn ja kaum. Entweder hängt er vor dem Computer oder ist draußen, zusammen mit den anderen. Manchmal ist er den ganzen Tag weg, kommt nur noch zum Schlafen nach Hause, wenn überhaupt. Und dann hat er meistens Krach mit seinem Vater." Sie seufzte. „Ich sag immer, er soll zusehen, dass er Arbeit findet, aber er will nicht. Lungert lieber herum. Ich komme schon lange nicht mehr an ihn heran."

„Hat er denn eine Ausbildung?"

„Industriemechaniker wollte er werden. Aber die Lehre hat er nach zwei Monaten geschmissen. Zu stressig, hat er gesagt. Dabei hat er Glück gehabt, dass er überhaupt eine Lehrstelle bekommen hat, bei dem Hauptschulabschluss. Zwei Jahre hat er gesucht. Und jetzt …" Cordes zündete sich die nächste Zigarette an.

„Mit wem trifft er sich denn, wenn er unterwegs ist?"

„Keine Ahnung." Gerda Cordes lachte leise auf. „Glauben Sie, mir erzählt er irgendwas? Mit dem Siggi hat er viel Kontakt. Siggi Schuster. Das ist sein bester Kumpel. Der wohnt hier im Nachbarhaus. Hat auch keinen Job und hängt auf der Straße." Sie riss sich plötzlich zusammen und starrte die Kommissarin misstrauisch an. „Warum wollen Sie das eigentlich wissen? Hat er wieder was angestellt, der Kevin?"

Plasberg verneinte. „Wieso wieder?", fragte sie vorsichtig nach. „Ist er schon mal mit dem Gesetz in Konflikt gekommen?"

Gerda Cordes wickelte den Bademantel fester um sich und setzte sich aufrecht hin. Anscheinend wurde ihr erst jetzt langsam bewusst, dass Plasberg nicht aus reiner Menschenfreundlichkeit mit ihr plauderte. „Da war er noch nicht volljährig", antwortete sie einsilbig. „Ist schon lange her."

„Was hat er denn getan?"

Kevins Mutter wurde zunehmend wachsamer. „Warum wollen Sie das wissen?", wiederholte sie.

„Frau Cordes, ich kann das ganz leicht nachprüfen. Wenn Ihr Sohn schon mal straffällig geworden ist, dann hat die Polizei auch eine Akte über ihn." Plasberg wurde schlagartig klar, dass sie es bisher versäumt hatte, den Hintergrund der Angehörigen von Anna Cordes auszuleuchten. Sie hatte sich auf Vogts Einschätzung verlassen, dass die Familie sauber war. Ein Fehler, der ihr nicht hätte unterlaufen dürfen. Und das nur, weil sie ihre Aufmerksamkeit auf Tarkan und Murat Öcal beschränkt hatte. Wahrscheinlich hatte es nichts zu bedeuten, aber diese Nachlässigkeit ärgerte sie. Es zeigte ihr, dass sie diesen Fall nicht im Griff, noch kein Gespür für die Hintergründe der Tat entwickelt hatte. Und das war ein schlechtes Zeichen.

„Das war 'ne Jugendstrafe", rückte Cordes endlich heraus. „Nichts Ernstes. Er hat mal 'ne Bewährungsstrafe aufgebrummt bekommen. Und zwanzig Sozialstunden."

„Und weswegen?"

„Er hat an 'ner Tankstelle in die Kasse gegriffen und dem Kassierer ein paar Ohrfeigen versetzt. Aber der Kevin ist auch provoziert worden", verteidigte Cordes ihren Sohn. „Der Kassierer hatte das Mädchen beleidigt, mit dem er damals zusammen war. Die Babette. Und da ist er handgreiflich geworden. Kein Junge in seinem Alter lässt so was auf sich sitzen, ist doch klar."

„Wie heißt die Babette denn weiter?"

„Weiß ich nicht. Kevin ist auch gar nicht mehr mit der zusammen. Schon lange nicht mehr, glaub ich. Hören Sie …" Gerda Cordes stand mühsam auf und sah die Kommissare unwillig an. „Sie sollten jetzt besser gehen. Der Heinz kommt bestimmt gleich zurück. Ich kann Ihnen auch nicht mehr sagen."

Plasberg sah ein, dass mehr aus der Frau im Moment nicht herauszuholen war. „Dürfen wir uns noch kurz in Kevins Zimmer umsehen?", fragte sie.

Cordes zögerte. „Wozu denn? Was wollen Sie denn von dem Kevin?"

„Reine Routine", beruhigte die Kommissarin sie und wartete, bis Cordes das Zimmer mit dem Nachtschlüssel aufgeschlossen hatte. „Viel Vertrauen scheint der Junge seinen Eltern nicht entgegenzubringen", raunte sie Brinkhoff zu.

Das Zimmer von Kevin war klein, vielleicht zehn Quadratmeter groß und bot gerade Platz für ein Bett, einen Schreibtisch und eine kleine, abgenutzte Kommode. Es war sorgsam aufgeräumt, völlig untypisch für einen jungen Mann in Kevins Alter. Immerhin, an den Wänden klebten Poster von Playboy-Bunnys, schwarzen Rappern und Eminem. Das passte schon eher. Aber die Kommissare interessierten sich mehr für den Schreibtisch, den Computer und die Spielekonsole, die sich darauf befanden. Brinkhoff hob zwei CD-Hüllen und Pappschachteln hoch, die neben dem PC lagen.

„Das sind die Spiele, die er ständig spielt", sagte Cordes, die im Türrahmen stand und jede Bewegung der Polizisten nun mit Argusaugen beobachtete. „Stimmt da was nicht mit?"

„*Counterstrike* und *World of Warcraft*", sagte Brinkhoff und zeigte Plasberg die Hüllen. „Ziemlich gewalttätig. Man muss seine Feinde töten, um das nächsthöhere Level zu erreichen. Und ziemlich realistisch. Ich hab die Dinger mal probeweise gespielt. Können einen richtig süchtig machen."

Die Kommissarin öffnete wahllos ein paar Schubladen des Schreibtischs und tastete die Ecken ab.

„Was machen Sie denn da?", sagte Cordes. „Sie können doch nicht einfach …"

Schon in der zweiten Schublade wurde Plasberg fündig. Ganz hinten ertastete sie ein kleines Plastiktütchen. Sie zog es heraus und hielt es gegen das Licht. Kleine, braune Klumpen waren darin enthalten, nicht mehr viel, aber für ein paar Joints würde es noch reichen.

Plasberg nickte. „Ich glaube, wir haben genug gesehen fürs Erste."

„Aber Sie können doch nicht …", protestierte Kevins Mutter matt.

„Wissen Sie, was das ist?", fragte Plasberg.

Cordes schüttelte den Kopf. „Tabak, oder?" Ihr war anzusehen, dass sie die Wahrheit eigentlich nicht wissen wollte. Plasberg verschonte sie trotzdem nicht.

„Das ist Haschisch, Frau Cordes. Ihr Sohn kifft und verstößt damit gegen das Betäubungsmittelgesetz. Wenn er wieder auftaucht, geben Sie ihm bitte das hier!" Sie drückte Kevins Mutter ihre Karte in die Hand. „Und sagen Sie ihm, er möchte sich morgen Vormittag um zehn auf dem Präsidium einfinden. Zu einer Unterredung mit mir. Ansonsten lasse ich ihn holen."

Damit verabschiedeten sich die Kommissare und ließen die verstört aussehende Frau in der Wohnung zurück.

„Und jetzt?", fragte Brinkhoff, als sie wieder im Auto saßen.

„Das wissen Sie genauso gut wie ich", sagte Plasberg verärgert. „Wir müssen unsere Hausaufgaben nachholen. Ich brauche alles über Kevin Cordes, diesen Siggi Schuster und möglichst auch über diese Babette. Zurück ins Büro."

Brinkhoff ließ schweigend den Motor an. Seine Vorgesetzte hatte recht. Auch er hatte sofort begriffen, dass sie ihre Nachforschungen in Bezug auf Anna Cordes' familiäres Umfeld sträflich vernachlässigt hatten.

Bald darauf hatten die Beamten die notwendigen Informationen zusammen. Plasberg hatte Vogt und Reitz in ihr Büro beordert, um sie zusammen mit Brinkhoff auf den neuesten Stand zu bringen. Die Mittagspause hatte die Kommissarin gestrichen, allerdings hatte sie Brinkhoffs Proteste erhört und ihren Kollegen erlaubt, einen China-Imbiss anzurufen.

Nachdem das Essen geliefert worden war, saßen die Beamten zusammen im Büro, balancierten Plastikteller auf den Schößen und versuchten, sich ein Bild über die Familie Cordes zu machen.

„Über Gerda Cordes gibt es keine Unterlagen", begann die Profilerin. „Sie scheint noch nie auffällig geworden zu sein. Heinz Cordes dagegen hat ein paar Anzeigen wegen Trunkenheit am Steuer erhalten, verteilt über fünfzehn Jahre. Zweimal Führerscheinentzug. Dann gab es noch eine Anzeige wegen Beleidigung eines ehemaligen Arbeitgebers. Er hat Cordes gefeuert, weil er betrunken zur Arbeit erschienen war, was sich Cordes wohl nicht gefallen lassen wollte. Das Verfahren ist wegen Geringfügigkeit eingestellt worden."

„Hört sich ganz nach einem Alkoholiker an", sagte Plasberg missmutig.

„Bei seinem Sohn sind wir auch fündig geworden." Vogt schob sich ein Stück Huhn in Currysoße in den Mund. Ein Klumpen Reis fiel von seiner Gabel direkt auf den Boden, ohne dass er es bemerkte. „Von wegen ein paar Ohrfeigen! Der hat den Kassierer an der Tankstelle krankenhausreif geprügelt." Er zog ein Blatt Papier zu Rate, auf dem er sich Notizen gemacht hatte, und legte Fotos auf den Tisch, die in der Notaufnahme gemacht worden waren und später vor Gericht als Beweismittel fungiert hatten. „Der Mann hatte eine gebrochene Nase, eine Platzwunde am Kopf und ein gerissenes Trommelfell." Alle beugten sich über die Fotos, auf denen das geschwollene und blutverklebte Gesicht des Tankstellenkassierers zu sehen war. „Laut seiner Aussage hat Kevin ohne Vorwarnung losgeprügelt und erst anschließend, als der Mann am Boden lag, die Kasse geplündert. Das Ganze ist von der Videokamera im Laden gefilmt worden, das Band bestätigt die Aussage des Opfers."

„Wann ist das passiert?", fragte Shirin Reitz, die eine Wan-Tan-Suppe aß und es fertigbrachte, dabei nicht zu schlürfen.

„Vor vier Jahren. Da war er sechzehn. Da er Ersttäter war, hat die Jugendrichterin ihn nur zu einer Bewährungsstrafe von drei Monaten verurteilt; plus zwanzig Sozialstunden, die er abgeleistet hat. Als Hausmeistergehilfe in einem Altenheim. Mülleimer sauber machen, Blätter zusammenfegen, so was in der Art."

„Kein Anti-Aggressionstraining?"

Vogt sah die Profilerin mitleidig an. „Soll das ein Scherz sein? Da müssen Sie schon drei Leute ins Koma geprügelt haben."

Der Kommissar übertrieb zwar maßlos, aber er machte damit nur der wachsenden Frustration vieler Polizisten Luft, die angesichts der zunehmenden Gewaltbereitschaft unter Jugendlichen der Justiz vorwarfen, die bestehenden Strafmöglichkeiten nicht auszureizen und zu milde zu urteilen. Die Richter verwiesen wiederum darauf, dass insbesondere das Jugendstrafrecht auf Rehabilitation und nicht auf Sanktionen abzielte.

„Außerdem“, fuhr Vogt fort, „hat er mildernde Umstände bekommen, weil die Richterin es als erwiesen ansah, dass er von dem Kassierer provoziert worden war. Der Mann hatte Kevins Freundin nach ihrer Handynummer gefragt.“ Der Sarkasmus in seiner Stimme war nicht zu überhören.

„Gibt es im Jugendamt jemanden, mit dem wir uns über Kevin unterhalten können?“, fragte Plasberg.

Vogt grinste über beide Backen. „Da habe ich eine wirklich schöne Geschichte: Auf Nachfrage wurde mir dort die Auskunft erteilt, dass es für sie keinen Fall ‚Kevin Cordes‘ gebe.“

„Was soll denn das heißen?“

„Dass sich niemand gekümmert hat, als der Junge auffällig geworden ist. Nachdem ich mir von einer ziemlich pampigen Mitarbeiterin zehn Minuten lang anhören musste, mit was für personellen Engpässen sie sich bei der Stadt herumschlagen, nehme ich an, dass sie damals einfach keine kompetenten Ressourcen hatten. Und jetzt ist es sowieso Schnee von gestern.“

„Die hatten aber doch wohl eine Anfrage, sich die Familie mal anzuschauen, oder?“

„Schon, und sie haben auch einen Besuchstermin mit Kevin und den Eltern vor Ort vereinbart. Aber an besagtem Termin ist die Mitarbeiterin des Jugendamtes wegen Krankheit ausgefallen, niemand hat den Termin in Vertretung übernommen und ein neuer wurde nicht vereinbart. Die Eltern haben natürlich nicht nachgehakt; die werden froh gewesen sein, dass die Sache im Sande verlaufen ist. Mehr gaben die Unterlagen vom Jugendamt nicht her. Und selbst diesen Sachverhalt am Telefon zusammenzustoppeln, hat fast eine halbe Stunde gedauert.“

Die Kommissarin schüttelte verärgert den Kopf, aber es war müßig, sich jetzt darüber aufzuregen. „Ist Kevin danach noch mal auffällig geworden?" Sie wischte ihre Finger an einer Papierserviette ab und ließ das Bami Goreng, das sie bestellt hatte, zur Hälfte auf dem Teller zurück.

„Wollen Sie das n-nicht mehr?" Brinkhoff hatte seine doppelte Portion frittierte Rindfleischbällchen in Windeseile verputzt und schielte auf Plasbergs Essensreste.

„Ist das Ihr Ernst? Sie haben immer noch Hunger?" Ungläubig schob sie ihm ihren Teller über den Tisch.

„Zumindest ist der Junge nicht mehr verurteilt worden", legte Vogt nach. „Er wurde zwar vor zwei Jahren mal verdächtigt, an einem Einbruch in ein Handygeschäft in Ostheim beteiligt gewesen zu sein, aber man konnte ihm nichts nachweisen."

„Was ist mit dieser Babette? Haben wir über das Mädchen was vorliegen?"

„Babette Gerster. Hat im Verfahren gegen Kevin Cordes zu seinen Gunsten ausgesagt. War damals fünfzehn. Wohnt noch immer in der gleichen Siedlung. Mehr haben wir nicht. Scheint nicht weiter auffällig geworden zu sein."

„Und dieser Siggi … wie war noch mal der Nachname?" Die Kommissarin seufzte und rieb sich die Augen. Das Völlegefühl in ihrem Magen machte ihrer Konzentration zu schaffen.

„Siggi Schuster", sagte Brinkhoff. „Den hab ich überp-prüft. Wohnt ein paar Häuser weiter, ebenfalls noch bei seinen Eltern, arbeitslos. Und er hat ein Sündenregister, das sich sehen lassen kann. Verfahren wegen Körperverletzung, Bedrohung, Ladendiebstahl, Autoeinbruch, Widerstand gegen die Staatsgewalt, Verstoß gegen das Betäubungsmittelgesetz, Beamtenbeleidigung. Insgesamt hat er schon sechs Monate Jugendknast hinter sich. Ich hab bei den Kollegen vom KK 57 nachgefragt, die führen ihn auf ihrer Top 100-Liste. Dann gibt's noch einen Verdacht auf Brandstiftung, der ihm aber nicht nachgewiesen werden konnte, und er ist mit einer dieser Jugendgangs in Verbindung gebracht worden: mit den *OGB*."

Die Kommissarin runzelte die Stirn.

„Was für ein Ding?", fragte Shirin Reitz.

„*Ostheim Ghetto Bandits*", erläuterte Plasberg. „Eine der profiliertesten Jugendgangs in Köln, die sich nach ihrer Herkunft aus dem Stadtteil Ostheim benannt haben. Hohes kriminelles Potenzial, machen den Kollegen immer wieder zu schaffen. Häufig haben die Jugendlichen einen Migrationshintergrund, einen schlechten oder gar keinen Schulabschluss, keine Ausbildung, keinen Job, keine Perspektive, hängen auf der Straße und prügeln sich mit anderen Stadtteilgangs. Sie kommen meist aus Hartz-IV-Haushalten, häusliche Gewalt gehört zum Standardprogramm. Die Eltern kümmern sich nicht mehr um die Kinder oder haben die Kontrolle über sie weitgehend verloren."

„Und was war das mit der Top 100-Liste? Davon hab ich auch noch nie gehört."

Torsten Brinkhoff erklärte der Profilerin, dass die Kölner Jugendgangs von einem gesonderten Kriminalkommissariat beobachtet wurden, dem KK 57. Dies war nötig geworden aufgrund der Vielzahl der Straftaten, die den Gangs und ihren Mitgliedern zur Last gelegt wurden. Die Beamten des Kommissariats kannten viele der Jugendlichen persönlich und pflegten engen Kontakt mit den Sozialarbeitern und Streetworkern, die für die rechtsrheinischen Problembezirke zuständig waren. Die Top-100-Liste wurde am Ende jeden Monats neu erstellt, wenn die ermittelnden Beamten sich einen Überblick verschafften, was ihre „Schützlinge" in den vergangenen vier Wochen verbrochen hatten. Für Raub gab es beispielsweise fünf, für Körperverletzung drei und für Ladendiebstahl einen Punkt. Dann wurden die Punkte zusammengezählt, mit speziellen Daten zur Kriminalitätsentwicklung verrechnet und heraus kam eine neue Hitliste von jungen Kölner Intensivtätern. Wer es in die Top 100 geschafft hatte, wurde genauestens beobachtet und regelmäßig und unangekündigt von den Beamten besucht. Nur wenige, deren Namen auf der Liste stand, waren älter als 16 Jahre.

„Haben Sie gerade Verdacht auf Brandstiftung gesagt?", fragte Vogt dazwischen.

Brinkhoff nickte. „Und ich habe noch mehr herausgefunden: Auf Schusters Vater ist ein schwarzer Audi zugelassen. Die Kollegen haben den Jungen in Verdacht gehabt, ein Verkehrsschild gerammt zu haben. Bei dem haben sie nämlich die Autoschlüssel gefunden und er hatte 1,2 Promille im Blut. Sie konnten ihm aber nichts nachweisen, weil sie ihn nicht hinter dem Steuer erwischt haben."

„Wann war das?"

„Ist n-noch nicht lange her. Vor sechs Monaten."

„Na, wenn wir da nicht in ein Wespennest gestochen haben!", sagte Plasberg. „Sieht aus, als sollten wir bei diesem Siggi mal vorbeischauen."

„Schon wieder nach Ostheim?", stöhnte Brinkhoff.

Die Kommissarin ignorierte seine Beschwerde. „Hat dieser Siggi einen Bewährungshelfer oder Sozialarbeiter, der sich um ihn kümmert? Vielleicht können wir den ebenfalls interviewen." Bevor der Kommissar antworten konnte, griff sie zum Telefon und bat Gesine Keller, einen der zuständigen Streetworker ausfindig zu machen.

Vogt räusperte sich. „Wir hätten da auch noch die italienische Spur … da hat sich noch keiner drum gekümmert."

„Was? Und wieso nicht?", fragte Plasberg.

„Weil ich gestern Nachmittag ins Oberbergische abkommandiert worden bin, um unnötigerweise von Schonau zu durchleuchten", erwiderte Vogt spitz. „Ich hatte keine Zeit. Aber es gibt trotzdem Neuigkeiten." Der Kommissar legte seinen Plastikteller zur Seite und zog ein paar Unterlagen aus der Jacketttasche. Als einziges Mitglied der Mordkommission erschien er zum Dienst immer im Sakko. „Die Kollegen sind endlich mit den Untersuchungen der Aktentasche und dem versteckten Geld fertig geworden. Es gab übereinstimmende Fingerabdrücke von einer Person darauf, mutmaßlich die von Tom Schneider. Die Kollegen haben sie nämlich mit denen verglichen, die auf dem Vertragstext mit dem Verlag zu dem Backbuch zu finden waren … Sie erinnern sich?"

Plasberg nickte.

„Den hatte ich zum Vergleichen auch weitergeleitet und die Fingerabdrücke auf dem Vertrag stimmen nicht mit denen auf der Aktentasche überein. Also sind die auf dem Vertrag wohl die von Anna Cordes, die anderen auf der Tasche und dem Geld die von Tom Schneider. Sein Laptop ist auch überprüft worden und die Spurensicherung hat dabei noch etwas gefunden. Schneider hat Online-Banking gemacht. Normalerweise kriegen die Kollegen die Zugangsdaten nicht geknackt und brauchen die Unterstützung der jeweiligen Bank, aber jetzt haben sie wohl einen ehemaligen Hacker in ihren Reihen, der sich mühelos in Schneiders Kontodaten eingehackt hat."

Plasberg traute ihren Ohren nicht. „Die Spurensicherung arbeitet mit einem Hacker zusammen?"

Vogt zuckte mit den Schultern. „Wenn man dem Feind auf den Fersen bleiben will, sollte man sich seiner Mittel bedienen ... jedenfalls: Schneider hat tatsächlich mehrere Male größere Beträge vom Geschäftskonto der *Keksdose* abgehoben, die Summen sind auch hier verbucht. Wie schon in der Buchhaltung des Ladens ersichtlich war. Er hat im August, im September und in der Woche vor seinem Tod jeweils 10.000 Euro auf sein Privatkonto transferiert, auf das nur er zugriffsberechtigt war. Das Geschäftskonto der *Keksdose* war in den roten Zahlen."

„Was hat er mit dem Geld gemacht?", fragte die Kommissarin.

„Er hat es sich kurz darauf jeweils bar auszahlen lassen."

„Und warum? Um es dann in seiner eigenen Wohnung unter dem Dielenboden zu verstecken?"

„Das wissen wir nicht", antwortete Vogt und packte ein paar frittierte Bananen aus der Alufolie, in der sie warmgehalten worden waren. „Wir sind froh, dass wir überhaupt was herausbekommen haben. Aber wenn Sie mich fragen: Was liegt näher, als die 10.000 Euro in Verbindung zu bringen mit den Leuten, die Orsetti zu Schneiders Wohnung geschickt hat? Vielleicht war es wirklich so, dass Schneider bei ihm Schulden hatte."

„Wusste Anna Cordes von dem Geldtransfer auf Schneiders Privatkonto?"

Vogt hob die Schultern. „Werden wir wohl nie herauskriegen."

Plasberg überlegte. „Na schön. Dann konzentrieren wir uns ab jetzt auf die Italiener, Kevin Cordes und Siggi Schuster. Die beiden letzteren übernehmen Brinkhoff und ich, Ricardo Orsetti übernehmen Vogt und Frau Dr. Reitz."

„Und wie sollen wir das machen?", fragte Vogt nach. „Der Mann ist doch wie vom Erdboden verschluckt!"

„Observieren Sie die Wohnung!", erwiderte die Kommissarin ungehalten. „Irgendwann wird er schon auftauchen und dann können Sie ihm einen Besuch abstatten."

„Wir sollen zu zweit seine Wohnung observieren? Es kann Tage dauern, bis er sich blicken lässt!"

„Schon gut. Ich werde Eikner noch mal daran erinnern, dass er versprochen hat, uns ein paar Kollegen zur Verfügung zu stellen. Ich hab ja gewusst, dass es eine Schnapsidee war, Hallstetter und Kayser in Urlaub zu schicken." Den letzten Satz murmelte Plasberg mehr zu sich selbst.

„Und wenn wir Orsetti zur Fahndung ausschreiben?", fragte Vogt.

„Mit welcher Begründung? Weil wir ihm ein paar Fragen stellen wollen? Wir haben nichts außer einer vagen Vermutung gegen ihn in der Hand. Damit kommen wir nicht durch." Zu Brinkhoff gewandt sagte sie: „Kommen Sie, auf nach Ostheim!"

Der Kommissar warf schicksalsergeben Plastikteller und die Servietten in den Papierkorb und folgte seiner Vorgesetzten zum Aufzug.

Karsten Vogt sah auf die Uhr des Armaturenbretts und stöhnte. Drei Stunden. Solange saßen die Profilerin und er jetzt schon in seinem Wagen in einer Parkbucht auf der Vogelsanger Straße in Köln-Ehrenfeld. Schräg gegenüber befand sich Ricardo Orsettis Wohnung, ein umgewandelter Loft am Rande des Geländes der ehemaligen 4711-Fabrikhallen. Nachdem die Produktion des Kölnisch Wassers dort eingestellt werden musste, waren die meisten Gebäude der Fabrik Anfang der neunziger Jahre saniert und restauriert worden, meist in den typischen Farben des Parfums: türkis und blau. Ein ganz neues Viertel war entstanden, verkehrsberuhigt, begrünt, verwinkelt.

Der Kommissar hasste Observierungen. Sie waren an Langeweile nicht zu überbieten. Seit dem Mittag starrte er auf den schmalen Hauseingang und die unmittelbare Umgebung, behielt das Kommen und Gehen auf der Straße und den Bürgersteigen im Auge. Dabei war noch nicht einmal ausgemacht, dass Orsetti überhaupt auftauchen würde. Genauso gut konnte es sein, dass er sich in Italien befand, ein paar Tage auf Mallorca verbrachte oder was immer man mit seiner Zeit tat, wenn man mit der italienischen Mafia verbandelt war.

Im Auto schien sich die Zeit zu einem unsichtbaren, zähen Klumpen zu ballen, jede Stunde, jede Minute, jede Sekunde, die verging, machte den Klumpen größer, bis er das Innere des Wagens vollständig ausfüllte und Vogt das Gefühl hatte zu ersticken. Nichts zu tun als glotzen und möglichst nicht einzunicken, lag ihm nicht. Zuerst hatte er versucht, sich mit der Profilerin zu unterhalten, aber Shirin Reitz war heute wortkarg und hatte die Unterhaltung durch einsilbige Antworten im Keim erstickt.

Und noch immer keine Rückmeldung von Plasberg, ob sie eine Ablösung organisiert hatte. Der Kommissar trommelte mit den Fingerspitzen aufs Lenkrad und rutschte unruhig hin und her. Vielleicht hatte sie ja auch vergessen, mit Eikner zu sprechen, oder der Chef hatte ihrer Bitte um Verstärkung nicht entsprochen. Vorstellbar war beides. Dann würden er und die Reitz hier bis zum Sankt Nimmerleinstag sitzen und verrotten. Wenn er wenigstens einen Kaffee bekommen könnte! Unschlüssig kramte Vogt in seiner Hosentasche nach Kleingeld, betätigte den Fensterknopf an der Fahrertür. Dankbar atmete er die hereinströmende frische Luft ein.

„Ich hol mir einen Kaffee. Soll ich Ihnen einen Tee mitbringen?“

Die Profilerin schüttelte den Kopf.

Dann eben nicht. Seitdem die Reitz ihm von ihrem Kind erzählt hatte, war sie ihm gegenüber merkwürdig reserviert. Als hätte sie mittlerweile bereut, ihn an ihrem Privatleben teilhaben zu lassen. Aber er hatte sie schließlich nicht dazu gezwungen!

Kurz entschlossen stieg der Kommissar aus dem Wagen und sprang hinüber zu einem naheliegenden Kiosk. Der Laden gehörte einem Inder, es roch nach Sandelholz-Räucherstäbchen. Vogt begann zu niesen, bestellte schniefend einen Kaffee und wies den Kioskbesitzer barsch an, sich zu beeilen. Sandelholz war einer der vielen Stoffe, gegen die er allergisch war; Haselsträucher, Birkenpollen, Erdbeeren und Nüsse gehörten ebenfalls dazu.

Kaum war der Kommissar wieder am Wagen, als der schwarze BMW, den er und Shirin Reitz vor der Wohnung von Tom Schneider beobachtet hatten, die Straße entlangglitt und geräuschlos vor dem Hauseingang zum Stehen kam.

„Verdammt!“ Vogt schob sich zurück auf den Fahrersitz. „Wo kommen die denn so plötzlich her?“ Einer der Leibwächter, die Vogt im Hausflur von Tom Schneider gegenübergestanden hatten, stieg aus dem Auto und öffnete eine der hinteren Türen.

„Von da“, sagte Shirin Reitz und deutete nicht eben hilfreich zum Ende der Straße. „Warten wir noch oder gehen wir direkt hinterher?“

„Vielleicht sollten wir Verstärkung anfordern, bevor wir etwas unternehmen. Die sind nicht ungefährlich. Und bewaffnet sind sie mit Sicherheit auch.“

Shirin Reitz warf dem Kommissar einen spöttischen Blick zu. „Angst?“

„Das hat überhaupt nichts mit Angst zu tun“, begehrte Vogt auf. „Das ist eine reine Vorsichtsmaßnahme.“

„Wir sind hier mitten auf einer belebten Straße. Was soll …“ Sie brach ab, als ein schmaler Endfünfziger mit grauen, kurz geschnittenen Haaren, einem ebenso grauen Anzug und einem glatt rasierten Gesicht vom Rücksitz des BMW kletterte. Zwischen Nacken und Ohr hatte er ein Handy geklemmt. „Ist das Orsetti?“

Vogt nickte. Die Kollegen von der Organisierten Kriminalität hatten ihm ein Foto zur Verfügung gestellt. Orsetti sah noch unscheinbarer aus als auf dem Bild.

Der zweite Leibwächter stieg an der Beifahrerseite aus, genau wie sein Kollege trug er eine Sonnenbrille, unter deren Schutz er die Umgebung musterte. Für einen kurzen Moment blieb sein Blick an Vogts Auto hängen und der Kommissar rutschte instinktiv ein wenig tiefer in den Fahrersitz. Der Leibwächter wechselte ein paar Worte mit Orsetti, der noch immer telefonierte, und dann schickten sich die drei Männer an, im Hauseingang zu verschwinden.

Der Rest passierte so schnell, dass Vogt hinterher Schwierigkeiten hatte zu rekonstruieren, wie es vor sich gegangen war.

Die Männer wechselten plötzlich die Richtung, kamen mit hastigen Schritten auf Vogts Wagen zu, und bevor der Kommissar auch nur eine Handbewegung in Richtung seiner Dienstwaffe machen konnte, schaute er durch das geöffnete Fenster in den Lauf einer Pistole, die direkt auf seine Stirn gerichtet war.

„He, was …?", begann Vogt, aber sein Protest wurde von dem breitschultrigen Mann rüde unterbrochen.

„Maul halten!"

Auf Shirin Reitz' Seite öffnete sich die Autotür und die Profilerin wurde unsanft aus dem Sitz gezerrt, mit der Brust gegen den Wagen gepresst und ebenfalls mit einer Waffe bedroht. Die Körper der Bodyguards blockierten die Sicht, so dass niemand von der Straße her einsehen konnte, was sich am Auto von Vogt abspielte.

„Sehen Sie, Kollegin? Das meinte ich", knurrte Vogt. Der Druck der Pistole auf seiner Stirn erhöhte sich und der Kommissar wurde erneut unmissverständlich aufgefordert, still zu sein.

Nachdem seine Leibwächter die Situation zu ihren Gunsten geklärt hatten, spazierte Ricardo Orsetti in aller Gemütsruhe zum Auto von Karsten Vogt. „Giuliano hier", Orsetti nickte zu dem Bodyguard, der Vogt in Schach hielt, „hat mir erzählt, dass Sie ihm schon einmal über den Weg gelaufen sind. Daher bin ich natürlich ausgesprochen neugierig, wie es kommt, dass Sie jetzt meine Wohnung beobachten." Seine Stimme war weich, der Tonfall ausgesucht höflich, und beides stand in scharfem Kontrast zu der bedrohlichen Situation, in der die Beamten sich wiederfanden. „Darf ich erfahren, wer Sie sind?" Orsettis graue Augen musterten Vogt und Reitz berechnend.

„Als ob Sie das nicht genau wüssten", erwiderte der Kommissar, ohne die Waffe aus den Augen zu lassen, die auf ihn gerichtet war. Er machte sich keine Illusionen; Orsetti mochte den kultivierten Mann von Welt spielen – im Zweifelsfall jedoch würde er seinen Gorillas ohne mit der Wimper zu zucken den Befehl geben, abzudrücken. „Kripo Köln. Mein Name ist Vogt und das ist meine Kollegin, Frau Dr. Reitz. Und Sie haben sich soeben eine Menge Ärger eingehandelt", fügte er hinzu.

Der Leibwächter vor ihm fuhr auf ein Zeichen Orsettis mit der Hand in Vogts Jackentasche, griff sich die Dienstmarke und reichte sie seinem Arbeitgeber, der sie eingehend studierte. Nur für einen Moment gab es in seinem Verhalten eine kleine Unsicherheit: ein Stirnrunzeln, das ebenso schnell wieder verschwand wie es aufgetaucht war. Dann gab er seinen Männern die Order, ihre Waffen wieder einzustecken. Shirin Reitz rieb sich den Arm, an dem sie von dem zweiten Leibwächter aus dem Auto gezerrt worden war.

„Kommissar Vogt, Signora Reitz, es freut mich, Ihre Bekanntschaft zu machen", sagte Orsetti mit ausgesuchter Liebenswürdigkeit. Nur wenn man genau hinhörte, konnte man einen italienischen Anklang heraushören, ansonsten sprach der Mann ein akzentfreies Deutsch. „Bitte entschuldigen Sie die kleinen Vorsichtsmaßnahmen." Er deutete auf den dampfenden Kaffeebecher, den Vogt auf der Konsole zwischen den Vordersitzen deponiert hatte. „Darf ich Sie zu einem Espresso in mein Büro bitten?" Ein Lächeln umspielte die Lippen des Mannes, ein Lächeln, das die Augen nicht mit einschloss.

„Ich könnte Sie verhaften lassen wegen Bedrohung und Nötigung eines Polizeibeamten und wahrscheinlich auch wegen illegalen Waffenbesitzes." Vogt hatte das Bedürfnis, ein anderes Kräfteverhältnis zwischen ihnen herzustellen. Das Bedürfnis entsprang weniger seinem Sinn für Gerechtigkeit als der Scham, überrumpelt worden zu sein.

Orsetti schüttelte den Kopf. „Ich bitte Sie, Commissario! Giuliano und Pietro tragen diese Waffen ganz legal. Als meine Bodyguards besitzen sie natürlich einen Waffenschein. Ich würde mich nie über die deutsche Bürokratie hinwegsetzen! Und was das kleine Missverständnis betrifft … wenn ich die Situation recht begreife, sind Sie an Informationen interessiert. Sie werden sicher Verständnis dafür haben, dass ich diese Informationen nur dann mit der Polizei teile, wenn Sie die Art und Weise unserer Begrüßung nicht … wie sagt man? … fehlinterpretieren."

Vogt dachte gar nicht daran, so mit sich spielen zu lassen. Wenn Orsetti meinte, er könne mit der deutschen Polizei ähnlich verfahren, wie er das vielleicht in Italien gelernt hatte, dann war er schief gewickelt. Auf offener Straße einen Polizisten mit einer Waffe bedrohen! „Wenn Sie glauben, Sie könnten hier …", begann er wütend, aber Shirin Reitz fiel ihm ins Wort.

„Ein Espresso wäre wunderbar, Signore Orsetti. *Grazie*!" Die Profilerin sah Vogt auffordernd an.

„Ich dachte, Sie mögen keinen Kaffee!", zischte er. Dann gab er nach. „Also schön", murrte er. „Aber darüber ist das letzte Wort noch nicht gesprochen!"

„Wunderbar", lächelte Orsetti und entspannte sich sichtlich. „Ich darf Sie bitten, Giuliano zu folgen."

Ricardo Orsettis Loft war hochmodern mit italienischen Designermöbeln eingerichtet. Klare Linien und einfache Formen in schwarz und weiß dominierten. Große Fensterflächen und hohe Wände ließen den Wohnraum noch geräumiger erscheinen, als er sowieso schon war. Im hinteren Teil befand sich der grau gehaltene Küchenbereich, dessen Prunkstück ein frei stehender Herd war, von allen Seiten benutzbar, und ein monströser, silbern glänzender Kaffeeautomat, der auf einer in den Raum hineinragenden und mit Barhockern bestückten Theke stand. Orsetti bot seinem Besuch Platz an, während sich einer der Leibwächter an der Kaffeemaschine zu schaffen machte.

„Was genau kann ich für die deutschen Behörden tun?", fragte der Italiener.

„Sie könnten uns erklären, in welchem Verhältnis Sie zu Tom Schneider standen", erwiderte Vogt scharf. Er fühlte sich sichtlich unwohl. Zwei Polizeibeamte, die mit der Waffe bedroht wurden und dann einen Deal mit ihren Bedrohern machten, um an Informationen zu kommen – das entsprach ganz und gar nicht den Vorschriften. Außerdem befanden er und Reitz sich in einem taktischen Nachteil. Orsetti bewegte sich in seinem Loft auf vertrautem Terrain, sie dagegen hatten sich ihm mehr oder weniger ausgeliefert. Vogt konnte die Spannung, die in der Luft lag, förmlich mit Händen greifen. Ein falsches Wort, eine falsche Bewegung, und die Einladung zum Kaffee wäre die letzte in ihrem Leben. Die Profilerin dagegen schien erheblich weniger Mühe zu haben, sich in die neue Lage einzufinden; Vogt hatte das unbestimmte Gefühl, dass sie das unsichtbare Kräftemessen mit Orsetti sogar insgeheim genoss.

„Schneider schuldete mir Geld. Nicht viel, aber immerhin genug, um mich zu ärgern, dass er jetzt tot ist“, erwiderte Orsetti und faltete die Hände in seinem Schoß. „Wieso sind Sie interessiert an meinen Geschäften mit Signor Schneider?“ Der Bodyguard, der auf den Namen Pietro hörte, servierte den dampfenden Espresso mit ausdrucklosem Gesicht und wachsamen Augen. Auf einen Wink ihres Chefs zogen sich die beiden Leibwächter diskret ein paar Schritte zurück.

„Wir ermitteln im Mordfall *Keksdose*. Das Bäckereigeschäft in der Innenstadt. Jetzt erzählen Sie uns nicht, dass Sie nichts davon wissen!“, sagte Vogt.

„Aber natürlich. Entsetzlich, geradezu ein Massaker.“ Orsetti machte eine betroffene Miene. „Ich nehme an, die Polizei hat schon einen Verdächtigen?“

„Sehen Sie“, antwortete Vogt, „das ist der Punkt, an dem Sie ins Spiel kommen.“

Orsetti lachte. „Aber ich habe nichts damit zu tun, Commissario!“

„Das sehen wir im Moment ganz anders!“

„Um wie viel Geld handelt es sich und warum schuldete der Mann Ihnen Geld?“, fragte Reitz und lehnte den Zucker ab, den Orsetti ihr anbot.

Der Italiener machte eine ausladende Geste und schüttelte den Kopf. „Spielschulden sind Ehrenschulden. Man redet nicht darüber.“

„Auch nicht, wenn der Betroffene verstorben ist?“

„Sie gefallen mir, Signora. Niemals aufgeben, was? Also gut: Signor Schneider hat mir 30.000 Euro geschuldet. Zwei Raten à 10.000 hatte er bereits zurückgezahlt, die letzten 10.000 stehen leider noch aus.“

Die Profilerin schmunzelte. „Es wird Sie sicher nicht überraschen, wenn ich Ihnen sage, dass diese letzte Rate sich mittlerweile in den Händen der Polizei befindet.“

Orsetti neigte den Kopf. „*Dio mio*, Sie sind mir also zuvor gekommen?“

„In der Tat“, erwiderte Reitz. „Wenn auch nur um wenige Minuten. Wir haben das Geld in Schneiders Wohnung entdeckt an dem Tag, als Ihre … Mitarbeiter dort aufgetaucht sind.“

Orsetti ließ sich nicht aus der Fassung bringen. „Sehr bedauerlich“, lächelte er. „Aber gut. So ist das Leben. Mal verliert man, mal gewinnt man!“

„Und wobei genau hat Tom Schneider so einen Haufen Geld verloren?“

„Beim Pferderennen.“

Reitz sah überrascht zu ihrem Kollegen. „Ich wusste gar nicht, dass es in Köln eine Pferderennbahn gibt.“

„Doch. Draußen in Weidenpesch. Ich war auch noch nie dort.“

„Das sollten Sie ändern, Commissario. Die Pferde, die Jockeys … es ist ein unvergleichliches Erlebnis!“, erklärte Orsetti.

„Besonders dann, wenn man Ihnen in die Hände fällt, nehme ich an“, sagte Vogt.

Orsetti drohte dem Kommissar mit dem Zeigefinger. „Schneider war ein Spieler, Commissario. Ich habe ihm lediglich einen Kredit gewährt, als niemand sonst ihm mehr Geld geliehen hätte. Aber natürlich wollte ich meinen Kredit mit Zinsen zurückhaben, schließlich bin ich Geschäftsmann.“

„Ein recht undurchsichtiger Geschäftsmann, wenn ich das bemerken darf“, warf die Profilerin ein. „Ihre Geschäfte scheinen sich immer am Rande der Illegalität zu bewegen. Spielhallen, Baugewerbe … Sie sind den Beamten von der Organisierten Kriminalität ein Begriff, Signor Orsetti.“

„Sie haben mich überprüft? Ich fühle mich geschmeichelt, meine Liebe!“ Orsetti deutete eine Verbeugung an.

„Schluss jetzt!“ Vogt platzte der Geduldsfaden. Der Italiener war wie ein Fisch, glatt, schlüpfrig und kalt, und Vogt wollte unter allen Umständen verhindern, dass er ihnen vom Haken sprang. „Sie wissen, dass Tom Schneider einer der Toten ist, die bei dem Massaker, wie Sie es nennen, ums Leben gekommen sind?“

Orsetti setzte ein mitfühlendes Gesicht auf. „Aber natürlich. Mein Vetter Francesco hat mich informiert, dass die Polizei an einigen seiner Videobänder interessiert war.“

„Schön. Da Sie die Verbindung zu Schneider zugeben: Wo waren Sie zur Tatzeit? Montagabend zwischen 20:00 und 22:30 Uhr?"

„Bei meiner Frau und meinen zwei bezaubernden Töchtern. Zu Hause."

„Die werden es sicherlich bestätigen können, nehme ich an?"

„Aber natürlich, Commissario. Pietro ebenfalls. Er hat das Haus bewacht. Und ganz im Ernst: Was für ein Interesse sollte ich am Tod von Signor Schneider und den anderen Menschen haben? Dann hätte ich die restlichen 10.000 Euro erst recht nicht eintreiben können."

Die Profilerin mischte sich wieder in das Gespräch ein. „Gut, tun wir für den Moment doch mal so, als ob wir Ihnen glaubten. Erzählen Sie uns bitte etwas mehr über Ihr Verhältnis zu Tom Schneider."

„*Va bene*. Mit dem größten Vergnügen, Signorina. Ich helfe der deutschen Polizei gerne." Orsetti stellte seine leere Espressotasse ab und zündete sich eine Zigarette an. „Ich habe Signor Schneider vor etwa einem Jahr kennengelernt. Ein bedauernswerter Mann, ein … wie sagt man? Pantoffelheld. Es war offensichtlich, dass er einen Komplex hatte, den er durch seine Spielleidenschaft wettzumachen versuchte." Orsetti breitete die Hände in einer tragischen Geste aus. „Einer meiner Spielhallenleiter hat mich auf ihn aufmerksam gemacht. Signor Schneider war regelmäßig Kunde in einer der Hallen und hat dort viel Geld an den Automaten verzockt. Ich habe ihn auf die Rennbahn eingeladen und er hat Gefallen am Wetten auf gute Pferde gefunden. Zuerst mit eigenem Geld, und als er das verloren hatte, mit einem Kredit, den ich ihm gewährt habe."

„Wann haben Sie ihm das Geld geliehen?"

„Im Sommer. Rückzahlbar in drei Raten. Die letzte war am Montag fällig."

„Wie viel haben Sie ihm geliehen?"

„Wie schon gesagt … mit Zinsen 30.000."

Reitz nickte. Sie hatte schon damit gerechnet, dass Orsetti sich nicht in die Karten blicken lassen würde, wie hoch der Wucherzins gewesen war, den er Schneider aufgedrückt hatte.

„Wir haben die letzte Tranche im Dielenboden versteckt gefunden. In einer Aktentasche." Reitz beachtete Vogt nicht, der anfing unruhig zu werden, je mehr Informationen sie preisgab. „Können Sie sich erklären, warum Herr Schneider das Geld dort aufbewahrt hat?"

„Ah, Signora ... warum versteckt man Geld an einem solchen Ort? Wahrscheinlich weil man nicht möchte, dass es gefunden wird, oder?"

„Gefunden von Ihnen? Hat Herr Schneider vielleicht mit Ihrem Besuch gerechnet?"

„Aber nein ... warum sollte er das Geld vor mir verstecken wollen? Das ergibt doch keinen Sinn, Signora. Er hatte doch schon bereitwillig die ersten zwei Raten gezahlt."

„Ganz freiwillig?"

Orsetti räusperte sich und schaute fast verschämt zu Boden. „Er wusste, dass ich sehr energisch werden kann ... Falls er tatsächlich vorgehabt hätte, mir den Kredit nicht vollständig zurückzuzahlen, dann hätte er für sich ebenfalls ein Versteck suchen müssen. Das wäre doch logisch, oder?"

Reitz sah ihr Gegenüber nachdenklich an. „Ja", stimmte sie zu. „Das ist wahr."

Orsetti sprach aus, was Vogt und Reitz dachten. „Vielleicht wollte Signor Schneider das Geld vor seiner Lebensgefährtin verstecken?"

Vogt konnte diese Möglichkeit nicht bestreiten. Aber er war auch noch nicht von Orsettis Unschuld überzeugt. Eine Unschuld, die sich sowieso höchstens auf Schneiders Tod beziehen konnte. „Wo hatten Sie sich mit ihm verabredet, um die letzte Rate zu begleichen?", fragte er.

„Ich habe mich natürlich nicht persönlich mit ihm verabredet, Commissario", erklärte Orsetti. „Schneider war telefonisch angewiesen worden, sich Montagabend um 22:00 Uhr mit Giuliano zu treffen. In einem Bistro in der Innenstadt. Dort sollte die Geldübergabe stattfinden. Er ist nicht erschienen, und als ich auch Dienstag nichts von ihm gehört hatte, habe ich Giuliano und Pietro gebeten, ihm am Mittwoch einen Besuch zu Hause abzustatten, um ihn an seine Verpflichtungen zu erinnern."

Der Kommissar wurde hellhörig. „Sie haben die Geldübergabe genau zur Tatzeit verabredet?"

„Ein unglücklicher Zufall, mehr nicht", wehrte Orsetti geschmeidig ab. „Die ersten beiden Raten wurden auch jeweils an einem Montag um 22:00 Uhr bezahlt. Signor Schneider hat damals die Uhrzeit selbst vorgeschlagen."

Vogt interessierte noch etwas anderes. „Sie wollen uns weismachen, dass Sie Mittwochnachmittag noch nichts davon wussten, dass Schneider tot war? Die Zeitungen haben lang und breit über den Brand in der *Keksdose* berichtet und Sie haben doch selbst behauptet, Ihr Vetter habe Ihnen erzählt, dass die Polizei sich für die Videobänder der Überwachungskamera interessiert hat."

„Sie strapazieren meine Geduld", erklärte Orsetti und zum ersten Mal wurde seine Stimme kalt und hart. „Ihre Kollegen Plasberg und Brinkhoff – so waren doch die Namen, richtig? – haben Francesco die Namen der Opfer, die bei dem Mordanschlag ums Leben gekommen waren, nicht genannt. In der Zeitung standen ebenfalls keine Namen. Folglich konnte ich nicht sicher sein, wer bei dieser Tragödie getötet worden ist. *Capisce?*"

Vogt musste dem Mann wohl oder übel recht geben. Zumindest schien er mit allen Wassern gewaschen zu sein. So sehr er auch nachdachte, der Kommissar fand keinen weiteren Ansatzpunkt, um Orsetti mehr als eine indirekte Verwicklung in das Verbrechen nachzuweisen oder wenigstens in Widersprüche zu verwickeln. „Ich denke, wir haben genug erfahren", sagte er schließlich. Insgeheim fragte er sich, ob der Mann sie ohne Weiteres gehen lassen würde. Einen Moment war er versucht, nach seiner Dienstwaffe zu tasten, die sich nach wie vor in seinem Schulterhalfter befand – und wieso hatten ihm die Gorillas die Waffe nicht abgenommen? Waren sie ihrer Sache so sicher? –, aber ein Blick auf die abwartend in einiger Entfernung stehenden Bodyguards genügte, um sich darüber im Klaren zu sein, dass er das Ziehen seiner Pistole kaum überleben würde.

„Aber Sie haben Ihren Espresso noch nicht einmal angerührt, Commissario!" In Orsettis Stimme lag ein leiser Vorwurf.

„Danke, aber mein Adrenalinspiegel ist auch so schon hoch genug“, erwiderte er kühl. „Frau Dr. Reitz?“

Die Profilerin nickte und erhob sich ebenfalls. „Vielen Dank für den Kaffee“, sagte sie. „Das war ein sehr … interessantes Treffen.“

„Ganz meinerseits“, antwortete Orsetti. „Ich hoffe, ich konnte Ihnen weiterhelfen. Pietro wird Sie nach draußen begleiten.“

Der Kommissar und die Profilerin marschierten vorneweg, während der Leibwächter dicht hinter ihnen ging. Vogt hatte das unbestimmte Gefühl, dass Pietro hinter seinem Rücken eine Waffe auf ihn gerichtet hatte, und spürte, wie Schweißtropfen von seinem Nacken die Wirbelsäule herunterliefen und sich hinten in seinem Hosenbund sammelten. Sobald sie wieder im Freien waren, schlug der Leibwächter die Eingangstür des Lofts zu, allerdings nicht, ohne ihnen noch einen warnenden Blick mit auf den Weg zu geben.

Vogt ließ langsam die Luft aus seinen Lungen entweichen. Erst als er hinter dem Steuer seines Wagens saß, merkte er, dass seine Hände zitterten. „Das war knapp“, brachte er schließlich heraus. „Sind Sie eigentlich völlig wahnsinnig? Sie lassen sich zum Espresso von diesem …. diesem … Mafioso einladen?“

„Was hätte ich denn sonst tun sollen?“, gab Reitz zurück. „Seine Leibwächter haben uns mit Waffen bedroht! So haben wir wenigstens das Beste aus der Situation herausgeholt!“

„Wie bitte? Der Mann hätte uns da drin verschwinden lassen können, ohne dass es jemand merkt. Sie haben sich und mich unnötigerweise in Gefahr begeben!“ Plasberg würde ihn in der Luft zerreißen, wenn sie davon erfuhr.

Je länger er darüber nachdachte, desto mehr regte er sich über die Situation auf, in die sie geraten waren. Wie zwei Anfänger hatten sie sich von den Leibwächtern Orsettis einkassieren lassen. Erst jetzt schien sein Körper auf die Stresssituation zu reagieren. Vogt brach plötzlich der Schweiß aus, sein Herz begann zu rasen und hektische rote Flecken bildeten sich auf seinen Wangen. Und die Reitz schien überhaupt kein Problem damit zu haben, im Gegenteil! Sie schien das alles völlig normal zu finden, hatte sich anscheinend sogar noch gut unterhalten!

„Das war völlig unverantwortlich“, presste er schließlich heraus. „Kein Wunder, dass Sie die Erziehung Ihrer Tochter lieber in die Hände von anderen geben!“

Reitz wurde blass. „Wie bitte?“

„Tut mir leid“, murmelte Vogt und starrte geradeaus durch die Windschutzscheibe. „Ist mir so rausgerutscht.“

Die Profilerin schwieg und der Kommissar startete den Motor, um zum Präsidium zurückzufahren. Während er sich in den Autoverkehr auf der Inneren Kanalstraße einordnete, beruhigte sich sein Kreislauf langsam wieder und auch das Zittern seiner Hände ließ nach. „Ich hätte das nicht sagen sollen. Es tut mir wirklich leid“, entschuldigte er sich schließlich noch einmal. „Das war unfair.“ Shirin Reitz wandte ihren Blick ab und sah aus dem Seitenfenster. Vogt spürte, dass sie mit den Tränen kämpfte, und fühlte sich noch schuldiger. „Ich hatte kein Recht, so etwas zu sagen. Wie … wie geht es Jenny? Vermissen Sie sie?“

Endlich hörte Reitz auf, aus dem Seitenfenster zu starren. „Natürlich“, sagte sie mit belegter Stimme. „Natürlich vermisse ich sie. Wenn Sie Kinder hätten und Hunderte von Kilometern weit weg arbeiten müssten, würden Sie sie doch auch vermissen, oder?“

Vogt hätte darauf zwar antworten können, dass niemand die Profilerin gezwungen hatte, an dem Austauschprogramm teilzunehmen, niemand hatte sie gezwungen, Hamburg für einige Wochen zu verlassen, aber dieses Mal hielt er lieber den Mund. Stattdessen lenkte er das Gespräch zurück auf eine berufliche Schiene. „Sie glauben Orsetti auch, stimmt's? Schneider hat das Geld vor Anna Cordes versteckt.“

„Ja“, erwiderte Reitz zögernd. „Alles andere macht keinen Sinn. Vielleicht hat sie gar nicht gewusst, dass er bei Orsetti Spielschulden hatte, und er wollte es ihr verheimlichen.“

„Er hat 30.000 Euro vom Geschäftskonto abgezweigt, der Betrieb ist trotz guter Umsätze fast pleite und Anna Cordes merkt nichts davon?“ Der Kommissar hatte seine Zweifel an dieser These. Aber immerhin redete Reitz wieder mit ihm.

„Wenn er derjenige war, der sich um die Finanzen gekümmert hat, dann könnte er zumindest versucht haben, es zu verschleiern. Ich könnte mir vorstellen, dass es wenigstens eine Zeit lang geklappt hat."

„Also ist Orsetti eine Sackgasse?" Vogt fiel es sichtlich schwer, den Italiener als Tatverdächtigen abzuhaken, erst recht nach der Begegnung, die sie gerade mit ihm gehabt hatten. „Er hatte mit Sicherheit die Möglichkeit, es zu tun."

„Aber keinen Grund", sagte Reitz. „Wenn er uns nicht angelogen hat über den Termin der letzten Geldübergabe, dann hatte er zu diesem Zeitpunkt noch gar kein Motiv, Schneider umzubringen. Montagabend um 22:00 Uhr hat er noch damit gerechnet, dass er die letzten 10.000 Euro von Schneider erhält. Zu diesem Zeitpunkt müssen die Opfer aber schon erschossen worden sein. Selbst wenn wir annehmen, dass sein Leibwächter ihn um kurz nach zehn informiert hat, dass Schneider nicht zu dem vereinbarten Treffen erschienen ist, kommt es zeitlich einfach nicht hin. Der Notruf wegen des Brandes ist um 22:07 Uhr eingegangen." Sie seufzte und schob eine Haarsträhne hinters Ohr. „Ich verstehe sowieso nicht, warum wir ständig hinter irgendwelchen Verdächtigen herjagen, die möglicherweise ein Motiv hatten, *eines* der Opfer umzubringen, und die anderen Opfer sozusagen als Kollateralschäden in Kauf genommen haben. Das ist Blödsinn! Wir suchen nach zwei Tätern, die *keinen* Grund hatten, irgendjemanden zu töten, und trotzdem *alle* auf dem Gewissen haben!"

Vogt zog die Augenbrauen hoch, während er den Blinker setzte, um Richtung Köln-Kalk abzubiegen. „Ein Mord ohne Motiv?"

„Im Prinzip schon."

„Aber das ergibt doch keinen Sinn!"

„Nein", musste Reitz zugeben. „Sinn macht das alles nicht."

Zwölf

Bevor Brinkhoff und Plasberg sich erneut auf den Weg nach Ostheim machten, brachte der Kommissar seine Vorgesetzte zur Werkstatt, wo sie endlich ihren Wagen mit den neu aufgezogenen Reifen abholen konnte.

Plasberg warf einen Blick auf die Rechnung und schäumte vor Wut: „Was haben Sie mit dem Wagen gemacht?“, blaffte sie den Mechaniker an, der in einem schmutzigen Blaumann vor ihnen stand. Brinkhoff konnte die Augen nicht von dem Mann abwenden. „Haben Sie den Motor ausgewechselt und die Karre neu lackiert?“

Der Mechaniker schob seinen Kaugummi von einem Mundwinkel in den anderen. „So sind die Preise, gute Frau. So wie's aussieht, hat Ihr Wagen schon ewig keine Werkstatt mehr gesehen, oder?“ Er warf einen abschätzigen Blick auf die Roststellen des Golfs. „Lange hält der sowieso nicht mehr. Den nächsten TÜV können Sie vergessen.“

„Der ist ja zum Glück erst Mitte nächsten Jahres“, erwiderte sie und gab dem Mann ihre Kreditkarte.

„Von wegen! In zwei Monaten. Januar. Schauen Sie sich Ihre Plakette mal genauer an. Ich hab sie Ihnen extra sauber gemacht.“ Der Mann zwinkerte Brinkhoff zu. „War so dreckig, dass man nichts mehr erkennen konnte.“

Die Kommissarin bückte sich und starrte auf den TÜV-Aufkleber. „Verdammter Mist“, murmelte sie. „Das fehlt mir gerade noch.“ Geld für einen neuen Wagen hatte sie erst für Mitte oder Ende nächsten Jahres eingeplant; Januar war der Monat, in dem fast alle Versicherungen fällig wurden, ein Monat ohne finanzielle Spielräume.

Der Mechaniker gab ihr Karte und Quittung zurück und Plasberg unterschrieb, als würde sie ihr Todesurteil gegenzeichnen.

„Na, dann noch einen schönen Tag.“ Der Mann nickte den beiden zu und verschwand in der Werkstatt.

„Kann nur noch besser werden“, murmelte Plasberg.

In Ostheim parkten die Kommissare vor der Gernsheimer Straße 16. Bevor sie das Präsidium verlassen hatten, hatte Gesine Keller ihnen Namen und Telefonnummer eines Sozialarbeiters gegeben sowie die Adresse, unter der er zu erreichen war: Die Anlaufstelle von Harald Harmsdorf war ein gelber Baucontainer genau gegenüber, in direkter Nachbarschaft zu einem heruntergekommenen Bolzplatz, der sich neben den Hochhäusern der Siedlung wie ein Ding aus einer anderen Welt ausnahm. Jemand hatte versucht, mit ein paar Blumenkübeln eine einladende Atmosphäre zu erzeugen, aber die gelben Tagetes waren abgeblüht und mit *McDonald's*-Verpackungen zugemüllt. Die Kommissare stapften den schmalen Weg entlang und klopften an die Tür. Von drinnen erklang ein Ruf, den sie als Aufforderung interpretierten, einzutreten.

Der Container war kärglich eingerichtet. Ein billiger Schreibtisch aus Pressspan, ein paar Plastikstühle, ein paar Aktenordner in einer Ecke, ein Telefon und ein Laptop auf dem Schreibtisch bildeten das gesamte Mobiliar. Auf einem weiteren Stuhl röhrte eine altersschwache Kaffeemaschine. Hinter dem Schreibtisch saß ein Mann etwa in Plasbergs Alter, mit grauem Fusselbart, gelichtetem Haaransatz und einem nicht unbeträchtlichen Bauchumfang. Irritiert hob er den Blick, als die Kommissare hereinkamen. Er nickte dem vielleicht Fünfzehnjährigen zu, der vor ihm saß und lässig eine Zigarette rauchte, und sagte: „Das war's erst mal, Faruk. Wir sehen uns nächste Woche. Und denk dran: Wenn du nicht erscheinst, muss ich Stratmann informieren."

Nachdem der Junge mit einem misstrauischen Blick an den Kommissaren vorbeigeschlichen war und den Container verlassen hatte, stand Harmsdorf auf und gab den Kommissaren die Hand. „Sie sind von der Mordkommission? Ihre Sekretärin hat mir Ihren Besuch angekündigt."

Plasberg zückte ihren Dienstausweis und stellte sich und Torsten Brinkhoff vor. „Wer ist Stratmann?", fragte sie.

„Faruks Bewährungshelfer. Ich habe dem Jungen eine Stelle vermittelt, wo er seine Sozialstunden ableisten kann. Die dritte Stelle. Die ersten zwei hat er geschmissen. Wenn er die jetzt auch nicht antritt, kann ich ihm nicht mehr helfen. Dann geht die Sache an seinen Bewährungshelfer zurück."

„Und damit ans Gericht?"

„Die Mühlen der Justiz mahlen langsam. Aber das muss ich Ihnen ja nicht erklären."

Plasberg ließ ihren Blick über die spartanische Einrichtung schweifen. Man hätte meinen sollen, dass die Stadt die Diensträume ihrer Angestellten angemessener ausstattete – dies hier war Funktionalität in ihrer ursprünglichsten Form. „Origineller Arbeitsplatz. Wo ist der Rest der Einrichtung?" Eine Bemerkung, für die Harmsdorf nur ein müdes Lächeln übrig hatte.

„Wir sind chronisch unterfinanziert. Ich bin schon froh, dass dieser Container hier aufgestellt wurde, damit wir einen direkten Anlaufpunkt für unsere Klienten haben. Aber es fehlt eigentlich an allem: Material und vor allem Personal. Wir bräuchten ein halbes Dutzend Stellen mehr. Dabei machen wir schon eine ganze Menge: Kleiderbörse, Hausaufgabenhilfe, Deutschkurse, Jobbörse. Aber es reicht nicht. Hier in der Gernsheimer leben knapp dreitausend Menschen, 70 Prozent von denen haben einen Migrationshintergrund, und wir haben 850 Kinder und Jugendliche. Können Sie sich vorstellen, wie groß der Bedarf an Hilfe und Beratung ist? Und dann wundern sich die Politiker, dass ihnen in schöner Regelmäßigkeit alles um die Ohren fliegt." Der Sozialarbeiter seufzte. „Die meisten Kids haben übrigens ganz normale Probleme, Intensivtäter sind die wenigsten."

„Da sind wir schon beim Thema: Wir wollten mit Ihnen über Siggi Schuster sprechen", sagte Maria Plasberg. „Darf ich?" Sie deutete auf einen der Plastikstühle.

„Bitte … Ich kenne den Jungen. Ich hab mir seine Akte angesehen, nachdem Ihre Sekretärin angerufen hat. Aber er wäre mir auch so präsent gewesen. Was hat er diesmal ausgefressen?"

„Das wissen wir noch nicht", erwiderte Plasberg und nahm Platz. „Wir ermitteln im Mordfall Auf dem Berlich."

„Die *Keksdose*?", fragte Harmsdorf mit hochgezogenen Augenbrauen. „Ich habe darüber gelesen. Aber was hat Siggi damit zu tun?"

„Er ist im Rahmen der Ermittlungen aufgetaucht“, antwortete die Kommissarin. Sie konnte den Sozialarbeiter noch nicht einschätzen, deshalb ließ sie es vorerst bei dieser vagen Aussage. „Was können Sie uns über ihn sagen?“

„Nichts, dass ich nicht schon ein Dutzend Mal über andere Jugendliche mit einer ähnlichen Biografie erzählt habe, wenn Ihre Kollegen auftauchen und eines der Kids suchen“, sagte Harmsdorf und ließ sich auf seinen Stuhl zurückfallen. Die Plastikbeine ächzten unter dem Gewicht des Streetworkers. „Von den sozialen Voraussetzungen her ist er eigentlich ein wandelndes Klischee.“

„Wie darf ich das verstehen?“

Harmsdorf zählte auf: „Der Junge ist ohne Mutter aufgewachsen: Sie hat sich vor Jahren mit einem anderen Mann aus dem Staub gemacht. Der Vater prügelt gerne, ist mehrfach wegen Körperverletzung vorbestraft, und kümmert sich ansonsten einen Dreck um seinen Sohn. Sie haben doch den Bolzplatz gesehen, an dem Sie vorbeigekommen sind, ja?“

Die Kommissare nickten.

„Im Sommer, wenn die Kids beim Fußballspielen kurze Hosen und T-Shirts tragen, dann können Sie anhand der Striemen und blauen Flecken erkennen, in welchen Familien regelmäßig geprügelt wird.“ Harmsdorf seufzte. „Und ein paar Hämatome sind noch die harmloseren Varianten. Aber da erzähle ich Ihnen wahrscheinlich nichts Neues.“

Brinkhoff gab einen zustimmenden Laut von sich.

„Siggi hat einen miserablen Hauptschulabschluss und natürlich keine Lehrstelle bekommen, ist arbeitslos, hängt seit Jahren auf der Straße herum. Lebt von Hartz IV und wohnt noch bei seinem Vater, dem er aber so weit wie möglich aus dem Weg geht. Wenn es sich anbietet, kommt er gerne mal mit dem Gesetz in Konflikt, da wären …“

„Wir kennen sein Vorstrafenregister“, unterbrach Plasberg. „Wann haben Sie ihn unter Ihre Fittiche genommen?“

Harmsdorf zog die Unterlagen zu Rate, die griffbereit auf seinem Schreibtisch lagen. „Vor drei Jahren, da war er vierzehn und war wegen einiger Ladendiebstähle auffällig geworden …“

„Er ist erst siebzehn?", fragte die Kommissarin nach und sah Brinkhoff überrascht an. Diese Tatsache hatte ihr Kollege bei der Besprechung nicht erwähnt. „Bei den Vorstrafen dachte ich, er wäre mindestens so alt wie Kevin Cordes!"

„Kevin Cordes? Was hat das Ganze denn mit Kevin Cordes zu …" Dann ging dem Sozialarbeiter ein Licht auf. „Daher weht der Wind!", sagte er. „Kevin Cordes' Schwester war die Inhaberin dieses Geschäfts, oder? Das abgebrannt ist. Sie glauben, dass Siggi was damit zu tun hat!"

Plasberg war gezwungen, ihre Verdachtsmomente auf den Tisch zu legen. „Wir sind dabei, das Umfeld jedes einzelnen Mordopfers zu überprüfen. Kevins Mutter hat ausgesagt, dass ihr Sohn gut mit Siggi Schuster befreundet ist, und im Rahmen der weiteren Ermittlungen sind wir darauf gestoßen, dass dieser Siggi Schuster mal im Verdacht stand, Brandstiftung begangen zu haben."

Harmsdorf starrte sie ungläubig an. „Und daraus schließt die Polizei, dass er an dem Mordanschlag auf die *Koksdose* beteiligt war?"

„Wir schließen noch gar nichts", wies sie ihn zurecht. „Wir ermitteln in alle Richtungen. Dafür werden wir vom Staat bezahlt."

„Schon gut, schon gut", brummte Harmsdorf missgelaunt. „Aber Sie sind auf dem Holzweg. Da lege ich meine Hand für ins Feuer. Siggi ist nicht der Typ dafür."

„W-Wofür ist er denn der Typ?", mischte sich Brinkhoff ein, sichtlich darum bemüht, den Gesprächston nicht eskalieren zu lassen. „Sein Vorstrafenregister lässt auf einen ziemlich abgebrühten jungen Mann schließen."

„So was kann täuschen", nahm Harmsdorf den Jungen in Schutz. „In Ihren Unterlagen taucht auf, dass er wegen Widerstand gegen die Staatsgewalt und Beamtenbeleidigung verurteilt worden ist, und in Wirklichkeit hat es nur eine kleine Rangelei mit einem übereifrigen Polizisten gegeben, bei dem Siggi das Wort ‚Arschloch' herausgerutscht ist."

„Und das ist dann keine Beleidigung?", wollte Plasberg wissen.

„Ich meine damit nur, wenn Sie wie ich Tag für Tag mit den Jugendlichen zu tun haben, dann können Sie sie besser einschätzen … wie schon gesagt: Ladendiebstähle, kleinere Rangeleien, mal ein Auto knacken, Beleidigung, das ist eher sein Kaliber. Er hält sich lieber im Hintergrund, ein Einzelgänger. Jemand, der Auseinandersetzungen möglichst aus dem Weg geht, weil er sie sowieso nie gewinnt. Allein schon von der Statur her. Er ist ein ziemlicher Hänfling. Gegen die durchtrainierten Muskelprotze, die sonst hier so den Ton angeben, hätte er keine Chance."

„Ist er in einer der Jugendgangs?"

Harmsdorf lachte auf und schüttelte den Kopf. „Die Bande, die hier das Sagen hat, nennt sich *Ostheim Ghetto Bandits*. Ihre Graffiti finden Sie hier überall in den Hausfluren und auf jeder Betonwand. Die setzen sich zu achtzig Prozent aus Migrantenkindern zusammen. Jemand wie Siggi Schuster oder Kevin Cordes hätte es verdammt schwer, von denen akzeptiert zu werden."

„Und was hatte es mit dem Verdacht auf Brandstiftung auf sich?"

Harmsdorf rieb sich seinen Bart. „Ein Kollege war damals mit der Sache betraut, von daher bin ich der falsche Ansprechpartner. Siggi soll zusammen mit ein paar anderen die Mülltonnen in einem der Wohnsilos hier angezündet haben, und der Brand hat dann auf die Kellerräume übergegriffen. Aber das ist bestimmt schon ewig her, da war er noch keine zwölf. Und niemand konnte ihm nachweisen, dass er daran beteiligt war. Sie wissen doch sicherlich, dass das Verfahren gegen den Jungen eingestellt wurde."

„Was ist mit Kevin?"

„Was soll mit ihm sein?"

„War er auch an der Mülltonnenaktion beteiligt?"

„Keine Ahnung."

„Kommen Sie, Herr Harmsdorf", sagte die Kommissarin ungeduldig, „wir wissen doch alle, dass Sie hier vor Ort ganz andere Möglichkeiten haben, Informationen zu sammeln. Wie war das noch? Tag für Tag mit ihnen zusammen? Sie hören doch von den Jugendlichen, wer angeblich an welchen Aktionen beteiligt war, wer sich brüstet, ein Ding gedreht zu haben."

„Ich bin hier, um Präventionsarbeit zu leisten", entgegnete der Sozialarbeiter. „Ich versuche, den Jugendlichen eine Zukunftschance zu bieten. Ich bin nicht dazu da, sie in die Pfanne zu hauen!"

Plasberg atmete tief durch. In Fällen wie diesen zeigte sich, dass auch die Behörden nicht immer auf derselben Seite standen, aber sie wollte keinen Streit mit dem Sozialarbeiter.

„Wie kommt es eigentlich, dass Kevin und Siggi so gut befreundet sind?", fragte sie. „Ich meine … in dem Alter sind drei Jahre Altersunterschied ganze Welten!"

Harald Harmsdorf nahm ihr unausgesprochenes Friedensangebot stillschweigend an. „Kevin ist auch schon längere Zeit auf meinem Radar", gab er zu. „Seit er diesen Tankwart zusammengeschlagen hat … das war vor ein paar Jahren. Ziemlich hohes Gewaltpotenzial, hatte ich den Eindruck. Aber seitdem – nichts mehr. Er ist verurteilt worden, hat seine Strafe abgeleistet und das war's."

„Und w-wieso ist er dann immer noch auf Ihrem Radar?", fragte Brinkhoff.

Harmsdorf ruckte unruhig auf seinem Stuhl hin und her und war bemüht, sich die nächsten Worte gut zurechtzulegen. „Alles, was ich Ihnen sage, ist doch erst mal *off the record*, wie es so schön heißt, oder?"

Die Kommissare gaben ihr Einverständnis. Harmsdorf räusperte sich verlegen und lehnte sich zurück. „Sie haben recht, die beiden sind mir in letzter Zeit aufgefallen. Wie gesagt, die *Ostheim Ghetto Bandits* kontrollieren hier die Straße. Der harte Kern besteht aus circa fünfzehn bis zwanzig Jugendlichen, an der Peripherie noch mal dieselbe Anzahl. Die meisten sind zwischen vierzehn und neunzehn Jahre. Faruk, den Sie eben gesehen haben, gehört auch dazu. Sie treffen sich hier vor den Häusern, hängen zusammen ab oder organisieren Prügeleien mit anderen, verfeindeten Gangs. Intern gibt es natürlich auch häufiger harte Auseinandersetzungen. Aber wer Mitglied ist, hat ein hohes soziales Prestige und genießt den Schutz der Gang …

jedenfalls meistens. Und genau das ist der springende Punkt. Kevin und Siggi wollten meines Erachtens gerne dazu gehören, wurden aber von den Mitgliedern der Gang durch Nichtbeachtung gestraft. Siggi hat das damals in ein paar Gesprächen anklingen lassen. Er schob als Halbwüchsiger deswegen ziemlichen Frust. Ich hatte so den Eindruck, dass Kevin und er anfänglich deshalb so viel Zeit miteinander verbrachten, weil sie eben nicht dazugehörten."

„Ein Zusammenschluss der Verlierer also", sagte Plasberg.

„Kann man so nennen."

„Sie haben gesagt: ‚wollten'. Heißt das, dass die beiden jetzt kein Interesse mehr an den *Bandits* haben?"

„Das ist eher eine ziemlich neue Entwicklung. Mit Siggi habe ich, wie gesagt, schon ziemlich lange zu tun. Es fing an mit kleineren Ladendiebstählen, Schuleschwänzen, Sachbeschädigung. So weit, so vorhersehbar. Als er gemerkt hat, dass ihn niemand für voll nimmt, ist er immer mehr zum Einzelgänger geworden. Machte sein eigenes Ding, wie man das so nennt. Mit der Zeit hat er dann …", Harmsdorf zögerte, „ich weiß nicht, wie ich das besser beschreiben soll … ich habe den Eindruck, er ist ziemlich verschlagen geworden … ‚listig' ist vielleicht der bessere Ausdruck. Ich weiß, dass er angefangen hat, in ordentlichem Umfang zu dealen, aber ich weiß nicht, wann oder wo oder wie. Andere haben das durchblicken lassen, aber erwischt worden ist er noch nie. Er macht das anscheinend sehr diskret, und als ich ihn einmal darauf angesprochen habe, hat er natürlich alles abgestritten. Er ist außerdem ein ziemlicher Computerfreak … als vor ein paar Monaten mein Laptop abgestürzt ist, hat er das Ding im Handumdrehen wieder zum Laufen gekriegt. Aber als ich ihn gefragt habe, ob er nicht Lust hat, sich beruflich in diese Richtung zu orientieren, hat er mir zu verstehen gegeben, dass das ‚nicht nötig' sei. Seine Worte. Ich hatte es eigentlich als berufliche Perspektive gemeint, aber er hat das wohl unter dem Aspekt eines sicheren Auskommens verstanden. Es hörte sich jedenfalls an, als bräuchte er sich keine finanziellen Sorgen zu machen. Was mich stutzig gemacht hat. Na ja, und dann habe ich im Laufe der Zeit mitbekommen, wie ihn die anderen Jugendlichen immer mehr mit Respekt behandelt haben. Er wurde nicht mehr herumgeschubst … im Gegenteil, die meisten haben angefangen, einen Sicherheitsabstand zu ihm zu wahren, und gleichzeitig schien er aber auch das Interesse zu verlieren, näher mit den *Bandits* zu tun zu haben. Wirklich sehr merkwürdig."

„Und was schließen Sie daraus?", fragte Brinkhoff.

„Dass er noch ein weiteres Tätigkeitsfeld entdeckt hat, das den anderen Kids Respekt einflößt."

„Und das w-wäre?"

„Keine Ahnung. Eine Sache ist mir aber in letzter Zeit aufgefallen." Der Sozialarbeiter beugte sich nach vorne und sah die Polizeibeamten eindringlich an. „Ich habe doch eben erwähnt, dass Prügeleien mit anderen Gangs hier an der Tagesordnung sind. Die Kids verabreden die Treffpunkte übers Internet und über Handy."

„D-das wissen wir", erwiderte Brinkhoff. „Die Kollegen versuchen die entsprechenden Seiten im Netz im Auge zu behalten."

Harmsdorf sah ihn mitleidig an. „Glauben Sie mir, Herr Kommissar, die Jugendlichen hier sind der Polizei in diesen Dingen immer eine Nasenlänge voraus! Aber worauf ich eigentlich hinauswollte … der Status der *Bandits* hat sich in letzter Zeit extrem verbessert, was ich darauf zurückführe, dass sie die Kämpfe mit den anderen Gangs neuerdings fast immer gewinnen. Und das liegt daran, dass …"

„Warten Sie", unterbrach Plasberg. Gerade war ihr ein Gespräch eingefallen, das sie mit einem der Kollegen vom KK 57 vor einigen Wochen geführt hatte. „Es sind verstärkt Waffen gefunden worden bei den Mitgliedern der Gang, richtig?"

Der Sozialarbeiter bejahte. „Keine Schusswaffen zum Glück, jedenfalls noch nicht. Aber Messer und verstärkt auch Schlagringe, Baseballschläger. Es müssen auch ein oder zwei Elektroschockpistolen dabei gewesen sein. Ich habe von Kollegen in anderen Stadtteilen gehört, dass einige Kids der angegriffenen Gangs Brandwunden hatten, die darauf schließen lassen. Woher die Sachen stammen, sagt natürlich niemand. Aber jedes Mal

– darauf bin ich natürlich erst im Nachhinein gekommen – haben die Anführer der *Bandits* vorher verstärkt Kontakt mit Siggi Schuster gehabt. Sie haben dahinten in den Hauseingängen gestanden, zusammen geraucht und geredet. Mehr nicht, aber auch nicht weniger." Er deutete auf die Mietskasernen, die von den Fenstern in seinem Container gut einzusehen waren. „Ich weiß auch, dass sie sich in der Spielhalle um die Ecke getroffen haben."

„Sie glauben, dass Siggi Schuster die Gang mit Waffen beliefert?"

Harmsdorf hob abwehrend die Hände. „Reine Spekulation. Kann ich durch nichts beweisen. Aber im Internet lässt sich so einiges beschaffen, wenn man die notwendigen Kontakte aufgebaut hat."

„Und Siggi Schuster ist ein Computerfreak", sagte Plasberg nachdenklich. „Haben Sie gesehen, ob zwischen Schuster und den Anführern der *Bandits* Geld geflossen ist?"

„Nein."

Die Kommissarin hatte plötzlich ein ungutes Gefühl. Je länger sie sich mit Harmsdorf unterhielt, desto stärker wurde es. Irgendetwas war hier im Gange, direkt vor ihren Augen und es hatte mit Kevin Cordes, Siggi Schuster und den *Ostheim Ghetto Bandits* zu tun. Aber es ließ sich nicht mit Worten beschreiben, jedenfalls noch nicht. Es war, als säße sie vor einem psychologischen Test, vor ihr auf dem Tisch ein Blatt Papier mit wild durcheinandergeworfenen Zahlen, die sie nun mit einem Strich in der richtigen Reihenfolge verbinden musste. Nur dass ihr im Moment die nächsthöhere Zahl fehlte. Sie griff nach der erstbesten Idee, die ihr kam.

„Hat es eigentlich in letzter Zeit vermehrt Überfälle auf Restaurants, Kneipen oder Geschäfte hier in der Ecke gegeben?"

Sowohl Brinkhoff als auch Harmsdorf sahen sie erstaunt an. Der Sozialarbeiter zögerte. „Ich bin nicht sicher … da war was mit einem Handyladen und einem Dönerstand vor ein paar Wochen, das war aber schon eher in Vingst."

„Und wenn …" Plasberg brach ab. Es hatte keinen Zweck. Der Gedanke, der in ihrem Kopf herumschwirrte, war noch unausgegoren. Besser, sich an Fakten zu halten. „Haben Sie Ihre Beobachtungen den Kollegen vom KK 57 mitgeteilt?"

Harmsdorf wurde patzig. „Soll das ein Scherz sein? Ich bin kein informeller Mitarbeiter der Polizei. Ich bin Sozialarbeiter!"

Plasberg hätte darauf einiges antworten können; ihrer Meinung nach war der Rückzug der einzelnen Behörden auf ihre jeweiligen Zuständigkeiten und ihre mangelnde Kooperation untereinander einer der Gründe, warum sie der wachsenden Gewaltbereitschaft hilflos gegenüberstanden. Aber mit dieser Ansicht machte sie sich auch in ihrer eigenen Behörde nicht immer Freunde. Daher schob die Kommissarin ihre Verärgerung beiseite, zumindest für den Augenblick.

„Und wo kommt Kevin Cordes ins Spiel?", fragte sie schließlich. „Im Moment hört sich das für mich so an, als wäre Schuster ein Einzelkämpfer, der alles alleine macht."

„Die beiden kennen sich von kleinauf, hatten aber keinen engeren Kontakt, soweit ich weiß", erwiderte Harmsdorf. „Erst als Kevin vor ein paar Jahren diese Prügelei hatte, wo er den Tankwart halb totgeschlagen hat, habe ich die beiden öfter zusammen gesehen. Mittlerweile tauchen sie fast immer gemeinsam auf, sind mehr oder weniger unzertrennlich."

„K-Kevin Cordes spielt Schusters Bodyguard!", sagte Brinkhoff aufgeregt. „Er beschützt ihn!"

„Ein Zwanzigjähriger, der den Leibwächter für einen Siebzehnjährigen macht?" Seine Vorgesetzte war skeptisch.

„Ich glaube, das Verhältnis der beiden ist ein wenig komplizierter", warf Harmsdorf ein. „Kevin Cordes genießt nur durch seine Freundschaft mit Siggi Schuster so etwas wie Respekt hier auf der Straße. So viel ist sicher. Keines der anderen Kids hier ist sonst mit ihm befreundet. Aber ich weiß, dass er gerne deren Anerkennung hätte. Er hat ein Auge auf Leila geworfen, das ist die jüngere Schwester von Ahmed, einem der Anführer der *Bandits*. Aber Ahmed würde ihn eher umbringen, bevor er zulässt, dass Kevin und Leila … Und da ist noch was: Ich hatte erst gestern eine Unterhaltung mit dem Betreiber der Spielhalle um die Ecke, als ich mir Zigaretten gekauft habe. Er hat mir erzählt, dass sich Kevin und Siggi vor drei Tagen in seiner Spielhalle geprügelt haben. Nichts Ernstes, aber immerhin. Kevin soll den Streit angefangen haben. Und drei Leute von den *Bandits* waren dabei."

„Kein Leibwächter prügelt sich mit seinem Auftraggeber", sagte Plasberg stirnrunzelnd. „Das hört sich eher so an, als ob Kevin der Dominantere der beiden ist."

„Vor drei Tagen?", fragte Brinkhoff nach. „Da war doch Vogt bei den Cordes' zu Besuch! Vielleicht hängt das zusammen?"

Plasberg reagierte nicht, sie war noch immer mit der Beziehung zwischen Kevin und Siggi Schuster beschäftigt. „Angenommen, das mit den Waffen stimmt", grübelte sie. „Angenommen, Schuster hat tatsächlich Zugang zu Waffen ... wenn Kevin davon Wind bekommen hat ... er könnte doch ... aber warum? ... und was hätte Schuster davon?" Sie sah auf und bemerkte, dass die beiden Männer sie anstarrten. Sie schüttelte den Kopf. „Tut mir leid."

Sie unterhielten sich noch einen Moment mit Harmsdorf, dann stand Plasberg auf und beendete das Gespräch. „Alles in allem, sehr aufschlussreich", bedankte sie sich.

„Halten Sie mich auf dem Laufenden", sagte der Sozialarbeiter.

Die Kommissarin nickte und trat zusammen mit Brinkhoff wieder ins Freie, wo sie unschlüssig an den Wohnsilos emporblickte. Zwei Jugendliche standen in einem der Hauseingänge und beobachteten die Beamten misstrauisch. Einer zückte ein Handy und begann zu telefonieren.

„Und jetzt?", fragte Brinkhoff. „Erst Schuster oder erst Kevin Cordes?"

Plasberg deutete mit dem Kinn auf die beiden jungen Männer. „Egal. Die starten sowieso gerade einen Rundruf. Wir sind gesehen worden."

Es war Heinz Cordes, der ihnen diesmal die Tür öffnete. Kevins Vater schienen die letzten Tage schwer zugesetzt zu haben; sein Aussehen erinnerte die Kommissarin an einen Obdachlosen. Die Augen waren vom Alkohol gelb gefärbt, auch seine Gesichtshaut hatte einen gelblichen Schimmer. Der Geruch nach Schweiß, der ihn umgab, war scharf und beinahe unerträglich.

„Sie schon wieder? Waren Sie nicht erst heute Morgen da?“, sagte er mit schwerer Zunge, wobei ihm die brennende Zigarette aus dem Mund fiel. Ein paar unverständliche Flüche brummend, bückte er sich schwerfällig und wäre dabei fast umgefallen, wenn Brinkhoff ihm nicht stützend unter die Arme gegriffen hätte.

„Wir wollten zu Ihrem Sohn. Wir haben ein paar Fragen an ihn.“

„Zu Mamas Liebling?“ Cordes verzog das Gesicht zu einer merkwürdigen Grimasse. Die Kommissare wechselten einen Blick.

„Mamas Liebling?“, wiederholte Plasberg. „Wie meinen Sie das?“

Aber Cordes hatte ihr gar nicht zugehört und schlurfte schon wieder Richtung Wohnzimmer. „Der ist in seinem Zimmer. Glaub ich wenigstens.“

„Und Ihre Frau? Wo ist Ihre Frau?“, rief Plasberg ihm nach. Cordes antwortete nicht. Als er die Wohnzimmertür öffnete, fuhr den Kommissaren für einen Augenblick der Gestank von kaltem Rauch und abgestandenem Bier in die Nase, dann klappte die Tür hinter Cordes zu.

„Hier ist irgendwas kurz vor dem Explodieren“, sagte Plasberg beunruhigt. „Ich habe nur keine Ahnung, was!“ Dann klopfte sie an Kevins Zimmertür.

Der Junge sah sie verwirrt an, als er die Tür aufriss. „Wie sind Sie hereingekommen?“, fragte er. Er trug eine alte Jogginghose, ein übergroßes, weißgemustertes Kapuzenshirt und abgetretene Turnschuhe.

„Dein Vater hat uns aufgemacht. Können wir reinkommen?“

„Der alte Sack hat sich freiwillig bewegt?“ Kevin schnaubte auf. „Macht er sonst nur für ’ne Pulle Bier.“ Nach wie vor versperrte er den Kommissaren den Zutritt zu seinem Zimmer.

„Du lässt uns also nicht rein?“, fragte Plasberg.

„Muss ich?“ Der Junge grinste von oben auf sie herab.

„Nein. Aber dann frage ich mich natürlich, was du in deinem Zimmer zu verbergen hast.“

Kevin zögerte kurz und warf einen Blick nach hinten. „Ich hab Besuch", sagte er. „Gehen wir in die Küche."

Brinkhoff versuchte, einen Blick auf den geheimnisvollen Besuch zu werfen, aber Kevin blockierte die Sicht und schloss die Tür vor seiner Nase.

In der Küche lehnte er sich mit verschränkten Armen an den Küchenschrank. Er bot den Kommissaren keinen Platz an; anscheinend wollte er die beiden so schnell wie möglich loswerden. „Also, was gibt's?" In seiner Stimme schwang ein aggressiver Ton mit. Auch wenn er überrascht worden war über die Art und Weise, wie die Polizisten in die Wohnung gekommen waren – *dass* sie etwas von ihm wollten, schien ihn weniger aus der Fassung zu bringen.

„Wo ist deine Mutter?" Maria Plasberg stellte demonstrativ ihre schwarze Lackhandtasche auf den Küchentisch, als Zeichen, dass sie sich von Kevins abweisender Haltung nicht aus der Ruhe lassen bringen würde.

„Schlafzimmer", erwiderte der Junge. Er hob gleichgültig die Schultern. „Die alte Fotze ist bestimmt wieder zugedröhnt."

Plasberg zuckte zusammen. ‚Mamas Liebling', ‚die alte Fotze' – was war hier eigentlich los? „Redest du immer so über deine Mutter?"

Sein Blick wurde hart und unbarmherzig. „Was geht Sie das an?"

Brinkhoff räusperte sich. „W-Wir haben gehört, dass d-du häufig mit einem Jungen namens Siggi Schuster zusammen bist."

„Der Siggi?" Kevin verschränkte die Arme vor der Brust. Anscheinend hatte er sich vorgenommen, die Kommissare mit ihren Fragen ins Leere laufen zu lassen. „Ist 'n Kumpel von mir. Und?"

Brinkhoff sah Plasberg an. Er wusste eigentlich selbst nicht, was er fragen wollte, ohne zu viel von den Informationen preiszugeben, die sie von Harald Harmsdorf erhalten hatten.

Seine Vorgesetzte übernahm routiniert. Sie war zwar auch nicht sicher, aber sie entschied, sich einfach von Kevins Antworten und der Art und Weise, wie er antwortete, leiten zu lassen.

Irgendwo würde es einen Aufhänger geben, an dem sie nachhaken konnte. „Du verbringst also viel Zeit mit Siggi?"

„Wir hängen zusammen ab."

„Und worin besteht diese Art des Zusammen-Abhängens?"

„Keine Ahnung, was Sie meinen", brummte Kevin. „Wir treffen uns draußen und quatschen. Manchmal gehen wir in die Spielhalle und flippern. So was halt."

„Ah ja, die Spielhalle." Plasberg nahm das Stichwort auf. „Ihr habt euch da vor ein paar Tagen geprügelt? Du und der Siggi?"

„Wer sagt das?"

„Jemand, der es wissen muss."

„Der Harmsdorf sieht Gespenster, wenn Sie das von dem haben", erwiderte Kevin spöttisch. „Der glaubt, nur weil er jeden Tag in seinem Container sitzt, hätte er die große Checke."

„Also habt ihr euch nicht geprügelt?"

„Wenn ich mich mit dem Siggi richtig prügeln würde, dann läg der jetzt in der Klinik." Kevins Tonfall hatte etwas Angeberisches und Plasberg stutzte den Jungen sofort zurecht.

„Ja, ich hab mich schon schlau gemacht. Du bist schnell mit den Fäusten dabei, wenn dir jemand in die Quere kommt."

Kevins Augen verengten sich zu schmalen Schlitzen. „Das mit dem Tankwart ist schon ewig her. Und er war voll der Pisser. Der hat es nicht anders verdient."

„Er hat deine Freundin Babette nach ihrer Telefonnummer gefragt. Das war alles."

„Na und? Sie war mein Mädchen."

„Jetzt ist sie das nicht mehr?"

„Nein", erwiderte Kevin unwirsch. „Was soll die Frage?"

„Diese Babette … wie heißt sie noch gleich mit Nachnamen?" Plasberg wandte sich an ihren Kollegen.

„G-Gerster", antwortete Brinkhoff. Er hatte keine Ahnung, worauf die Kommissarin hinauswollte.

„Ja, genau. Warum ist sie nicht mehr deine Freundin?"

„Meine Sache", erwiderte Kevin mürrisch.

„Hast du noch Kontakt zu ihr?"

„Nein."

„Aber sie wohnt doch noch hier in der Ecke!"

„Na und? Wir sehen uns ab und zu, aber sie hat jetzt andere Freunde. Nicht mehr meine Wellenlänge."

„Hast du inzwischen eine andere Freundin?"

„Ey, wozu fragen Sie mich so 'n Scheiß? Das geht Sie echt nichts an!" Der Junge wurde sichtlich unruhiger.

Die Kommissarin registrierte die Veränderung in seinem Verhalten aufmerksam. Anscheinend war sie auf der richtigen Spur. „Weil ich mir ein Bild von dir machen möchte", antwortete sie. „Ich hab gehört, du hast ein Auge auf ein anderes Mädchen geworfen? Leila?"

Kevin wurde stocksteif. Mit allem hatte er gerechnet, aber nicht damit. Wie konnte die verdammte Frau wissen, dass er was von Leila wollte? „Wer sagt das?", presste er heraus.

Die Kommissarin zuckte mit den Schultern. „Ich höre so einiges."

„Leila ist …" Kevins Stimme wurde auf einmal weich. „An die komme ich nicht ran."

„Warum nicht?", bohrte Plasberg weiter. „Weil sie bei den *Bandits* ist?"

Kevin grinste herablassend. Für einen Moment hatte er wieder Oberwasser. „Leila? Sie haben echt keine Ahnung, was? Da sind nur Jungs drin."

„Aber Leilas Bruder ist bei den *Bandits*", parierte Plasberg. „Und der hält seine Hand über sie."

Kevin murmelte etwas Unverständliches.

„Warum will Leilas Bruder nicht, dass du Kontakt zu ihr hast?"

„Weiß ich doch nicht! Vielleicht, weil ich Deutscher bin?", fuhr Kevin sie an. „Fragen Sie den Ahmed doch selbst!"

„Guter Tipp", erwiderte die Kommissarin. „Werde ich vielleicht machen." Dann wechselte sie das Thema. „Wie war eigentlich dein Verhältnis zu Anna?"

Kevin sah sie überrascht an. „Anna?", fragte er zurück.

„Ja, Anna! Wie war dein Verhältnis zu ihr?"

„Sie war eben meine Schwester." Der Junge versuchte es mit einer Flucht in Nichtigkeiten, aber auch das ließ die Kommissarin ihm nicht durchgehen.

„Erzähl mir keinen Mist, Kevin!", blaffte sie ihn an. „Hast du sie gemocht? Hast du sie gut leiden können? Oder hast du sie gehasst?"

„Wozu wollen Sie das denn wissen? Hat mich der andere Bulle doch schon gefragt! Keine Ahnung! Sie war fünfzehn Jahre älter als ich. Ich hab sie kaum gekannt! Ehrlich!"

„Und ihr hattet keinen Kontakt, nachdem sie von zu Hause ausgezogen war?"

„Wozu? Die hatte doch ihr eigenes Leben. Hat sich schön verpisst, die Kuh", fügte er leise in einem Nachsatz hinzu.

„Verpisst? Wovor verpisst?"

„Na, vor all dem hier!" Kevin wurde laut. „Gucken Sie sich doch um hier in dem versifften Loch! Ist doch kein Wunder, dass sie die Kurve gekratzt hat!"

„Und das nimmst du ihr übel?"

„Nein. Ich wünschte nur ..."

„ ... dass du auch hättest gehen können?", beendete Plasberg den Satz.

Kevin nickte mit gesenktem Kopf.

Die Kommissarin schwieg. Plötzlich hatte sie das Gefühl, an noch etwas Tiefergehendem gerüttelt zu haben, etwas, das sie vielleicht einen entscheidenden Schritt weiterbringen würde, und sie überlegte, wie sie den Jungen noch weiter aus der Reserve locken konnte.

„Ich kann mir vorstellen, wie das ist, wenn man zurückgelassen wird", sagte sie schließlich vorsichtig. „Vor allen Dingen, wenn man so jung ist wie du damals. Wie alt warst du, als Anna ausgezogen ist?"

„Weiß nicht." Kevin hörte sich plötzlich eigenartig an. „Ich ... ich war noch so klein, als es anfing." Fast schien es, als würde seine Stimme gleich brechen.

„Anfing? Was fing an? Ist sie mehrmals ausgezogen?", fragte Plasberg verwirrt.

Doch wenn sie gedacht hatte, dass der Junge sie aufklären würde, dann wurde sie enttäuscht. Kevins Mundwinkel umspielte ein spöttisches Grinsen – als ob er ihr sagen wollte, dass es ein netter Versuch gewesen war, ihn zum Reden zu bringen.

Ein netter Versuch, aber mehr auch nicht. „War's das jetzt? Wie gesagt, ich hab Besuch." Plötzlich klang er wieder wie vorher und der Moment seiner Schwäche war vorüber.

„Nein, eigentlich wollten wir dir noch ein paar Fragen …", begann Plasberg, unterbrach sich dann aber selbst. „Ja. Ja, das war's erst mal." Sie griff nach ihrer Handtasche und Brinkhoff sah erstaunt auf.

„Aber …"

„Wir haben noch einen anderen Termin, Kollege", sagte die Kommissarin energisch. „Danke für deine Zeit, Kevin. Wir finden alleine hinaus."

Sie verließ die Wohnung und Brinkhoff folgte ihr verdattert. „Was soll denn das? Ich dachte, wir würden noch …"

„Im Aufzug, Brinkhoff!", herrschte Plasberg ihn an und ging schnellen Schrittes auf den Fahrstuhl zu.

Der Kommissar seufzte. Manchmal kam er sich unter Plasbergs Kommando wie ein Lakai vor.

Kevin Cordes war über den abrupten Aufbruch Maria Plasbergs ebenfalls verwundert. Aber er machte sich auch Sorgen. Zum ersten Mal seit Beginn der Woche.

„Wir müssen was unternehmen", sagte er, als er in sein Zimmer zurückgegangen war. „Die Bullen haben nach dir gefragt." Dass Plasberg sich vor allem nach den Mädchen erkundigt hatte, für die er sich interessierte, ließ er unerwähnt.

Siggi Schuster stand am Fenster, beobachtete, wie die Kommissare das Haus verließen, und nickte. „Definitiv. Ich hab auch schon eine Idee, was wir machen."

Im Schlafzimmer nebenan lag Gerda Cordes im Bett. Angespannt hatte sie das unverständliche Stimmengemurmel in der Küche verfolgt; erst als die Wohnungstür zugeschlagen war und sich die Schritte der Polizisten entfernten, hatte das Zittern ihrer Hände aufgehört. Ihre Finger waren noch immer um die Fundstücke gekrallt, die sie in Kevins Zimmer unter seinem Bett hervorgezogen hatte.

Torsten Brinkhoff fuhr sich durch seine Haare, während er und Plasberg aus dem Hauseingang traten. Draußen war es mittlerweile dunkel geworden; die Tür des Mietshauses wurde grell beleuchtet von einer Neonröhre im Eingangsbereich. „Ich ha- habe keine Ahnung, was in Ihrem Kopf vorgeht!“, beschwerte er sich. „Das war eine der merkwürdigsten Befragungen, die ich je erlebt habe.“

Die Kommissarin suchte derweil in ihrer Handtasche nach ihrem Handy. „Nennen Sie es von mir aus weibliche Intuition“, sagte sie, zog ein Etui mit ihrer Sonnenbrille heraus, legte die Stirn in Falten und kramte weiter. „Zu Siggi Schuster hätte uns der Junge keine weitere Auskunft erteilt. Das haben Sie doch wohl selbst gemerkt.“

„Ja schon, aber was sollten diese Fragen nach Babette Gerster und dieser Leila? Ich meine, was hat das mit dem Fall zu tun?“

Plasberg zog etwas Schwarzes, Rechteckiges aus der Handtasche, aber diesmal war es ein Taschenrechner. „Wo ist denn das verdammte Ding?“, fluchte sie. „Ich habe keine Ahnung, was das mit dem Fall zu tun hat“, gab sie zu. „Aber ich finde, dass wir diese beiden Mädchen mal näher befragen sollten. Haben Sie gemerkt, wie abweisend der Junge wurde, als ich nachgefragt habe, warum mit der einen Schluss gewesen ist und er nicht an die andere herankommt?“ Sie grinste triumphierend und zog endlich ihr Handy aus der Tasche.

„Na ja, wahrscheinlich fühlt er sich in seinem Stolz verletzt“, erwiderte Brinkhoff. „Das ist bei Männern so, wenn sie einen Korb kriegen. Und erst recht bei Teenagern! Wenn etwas b- bemerkenswert war, dann eher Kevins Reaktion auf Ihre Frage nach dem Auszug seiner Schwester.“

„Das ist Ihnen auch aufgefallen? Für einen Moment habe ich geglaubt, er bricht gleich in Tränen aus.“ Sie tippte eine Nummer ihres Kurzwahlspeichers ein und bat Gesine Keller, ihr die Adresse von Babette Gerster herauszusuchen.

„Ach, da gehen wir nachher auch noch hin?“ Brinkhoff warf einen Blick auf seine Armbanduhr. Einen pünktlichen Feierabend konnte er wohl vergessen. „Ich dachte, wir unterhalten uns noch mit Siggi Schuster und machen dann Schluss für heute?“

„Ich wette mit Ihnen, dass Siggi Schuster nicht zu Hause ist", erwiderte die Kommissarin und ließ ihr Mobiltelefon wieder in den unergründlichen Tiefen ihrer Handtasche verschwinden.

„Woher wollen Sie das denn wissen?"

„Brinkhoff, ich bitte Sie!"

Der Kommissar sah seine Vorgesetzte verwirrt an.

Plasberg schüttelte den Kopf. „Wer, glauben Sie, war der Besuch bei Kevin Cordes?"

„Sie g-glauben, dass es Schuster war?"

„Na, wer denn sonst? Kevin hat mit Sicherheit kein Mädchen in seinem Zimmer versteckt, dann wäre seine Reaktion eher peinlich berührt ausgefallen, als wir aufgetaucht sind, und nicht so entschieden. Glauben Sie mir, ich weiß, wie junge Männer reagieren, wenn sie *in flagranti* erwischt werden!" Plasberg erinnerte sich nur zu gut an den Tag vor einigen Monaten, an dem sie ihren eigenen Sohn mit seiner Freundin im Bett ertappt hatte. Niklas wäre vor Scham am liebsten im Boden versunken. Davon hatte bei Kevin Cordes keine Rede sein können.

Brinkhoff konnte ihr nicht folgen. „*In flagranti*? Mit Schuster?"

Die Kommissarin seufzte. „Sie haben mich missverstanden. Kevin ist genauso wenig schwul wie Sie heterosexuell. Aber wie wir von Harmsdorf gehört haben und wie Kevin selbst zugegeben hat, verbringt er die meiste Zeit mit Schuster. Machen wir die Probe aufs Exempel!"

Inzwischen waren die Kommissare am Hochhaus Gernsheimer Straße 1 angekommen, das in seiner Bauweise und Verschandelung bis ins Detail der Mietskaserne entsprach, in der die Familie Cordes wohnte. Plasberg drückte auf die Klingel, an der in krakeligen Buchstaben *Schuster* stand. Als ihnen geöffnet wurde, konnte Brinkhoff ein besserwisserisches Grinsen nicht unterdrücken, aber im dritten Stock und an der Wohnungstür angekommen, erwartete sie nur ein etwa vierzigjähriger Mann in Jeans und einem billigem Freizeithemd. Im Hintergrund lief lautstark der Fernseher. Der Vater von Siggi Schuster teilte ihnen mürrisch mit, dass sein Sohn nicht zu Hause war und er keine Ahnung habe, wann er wieder auftauchen würde und wo er wäre, wüsste er erst recht nicht. Es klang so, als wäre es ihm auch egal. Den Kommissaren blieb nichts anderes übrig, als eine Visitenkarte zu hinterlassen, zusammen mit der Nachricht, dass sie gerne mit Siggi sprechen wollten und er sich bei ihnen melden sollte. Eine Bitte, die kaum von Erfolg gekrönt sein würde, darüber waren sich Plasberg und Brinkhoff im Klaren. Typen wie Schuster nahmen nur unter Zwang Kontakt mit den polizeilichen Behörden auf. Und dafür hatten die Kommissare keine Handhabe, jedenfalls im Moment nicht.

„Also auf zu Babette Gerster", sagte Plasberg.

„Wenn's unbedingt sein muss", maulte Brinkhoff.

„Nur noch diese eine Befragung", munterte seine Chefin ihn auf. „Reißen Sie sich zusammen!"

Babette Gerster wohnte in einem Reihenhaus ganz in der Nähe. Im Gegensatz zu den Mietskasernen, in denen Schuster und Cordes wohnten, waren die Häuser hier nur drei- oder vierstöckig und zumindest ansatzweise gepflegt. Die Hausverwaltung hatte ein paar immergrüne Bodendecker um die Häuser gepflanzt – auch wenn einige von ihnen eingegangen waren – und die Fassade war mehr oder weniger graffitifrei. Vor den Häusern befand sich eine Betonwüste aus Parkplätzen und Garagen, ein paar Meter weiter die KVB-Haltestelle *Ostheim*.

Kevins ehemalige Freundin entpuppte sich als ein flachbrüstiges Mädchen um die Zwanzig mit dunkelbraunen Haaren, in einem rosafarbenen Trägertop und hautengen Jeans. Sie stellte einen genervten Gesichtsausdruck zur Schau, der sich auf die Tatsache zurückführen ließ, dass sie gerade allein zu Hause war und auf ihren sechsjährigen Bruder aufpasste.

Eigentlich erwartete Maria Plasberg eine Abfuhr, aber nachdem die Kommissare sich vorgestellt und ihr Anliegen vorgetragen hatten, ließ Gerster sie ohne Umschweife in die Wohnung. „Soll mir recht sein. Ich kann eine Abwechslung von dem kleinen Monster gebrauchen."

Der so angesprochene Junge verfolgte die Polizisten mit großen Augen und offenem Mund, während Plasberg und Brinkhoff sich im Wohnzimmer umsahen. Zwar waren auch hier die Möbel alt und verschlissen – viel Geld schien in diesem Haushalt ebenfalls nicht vorhanden zu sein –, aber im Gegensatz zur

Wohnung der Familie Cordes gab man sich hier Mühe, Ordnung zu halten. Alles wirkte sauber und aufgeräumt. Babette Gerster bot den Kommissaren Platz an auf einem Sofa aus braunem Lederimitat und scheuchte ihren kleinen Bruder mitsamt seinen Spielzeugautos aus dem Weg.

„Also, was wollen Sie wissen?“ Das Mädchen setzte sich mit einem neutralen Gesichtsausdruck auf einen Fußhocker.

Plasberg räusperte sich. „Sie scheinen nicht überrascht zu sein, dass wir Ihnen ein paar Fragen über Kevin Cordes stellen wollen“, sagte sie.

Gerster löste das Gummi, mit dem ihre Haare zusammengehalten wurden, schüttelte ihre Mähne und zwang das Band wieder über den Haarschopf. „Die Bullen kreuzen hier in der Ecke alle Naselang auf und fragen irgendwen irgendwas“, erwiderte sie unbekümmert. „Irgendwer hat immer was ausgefressen. Jetzt scheint es ja wohl Kevin zu sein.“ Zum ersten Mal war so etwas wie Neugierde in ihren Augen zu sehen. „Ich weiß nur nicht, was ich damit zu tun haben soll. Ich seh den Kevin kaum noch.“

„Aber Sie waren mal mit ihm befreundet?“

„Kann man so sagen. Ist aber auch schon ’ne Ecke her, um ehrlich zu sein. Da waren wir beide fünfzehn oder sechzehn und – Marco, lass das!“ unterbrach sie sich scharf. Ihr Bruder robbte über den Teppich, ahmte das Geräusch eines fahrenden Wagens nach und stieß mit seinem Matchboxauto an Brinkhoffs Schuh.

„Schon g-gut“, sagte der Kommissar. „Ist nichts passiert.“

„Der macht uns alle wahnsinnig“, stellte Babette Gerster mit einer gewissen Zufriedenheit fest. „Marco ist hyperaktiv. Am liebsten würden wir ihm jeden Tag eine Valium verpassen.“

„Aber Sie tun es hoffentlich nicht!“, entgegnete Plasberg.

Das Mädchen lachte auf. „Ich bin Erzieherin. Keine Sorge.“

„Und Sie wohnen noch hier bei Ihren Eltern?“

„Nicht mehr lange. Ich hab meine Ausbildung vor zwei Monaten beendet und fange im Januar meine erste Stelle an. Dann hab ich eine eigene Wohnung. In Lindenthal.“ Sie sah erleichtert aus und auf Plasbergs fragenden Blick fügte sie hinzu: „Ich will weg aus dieser Ecke. Zu viele Drogen, zu viel Gewalt. Zu viel Hoffnungslosigkeit, wenn Sie verstehen, was ich meine."

Innerlich revidierte Plasberg ihre Meinung über das Mädchen. Nach dem ersten Augenschein hatte sie Babette Gerster als unreflektiert und oberflächlich abgetan, jetzt aber wurde ihr langsam klar, dass sie einer jungen Frau gegenübersaß, die ihre Umwelt sehr wohl einzuschätzen wusste. Vielleicht würde das Gespräch interessanter werden, als sie erwartet hatte.

„Wie lange waren Sie mit Kevin befreundet?", fragte sie.

„So ungefähr sechs Monate, glaube ich", erwiderte Gerster nach kurzer Überlegung. „Was wollen Sie eigentlich von ihm?"

Die Kommissarin beließ es bei der Erklärung, dass im Rahmen der üblichen Ermittlungen nach einem Mordfall alle Angehörigen überprüft wurden.

„Ja, ich hab das von Anna und der *Keksdose* gehört", sagte Gerster. „Schrecklich! Ich hab seine Schwester zwar nicht gekannt, aber … wie hat Kevin es denn aufgenommen?"

„Komisch, dass Sie fragen", hakte Plasberg ein. „Es scheint ihn nicht sonderlich zu berühren. Wissen Sie vielleicht etwas Näheres über das Verhältnis zu seiner Schwester?"

Das Mädchen schüttelte den Kopf. „Er hat nie über sie gesprochen, wenn Sie das meinen. Aber sie war ja auch so viel älter …"

Die Kommissarin deutete auf Marco, der mittlerweile zu seiner Schwester auf den Hocker geklettert war und quengelnd an ihrem Top herumzerrte. „Wahrscheinlich ein ähnlicher Altersunterschied wie der zwischen Ihnen und Ihrem Bruder."

„Na ja, Marco ist eigentlich nur mein Halbbruder. Meine Mutter ist zum zweiten Mal verheiratet. Von daher ist der Altersunterschied nicht so bemerkenswert. Kevin dagegen war ein echter Nachzügler."

„Hat er darunter gelitten? Oder es irgendwie zu spüren bekommen?"

Gerster setzte ihren Bruder auf ihren Schoß. „Keine Ahnung. Über so was haben wir nicht gesprochen."

Die Kommissarin verzog ungeduldig das Gesicht. „Sie scheinen überhaupt nicht viel miteinander geredet zu haben. War das denn mehr eine körperliche Beziehung?"

„Körperlich? Sie meinen Sex und so?" Gerster errötete. „Nein, überhaupt nicht. Eher das Gegenteil. Ich meine …" Sie suchte nach den richtigen Worten. „Also, ich bin jetzt nicht irgendwie besonders schnell, wenn es darum geht, mit jemandem ins Bett zu gehen, aber Kevin, der war da irgendwie gehemmt."

„Ein Spätzünder vielleicht?"

Gerster schüttelte entschieden den Kopf. „Nein, es war irgendwie anders. Ich weiß nicht, wie ich das richtig beschreiben soll. Das hatte nichts mit Unerfahrenheit zu tun … wie das so ist, wenn man als Teenie zum ersten Mal rumfummelt und so … das war mehr, als fände er Berührungen ekelhaft. Als wäre er irgendwie blockiert. Er mochte es nicht, wenn ich ihn angefasst habe, und Küssen ging auch nicht."

„Ungewöhnlich für einen Jungen mitten in der Pubertät", wunderte sich Plasberg. „Verstehen Sie das jetzt bitte nicht falsch: Lag es vielleicht an Ihnen?"

„An mir?"

Die Kommissarin formulierte es so neutral wie möglich. „Waren Sie vielleicht nicht die Partnerin, die er sich vorgestellt hatte?"

„Dann hätte er mich ja wohl kaum gefragt, ob ich seine Freundin sein möchte."

„Ist er v-vielleicht schwul?" Brinkhoff, der bisher geschwiegen hatte, mischte sich das erste Mal ins Gespräch ein. Für seine Frage kassierte er von Maria Plasberg einen genervten Blick.

Auch Babette Gerster sah den Kommissar ungläubig an. „Schwul? Der Kevin?"

„Na ja", erwiderte Brinkhoff. „M-Manchmal erkennen Jungen in der Pubertät erst, dass sie schwul sind, wenn sie sich mit einer Frau nicht wohlfühlen. Oder sie sind mit einem Mädchen zusammen, weil sie ihre Homosexualität nicht wahrhaben wollen."

„Kevin ist nicht schwul." Gerster war sich sicher. „Das hätte ich gespürt."

„Seine Gehemmtheit … war das auch der Grund, warum Ihre Beziehung in die Brüche gegangen ist?", fragte Plasberg.

Marco rutschte ungeduldig auf dem Schoß seiner Schwester herum, sprang dann auf den Teppich und begann um ihre Aufmerksamkeit zu buhlen, indem er mit ausgebreiteten Armen durch das Wohnzimmer lief und lautstark ein Flugzeug nachahmte. Gerster ignorierte das Kind so gut es ging.

„Nein", sagte sie. „Ich habe mit Kevin Schluss gemacht wegen der Geschichte mit dem Tankwart."

Plasberg stutzte. „Wieso? Sie haben doch zu seinen Gunsten ausgesagt?"

„Marco, Ruhe jetzt!", schimpfte Gerster. Dann wandte sie sich wieder der Kommissarin zu. „Sie müssen das verstehen … ich war gerade mal sechzehn oder so und er war mein Freund", druckste sie herum. „Da musste ich doch zu ihm halten."

„Sie haben eine Falschaussage gemacht?"

Gerster blickte zu Boden. „Na ja …", erwiderte sie gedehnt. „Nicht direkt eine Falschaussage. Ich hab gesagt, dass der Kassierer an der Tankstelle mich angebaggert hat und mich angrapschen wollte. Dass Kevin mich nur verteidigen wollte."

„Und in Wirklichkeit …?"

„In Wirklichkeit hat der Typ nur ein bisschen mit mir geflirtet und mich im Scherz nach meiner Handynummer gefragt. Ganz harmlos. Aber als Kevin das mitbekommen hat, ist er völlig ausgerastet und hat den Typen zusammengeschlagen. Ich hab völlig panisch daneben gestanden, weil er überhaupt nicht mehr aufhörte, das war alles so … brutal. Der Typ hat geschrien und sich die Arme vors Gesicht gehalten und da war auch überall Blut, weil Kevin ihm mit der Faust auf die Nase … Ich war so überrumpelt und wusste gar nicht, was ich machen sollte. Ich … ich glaube, ich hatte auch irgendwie Angst vor Kevin. Und dann hat er ja auch noch die Kasse mitgehen lassen." Sie sah Maria Plasberg bittend an. „Ich dachte damals, das muss so sein … dass ich dem Kevin zur Seite stehe, weil ich doch seine Freundin war. Deshalb habe ich diese Aussage gemacht. Erst später ist mir klar geworden, dass das ein Fehler war."

„Kann man so sagen", antwortete Plasberg ausdruckslos.

„Kurz darauf habe ich mit Kevin Schluss gemacht. Ich konnte das einfach nicht mehr. Da war einfach zu viel kaputt bei ihm."

„Hat Kevin schon früher gewalttätige Ausbrüche gehabt?"

„Nein, das war das erste Mal. Ich hab doch gesagt, er war eigentlich immer eher gehemmt."

„Ich meinte nicht Ihnen gegenüber, sondern Gewalt ganz allgemein."

Aber Gerster verneinte auch das. „Klar hat er sich hin und wieder mal geprügelt, aber das waren nur so Sachen unter Jungs. Aber das, das war irgendwie total krass. Ich meine, wegen so 'ner blöden Sache komplett auszurasten, ist doch idiotisch. Als ob ich mit dem Kassierer tatsächlich was anfangen würde!" Sie machte eine kurze Pause. „Und dann tauchte ja auch immer öfter dieser Siggi bei ihm auf und den konnte ich absolut nicht ausstehen."

Plasberg wurde hellhörig. Das deckte sich mit einer Bemerkung des Sozialarbeiters. „Vorher hatten Kevin und Siggi Schuster keinen engen Kontakt?"

„Nein. So viel ich weiß, kannten die sich zwar vom Sehen, aber engeren Kontakt hatten sie erst, nachdem das mit dem Kassierer war. Der Siggi fand das wohl cool, wie Kevin den Typen fertiggemacht hat." Gerster schüttelte sich. „Widerlicher Kerl, der Siggi. Ein linker Typ."

„Und seitdem haben Sie keinen Umgang mehr mit Kevin?"

„Na ja, wir begegnen uns ab und zu noch auf der Straße und sagen Hallo, aber mehr auch nicht. Für mich war diese Szene an der Tankstelle so ein Moment, wo ich dachte: Du musst was ändern in deinem Leben, sonst geht alles den Bach runter, verstehen Sie? Das war, als ob ich einen Eimer kaltes Wasser über den Kopf gekippt kriege. Ich wollte mit den ganzen Leuten hier aus der Ecke nichts mehr zu tun haben, mit den blöden Gangs, den ständigen Prügeleien, dem Macho-Gehabe der Jungs. Das ist alles so ätzend!" Gerster seufzte und spielte mit einer Haarsträhne. „Ich hab dann zum Glück noch einen halbwegs vernünftigen Schulabschluss hingekriegt und anschließend meine Ausbildung zur Erzieherin angefangen."

„Hatte Kevin nach Ihnen noch andere Freundinnen?", fragte Plasberg.

Babette Gerster hob unschlüssig die Achseln. „Keine Ahnung, aber ich glaube nicht."

„Wir haben gehört, dass er eine gewisse Leila gut findet."

„Leila?" Gerster bekam große Augen und fing an zu lachen. „Kevin und Leila? Nie im Leben!"

„Sie kennen das Mädchen?"

„Ja, natürlich. Leila ist Ahmeds Schwester und Ahmed ist einer von denen, die bei den *Bandits* den Ton angeben. Und deshalb kann sich Kevin Leila auch von der Backe putzen. Der Ahmed würde ihn nie an seine Schwester ranlassen."

„Sie kennen die *Bandits*?"

„Die kennt hier jeder, Frau Kommissarin. Da kommt man gar nicht drum herum, wenn man hier wohnt."

Marco begann erneut auf seiner Schwester herumzuklettern und forderte immer energischer ihre Aufmerksamkeit. Die Kommissarin sah ein, dass ihre Unterhaltung mit Babette Gerster sich dem Ende zuneigte. Eine Frage aber wollte sie doch noch loswerden: „Siggi Schuster. Was hat er Ihrer Meinung nach mit den *Bandits* zu tun?" Sie konnte das Mädchen schlecht danach fragen, ob sie etwas darüber wusste, dass Schuster die Gang mit Schlagwaffen versorgte.

Babette Gerster antwortete schnell. „Wenn Sie meinen, ob er Mitglied bei denen ist, dann ist die Antwort: Nein."

„Weil er Deutscher ist?"

„Weil er ein Feigling ist. Der würde sich nie auf einen Kampf oder eine Prügelei einlassen, weil er dabei immer den Kürzeren ziehen würde."

„Dann ist er vielleicht doch eher schlau?", fragte Plasberg.

„Nicht schlau: Durchtrieben", sagte Gerster und ihre Abneigung war ihr deutlich anzumerken.

„Sie mögen ihn wirklich nicht", stellte die Kommissarin fest.

„Ganz ehrlich? Er macht mir Angst. Nicht so wie Kevin … das ist bloß hirnlose Brutalität, der man aus dem Weg gehen kann. Aber Siggi … dem traue ich so einiges zu."

Die Kommissarin hatte genug gehört. Sie nickte und verabschiedete sich gemeinsam mit Brinkhoff.

Auf dem Rückweg zu ihren Autos war die Kommissarin außergewöhnlich still. Die Unterhaltungen mit Harmsdorf, Kevin und Babette Gerster ließen sie nicht los. Erneut beschlich sie das frustrierende Gefühl, etwas Entscheidendes gehört, dessen Bedeutung aber nicht erkannt zu haben. Jedenfalls noch nicht. Erst als Brinkhoff sie mit ein paar neugierigen Seitenblicken musterte, konzentrierte sie sich auf das Nächstliegende. Eines war sicher: Sie hatten noch immer nicht genug Informationen, um die Dinge, die sich hier abspielten, richtig zu verstehen.

„Wir sollten uns morgen mit den Kollegen vom KK 57 zusammensetzen", sagte sie. „Ich will die ganze Akte dieses Überfalls auf den Kassierer noch mal auf meinen Schreibtisch. Dieser plötzliche Gewaltausbruch von Kevin … da ist uns irgendwas entgangen. Außerdem brauche ich noch mehr Informationen über diese *Ostheim Ghetto Bandits*. Strukturen, Hierarchie, Mitglieder, bisherige Delikte, laufende Verfahren, Einschätzung des Gewaltpotenzials. Ich will, dass die Reitz an der Besprechung teilnimmt. Vielleicht kann sie mithilfe der Informationen der Kollegen ihr Täterprofil verfeinern. Außerdem müssen wir Siggi Schuster ein wenig mehr auf den Zahn fühlen. Ich werde das Gefühl nicht los, dass diese *Bandits* dabei sind, eine Schwelle zu überschreiten. Und zwar mithilfe von Siggi Schuster. Und Kevin Cordes hängt da irgendwie auch mit drin."

Erneut hatte Brinkhoff Schwierigkeiten, Plasbergs Gedankengängen zu folgen. „Was für eine Schwelle?"

„Von einer reinen Jugendgang zu einer kriminellen Vereinigung. Und Siggi Schuster ist der Schlüssel dazu. Diese Überfälle auf den Handyladen und den Dönerimbiss – wir sollten prüfen, ob es in letzter Zeit noch mehr Delikte in dieser Richtung gab und ob wir eine Verbindung zu Mitgliedern der Jugendgang ziehen können."

„Und w-was soll das alles mit unseren Ermittlungen zur *Keksdose* zu tun haben?", protestierte Brinkhoff. „Ich seh das doch richtig: Wenn Frau Dr. Reitz dabei sein soll, dann halten Sie es für möglich, dass die Täter aus dem Kreis der *Bandits* kommen, oder?"

Plasberg seufzte frustriert. Sie hatte keine Ahnung, wie sie ihrem Kollegen ihr Gefühl erklären sollte. Sie versuchte es mit einer ungeordneten Aufzählung aller Merkwürdigkeiten und Ungereimtheiten, die ihr in den Sinn kamen. „Kevin Cordes, seine plötzliche Brutalität, sein irgendwie gestörtes Sexualverhalten … Siggi Schuster, ein durchtriebener Feigling, der vielleicht übers Internet Schlagwaffen besorgt und vielleicht mit den *Bandits* Geschäfte macht … Das fragwürdige Verhältnis zwischen Kevin und Siggi … Kevin, der seine Schwester darum beneidet, den Absprung aus einer kaputten Familie geschafft zu haben … Dass er seine Mutter als ‚alte Fotze' tituliert … Dann noch die Tatsache, dass Schusters Vater einen schwarzen Audi fährt … Die *Bandits* gewinnen in letzter Zeit alle Kämpfe mit verfeindeten Gangs … Kevin würde gerne zu den *Bandits* gehören und ist in diese Leila verknallt, hat aber keine Chance, an sie heranzukommen … Siggi Schuster dagegen hält sichere Distanz zu den *Bandits*, aber ist eng mit Kevin befreundet … oder zumindest sieht es so aus." Plasberg gab auf. „Da gibt es irgendwo eine Verbindung. Ich weiß nur ums Verrecken nicht, wo."

„Ich hole Sie nur ungern auf den B-Boden der Tatsachen zurück", kommentierte Brinkhoff ihr Brainstorming. „Aber m-morgen werden wir die Verbindung wohl eher nicht herstellen können. Jedenfalls nicht mithilfe der Kollegen vom KK 57", sagte Brinkhoff.

„Und wieso nicht?"

„Weil morgen Samstag ist und die Kollegen Wochenende haben."

„Keine Sorge. Wer ist der Leiter des KK 57?"

„Kriminalhauptkommissar Wentrop, wenn ich mich nicht irre."

„Wentrop? Ist das nicht dieser große, schlaksige, der vor drei Monaten geheiratet hat? Die Keller hat mir zehn Euro für ein Hochzeitsgeschenk aus dem Ärmel geleiert."

Ihr Kollege nickte. „Genau der. Ich hab sogar fünfzehn Euro rausgerückt."

„Und was haben wir ihm geschenkt?"

„Rollrasen."

„Wie bitte?"

„Rollrasen. Er hat g-gebaut und sich Geld für einen Rollrasen vor der Terrasse gewünscht. Wir haben mit den anderen Kommissariaten zusammengeschmissen."

„Auf so was wäre ich nie gekommen!", erklärte Plasberg. „Aber egal. Dann kann er jetzt auch mal was dafür tun. Ich spreche gleich sowieso noch mit Eikner. Der soll sich mit Wentrop in Verbindung setzen, damit uns morgen wenigstens einer der Kollegen vom KK 57 zur Verfügung steht ... Rollrasen, also wirklich!"

Inzwischen waren die Kommissare in der Nähe ihrer Autos angekommen. Brinkhoff wollte gerade seinen eigenen Wagen aufschließen, als er stutzte und mit einem überraschten Gesichtsausdruck auf Plasbergs Golf zeigte: „S-Sehen Sie mal!"

„Wieso? Was ist ... Ach, Scheiße! Das darf doch nicht wahr sein!", entfuhr es der Kommissarin. Jemand hatte ihre Windschutzscheibe eingeschlagen, offensichtlich mit brutaler Gewalt, denn das Sicherheitsglas war nicht nur gesprungen, sondern regelrecht zertrümmert worden. Die Glassplitter verteilten sich über mehrere Meter.

„Das ist eine W-Warnung", sagte Brinkhoff blass.

Die Kommissarin dagegen war wütend. „Gerade aus der Werkstatt und schon wieder kaputt! Ich fasse es einfach nicht! Und wieso nur meiner und nicht auch Ihrer? Verdammter Mist!"

Drei Stunden später als geplant fand sich eine genervte Maria Plasberg zum Rapport in Heribert Eikners Büro ein. Die polizeiliche Aufnahme des Schadens hatte viel Zeit in Anspruch genommen, der Abschleppdienst hatte auf sich warten lassen und dann hatte sie sich um einen Leihwagen kümmern müssen. Bis zur Reparatur ihres Autos fuhr die Kommissarin nun einen roten Opel Corsa.

Mittlerweile war es nach zwanzig Uhr. Im Gegensatz zu den Dienstzimmern der Kommissare, die durch gläserne Scheiben von außen einsehbar waren und nebeneinander lagen, befand sich Eikners Büro etwas abseits am anderen Ende des Ganges – ein abgetrennter Raum und auch ein wenig repräsentativer als die übrigen Zimmer. Neben den Schreibtisch und die meterlangen Aktenregale war eine kleine Sitzgruppe aus schwarzem Leder für Besucher in den Raum gequetscht worden und am Fenster stand ein ausladender Gummibaum.

„Wir waren für halb sechs verabredet, Frau Kollegin!" Der Leiter des KK 11 sah verärgert von seinem Schreibtisch auf und schob mit einem Ruck seine dicke Hornbrille die Nasenwurzel hoch.

„Ich habe doch angerufen, dass ich mich verspäte. Jemand hat an meinem Auto sein Mütchen gekühlt."

„Wie bitte?"

Plasberg winkte ab. „Mittwoch sind mir die Reifen aufgeschlitzt worden und heute war die Frontscheibe zerschlagen."

„Ich wusste gar nicht, dass es in Porz jetzt auch Probleme mit Vandalismus gibt."

Die Kommissarin sah ihren Vorgesetzten verblüfft an, dann erst konnte sie seinen Denkfehler nachvollziehen. „Das ist nicht zu Hause passiert, sondern im Dienst", erklärte sie. „Bei den Reifen habe ich die Öcal-Brüder im Verdacht, bei der Scheibe jemanden aus dem Umfeld von Kevin Cordes. Oder den Jungen selber."

Eikner sah noch griesgrämiger aus als vorher. „Das heißt dann wohl, dass für die Reparaturen die Dienststelle aufkommen soll?"

„Zusammen mit den Kosten für den Leihwagen. Dienstwagen stehen ja wie immer nicht zur Verfügung. Ich habe Frau Keller die Rechnungen schon auf den Schreibtisch gelegt", bestätigte Plasberg.

Eikner beugte sich kommentarlos wieder über die Unterlagen auf seinem Platz, raschelte mit den Blättern und schrieb Vermerke an den Rand. Die Kommissarin kam sich ein wenig überflüssig vor.

„Sollen wir dieses Gespräch auf Montag verschieben?", fragte sie.

„Nein, Montag bin ich verhindert. Ein Termin beim Polizeipräsidenten, den ich der Inkompetenz Ihrer Mitarbeiter zu verdanken habe." Eikners Augen verengten sich zu schmalen Schlitzen.

„Wieso das denn?"

Der Leiter des KK 11 räusperte sich und legte endlich seine Unterlagen beiseite. „Was ist eigentlich mit Ihren Mitarbeitern los, Frau Plasberg? Heute morgen Brinkhoff, und vorhin Vogt."

Die Kommissarin konnte Eikner noch immer nicht folgen. „Wieso? Was ist mit Vogt?"

„Ach, Sie sind noch gar nicht unterrichtet? Wird ja immer besser! Hier!" Eikner schob ihr den Bericht des Kommissars zu und berichtete Maria Plasberg verärgert von Vogts und Shirin Reitz' missglückter Observierung und ihrem kurzzeitigen Kidnapping.

„Orsettis Leibwächter haben die beiden mit vorgehaltener Waffe aus dem Auto gezerrt?", fragte Plasberg ungläubig nach. „Am helllichten Tag?"

„Die beiden haben sich wie Anfänger überrumpeln lassen! Es ist mir völlig unbegreiflich, wie sie dermaßen unvorsichtig agieren konnten!" Eikners Stimme wurde lauter. „Ich kann mich zwar vor Sie stellen, aber natürlich muss ich den Polizeipräsidenten über solche Vorgänge informieren!" Er schüttelte verständnislos den Kopf. „Der eine Beamte hat anscheinend noch nie etwas von Dienstgeheimnis und Schweigepflicht gehört und der andere lässt sich wie ein Tanzbär auf offener Straße von Mafiosi abfangen! Und Sie sind noch nicht einmal im Bilde über die neuesten Vorgänge!"

„Ich war mit dem Kollegen Brinkhoff im Einsatz. Wenn Vogt mich nicht informiert, kann ich nichts dafür!", verteidigte sich Plasberg. „Und die Sache mit Brinkhoff haben wir heute morgen schon geklärt. Dachte ich jedenfalls!"

„Sie sind verantwortlich für die Schlampereien in Ihrer Mordkommission! Wieso bin ich nicht über die Observierungsmaßnahmen unterrichtet worden? Und dann haben Sie noch nicht einmal Ergebnisse vorzuweisen! Wie mir zu Ohren gekommen ist, mussten Sie die Öcal-Brüder wieder laufen lassen!"

„Sie hatten wasserdichte Alibis!"

„O ja", schnaubte Eikner. „Drei Viertel der bisherigen Zeit hat die MK 3 darauf verwandt, einem Paar Kleinkrimineller Alibis aus der Nase zu ziehen! Für so was gibt es eine Verteidigung und Rechtsanwälte! Jetzt stehen nicht nur Sie, sondern auch StA Rosenzweig und der für den Haftbefehl verantwortliche Richter als die Gelackmeierten da! Das haben Sie ja prima hingekriegt!"

„Was hätte ich denn Ihrer Meinung nach tun sollen?", gab Plasberg ebenso verärgert zurück. „Tarkan und Murat Öcal einfach schmoren und aufgrund zweifelhafter Indizien vor Gericht stellen lassen? Der Schaden wäre noch größer gewesen, wenn man sie hätte freisprechen müssen. Dann wäre die Presse ebenfalls über uns hergefallen!"

„Sie hätten die beiden gar nicht festsetzen dürfen! Wenn die Alibis im Vorfeld geklärt worden wären, wäre es gar nicht erst zu diesem Fauxpas gekommen!"

Anstatt sich mit Eikner anzulegen, wechselte die Kommissarin lieber das Thema. „Kriegen wir denn Orsetti und seine Bodyguards nicht dran wegen Entführung und Freiheitsberaubung?"

Auch ihr Vorgesetzter schaltete wieder einen Gang herunter. „Sein Anwalt hat uns schon mit diversen Faxen und Anrufen bombardiert. Er behauptet, Vogt und Reitz seien einer ‚Einladung' seines Mandanten zu einer Tasse Espresso freiwillig gefolgt. Die Leibwächter bestätigen diese Version und andere Augenzeugen gibt es nicht."

„Damit steht Aussage gegen Aussage."

„Sie sagen es."

Plasberg konnte sich ein Schmunzeln nicht verkneifen.

„Ich kann an dieser Situation nichts erkennen, was in irgendeiner Form amüsant wäre, Frau Kollegin!" Eikner beobachtete Plasbergs Vergnügen mit sichtlichem Unwillen.

„'tschuldigung. Ich habe mir nur gerade Vogts Gesicht vorgestellt, als er überrumpelt worden ist. Es wird ihn wahnsinnig fuchsen, dass er Orsetti nichts anhaben kann. Das wird ihm noch Jahre nachlaufen." Die Kommissarin riss sich zusammen und setzte mühsam eine ernste Miene auf. Für einen Moment herrschte Stille in Eikners Büro. Dann sagte Plasberg: „Ich brauche Unterstützung von den Kollegen des KK 57, die sich mit den Jugendbanden im Kölner Raum beschäftigen."

„Wieso denn das?"

„Es gibt vielleicht Hinweise, die auf einen Zusammenhang der Morde in der *Keksdose* und einer Jugendbande in Ostheim hindeuten."

„Das ist eine neue Entwicklung?"

Plasberg nickte.

„Ja, und? Wieso bitten Sie mich um Hilfe?"

„Morgen ist Samstag und ich hätte gern ein oder zwei Kollegen des KK 57 bei der Frühbesprechung dabei."

„Ist das eine Retourkutsche dafür, dass ich die Urlaubsanträge von Hallstetter und Kayser über Ihren Kopf hinweg genehmigt habe?", erkundigte sich Eikner.

„Blödsinn! Ich brauche die Expertise der Kollegen. Hallstetter und Kayser hätten mir da auch nichts genutzt. Womit ich nicht sagen will, dass mir Ihre Einmischung recht war. Mit Hallstetter und Kayser kämen wir wesentlich schneller voran."

„Also schön, ich spreche mit dem Kollegen Wentrop", gab Eikner rasch nach, wahrscheinlich in der Hoffnung, dass Plasberg ihn nicht an sein Versprechen, ihr mehr Personal zur Verfügung zu stellen, erinnern würde. „Ich hoffe nur, dass Ihre Ermittlungen bald zu einem vorzeigbaren Erfolg führen!"

Dann wedelte er mit der Hand und scheuchte die Kommissarin aus seinem Büro. Auf dem Nachhauseweg dachte Plasberg darüber nach, dass die Auseinandersetzungen mit Eikner zu den unangenehmsten Aspekten ihres gesamten Aufgabenbereichs gehörten.

Torsten Brinkhoff hatte es geschafft. Er war tatsächlich in den *Rewe*-Markt auf der Deutzer Freiheit gegangen und hatte sich die Zutaten für ein Essen besorgt, das er sich aus seinem bisher kaum benutzen Kochbuch herausgesucht hatte. Er hatte es vor ein paar Wochen von einem Wühltisch auf der Schildergasse erstanden. Auf dem Cover war eine bunte Gemüsepfanne abgebildet und nach einigem Überlegen hatte er sich für das Rezept mit gefüllten Auberginen entschieden.

Mittlerweile war er jedoch unsicher, ob er nicht vielleicht besser mit einer gewöhnlichen Kartoffelsuppe hätte anfangen sollen, denn schon die erste Anweisung – die Auberginen halbieren und dann das Fruchtfleisch aushöhlen – bereitete ihm gewisse Schwierigkeiten. Und was war mit der nächsten Anweisung gemeint: die Tomaten überbrühen und häuten? Schüttete man einfach heißes Wasser über die Tomaten? Und was bedeutete es, wenn er die Champignons blättrig schneiden sollte?

Brinkhoff sah verzweifelt Bombadil an, der neben ihm auf der Arbeitsplatte saß und dem emsigen Geschnipsel seines Herrchens seine ungeteilte Aufmerksamkeit zukommen ließ.

„Sag bloß nicht, dass ich mich überschätzt habe, Dicker!“, erklärte der Kommissar. Der Kater angelte nach einem losen Büschel Petersilie, das verführerisch in Reichweite lag, und fegte es auf den Küchenboden. Als Brinkhoff sich bückte, um die Kräuter aufzuheben, klingelte es an der Tür.

Er drückte den Knopf an der Gegensprechanlage. „Ja, bitte?“

„Ich bin's. Markus“, hörte er die verzerrte Stimme seines ehemaligen Liebhabers.

Der Kommissar zog wütend die Stirn in Falten. Damit hatte er im Traum nicht gerechnet. „Was willst du? Verschwinde!“ Der Typ hatte wirklich Nerven!

„Ich will mit dir reden!“

„Aber ich n-nicht mit dir!“

Brinkhoff ging zurück in die Küche und betrachtete die Sache damit als erledigt. Markus Clement war ein blöder Wichser und er dachte nicht daran, mit diesem Kerl noch ein Wort zu wechseln. Plasberg hatte recht: Niemals Beruf und Privatleben vermischen. Das brachte nur Ärger. Er metzelte die Zwiebeln nieder, die zusammen mit Knoblauch feingehackt werden sollten, und versuchte, das erneute Klingeln zu überhören. Aber Markus Clement war nicht so schnell in die Flucht zu schlagen. Anscheinend hatte er sich auf den Klingelknopf gelehnt, denn das Schrillen ging ununterbrochen weiter. Der Kommissar gab entnervt auf und drückte auf den Summer. Wenn er ehrlich war, war er auch neugierig darauf, was Clement sich als Entschuldigung zurechtgelegt hatte. Er würde sich anhören, was er zu sagen hatte, und ihn anschließend rauswerfen.

„Und w-worüber willst du mit mir reden?“, herrschte er Clement an, als der die Treppe hinaufpolterte. „Darüber, dass du dich wie ein t-totales Arschloch benommen hast?“

Anstelle einer Antwort zog Clement hinter seinem Rücken einen Bund lachsfarbener Rosen hervor und hielt sie dem Kommissar vor die Nase.

„D-das ist ein Scherz, oder?", stotterte Brinkhoff und wurde rot. Von einem anderen Mann Blumen geschenkt zu bekommen, das war so … schwul. Überrumpelt nahm er den Strauß in Empfang. Ehe er reagieren konnte, war Clement in seine Wohnung geschlüpft und hatte es sich auf einem Küchenstuhl bequem gemacht.

„Oh, du kochst? Ich dachte, du kannst nicht kochen?"

„Ich wollte es wenigstens mal pro… Markus, was willst du hier?", sagte Brinkhoff unwirsch. „M-Mit ein paar blöden Rosen ist die Sache nicht aus der Welt zu schaffen! Ich hab wegen dir einen fetten Anschiss kassiert!"

„Du solltest sie noch mal anschneiden, bevor du sie ins Wasser stellst."

„Was?"

„Die Blumen! Anschneiden!" Clement schälte sich aus seiner Bomberjacke und zündete sich eine Zigarette an. „Aschenbecher?"

„Da auf dem Regal … sag mal, was soll das? Ich will nichts mehr mit dir zu t-tun haben!"

Clement beachtete ihn gar nicht. „Was soll das denn werden?", fragte er und deutete auf das Chaos auf den Arbeitsflächen.

„Gefüllte Aubergine", brummte Brinkhoff.

„Hört sich gut an."

„Ja, aber ich weiß nicht, ob ich mich vielleicht doch etwas übernommen habe. Wie überbrüht man Tomaten?"

Clement grinste. „Du legst sie für einen Moment in siedendes Wasser und ziehst ihnen danach die Haut ab. Komm her …"

Ehe es sich Brinkhoff versah, hatten sie ihre Rollen getauscht: Der Kommissar saß auf dem Stuhl und Markus Clement hatte das Kochen übernommen. In wenigen Augenblicken waren die Tomaten fachmännisch enthäutet und in kleine Stücke geschnitten, die Auberginen ausgehöhlt und in der Pfanne brutzelte Speck. So hatte er sich die Aussprache mit Clement eigentlich nicht vorgestellt.

„Gib mir ’ne Zigarette“, sagte der Kommissar. Bombadil sprang ihm auf den Schoß und machte es sich bequem.

„Liegen auf dem Tisch. Bedien dich. Aber ich dachte, du rauchst nicht?“

„Ach, halt’s Maul. Jetzt brauche ich eine.“

„Wegen mir?“ Clement drehte sich um und sah Brinkhoff in die Augen.

„Natürlich wegen dir!“, fuhr er auf. „Was hast du dir b-bloß dabei gedacht? Wenn ich dir was Dienstinternes erzähle, muss das unter uns bleiben! Aber nein, der Herr C-Clement rennt sofort zu Redaktion vom *Express* und verkauft seine Informationen an die Presse! Ich weiß echt nicht, wieso ich überhaupt noch mit dir rede.“

„Es tut mir leid. Ich hab nicht daran gedacht, dass du Ärger kriegen würdest. Ich war nur so sauer auf den von Schonau. Dass der das Haus nicht wieder aufbauen wird. Dass Typen wie der mit allem durchkommen.“ Clement vergrub seine Hände in den Hosentaschen. „Das Geld war mir scheißegal ... na ja, ich gebe zu, Klaus und ich können es ganz gut gebrauchen im Moment. Mit den Sachen aus der alten Wohnung kann man ja nichts mehr anfangen. Stinkt alles nach Rauch. War er es denn?“

„Was?“

„Der von Schonau? Hat er die Morde begangen?“

„Bist du hier um dich zu entschuldigen oder um neue Informationen aus mir herauszuholen?“

Clement grinste halb nervös, halb verschmitzt. „Erst entschuldigen, dann kochen und dann ’ne Runde mit dir in die Kiste gehen.“

Brinkhoff verschluckte sich am Zigarettenrauch und hustete. „Hast du sie noch alle?“

Markus Clement stellte sich breitbeinig vor ihn, zog ihn hoch und raunte dann mit einem schiefen Lächeln: „Jetzt komm schon ...“

Der Kommissar zwinkerte nervös mit den Augen. Trotz aller Komplikationen war Markus’ Angebot verführerisch. Im Bett hatte es zwischen ihnen gut geklappt und das letzte Mal, dass er Sex gehabt hatte, war so lange her, dass er eigentlich den Notstand hätte ausrufen müssen. Trotzdem … Energisch stieß er Clement von sich. „Nein. Du hast Klaus, und ich will nicht das fünfte Rad am Wagen sein. Das hatten wir schon mal."

„Das dritte. Du wärst das dritte Rad", sagte Clement verletzt und zog sich zurück. „Aber selbst das stimmt nicht mehr. Klaus und ich … wir haben uns getrennt."

„Wie bitte?" Jetzt war Brinkhoff wirklich sauer. „Du trennst dich von deinem Kerl und k-kommst hierher, um dich mir an den Hals zu werfen? Ich f-fasse es einfach nicht! Verschwinde aus meiner Wohnung!" Er sprang auf und zerrte den überraschten Clement am Ärmel in den Hausflur.

„He … was soll das?", protestierte Clement.

„Ich bin nicht dein Trostpflaster!", schnaubte Brinkhoff. Dann knallte er dem anderen die Tür vor der Nase zu. Ein paar Sekunden verharrte er unschlüssig, dann öffnete er sie seufzend wieder. Selbst wenn er es sich vornahm, konnte er auf Markus nicht lange sauer sein. Clement stand wie ein begossener Pudel vor ihm.

„Also schön, komm wieder rein", sagte Brinkhoff mürrisch und trat zur Seite. „Aber Sex kannst du vergessen!" Zurück in der Küche fragte er: „Warum habt ihr euch getrennt?"

Clement breitete hilflos die Arme aus. „Wir haben plötzlich festgestellt, dass wir nach dem Wohnungsbrand beide keine Lust mehr haben, zusammen etwas Neues aufzubauen. Wir suchen uns jetzt jeder eine eigene Wohnung."

„Ha-hat es Streit gegeben?"

„Nein." Clement schüttelte den Kopf. „Es war nur alles … sehr ernüchternd." Er trat ans Küchenfenster und starrte auf die Dächer der Häuser an der gegenüberliegenden Straßenseite, auf denen sich der Nachtfrost breitmachte. Die Dachziegel waren von feinen, weißen Kristallen überzogen. „Und kuscheln?", fragte er plötzlich.

„Was?"

„Ob ich mit dir kuscheln darf? Bitte!"

Torsten Brinkhoff musste lachen. Clement machte ein Gesicht wie ein gemaßregeltes Kind, das um Verzeihung bettelte. „Kuscheln ist okay", sagte er schließlich, schlang seine Arme um ihn und schwor sich, Plasberg gegenüber niemals auch nur ein Sterbenswörtchen fallen zu lassen. Sie würde ihn vierteilen.

Während die Kinder den Abend vor dem Fernsehgerät verbrachten, nahm Maria Plasberg ein heißes Bad in einer überaus sauberen Badewanne. Eingehüllt von einer Wolke ätherischer Öle ließ sie sich mit einem wohligen Seufzer bis zum Hals ins Wasser sinken. Welch ein Luxus! Hatice Yilmaz hatte schon jetzt ihre Lebensqualität um gefühlte einhundert Prozent gesteigert. Plasberg betrachtete das blitzende Waschbecken, die funkelnden Armaturen und den glänzenden Badezimmerboden. Nicht ein Haar, nicht ein Fleck waren mehr zu sehen. Wundervoll.

Sie schloss die Augen und versuchte abzuschalten, den Arbeitstag hinter sich zu lassen, aber die Gedanken an die letzten Stunden ließen sich nicht so einfach verscheuchen. Ohne dass sie etwas dagegen tun konnte, war da wieder dieses unbestimmte, nagende Gefühl, dass sie etwas übersehen oder besser: überhört hatte. Und dieses ungute Gefühl drehte sich um Kevin Cordes. Immer wieder tauchte er vor ihren Augen auf, mit verschränkten Armen an den Küchenschrank gelehnt. Was um alles in der Welt war los mit dem Jungen? Wieso war er damals aus einem so nichtigen Anlass auf den Kassierer losgegangen? Was hatte Babette Gerster gesagt? ‚als ob ich mit dem Kassierer tatsächlich was anfangen würde!‘ Hatte er sich wirklich bedroht gefühlt? Von jemandem, der nur aus Scherz mit seiner Freundin geflirtet hatte? Dann musste Kevin Cordes einen massiven Minderwertigkeitskomplex haben.

Plasberg rieb sich abgespannt die Augen. Sein Vater nannte ihn „Mamas Liebling“ und er selber nannte seine Mutter „alte Fotze“. Nur jemand, der einen abgrundtiefen Hass auf seine Mutter hatte, würde so über sie sprechen. Aber warum hasst ein Kind seine Mutter? Nur wenn es eine schwere Kränkung erfahren hat … wenn es sich im Stich gelassen fühlt. Ohne es zu bemerken, hielt die Kommissarin den Atem an. Sie war ganz nah dran, sie konnte es spüren. Kevin war noch sehr jung, als Anna ausgezogen war. „Ich war noch so klein, als es anfing.“ Eigenartige Formulierung. Die Antwort konnte sich nicht auf

Annas Auszug beziehen, wie sie anfänglich gedacht hatte, aber sie hatte damit zu tun. Erst als die ältere Schwester nicht mehr im Haus war und er der Willkür seiner Eltern ausgeliefert war … ich war noch so klein … Babette hatte gesagt, er sei gehemmt gewesen, was Sexualität betraf. Er wollte nicht berührt werden und Küssen ging gar nicht … Der Vater war ein Säufer und zu diesem Zeitpunkt schon gesundheitlich angeschlagen … hatte keinen Job halten können. Also war er häufig zu Hause gewesen … Harmsdorf hatte gesagt, dass er häusliche Gewalt bei den Kindern an den Striemen beim Fußballspielen erkennen konnte … war das auch bei Kevin der Fall gewesen? Und waren die Übergriffe vielleicht noch weiter gegangen? Ein kleiner Junge, vielleicht sechs oder sieben Jahre alt, der sich gegen die sexuellen Übergriffe seines Vaters nicht wehren kann und seine Mutter verantwortlich macht, weil sie ihm nicht beisteht? Plasberg setzte sich abrupt in der Wanne auf. Natürlich! Wieso war sie nicht gleich darauf gekommen? Kein Wunder, dass Kevin als Jugendlicher sexuelle Probleme hatte. Er war von seinem Vater missbraucht worden! Und als der Kassierer mit Babette geflirtet hatte, war er ausgerastet, weil er Angst hatte, dass ihm der einzige Mensch gestohlen werden würde, der ihn um seiner selbst Willen liebte … oder war dieses Szenario zu hypothetisch? Sie hatte keinen einzigen Beweis für ihre Theorie. Die Kommissarin lehnte sich unzufrieden wieder zurück ins Wasser und starrte an die Decke, wo der heiße Dampf langsam Tropfen bildete. Irgendetwas fehlte noch … Wenn Kevin in seiner Kindheit das Opfer sexuellen Missbrauchs geworden war, dann war das eine Sache der Vergangenheit. Plasberg konnte sich nicht vorstellen, dass diese Übergriffe jetzt noch stattfanden. Kevin war immerhin zwanzig Jahre alt. Aber wieso wohnte er noch immer zu Hause? Selbst wenn es so war, wie sie es sich zusammenreimte, dann hätte sie an seiner Stelle mit spätestens achtzehn, mit der Volljährigkeit, die elterliche Wohnung verlassen. Den Vater angezeigt. Oder gab es da in seinem Kopf ein verqueres Denken, falsch empfundene Scham oder ein Gefühl der Mitschuld? Und wenn Anna von der Sache erfahren hätte? Und ihr Vater davon, dass sie Bescheid wusste? Das wäre ein erstklassiges Mordmotiv … aber wie hätte sie davon erfahren können? Indem Kevin ihr davon erzählte natürlich. Aber dann hätte er doch auch den Mut aufgebracht, den Behörden etwas davon zu sagen, oder? Außerdem konnte sie sich den alten Cordes nicht als fünffachen Mörder vorstellen. Dazu wäre der Mann allein schon körperlich nicht mehr imstande. Sie war auf der Suche nach zwei jungen Männern, das zeigte das Videoband eindeutig … Kevin und Siggi passten immerhin von der Statur und dem Alter auf die beiden Täter und Siggi fuhr einen schwarzen Audi. Zumindest sein Vater fuhr ihn. Er selbst war ja noch nicht mal volljährig. Kevin könnte den Wagen gefahren haben … aber was für einen Grund sollte er haben, seine Schwester umzubringen? Und war er wirklich so abgebrüht, den Tod von vier weiteren Menschen in Kauf zu nehmen? … andererseits behauptete die Reitz ja, dass die Morde gar nicht geplant waren … und dann die Sache mit den Waffen, die Siggi Schuster vielleicht besorgte … aber warum sollte er Kevin geholfen haben? … es gab einfach keinen Sinn … hatte es doch eher etwas mit den *Bandits* zu tun? War sie auf einer völlig falschen Fährte?

Plasberg ließ in einer Geste der Verzweiflung den Kopf für einen Augenblick unter Wasser sinken, um gleich darauf prustend aufzutauchen. All das brachte sie nicht weiter. Theorien aufzustellen, ohne Beweise dafür zu haben, war einfach völlig zwecklos. Aber nur um sicherzugehen, würde sie morgen mit Brinkhoff noch mal nach Ostheim fahren, um Gerda Cordes mit dem Verdacht des Kindesmissbrauchs zu konfrontieren. Heinz Cordes würde alles abstreiten, aber wenn es zu sexuellen Übergriffen auf Kevin gekommen war, dann hatte sie mit Sicherheit davon gewusst. Gleich nach der Frühbesprechung würde sie hinfahren. Aber für den Moment … die Kommissarin stand auf, zog den Stöpsel aus der Wanne und trocknete sich ab. Für den Moment hatte sie sich wenigstens ein paar Stunden Ruhe verdient.

Nachdem sie ihre Tochter schlafen geschickt hatte, fiel die Kommissarin ebenfalls todmüde ins Bett. Sie hatte keine Ahnung, dass die nächsten vierundzwanzig Stunden zu den schlimmsten ihres Lebens werden sollten.

Dreizehn

Nach dem kurzen freundlichen Intermezzo machte der Samstag mit herbstlichem Schmuddelwetter dem November wieder alle Ehre. Schon in der Nacht hatte es erneut zu regnen begonnen, ein feiner Nieselregen, der die Straßen und Bürgersteige der Stadt in Rutschbahnen verwandelte. Dazu hatte es leichten Nachtfrost gegeben, sodass sich Maria Plasberg in aller Herrgottsfrühe genötigt sah, mit eiskalten Fingern die Scheiben an ihrem Mietwagen freizukratzen. Nina hatte samstags unterrichtsfrei, also fuhr die Kommissarin nur Niklas und Ruth zur Schule. Ihre Tochter lud sie am Eingang der Gemeinschaftsgrundschule in Porz ab, ihren Sohn nahm sie mit bis zur KVB-Haltestelle *Siegburger Straße*, wo er in die Straßenbahn einstieg und weiter zu seinem Gymnasium nach Nippes fuhr. Niklas versprach seiner Mutter, seine Schwester wie jeden Samstag nach Schulschluss abzuholen; da er früher frei hatte, hatte sich diese Lösung in den vergangenen Monaten als praktisch erwiesen, wenn Plasberg im Dienst war. Danach machte sich die Kommissarin auf den Weg ins Präsidium.

Die Frühbesprechung fand wie gewohnt im Konferenzraum in einer der oberen Etagen statt. Um den Kollegen den Wochenenddienst zu versüßen, hatte Plasberg in einem ungewohnten Anfall von Kollegialität einen weiteren Zwischenstopp bei einer Bäckerei eingelegt und eine Tüte Berliner mitgebracht – was sich als Fehler erwies. Denn anstatt sofort mit der Arbeit zu beginnen, waren alle Anwesenden erst einmal damit beschäftigt, sich umständlich den Zucker von den klebrigen Fingern zu lecken oder ihn auf dem Tisch zu verstreuen. Karsten Vogt gelang es, sich nach einem herzhaften Biss die Marmelade auf sein Jackett zu kleckern. Fluchend sprang er auf, um auf der Toilette den Fleck herauszuwaschen.

Neben Plasberg, die heute ganz in schwarz gekleidet war und mit ihren kurzen, dunklen Haaren an Madonna in ihrer Kabbala-Phase erinnerte, waren Vogt, Shirin Reitz, Gesine Keller und Brinkhoff anwesend. Letzterer konnte seinen Blick kaum von

Plasbergs Handtasche abwenden, die neben der Kommissarin auf dem Tisch deponiert war.

„Was *ist* das?", fragte er schließlich fasziniert.

„Eine Handtasche", erwiderte die Kommissarin und wischte sich die Finger ab.

„Ja, d-das sehe ich, aber … darf ich?" Ohne eine Antwort abzuwarten, nahm Brinkhoff die Handtasche in näheren Augenschein. Der Grundton der Lacktasche war weiß, aber eigentlich kaum zu erkennen, denn auf die Tasche aufgenäht oder geklebt waren Plastikmodelle von Uhren in allen möglichen Farben und Formen. Es gab eine Micky-Maus-Uhr, das Ziffernblatt vom Big Ben, eine Eieruhr, diverse Armbanduhren, eine astronomische Uhr und sogar das Abbild einer Kuckucksuhr. „Wo kauft man denn so was?"

„Niklas hat sie mir aus London mitgebracht, als er letztes Jahr auf Klassenfahrt war. Muss ihn ein kleines Vermögen gekostet haben", erwiderte die Kommissarin nicht ohne Stolz. „Gefällt sie Ihnen?"

Aus der Verlegenheit, eine ehrliche Antwort geben zu müssen, wurde Brinkhoff befreit, als Plasberg gleich darauf die Besprechung eröffnete.

„Sie waren also gestern bei Ricardo Orsetti zum Kaffee eingeladen?", fragte sie zu Reitz und Vogt gewandt.

„Sie haben meinen Bericht gelesen?" Vogts Replik war ziemlich mürrisch.

Plasberg zog die Augenbrauen hoch. „Eikner hat mir das Fiasko sofort aufs Butterbrot geschmiert. Außerdem hat er der Meinung Ausdruck verliehen, dass ich meine Mitarbeiter nicht unter Kontrolle habe, also nehmen Sie seine Kritik nicht persönlich." Auch wenn sie Karsten Vogt nicht besonders leiden konnte, hatte sie kein gesteigertes Interesse daran, seinen Stolz zu verletzen. Daher stellte sie als Fazit der Begegnung mit Orsetti nur allgemein fest, dass man ihn aus der Liste der Verdächtigen wohl streichen könne. Einem kleinen Seitenhieb jedoch konnte sie nicht widerstehen. „War der Kaffee wenigstens gut?"

Doch bei Vogt lagen die Nerven blank. Ganz offensichtlich hatte er die Demütigung des vorhergehenden Tages noch nicht verdaut. „Wenn wir mehr Leute gewesen wären, hätten uns die Bodyguards nicht überraschen können“, beschwerte er sich.

„Ach, und wie viele Kollegen brauchen Sie, um sich am helllichten Tag und auf offener Straße nicht entführen zu lassen? Sechs? Acht? Es war eine Observierung, Vogt! Sie hatten nichts weiter zu tun, als im Auto sitzen zu bleiben und zu beobachten.“

Shirin Reitz wollte ihrem Kollegen zur Seite springen und auch Vogt öffnete den Mund, um sich zu verteidigen, aber bevor der Wortwechsel zu einem Streit eskalieren konnte, wurde die Tür geöffnet und Johannes Wentrop stieß zu ihnen.

Plasberg hatte den Kollegen aus dem KK 57 als groß und schlaksig in Erinnerung, aber tatsächlich war diese Beschreibung eher schmeichelhaft. Mit 1,89 Meter fast genauso groß wie Brinkhoff, brachte der dreiundvierzigjährige Hauptkommissar gerade mal 68 Kilo auf die Waage, was zur Folge hatte, dass dem Mann alle Klamotten am Leibe schlotterten. Noch dazu hatte er das ganze Jahr über eine ungesunde, bleiche Gesichtsfarbe, und nicht einmal der Sommerurlaub, den er mit seiner Frau jedes Jahr auf einer kleinen Finca auf Menorca verbrachte, konnte daran etwas ändern. Beides zusammen hatte die Folge, dass jeder, der mit Wentrop zu tun hatte, ihm etwas zu essen anbot.

Auch Gesine Keller konnte nicht an sich halten und schob dem Kommissar fürsorglich einen Berliner zu, noch bevor er sich für seine Verspätung entschuldigen konnte. „Verschlafen“, erklärte er und grinste in die Runde. „Tut mir leid. Hab ich was verpasst?“

„Nein“, sagte Plasberg. „Wir waren noch damit beschäftigt, den Besprechungsraum in einen Saustall zu verwandeln.“ Mit einer raschen Handbewegung fegte sie die Zuckerkrümel von ihrem Platz. „Eikner hat Sie informiert?“

Wentrop nickte. „Sie brauchen Hintergrundinfos über die Jugendgangs in Köln. Da meine Kollegen am Wochenende alle was vorhaben, bin ich selber gekommen.“

„Eigentlich interessiere ich mich vor allem für die *Ostheim Ghetto Bandits*“, erläuterte die Kommissarin. „Können Sie uns dazu etwas sagen?“

Wentrop setzte sich umständlich. „Interessante Truppe“, erwiderte er. „Gerade in den letzten Monaten haben wir die immer häufiger im Visier.“

„Warum?“

„Bei denen tut sich was. Ich weiß nicht … inwieweit sind Sie mit der Materie vertraut?“ Er sah seine Kollegen an und blickte in zögernde Gesichter. „Also: Wir brauchen uns bestimmt nicht darüber zu unterhalten, dass die verschiedenen Gangs uns in den letzten Jahren das Leben zunehmend schwerer gemacht und ganze Straßenzüge in bestimmten Vierteln unter ihre Kontrolle gebracht haben. Die *Bandits* bilden da keine Ausnahme. Bis vor wenigen Monaten haben sie sich auf die übliche Randale und kleinkriminelle Aktivitäten beschränkt – Prügeleien mit verfeindeten Gangs, ein paar Diebstähle, Einbrüche und so weiter. Die meisten Mitglieder tauchen regelmäßig in unseren Statistiken auf und wir kennen sie fast alle persönlich. Natürlich versuchen wir so eng wie möglich mit den Sozialämtern und den anderen Behörden zusammenzuarbeiten, aber auch wir sind personell und finanziell unzureichend ausgestattet, um das Problem wirklich in den Griff zu bekommen. *Business as usual.* Die hierarchischen Strukturen der Gangs sind meist fließend, nicht besonders fest gefügt, es gibt immer mehrere, die eine führende Rolle spielen.“

„Und was ist dann das, was sich tut?“, unterbrach Plasberg ungeduldig. Bisher hatte Wentrop ihr nichts wirklich Neues erzählt.

Der Polizist hob entschuldigend eine Hand. „In letzter Zeit hat es Hinweise auf Schutzgelderpressungen gegeben in dem Viertel, in dem die *Bandits* zu Hause sind. Die Delikte sind um erstaunliche 40 Prozent gestiegen in den letzten drei Monaten und die hierarchischen Strukturen scheinen sich zu verfestigen. Außerdem scheinen die *Bandits* dabei zu sein, eine Vormachtstellung in Köln aufzubauen.“

„Das brauche ich genauer“, sagte Plasberg.

„Genauer?“ Wentrop suchte ein paar Unterlagen aus der zerfledderten grauen Umhängetasche, die er mitgebracht hatte. „Hier ist es … Moment … Da waren zum Beispiel mehrere Vorfälle in den letzten drei Wochen, in denen wir von den Besitzern diverser Dönerbuden, einem türkischen Schmuckgeschäft und einem Handyladen gerufen wurden, die von Besuchen von Mitgliedern der *Bandits* berichtet haben, bei denen sie aufgefordert wurden, Schutzgeld zu zahlen. Man könne ansonsten nicht für die Sicherheit der Geschäfte garantieren. Natürlich war der Wortlaut ein anderer, aber man hat ihnen angedroht, sonst alles kurz und klein zu schlagen."

„Haben Sie die Mitglieder der Bande aufgesucht?"

Wentrop biss in seinen Berliner. „Natürlich, unangemeldete Besuche und persönliche Gespräche gehören zu unseren Standardprozeduren", antwortete er mit vollem Mund. „Alle haben die Vorwürfe erwartungsgemäß abgestritten ... manchmal frage ich mich, warum wir uns überhaupt die Mühe machen. Kurz darauf gab es dann tatsächlich den ersten Übergriff. Ein Dönerimbiss in Ostheim ist auseinandergenommen worden, Sachschaden um die 20.000 Euro, aber wir konnten bisher keinem etwas nachweisen. Die Ermittlungen laufen noch." Er schielte auf die restlichen Berliner. „Krieg ich noch so einen? Sind gut, die Dinger."

Plasberg reichte ihm geistesabwesend die Tüte. All das waren Informationen, die sie in ähnlicher Form schon besaß. Sollte die Einbeziehung des Kollegen ein Schlag ins Wasser gewesen sein? „Die Mitglieder der Bande", wechselte sie das Thema. „Erzählen Sie uns etwas über die."

„Der, der in der Truppe zurzeit am dominantesten ist, heiß Ahmed Arslan, zwanzig Jahre, türkisch-iranischer Abstammung, verbringt die meiste Zeit auf der Straße oder im Sportstudio. Ziemlich intelligentes Kerlchen, wenn er wollte, könnte er es zu etwas bringen. Aber meiner Meinung nach auch schon zu weit weg, um noch wirklich integriert zu werden. Gewalttätig, uneinsichtig, ein paar dicke Vorstrafen wegen Körperverletzung, Kreditkartenbetrug und Hehlerei, war schon ein paarmal im Jugendknast. Gegen ihn läuft seit Jahren ein Abschiebeverfahren, aber *Pro Asyl* hat sich da eingeklinkt. Keine Ahnung, ob wir den Kerl jemals loswerden."

Shirin Reitz öffnete den Mund, aber dann überlegte sie es sich anders und schüttelte nur resigniert den Kopf.

Wentrop sah sie überrascht an. „Hab ich was Falsches gesagt? … Jedenfalls hat er seine Truppe in letzter Zeit ziemlich fest im Griff. Wir vermuten, dass er das treibende Element hinter der neuen Entwicklung ist. Aber wir können es ihm nicht nachweisen." Er hob bedauernd die Schultern.

„Gehen die Delikte, hinter denen Sie Arslan und die *Bandits* vermuten, auch bis hin zu Brandstiftung, Raub und Morddrohungen?", mischte sich Vogt in die Unterhaltung ein.

„Raub ja, Brandstiftung und Morddrohungen hatten wir bisher zum Glück noch nicht. Sehen Sie denn eine Verbindung zu Ihrem Fall?"

„Wenn ich das so genau wüsste …", antwortete Plasberg. „Sagt Ihnen der Name Siggi Schuster etwas? Oder Kevin Cordes?"

Wentrop schüttelte den Kopf. „Kevin Cordes? Sagt mir gar nichts. Wer ist das?"

„Er ist der jüngere Bruder eines der Opfer aus der *Keksdose*. Angeblich soll er sich im Umfeld der *Bandits* bewegen. Wir haben Aussagen, die uns glauben lassen, dass er dort gerne Mitglied wäre, aber nicht für voll genommen wird."

„Na ja, also das wundert mich nun überhaupt nicht." Wentrop faltete seine langen Beine unter den Tisch und stieß sich dabei das Knie. „Als Deutscher hat man bei den *Bandits* keine Chance. Es sei denn, man gewinnt den Respekt der Mitglieder."

„Und wie tut man das?"

„Sie meinen in krimineller Hinsicht? Das müsste schon irgendwas ziemlich Großes sein: ein gelungener Raubüberfall, eine dreiste Prügelei, aus der man als Gewinner hervorgeht. Etwas, das Eindruck schindet."

„Ein Raubüberfall auf eine Bäckerei, in dessen Zuge fünf Menschen umgebracht werden?"

„Sie glauben, dass dieser Kevin Cordes …?"

„Ich versuche mir noch immer ein Bild von dem Jungen zu machen", würgte Plasberg Wentrop ab. „Würde eine solche Tat den nötigen Eindruck schinden?"

Der Kollege des KK 57 zögerte. „Ich bin nicht sicher. Das hört sich für mich doch eine Nummer zu groß an. Ahmed Arslan … ja, der wäre vielleicht irgendwie beeindruckt. Aber die anderen wären wohl eher … nein, Ihr Kevin würde eher das Gegenteil von dem erreichen, was er wollte. Ich glaube, die anderen würden ihn meiden. Es ist eine Sache, wenn jemand versucht, mit einem gekonnten Husarenstück – sagen wir mal, ein Überfall auf eine Spielhalle oder so – zu beeindrucken. Ein geplanter fünffacher Mord ist etwas ganz anderes."

„Ich behaupte ja gar nicht, dass die Morde geplant waren", erwiderte Plasberg. „Unsere Kollegin aus Hamburg", sie deutete auf Shirin Reitz, „ist der Ansicht, dass den Morden in der *Keksdose* ein misslungener Überfall zugrunde lag, der durch einen Zufall aus dem Ruder gelaufen ist."

Wentrop war noch nicht überzeugt. „Also von der Intention her kann ich das Motiv nachvollziehen. Ein solcher Überfall wäre tatsächlich etwas, womit man sich bei den *Bandits* Respekt verschaffen könnte. Aber dieser Cordes hätte das Ganze doch gar nicht alleine planen und durchführen können, oder?"

„Und da käme dann Siggi Schuster ins Spiel."

„Siggi Schuster. Ja, den kenne ich allerdings tatsächlich", sagte Wentrop nachdenklich und schlürfte an seinem Kaffee, den ihm die fürsorgliche Gesine Keller eingeschenkt hatte. „Mit dem zusammen … das wäre denkbar. Das ist ein ganz komischer Typ. Er ist definitiv kein Mitglied der *Bandits*, so viel steht fest. Er taucht immer nur am Rande auf, hat aber einiges auf dem Kerbholz. Ziemlich verschlagener Typ."

„Der Streetworker vor Ort hat uns gestern erzählt, dass er glaubt, Schuster versorgt die *Bandits* seit Neuestem mit Schlagwaffen, Elektroschockpistolen und ähnlichem."

„Harmsdorf?", fragte Wentrop. „Und wieso erzählt er *uns* nichts von seinen Vermutungen?"

„Weil er kein informeller Mitarbeiter der Polizei ist", zitierte Plasberg.

Wentrop schlug mit der flachen Hand auf den Tisch. „So ein Scheiß! Hat er Beweise für seine Vermutungen?"

„Es gibt nur Verdachtsmomente: Schuster ist ein Computerfreak, könnte also durchaus in der Lage sein, sich übers Internet Waffen zu beschaffen, Kevin Cordes hängt laut Aussage seiner

Mutter auch oft stundenlang vor seinem PC und spielt für sein Leben gern *Counterstrike* und *World of Warcraft*."

„Wissen Sie eigentlich, wie verbreitet diese Spiele sind?", warf Wentrop zweifelnd ein.

Plasberg nahm den Einwand zur Kenntnis. „Ich erwähne das ja auch nur, um einen vorhandenen Hang zu Gewalt zu unterstreichen. Es gab vor ein paar Jahren auch einen Vorfall, wo er den Kassierer einer Tankstelle brutal zusammengeschlagen hat. Und dann hat Harmsdorf außerdem diesen Ahmed und Schuster mehrmals bei heimlichen Treffen beobachtet, kurz bevor die *Bandits* bei Schlägereien wieder aktiv geworden sind."

„Elektroschockpistolen ...", murmelte Wentrop plötzlich und zog aus seinen Unterlagen ein paar Blätter heraus. „Gutachten eines Notarztes in einem der rechtsrheinischen Krankenhäuser", erläuterte er und überflog den Inhalt. „Da! Ich wusste doch, dass da was war. Er hat nach einer Schlägerei zwischen den Vingstern und den *Bandits* drei Mitglieder der Vingster Jugendbande in der Notaufnahme verarztet. Zwei der Kids mussten über Nacht zur Beobachtung bleiben. Sie hatten Wunden am Oberkörper und den Beinen, die von Elektroschockpistolen herrühren konnten."

„Ich glaube, nicht alle von uns sind mit der Wirkungsweise dieser Dinger vertraut", sagte Plasberg.

Wentrop klärte die Kommissare auf. *Taser*, wie die Waffen im Fachjargon genannt wurden, sahen aus wie kleine Pistolen, mit denen gezielt Stromstöße ausgelöst werden konnten. Es gab zwei Arten: Die eine war mit einem Draht und kleinen Widerhaken ausgestattet, die sich in den Körper des Opfers bohrten und dann die Stromstöße weiterleiteten, diese Variante war für Schüsse auf größere Distanz gedacht. Und dann gab es noch Pistolen für kürzere Distanzen, die die Stromstöße bei Körperkontakt unmittelbar weiterleiteten. Es gab allerdings auch Modelle, die sowohl in dem einen wie auch dem anderen Modus operieren konnten. Alle Verletzungen konnte ein Fachmann sehr wohl erkennen. „Die Hamburger und die bayerischen Kollegen sind teilweise damit ausgerüstet. Wir allerdings noch nicht."

„Wie gefährlich sind diese Waffen denn?“, fragte Shirin Reitz, die, obwohl sie im Dienste der Hamburger Polizei stand, noch nie einen *Taser* gesehen, geschweige denn in der Hand gehabt hatte.

„Wollen Sie meine offizielle oder meine private Meinung hören?“, fragte Wentrop.

„Die realistischere.“

„Ich halte sie für ausgesprochen gefährlich. Erstens gibt es Untersuchungen, die beweisen, dass *Taser* mitunter wesentlich höhere Stromstöße auslösen als beabsichtigt und zweitens können durch den Beschuss lebenswichtige Arterien oder Organe verletzt werden.“

„Sind sie tödlich?“

„Prinzipiell nicht, aber in den USA und Kanada soll es mehrere Todesfälle gegeben haben. Und es gab Verletzungen aufgrund von technischen Defekten. Außerdem … stellen Sie sich vor, der Strompfad erreicht die Herzregion.“

„Wie sieht es aus mit Beschaffungsmöglichkeiten?“, fragte Plasberg.

„Es gibt so kleine, etwas harmlosere Ausgaben, die man zur Selbstverteidigung online erwerben kann, aber die meinen Sie bestimmt nicht, oder?“

Plasberg schüttelte den Kopf.

„Die nicht-zivilen Modelle sind natürlich legal nicht zu erwerben, aber wenn unser Siggi Schuster so ein Computerfreak ist, wie Sie sagen, kann es durchaus sein, dass er im Netz entsprechende Kontakte geknüpft hat. Kostenpunkt zwischen 300 und 1000 US-Dollar, würde ich schätzen.“

„Haben die *Bandits* das Geld, um solche Waffen zu bezahlen?“

„Das würde die erhöhten kriminellen Aktivitäten erklären“, erwiderte Wentrop, und zum ersten Mal schlichen sich besorgte Züge in sein Gesicht.

„Die Opfer in der *Keksdose* wurden mit einer Pumpgun erschossen. Wahrscheinlich einer Mossberg 500“, sagte Plasberg.

„Eine Mossberg?“, fragte Wentrop erstaunt nach. „Die sind doch …“

„Verboten", ergänzte die Kommissarin. „Ganz richtig. Aber wenn Siggi Schuster *Taser* besorgen kann, dann kommt er auch an Pumpguns heran. Ich habe zwar keine Ahnung wie, weil der Kerl ja immer noch eigentlich minderjährig ist, aber das werden wir herausfinden."

Inzwischen hatte Maria Plasberg genug gehört. Während sie mit dem Kollegen Wentrop diskutierte, waren ihr verschiedene Dinge klar geworden. Ganz gleich, was letztendlich tatsächlich dahintersteckte, sie konnten Siggi Schuster nicht länger ignorieren. Sie würden den Jungen ein zweites Mal aufsuchen, aber dieses Mal mit einem Durchsuchungsbefehl, egal, ob Schuster zu Hause war oder nur sein Vater. Außerdem war ihr während des Gesprächs immer deutlicher geworden, dass Kevin Cordes und Siggi Schuster in irgendeiner Form zusammenarbeiteten. Auch dieses Geheimnis gedachte sie endgültig zu lüften. Und zum dritten war da immer noch ihr ungutes Gefühl, dass Kevin Cordes missbraucht worden war. Zwar hatte sie ihren Kollegen nichts von ihrer Theorie erzählt, aber sie war entschlossen, Kevins Eltern dazu zu befragen.

Energisch klopfte sie mit einem Kugelschreiber auf den Tisch. „Wir teilen uns auf", sagte sie. „Vogt und Frau Dr. Reitz – Sie beide werden Herrn Schuster einen Besuch abstatten. Ich rufe jetzt gleich noch Rosenzweig an, um einen Durchsuchungsbefehl zu erwirken."

„Können wir nicht auch gleich einen für die Familie Cordes beantragen?", fragte Vogt. „Wäre ein Aufwasch."

„Schön wär's, aber das kriegen wir nicht durch. Wir haben keinerlei Verdachtsmomente gegen Kevin. Aber Brinkhoff und ich werden die Familie Cordes noch einmal aufsuchen. Ich habe da ein paar ganz spezielle Fragen an die Eltern. Sonst noch was?"

„Wie ... das war's schon?", fragte Wentrop erstaunt. „Deswegen haben Sie mich herbestellt?"

„Ja", erklärte Plasberg und griff nach ihrer Handtasche, um ihr Handy zu suchen. „Mir reicht das jedenfalls."

Wentrop hielt sie zurück. „Haben Sie etwas dagegen, wenn ich die Kollegen bei der Wohnungsdurchsuchung verstärke? Sechs Augen sehen mehr als vier."

„Und was ist mit Ihrem Wochenende?"

„Ach, na ja, meine Frau hat meine Schwiegereltern zum Kaffee eingeladen und …" Der Kommissar lächelte spitzbübisch.

Plasberg gab nach. „Aber nur, wenn klar ist, dass der Kollege Vogt die Verantwortung trägt."

„Kein Problem." Wentrop sah regelrecht erleichtert aus.

„Aber …" Brinkhoff wollte einwenden, dass er anders als Plasberg durchaus noch nicht glaubte, alles Nennenswerte von Wentrop erfahren zu haben, aber die Kommissarin schoss ihm einen warnenden Blick zu und Brinkhoff schluckte seinen Protest herunter.

Eine halbe Stunde später waren Plasberg und Brinkhoff unterwegs nach Ostheim. Es hatte ein wenig gedauert, den Staatsanwalt aufzutreiben, und noch ein wenig länger, bis er den Durchsuchungsbefehl ausgestellt und zugefaxt hatte, aber danach konnten sich auch Vogt, Wentrop und Shirin Reitz auf den Weg machen.

Während der Fahrt erzählte die Kommissarin Torsten Brinkhoff von ihrer Vermutung, dass Kevin Cordes als Kind missbraucht worden sein könnte, ihr Kollege war allerdings skeptisch.

„Sie ha-haben keinerlei Beweise", argumentierte er. „Und Kevin macht mir auch nicht gerade den Eindruck, als wäre er ein typisches Opfer."

„Und wie sieht Ihrer Meinung nach ein typisches Missbrauchsopfer aus?", entgegnete seine Vorgesetzte.

„Na schön. Aber w-warum lebt er dann immer noch bei seinen Eltern?"

„Ja", erwiderte Plasberg frustriert, „ich weiß. Trotzdem will ich denen auf den Zahn fühlen. Irgendwas ist da faul."

Brinkhoff schwieg. Er konnte beim besten Willen nicht erkennen, was für einen Sinn es machen sollte, zum dritten Mal innerhalb weniger Tage bei den Cordes' vorstellig zu werden. Aber wenn Plasberg sich etwas in den Kopf gesetzt hatte, dann ließ sie sich sowieso nicht aufhalten.

Diesmal stellte die Kommissarin den Wagen auf dem Parkplatz vor Babette Gersters Haus ab, in der Hoffnung, so einer erneuten Vandalismus-Attacke entgehen zu können. Auch wenn Brinkhoff sie daran erinnerte, dass sie einen Leihwagen fuhr, den hier niemand kannte – sie wollte auf Nummer sicher gehen. Wie immer lungerten ein paar Jugendliche an einer Bushaltestelle und in den Hauseingängen herum. Plasberg war versucht, nach Ahmed Arslan zu fragen, unterließ es aber im letzten Moment. Die Möglichkeit, dem Anführer der *Bandits* einen Überraschungsbesuch abzustatten, wollte sie sich offenhalten, und wenn sie jetzt nach ihm fragte, wäre er mit Sicherheit später unauffindbar.

Die Tür wurde ihnen erneut von Heinz Cordes geöffnet. Er schien zumindest geringfügig nüchterner zu sein als am Freitag, aber frische Kleidung angezogen oder sich gar gewaschen hatte er nicht.

„Schon wieder Sie", stellte er fest. „Machen Sie kein Wochenende?"

„Und ich dachte, Sie würden es begrüßen, dass wir so intensiv damit beschäftigt sind, nach den Mordern Ihrer Tochter zu suchen", erwiderte Plasberg kühl.

„Und die suchen Sie in unserer Wohnung?", brummte Cordes. „Was für ein Bockmist."

„Dürfen wir rein?" Cordes schob schwerfällig seinen Bierbauch zur Seite und die Kommissare quetschten sich an ihm vorbei. „Sind Ihr Sohn und Ihre Frau zu Hause? Ich möchte mit Ihnen allen reden."

„Die Gerda ist da drin." Cordes deutete vage in Richtung Schlafzimmer. „Und Kevin ist in seinem Zimmer."

„Na schön, dann könnten Sie den beiden vielleicht Bescheid sagen, dass wir hier sind? Ich würde vorschlagen, wir gehen ins Wohnzimmer."

Ohne auf Cordes' Einverständnis zu warten, marschierten die Kommissare nach hinten durch. Das Wohnzimmer bot einen Blick zunehmender Verwahrlosung. Die Luft im Raum war zum Schneiden dick, es roch nach kaltem Rauch, Bier und Schweiß.

Plasberg rannte als Erstes zur Balkontür, um Frischluft hereinzulassen. Kurz darauf erschien Heinz Cordes im Türrahmen und sagte: „Ich krieg sie nicht wach, die schläft wie ein Stein."

„Haben Sie sie wachgerüttelt?", fragte Plasberg alarmiert.

„Klar, hab ich." Cordes kratzte sich am Kopf. „Aber die schläft immer noch." Hinter ihm tauchte sein Sohn auf, verschlafen und wortkarg, aber immerhin vollständig angezogen. Auch ihm schien der neuerliche Besuch der Kommissare auf die Nerven zu gehen.

Die Kommissarin schob Cordes zur Seite und eilte ins Schlafzimmer. Die Raum war abgedunkelt, die Gardinen vorgezogen, sodass kaum Tageslicht eindrang. Plasberg riss die Vorhänge zur Seite und beugte sich über die bleiche Frau, die mit geschlossenen Augen im Bett lag.

„Frau Cordes?", sagte sie laut. Kevins Mutter zeigte keinerlei Reaktion. Plasberg legte Zeige- und Mittelfinger an die Halsschlagader.

„Ist sie tot?" Kevins Stimme aus dem Hintergrund klang seltsam unbeteiligt.

„Nein. Puls ist da", erwiderte Plasberg und bedachte Kevin mit einem verärgerten Blick über ihre Schulter. „Allerdings ziemlich niedrig." Dann entdeckte sie neben dem Bett eine Schachtel Rohypnol, in der mehrere Tabletten fehlten. „Na super. Hat sie die etwa alle auf einmal genommen?"

„Woher soll ich das wissen?", antwortete Heinz Cordes. „Keine Ahnung, was die so nimmt."

„Kommen Sie, Brinkhoff!" Die Kommissarin versuchte, die betäubte Frau in eine sitzende Position zu zerren. „Ich brauche Ihre Hilfe." Gemeinsam wuchteten sie Gerda Cordes aus dem Bett und stellten sie auf die Füße, indem sie sie von links und rechts unterhakten. Der Kopf von Kevins Mutter sank wie bei einer Marionette nach vorne, die Haare fielen ihr ins Gesicht und ein Faden Spucke tropfte aus ihrem Mundwinkel – aber immerhin erhielten die Kommissare eine erste Reaktion. Gerda Cordes' Lippen entwich ein verwaschenes Gemurmel und ihre Augen flackerten für einen Moment auf. „Frau Cordes?", sagte Plasberg laut. „Hören Sie mich? Sie müssen aufwachen!"

Erneut erntete sie nur unverständliches Gebrabbel als Antwort und der Frau sackten die Beine weg. Plasberg stöhnte und ging unter dem Gewicht in die Knie. Sie sah ihren Kollegen an.

„Können wir sie irgendwie ins Bad schaffen? Und Sie kochen eine Kanne starken Kaffee“, befahl sie Heinz Cordes.

„Lassen Sie mich mal m-machen“, sagte Brinkhoff. Er packte die wesentlich kleinere Frau mit beiden Armen von hinten unter den Achseln und marschierte so mit ihr ins Badezimmer. „Und jetzt?“

„Na, was schon?“ Plasberg hielt Gerda Cordes’ Kopf über den Wannenrand und drehte die Brause auf. Der Erfolg ließ nicht lange auf sich warten. Cordes prustete plötzlich los und begann, mit den Armen um sich zu schlagen.

„Aufhören! Aufhören! Was soll das?“

Die Kommissarin drehte das Wasser erst ab, als die schlaftrunkene Frau wirklich zu sich gekommen war. Als er sicher war, dass sie auf eigenen Füßen stehen konnte, ließ Brinkhoff die Frau los und Plasberg reichte ihr ein Handtuch.

„Was wollen Sie schon wieder hier?“ Gerda Cordes’ Stimme kam gedämpft unter dem Handtuch hervor, mit dem sie unbeholfen ihre Haare trocknete.

„Ich will Antworten“, erwiderte die Kommissarin. „Wie viele von den Tabletten haben Sie genommen?“

„Zwei, glaube ich. Was geht Sie das an? Was wollen Sie von mir?“

„War das ein Selbstmordversuch?“

Cordes unterbrach das Frottieren ihrer Haare, als wäre sie ertappt worden. Sie zog das Handtuch zur Seite und hockte sich auf den Wannenrand. „Es hat alles keinen Sinn mehr“, murmelte sie und starrte auf den Boden.

„Was hat keinen Sinn mehr?“

Cordes antwortete nicht. Stattdessen versuchte sie aufzustehen und hielt sich an Brinkhoff fest, um nicht umzufallen. „Verschwinden Sie doch einfach“, sagte sie schließlich. „Ich will wieder ins Bett.“

„O nein!“, widersprach Plasberg energisch. „Sie werden jetzt schön brav mit uns in die Küche gehen und sich mit uns unterhalten. Ihr Mann ist dabei, Kaffee zu kochen, und …“

„Der Heinz? Kaffee kochen?“ Cordes lachte matt auf. „Der hat doch keine Ahnung, wie die Kaffeemaschine funktioniert.

Der hat doch in seinem ganzen Leben noch keinen Finger in der Küche krumm gemacht!“ Sie deutete ein Fingerschnippen an. „Immer nur: Gerda hier, Gerda da! Mach das, mach dies!“

Plasberg runzelte die Stirn. „Mir reicht’s jetzt langsam mit Ihrer Familie“, platzte es plötzlich aus ihr heraus. Sie fasste die Frau am Ellenbogen und zerrte sie in die Küche. Cordes stolperte protestierend hinter ihr her und wurde von der Kommissarin auf einen Stuhl gedrückt. Brinkhoff sah Heinz und Gerda Cordes im Geiste schon eine Anzeige wegen Nötigung einreichen. Aber Maria Plasberg kam gerade erst in Fahrt. „Ich will jetzt endlich wissen, was hier gespielt wird! Oder ich werde Ihnen meine Sicht der Dinge erzählen! Ist der Kaffee fertig?“, herrschte sie im gleichen Atemzug Heinz Cordes an, der sie mit seinen gelblichen Augen anstarrte und sich an einer Flasche Bier festhielt. Wahrscheinlich war ihm eine dermaßen resolute Frau noch nie untergekommen. Kevin beantwortete Plasbergs Frage stumm, indem er ihr einen vollen Kaffeebecher auf den Tisch stellte.

„Nicht für mich, für deine Mutter!“, sagte Plasberg, während Torsten Brinkhoff sich so im Türrahmen platzierte, dass niemand an ihm vorbeikam.

„Was wollen Sie von uns?“ Gerda Cordes fuhr sich durch ihre noch immer feuchten Haare. „Sie kommen hier rein, bringen alles durcheinander …“ Mit zitternden Fingern angelte sie nach den Zigaretten, die auf dem Küchentisch lagen, und zündete sich gierig eine an.

„Wir bringen alles durcheinander?“, sagte Plasberg. „Ich glaube, in dieser Familie läuft schon seit Jahren einiges schief! Schauen Sie sich doch an! Die Wohnung ist ein Saustall, Sie werfen Schlaftabletten ein, damit Sie nicht mehr ansprechbar sind, Ihr Mann säuft sich systematisch in die Bewusstlosigkeit und Kevin …“

„Was ist mit Kevin?“ Heinz Cordes machte eine verärgerte Handbewegung. „Haben Sie an dem auch was auszusetzen? Machen Sie gefälligst Ihren Scheißjob und halten Sie uns keine Moralpredigten! Wie wir leben, geht Sie nichts an!“

„O doch!“, erwiderte Plasberg und Brinkhoff konnte sehen, wie sich ihre Mundwinkel zu einem falschen Lächeln verzogen.

„Wenn jemand straffällig wird, dann geht es die Polizei sehr wohl etwas an!"

„Straffällig? Das mit dem Kassierer an der Tanke ist doch schon vier Jahre her", wandte Gerda Cordes müde ein. „Der Junge hat seine Strafe bekommen. Was wollen Sie denn noch von ihm?"

„Ich rede nicht davon, was Kevin getan hat, sondern was ihm angetan wurde", sagte die Kommissarin.

Für einen Moment herrschte Schweigen in der Küche. Gerda Cordes starrte auf ihren Kaffeebecher, Kevin klickte mit dem Feuerzeug, zündete sich ebenfalls eine Zigarette an und verzog das Gesicht zu einem verkrampften, nervösen Grinsen. Plasberg sah, wie seine Fingerknöchel weiß wurden vor Anspannung.

„Angetan? Was soll ihm denn angetan worden sein?" Heinz Cordes schüttelte schließlich den Kopf. „So 'n Schwachsinn hör ich mir nicht an!" Er nahm einen Schluck aus seiner Flasche, machte aber keine Anstalten, den Raum verlassen zu wollen. Gerda Cordes und Kevin sahen zu Boden.

„Kindesmissbrauch", sagte Plasberg. „Sie haben Ihren Sohn als Kind missbraucht, Herr Cordes, nicht wahr?"

Erneut wurde es still. Kevin rührte sich nicht mehr, Gerda Cordes vergrub das Gesicht in ihren Händen, während Heinz Cordes sich wie in Zeitlupe zur Kommissarin drehte und sie entgeistert anstarrte. „Was ist los?", fragte er. „Sind Sie noch ganz dicht?"

Für einen Moment war die Kommissarin verunsichert. Heinz Cordes' Entrüstung passte nicht zu dem, was sie als Reaktion auf ihren Vorwurf erwartet hatte. Leugnen, abstreiten, gewalttätig werden … etwas in dieser Richtung hätte sie nicht überrascht. Aber mit ehrlicher Empörung hatte sie nicht gerechnet. Sollte sie sich wirklich komplett vergaloppiert haben? Aber noch hatte Cordes nichts abgestritten. Sie beschloss, alles auf eine Karte zu setzen und den Mann noch ein wenig mehr in die Enge zu treiben.

„Wir wissen, dass Kevin seit frühester Jugend missbraucht worden ist", bluffte sie. „Und zwar genau seit dem Zeitpunkt, als Ihre Tochter Anna das Haus verlassen hat."

Torsten Brinkhoff starrte seine Vorgesetzte mit offenem Mund an. Was redete Plasberg denn bloß? Als sie im Auto davon gesprochen hatte, dass sie den Eltern auf den Zahn fühlen wollte, hatte er das in übertragenem Sinne aufgefasst: dass Plasberg versuchen wollte, durch Fragen der Wahrheit ein Stück näher zu kommen. Stattdessen schlug sie Heinz Cordes ihre Anschuldigungen um die Ohren, als wären es Tatsachen! Wenn das wieder eine von ihren Eingebungen war, warum hatte sie ihn dann nicht wenigstens eingeweiht? Die Antwort darauf gab er sich im nächsten Moment selbst – weil er dann versucht hätte, sie davon abzuhalten.

Doch Plasbergs Attacke zeigte tatsächlich Wirkung. Kevins Vater war rot angelaufen, während die Kommissarin ihn mit ihrem Vorwurf konfrontiert hatte, und seine Hände hatten sich unbewusst zu Fäusten geballt.

„Kevin hat Ihnen das gesagt? Ich schlag den Jungen tot! Das ist alles gelogen!"

Er hob die Arme und machte einen Schritt auf Kevin zu, der seltsam unbeteiligt am Fenster stehen blieb, und Brinkhoff sprang nach vorne, um den Mann von einem tätlichen Angriff abzuhalten. Aber Cordes war stark, er wehrte sich erstaunlich heftig und ging wie ein Bulle auf Brinkhoff los; in den Jahren als Bauarbeiter hatte sich sein Körper ein Kräftereservoir angelegt, das auch durch den Suff noch nicht vollständig abgebaut war.

Während Brinkhoff ihn mühsam von Kevin fernhielt, tobte Cordes weiter: „Ich mach den Dreckskerl alle! Du kleiner Schmarotzer! Mit keinem Finger hab ich dich je angerührt … Ich mach dich …"

„Herr Cordes!", brüllte Plasberg dazwischen. „Kommen Sie wieder zu sich! Sonst werden wir andere Saiten aufziehen!"

Aber Heinz Cordes war jenseits aller Ansprache. Gegen Cordes' Toben war der Wutausbruch von Tarkan Öcal ein paar Tage zuvor das reinste Kinderspiel gewesen. Er attackierte Brinkhoff mit beiden Fäusten, schlug ihm gegen die Brust und in den Magen und warf sich mit seinem ganzen Gewicht gegen ihn. Zusammen rempelten die beiden gegen den Küchenschrank, Tassen, Teller und Gläser klirrten und fielen durcheinander.

Nur die Tatsache, dass Brinkhoff einen ganzen Kopf größer als Kevins Vater war, verhinderte, dass Plasbergs Kollege in dem Kampf den Kürzeren zog. Endlich gelang es ihm, Cordes die Arme auf den Rücken zu drehen, und einen Moment später klickten Handschellen um die Handgelenke von Kevins Vater. Brinkhoff schob den schwer atmenden Mann auf einen Küchenstuhl und stützte sich keuchend an der Wand ab.

„Tut mir leid, Kollege", sagte Plasberg. „Das war nicht vorauszusehen."

Brinkhoff war noch viel zu geschafft, um eine passende Antwort zu geben.

„Darf ich diesen Auftritt als Geständnis werten?" Die Kommissarin wandte sich an Heinz Cordes. „Ein letztes Aufbäumen, bevor Sie endlich mit der Wahrheit herausrücken?"

Cordes starrte die Kommissarin an. Dann begann er plötzlich zu lachen und schüttelte den Kopf. Immer heftiger wurde sein Lachanfall, bis er in ein heiseres Bellen überging. Fassungslos musterte Plasberg den Mann.

„Sie haben ...", japste er endlich, „Sie haben den Falschen in Verdacht! Fragen Sie doch mal die da!" Er nickte mit dem Kinn in Richtung seiner Frau.

Für einen Moment glaubte die Kommissarin, sich verhört zu haben, und ihr Blick irrte zwischen Gerda und Heinz Cordes und ihrem Sohn hin und her. Kevin rührte sich noch immer nicht, als wäre er an dem Drama, das sich vor ihm entwickelte, völlig unbeteiligt. Nur hin und wieder zuckte ein Nerv unter seinem linken Auge unkontrolliert. Oder war es mehr eine Schockstarre, die ihn bewegungsunfähig machte? Plasberg konnte sich keinen Reim darauf machen.

„Die da war's!", erklärte Kevins Vater. „Die Schlampe hat es mit ihrem eigenen Sohn getrieben!" Er atmete tief durch. „So, jetzt ist es raus! Jahrelang hab ich mir diese perverse Visage angeguckt und kein Wort gesagt. Du Hure!", schrie er seine Frau plötzlich an. „Du perverses, dreckiges Miststück!"

Gerda Cordes reagierte nur mit einer unwirschen Handbewegung. Die Vorwürfe ihres Mannes schienen sie nicht zu berühren.

„Aber …“ Zum ersten Mal in ihrer Laufbahn war Plasberg sprachlos. Ihre Augen blieben an Gerda Cordes hängen. Während ihr Mann tobte, hatte Kevins Mutter die Beine angezogen, den Kopf auf die Knie gelegt und sich so klein wie möglich gemacht. Niemand hatte auf sie geachtet. Jetzt ruhten plötzlich alle Blicke auf ihr.

„Frau Cordes?“, sagte Plasberg vorsichtig.

Langsam hob Kevins Mutter ihren Kopf, und als sie endlich Plasbergs Blick erwiderte, schien sie noch einmal um Jahre gealtert. Ihre Haare klebten an ihrem Kopf, ihre Wangen waren von tiefen Furchen durchzogen und ihre Lippen waren blutig gebissen.

Plasberg ließ sich ebenfalls auf einen Stuhl fallen. „Ich verstehe das nicht. Ihr Mann sagt die Wahrheit?“

„Ich hab die beiden erwischt, als Kevin zehn war“, sagte Heinz Cordes voller Abscheu. „Irgendwann im Sommer, es war ziemlich warm und …“

Gerda Cordes griff plötzlich nach der Zuckerdose auf dem Tisch, holte blitzschnell aus und warf ihrem Mann das Porzellan an den Kopf, aber ihr Wurf war nicht kraftvoll genug, um ihn wirklich zu verletzen. „Er hat es schön gefunden!“, schrie sie mit wutverzerrtem Gesicht. „Der Junge hat es schön gefunden!“

„W-Wie lange ging das denn schon so?“, fragte Brinkhoff vorsichtig in die darauffolgende Stille.

„‚Ich war noch so klein, als es anfing‘“, murmelte Plasberg gedankenverloren und ihr Blick fixierte Kevin, der wie zu einer Salzsäule erstarrt noch immer reglos am Fenster stand. „Es hat angefangen, nachdem Anna ausgezogen war, oder?“ Aber der Junge schien sie gar nicht zu hören.

„Warum sind Sie nicht eingeschritten?“, wandte sie sich daher an Kevins Vater.

„Bin ich doch! Ich hab den beiden gesagt, dass ich sie totschlage, wenn sie darüber jemals mit irgendjemandem ein Sterbenswörtchen reden. Ich hab sie windelweich geprügelt! Erst ihn und dann sie!“

„Und warum haben Sie nicht die Behörden informiert?“

„Die Behörden?" Cordes sah die Kommissarin an, als hätte sie nicht mehr alles Tassen im Schrank. „Über so was?" Heinz Cordes ließ keinen Zweifel daran, dass ihm diese Möglichkeit niemals durch den Kopf gegangen war. „Solche Sauereien erzählt man nicht rum."

„Und damit war die Sache für Sie erledigt?"

Cordes zuckte mit den Schultern. „Dem Kevin war doch nichts passiert, oder? Ich meine, die Gerda hat ihn ja nicht geschlagen oder so ..."

„Nein", erwiderte Plasberg sarkastisch. „Das haben Sie ja übernommen!" Immer wieder beobachtete sie aus den Augenwinkeln auch Kevin. Wieso blieb der Junge stumm? Wieso sagte er nicht, was passiert war? War es möglich, dass er gar nicht begriff, was hier vor sich ging?

„Ich..." Gerda Cordes räusperte sich plötzlich. „Der Kevin und ich, wir ..."

„Nein!" Kevins gequälter Aufschrei traf alle Anwesenden völlig unvorbereitet. Mit zwei Schritten war er bei seiner Mutter und legte ihr die Hände um den Hals. „Ich will das nicht hören! Hört auf damit! Hört auf, hört auf!" Seine Hände drückten seiner Mutter die Kehle zu, schnitten ihr erbarmungslos die Luft ab. Brinkhoff und Plasberg sprangen gleichzeitig nach vorne und versuchten, Kevin von seiner Mutter wegzureißen, während Gerda Cordes rot anlief und zu röcheln begann. Hilflos und mit weit aufgerissenen Augen ruderte sie mit den Armen, während Kevin mit eisernem Griff ihren Hals umklammerte. Der Kommissar packte den Jungen von hinten und zog ihn von seiner Mutter weg, und schließlich gelang es Maria Plasberg, seine Finger von der Kehle seiner Mutter zu lösen. Gerda Cordes schnappte keuchend nach Luft, während der Kommissar den um sich schlagenden Jungen aus der Küche zerrte und mit ihm im Wohnzimmer verschwand.

Plasberg sah die Frau entsetzt an und für einen Moment vergaß sie ihre antrainierte Professionalität. „Wissen Sie eigentlich, was Sie Ihrem Sohn angetan haben?", flüsterte sie. Kevins Mutter keuchte noch immer atemlos und betastete vorsichtig ihren Hals. Die Finger ihres Sohnes hatten rote Würgemale in der Haut hinterlassen.

Sie hatte keine wirkliche Antwort. „Ich … ich war so allein", krächzte sie. „Die Anna war weg, und der Heinz …" Plötzlich begannen ihre Augen zu schwimmen und dann rannen ihr Tränen die Wangen hinunter. „Der Kevin war alles, was ich noch hatte …"

Plasberg rieb sich erschöpft die Augen. Sie stand auf, füllte ein Glas mit Leitungswasser und reichte es Gerda Cordes. Aus dem Wohnzimmer hörte sie undeutlich Brinkhoffs stotternde, hilflose Stimme und Kevins Schluchzen. Wenn ihr der Junge jetzt zusammenbrach, hatte sie keine Ahnung, wie sie ihn auffangen sollte. „Ich nehme an, dass Ihr Verhältnis gestört ist, seitdem Kevin begriffen hat, was Sie mit ihm gemacht haben?" Erst langsam wurden ihr die Ausmaße der Hölle klar, in der diese Familie seit Jahren Tag für Tag lebte. Die Tatsache, dass jeder gewusst hatte, was geschehen war, musste alle Bindungen untergraben und vergiftet haben, bis das Zusammenleben schier unerträglich schien. Das alltägliche Miteinander von Täter, Opfer und Mitwisser musste sich zu einem wahren Albtraum ausgewachsen haben, wie in einem Dampfkessel musste der Druck immer größer geworden sein. Plasberg konnte nicht glauben, dass alle drei Beteiligten diesem Druck standgehalten hatten. Sie konnte noch nachvollziehen, dass die Eltern aus Scham und Schuldbewusstsein nie ihren Mund aufgemacht hatten. Aber Kevin? Plasberg dachte nach. Wem hätte sich Kevin anvertrauen können, bei wem hätte er nicht nur Ekel und Abscheu erwarten, sondern auch auf Verständnis hoffen können? Siggi Schuster? Sicher nicht. Inzest und Missbrauch waren kein Thema, an das sich zwei pubertierende Jungen heranwagten. Babette Gerster? Als sie gestern über Kevins verkorkste Sexualität gesprochen hatte, hatte sie mit keinem Wort erwähnt, dass sie etwas über die Ursachen ahnte. Dann blieb nur eine Person …

„Was ist mit Ihrer Tochter? Hat Anna Bescheid gewusst?"

Gerda und Heinz Cordes wechselten einen raschen Blick. „Nein", sagte Kevins Mutter. Plasberg sah ihr an, dass sie log.

„Doch", murmelte Kevins Vater. „Ich habe mit ihr geredet."

„Sie? Wann haben Sie mit Anna gesprochen?", fragte Plasberg überrascht.

Heinz Cordes bewegte ungelenk seine Achseln. „Können Sie mir die Handschellen wieder abnehmen? Meine Arme fangen an, einzuschlafen."

„Wenn Sie sich benehmen." Die Kommissarin zögerte einen Moment, aber dann holte sie den Schlüssel von ihrem Kollegen und kam seinem Wunsch nach.

Kevins Vater massierte sich dankbar die Handgelenke, danach war sein erster Griff der zur Bierflasche. Gierig nahm er einen tiefen Schluck. „Ich hab es ihr vor ein paar Wochen gesagt. Ich wollte reinen Tisch machen."

„Heinz … nicht", sagte Gerda Cordes gequält. „Hör auf! Du machst alles nur schlimmer!"

Ihr Mann sah sie verständnislos an und wischte ihren Protest mit einer unwirschen Handbewegung beiseite.

„Ich verstehe nicht", hakte Plasberg nach. „Wieso jetzt? Nach all den Jahren?"

Heinz Cordes lachte freudlos auf. „Bekloppt, nicht wahr? Die ganze Zeit denkt man, man muss dafür sorgen, dass niemand etwas erfährt, weil man Angst hat, was andere über einen denken … was für ein Versager man selbst ist, was für ein Schlappschwanz … und dann …" Er seufzte. „Aber glauben Sie mir, ich hab den Preis bezahlt. Abgesehen davon, dass ich mich selbst seit damals nicht mehr im Spiegel ansehen kann, dass ich jedes Mal kotzen könnte, wenn ich die Gerda sehe …" Er schien für einen Moment den Faden verloren zu haben und sah Plasberg hilflos an. Dann fing er sich wieder. „Ich war beim Arzt. Meine Leber ist kaputt. In sechs Monaten werd ich mir die Blumenrabatten von unten ansehen können und …"

„Heinz, hör auf, du weißt ja nicht, was du da sagst!" Gerda Cordes rutschte unruhig auf ihrem Stuhl hin und her.

„Ach, halt's Maul", erwiderte Cordes verächtlich.

„Und da haben Sie beschlossen, sich mit Ihrer Tochter auszusöhnen?", fragte Plasberg.

„So ungefähr." Kevins Vater nahm einen weiteren kräftigen Schluck aus der Bierflasche. „Ich weiß auch nicht, was in mich gefahren ist … war wahrscheinlich 'ne Schnapsidee." Er grinste über die unfreiwillige Ironie seiner Wortwahl. „Ich hab sie besucht, die Anna, zu Hause in ihrer schicken Wohnung. Bin einfach vorbeigegangen. Sie war ziemlich überrascht, mich zu sehen, glaub ich. Hat mich gefragt, was ich wollte. Wollte mich erst gar nicht reinlassen. Wie ein Dienstbote hab ich im Hausflur gestanden. Ich hab gesagt, dass ich nicht mehr lange leben werde und ihr was sagen müsste. Und da hat sie ihren Freund weggeschickt. Wir haben in der Küche gesessen und dann hab ich es ihr erzählt, das mit ihrer Mutter und Kevin." Er sah die Kommissarin an. „Erst wollte sie es nicht glauben … hat gesagt, dass ich mir was einbilde und dass der Suff mir die letzten Gehirnzellen weggespült hat, aber dann …"

„Dann hat sie es doch geglaubt?"

Cordes nickte. „Sie ist weiß wie 'ne Wand geworden … hat rumgeschrien, wieso ich das zugelassen hab. Hat gesagt, dass sie mich nie wieder sehen will und dass ich es verdient hab, am Suff zu verrecken. Und dann hat sie mich rausgeworfen."

„Und das war das Ende vom Lied?"

„Nein", seufzte Cordes. „Natürlich nicht. Einen Tag später hat sie angerufen. Sie wollte mit Kevin sprechen …"

„Jetzt halt doch endlich die Klappe!", keifte Gerda Cordes plötzlich. „Du machst ja alles kaputt, du Idiot!"

„Warum soll Ihr Mann denn den Mund halten?", fragte Plasberg dazwischen.

„Weil er keine Ahnung hat, was er da sagt …" Kevins Mutter fiel wimmernd in sich zusammen und hielt sich die Hände vors Gesicht. Die Kommissarin beschloss, die Frau einfach zu ignorieren.

„Weiter", sagte sie an Heinz Cordes gewandt. „Anna hat also angerufen und wollte Kevin sprechen. Und dann?"

„Sie hat uns Vorwürfe gemacht. Sie war wütend. Sie hat gesagt, sie hetzt uns die Polizei auf den Hals, sie würde dafür sorgen, dass wir hinter Schloss und Riegel kommen … dass wir unseres Lebens nicht mehr froh werden."

„Bitte", mischte sich Gerda Cordes wieder ein und ihre Finger suchten auf einmal die Hand von Maria Plasberg. „Sie müssen das verstehen …", sagte sie flehend.

„Was muss ich verstehen?" Plasberg zog ihre Hand weg.

„Der Kevin wollte das nicht ...“

„Was wollte der Kevin nicht?“ Plasberg begriff noch immer kein Wort. Alles ging so durcheinander und sie hatte Mühe zu verstehen, was tatsächlich passiert war.

„Dass die Anna zur Polizei geht. Er wollte nicht, dass jeder darüber spricht.“

„Ja, natürlich, aber ...“ Plasberg stockte. Plötzlich schienen die Dinge ineinanderzupassen, wie Teile eines kaputten Uhrwerks, die ihr jemand auf den Tisch gelegt hatte, mit der Bitte, sie zusammenzusetzen. Tagelang war sie darüber verzweifelt, wo die einzelnen Schrauben und Gewinde hingehörten, aber jetzt schien es plötzlich ganz einfach zu sein, sie zusammenzusetzen: Natürlich wollte Kevin nicht, dass der Missbrauch an die Öffentlichkeit kam. Auch hier in der Gegend, jeder auf der Gernsheimer Straße hätte davon erfahren. Und wie wäre das wohl aufgenommen worden unter den Jugendlichen? Plasberg konnte sich die Antwort nur zu gut vorstellen: Kevin wäre zum Pariah geworden. Ein Junge, der Sex mit seiner Mutter hat? Unvorstellbar. Egal, ob er damals gewusst hatte, was ihm angetan worden war oder nicht – niemals wäre er hier respektiert worden. Er wäre für immer Abschaum gewesen.

„Kevin hat versucht, Anna von ihrem Vorhaben abzubringen?“, fragte sie langsam.

Heinz Cordes zuckte mit den Achseln. „Er war nicht da an dem Tag. Der Junge hängt ja meist auf der Straße rum. Ich hab Anna seine Handynummer gegeben. Was daraus geworden ist, weiß ich nicht.“

Plasberg stand auf, um ins Wohnzimmer zu gehen. Es war an der Zeit, Kevin selbst zu befragen. Aber Gerda Cordes machte ihr einen Strich durch die Rechnung. Sie sprang auf, schlüpfte an der Kommissarin vorbei und rannte zurück ins Schlafzimmer. „Gottverdammt“, murmelte die Kommissarin, „was ist denn jetzt schon wieder mit der Frau?“ Mehr und mehr zweifelte sie an der Zurechnungsfähigkeit von Kevins Mutter. Sie drückte die Klinke der Tür herunter, aber Gerda Cordes schien sich im Schlafzimmer verbarrikadiert zu haben. „Frau Cordes, was soll denn das? Machen Sie die Tür auf!“, rief Plasberg wütend. Dann warf sie sich mit aller Macht gegen die Tür. Einen Spaltbreit gab die Tür nach. Anscheinend versuchte Gerda Cordes, sie mit ihrem eigenen Körpergewicht verschlossen zu halten. Die Kommissarin quetschte sich durch den Spalt hindurch. Kevins Mutter lag vor ihr auf dem Boden und ihre Hände umklammerten etwas, das sie vor Plasberg zu verbergen suchte.

„Frau Cordes, was soll denn das Theater?", wiederholte die Kommissarin und reichte der Frau ihre Hand, um sie hochzuziehen, aber Gerda Cordes drehte sich weg und versteckte ein paar Kleidungsstücke unter ihrem Körper. Plasberg bückte sich und entriss ihr verärgert die Sachen. „Was zum Teufel ....?" In ihren Händen hielt sie eine schwarze Jeans, ein verwaschenes T-Shirt und ein dunkles Sweatshirt, und ... Plasberg rümpfte die Nase und schnupperte daran. Die Kleidung roch stark nach Rauch. Der Geruch war ätzend und scharf und setzte sich sofort in ihrer Nase fest. Plasbergs Blick fiel auf ihre Finger. Sie waren schwarz. Sie klopfte das Sweatshirt ab; ein schmieriger, schwarzer Film hatte sich darauf festgesetzt. „Wo haben Sie die Sachen her?", fragte sie stockend. „Sind das die Sachen Ihres Sohnes?" Sie schluckte. „Brinkhoff!" Sie wollte ins Wohnzimmer gehen, um Kevin mit den Kleidungsstücken zu konfrontieren, aber als sie sich umdrehte, wäre sie mit dem Jungen beinahe zusammengeprallt. Brinkhoff und er waren während Plasbergs Bemühungen, die Schlafzimmertür aufzustoßen, nach vorne gekommen und im Türrahmen stehen geblieben, als Plasberg die Kleidung abtastete. Der Junge sah sie mit stechenden Augen an – und dann geschah alles so schnell, dass die Kommissarin zu spät reagierte. Blitzschnell rammte Kevin dem hinter ihm stehenden Brinkhoff einen Ellbogen in den Magen, mit der nächsten Bewegung schubste er Plasberg ins Schlafzimmer zurück und rannte aus der Wohnung.

„Schnell", schrie Plasberg, „hinterher!"

Mit gezückter Waffe rannte Brinkhoff dem Jungen nach, aber Kevins Schlag in seine Magengrube war ein Volltreffer gewesen. Am ersten Treppenabsatz verlor der nach Luft ringende Kommissar sein Gleichgewicht und polterte drei Stufen nach unten. Als er versuchte, den Sturz aufzufangen, blieb er mit der entsicherten Dienstwaffe am Geländer hängen, ein Schuss löste sich, hallte durchs Treppenhaus und schlug in der Wand ein. Wohnungstüren öffneten sich, erschrockene Nachbarn stürmten nach draußen. Als Maria Plasberg bei ihrem Kollegen ankam und ihm auf die Beine half, war Kevin verschwunden.

Im nächsten Moment klingelte Plasbergs Handy.

„Wir sind gerade in Schusters Wohnung und haben hier ein paar interessante Dinge gefunden. Frau Dr. Reitz hat gerade …“, begann Vogt, aber Plasberg würgte ihn atemlos ab.

„Kevin ist einer der beiden Täter. Vielleicht zusammen mit Siggi Schuster. Können Sie Schuster festsetzen?“

„Aber er ist nicht hier! Was ist denn passiert?“

„Verdammt!“, fluchte Plasberg. „Ich erklär's Ihnen später.“ Hastig drückte sie das Gespräch weg und telefonierte erneut. Wenig später war eine Großfahndung nach Kevin Cordes und Siggi Schuster eingeleitet.

Vierzehn

Feiner Niesel tropfte in beständigen, unangenehmen Fäden vom dunkelgrauen Himmel. Niklas hatte dem Regen während der gähnend langweiligen Deutschstunde zugesehen und auf einen halbwegs annehmbaren Samstagnachmittag gehofft, aber es sah noch immer nicht danach aus, als ob die Wolkendecke aufreißen würde.

Auf der unebenen, schon viel zu oft geflickten Fahrbahn vor der Haltestelle *Florastraße* hatte sich eine große Pfütze gebildet, die jedes Mal, wenn ein Auto durchfuhr, einen Schwall Regenwasser auf den Gehweg spritzte. Niklas machte einen Satz, um der Pfütze auszuweichen, und rannte die Treppen des U-Bahn-Aufgangs hinunter. Als er in die Bahn stieg, drehte er die Musik seines MP3-Players lauter und wischte die Nässe von seiner Jacke. Gestern Abend hatte er die neue CD der *Black Eyed Peas* heruntergeladen und jetzt klopfte sein Fuß rhythmisch im Takt, während er sich zwischen die Menschen in den voll besetzten Wagen der Linie 12 Richtung Innenstadt quetschte. Samstagmittag. Das bedeutete Großkampftag in der City, gerade jetzt im Vorweihnachtsgeschäft, und Niklas war erleichtert, als er am Neumarkt in die Linie 7 umstieg und das Gedränge hinter sich ließ. All die Familien mit ihren gestressten Gesichtern, die Hände voller Einkaufstüten, die quengelnden Kinder am Rockzipfel … wie gut, dass seine Mutter dem Konsumterror abgeschworen hatte. Maria Plasberg hatte schon vor Jahren verkündet, dass sie keine Lust mehr habe, das alljährliche Geschenkekaufen mitzumachen, und ihre Kinder vor die Wahl gestellt, einen Gutschein von *Amazon* zu akzeptieren oder gar nichts zu bekommen. Sie selber erwartete keine Geschenke. Ihr Angebot kam Niklas gerade recht, da er sein Taschengeld meist sowieso in DVDs und Musik anlegte. Und wenn seine Mutter kein Geschenk wollte: bitte schön! Zugegeben, es war anfangs ein bisschen trostlos gewesen, unter einem Weihnachtsbaum zu sitzen und keine nett verpackten Kartons und Päckchen vorzufinden, aber mittlerweile war er auch aus dem Alter heraus, in dem ihm das etwas ausmachte. Ruth war die Umstellung erheblich schwerer gefallen.

Niklas rückte für eine junge Frau zur Seite, die ihr Baby vor den Bauch geschnallt hatte und sich aufatmend auf einen Sitz ihm gegenüber fallen ließ. Das Kind sah nicht älter aus als ein paar Wochen und nicht zum ersten Mal wurde Niklas bewusst, dass er in wenigen Monaten Vater eines genau solchen Kleinkindes sein würde.

Gewöhnt hatte er sich an den Gedanken noch nicht. Manchmal hatte er Beklemmungen, wenn er überlegte, dass da für den Rest seines Lebens jemand sein würde, der „Papa“ zu ihm sagte. Aus seiner jetzigen Perspektive kam ihm das irgendwie absurd und unwirklich vor. Ganz im Gegenteil zu dem ersten Ultraschallbild, das er neulich von seinem Kind erhalten hatte und das jetzt an der Pinnwand über seinem Schreibtisch hing, neben dem Stundenplan und dem Mannschaftsposter des FC. Das war sehr realistisch gewesen. Das Geschlecht war noch nicht bestimmbar, aber den Kopf, die Beine und die Arme, die hatte er schon erahnen können. Ganz mulmig war ihm geworden, als er die Aufnahme zusammen mit Nina betrachtet hatte. Plötzlich war alles zu viel gewesen: die Veränderungen in seinem Leben, die Verantwortung, das ganze Erwachsensein. Nina war es genauso gegangen, er hatte es gespürt, als sie neben ihm ganz still wurde. „O Mann!", hatte er dann gesagt. „Unser Baby." Nina hatte angefangen zu weinen und er hatte sie in den Arm genommen und getröstet. Später dann, als er sein Ohr auf ihren Bauch gelegt und ihr gesagt hatte, dass er sicher war, schon etwas gespürt zu haben, hatte sie wieder gelacht, ihn einen Knallkopf genannt und gesagt, dass das Kind noch nicht größer als ein Guppy wäre. Aber er war ganz sicher gewesen, dass sein Kind schon den ersten Kontakt mit ihm aufgenommen hatte. Von dieser Sekunde an war alles wieder gut und es spielte keine Rolle, dass er und Nina erst siebzehn Jahre alt waren. Sie würden gute Eltern werden. Und er würde seinem Kind jedes Jahr unglaublich viele Geschenke unter den Baum legen.

Das Quietschen der U-Bahn-Schienen riss Niklas aus seinen Gedanken und erst jetzt merkte er, dass er die ganze Zeit das Baby ihm gegenüber angestarrt hatte. Die Mutter warf ihm schon merkwürdige Blicke zu und legte ihrem Nachwuchs mit einer unbewussten Geste schützend eine Hand um den Kopf.

Niklas wandte sich ab und sah aus dem Fenster, während die Bahn an der Aurora-Mühle am Deutzer Hafen vorbeifuhr. An der Haltestelle *Siegburger Straße* stieg er aus. Er hatte ein wenig getrödelt, Ruth war bestimmt schon sauer, weil sie auf ihn warten musste. Niklas baute sich vor dem Schulhof der Gemeinschaftsgrundschule auf und hielt Ausschau nach dem neonfarbenen Schulranzen seiner Schwester, während der Beat der *Black Eyed Peas* in seinen Ohren vibrierte. Irgendwo hier musste Ruth doch herumstehen. Oder hatte sie vergessen, dass er sie von der Schule abholte? Wäre mal wieder typisch.

Den dunklen Audi, der langsam von links auf ihn zurollte, nahm Niklas zuerst gar nicht wahr. Erst, als er das schreckensstarre und verängstigte Gesicht seiner Schwester auf dem Rücksitz des Autos ausmachte, wurde ihm klar, dass etwas nicht stimmte. Im selben Moment sprang ein schmaler, rothaariger Junge, kaum älter als er, aus dem Wagen und zielte mit einer Pistole auf ihn.

„He, was …?", begann Niklas und zog die Kopfhörer aus den Ohren, aber der Junge unterbrach ihn.

„Einsteigen! Los!" Jetzt erst erkannte ihn Niklas. Es war derselbe Typ, den Ruth und er vor ein paar Tagen auf dem Nachhauseweg beobachtet hatten.

„Aber …"

„Halt's Maul, Pisser! Steig ein, oder wir tun deiner Schwester was!"

Niklas sah Ruth verwirrt durch die verregneten Scheiben des Wagens an. „Was soll das? Wieso habt ihr meine Schwester …", fragte er und machte einen Schritt auf den Jungen zu. Ein Fehler, denn plötzlich fühlte er den Lauf der Pistole auf seiner Brust. Er brüllte überrascht auf und dann fühlte er einen Stromschlag durch seinen Körper jagen, der so stark war, dass ihm die Beine wegsackten. Arme, Hände und Füße gehorchten ihm nicht mehr. Wie durch einen Nebel hörte er Ruth schreien und nahm gerade noch wahr, wie der andere Mann im Wagen sich wütend zu ihr umdrehte und ihr den Knauf eines Gewehrs auf den Kopf hieb, dann wurde alles um ihn herum schwarz.

Als er wieder zu sich kam, lag er auf der Rückbank des Autos neben seiner zitternden Schwester. „Ruth? Alles in Ordnung?" Seine Stimme krächzte; er hatte einen trockenen Mund.

Ruth nickte verstört. „Es tut mir leid!" Sie kämpfte mit den Tränen. „Die haben mich einfach reingezerrt in den Wagen. Ich konnte gar nichts machen!"

„Schon gut", murmelte er. Dann bemerkte er erschrocken die Platzwunde auf ihrer Stirn und ein Rinnsal Blut auf ihrer Schläfe. Ruth hielt notdürftig ein Taschentuch dagegen.

„Nicht so schlimm", sagte sie mit zitternder Stimme. „Mein Kopf tut nur weh." Ihre Hand suchte die ihres Bruders und er drückte sie, so gut er konnte, um seine Schwester zu beruhigen. Ächzend richtete er sich auf.

„Wer … wer seid ihr? Was wollt ihr von uns?", brachte er mühsam heraus.

Der Junge mit den rötlichen Haaren drehte sich nach hinten und zeigte auf seine Elektroschockpistole. Niklas starrte auf die scharfen Schneidezähne und die Stupsnase des Jungen und fühlte sich unversehens an ein Nagetier erinnert. Wie hießen die noch? Frettchen? Wiesel? Die Stimme seines Entführers brachte ihn in die Wirklichkeit zurück. „Ihr macht, was wir sagen, oder du kriegst damit noch eins verpasst. Mit einem höheren Stromstoß. Klar?"

Niklas bejahte zögernd.

„Du rufst jetzt deine Alte an und sagst ihr, dass sie uns in Ruhe lassen soll. Sonst hat sie bald keine Kinder mehr."

„Meine Mutter? Was hat die denn damit zu tun?", fragte Niklas verdutzt. Wer waren diese Typen? Seine Beine kribbelten schmerzhaft und es fiel ihm schwer, einen klaren Gedanken zu fassen. „Wo bringt ihr uns hin?" Er sah aus dem Fenster und bemerkte, dass sie Porz verlassen hatten und auf dem Weg zur Autobahn waren.

„Geht dich einen Scheißdreck an, Pisser!" Es war das erste Mal, dass der Fahrer des Wagens seinen Mund aufmachte. Er klang nervös und warf Niklas über den Rückspiegel einen hasserfüllten Blick zu. „Mach gefälligst, was wir sagen!" Niklas musterte ihn genauer. Baseballcap, Sweatshirt, dunkle, gegelte Haare ... der Typ war kaum älter als er. Auf der Straße hätte er ihn für einen ganz normalen Jugendlichen gehalten. Aber da war was Prolliges an den beiden. Typen, um die er sonst einen Bogen machte.

„Ihr habt mir mein Handy abgenommen. Ich kann nicht anrufen."

„Scheiße." Der Rothaarige suchte im Handschuhfach und gab Niklas das Handy zurück. „Danach gibst du's mir wieder, klar?"

„Und von wem sind wir entführt worden? Soll ich das nicht auch sagen?"

Der Rothaarige verzog keine Miene. „Das weiß deine Alte schon."

Niklas' Verstand kehrte schrittweise zurück. „Damit kommt ihr doch nie durch, Leute", sagte er mit so viel Überzeugungskraft in der Stimme, wie er zusammenbrachte. „Das ist doch voll der Wahnsinn!"

Der Rothaarige drehte sich ruckartig um und zielte mit dem *Taser* auf Ruth. „Spar dir die Scheiße! Wir wissen, was wir tun! Jetzt ruf an oder ich knall deine Schwester ab!“, brüllte er. Seine Hand zitterte, während Ruth aufschluchzte und sich in die Ecke drängte, so weit wie möglich weg von der Waffe. Niklas' Herz schlug bis zum Hals. Die Typen meinten es wirklich ernst, die hatten anscheinend nichts zu verlieren. Hastig gab er die Mobilnummer seiner Mutter ein.

Es dauerte nur einen Klingelton, bis Maria Plasberg am Apparat war. Ihre Stimme klang angespannt. „Niklas, ich kann jetzt nicht. Ich melde mich später wie …“

„*Mum?*“, fiel er ihr ins Wort. „Ruth und ich … wir sind entführt worden. Von zwei Typen. Die sagen, du sollst sie in Ruhe lassen, ansonsten bringen sie uns um!“

Einen Moment lang herrschte schockiertes Schweigen in der Leitung. „Was?“, fragte Plasberg dann. „Wer hat euch entführt? Niklas, wo seid ihr?“

„Ich weiß nicht, wer die beiden sind! Sie sagen, du kennst sie! Hat das irgendwas mit deinem neuen Fall zu tun? *Mum*, hilf uns!“ Ohne, dass er etwas dagegen tun konnte, brach seine Stimme und es dauerte einen Augenblick, bis er sich wieder unter Kontrolle hatte. „*Mum*, bist du noch dran?“

„Niklas, wo seid ihr?“ Die Stimme seiner Mutter klang noch immer ungläubig, als stünde sie unter Schock. „Hören die beiden euch zu? Ist Ruth bei dir? Geht es ihr gut?“

„Ja, sie ist hier neben mir. Sie hatte eine Platzwunde am Kopf, aber sonst ist sie okay …“

„Eine Platzwunde? Großer Gott!“ Maria Plasbergs Stimme wurde schrill. Sie atmete tief durch, dann sagte sie eindringlich: „Versuch, das Gespräch in die Länge zu ziehen. Wo seid ihr?“

„Ich weiß nicht, wo wir sind!“, erwiderte Niklas. „Da war plötzlich dieser rothaarige Typ mit der Knarre vor mir und hatte Ruth im Aut…“ Das Wiesel riss ihm plötzlich das Handy aus der Hand. „Das reicht!“, zischte er Niklas an, dann übernahm er das Gespräch. „Ihr Bullen sollt den Kevin und mich in Ruhe lassen, ist das klar? Ansonsten passiert hier was!“ Damit unterbrach er die Leitung und warf das Handy auf die Beifahrerkonsole. „Los, fahr schon, Alter!", sagte er dann.

„Und wohin?" Kevin warf immer wieder einen Blick in den Rückspiegel; zwischendurch wischte er sich seine schweißnassen Hände an der Hose ab.

„Woher soll ich das wissen? Ich dachte, du weißt, wo's langgeht! Du Wichser hast uns da reingeritten!", fuhr Siggi Schuster seinen Kumpel gereizt an. Er legte die Elektroschockpistole griffbereit auf seinen Schoß und schob die Pumpgun auf dem Boden zur Seite, um Platz für seine Füße zu haben.

Als Maria Plasberg das Handy sinken ließ, stand ihr das Entsetzen noch immer ins Gesicht geschrieben. „Sie haben Ruth und Niklas." Der Anruf hatte sie auf dem Parkplatz des Präsidiums erreicht, als sie gerade dabei war, nach ihrer Rückkehr aus Ostheim den Wagen abzustellen. Zur Verstärkung herbeigerufene Polizisten versuchten dort, die nach dem Schuss verstörten Anwohner zu beruhigen. Die Spurensicherung stellte die Wohnung von Kevin Cordes aus den Kopf. Gerda und Heinz Cordes waren vorläufig festgesetzt worden.

Brinkhoff sah seine Vorgesetzte verständnislos an. „Wer hat Ruth und Niklas?"

„Kevin Cordes und Siggi Schuster." Plasberg lehnte sich mit der Stirn ans Lenkrad. Ihr Magen rebellierte und sie hatte das Gefühl, sich gleich übergeben zu müssen. „Ich nehme jedenfalls an, dass es Siggi Schuster war …" Plötzlich sah sie einen schmalen, rothaarigen Jungen an ihrer Haustür vorbeigehen, als sie das Taxi gerufen hatte, um sich mit Bahar Gül zu treffen. Jetzt fiel ihr auch ein, wo sie ihn schon einmal gesehen hatte: am Nebentisch der Bäckerei, bevor sie mit Brinkhoff ins Oberbergische aufgebrochen war. Und sie erinnerte sich an Ruths Vermutung, dass sie von einem rothaarigen Mann verfolgt wurden. Sie hatte ihre Tochter nicht wirklich ernst genommen.

Plasberg stöhnte auf und schüttelte den Kopf. „Die beiden haben uns die ganze Zeit beschattet! Die waren über jeden unserer Schritte unterrichtet!"

„D-Das kann doch gar nicht sein!“, wandte Brinkhoff ein. „Wie sollten die beiden denn …?“

„Hat Siggi Schuster rote Haare?“

Der Kommissar sah sie an, als ob sie irre geworden wäre. „W-Wie bitte?“

„Ob Schuster rote Haare hat, will ich wissen!“, schrie Plasberg ihn an. „Ist das so schwer zu verstehen?“

Brinkhoff zuckte nicht einmal mit den Augenlidern, etwas, wofür Plasberg ihm ewig dankbar sein würde. „K-Kriegen wir sofort raus“, sagte er. Er setzte sich mit Vogt in Verbindung, der mit Shirin Reitz und Wentrop noch in der Wohnung von Schusters Vater beschäftigt war. „Rot wie ein Fuchs“, erklärte er kurz darauf. „Der Vater hat es gerade bestätigt. Im Übrigen weiß der Mann von gar nichts. Sagt er zumindest.“

Plasberg schnaubte ungläubig auf. „Was mache ich denn jetzt bloß? Ich … ich weiß gar nicht …“ Noch nie im Leben war sie sich so hilflos und ohnmächtig vorgekommen. „Ich muss hinterher! Die beiden verfolgen! Wer weiß, wo die hinwollen. Kommen Sie, wir …“ Mit zitternden Händen versuchte sie den Autoschlüssel ins Schloss zu fummeln und den Motor zu starten. Beides misslang und der Autoschlüssel fiel auf den Boden.

Brinkhoff begriff, dass es an ihm war, die Initiative zu ergreifen. Plasberg war nicht in der Lage, Entscheidungen zu treffen. Wort für Wort ließ er die Kommissarin das kurze Telefonat mit Niklas und Siggi Schuster wiederholen, dann bugsierte er seine protestierende Vorgesetzte nach oben ins Büro. Von hier aus hatten sie bessere Möglichkeiten, die nächsten Schritte zu überlegen und zu koordinieren.

Als Erstes bat er Gesine Keller, sich um die Kommissarin zu kümmern. „Sie hat einen Schock. Geben Sie ihr einen Kaffee und beruhigen Sie sie ein b-bisschen“, sagte er.

„Was ist denn passiert?“ Die Sekretärin sah ihn mit großen Augen an.

„Kevin Cordes und Siggi Schuster haben ihre K-Kinder.“

„O nein!“ Keller schlug eine Hand vor den Mund, aber Brinkhoff hatte sich schon abgewandt und telefonierte erneut mit Vogt, um das Kennzeichen des Wagens von Siggi Schusters Vater herauszubekommen und die drei Beamten zurück ins Präsidium zu beordern. Danach leitete er das Autokennzeichen und den Fahrzeugtyp an die Fahndung weiter. Als Nächstes informierte er Heribert Eikner über den Sachstand, der sofort sein Wochenende abbrach, ins Polizeipräsidium kam und weitere Polizeikräfte anforderte. Die Verantwortlichkeiten wechselten: Der zuständige Führungsstab wurde über die Entführung von Plasbergs Kindern informiert und übernahm die Leitung und Koordination des Falles; die Mitglieder der MK 3 sowie Wentrop und Eikner sahen sich zu Randfiguren degradiert. Innerhalb einer Stunde herrschte auf dieser am Wochenende ansonsten leer gefegten Etage des Präsidiums nervöse Betriebsamkeit. Telefone klingelten, Faxgeräte surrten und im Konferenzraum fand kurz darauf eine erste Lagebesprechung statt.

Waldemar Konzen, der Leiter der Direktion K, und damit ab sofort hauptverantwortlich im Entführungsfall Plasberg, war ein kräftiger Endvierziger mit Glatze und durchtrainiertem Körper. Er hatte schon bei mehreren ähnlich gelagerten Fällen die Leitung innegehabt und strahlte eine souveräne Entschlossenheit aus. Sein erstes Ziel war es, Ruhe in die Situation zu bringen und sich weitestgehend mit dem Fall vertraut zu machen, um die Entführer taktisch einschätzen zu können. Daher begann er nach einer kurzen Einführung, Fragen zu stellen. „Gibt es eine Möglichkeit, mit den Entführern in Kontakt zu treten?"

Brinkhoff schüttelte den Kopf. „Haben wir schon versucht. Alle im F-Fluchtauto befindlichen Mobiltelefone sind ausgeschaltet. Das von Niklas genauso wie die der Entführer."

„Um wie viele Entführer handelt es sich?"

„Vermutlich zwei. Kevin Cordes und Siggi Schuster. Sie sind im Auto von Schusters Vater unterwegs."

„Und wohin?"

Brinkhoff zuckte mit den Schultern. „Wissen wir nicht."

„Sind die beiden im Besitz von Waffen?"

„Davon ist auszugehen. N-Niklas hat gesagt, dass er mit Waffengewalt gezwungen wurde, ins Auto zu steigen. Das Mädchen hat eine Platzwunde am Kopf."

„Also werden sie die Waffen im Notfall auch einsetzen." Konzens Einschätzung machte allen Anwesenden noch einmal die Gefährlichkeit der Lage klar.

„Wie haben die beiden denn überhaupt Zugang zu dem Wagen erhalten?" Eikner mischte sich ein. Der Chef der KK 11 trug noch Reitkleidung; Brinkhoff hatte ihn beim Ausritt mit seinem Reiterverein am Fühlinger See im Norden von Köln erwischt.

„Herrgott noch mal, das ist doch völlig nebensächlich!", fuhr Plasberg plötzlich auf. Den ersten Minuten voller Angst und hektischer Nervosität waren Selbstbezichtigungen gefolgt, in denen sich die Kommissarin vorwarf, ihre Kinder nicht ausreichend geschützt zu haben, die Lage völlig unterschätzt und die falschen Schlussfolgerungen gezogen zu haben. Sie hatte auf ganzer Linie versagt. Nicht nur war sie eine schlechte Polizistin, weil sie viel zu lange die falschen Verdächtigen im Visier gehabt hatte, sie war auch eine schlechte Mutter, weil sie nicht in der Lage war, ihre Kinder vor Unheil zu bewahren. Und dieser letzte Vorwurf wog noch viel schwerer als alle anderen. Die letzten zehn Minuten hatte sie fast apathisch und mit leerem Blick neben Brinkhoff gesessen. Niemand war sicher gewesen, ob sie überhaupt in der Verfassung war, dem Gespräch zu folgen. „Meine Kinder befinden sich in Lebensgefahr. Wir müssen endlich etwas unternehmen!"

Alle Anwesenden schauten betreten zur Seite. Nur Torsten Brinkhoff sagte leise: „Wir tun, w-was wir können, Frau Plasberg. Das wissen Sie doch."

Die Kommissarin nickte unwillig und schloss die Augen, aber ihre Finger trommelten unruhig auf der Tischplatte.

Mit einem Seitenblick auf die Kommissarin beantwortete Vogt Eikners Frage. „Siggi Schuster hat trotz seiner Minderjährigkeit seit Jahren Zugang zum Auto seines Vaters. Der Vater kümmert sich kaum um ihn und weiß so gut wie nichts über die außerhäuslichen, meist kriminellen Aktivitäten seines Sohnes. Wenn ihm danach war, hat Siggi sich die Autoschlüssel genommen. Kevin ist der Fahrer. Die beiden sind wohl häufig im Auto von Schusters Vater unterwegs. Wir haben eine ganze

Menge belastendes Material im Zimmer des Jungen gefunden. Unsere Vermutungen waren korrekt: Er ist derjenige gewesen, der übers Internet die Waffen besorgt, sowohl für die *Bandits* als auch für sich und Kevin. Er hat im Netz diverse Kontakte aufgebaut, Frau Dr. Reitz hat sich seinen Computer vorgenommen und die Seiten gesichtet, die er besucht hat, ebenso seine Mails. Er hat mit mehr als sechs verschiedenen E-Mail-Accounts gearbeitet. Die Geschäfte sind über falsche Identitäten und geklaute Kreditkarten zustande gekommen, die ihm jemand besorgt hat; wir vermuten, dass Ahmed Arslan damit zu tun hat. Er wird gerade von zwei Kollegen befragt. Die Waffen sind in der Garage gelagert worden, die zur Wohnung von Schuster gehört: hauptsächlich Schlagwaffen wie Baseballschläger und Schlagringe, zwei kleinkalibrige Waffen, Elektroschockpistolen, eine Pumpgun, Marke Mossberg 500. Sieht so aus, als ob er gerade damit begonnen hatte, eine Art Waffenlager aufzubauen. Außerdem haben wir einen leeren Benzinkanister gefunden. Wir überprüfen gerade, ob das Benzin der Brandbeschleuniger war, der in der *Keksdose* verwandt wurde. Und wir haben die Kleidung gefunden, die er bei dem Überfall auf das Geschäft getragen hat, genau wie bei Kevin Cordes."

„Und davon will der Vater nichts bemerkt haben? Das gibt's doch gar nicht!"

Wentrop mischte sich in das Gespräch. Der schlaksige Kommissar lehnte mit verschränkten Armen an der Wand. „Der Junge hat ihm gegenüber behauptet, den Schlüssel für die Garage verloren zu haben. Außerdem ist dem Vater der Führerschein für mehrere Monate entzogen worden. Daher hatte er gar kein Interesse, die Garage zu betreten. Und wie gesagt … er kümmert sich nicht um seinen Sohn."

Waldemar Konzen hatte dem Wortwechsel schweigend zugehört. „Was wollen die beiden mit dieser Entführung eigentlich bezwecken?"

„In Ruhe g-gelassen werden", erwiderte Brinkhoff.

„Wie bitte?"

„Sie haben Frau Plasbergs Kinder entführt in der Hoffnung, so ein Druckmittel in der Hand zu haben, um einer weiteren

Strafverfolgung zu entg-gehen. Sie sind der Meinung, dass die Androhung, die Kinder zu töten, uns veranlassen wird, unsere Erm-mittlungen gegen sie im Mordfall *Keksdose* einzustellen."

„Aber das ist doch der reinste Irrsinn!", entfuhr es Eikner.

„Es sind Jugendliche", schaltete sich Shirin Reitz ein. „Unausgereifte Persönlichkeiten mit erheblich herabgesetzten Hemmschwellen. Ihnen logische Schlussfolgerungen zu unterstellen führt in eine Sackgasse. Die beiden fühlen sich durch unsere Ermittlungen in die Ecke gedrängt. Kollegin Plasberg hat Kevin Cordes der Mittäterschaft am Mord an seiner Schwester, deren Lebensgefährten und der Angestellten der *Keksdose* überführt und daraufhin ist es zu einer Kurzschlusshandlung gekommen. Cordes ist geflüchtet, hat wahrscheinlich Schuster informiert und dann sind die beiden mit dem Auto los, um sich die Kinder von Frau Plasberg zu schnappen. Das hat nichts mit Logik zu tun."

„Aber …", Konzen war noch nicht zufrieden. „Woher haben die beiden denn gewusst, wer die Kinder der Kollegin sind?"

„Wir sind von Beginn der Untersuchungen von Siggi Schuster beschattet worden", gestand Brinkhoff zögernd ein. „M-Mindestens seit dem Tag, an dem Dr. Reitz mit Frau Plasberg der Familie Öcal einen Besuch abgestattet hat."

„Moment mal …" Vogt sah Brinkhoff mit gerunzelter Stirn an. „Das kann doch gar nicht sein! Zu diesem Zeitpunkt war ich der Einzige, der die Familie Cordes besucht hatte! Weder Kevin noch Siggi Schuster konnten zu diesem Zeitpunkt wissen, wer alles zu unserer MK gehört! Die hatten Frau Plasberg noch gar nicht kennengelernt! Wann haben Sie Schuster zum ersten Mal in Ihrer Nähe bemerkt?"

„Am Mittwoch. Am Nebentisch in der Bäckerei auf der Frankfurter Straße", erwiderte die Kommissarin.

„Und wann haben Sie zum ersten Mal die Familie Cordes besucht?"

„Gestern. Am Freitag Vormittag."

„Das heißt also, vor gestern Morgen hatte nur ich Kontakt zu den Cordes'. Und ich weiß mit hundertprozentiger Sicherheit, dass ich bei meinem Besuch am Dienstag keine Namen der beteiligten Ermittler genannt habe", erklärte Vogt.

Alle sahen sich betroffen an. „Dann haben wir ein Leck", sprach Shirin Reitz das Offensichtliche aus. Alle Augen wandten sich plötzlich Brinkhoff zu.

Es dauerte einen Moment, bis der Kommissar begriff. „Was? N-Nein!", brachte er mühsam heraus. „Ich w-war's nicht! Ich hab Kevin und s-seine Eltern gestern auch zum ersten M-Mal gesehen!" Vor Aufregung lief sein Gesicht rot an.

„Kommen Sie, Brinkhoff, wäre nicht das erste Mal, dass Sie Interna ausplaudern!", sagte Vogt verärgert.

Brinkhoff fühlte, wie sich sein Herzschlag abrupt beschleunigte. „Ich w-war's n-nicht", presste er mühsam heraus. „S-So was w-würde ich n-niemals tun!" Am meisten erschütterten ihn Maria Plasbergs Augen, die ihn zweifelnd ins Visier nahmen. „W-Warten Sie ... Vogt, als Sie die Familie von Anna Cordes am Dienstag besucht haben ... haben Sie denen eine Visitenkarte dagelassen?"

„Natürlich. Das machen wir doch imm..." Vogt machte große Augen und sackte in seinem Stuhl zurück. „Und eine Karte mit Kriminalhauptkommissarin Plasbergs Namen und Durchwahl. Scheiße."

„Also trifft niemanden die Schuld", sagte Konzen. „Es war für die beiden ein Kinderspiel, Ihre Adresse herauszubekommen."

„Schon gut", sagte Plasberg mit belegter Stimme. „Können wir uns vielleicht wieder der Rettung meiner Kinder widmen?"

„Frau Kollegin, mehr als warten können wir im Moment doch auch nicht!" Eikner tätschelte unbeholfen ihre Hand. „Sobald die Kollegen das Auto entdeckt haben, werden wir informiert." Er richtete das Wort an alle. „Auch wenn die Rettung der Kinder jetzt Vorrang hat: Gibt es neue Erkenntnisse über die Motivlage?"

Die Profilerin sah auf. „Wenn hier tatsächlich ein schwerer Fall von Kindesmissbrauch seitens der Mutter vorliegt, dann scheint es mir durchaus möglich zu sein, dass Kevin Cordes versucht hat, seine Schwester daran zu hindern, ihr Wissen davon öffentlich zu machen, um der sozialen Ächtung, die er danach erfahren hätte, zu entgehen."

„Wie war das …? Ach, du Scheiße!“ Vogt saß plötzlich mit offenem Mund da. „Sagen Sie das noch mal!“

„Ähm … das mit der sozialen Ächtung?“

„Nein, davor!“

Shirin Reitz strich ihre Haare zurück. „Ich denke, dass Kevin nicht wollte, dass der Missbrauch, dem er zum Opfer gefallen ist, von seiner Schwester öffentlich gemacht wird?“

„Genau! Der Zettel! Das gelbe Post-it!“ Vogt war auf einmal ganz aufgeregt. „Erinnern Sie sich nicht? Als wir die Wohnung von Cordes und Schneider durchsucht haben! Auf dem Schreibtisch lag ein gelber Notizzettel mit der Nummer von der Lokalredaktion des *Stadt-Anzeigers*. Ich habe noch angerufen und hatte Stumping am Apparat.“

„Ja, aber das war doch wegen des Artikels, den der Redakteur über die *Keksdose* geschrieben hat!“

„Haben wir gedacht! Und wenn nicht? Der Zettel war ganz zerknittert! Als wäre er schon weggeworfen und dann aus dem Papierkorb gefischt worden! Es ist doch durchaus möglich, dass der Zettel auf dem Schreibtisch lag, weil Anna Cordes sich an ihre Kontakte zu Arnold Stumping erinnert hat.“

„Wieso weiß ich nichts von diesem Zettel?“, fragte Plasberg dazwischen.

Vogt errötete und erklärte noch einmal, dass er und die Profilerin angenommen hatten, dass Stumpings Telefonnummer ein Überbleibsel aus dem Kontakt zwischen Anna Cordes und dem Lokalredakteur war, als er sich beruflich für die *Keksdose* interessierte.

„Und jetzt g-glauben Sie, dass Kevins Schwester Stumping noch mal kontaktiert hat?“, fragte Brinkhoff. „Davon hat uns Stumping nichts erzählt. Warum hätte er uns nicht die Wahrheit sagen sollen?“

„Behaupte ich ja gar nicht“, erwiderte Vogt. „Aber es wäre doch möglich, dass sie tatsächlich *vorgehabt* hat, ihn anzurufen. Es würde die These von Frau Dr. Reitz unterstützen!“

„Ich weiß nicht. Der junge Cordes will also nicht, dass sein Privatleben öffentlich gemacht wird. Von mir aus. Aber dass er deshalb seine Schwester umbringt und alle Anwesenden in der

Keksdose ebenfalls?“ Der Chef des KK 11 war nicht überzeugt. „Ihre psychologischen Erklärungsversuche in allen Ehren, Frau Kollegin, aber ist das nicht ein wenig weit hergeholt? Ein Massaker an fünf Menschen? Und selbst wenn es so wäre, wie hat Cordes dann seinen Kumpel, diesen Siggi Schuster, dazu überredet, bei der Tat mitzumachen? Glauben Sie im Ernst, er hat ihm etwas von dem Missbrauch erzählt und das Ganze als Rache verkauft?“

„Nein“, gab Reitz zu. „Das glaube ich nicht. Aber ich bin sicher, dass diese Motivlage der Ausgangspunkt für die Tat war! Wenn ich die Möglichkeit hätte, mit dem Jungen zu sprechen …“

„Ja … na schön, das ist ja im Moment leider nicht der Fall“, gab Eikner zurück und nestelte verärgert an seiner Brille herum. Inzwischen schien auch er nicht mehr sonderlich davon überzeugt, dass es eine gute Idee gewesen war, die Profilerin der MK von Plasberg zur Seite zu stellen.

„Gut“, sagte Konzen ungeduldig. „Ich denke, dass die notwendigsten Dinge abgeklärt sind und ich mir jetzt ein Bild der Lage machen kann. Ich schlage vor, dass Sie jetzt alle nach Hause gehen. Sie werden über Herrn Eikner über die Entwicklung der Lage auf dem Laufenden gehalten. Ich verspreche Ihnen, dass wir die Flüchtigen stellen, sobald sich eine Möglichkeit bietet.“

„Ich komme mit!“ Plasbergs Stimme war so leise, dass sie fast überhört worden wäre.

Der Leiter der Direktion K schüttelte heftig den Kopf. „Auf keinen Fall! Sie fahren nach Hause und warten dort!“

„Nach Hause?“ Die Kommissarin zitterte plötzlich vor Wut. „Ich denke nicht daran! Das sind meine Kinder, die da entführt werden!“

„Sie werden tun, was ich Ihnen sage, Frau Kollegin. Sie sind nicht in der Verfassung, einen kühlen Kopf zu bewahren, und ich kann jetzt keine hysterische Mutter in meinem Team gebrauchen. In Ihrem Zustand sind Sie ein Sicherheitsrisiko, wenn wir den Zugriff versuchen!“

Plasberg traute ihren Ohren nicht. „Ich bin ein was?“

„Sie haben mich verstanden! Sie werden auf der Stelle nach Hause fahren oder ich lasse Sie dorthin eskortieren! Das ist mein letztes Wort! Ich habe ein Sonderkommando bereitstehen, das jederzeit eingreifen kann. Sie können also ganz beruhigt sein."

In diesem Moment ging die Tür auf und einer der Polizeibeamten, die am Telefon saßen, steckte seinen Kopf ins Besprechungszimmer. „Wir haben das Fluchtfahrzeug! Sie sind auf dem Weg Richtung Süden. Auf der A3 Richtung Frankfurt."

Alle sprangen von ihren Stühlen, die Lagesprechung war beendet.

„Du Arschloch! Du komplettes, idiotisches Riesenarschloch!" Kevins Stimme überschlug sich, während er Siggi Schuster anbrüllte, hohe Kiekser mischten sich in seine Aufgeregtheit. Plasbergs Kinder krochen in die hinterste Ecke der Rückbank. Ruth versteckte ängstlich ihr Gesicht im Sweatshirt ihres Bruders. „Der Tank ist fast leer!" Kevin deutete mit zitterndem Finger auf die Anzeige, die sich im roten Bereich eingependelt hatte.

„Selber Arschloch, du Pisser!" Siggi Schuster ließ die Beleidigung nicht auf sich sitzen, er war sich keiner Schuld bewusst. „Woher soll ich wissen, dass du hier ein Kidnapping abziehen willst und die Karre brauchst? Du rufst an, dass wir aufgeflogen sind und abhauen müssen – und zehn Minuten später haben wir die Kids von der Kommissarin am Bein. Das ist doch totale Scheiße! Wo willst du überhaupt hin?"

„Weg!", brüllte Kevin außer sich und sprühte kleine Speicheltropfen gegen die Windschutzscheibe. „Ich will weg!" Hektische rote Flecken überzogen sein Gesicht und er schlug mit einer Faust aufs Lenkrad, sodass der schwarze Audi für einen Moment ins Schlingern geriet und auf die rechte Fahrspur der Autobahn zu schleudern drohte. Das Mädchen quietschte entsetzt auf und Kevin schrie nach hinten: „Halt die Schnauze, du Kuh!"

Die ganze Sache lief total aus dem Ruder. Alles ging schief. Seitdem der Kommissarin die Klamotten in die Hand gefallen waren, die er bei dem Überfall auf das Geschäft von der Anna getragen hatte, lief alles durcheinander, nichts war mehr logisch, alles nur noch Improvisation, Panik, Kurzschluss. Er hatte die Plasberg und den anderen Kommissar über den Haufen gerannt – das war schon mehr Glück als Verstand – und war durchs Treppenhaus gefegt, das Handy und Siggis Stimme schon am Ohr. Hinter ihm hatte es einen Schuss gegeben und für einen kurzen, irrsinnigen Augenblick hatte er geglaubt, getroffen worden zu sein, war gestolpert, mit dem Bein gegen das Treppengeländer geknallt. „Wo bist du?“, hatte er gebrüllt und Siggi hatte in der Spielhalle herumgelungert und ja, den Autoschlüssel hätte er in seiner Hosentasche. Wieso denn die Aufregung, ob was passiert sei? „Komm zum Wagen! Sofort!“, hatte Kevin in sein Mobiltelefon geschrien. Er war weitergerannt, immer vier oder fünf Stufen auf einmal nehmend. Da war die Hand eines Nachbars von unten, die ihn festhalten wollte und an seinem Sweatshirt riss, das Blut rauschte in seinen Ohren, sein Körper war voller Adrenalin, er schlug die Hand fast beiläufig zur Seite, hörte einen Schmerzensschrei hinter sich, und kurz darauf war er keuchend beim Wagen an der Garage angelangt. Siggi hatte schon auf ihn gewartet, nervös und bleichgesichtig. Auch er musste gerannt sein, denn sein Atem ging schnell. „Was ist denn los?“, fragte er nervös, aber Kevin reagierte nicht, trieb den Jüngeren zur Eile an. Das dämliche Garagentor klemmte, es dauerte viel zu lange, bis Siggi es aufbekam, und Kevin hätte aus lauter Frust und Angst beinahe aufgeheult. „Mach schon! Beeil dich!“ Seine Stimme hatte kaum noch wie seine eigene geklungen. Die Bullen waren ihnen bestimmt schon dicht auf den Fersen, hektisch hatte er sich umgesehen, jede Sekunde damit gerechnet, dass sie um die Ecke bogen mit gezückten Waffen und ihn plattmachten. Dann hatte Siggi das Tor endlich nach oben geschoben und Kevin befahl ihm, die Mossberg und eine der Elektroschockpistolen aus der Ecke zu holen, die sie unter einer schmutzigen Decke versteckt hatten, und mitzunehmen. Siggi hatte gezögert, ihn fragend angesehen, und es hatte schier ewig gedauert, bis sie startbereit waren. Mit quietschenden Reifen war er aus der Garage gerast – hätte sich ihm in diesem Moment jemand in den Weg gestellt, hätte er ihn einfach umgenietet.

Erst als sie unterwegs waren und mit Vollgas über die regnerischen, glatten Straßen preschten – nur weg aus Ostheim, weg von der ganzen Scheiße hier! –, hatte er Siggi in kurzen, abgehackten Sätzen erzählt, was passiert war. Dass die Tusse von den Bullen seine Klamotten gefunden hatte und wusste, dass er und Siggi für das Fiasko in Annas Geschäft verantwortlich waren. Natürlich verschwieg er, dass die Frau jetzt auch wusste, was damals mit seiner Alten gelaufen war. Aber dass die Bullen jetzt ganz konkret hinter ihnen her waren, hatte er gesagt und dann war ihm plötzlich die Idee gekommen, die Kinder von der Plasberg als Geiseln zu nehmen. Hatte sich in seinem Gehirn festgesetzt, der Gedanke, wie eine Erlösung, an die er sich klammern konnte. Wenn sie die Kinder von der Frau in ihrer Gewalt hätten, dann würden die Bullen sie in Ruhe lassen. Davon war er fest überzeugt, die Kinder wären wie ein Faustpfand, ihre Lebensversicherung. Sie mussten es mit denen nur über die Grenze nach Holland oder Belgien schaffen und dann da irgendwo untertauchen und die Kinder könnte man ja dann am Straßenrand wieder laufen lassen. Je länger er darüber redete, desto besser klang die Idee. Die deutschen Bullen durften nicht über die Grenze fahren, da war Kevin sich einigermaßen sicher, und überhaupt, es war der beste Plan, der ihm auf die Schnelle einfiel, richtig Zeit zum Nachdenken war ja keine. Jetzt musste er handeln, auch wenn ihm bei der Sache ein wenig mulmig war und er sich vor Angst fast in die Hosen schiss, aber das hatte er natürlich nicht laut gesagt.

Siggi hatte protestiert, dass das doch Irrsinn sei, und sein Gesicht sah aus wie frischer Kleister, als ob es vor Selbstmitleid und Muffe gleich zerfließen würde. Kevin hatte seine Einwände ignoriert, hatte gar nicht auf das jämmerliche Gewinsel seines Kumpels gehört und den Wagen abrupt gewendet. Fast hätte er dabei einen Unfall gebaut, als der Wagen auf der nassen Fahrbahn ins Rutschen geriet und dann auch noch der Scheiß-BMW von der Seite kam, den er überhaupt nicht gesehen hatte, fast wäre die Alte hinterm Steuer noch voll in ihn reingefahren. „Blöde Fotze!“, hatte er seine Wut herausgeschrien und dann war er wie ein Wahnsinniger nach Porz geheizt.

Den ersten Rückschlag hatten sie vor dem Haus der Plasberg einstecken müssen, denn da war niemand gewesen, nur die Freundin von dem Sohn hatte die Tür geöffnet. Schlaf hatte sie noch in den Augenwinkeln gehabt, als sie im Höschen und einem dünnen Top vor ihnen stand, er hatte an der Gänsehaut auf ihren Armen gesehen, dass sie fror. Aber erst als er sie ins leere Haus gedrängt, hektisch mit der Knarre vor ihrem Gesicht herumgefuchtelt und sie angeschrien hatte, jetzt keine Scheiße zu labern, hatte sie ihm gesagt, wo die Kinder waren, und dann hatte er ihr eins mit dem Gewehrkolben übergezogen, damit sie nichts verraten konnte. Was hätte er denn sonst machen sollen? Die wäre doch sonst sofort zum Telefon gerannt! Wie eine leblose Marionette war das Mädchen zusammengesackt und in der Küche liegen geblieben, in der Ecke neben dem Geschirrspüler.

Daraufhin hatte Siggi Panik bekommen und gesagt, er mache nicht mehr mit, er wolle raus aus der Sache, aber er, Kevin, hatte ihn angefahren, dass er sich das besser früher überlegt hätte, am besten vor dem Überfall auf die *Keksdose,* und Siggi hatte wütend gekontert, dass er da auch schon nicht habe mitmachen wollen, aber Kevin hätte ihm ja keine Wahl gelassen, weil er damit gedroht hatte, Siggis Waffendeals mit Ahmed auffliegen zu lassen. Wenn er das vorher gewusst hätte, hätte er Kevin nie was davon erzählt, noch nie sei er von einem Kumpel so gelinkt worden. Und überhaupt hätte Kevin die ganze Scheiße zu verantworten, wenn er nicht die dämliche Putzfrau gekillt hätte, säßen sie jetzt nicht so tief im Dreck.

Kevin hätte da beinahe schon die Nerven verloren, aber er hatte sich noch mal zusammengerissen, hatte Siggi angeschnauzt, dass das nicht geplant gewesen sei, er hätte das doch schon mal gesagt: Er hatte der Anna nur einen Schreck einjagen wollen, damit sie ihr Maul halte, und dann hätte plötzlich die Scheiß-Putze an der Ladentür rumgeschraubt und da wären ihm eben die Sicherungen durchgebrannt. Er hätte gar nicht schießen wollen. Weswegen die Anna denn ihr Maul überhaupt halten sollte? hatte Siggi gefragt und Kevin hatte nochmal gesagt, dass das eine Familienangelegenheit sei, das ginge seinen Kumpel einen Scheiß an. Am liebsten hätte er Siggi allerdings ein paar aufs Maul gehauen, nur damit der aufhörte, diese Frage zu stellen, aber er war auf seine Hilfe angewiesen, allein würde er das mit den Geiseln nicht packen. Also hatte er ihm klargemacht, dass sie jetzt im selben Boot saßen, dass Siggi seinen Arsch nur noch retten konnte, wenn er jetzt weiter mitmachte.

Und dann war alles so hektisch gewesen, das Wegfahren vom Schulgelände und die ständige Angst vor den Bullen, die ihn mürbe machte, das Theater mit den Kindern von der Plasberg auf dem Rücksitz, das Telefonat mit der Kommissarin ... alles kam irgendwie zu schnell und zu plötzlich und durcheinander, und Kevin war so müde und erschöpft, dass er sich nicht auf den Weg konzentriert hatte. Auf einmal hatte er sich verfahren und war statt auf der A4 Richtung Aachen und Holland auf der A3 Richtung Frankfurt gelandet, und als er es gemerkt hatte, war es zu spät gewesen und dann hatte er zum ersten Mal einen Blick auf den Tank geworfen und festgestellt, dass sie kaum noch Benzin hatten und tanken mussten. Da war es doch wohl kein Wunder, wenn er austickte!

Kevin setzte den Blinker und fuhr auf die rechte Spur, die zu einem Rastplatz mit Tankstelle abbog. Während er langsamer wurde, strich sein Blick unruhig über die vielen Autos und Lkws, die rund um das Schnellrestaurant und die Tankstelle geparkt waren. Es war ziemlich viel Betrieb, klar, Wochenende, aber keine Bullen. Ein Mann, der seinen Dackel am Parkplatzrand pinkeln ließ; eine Frau, die ihre Kinder Richtung Toiletten zerrte; ein fetter Lkw-Fahrer, der mit einer Bockwurst in der Hand seinen Truck aufschloss. Glück gehabt! Vielleicht hatten sie ja doch einen Vorsprung herausgefahren, vielleicht hatte die Plasberg Siggis Warnung wirklich ernst genommen. Durch die Scheiben des Restaurants konnte er mindestens zehn weitere Leute ausmachen.

„Hast du Kohle?", fragte Kevin, während er den Wagen vor einer freien Zapfsäule ausrollen ließ. Siggi griff mürrisch in seine Hosentasche und zog ein Bündel 20-Euro-Scheine heraus. „Dann geh tanken und zahlen. Aber mach schnell! Ich pass so lange auf die hier auf!" Er deutete mit dem Kopf zur Rückbank.

„Ey, wieso muss ich den ganzen Scheiß erledigen?", protestierte Siggi.

„Weil ich der Fahrer bin, du Arsch!"

Siggi gab sich für den Moment geschlagen, öffnete die Beifahrertür und machte sich polternd an der Zapfsäule zu schaffen. Kevin beugte sich zur Seite und drückte die Knöpfe der Türverriegelung herunter. „Damit ihr nicht auf blöde Gedanken kommt“, sagte er nach hinten. Seine Hand kramte in der Seitenablage, bis er eine Packung Zigaretten zu fassen bekam. Er zündete sich eine Zigarette an und inhalierte gierig das Nikotin.

„Kannst du das Fenster aufmachen? Es stinkt hier so nach Rauch!“ Ruths Stimme klang wie die eines Mäuschens. „Bitte!“

„Pech für dich, Kleine!“, erwiderte Kevin, aber nach ein paar Sekunden drehte er den Autoschlüssel im Schloss und schaltete das Gebläse ein. Immer wieder suchte sein Blick Siggi, der noch mit dem Benzinschlauch beschäftigt war. „Komm, Alter, mach schneller!“, fluchte er leise. Sein Körper schrie nach einer Ruhephase, aber Kevin traute sich nicht, wenigstens für ein paar Sekunden die Augen zu schließen.

Plasbergs Sohn räusperte sich unsicher. „Ihr seid die, die die Leute in der *Keksdose* umgebracht haben, stimmt's?“ Er setzte sich aufrecht hin und starrte Kevin an.

„Ey, halt's Maul, Pisser!“ Kevin beobachtete den anderen Jungen durch den Rückspiegel mit schmalen Augen. „Was geht dich das an?“

„Meine Mutter … die macht nur ihren Job. Ich meine …“

„Deine Alte will mich einlochen, du Wichser!“, fuhr Kevin Niklas an. „Ich will nur, dass sie mich zufrieden lässt!“

„Wie … wie war das, die Menschen zu töten?“

Niklas' Frage traf ihn völlig unvorbereitet. Blitzschnell drehte er sich um, zog den *Taser* und hielt ihn Niklas mit zitternden Fingern vor die Stirn. „Du sollst die Klappe halten!“, brüllte er und selbst er konnte den hysterischen Unterton in seiner Stimme hören. „Ich schwör dir, wenn du nicht den Mund hältst, drück ich ab!“

Niklas wurde blass und senkte die Augen. „Tut mir leid, Mann. Ich wollte nur …“

„Ist mir egal, was du wolltest!“, brüllte Kevin. „Du sollst dein Maul halten! Ihr sollt alle euer verdammtes Maul halten! Lasst mich in Frieden!“ Ein Schluchzen bahnte sich den Weg durch seine Kehle und er konnte nichts dagegen tun. Langsam ließ er die Waffe sinken. „Es war ein Unfall. Ich wollte ihr nur ein bisschen Angst einjagen“, sagte er schließlich mehr zu sich selbst. „Aber keiner wird das verstehen.“

Niklas nahm noch einmal seinen Mut zusammen. Vielleicht, wenn er den Typen in ein Gespräch verwickeln konnte, vielleicht ergab sich dann eine Fluchtmöglichkeit. Vielleicht würde er zumindest Ruth laufen lassen. „Wem wolltest du Angst einjagen?“, fragte er.

Die Antwort klang dumpf und verzweifelt, als säße Kevin in einem Schacht, eingeschlossen von dicken, feuchten Mauern. „Der Anna. Meiner Schwester. Ihr hat die *Keksdose* gehört.“

Niklas brach der Schweiß aus. Der Typ hatte seine eigene Schwester umgebracht? „Und … was … was ist passiert?“

„Was passiert ist?“, fuhr Kevin auf. „Ich hab ihr eine Kugel in den Kopf …“ Wieder war da ein hohles Schluchzen und die nächsten Satzfetzen klangen viel leiser, fast entschuldigend. „Es ging nicht anders … sie hatte doch … ich meine, was hätte ich denn sonst …? Geschrien hat sie … ich soll aufhören … und der Macker von ihr auch … als die Putze da lag … wollte nur, dass sie die Schnauze halten, alle. Mich in Ruhe lassen … endlich in Ruhe lassen.“ Die letzten Worte waren fast wie ein Seufzer.

Wieder waren da plötzlich die Bilder von dem Abend in der *Keksdose*, Bilder, gegen die er sich nicht wehren konnte und die ihn mittlerweile selbst tagsüber heimsuchten. Die völlige Überraschung von Anna, die an ihrem gottverdammten Schreibtisch saß und erst nicht glauben konnte, dass ihr kleiner Bruder sie bedrohte … die erst noch gedacht hatte, es wäre ein wirklicher Raub und versucht hatte, ihren Ring in einer Serviette verschwinden zu lassen … ausgelacht hatte sie ihn! Erst als Siggi ihr die Handschellen umlegte, war ihr das Lachen vergangen. Ihr und diesem Schlappschwanz von Typen, der sie bumste. Ganz cool war Siggi sich vorgekommen, wie ein echter Gangsta aus einem Videoclip bei *MTV* … Wahrscheinlich hätte er, Kevin, Anna dazu gekriegt, nicht mit dem Fritzen von der Zeitung zu sprechen und keine Anzeige zu erstatten. Er hätte sie nur ein bisschen bearbeiten müssen, mit der Knarre vor ihrem dämlichen Gesicht herumfuchteln müssen ... er hatte sie fast soweit gehabt. Aber dann hatte es vorne an der Ladentür geklappert und er war nach vorne gestürmt ... Die Putzfrau, die wie in Zeitlupe zusammenbrach, getroffen von mehreren Kugeln aus seiner Pumpgun ... was hatte sie auch um diese Zeit im Geschäft zu suchen? ... Er hatte erst gar nicht begriffen, dass er sie erschossen hatte, es war ein Reflex gewesen, als er abgedrückt hatte ... das viele Blut, das sich unter ihr ausbreitete. Er hatte gar nicht glauben können, wie viel Blut aus ihr rausströmte ... und dann die Panik von Siggi, der ihn anschrie, ob er noch ganz dicht sei, und dann hatte sich die Panik auf ihn übertragen ... er hatte nicht gewusst, was er sonst machen sollte ... alle hatten mitbekommen, dass er geschossen hatte ... die Augen von Anna, als er ihr die Knarre an den Schädel hielt ... nie würde er ihre Augen vergessen. Das Wimmern der anderen Frau ... und dieses ekelhafte Geräusch, wenn die Kugel in den Kopf eindrang, ein Knirschen und Platzen zugleich ... wie in Trance war er herumgegangen und hatte abgedrückt ...viermal ... für jeden eine Kugel ... danach war er zusammengeklappt und in Tränen ausgebrochen. Er wäre da liegen geblieben im Backraum, zwischen all den Toten, bis die Bullen kamen ... Siggi war derjenige gewesen, der plötzlich wieder einen klaren Kopf hatte, der seinen Arsch retten wollte. Siggi hatte die Waffe aufgehoben und er hatte auch die Idee mit dem Feuer gehabt ... ihm war der Benzinkanister im Kofferraum eingefallen, als sie schon wieder im Auto saßen und wegfuhren. Siggi hatte darauf bestanden, noch mal umzudrehen. Ganz klar und eiskalt war er gewesen. Und Siggi hatte das Benzin im Laden verteilt, es angezündet und sich um ein Haar noch an dem Feuerzeug die Finger verbrannt ...

„Bitte ..." Niklas schluckte. „Kannst du nicht meine Schwester gehen lassen? Ich bleibe hier, freiwillig. Ehrlich. Aber die Ruth, wenn du die freilässt ..."

Kevin setzte sich ruckartig auf, starrte durch die Windschutzscheibe, hörte gar nicht zu. Ein Laster mit dem Logo einer

Speditionsfirma fuhr vor ihnen vorbei, blockierte die Sicht zur Kasse in dem Tankstellenshop, zu der sich Siggi gerade aufgemacht hatte. Der Lkw blieb plötzlich stehen, der Motor starb mit einem Keuchen und der Fahrer, ein Fettsack mit einer Kippe im Mundwinkel, sprang aus seiner Kabine. Er klopfte mit einem Schraubenschlüssel an ein paar Verstrebungen hinter dem linken Vorderrad, kratzte sich am Kopf, ging vorne um den Lkw herum, verschwand auf der anderen Seite. „Scheiße! Wo ist der Siggi, der Pisser?“ Für einen Moment sah es so aus, als wollte Kevin aus dem Auto springen und Siggi nachlaufen und Niklas schöpfte Hoffnung, aber dann ließ sich Kevin auf den Sitz zurückfallen. Er atmete schwer, als hätte er einen Dauerlauf hinter sich.

„Wie ist 'n die so, eure Alte?“ Kevins Stimme klang rau und er spielte nervös mit der Elektroschockpistole. „Ist die okay?“

Ruth gab einen fiependen Laut von sich, als ihre Mutter erwähnt wurde, und Niklas legte seiner Schwester eine beschwichtigende Hand auf den Oberschenkel. „Bisschen durchgedreht manchmal“, antwortete er. „Weil, meine Freundin und ich … wir kriegen ein Baby.“ Er legte die Information aus wie einen Köder, wollte Sympathie bei dem anderen Jungen wecken, vielleicht sogar Mitleid. Irgendetwas, was ihn bewegte, ihn und Ruth laufen zu lassen.

Und für einen Augenblick sah es so aus, als ginge Niklas' Rechnung auf. Kevin hob den Kopf. „Du wirst Vater? Wie … wie alt bist du, Alter?“

„Siebzehn.“ Niklas grinste verschämt und wider Willen. „War ein Unfall. Das Gummi ist geplatzt.“

Zum ersten Mal zeigte sich so etwas wie ein Lächeln auf Kevins Gesicht, nur ganz kurz, mehr die Ahnung eines Lächelns, aber immerhin. „Voll krass“, sagte er. „Ich meine, das ist echt … “

Mitten im Satz brach er ab und drehte den Kopf Richtung Windschutzscheibe. Hinter dem Laster waren plötzlich laute Stimmen zu hören, Schreie und dann auf einmal das Quietschen von Bremsen hinter ihnen und zu beiden Seiten der Zapfsäulen. Siggi tauchte neben dem Laster auf, hektisch rannte er auf das Auto zu, sein Wieselgesicht angespannt, die Oberlippe über die Schneidezähne zurückgezogen, das Wechselgeld noch in der rechten Hand. „Bullen!", schrie er. „Überall Bullen!" Er ließ das Geld fallen, Münzen und Scheine purzelten und flatterten zu Boden, seine Hand rüttelte an der verschlossenen Beifahrertür. „Mach auf, du Idiot! Mach auf!"

Einsatzwagen der Polizei mit Blaulicht rollten links und rechts heran, versuchten, ihnen den Weg abzuschneiden, Kevin zählte mindestens drei Stück. Zwei weitere Einsatzfahrzeuge sperrten blitzschnell die Zufahrt der Raststätte ab. Aus den anderen quollen Polizisten wie Ameisen, fünf, sechs, sieben, bewaffnet, schwarz gekleidet, mit Sicherheitswesten um die Oberkörper und Masken über den Gesichtern, und suchten Deckung um die Tankstelle herum. Dazwischen ein weißer Toyota Corolla. Aus den Augenwinkeln sah Kevin in einiger Entfernung einen roten Opel Corsa im Schritttempo an der Raststätte vorbeifahren, auf dem Standstreifen, als wäre hier Volksbelustigung angesagt.

Siggi warf sich keuchend auf den Beifahrersitz. „Der Lkw", brachte er atemlos heraus. „Das war abgekartet … fahr schon!"

„Scheiße!", brüllte Kevin. Motorstarten und aufs Gaspedal treten waren fast eine Bewegung. „Die Schweine!" Ein junges Pärchen, das im Auto hinter ihnen an der Zapfsäule gewartet hatte, sprang aus den Sitzen und flüchtete, versperrte für einige Sekunden die Schusslinie der Polizeibeamten. Kevin kurbelte am Steuer, der Wagen brach nach links aus, touchierte mit einem kreischenden, metallenen Geräusch einen Abfalleimer, der aus seiner Halterung brach und in Richtung der Einsatzkräfte polterte. Die Kleine auf der Rückbank schrie auf; ihr Bruder zerrte sie nach unten, weg von den Fenstern. Linkerhand war noch eine Lücke zwischen einem der Einsatzfahrzeuge und dem Laster, die die Bullen nicht ganz hatten schließen können, mit durchgetretenem Gaspedal schoss der Wagen darauf zu. „Ihr kriegt mich nicht! Ihr Pisser!" Kevin schrie seine Wut gegen die Windschutzscheibe.

Eine Männerstimme, durch einen Lautsprecher verzerrt, dröhnte an ihnen vorbei. „Hier spricht die Polizei …"

„Leckt mich am Arsch, ihr Wichser!" Kevin nahm die Kühlerhaube des im Weg stehenden Einsatzfahrzeugs ins Visier, rammte sie mit seinem linken Kotflügel. Der Aufprall schüttelte alle durcheinander, Kevin riss das Steuer nach rechts und der Wagen schoss wie ein trudelnder Pfeil durch die Lücke ins Freie. Stimmengewirr um sie herum, schreiende Männer und Frauen, ein Schuss und dann ein ohrenbetäubender Knall und Glassplitter, das kreischende Mädchen auf der Rückbank, auch Siggi schrie jetzt, Glassplitter überall, die Bullen hatten das Heckfenster zerschossen. Hinter ihnen hallte erneut das Megafon: „Abbruch! Abbruch!", Kevin hörte es kaum. Er fühlte Blut auf seiner Wange, aber es war nur der Kratzer eines Splitters. Der Wagen geriet ins Trudeln und es dauerte einen Augenblick, bis er ihn wieder unter Kontrolle hatte. Die Kinder kauerten eingequetscht auf dem Boden zwischen Rückbank und Vordersitzen, die Kleine rechts hinter Siggi, der Bruder links hinter Kevin und Kevin schrie: „Schieß! Schieß doch, du Arsch!"

Für einen Moment starrte ihn Siggi an, dann griff er wie betäubt zu der zu seinen Füßen liegenden Mossberg, drehte sich um und feuerte wahllos und mit geschlossenen Augen aus dem zerschossenen Heckfenster auf die zurückbleibenden Polizeiwagen. Kevin klemmte sich hinter das Steuer, mit einer Hand wischte er sich die Tränen und das Blut aus dem Gesicht. Er schluchzte, das war alles zu viel, wieso machten die das? Er hatte doch gesagt, sie sollten ihn in Ruhe lassen! Wieso machten die Bullen nicht, was er sagte? Fast blind vor Tränen raste er weiter, der Wagen schlingerte erneut und Kevin brüllte sich seinen Frust aus der Seele. „Verschwindet, lasst mich in Frieden!"

Das Auto, das die Zufahrt zur Autobahn versperrte, hätte er fast nicht gesehen. Es war der Opel Corsa von eben – quer zur Fahrbahn stand der Scheiß-Wagen, und links und rechts davon Bäume. Der Wagen musste gegen die Fahrtrichtung gefahren sein, auf der Spur, die ansonsten dazu diente, die abfahrenden Besucher der Raststätte wieder auf die Autobahn zu spucken. Wie sollte er an dem gottverdammten Auto vorbeikommen? Durch den Schleier aus Rotz und Tränen sah Kevin wie eine kleine, zierliche Frau aus dem Auto stieg und sich abwartend vor ihren Wagen stellte.

„*Mum!*", stöhnte hinter ihm plötzlich der Junge auf, der durch den Spalt zwischen Fahrer- und Beifahrersitz nach vorne gelugt hatte. „O Scheiße, *mum!*"

„Ist die irre? Wo kommt die Plasberg denn auf einmal her?" Vogt, der mit Shirin Reitz auf der Rückbank von Brinkhoffs Toyota saß, hörte sich fast genauso überrascht an wie Niklas. Der Wagen des Kommissars stand in einem Sicherheitsabstand auf dem Rastplatz etwas abseits des Geschehens. Tatsächlich hätten die Kommissare gar nicht dort sein dürfen, aber Brinkhoff hatte von Anfang an geahnt, dass sich seine Vorgesetzte Waldemar Konzens Anweisungen nicht fügen würde, und so war er dem Sonderkommando bis zum Rastplatz gefolgt, um möglicherweise Schlimmeres zu verhindern. Über einen Rettungsweg, der etwa hundert Meter entfernt direkt neben der Parkplatzbegrünung, einem Gestrüpp aus wildwuchernden Brombeerhecken und drahtigen, immergrünen Büschen endete, waren er und die anderen Kommissare auf den Rastplatz gelangt. Von dort hatten sie mit ansehen müssen, wie der Einsatz des Sonderkommandos fehlschlug.

„N-Natürlich ist sie hier. W-Wundert Sie das?", sagte Brinkhoff. Nervös knabberte er an seinen Fingernägeln. „Würden Sie Ihre Kinder im Stich lassen?"

„Aber Konzen hat ihr doch ausdrücklich befohlen …"

Brinkhoff drehte sich um und sah Vogt mitleidig an. „Und Sie haben wirklich geglaubt, dass sie sich daran hält?" Er hatte Plasbergs Leihwagen auf der Fahrt zur Raststätte schon eine ganze Zeit im Rückspiegel gehabt, aber kein Wort darüber verloren. Jetzt biss er sich schuldbewusst auf die Lippe.

Vogt sackte zurück an die Lehne.

„Was macht sie denn jetzt?" Johannes Wentrop auf dem Beifahrersitz neben Brinkhoff beugte sich nach vorne und kniff die Augen zu schmalen Schlitzen zusammen. „Fahren Sie näher ran!"

„Sie steigt aus!", sagte Brinkhoff. Und: „Näher ran? S-Sind Sie wahnsinnig? Konzen bringt uns um!"

Hinter ihnen ertönte das Pfeifen des Megafons durch den heraufdämmernden Abend, dann schallte Konzens wütende Stimme quer über den ganzen Rastplatz. „Plasberg, sind Sie von allen guten Geistern verlassen? Machen Sie die Fahrbahn frei!"

Der Wagen vor ihnen, der Wagen, in dem Kevin, Siggi Schuster und Plasbergs Kinder saßen, rollte langsam aus. Die Scheibe der Fahrertür wurde heruntergedreht und Kevins hysterische, sich überschlagende Stimme war selbst gegen den immer noch fallenden Nieselregen zu hören. „Du? Du Scheiß-Tussi, mach den Weg frei! Willst du, dass ich deine Kinder abknalle?"

„Verdammt", fluchte Brinkhoff leise. „Das gerät total außer Kontrolle!"

„Fahren Sie näher ran", sagte Wentrop eindringlich. „Ganz langsam. Ohne Scheinwerfer. Plasberg hat die ganze Aufmerksamkeit der beiden. Die bemerken uns nicht, wenn wir vorsichtig heranrollen. Es wird langsam dunkel, das verschafft uns einen Vorteil."

„Und Konzen? Und das Einsatzkommando?", protestierte Vogt. „Was soll das?"

Brinkhoff ließ den Wagen an, alle zuckten zusammen, als der Motor startete.

„Er tut es wirklich!", seufzte Vogt. „Das kostet uns alle unseren Job!"

Meter für Meter kroch Brinkhoffs Toyota nach vorne, noch etwa hundert Meter trennten sie von Kevins Wagen, dann nur noch fünfzig. Das Megafon, das eben noch schrill Konzens Proteste durch die Luft getragen hatte, schwieg plötzlich. Shirin Reitz, die bisher kein Wort gesagt hatte, drehte sich nach hinten und sah den Leiter der Direktion K vom Beifahrersitz eines der Einsatzwagen heftig gestikulieren. „Herr Konzen hat uns gesehen", stellte sie fest. Ihre Stimme klang angespannt.

Dreißig Meter. Wentrop löste seinen Sicherheitsgurt, Brinkhoff warf ihm einen Blick zu und tat es ihm gleich. Einen Moment später klickte auch der Gurt der Profilerin aus seinem Schloss.

„S-Sie nicht", sagte Brinkhoff. „Sie haben keine Waffe." Reitz zuckte mit den Schultern.

Zwanzig Meter. Maria Plasberg schien jetzt ebenfalls Brinkhoffs Toyota bemerkt zu haben. Langsam näherte sie sich Kevins

Wagen, Schritt für Schritt, um die Aufmerksamkeit der Jugendlichen zu binden – mit Erfolg, denn plötzlich öffnete sich die Fahrertür des Wagens und Kevin sprang heraus, die Mossberg 500 im Anschlag.

„Sie sollen verschwinden!", brüllte er außer sich. „Ich knall Sie ab, ich schwör!" Mit schnellen Schritten lief er auf Plasberg zu, entfernte sich von seinem Wagen. Eine Bewegung seiner Hände ließ alle Insassen des Toyotas die Luft anhalten, es schien, als entsichere Kevin die Waffe.

Kevins Stimme überschlug sich und sein Gesicht war wutverzerrt, aber die Kommissarin glaubte auch Panik in seinem Tonfall zu hören. „Fahren Sie den verdammten Wagen weg!"

Plasberg reagierte nicht. „Ich bin unbewaffnet", sagte sie ruhig und hob wie zum Beweis ihre Hände. Das war gelogen, ihre Dienstwaffe trug sie verdeckt unter ihrem dunklen Wintermantel, aber sie würde den Teufel tun und sie jetzt benutzen. Auch wenn Siggi Schuster im Auto ihre Kinder nicht direkt bedrohte und stattdessen seine Augen gebannt auf sie und Kevin gerichtet hatte, war sie sicher, dass er eine weitere Waffe bei sich hatte. „Willst du noch mehr unbewaffnete Menschen über den Haufen schießen, Kevin?"

Der Junge vor ihr zitterte am ganzen Körper. Stress, Angst, Verzweiflung – sein Gesicht war ein Spiegelbild des Drucks, unter dem er stand. „Sie sollen den Scheiß-Wagen wegfahren!"

„Kevin, bitte!" Plasberg versuchte, den Jungen zu beruhigen. Wenn er sich in die Enge gedrängt fühlte, war er zu allem fähig. Mit ihrem Auto die Ausfahrt zu blockieren, war ebenfalls eine reine Verzweiflungstat gewesen. Der Einsatz des Sonderkommandos war fehlgeschlagen, aber sie konnte ihre Kinder nicht Kevin überlassen. Hier und jetzt; es würde eine Entscheidung geben. Er oder sie. „Lass mich mit dir reden!" Sie machte einen ersten Schritt auf den Jungen zu.

„Ich will nicht mit Ihnen reden! Lasst mich alle in Ruhe!" Kevins Gesicht war tränen- und blutverschmiert, er hatte sich kaum noch unter Kontrolle.

Plasberg sah, wie sich hinter Kevins Rücken Brinkhoffs abgedunkelter Toyota im Schneckentempo näherte, während der Nieselregen unablässig niederging. Zuerst wollte sie ihn zurückpfeifen, doch dann, im letzten Moment, begriff sie, was Brinkhoff im Schilde führte. Heiß und kalt zugleich wurde ihr bei dem Gedanken, auf welches Spiel sie und er sich gerade einließen. Blitzschnell überlegte sie. Sie musste Kevins und Schusters Aufmerksamkeit weiter auf sich lenken. Wenn einer der beiden auch nur einen Blick über die Schulter warf ... Die Kommissarin zwang sich, ihre Augen auf Kevin zu konzentrieren und nicht nach ihren Kindern Ausschau zu halten.

„War es das, was Anna nicht wollte?" Sie ging noch einen Schritt näher an ihn heran und sprach so laut, dass auch Siggi Schuster sie verstehen konnte, der inzwischen die Fensterscheibe an der Beifahrertür heruntergefahren hatte, um ihrer Unterhaltung zu folgen. Sie konnte nur hoffen, dass auch Schusters Blick auf sie gerichtet war. „Wollte deine Schwester dich nicht in Ruhe lassen?"

„Was wissen Sie schon von Anna!", höhnte Kevin und schüttelte unwirsch ein paar Regentropfen aus seinem Gesicht. „Gar nichts wissen Sie!"

„Dann erzähl es mir!" Noch ein Schritt; jetzt war sie nur noch zehn Armlängen von ihm entfernt. Zehn Armlängen, die ihr wie tausend Meter vorkamen.

„Bleiben Sie stehen! Noch ein Schritt und ich knall Sie ab!" Plötzlich hatte der Junge die Pumpgun im Anschlag. Plasberg bekam einen trockenen Mund.

Sie konnte hören, wie schwer Kevin atmete, trotzdem setzte sie einen weiteren Fuß nach vorne. „Sie wollte damit an die Öffentlichkeit gehen, stimmt's?" In ihren eigenen Ohren klang ihre Stimme wie ein Reibeisen. „Anna wollte einen Termin mit jemandem von der Zeitung vereinbaren, um ihm zu erzählen, was passiert war."

Kevins Aufschrei klang wie das Brüllen eines Tieres, dem beim Tritt in eine Jagdfalle die Pfote zerquetscht worden war. Brinkhoff und die anderen waren nur noch vierzig Meter entfernt, jetzt nur noch dreißig. Plasberg konnte in der Dämmerung gerade noch ausmachen, wie die Kollegen ihre Sicherheitsgurte lösten.

„Sie wollte nicht das Maul halten, die Kuh!", schrie Kevin. Die Pumpgun in seiner Hand zitterte. „Ich hab versucht, es ihr zu sagen, aber es war ihr egal. Sie wollte nur meine Alten in die Pfanne hauen, es war ihr scheißegal, was die Leute dann von mir denken." Der Junge klang verzweifelt. Er schwitzte; jetzt, wo sie ihm so nah war, sah Plasberg einen Film kalten Schweißes auf seiner Stirn glänzen.

„Und da hast du sie umgebracht. Sie und alle anderen auch."

„Ja … nein … es war nicht so …", stammelte Kevin. Noch ein paar Worte, und sie würde ihn vielleicht dazu bringen, die Waffe zu senken.

„Du hast es nicht gewollt." Plasberg wagte einen weiteren Schritt, bald würde sie ihn berühren können.

„Nein, ich …"

In diesem Augenblick mischte sich Siggi Schuster in die Unterhaltung. Seine Stimme ließ sie und Kevin zusammenzucken, so sehr waren sie in ihre Auseinandersetzung vertieft gewesen. „Die Alte soll endlich ihr Auto wegfahren, sonst knall ich als Erstes ihre Tochter ab!", brüllte er heiser.

Die Kommissarin hielt Kevin fest im Blick. „Ich kann hier nicht weggehen. Ihr habt meine Kinder." Sie konnte nicht verhindern, dass ihre Stimme ihre Anspannung verriet. „Gib mir meine Kinder zurück!"

„Dann fahren Sie die gottverdammte Karre weg! Zum letzten Mal!"

„Aber ich kann meinen Wagen nicht wegfahren", sagte Plasberg so leise, dass es nur Kevin verstehen konnte, und sah, dass Brinkhoffs Wagen in zwanzig Meter Entfernung Stellung bezogen hatte. Es war soweit. Sie atmete tief durch. „Ich habe den Schlüssel ins Gebüsch geworfen."

Kevin heulte zornig auf und legte seinen Finger um den Abzug.

„Nicht schießen, Kev…" beschwor ihn Plasberg und machte einen letzten Schritt auf ihn zu. Der Rest ihrer Worte ging im Chaos unter.

Im Toyota, nur wenige Meter von den beiden Kontrahenten entfernt, trat Brinkhoff mit zusammengebissenen Zähnen das Gaspedal durch, sein Auto schoss mit einem Satz nach vorne. Gleich darauf stieg er hart auf die Bremse und der Wagen erwischte den Jungen mit der Stoßstange in den Kniekehlen. Kevin knickte ein, kippte nach vorne und drehte sich mit einem halb erschrockenen, halb ungläubigen Gesichtsausdruck um. Die Hände um die Waffe, versuchte er seinen Fall mit den Ellenbogen zu dämpfen, während sich der Schuss aus seinem Gewehr löste. Mittlerweile war es fast vollständig dunkel geworden; es war nicht auszumachen, ob Kevin die Kommissarin getroffen hatte, aber in dem Durcheinander war das Schlimmste nur einen Gedanken weit entfernt und Plasberg war ebenfalls zu Boden gegangen.

„Scheiße!", schrie Brinkhoff und sprang mit gezogener Waffe aus dem Wagen.

Im gleichen Moment hechteten Wentrop und Shirin Reitz aus dem Auto. Der schlaksige Kommissar rannte zum Wagen, in dem sich Plasbergs Kinder und Siggi Schuster befanden. Durch die geöffnete Fahrertür schoss er Kevins Mittäter ins Knie, noch bevor der seine Elektroschockpistole auf eins von Plasbergs Kindern richten konnte. Shirin Reitz sprang zu den Hintertüren des Wagens und zerrte Niklas und Ruth aus dem Wagen und in Sicherheit, während Vogt half, den vor Schmerzen schreienden Schuster zu überwältigen und ihm die Waffe zu entwenden.

Brinkhoff rannte zu Plasberg. „Alles in Ordnung? Niklas und Ruth sind okay. Sind Sie verletzt?", fragte er atemlos und dann, als er seine Vorgesetzte sah: „O mein Gott!"

Maria Plasbergs abstruse Uhren-Handtasche lag auf der Erde, der Inhalt war quer über die ganze Fahrbahn verstreut, grell erleuchtet im Scheinwerferlicht von Siggis Schusters Auto. Kaugummis, die obligatorische Packung Notfallzigaretten, Stifte, ein kleiner Notizblock, ein Schlüsselanhänger, Visitenkarten, eine Mandarine. Die Kommissarin selbst kniete mit zerrissenen Leggins vor der Kühlerhaube des Toyotas, ihr dunkler Mantel und ihre Hände waren blutüberströmt. Ihr Gesicht dagegen war genauso grau wie der Asphalt, auf dem sie mit Kevin zusammengesackt war. Der Junge lag in ihren Armen, die Kommissarin hatte ihn gerade auf den Rücken gedreht. Blut quoll aus einer tiefen Wunde in seinem Hals, sickerte auf sein Sweatshirt und färbte es in ein nasses, dunkles Rot.

„Der Lauf der Waffe … gegen seinen Hals", sagte Plasberg. „In dem Moment, als Sie ihn angefahren haben, hat sich der Schuss gelöst."

Brinkhoff ließ entsetzt seine Dienstwaffe fallen und schlug die Hände vors Gesicht. „D-Das hab ich n-nicht g-gew-wollt", stammelte er und brach in Tränen aus.

Kevin starrte die Kommissarin an, mit genau demselben ungläubigen Ausdruck, den er gehabt hatte, als er den Aufprall von Brinkhoffs Toyota gespürt hatte.

„Mein Gott, Kevin", flüsterte Plasberg, „es hätte so viele Möglichkeiten gegeben, alles wieder gutzumachen …"

Mühsam schüttelte der Junge den Kopf. Ein kleines Rinnsal Blut lief aus seinem Mundwinkel, bahnte sich einen Weg über seine Wange und verschwand im Ausschnitt seines Sweatshirts. Er öffnete den Mund – doch wenn er etwas hatte sagen wollen, dann verhinderte der Schwall Blut, der seine Zähne rot färbte und ihm über die geöffneten Lippen quoll, dass er sich verständlich machen konnte. Dann kippte sein Kopf zur Seite und seine Augen wurden starr.

Fünfzehn

Der Mittwoch der folgenden Woche war ein wundervoller, sonnendurchfluteter Spätherbsttag. Es schien, als wollte sich der November mit seinen letzten Tagen für die vorangegangen Wochen voller Regen und Sturm entschuldigen. Als Maria Plasberg gegen neun Uhr den kleinen Friedhof im Kölner Ortsteil Stammheim betrat, lag zwar noch Nebel über den lehmharten Gehwegen und es war ziemlich kühl, aber zwischen den kahlen

Laubbäumen blitzte schon Sonnenlicht auf, stach mit messerscharfen Strahlen durch die Zweige und bildete lichtdurchflutete Pfützen auf den Gräbern.

Die Kommissarin hatte lange überlegt, ob sie überhaupt zu Kevin und Anna Cordes' Beerdigung gehen sollte, war noch bis zum Abend vorher unentschlossen gewesen, aber als sie am Morgen aufwachte, stellte sie fest, dass ihr Zorn auf den Jungen und die Gefahr, der er ihre Kinder ausgesetzt hatte, sich genauso in Luft aufgelöst hatte wie das der Nebel über dem Friedhof noch tun würde. Zurückgeblieben waren eine tiefe Trauer und ein Gefühl der Hilflosigkeit, und dieser Traurigkeit gedachte sie, Respekt zu zollen.

Es hatte sie überrascht, dass die Beerdigung auf dem Stammheimer Friedhof stattfinden würde, weit weg von Ostheim, doch auf Nachfrage hatte ihr Heinz Cordes erklärt, dass Kevins und Annas Großeltern in diesem Stadtteil gewohnt und ihre letzte Ruhe gefunden hatten. Noch mehr überrascht hatte sie allerdings, dass die Geschwister nebeneinander beerdigt werden würden – soweit sie sich erinnern konnte, hatte sie noch nie erlebt, dass Mörder und Opfer in ein Grab gelegt wurden. Aber je länger sie darüber nachdachte, desto besser fand sie Heinz Cordes' einsame Entscheidung. Der *Express* würde diese Tatsache in seiner morgigen Ausgabe allerdings weidlich ausschlachten – als Plasberg die kleine Kapelle am Rande des Friedhofs betrat und sich mit einem kurzen Nicken in eine der hinteren Reihen neben den blassen Torsten Brinkhoff setzte, hatte der Reporter des Boulevardblattes neben der Eingangstür gestanden und eifrig Fotos geschossen. Die Kommissarin war an dem Mann vorbeigestakst und mit den spitzen Absätzen ihrer schwarzen Pumps versehentlich auf seinen Fuß getreten, wobei ein genussvolles Lächeln ihre Lippen umspielte.

Während die Kommissarin mit sich im Reinen war und auch ihre Kinder langsam wieder zu einer gewissen Normalität zurückfanden – nachdem Ruth die ersten zwei Nächte im Bett ihrer Mutter verbracht hatte und mehrmals weinend aus dem Schlaf geschreckt war, hatte sie am Montag plötzlich darauf bestanden, zur Schule zu gehen, und war mittags aufgekratzt und geschmeichelt nach Hause gekommen, weil sie von ihren Klassenkameraden wie das achte Weltwunder bestaunt worden war –, ging es Torsten Brinkhoff sichtlich miserabel. Plasberg beobachtete ihn während der Trauerfeier aus den Augenwinkeln. Ihr Kollege hatte sich seit mehreren Tagen nicht rasiert; dicke, dunkle Ringe unter seinen Augen verrieten, dass er viel zu wenig geschlafen hatte, und die hängenden Schultern unter seinem schwarzen Jackett ließen keinen Zweifel an seiner Gemütslage aufkommen. Seine Hand klammerte sich an die Hand seines anderen Sitznachbarn Markus Clement, als wäre sie das Stück Treibgut, das ihn vor dem Ertrinken retten könnte.

Während der Pastor in seiner kurzen Ansprache hilflos nach Worten suchte, um die Tragödie der Familie Cordes' zu erklären, stupste Plasberg Brinkhoff an. „Jetzt reißen Sie sich am Riemen, Kollege", raunte sie. Eigentlich hatten es aufmunternde Worte werden sollen, aber nach all den endlosen Telefonaten, die sie mit Brinkhoff in den letzten Tagen geführt hatte, verließ sie langsam die Geduld. „Sie sind nicht schuld an Kevins Tod!"

Brinkhoff sah auf und seinen Augen glänzten so wässrig, dass Plasberg befürchtete, er würde erneut in Tränen ausbrechen, wie bei den vielen Gesprächen vorher auch. „Ich k-kann das nicht mehr", stammelte er. „Ich w-werde den D-Dienst quittieren!"

„Was?"

Plasbergs unbeabsichtigter Ausruf ließ den Pastor stocken und die Köpfe der kleinen Trauergemeinde, unter denen die Kommissarin auch Babette Gerster, Harald Harmsdorf und – ganz allein, vorne in der ersten Reihe – Heinz Cordes ausmachen konnte, drehten sich zu ihnen.

Die Kommissarin murmelte eine Entschuldigung und zerrte entschlossen an Brinkhoffs Arm. Widerstrebend ließ er sich von ihr aus der Kapelle ziehen.

„Sie sehen furchtbar aus", sagte Plasberg, sobald die Tür hinter den beiden zugefallen war.

Brinkhoff musterte die Aufmachung seiner Vorgesetzten. In den fliederfarbenen Klamotten, die sie zu diesem Anlass ausgewählt hatte, sah sie aus wie ein Kanarienvogel. „Müssen Sie gerade sagen!", brummte er.

Die Kommissarin zupfte am Bund ihrer violetten Hose. „Ich hatte das Gefühl, einen Kontrapunkt setzen zu müssen", erklärte sie würdevoll. „Schwarze Kleidung bei einer Beerdigung deprimiert mich."

„Und was ist mit Ihren Haaren passiert? Wieso haben die plötzlich so einen grünen Schimmer?"

„Chemieunfall", brummte Plasberg. „Ich hab versucht, sie nach Rot zurückzufärben."

Sie sah an Brinkhoff vorbei auf die Reihen der Gräber, die meisten von ihnen mit Trockengestecken schon auf den kommenden Winter vorbereitet. „Die Brocken einfach hinzuschmeißen ist keine Lösung", versuchte sie ihren Kollegen umzustimmen. „Damit rennen Sie nur vor dem davon, was passiert …"

„Ich weiß, was Sie sagen wollen", unterbrach sie der Kommissar mit gesenktem Kopf. „Aber m-mein Entschluss steht fest. Ich komme nicht wieder. Ich kann das einfach n-nicht … für den Tod eines M-Menschen verantwortlich sein. Ich sehe Kevin andauernd vor mir, wie er in Ihren Armen liegt und verblutet." Brinkhoff schüttelte sich am ganzen Körper, als wollte er versuchen, die Erinnerung an den letzten Samstag mit Gewalt abzustreifen.

„Es war nicht Ihre Schuld!" Maria Plasberg kramte in ihrer Handtasche – einem schreiend rosafarbenen Beutel, der um ihre Schulter hing wie ein ohnmächtiges Ferkel – und zog ihre Notfallzigaretten heraus. Doch anstatt Brinkhoff eine anzubieten, zündete sie sich selbst eine an und blies den Rauch in den Novembermorgen. „Gott, tut das gut!", seufzte sie und fügte hinzu: „Kevin war derjenige, der geschossen hat. Er ist in seinen eigenen Schuss gefallen."

„Aber n-nur, weil ich ihn angefahren habe!"

„Nicht unbedingt. Die Kugel hat die Halsschlagader getroffen. Der Einschlagwinkel war so ungewöhnlich, dass Dr. Uhrmann es nicht für ausgeschlossen hält, dass Kevin die Waffe im letzten Moment doch gegen sich gerichtet hat. Die Untersuchungen sind aber noch nicht abgeschlossen." Sie zögerte. „Wenn Sie den

Jungen nicht angefahren hätten, läge ich jetzt in diesem Sarg! Wäre Ihnen das lieber?"

„D-Das ist unfair!" Brinkhoff starrte auf seine Schuhe. „N-Natürlich nicht!"

Plasberg seufzte frustriert. „Ich habe Ihnen die letzten Tage frei gegeben, damit Sie wieder zu sich kommen, und nicht, damit Sie sich entschließen, den Dienst zu quittieren!", fuhr sie ihn an. „Und was macht dieser Clement überhaupt neben Ihnen?"

Der Kommissar blickte überrascht auf. „Er ist wegen Anna Cordes hier."

„Pff!", machte Plasberg. „Das meine ich nicht. Ich habe genau gesehen, wie Sie Händchen gehalten haben!" Sie kniff die Augen zusammen und musterte ihren Kollegen scharf. „Hatte ich nicht laut und deutlich gesagt, dass Sie die Finger von ihm lassen sollen?"

„Wenn ich nicht mehr zurückkomme, kann Ihnen das doch egal sein!"

Plasberg strich sich mit einer entmutigten Geste durch ihre kurzen Haare. Wie um alles in der Welt konnte sie Brinkhoff von seinem Entschluss abbringen? „Kommen Sie, wir laufen ein Stück." Die Kommissarin schlug einen Weg ein, der sie kreuz und quer an den Grabstätten vorbeiführte. Brinkhoff blieb nichts anderes übrig, als ihr zu folgen. „Siggi Schuster schiebt übrigens alle Schuld auf Kevin", sagte sie und zog erneut an ihrer Zigarette. Aber der erste Zug hatte ihre Anspannung abfallen lassen, jetzt überwog der schlechte Geschmack im Mund. Plasberg warf die Kippe auf den Boden und trat sie aus. „Wie zu erwarten war. Er behauptet, Kevin allein hätte alle Opfer in der *Keksdose* getötet. Er hätte damit nichts zu tun, er hätte Anna Cordes und die anderen nur gefesselt."

„Und das Motiv? Warum hat er überhaupt mitgemacht?" Ganz gegen seinen Willen war Brinkhoff interessiert. Dabei wollte er eigentlich die Ermittlungen im Fall der *Keksdose* und alles, was damit zusammenhing, so schnell wie möglich vergessen. Wenn er gekonnt hätte, hätte er die Bilder, die ihn verfolgten, in einer Schachtel verschlossen und diese von der Hohenzollernbrücke in den Rhein geworfen.

Plasberg zuckte mit den Schultern. „Schuster behauptet, Kevin habe ihm gedroht, seine kleinen Waffenschiebereien auffliegen zu lassen. Im Vorfeld der Tat sei auch nie die Rede davon gewesen, Anna Cordes und die anderen umzubringen. Aber als die Putzfrau dann plötzlich in der Tür gestanden hätte, habe Kevin die Nerven verloren."

„Dann geben Sie es also endlich zu?" Zum ersten Mal seit Tagen verzogen sich Brinkhoffs Mundwinkel zu einem kleinen Lächeln.

Maria Plasberg steuerte auf eine Holzbank zu, die am Wegesrand stand und von der Sonne beschienen wurde. „Was gebe ich zu?", fragte sie unschuldig.

„D-Dass die Kollegin Reitz von Anfang an recht hatte mit ihrer Vermutung."

Die Kommissarin nuschelte etwas Unverständliches und hielt ihr Gesicht in die Sonne. „Sie lässt übrigens viele Grüße ausrichten."

„Ist sie weg?"

Plasberg nickte. „Der Einsatz am Samstag hat sie ziemlich mitgenommen und sie hat ihr Austauschprogramm frühzeitig beendet. Ich glaube, das war ein bisschen viel Realität für die Dame." Was sie gegenüber Brinkhoff nicht erwähnte, war, dass sie den Kollegen in Hamburg eine Mail geschrieben hatte, in denen sie die Arbeit der Profilerin als äußerst hilfreich anpries. „Zu viel Realität", murmelte Brinkhoff. „Genau wie für mich."

„Hören Sie, Kollege!" Plasberg raffte sich zu einer letzten Kraftanstrengung auf, Brinkhoff umzustimmen. „Sie sind ein guter Polizist, was immer Sie auch im Moment von sich denken mögen. Sie haben völlig korrekt gehandelt auf der Raststätte: Konzens Zugriff war fehlgeschlagen, und als Sie gesehen haben, dass mein Wagen die Abfahrt blockiert, haben Sie die Chance, die sich daraus ergab, genutzt. Es ist Ihr *Job*, Verbrechen aufzuklären und den Täter der Justiz zu überantworten!"

„Aber g-genau das habe ich nicht getan!", brach es aus Brinkhoff heraus. „Ich habe Kevin nicht der Justiz überantwortet, ich habe ihn umgebracht!"

„Sie haben Kevin nur einen leichten Stups mit Ihrem Auto gegeben“, widersprach Plasberg. „Er war derjenige, der geschossen hat. Dass er dabei zu Tode kommt, das konnte niemand voraussehen. Es war ein Unglück. Das werden auch die übrigen Untersuchungen ergeben.“

„Noch mehr Untersuchungen?“

Plasberg seufzte. „Kommen Sie, Brinkhoff. Das wissen Sie genau. Wenn im Zuge eines Polizeieinsatzes jemand stirbt, folgen die Ermittlungen unweigerlich. So ist das nun mal in einem demokratischen System. Aber es wird nichts an Ihnen hängen bleiben. Dafür lege ich meine Hand ins Feuer.“ Sie schürzte die Lippen. „Nur eine Belobigung werden Sie sich wahrscheinlich in die Haare schmieren können.“

„D-Das ist mir egal“, erwiderte Brinkhoff verärgert. „Hab ich auch n-nicht erwartet. Aber …“ Er zögerte. „Bei Ihren früheren Ermittlungen … ist da schon mal jemand durch Ihr Zutun gestorben?“

Plasberg hielt seinem Blick lange stand, dann senkte sie die Augen. „Nein“, gab sie zu. „Das ist eine Erfahrung, die Sie mir jetzt schon voraushaben … und um die ich Sie auch nicht beneide.“

Brinkhoff schüttelte den Kopf. „Ich weiß einfach n-noch nicht, was ich machen soll. Wenn so was n-nochmal passiert, meine ich. Ob ich das durchstehe.“

Am anderen Ende des Friedhofs öffnete sich die Tür der Kapelle und die Särge von Anna und Kevin Cordes wurden von ein paar Friedhofsbediensteten zu den ausgehobenen Gräbern getragen. Dahinter folgte der Pastor und anschließend die kleine Trauergemeinde. Die Kommissare erhoben sich und schlossen sich dem Zug an.

„Wo ist eigentlich Gerda Cordes?“, flüsterte Brinkhoff, als er sich neben Plasberg mit den anderen Menschen um das zwei Meter tiefe Loch versammelt hatte, in das die Särge von Kevin und Anna Cordes herabgelassen wurden.

„Ich habe ein paar Mal mit Heinz Cordes telefoniert“, gestand Plasberg. „Er hat darauf bestanden, dass sie nicht an der Beerdigung teilnimmt. Er hält sie für die Hauptverantwortliche an der ganzen Tragödie.“

„Ist sie das nicht auch?"

„Ihren Mann trifft genauso Schuld. Er hat es gewusst und nichts gesagt. Und Kevin ..." Die Kommissarin zögerte.

„Ja, ich weiß", beendete Brinkhoff ihren Satz unzufrieden. „Natürlich. Ein Mord bleibt ein Mord."

„Fünf", berichtigte die Kommissarin. „Fünf Morde."

Nachdem die Friedhofsgärtner ihre Arbeit getan hatten, gingen die Kommissare zu ihren Autos zurück. Plasberg hatte ihren Leihwagen direkt neben Brinkhoffs Toyota geparkt. Um Zeit zu schinden, spielte die Kommissarin mit ihrem Autoschlüssel – einem Reserveschlüssel. Es war ihr nicht gelungen, das weggeworfene Original im Sträucherdickicht des Rastplatzes wiederzufinden.

„Und wenn Sie sich einfach den Rest der Woche auch noch freinehmen?", sagte sie und hörte an ihrem Tonfall, dass sie kurz davor war zu betteln. „Um Abstand zu gewinnen. Machen Sie etwas, was Sie schon immer mal tun wollten!" Sie senkte ihre Stimme, damit der wartende Markus Clement sie nicht hören konnte. „Von mir aus wälzen Sie sich die nächsten Tage auch mit dem da im Bett herum und machen, was immer auch schwule Männer miteinander tun."

Brinkhoff lächelte schwach. „Kuscheln", sagte er bedauernd. „Mehr als k-kuscheln funktioniert bei mir im Moment nicht."

„So genau wollte ich es gar nicht wissen", sagte Plasberg und rümpfte die Nase. Brinkhoff wandte sich ab und die Kommissarin sah sich genötigt, ihren letzten Trumpf auszuspielen. Sie zog ihr Handy aus der Handtasche und tippte in Windeseile eine SMS. Kurz darauf klingelte ihr Mobiltelefon. „Hallo, Niklas", sagte sie so laut, dass auch Brinkhoff sie hören konnte. „Wieso bist du nicht in der Schule? ... Pause? ... Ja, der ist hier, aber wieso ...? Na schön, Moment! ... Herr Kollege? Mein Sohn möchte Sie sprechen!" Sie hielt Brinkhoff das Handy hin und zuckte mit den Schultern.

Der Kommissar nahm das Gespräch mit einem verwirrten Gesichtsausdruck an. „Hallo, Niklas! Wie geht's Nina und dir? ... Sie kommt morgen aus dem Krankenhaus? Dann war die Gehirnerschütterung durch den Schlag mit dem Gewehr nicht so schlimm? Das ist klasse!“ Er lauschte Plasbergs Sohn am anderen Ende der Leitung, und je länger Niklas redete, desto mehr verzog sich Brinkhoffs Miene zu einem Lächeln, bis er schließlich über das ganze Gesicht strahlte. „Ja“, sagte er schließlich. „Ja, das m-mache ich. Ich fühle mich geehrt.“ Dann ließ er das Telefon sinken. „Nina und er wollen, dass ich der Taufpate ihres Kindes werde“, sagte er überrumpelt.

„Ach, wirklich?“ Plasberg war nicht anzusehen, ob sie genauso überrascht war wie er. „Und werden Sie es tun?“

„N-Natürlich!“, stotterte Brinkhoff. „Ich b-b-bin g-ganz aus d-dem Häuschen!“

„Das hört man“, erwiderte die Kommissarin trocken. Dann stieg sie in ihren Leihwagen, startete den Motor, winkte kurz und fuhr los. Als sie einen Blick in den Rückspiegel warf, sah sie, wie Brinkhoff mit roten Ohren und glänzenden Augen auf Markus Clement einredete.

Am liebsten hätte sie sich selbst auf die Schulter geklopft.

Danksagung

Wie immer waren viele Menschen an der Entstehung dieses Romans beteiligt. Dies ist der Platz, ihnen zu danken.

Uli Zillgitt hat mir bei allen Fragen zu Strukturen und Hierarchien der Polizei zur Seite gestanden. Ohne ihn wäre dieser Krimi nicht möglich gewesen. Sollten dennoch Unstimmigkeiten zur Arbeitsweise der Polizei auftauchen, so sind es ausschließlich meine Modifikationen und sie sind erzähltechnischen Notwendigkeiten geschuldet.

Özcan Yildiz hat mich mit türkischen Vokabeln und der entsprechenden Grammatik versorgt. Susanne Bach, Nina Stressenreuter und Norbert Friederichs haben Teile des Manuskripts gegengelesen und mit Kritik, Lob und Anregungen nicht gespart. Corinna Waffender und Jim Baker sind für das Lektorat verantwortlich und haben unendlich viel zum Gelingen des Buches beigetragen. Jörg Michaelis betreut seit Jahren meine Homepage.

Euch allen ein herzliches Dankeschön.

Mehr zum Autor unter: www.stressenreuter.de